HEYNE BÜCHER

W0315534

SCIENCE FICTION

Herausgegeben
von Wolfgang Jeschke

Von **Lois McMaster Bujold** erschienen in der Reihe
HEYNE SCIENCE FICTION & FANTASY:

Die Quaddies von Cay Habitat · 0605243
Fiamettas Ring · 0605895

DER BARRAYAR-ZYKLUS:

Scherben der Ehre · 0604968
Barrayar · 0605061
Der Kadett · 0605020
Der Prinz und der Söldner · 0605109
Ethan von Athos · 0605293
Grenzen der Unendlichkeit · 0605452
Waffenbrüder · 0605538
Spiegeltanz · 0605885
Cetaganda · (in Vorb.)

Lois McMaster Bujold

SPIEGELTANZ

Ein Roman des
BARRAYAR-ZYKLUS

Aus dem Amerikanischen übersetzt
von
MICHAEL MORGENTAL

Deutsche Erstausgabe

WILHELM HEYNE VERLAG
MÜNCHEN

HEYNE SCIENCE FICTION & FANTASY
Band 06/5885

Besuchen Sie uns im Internet:
http://www.heyne.de

Titel der amerikanischen Originalausgabe
MIRROR DANCE
Deutsche Übersetzung von Michael Morgental
Das Umschlagbild malte Gary Ruddell
Die Karte zeichnete Mirjam Wehner

Umwelthinweis:
Dieses Buch wurde auf chlor- und säurefreiem Papier gedruckt.

Redaktion: Wolfgang Jeschke
Copyright © 1994 by Lois McMaster Bujold
Erstausgabe 1994 by Bean Publishing Enterprise, New York
Mit freundlicher Genehmigung der Autorin
und Thomas Schlück, Literarische Agentur, Garbsen
(# T 36724)
Copyright © 1997 der deutschen Ausgabe und der Übersetzung
by Wilhelm Heyne Verlag GmbH & Co. KG, München
Printed in Germany August 1997
Umschlaggestaltung: Atelier Ingrid Schütz, München
Technische Betreuung: M. Spinola
Satz: Schaber Satz- und Datentechnik, Wels
Druck und Bindung: Elsnerdruck, Berlin

ISBN 3-453-12670-X

Für Patricia Collins Wrede

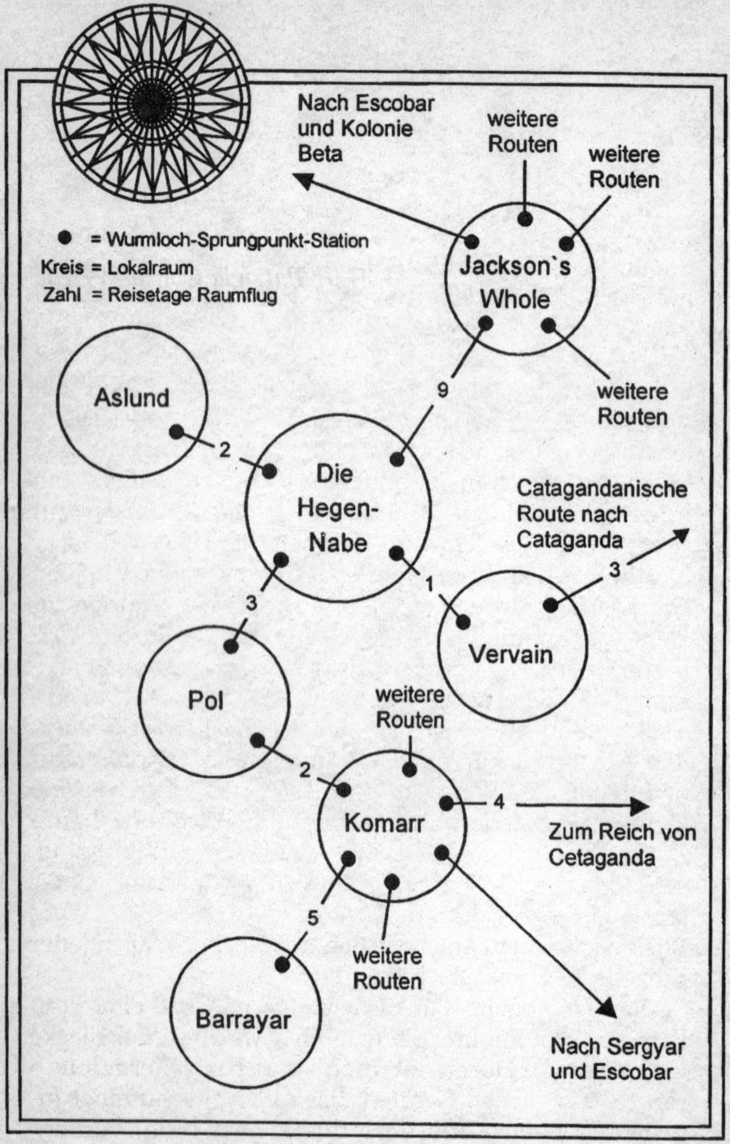

Nach Escobar
und Kolonie
Beta
weitere
Routen
weitere
Routen
● = Wurmloch-Sprungpunkt-Station
Kreis = Lokalraum
Zahl = Reisetage Raumflug
Jackson`s
Whole
Aslund
9
weitere
Routen
2
Die
Hegen-
Nabe
Catagandanische
Route nach
Cataganda
3
1
3
Vervain
Pol
weitere
Routen
2
4
Komarr
Zum Reich von
Cetaganda
5
weitere
Routen
Barrayar
Nach Sergyar
und Escobar

KAPITEL 1

Die Komkonsolen-Kabinen, die aneinandergereiht die Passagierhalle von Escobars größter kommerzieller Orbital-Transferstation säumten, hatten verspiegelte Türen, die von regenbogenfarbenen Lichterzeilen in diagonale Segmente geteilt wurden. Zweifellos hielt irgend jemand dies für besonders dekorativ. Die Spiegelsegmente waren absichtlich leicht gegeneinander verschoben, ihre Spiegelungen wurden dadurch in Teilbilder zerlegt. Der kleine Mann in der grau-weißen Militäruniform blickte finster auf sein gespaltenes Selbst im Rahmen der Tür.

Sein Spiegelbild erwiderte den Blick ebenso finster. Die abzeichenlose Interimsuniform eines Söldneroffiziers – Jacke mit Taschen, weite Hose, die Hosenbeine in die Halbstiefel gesteckt – war in jeder Einzelheit korrekt. Er musterte den Körper, der in der Uniform steckte: ein sich hochreckender Zwerg mit verkrümmtem Rückgrat, kurzem Hals und großem Kopf – auf heimtückische Weise mißgebildet und durch seine kleine Statur jeder Chance beraubt, daß seine beunruhigende Beinahe-Geradheit unbemerkt durchging. Sein dunkles Haar war ordentlich geschnitten. Unter schwarzen Augenbrauen vertiefte sich der düstere Blick der grauen Augen. Auch der Körper war in jeder Einzelheit korrekt. Er haßte ihn.

Die verspiegelte Tür öffnete sich endlich, eine Frau kam aus der Kabine. Sie trug eine weiche Wickeljacke und wallende Hosen. Ein modisches Bandelier mit teuren elektronischen Geräten, das dekorativ an einer juwelenbesetzten Kette über ihrem Leib hing, verkündete ihren Status. Als sie ihn sah, hielt sie inne und wich zurück, als hätte sein dunkler, hohler Blick ihr einen Stoß versetzt. Dann ging sie vorsichtig um ihn herum und murmelte: »Entschuldigen Sie ... es tut mir leid ...«

Zu spät verzog er den Mund zur Imitation eines Lächelns und murmelte etwas Halbunverständliches, das den guten Sitten genügend Tribut zollte, so daß er an ihr vorbeidurfte. Er drückte die entsprechende Taste, damit sich die Tür wieder senkte und ihn der Sicht der anderen entzog. Endlich allein, für einen letzten Moment, und wenn auch nur in der Enge einer kommerziellen Komkonsolen-Kabine. Der widerliche Duft des Parfüms der Frau hing noch in der Luft, zusammen mit einem Gemisch von Gerüchen der Station nach recycelter Luft, Essen, menschlichen Körpern, Stress, Plastik, Metall und Reinigungsmitteln. Er atmete aus, setzte sich hin und legte die zitternden Hände, um sie zu beruhigen, flach auf die kleine Ablage.

Doch nicht ganz allein. Hier drinnen gab es noch einen verdammten Spiegel, als Dienst an Kunden, die ihre Erscheinung überprüfen wollten, bevor sie ihr Bild per Holovid irgendwohin schickten. Seine dunkel umrandeten Augen blickten ihm boshaft aus dem Spiegel entgegen, dann ignorierte er das Bild. Er leerte seine Taschen auf die Ablage. All sein weltlicher Besitz paßte in einen Raum, der nur wenig größer war als seine beiden gespreizten Hände. Eine letzte Inventur. Als würde sich die Summe verändern, wenn er noch einmal zählte ...

Eine Kreditkarte, auf der noch dreihundert betanische Dollar übrig waren: für diesen Betrag konnte man auf dieser orbitalen Raumstation eine Woche gut leben, oder – wenn man sorgfältig damit umging – ein paar magere Monate auf dem Planeten, der sich dort unten drehte. Drei falsche Ausweiskarten, davon keine für den Mann, der er jetzt war. Keine für den Mann, der er war. Wer auch immer er sein mochte. Ein gewöhnlicher Taschenkamm aus Plastik. Ein Datenkubus. Das war alles. Bis auf die Kreditkarte steckte er alles wieder in die verschiedenen Jackentaschen und verstaute jedes Stück feierlich an seinem besonderen Platz. Als er alle Gegenstände untergebracht hatte, blieben noch leere Taschen übrig. Er schnaubte. *Du hättest dir wenigstens deine eigene Zahnbürste mitbringen können …* Doch dafür war es jetzt zu spät.

Und es wurde immer später. Schreckliche Dinge ereigneten sich und gingen ungehindert weiter, während er hier saß und seine Nerven beruhigte. *Los! Du hast es früher schon einmal getan. Du schaffst es auch jetzt.* Er schob die Kreditkarte in den Schlitz und tippte die Codenummer ein, die er sorgfältig auswendig gelernt hatte. Zwanghaft schaute er ein letztesmal in den Spiegel und versuchte seine Züge zu glätten, damit so etwas wie ein neutraler Ausdruck herauskam. Trotz aller Übung glaubte er nicht, daß er im Augenblick das Grinsen zusammenbrächte. Er verachtete dieses Grinsen sowieso.

Die Vid-Scheibe trat zischend in Aktion. Das Gesicht einer Frau erschien. Sie trug eine grau-weiße Uniform wie er, aber mit richtigen Rangabzeichen und einem Namensschild. »Kommunikationsoffizierin Hereld, *Triumph,* Freie Dendarii … Korporation.« Im Lokalraum von Escobar mußte eine Söldnerflotte unter den wachsamen Augen der escobaranischen Militärinspektoren ihre Waffen auf der äußeren Sprungpunkt-Station versiegeln und ihre rein kommerziellen Absichten beweisen, bevor sie überhaupt durch durfte. Diese höfliche Fiktion wurde offensichtlich auch im Orbit um Escobar aufrechterhalten.

Er befeuchtete die Lippen und sagte ruhig: »Verbinden Sie mich bitte mit dem wachhabenden Offizier.«

»Admiral Naismith, Sir! Sie sind wieder zurück!«

Selbst über das Holovid wurde eine Welle von Freude und Erregung spürbar, die von der aufrechten Haltung und dem strahlenden Gesicht der Frau ausging. Sie traf ihn wie ein Schlag. »Was steht an? Fliegen wir bald wieder los?«

»Rechtzeitig, Leutnantin… Hereld.« Ein passender Name für eine Kommunikationsoffizierin. Es gelang ihm, die Lippen zu einem Lächeln zu verziehen. Admiral Naismith würde lächeln, jawohl. »Sie werden es rechtzeitig erfahren. Inzwischen möchte ich von der orbitalen Transferstation abgeholt werden.«

»Jawohl, Sir. Das kann ich für Sie einrichten. Ist Kapitänin Quinn bei Ihnen?«

»Hm… nein.«

»Wann kommt sie?«

»… Später.«

»In Ordnung, Sir. Ich möchte nur schnell die Startfreigabe für – nehmen wir irgendwelche Geräte an Bord?«

»Nein. Nur mich.«

»Also Startfreigabe von den Escobaranern für ein Minishuttle…« Sie wandte sich einige Augenblicke zur Seite. »In etwa zwanzig Minuten kann jemand an Andockbucht E17 sein.«

»Sehr gut.« Er würde fast so lange brauchen, um aus dieser Halle in den entsprechenden Arm der Station zu gelangen. Sollte er ein paar persönliche Worte für Leutnantin Hereld anfügen? Sie kannte ihn. Aber wie gut kannte sie ihn? Jeder Satz, der von diesem Zeitpunkt an über seine Lippen kam, enthielt ein Risiko: das Risiko des Unbekannten, das Risiko eines Fehlers. Fehler wurden bestraft. War sein betanischer Akzent wirklich richtig? Er haßte das Ganze, und vor Angst war ihm flau im Magen. »Ich möchte direkt zur *Ariel* gebracht werden.«

»In Ordnung, Sir. Möchten Sie, daß ich Kapitän Thorne informiere?«

Hatte Admiral Naismith die Gewohnheit, oft überraschende Inspektionen durchzuführen? Nein, nicht diesmal. »Ja, tun Sie das. Sagen Sie ihm, er soll sich zum Verlassen des Orbits bereitmachen.«

»Nur die *Ariel?*« Sie zog die Augenbrauen hoch.

»Ja, Leutnantin.« Das sagte er perfekt in der lässigen, gedehnten Sprechweise der Betaner. Er gratulierte sich selber, als Hereld spürbar formell wurde. Sein Unterton hatte gerade die richtige Andeutung von Kritik an einem Bruch der Geheimhaltung oder der guten Sitten oder beidem enthalten, um weitere gefährliche Fragen zu unterdrücken.

»Wird gemacht, Admiral.«

»Naismith Ende.« Er unterbrach die Verbindung. Sie verschwand in einem Dunst aus Funken, und er stieß langsam den Atem aus. Admiral Naismith. Miles Naismith. Er mußte sich wieder daran gewöhnen, auf diesen Namen zu reagieren, selbst im Schlaf. Dabei war es am besten, einstweilen die Geschichte mit Lord Vorkosigan völlig draußen zu lassen; es war schon schwierig genug, die Naismith-Hälfte des Mannes zu sein. Drill! Wie heißt du? Miles. Miles. Miles.

Lord Vorkosigan gab vor, Admiral Naismith zu sein. Und er auch. Wo gab es denn da einen Unterschied?

Aber wie heißt du wirklich?

Sein Blick verdunkelte sich in einem Anfall von Verzweiflung und Wut. Er blinzelte und brachte seinen Atem unter Kontrolle. *Mein Name ist, wie ich will. Und genau jetzt will ich, daß er Miles Naismith lautet.*

Er verließ die Kabine und stapfte mit den kurzen Beinen die Halle entlang. Dabei zog er Seitenblicke überraschter Passanten auf sich und schreckte sie sogleich wieder ab. *Ich möchte Miles sehen. Ich möchte Miles davonrennen sehen. Ich möchte sehen, wie Miles bekommt, was er verdient.* Er ging mit gesenktem Kopf dahin, niemand trat ihm in den Weg.

Als die Sensoren am Schloß der Luke grün blinkten und die Tür aufging, duckte er sich, betrat das Minishuttle (ein winziges Raumfahrzeug mit nur vier Sitzen) und drückte sofort den Knopf, damit die Tür sich wieder hinter ihm schloß. Das Minishuttle war zu klein, um über ein eigenes Grav-Feld zu verfügen. Er schwebte zu den Sitzen hinüber und zog sich vorsichtig auf den Platz neben dem Piloten, einem Mann im grauen Technikeroverall der Dendarii.

»Okay. Starten wir!«

Der Pilot grinste und salutierte andeutungsweise, während sein Passagier sich angurtete. Obwohl der Pilot ansonsten ein vernünftiger erwachsener Mann zu sein schien, hatte er den gleichen Ausdruck auf dem Gesicht wie Kommunikationsoffizierin Hereld: aufgeregt, atemlos, eifrig beobachtend, als holte der Admiral im nächsten Augenblick einen Leckerbissen aus seiner Tasche.

Er blickte über die Schulter, während das Minishuttle sich gehorsam aus den Andockklampen löste und wendete. Sie hoben sich von der Außenhaut der Station und schossen hinaus in den Raum. Die Muster der Flugkontrolle bildeten ein Labyrinth bunter Lichter auf der Navigationskonsole. Der Pilot fädelte das Shuttle flink hindurch.

»Es ist gut, Sie wiederzusehen, Admiral«, sagte der Pilot, als das Gewirr weniger dicht wurde. »Was ist los?«

Der formelle Unterton in der Stimme des Piloten war beruhigend. Einfach ein Kampfgenosse, nicht einer von den Lieben Alten Freunden, oder schlimmer, den Lieben Alten Liebhabern. Er versuchte ein Ausweichmanöver. »Sobald Sie es wissen müssen, wird man es Ihnen sagen.« Er hielt sich an einen freundlichen Ton, vermied aber Namen oder Rangbezeichnungen.

Der Pilot gab ein interessiertes »*Hm*« von sich und grinste, offensichtlich zufrieden.

Er ließ sich mit einem verkniffenen Lächeln wieder in den Sitz sinken. Die riesige Transferstation blieb schweigend hinter ihnen zurück und schrumpfte zum verrückten Spielzeug eines Kindes, dann war sie nur noch ein glitzerndes Licht. »Entschuldigen Sie mich. Ich bin etwas müde.« Er drückte sich tiefer in seinen Sitz und schloß die Augen. »Wecken Sie mich auf, sobald wir andocken, falls ich einschlafen sollte.«

»Jawohl, Sir«, sagte der Pilot respektvoll. »Sie sehen aus, als könnten Sie etwas Schlaf brauchen.«

Er nahm dies mit einer müden Geste zur Kenntnis und tat so, als döse er.

Er wußte es immer auf der Stelle, wenn jemand, dem er begegnete, dachte, er oder sie stünde ›Naismith‹ gegenüber. Sie hatten alle das gleiche törichte überwache *Leuchten* auf ihren Gesichtern. Nicht alle verehrten ihn. Er war einmal auch einigen von Naismiths Feinden begegnet, aber egal, ob sie Naismith verehrten oder ihn umbringen wollten, sie reagierten auf ihn. Als würden sie plötzlich eingeschaltet und als würden sie zehnmal lebendiger als zuvor. Wie, zum Teufel, machte er das? Daß Leute so aufleuchteten? Zugegeben, Naismith war ein gottverdammter Hyperaktiver, aber wie machte er das so irre ansteckend?

Fremde, die ihn als ihn selbst trafen, begrüßten *ihn* nicht so. Sie waren verdutzt und höflich, oder verdutzt und grob, oder einfach verdutzt, verschlossen und gleichgültig. Seine leichten Mißbildungen und seine offensichtlich abnorme Größe von 1,45 m waren ihnen insgeheim unbehaglich. Sie waren vorsichtig.

Hinter seinen Augen kochte der Groll hoch wie Nebenhöhlenschmerz. Diese ganze verdammte Heldenverehrung, oder was immer es war. Alles für Naismith. *Für Naismith, und nicht für mich … niemals für mich …*

Er unterdrückte einen Anfall von Angst, da er wußte, was ihm bald bevorstand. Der nächste war Bel Thorne, der Kapitän der *Ariel*. Freund, Offizier, betanischer Landsmann, ja, das war ein harter Test, ganz bestimmt. Aber Thorne wußte auch von der Existenz des Klons, von jener chaotischen Begegnung vor zwei Jahren auf der Erde. Sie waren sich nie von Angesicht zu Angesicht begegnet. Aber ein Fehler, über den ein anderer Dendarii in der Verwirrung hinweggehen würde, konnte bei Thorne Verdacht auslösen, die irre Vermutung …

Selbst *diesen* Unterschied hatte Naismith ihm gestohlen. Der Söldnerführer behauptete jetzt öffentlich und tatsachenwidrig, er sei selbst ein Klon. Eine exzellente Tarnung, die seine andere Identität, sein anderes Leben verbarg. *Du hast zwei Leben*, sagte er in Gedanken zu seinem abwesenden Feind. *Ich habe keines. Ich bin der echte Klon, verdammt noch mal. Kann ich nicht wenigstens in diesem Punkt einzigartig sein? Hast du dir alles nehmen müssen?*

Nein. Positiv denken! Er konnte mit Thorne fertig werden. Solange er der schrecklichen Quinn aus dem Weg gehen konnte, der Leibwächterin, der Geliebten, Elli Quinn. Er *war* ihr auf der Erde von Angesicht zu Angesicht begegnet und hatte sie einmal getäuscht, einen ganzen Morgen lang. Ein zweitesmal würde er es wohl nicht mehr schaffen. Aber Quinn befand sich beim echten Miles Naismith, hing an ihm wie eine Klette. Vor ihr war er sicher. Auf dieser Reise würde es kein altes Liebespaar geben.

Er hatte noch nie eine Geliebte gehabt. Es war vielleicht nicht ganz fair, Naismith auch dafür die Schuld zu geben. Die ersten zwanzig Jahre seines Lebens war er praktisch ein Gefangener gewesen, obwohl ihm das nicht immer bewußt gewesen war. Die letzten zwei … die letzten zwei Jahre waren ein fortlaufendes Desaster gewesen, dachte er bitter. Dies war seine letzte Chance. Er weigerte sich, darüber hinaus zu denken. Diesmal mußte es funktionieren.

Der Pilot neben ihm bewegte sich. Er öffnete die

Augen zu Schlitzen, während die Bremswirkung ihn gegen die Sitzgurte drückte. Sie näherten sich der *Ariel*. Aus einem Punkt wuchs sie zu einem Schiffsmodell und dann zu einem Schiff heran. Der leichte Kreuzer aus illyricanischer Produktion hatte eine zwanzigköpfige Mannschaft, dazu Raum für zusätzliche Fracht und für ein Kampfkommando. Für ihre Größe war sie mit schweren Triebwerken ausgestattet, ein Energieprofil, das für Kampfschiffe typisch war. Sie sah schnell aus, fast schnittig. Ein gutes Kurierschiff; ein gutes Schiff, um damit schnell wie der Teufel zu fliegen. Perfekt. Trotz seiner düsteren Stimmung schürzte er die Lippen, als er das Schiff musterte. *Jetzt nehme ich, Naismith, und du gibst.*

Der Pilot, der sich offensichtlich sehr bewußt war, daß er seinen Admiral transportierte, manövrierte das Minishuttle mit einem kaum spürbaren Klicken in die Andockklampen, so sauber und glatt wie nur menschenmöglich. »Soll ich auf Sie warten, Sir?«

»Nein. Ich werde Sie wohl nicht wieder brauchen.«

Während sein Passagier sich noch losschnallte, beeilte sich der Pilot, die Ausstiegsröhre anzuschließen, dann salutierte er vor ihm mit einem weiteren idiotisch-breiten stolzen Grinsen. Er salutierte seinerseits und verzog die Lippen zu einem Lächeln, dann griff er nach den Stangen über der Luke und schwang sich in das Gravitationsfeld der *Ariel*.

Er landete in einem kleinen Laderaum. Hinter ihm verschloß der Pilot die Luke, um mit dem Shuttle zu seinem Mutterschiff zurückzukehren, wahrscheinlich zum Flaggschiff *Triumph*. Er blickte empor – immer empor! – in das Gesicht des wartenden Dendarii-Offiziers, in ein Gesicht, das er vor dieser Begegnung nur in einem Holovid studiert hatte.

Kapitän Bel Thorne war ein betanischer Hermaphrodit, Mitglied einer Bevölkerungsgruppe, die von einem frühen Experiment in Humangenetik und Gesellschaftsplanung übriggeblieben war, von einem Experiment, dessen einziges Ergebnis die Schaffung einer weiteren Minderheit darstellte. Thornes bartloses Gesicht war von weichem, braunem Haar umrahmt, das in einem kurzen, ambivalenten Stil geschnitten war, den sowohl ein Mann wie auch eine Frau tragen konnte Seine Offiziersjacke war offen und ließ ein schwarzes T-Shirt sehen, das sich über bescheidenen, aber ausgesprochen weiblichen Brüsten wölbte. Die grauen Dendarii-Uniformhosen waren weit genug, um die konträre Ausbuchtung in der Lendengegend zu verbergen. Einige Leute fanden Hermaphroditen äußerst verwirrend. Er war erleichtert, als ihm bewußt wurde, daß er diesen Aspekt von Thorne als nur wenig beunruhigend empfand. *Klons, die in Glashäusern sitzen, sollten nicht … womit werfen?* Es war dieser strahlende Ausdruck von ›Ich liebe Naismith‹ auf dem Gesicht des Hermaphroditen, was ihn wirklich beunruhigte. In seinen Eingeweiden krampfte sich etwas zusammen, als er den Gruß des Kapitäns der *Ariel* erwiderte.

»Willkommen an Bord, Sir!« Die Altstimme vibrierte vor Begeisterung.

Er brachte gerade ein steifes Lächeln zustande, als der Hermaphrodit herantrat und ihn umarmte. Sein Herz schlug bis in den Hals, und er konnte nur mit Mühe einen Schrei hinunterwürgen und den Impuls unterdrücken, zu seiner Verteidigung heftig und wild um sich zu schlagen. Er ertrug diese Umarmung, ohne zu erstarren, und bemühte sich in Gedanken um seine Fassung und seine sorgfältig eingeübten Ansprachen. *Er wird mich doch nicht etwa küssen wollen, oder?*

Der Hermaphrodit entfernte sich eine Armeslänge von ihm und ließ dabei seine Hände freundschaftlich auf seinen Schultern liegen, küßte ihn jedoch keineswegs. Er atmete erleichtert auf. Thorne hob den Kopf und verzog verdutzt die Lippen. »Was ist los, Miles?«

Sie duzten sich? »Entschuldige, Bel. Ich bin bloß ein bißchen müde. Können wir gleich zur Einsatzbesprechung übergehen?«

»Du siehst arg müde aus. In Ordnung. Möchtest du, daß ich die ganze Mannschaft zusammenhole?«

»Nein … du kannst ihnen die Instruktionen nach Bedarf weitergeben.« Das entsprach dem Plan: So wenig direkter Kontakt mit so wenig Dendarii wie möglich.

»Komm dann in meine Kabine, da kannst du die Beine hochlegen und Tee trinken, während wir miteinander reden.«

Der Hermaphrodit folgte ihm in den Korridor. Da er nicht wußte, welche Richtung er einschlagen mußte, drehte er sich um und wartete scheinbar höflich, daß Thorne ihm voranging. Er folgte dem Dendarii-Offizier um einige Ecken und Biegungen und auf eine andere Ebene hinauf. Die innere Architektur des Schiffes war nicht so eng, wie er es erwartet hatte. Er merkte sich sorgfältig die Richtungen, denn Naismith kannte dieses Schiff gut.

Die Kapitänskabine der *Ariel* war ein hübscher kleiner Raum, soldatenmäßig eingerichtet, und verriet außerhalb der zugeklinkten Schranktüren nicht viel über die Persönlichkeit ihres Bewohners. Doch Thorne öffnete eine Tür und zeigte auf ein altes Teegeschirr aus Keramik und ein paar Dutzend kleine Behälter mit den verschiedensten Teesorten von der Erde und anderen Planeten. Alles war durch speziell angefertigte Schaumverpackungen gegen Bruch gesichert. »Welche Sorte?« rief Thorne, während seine Hand über den Teebehältern wartete.

»Die übliche«, erwiderte er und ließ sich auf einen Stuhl sinken, der neben einem kleinen Tisch am Boden befestigt war.

»Das hätte ich mir denken können. Ich schwöre dir, demnächst werde ich dich darauf trainieren, etwas mehr zu wagen.« Thorne grinste ihn eigenartig über die Schulter hinweg an – war dieser Satz anzüglich gemeint? Nachdem er ein bißchen mehr herumgeklappert hatte, stellte Thorne eine zart handbemalte Porzellantasse mit Untertasse neben seinen Ellbogen auf den Tisch. Er nahm sie hoch und nippte vorsichtig daran, während Thorne an der Nachbarseite des Tisches einen weiteren Stuhl festhakte, eine Tasse für sich selbst holte und sich mit einem leisen Grunzer der Befriedigung hinsetzte.

Er war erleichtert, als er fand, daß die heiße, bernsteinfarbene Flüssigkeit angenehm, wenn auch etwas adstringierend schmeckte. Zucker? Er wagte nicht, danach zu fragen. Thorne hatte keinen bereitgestellt. Der Dendarii hätte es sicher getan, wenn er erwartete, daß Naismith Zucker nahm. Thorne würde doch wohl nicht schon einen subtilen Test anstellen, oder? Also dann, keinen Zucker.

Teetrinkende Söldner. Das Getränk erschien ihm irgendwie nicht annähernd giftig genug, um zu der Sammlung, nein, zu dem Arsenal von Waffen zu passen, die an die Wand geklemmt waren: ein Paar Betäuber, ein Nadelgewehr, ein Plasmabogen, eine glänzende Armbrust aus Metall und daneben ein Sortiment Granatenbolzen in einem Patronengürtel. Es hieß, Thorne sei gut in seinem Job. Wenn das stimmte, dann war es ihm gleich, was dieses Wesen trank.

»Du bist mit deinen Gedanken ganz woanders. Daraus schließe ich, daß du uns diesmal was Großartiges mitgebracht hast, oder?« versuchte Thorne nach einem weiteren Moment Schweigen ihn zum Reden zu locken.

»Einen Auftrag, ja.« Er hoffte, daß Thorne das meinte. Der Hermaphrodit nickte und hob fragend die Augenbrauen. »Es geht darum, Leute von einem Planeten zu holen. Nicht so viele, wie wir schon einmal mitgenommen haben …«

Thorne lachte.

»Aber es gibt dabei besondere Komplikationen.«

»Es kann wohl kaum komplizierter sein als auf Dagoola Vier. Los, erzähl weiter.«

Er rieb sich die Lippen, eine patentierte Naismith-Geste. »Wir knacken das Klon-Internat des Hauses Bharaputra auf Jackson's Whole. Und räumen es aus.«

Thorne war gerade dabei gewesen, ein Bein übers andere zu schlagen, jetzt schlugen beide Füße mit einem Bums auf den Boden. »Sollen wir sie umbringen?« fragte er verdutzt.

»Die Klons? Nein, die sollen wir retten! Alle retten!«

»Oh. Mann!« Thorne wirkte ausgesprochen erleichtert. »Ich habe einen Augenblick lang dieses schreckliche Bild vor mir gesehen – sie sind ja schließlich noch Kinder. Selbst wenn sie Klons sind.«

»Ganz genau.« Ein echtes Lächeln zog seine Mundwinkel hoch und überraschte ihn. »Ich bin … froh, daß du es so siehst.«

»Wie sonst?« Thorne zuckte die Achseln. »Das Geschäft mit den Gehirntransplantationen auf Klonkörper ist die monströseste und obszönste Praktik in Bharaputras ganzem Katalog schmutziger Dienstleistungen. Es sei denn, es gibt noch etwas Schlimmeres, von dem ich bisher noch nichts gehört habe.«

»Das ist auch meine Meinung.« Er lehnte sich zurück und verbarg seine Verblüffung über die sofortige Unterstützung seines Plans. War Thorne ehrlich? Die verborgenen Schrecken hinter dem Klongeschäft auf Jackson's Whole kannte niemand besser und gründlicher als er selbst. Er hatte sie ja durchlebt. Aber er hatte nicht erwartet, daß jemand, der seine Erfahrungen nicht geteilt hatte, sich seinem Urteil anschließen würde.

Genaugenommen war die Spezialität des Hauses Bharaputra nicht das Klonen. Es war das Unsterblichkeitsgewerbe oder jedenfalls das Gewerbe der Lebensverlängerung. Ein sehr lukratives Gewerbe, denn welchen Preis konnte man für das Leben selbst verlangen?

Jeden, den der Markt hergab. Das Verfahren, das Bharaputra verkaufte, war medizinisch riskant, nicht ideal... eine Wette gegen die Gewißheit des unmittelbar bevorstehenden Todes von Kunden, die wohlhabend und skrupellos waren und, wie er zugeben mußte, ungewöhnlich kühle Weitsicht besaßen.

Das Arrangement war einfach, doch das chirurgische Verfahren, auf dem es beruhte, war höllisch kompliziert. Aus einer Körperzelle des Kunden züchtete man einen Klon, den man zuerst in einem Uterusreplikator bis zur Geburt reifen ließ und dann bis zur körperlichen Reife in Bharaputras Internat großzog, einer Art erstaunlich ausgestatteten Waisenhauses. Die Klons waren schließlich wertvoll, ihre physische Konditionierung und Gesundheit war von höchster Wichtigkeit. Wenn dann die Zeit gekommen war, wurden sie ausgeschlachtet. In einer Operation, deren Gesamterfolgsrate erheblich unter hundert Prozent lag, wurde das Gehirn des Originals aus seinem alten oder beschädigten Körper in den Klon transplantiert, der sich noch in der ersten Blüte der Jugend befand. Das eigene Gehirn des Klons wurde als medizinischer Abfall eingestuft.

Das Verfahren war auf allen Planeten des Wurmlochnexus illegal, ausgenommen auf Jackson's Whole. Das war sehr schön für die kriminellen Häuser, die den Planeten beherrschten, denn es gab ihnen ein hübsches Monopol, ein dauerhaftes Geschäft, bei dem ihre Chirurgenteams angesichts der Ströme wohlhabender Kunden von anderen Planeten jede Menge Praxis hatten und in Höchstform blieben. Soweit er wußte, verhielt sich die restliche Welt gegenüber dieser Praxis nach der Devise »Aus den Augen, aus dem Sinn«. Der Funken von Mitgefühl und rechtschaffenem Zorn in Thornes Augen berührten ihn an einer schmerzlichen Stelle, die vom Gebrauch schon so betäubt war, daß er sich ihrer kaum noch bewußt war, und er erschrak, als er erkannte, daß er nur einen Herzschlag davon entfernt war, in Tränen auszubrechen. *Das ist wahrscheinlich ein Trick.* Er stieß den Atem aus – auch dies eine Eigenheit von Naismith.

Thorne senkte die Augenbrauen und dachte intensiv nach. »Bist du sicher, wir sollten die *Ariel* nehmen? Als ich das letztemal von Baron Ryoval hörte, war er noch am Leben. Das wird doch seine Aufmerksamkeit auf uns ziehen.«

Das Haus Ryoval war einer von Bharaputras kleineren Rivalen im Bereich illegaler medizinischer Dienste. Seine Spezialität war die Herstellung genetisch erzeugter oder chirurgisch fabrizierter Menschen für jeden Zweck, Sex eingeschlossen – tatsächlich also von Sklaven nach Maß. Das war böse, aber noch nicht die mörderische Bosheit, die ihn quälte. Doch was hatte die *Ariel* mit Baron Ryoval zu tun? Er hatte keine Ahnung. Sollte sich Thorne darüber den Kopf zerbrechen. Vielleicht würde der Hermaphrodit später mehr Hinweise geben. Er nahm sich vor, die erste Gelegenheit zu ergreifen und die Logbücher der bisherigen Missionen des Schiffs durchzuschauen.

»Diese Mission hat nichts mit dem Haus Ryoval zu tun. Wir werden ihm aus dem Weg gehen.«

»Das hoffe ich«, stimmte Thorne eifrig bei. Er schwieg und trank nachdenklich von seinem Tee. »Nun, obwohl Jackson's Whole schon lange fällig ist für ein Großreinemachen, vorzugsweise mit Atomwaffen, nehme ich doch an, daß wir das Ganze nicht nur aus reiner Herzensgüte unternehmen. Was ist diesmal die Mission hinter der Mission?«

Dafür hatte er eine Antwort eingeübt. »Tatsächlich ist nur einer der Klons oder eher einer seiner Erzeuger für unseren Auftraggeber von Interesse. Der Rest dient nur zur Tarnung. Bharaputras Kunden haben eine Menge Feinde. Sie werden nicht wissen, wer wen angreift. Das schützt um so mehr die Identität unseres

Auftraggebers, die dieser unbedingt geheimhalten möchte.«

Thorne grinste zufrieden. »Diese kleine Verfeinerung des Plans war deine Idee, glaube ich.«

Er zuckte die Achseln. »In gewissem Sinn.«

»Sollten wir nicht lieber wissen, hinter welchem Klon wir her sind, um Unfälle zu vermeiden, oder für den Fall, daß wir abbrechen und abhauen müssen? Falls unser Auftraggeber ihn lebendig haben möchte – oder spielt es überhaupt eine Rolle, ob der Klon tot oder lebendig ist? Falls das wahre Ziel der alte Bastard ist, der ihn hat züchten lassen.«

»Es spielt eine Rolle. Lebendig. Doch ... aus praktischen Gründen nehmen wir mal an, daß alle Klons der eine sind, hinter dem wir her sind.«

Thorne breitete begütigend die Hände aus. »Da habe ich nichts dagegen.« Die Augen des Hermaphroditen funkelten begeistert, und plötzlich schlug Thorne die Faust in die andere Hand mit einem Knall, der ihn zusammenfahren ließ. »Es ist Zeit, daß sich mal jemand mit diesen jacksonischen Mistkerlen befaßt! Mann, das wird ein Spaß!« Er fletschte die Zähne zu einem höchst beunruhigenden Grinsen. »Wieviel Unterstützung wartet auf uns auf Jackson's Whole? Sicherheitsnetze?«

»Zähl mal auf gar nichts.«

»Hm. Wie viele Hindernisse? Außer Bharaputra, Ryoval und Fell natürlich.«

Haus Fell handelte vor allem mit Waffen. Was hatte Fell damit zu tun? »Deine Vermutungen sind dabei genausogut wie meine.«

Thorne runzelte die Stirn; das war anscheinend nicht die übliche Art Naismith-Antwort.

»Ich habe sehr viele Insider-Informationen über das Internat. Die kann ich an dich weitergeben, sobald wir unterwegs sind. Schau, Bel, nachdem wir uns so lange kennen, brauchst du mich kaum noch, damit ich sage, wie du deine Arbeit machen sollst. Übernimm die Logistik und die Planung, und ich überprüfe die Endergebnisse.«

Thorne straffte sein Rückgrat. »Richtig. Über wie viele Kinder sprechen wir den überhaupt?«

»Bharaputra hat durchschnittlich pro Woche etwa eine dieser Transplantationen durchgeführt. Das ergibt pro Jahr ungefähr fünfzig. Im letzten Jahr ihres Lebens werden die Klons zur endgültigen Konditionierung in einer besonderen Einrichtung in der Nähe des Bharaputra-Hauptquartiers untergebracht. Ich möchte die ganze ›Lieferung‹ eines Jahres aus dieser Einrichtung mitnehmen. Fünfzig oder sechzig Kinder.«

»Alle an Bord der *Ariel?* Das wird eng werden.«

»Schnelligkeit, Bel, es geht um Schnelligkeit.«

»Jaa. Ich denke, du hast recht. Zeitplan?«

»Sobald wie möglich. Jede Woche Aufschub kostet ein weiteres unschuldiges Leben.« Nach diesem Rhythmus hatte er die letzten zwei Jahre durchmessen. *Bis jetzt habe ich hundert Leben verschwendet.* Die Reise von der Erde nach Escobar hatte ihn allein tausend betanische Dollar gekostet – und vier tote Klons.

»Kapiert«, sagte Thorne grimmig, stand auf und stellte seine Teetasse weg. Dann befestigte er seinen Stuhl vor seiner Komkonsole. »Dieses Kind ist für die Operation vorgesehen, nicht wahr?«

»Ja. Und wenn nicht dieser bestimmte, dann ein Kamerad aus dem Internat.«

Thorne begann an der Tastatur zu tippen. »Wie steht es mit den finanziellen Mitteln? Das ist dein Ressort.«

»Diese Mission läuft nach dem Prinzip Barzahlung bei Lieferung. Nimm das, was du brauchst, aus dem Guthaben der Flotte.«

»Ganz recht. Also leg deine Handfläche hier drauf und autorisiere meine Abbuchung.« Thorne hielt ihm ein Sensorpad hin.

Ohne zu zögern legte er seine Hand flach darauf. Zu

seinem Schrecken leuchtete der Code ›Nicht erkannt‹ rot in der Anzeige auf. *Nein! Es muß stimmen, es muß…!*

»Verdammte Maschine.« Thorne klopfte mit der Ecke des Sensorpads hart auf den Tisch. »Benimm dich! Versuch es noch einmal.«

Diesmal legte er die Hand mit einer ganz leichten Drehung hin. Der Computer verdaute die neuen Daten und erklärte ihn diesmal für erkannt, akzeptiert, gesegnet. Mit Geldmitteln ausgestattet. Sein pochendes Herz beruhigte sich erleichtert.

Thorne tippte noch mehr Daten ein und sagte über die Schulter: »Keine Frage, welches Kampfkommando du für dieses Unternehmen einsetzen möchtest?«

»Keine Frage«, wiederholte er dumpf. »Mach weiter.« Er mußte hier herauskommen, bevor der Stress der Maskerade ihm seinen guten Start vermasselte.

»Möchtest du deine gewöhnliche Kabine?« fragte Thorne.

»Sicher.« Er stand auf.

»Möglichst bald, nehme ich an…« Der Hermaphrodit überprüfte eine Anzeige in dem leuchtenden Wirrwarr von Logistik-Displays über der Vid-Scheibe der Komkonsole. »Das Handflächenschloß ist noch auf dich eingestellt. Leg dich hin, du siehst fix und fertig aus. Es ist alles unter Kontrolle.«

»Gut.«

»Wann trifft Elli Quinn ein?«

»Sie wird bei dieser Mission nicht mitkommen.«

Thorne riß überrascht die Augen auf. »*Wirklich.*« Sein Lächeln wurde – ganz unerklärlich – breit. »Das ist schade.« In seiner Stimme klang nicht die geringste Enttäuschung an. Gab es da Rivalitäten? Worum?

»Laß von der *Triumph* meine Sachen herüberschicken«, befahl er. Ja, delegiere auch diesen Diebstahl. Delegiere alles. »Und… wenn du die Möglichkeit hast, dann schick mir etwas zu essen in meine Kabine.«

»Wird gemacht«, versprach Thorne mit einem entschlossenen Nicken. »Ich freue mich übrigens zu sehen, daß du besser gegessen hast, selbst wenn du nicht geschlafen hast. Gut. Bleib dabei. Wir machen uns Sorgen um dich, weißt du.«

Besser essen, verdammt. Bei seiner Statur hatte es sich zu einem ständigen Kampf entwickelt, sein Gewicht unten zu halten. Er hatte drei Monate gehungert, nur um wieder in Naismiths Uniform zu passen, die er vor zwei Jahren gestohlen hatte und jetzt trug. Eine weitere Woge erschöpften Hasses für seinen Erzeuger schlug über ihm zusammen. Er verabschiedete sich mit einem beiläufigen Gruß, der, wie er hoffte, Thorne ermuntern würde, bei der Arbeit zu bleiben, und es gelang ihm, ein Knurren zu unterdrücken, bis die Kabinentür sich zischend hinter ihm schloß.

Es blieb ihm nichts anderes übrig, als jedes Handflächenschloß im Korridor auszuprobieren, bis eine Tür sich öffnete. Er hoffte, daß kein Dendarii vorbeikäme, während er an den Türen rüttelte. Schließlich fand er seine Kabine, sie lag direkt gegenüber der Kabine des hermaphroditischen Kapitäns. Auf seine Berührung des Sensorpads hin glitt die Tür zur Seite, ohne daß es diesmal eine beängstigende Panne gab.

Die Kabine war eine kleine Kammer, fast identisch mit der Thornes, nur kahler. Er schaute in die Schränke. Die meisten waren leer, aber in einem fand er eine graue Arbeitsuniform und einen fleckigen Technikeroverall genau in seiner Größe. Eine Ansammlung halb verbrauchter Toilettenartikel in der winzigen Naßzelle der Kabine enthielt auch eine Zahnbürste. Er verzog spöttisch die Lippen. Das ordentlich gemachte Bett, das sich aus der Wand klappen ließ, sah äußerst anziehend aus, und er wäre beinahe darauf hingesunken.

Ich bin auf dem Weg. Ich habe es geschafft. Die Dendarii hatten ihn akzeptiert, hatten seine Befehle mit dem gleichen törichten blinden Vertrauen akzeptiert, mit dem sie Naismiths Befehle befolgten. Wie Schafe. Jetzt mußte er nur achtgeben, daß er es nicht mehr vermasselte. Der schwierigste Teil war überstanden.

Er duschte sich schnell und war gerade dabei, Naismiths Hosen anzuziehen, als sein Essen eintraf. Die Tatsache, daß er halb nackt war, diente ihm als Vorwand, um den aufmerksamen Dendarii, der das Tablett gebracht hatte, wieder schnell hinauszuscheuchen. Die Mahlzeit unter der Abdeckung bestand aus echter Nahrung, nicht aus Weltraumrationen. Ein gegrilltes Steak aus gezüchtetem Eiweiß, Gemüse, das frisch aussah, nichtsynthetischer Kaffee. Das warme Essen war wirklich warm, die kalten Speisen waren kalt, hübsch in kleine Portionen eingeteilt, die genau nach Naismiths Appetit berechnet waren. Es gab sogar Eiskrem. Er erkannte den Geschmack seines Erzeugers und war aufs neue beeindruckt, wie hier unbekannte Leute sich überschlugen, um ihm genau das zu geben, was er wollte, selbst in diesen winzigen Details. Ein hoher Rang hatte schon seine Vorteile, aber das hier war verrückt.

Deprimiert aß er alles und überlegte gerade, ob das faserige grüne Zeug, das den ganzen leeren Platz auf dem Teller ausfüllte, auch eßbar war, da ertönte schon wieder der Summer an der Kabinentür.

Diesmal war es ein Dendarii-Unteroffizier, der auf einer Schwebepalette drei große Kisten mit sich brachte.

»Aha«, er blinzelte, »meine Sachen. Setzen Sie sie einstweilen einfach hier in der Mitte auf dem Boden ab.«

»Jawohl, Sir. Wollen Sie keinen Offiziersburschen haben?« Der einladende Gesichtsausdruck des Unteroffiziers ließ keinen Zweifel darüber, wer sich hier als erster freiwillig melden würde.

»Nicht … auf dieser Mission. Es wird später sehr eng werden. Lassen Sie die Sachen einfach da stehen.«

»Ich würde Sie gerne für Sie auspacken, Sir. Ich habe auch alles eingepackt.«

»Ist schon in Ordnung.«

»Falls ich etwas vergessen habe, dann lassen Sie es mich einfach wissen, und ich hole es auf der Stelle.«

»*Danke,* Korporal.« Seine Stimme klang leicht ungehalten, und das bremste glücklicherweise die Begeisterung des Korporals. Der Dendarii wuchtete die Kisten von der Schwebepalette herunter und ging mit einem schafsmäßigen Grinsen davon, als wollte er sagen: *Sie können mir aber keinen Vorwurf machen, daß ich es versucht habe.*

Er erwiderte das Lächeln mit zusammengebissenen Zähnen und wandte seine Aufmerksamkeit den Kisten zu, sobald die Tür wieder zu war. Er öffnete die Schnappschlösser und zögerte. Sein eigener Eifer verwirrte ihn. Das mußte so ähnlich sein, wie wenn man ein Geburtstagsgeschenk bekommt. Er hatte in seinem ganzen Leben noch kein Geburtstagsgeschenk bekommen. *Also, holen wir mal die verlorene Zeit nach.*

Unter dem ersten Deckel entdeckte er Kleider, mehr Kleider, als er je zuvor besessen hatte. Technikeroverall, Interimsuniform, Ausgehuniform – er hielt die graue Samtjacke hoch und betrachtete mit einem Stirnrunzeln den Schimmer und die silbernen Knöpfe –, Stiefel, Schuhe, Pantoffeln, Pyjama, alles ganz nach Dienstvorschrift und perfekt auf Naismith zugeschnitten. Und Zivilkleidung, acht oder zehn Sets in verschiedenen planetarischen und galaktischen Stilen und sozialen Abstufungen. Ein escobaranischer Geschäftsanzug aus roter Seide, eine barrayaranische Jacke in militärischem Stil mit einer paspelierten Hose, ein Strickanzug für das Schiff, ein betanischer Sarong samt Sandalen, eine abgetragene Jacke samt Hemd und Hosen, die überall für einen heruntergekommenen Dockarbeiter taugten. Reichlich Unterwäsche. Drei Arten von Chronos mit eingebauten Kommunikator-

Einheiten, eines aus Dendarii-Beständen, ein sehr teures kommerzielles Modell, und eines, das billig und mitgenommen aussah, sich dann aber auf der Unterseite als feinste militärische Überschußproduktion erwies. Und noch mehr.

Er ging zur zweiten Kiste über, hob den Deckel auf und gaffte. *Eine Weltraumrüstung.* Eine komplette Kampfrüstung, Energie- und Lebenserhaltungs-Einheiten ganz aufgeladen, die Waffen geladen und gesichert. Genau seine Größe. Sie schien von innen heraus in ihrem eigenen dunklen und bösartigen Glanz zu schimmern, während sie noch in ihrer Verpackung ruhte. Ihr Geruch überwältigte ihn, er war unglaublich militärisch: Metall und Plastik, Energie und Chemie… alter Schweiß. Er zog den Helm hervor und starrte staunend in den dunklen Spiegel des Visiers. Er hatte noch nie eine Raumrüstung getragen, doch er hatte sie in Holovids betrachtet, bis er schielte. Ein unheilvoller, todbringender Panzer…

Er packte sie komplett aus und legte die Einzelteile geordnet auf den Boden. Seltsame Spritzer, Kratzer und Flecken bedeckten da und dort die schimmernde Oberfläche. Welche Waffen, welche Schläge waren mächtig genug gewesen, um diese Metalloy-Oberfläche zu verunzieren? Welche Feinde hatten sie abgefeuert? Jede Narbe, so erkannte er, während er sie befingerte, stammte von einem Schuß, dessen Absicht der Tod gewesen war. Das war kein So-tun-als-ob.

Es war sehr beunruhigend. *Nein.* Er schob den kalten Schauder des Zweifels beiseite. *Wenn er es kann, dann kann ich es auch.* Er versuchte die Reparaturstellen und die geheimnisvollen Flecken auf dem Druckanzug und dem weichen, absorbierenden Unteranzug zu vergessen, während er alles wieder wegpackte und die Kiste verstaute. Blut? Scheiße? Brandstellen? Öl? Jetzt war der Raumanzug sowieso komplett gereinigt und geruchlos.

Die dritte Kiste war kleiner als die zweite und enthielt eine Halbrüstung. An ihr fehlten die eingebauten Waffen, und sie war nicht für den Weltraum bestimmt, sondern eher für den Kampf auf einem Planeten unter normalen oder fast normalen Druck-, Temperatur- und Witterungsbedingungen. Ihre auffälligste Eigenheit war ein Befehlshelm: ein glatter Helm aus Duralloy mit eingebauter Telemetrie und einem Vid-Projektor in einem Flansch über der Stirn, der alle Daten aus dem Netz direkt vor die Augen des Kommandierenden projizierte. Der Datenfluß wurde durch Augenbewegungen und Sprachbefehle gesteuert. Er ließ den Helm auf der Ablage, um ihn später gründlicher zu untersuchen, und packte den Rest wieder ein.

Als er endlich mit dem Einräumen der ganzen Kleidung in die Schränke und Schubfächer der Kabine fertig war, begann er zu bereuen, daß er den Unteroffizier so voreilig weggeschickt hatte. Er fiel auf das Bett und dämpfte die Beleuchtung. Sobald er das nächstemal aufwachte, würde er schon unterwegs nach Jackson's Whole sein ...

Er hatte gerade zu schlummern begonnen, als der Kabinenkommunikator summte. Er rappelte sich hoch und brachte mit schläfriger Stimme ein halbwegs verständliches »Hier Naismith« hervor.

»Miles?« Es war Thorne. »Das Kampfkommando ist hier.«

»Ah ... gut. Verlaß dann den Orbit, sobald du fertig bist.«

»Willst du die Leute nicht begrüßen?« fragte Thorne. Es klang überrascht.

Eine Inspektion. Er holte Luft. »In Ordnung. Ich ... komme. Naismith Ende.« Er schlüpfte wieder in seine Uniformhose, nahm diesmal eine Jacke mit korrekten Abzeichen und rief schnell einen schematischen Plan der inneren Struktur des Schiffs auf der Komkonsole auf. Es gab zwei Schleusen für Kampflandeshuttles, an

Backbord und an Steuerbord. Welche war die richtige? Er prägte sich eine Route zu beiden ein.

Die erste Shuttle-Luke, die er ausprobierte, war die richtige. An der Biegung des Korridors hielt er einen Augenblick im Schatten und in der Stille inne, um die Szene in sich aufzunehmen, bevor man ihn entdeckte.

Der Laderaum wimmelte von einem Dutzend Männern und Frauen in grauen Tarnfluganzügen, die einen Haufen an Ausrüstung und Materialien bei sich hatten. Handfeuerwaffen und schwere Waffen waren in symmetrischer Anordnung aufgestapelt. Die Söldner saßen oder standen herum, ihre Unterhaltung war laut und derb und wurde von bellendem Gelächter unterbrochen. Sie waren alle so groß und sprühten vor Energie und stießen halb im Spaß aneinander, als suchten sie einen Vorwand, um noch lauter zu rufen. Sie trugen Messer und andere persönliche Waffen an Gürteln, in Halftern oder auf Patronengürteln protzig zur Schau gestellt. Ihre Gesichter waren undeutlich und erinnerten ihn an Tiere. Er schluckte, straffte sich und trat unter sie.

Sofort veränderte sich die Szene. »*Aaach-tung!*« rief jemand. Sie stellten sich ohne weitere Befehle in zwei ordentlichen, völlig stummen Reihen auf, jeder mit seinem Bündel an Ausrüstung zu Füßen. Diese Ordnung war fast noch erschreckender als das vorhergehende Chaos.

Mit einem dünnen Lächeln trat er vor und tat so, als würde er jeden anschauen. Ein letzter schwerer Matchsack sauste durch die Shuttle-Luke und landete mit einem lauten Plumps auf dem Deck. Der dreizehnte Kämpfer des Kommandos zwängte sich durch, stellte sich hin und salutierte.

Er stand da und war vor Panik gelähmt. Was, zum Teufel, war denn das? Er starrte auf eine blitzende Gürtelschnalle, dann legte er den Kopf in den Nacken. Das verrückte Wesen war mehr als *2,40 m* groß. Der riesige Körper strahlte eine Kraft aus, die er fast wie eine Hitzewelle spürte, und das Gesicht – das Gesicht war ein Alptraum. Braungelbe Augen wie die eines Wolfs, ein verzerrter, langgezogener Mund mit *Fangzähnen*, verdammt, langen weißen Eckzähnen, die über den Rand der roten Lippen hinausragten. Die riesigen Hände hatten *Krallen*, kräftige, mächtige, rasiermesserscharfe Krallen – mit rotem Nagellack emailliert ... *Was war das?* Sein Blick wanderte wieder zum Gesicht des Monstrums empor. Lidschatten und Goldfarbe umrahmten die Augen; als Echo dazu klebte auf einem der hohen Backenknochen dekorativ ein kleines goldenes Flitterplättchen. Das mahagonifarbene Haar war in einem komplizierten Knoten zurückgebunden. Der Gürtel war eng geschnallt und betonte trotz des weiten Fliegeranzugs, der in verschiedenen Grautönen gehalten war, die Figur. Das Ding war weiblich ...?

»Sergeantin Taura und Kampfkommando Grün melden sich wie befohlen, Sir!« Die Baritonstimme hallte in der Ladebucht.

»Danke ...«, flüsterte er krächzend und hustete dann, um seine Kehle freizubekommen. »Danke, das wär's. Sie bekommen dann Ihre Befehle von Kapitän Thorne. Sie dürfen wegtreten.« Sie mußten sich alle anstrengen, um ihn zu verstehen, und er fühlte sich gezwungen zu wiederholen: »Wegtreten!«

Es entstand Unordnung, oder eine Ordnung, die nur sie selbst kannten, denn das ganze Material verschwand mit erstaunlicher Geschwindigkeit aus dem Laderaum. Die monströse Sergeantin blieb zurück und wartete auf ihn. Er unterdrückte den Impuls, vor ihr davonzusprinten ...

Sie senkte die Stimme. »Danke dafür, daß du das Grüne Kommando ausgewählt hast, Miles. Ich habe gehört, daß du uns da eine tolle Sache an Land gezogen hast.«

Noch mehr Duzerei? »Kapitän Thorne wird euch

unterwegs über alles informieren. Diese Mission ist … eine Herausforderung.« Und sie wäre die den Befehl führende Sergeantin?

»Kapitänin Quinn hat wie immer die Details?« Sie hob die buschigen Augenbrauen.

»Kapitänin Quinn … wird bei dieser Mission nicht dabeisein.«

Er hätte schwören können, daß ihre goldenen Augen sich weiteten und die Pupillen größer wurden. Sie zog die Lippen zurück und entblößte ihre Fangzähne noch mehr. Nach einem Moment des Erschreckens erkannte er, daß dies ein Lächeln war. Auf seltsame Weise erinnerte es ihn an das Grinsen, mit dem Thorne die gleiche Neuigkeit begrüßt hatte.

Sie blickte auf. Der Laderaum war jetzt leer, alle anderen waren fort. »Aah?« Ihre Stimme klang wie das Schnurren einer großen Katze. »Schön, ich werde jederzeit deine Leibwächterin sein, mein Lieber. Gib mir nur das Zeichen.«

Welches Zeichen, was, zum Teufel …

Sie beugte sich vor, kräuselte die Lippen und packte mit der Hand mit den roten Krallen seine Schulter – ihm blitzte ein Schreckbild auf, wie sie seinen Kopf abriß, ihn häutete und auffraß –, dann näherte sich ihr Mund dem seinen. Er hielt den Atem an, ihm wurde schwarz vor den Augen, und er fiel fast in Ohnmacht, bevor sie sich aufrichtete und ihn verwirrt und verletzt anschaute. »Miles, was ist los?«

Das war ein *Kuß* gewesen. Ihr irren Götter! »Nichts«, keuchte er. »Ich bin … krank gewesen. Wahrscheinlich hätte ich noch nicht aufstehen sollen, aber ich mußte ja euch inspizieren.«

Sie schaute ihn sehr beunruhigt an. »Du hättest nicht aufstehen sollen – du zitterst ja am ganzen Leib! Du kannst ja kaum stehen. Komm, ich trage dich zur Krankenstation. Verrückter Kerl!«

»Nein! Es geht schon. Das heißt, ich bin behandelt

worden. Jetzt soll ich mich einfach ausruhen und eine Weile erholen, das ist alles.«

»Nun, dann gehst du direkt zurück ins Bett!«

»Ja.«

Er drehte sich um. Sie klatschte ihm auf den Hintern. Er biß sich in die Zunge. Sie sagte: »Wenigstens hast du besser gegessen. Paß auf dich auf, ja?«

Er winkte ihr über die Schulter zu und floh, ohne zurückzuschauen. War das militärische Kameraderie gewesen? Von einer Sergeantin gegenüber einem Admiral? Das konnte er nicht glauben. *Intimität* war das. *Naismith, du verrückter Mistkerl, was hast du in deiner Freizeit getrieben? Ich hatte gar nicht daran gedacht, daß du Freizeit hattest. Du mußt ein ausgeflippter, selbstmörderischer Irrer sein, wenn du mit der gevögelt hast …*

Er schloß die Kabinentür hinter sich ab und lehnte sich dagegen, zitternd, hysterisch und ungläubig lachend. Verdammt, er hatte alle Fakten über Naismith studiert, alles. Das hätte nicht passieren dürfen. *Wenn man solche Freunde hat, wozu braucht man da noch Feinde?*

Er zog sich aus und legte sich verkrampft auf das Bett, dachte über Naismith/Vorkosigans kompliziertes Leben nach und fragte sich, welche andere Falltüren es noch für ihn bereithielt. Endlich verriet ihm eine leichte Veränderung im Rauschen und Knacken des Schiffs, das ihn umgab, ein kurzes Zucken der sich verändernden Gravitationsfelder, daß die *Ariel* den Orbit von Escobar verließ. Es war ihm wirklich gelungen, einen voll bewaffneten und ausgerüsteten militärischen Schnellkreuzer zu stehlen, und niemand wußte es. Sie waren unterwegs nach Jackson's Whole. Zu seinem Schicksal. *Seinem,* nicht Naismiths, Schicksal. Endlich trudelten seine Gedanken in den Schlaf hinüber.

Aber wenn du dein Schicksal einforderst, flüsterte ihm die Stimme seines Dämons ein, bevor das Vergessen der Nacht über ihn kam, *warum kannst du dann nicht deinen Namen einfordern?*

KAPITEL 2

Sie verließen das Verbindungsrohr des Passagierschiffs im Gleichschritt, Arm in Arm, Quinn mit ihrem Matchbeutel über der Schulter, Miles mit seiner Reisetasche in der freien Hand. In der Ankunftswartehalle der orbitalen Transferstation drehten sich die Leute nach ihnen um. Miles warf seiner Begleiterin einen verstohlenen Seitenblick zu, während sie an Männern vorbeispazierten, die sie neidvoll anstarrten. *Meine Quinn.*

Nachdem sie halbwegs zu ihrer normalen Persönlichkeit zurückgekehrt war, sah Quinn an diesem Morgen besonders flott aus – war es übrigens ein Morgen? Er würde sich nach der Flottenzeit der Dendarii erkundigen müssen. Es war ihr gelungen, ihrer grauen, mit Taschen besetzten Uniform einen modischen Akzent zu geben, indem sie die Hosenbeine in rote Wildlederstiefel gesteckt hatte (die Stahlkappen unter den Stiefelspitzen bemerkte niemand) und oben ein enges scharlachrotes Top trug. Dazu und zu ihren kurzen dunklen Locken bildete ihre weiße Haut einen leuchtenden Kontrast. Die Farben lenkten den Blick von ihrer Sportlichkeit ab, die nicht ersichtlich wurde, solange man nicht wußte, wieviel dieser verdammte Matchbeutel wog.

Die klaren braunen Augen verrieten Intelligenz. Doch es waren die vollkommen geschnittenen Rundungen und Flächen ihres Gesichtes, die die Männer mitten im Satz verstummen ließen. Ein offensichtlich teures Gesicht, die Arbeit eines chirurgischen Künstlers von außerordentlicher Begabung. Der beiläufige

Beobachter mochte vermuten, daß der kleine häßliche Mann, mit dem sie Arm in Arm ging, für das Gesicht bezahlt hatte, und er mochte zu dem Schluß kommen, die Frau sei auch gekauft. Doch dieser beiläufige Beobachter wäre nie auf den Preis gekommen, den sie wirklich gezahlt hatte: ihr altes Gesicht, weggebrannt in einem Kampf vor Tau Verde – nahezu das erste Opfer in Admiral Naismiths Dienst. War das jetzt schon zehn Jahre her? Ach Gott. Der beiläufige Betrachter war ein Trottel, dachte Miles.

Das neueste Exemplar dieser Art war ein wohlhabender Geschäftsmann, der Miles an eine blonde, zivile Version seines Cousins Ivan erinnerte. Der Mann hatte einen großen Teil der zwei Wochen langen Reise von Sergyar nach Escobar mit solchen falschen Auffassungen über Quinn zugebracht und versucht, sie zu verführen. Miles erblickte ihn jetzt, wie er sein Gepäck auf eine Schwebepalette lud und einen letzten enttäuschten Seufzer der Niederlage ausstieß, bevor er sich davonmachte. Abgesehen davon, daß er Miles an Ivan erinnerte, trug ihm Miles nichts nach. Tatsächlich tat er Miles fast leid, denn Quinns Sinn für Humor war fast so boshaft wie ihre Reflexe tödlich waren.

Miles zeigte mit einer Kopfbewegung auf den abziehenden Escobaraner und murmelte: »Was hast du denn zu ihm gesagt, um ihn loszuwerden, Schatz?«

Quinns Blick suchte nach dem Mann, dann lachte sie, und neben ihren Augen erschienen Fältchen. »Wenn ich es dir sage, ist es dir peinlich.«

»Nein, nein. Sag's mir nur.«

»Ich habe ihm gesagt, du könntest Liegestütze mit deiner Zunge machen. Er muß zu dem Schluß gekommen sein, daß er da nicht konkurrieren kann.«

Miles wurde rot.

»Ich hätte ihn nicht so weit an der Nase herumgeführt, nur war ich mir am Anfang nicht ganz sicher, ob er nicht eine Art von Agent war.«

»Und jetzt bist du dir sicher?«

»Jaa. Schade. Es hätte unterhaltsamer verlaufen können.«

»Nicht für mich. Ich war reif für einen kleinen Urlaub.«

»Ja, und du siehst jetzt auch besser aus. Ausgeruht.«

»Diese Tarnung als Ehepaar auf Reisen gefällt mir wirklich«, bemerkte er. »Sie paßt mir.« Er holte etwas tiefer Luft. »Also, wir haben die Flitterwochen gehabt, warum lassen wir nicht die Hochzeit folgen?«

»Du gibst nie auf, was?« Sie schlug einen leichten Ton an. Nur das leichte Zucken ihres Arms unter dem seinen verriet ihm, daß seine Worte sie verletzt hatten, und er verfluchte sich insgeheim.

»Tut mir leid. Ich hatte doch versprochen, daß ich dieses Thema nicht ansprechen würde.«

Mit einem Zucken ihrer freien Achsel löste sie ihren Arm aus dem seinen und schlenkerte ihn aggressiv, während sie weitergingen. »Das Problem ist, du möchtest nicht, daß ich Madame Naismith, der Schrecken der Dendarii, werde. Du möchtest mich zur Lady Vorkosigan von Barrayar machen. Das ist ein Posten auf einem Planeten. Ich bin aber im Weltraum geboren. Selbst wenn ich einen Dreckschlucker heiraten und in eine Schwerkraftmulde hinabsteigen würde, um nie mehr hochzukommen, dann wäre Barrayar nicht das Loch, das ich mir aussuchen würde. Damit möchte ich aber deine Heimat nicht beleidigen.«

Warum eigentlich nicht? Alle anderen tun es auch. »Meine Mutter mag dich«, brachte er vor.

»Und ich bewundere sie. Ich bin ihr inzwischen, laß mal sehen, viermal begegnet, und jedesmal bin ich tiefer von ihr beeindruckt. Und doch … je mehr beeindruckt ich bin, desto empörter bin ich auch darüber, wie kriminell Barrayar ihre Talente verschwendet. Sie wäre inzwischen General-Inspektorin des Betanischen Astronomischen Erkundungsdienstes, wenn sie auf

Kolonie Beta geblieben wäre. Oder was ihr sonst gefallen hätte.«

»Es hat ihr gefallen, Gräfin Vorkosigan zu werden.«

»Es hat ihr gefallen, sich von deinem Vater den Kopf verdrehen zu lassen, und ich muß zugeben, daß er einem schon ganz schön den Kopf verdrehen kann. Auf den Rest von dem Vor-Clan gibt sie keinen Pfifferling.« Quinn hielt an, bevor sie in Hörweite der escobaranischen Zollinspektoren kamen, und Miles blieb neben ihr stehen. Sie blickten beide die Halle hinab und schauten einander nicht an. »Trotz all ihrem Flair ist sie unter der Oberfläche eine müde Frau. Barrayar hat soviel aus ihr abgesaugt. Barrayar ist ihr Krebs, bringt sie langsam um.«

Miles schüttelte stumm den Kopf.

»Auch dich. Lord Vorkosigan«, fügte Quinn düster hinzu. Diesmal war es an ihm, zusammenzuzucken.

Sie spürte es und warf den Kopf zurück. »Auf jeden Fall ist Admiral Naismith der Typ Wahnsinniger, den ich mag. Im Gegensatz zu ihm ist Lord Vorkosigan ein langweiliger und pflichtbewußter Stockfisch. Ich habe dich zu Hause auf Barrayar gesehen, Miles. Dort kommst du mir vor, als wärest du nur halb anwesend. Gedämpft, irgendwie kleinlaut. Selbst deine Stimme ist leiser. Es ist äußerst beängstigend.«

»Ich kann nicht... ich muß mich dort anpassen. Noch vor knapp einer Generation wäre jemand mit einem so seltsamen Körper wie ich unter dem Verdacht, ein Mutant zu sein, auf der Stelle getötet worden. Ich kann die Dinge nicht zu weit oder zu schnell vorantreiben. Ich bin ein zu leichtes Ziel.«

»Ist das der Grund, weshalb der Kaiserliche Sicherheitsdienst dich so oft auf Missionen außerhalb des Planeten schickt?«

»Zugunsten meiner Entwicklung als Offizier. Um meinen Horizont zu erweitern und meine Erfahrung zu vertiefen.«

»Und eines Tages werden sie dich für immer hier herausholen und nach Hause nehmen und diese ganze Erfahrung wieder aus dir herausquetschen wie aus einem Schwamm.«

»Ich stehe jetzt im Dienst von Barrayar, Elli«, erinnerte er sie leise mit ernster, ruhiger Stimme. Sie mußte den Kopf beugen, um ihn zu verstehen. »Jetzt, dann und immer.«

Ihre Augen wanderten davon. »Also gut ... wenn man deine Stiefel auf Barrayar wieder an den Boden nagelt, dann möchte ich deinen Job haben. Ich möchte eines Tages Admiralin Quinn werden.«

»Nichts dagegen«, sagte er freundlich. Der Job, ja. Es war Zeit für Lord Vorkosigan und seine persönlichen Bedürfnisse, wieder in den Sack zu kriechen. Er mußte jedenfalls endlich aufhören, dieses törichte Gespräch mit Quinn über das Thema Ehe masochistisch zu wiederholen. Quinn war Quinn. Er wollte nicht, daß sie zu Nicht-Quinn würde, nicht einmal für ... Lord Vorkosigan.

Trotz dieses Augenblicks der Depression, den er selbst verursacht hatte, die Vorfreude auf seine Rückkehr zu den Dendarii beschleunigte seine Schritte, während sie sich ihren Weg durch die Zollkontrolle und in die riesige Transferstation bahnten. Quinn hatte recht. Er *spürte*, wie Naismith wieder seine Haut ausfüllte, erzeugt von irgendwo tief in seiner Psyche bis hinein in seine Fingerspitzen. Adieu, langweiliger Leutnant Miles Vorkosigan, ganz und gar verdeckter Ermittler für den Kaiserlichen Sicherheitsdienst von Barrayar (und längst überfällig für eine Beförderung). Hallo, verwegener Admiral Naismith, Weltraumsöldner und vielseitiger Glücksritter.

Oder Unglücksritter. Er verlangsamte seinen Schritt, als sie sich einer Reihe kommerzieller Komkonsolen-Kabinen näherten, die die Passagierhalle säumten, und nickte mit dem Kopf in Richtung auf deren verspiegelte Türen. »Schauen wir mal, was sich beim Kampfkommando Rot tut. Wenn sie sich ausreichend erholt haben, daß sie entlassen werden können, dann würde ich gern persönlich zum Planeten hinunterfliegen und sie abholen.«

»Okay.« Quinn ließ ihren Matchbeutel gefährlich nahe neben Miles' sandalenbekleidete Füße herunterfallen, schwang sich in die nächste freie Kabine, steckte ihre Karte in den Schlitz und tippte einen Code ein.

Miles setzte seine Reisetasche ab, setzte sich auf den Matchbeutel und beobachtete sie von außerhalb der Kabine. In dem Spiegelmosaik auf der herabgelassenen Tür der nächsten Kabine erblickte er sein eigenes Spiegelbild, in Streifen geschnitten. Seine dunklen Hosen und das weite weiße Hemd verrieten in ihrem Stil nicht, von welchem Planeten sie stammten, aber sie wirkten sehr zivil, wie es zu seiner Reisetarnung paßte. Entspannt, zwanglos. Nicht schlecht.

Es hatte eine Zeit gegeben, da hatte er Uniformen getragen wie einen Schildkrötenpanzer, der den verletzlichen Eigenheiten seines Körpers erstklassigen sozialen Schutz bot. Eine Rüstung, die seine Zugehörigkeit signalisierte und verkündete: *Leg dich mit mir nicht an. Ich habe Freunde.* Wann hatte er aufgehört, diesen Schutzschild so verzweifelt zu brauchen? Er war sich nicht sicher.

Wann hatte er übrigens aufgehört, seinen Körper zu hassen? Zwei Jahre waren vergangen seit seiner letzten ernsthaften Verletzung damals bei der Geiselrettungsaktion, direkt nach dem unglaublichen Durcheinander mit seinem Bruder auf der Erde. Schon seit beträchtlicher Zeit war er voll wiederhergestellt. Er spannte seine Hände, in denen sich lauter Ersatzknochen aus Plastik befanden, und empfand sie so unbefangen als seine eigenen wie damals, bevor sie zum letztenmal zerquetscht worden waren. Wie damals, bevor sie zum erstenmal zerquetscht worden waren. Er hatte schon seit Monaten keinen Anfall von Knochenentzündung mehr gehabt. *Ich habe keine Schmerzen,* erkannte er mit einem düsteren Grinsen. Und daran war nicht nur Quinn schuld, obwohl sie sehr … therapeutisch gewesen war. *Werde ich auf meine alten Tage noch vernünftig?*

Genieße es, solange du kannst. Er war achtundzwanzig Jahre alt und sicher auf einer Art physischem Höhepunkt. Er fühlte den Höhepunkt, das erheiternde Schwebegefühl des Gipfels. Die absteigende Kurve war das Schicksal irgendeines zukünftigen Tages.

Stimmen aus der Kommunikationskabine holten ihn in die Gegenwart zurück. Quinn hatte Sandy Hereld am anderen Ende und sagte: »Hallo, ich bin zurück.«

»Hallo, Quinnie, ich habe dich erwartet. Was kann ich für dich tun?« Sandy hatte ihr Haar wieder seltsam hergerichtet. Miles konnte es sogar aus seinem seitlichen Blickwinkel sehen.

»Ich habe gerade das Sprungschiff verlassen und bin hier auf der Transferstation. Wir planen einen kleinen Umweg. Ich brauche eine Transportmöglichkeit hinab zum Planeten, um die Überlebenden des Roten Kommandos abzuholen, und dann zurück zur *Triumph.* Wie ist ihr gegenwärtiger Status?«

»Einen Augenblick mal, ich hab's in einer Sekunde …« Leutnantin Hereld rief auf einem Display zu ihrer Linken Daten auf.

In der belebten Halle ging ein Mann in grauer Dendarii-Uniform an ihnen vorüber. Er erblickte Miles und nickte ihm zurückhaltend und vorsichtig zu, unsicher vielleicht, ob die zivile Kleidung des Admirals eine Art von Tarnung bedeutete. Miles winkte beruhigend, der Mann lächelte und ging weiter. Miles' Gehirn lieferte automatisch Daten, ohne daß er es eigentlich wollte. Der Name des Mannes war Travis Gray, er war ein Feldtechniker, der gegenwärtig auf der *Peregrine* Dienst tat, ein Mann, der seit sechs Jahren bei den Dendarii war, Experte für Kommunikationstechnik, Sammler klassischer Musik von der Erde aus der Zeit vor den Wurmlochsprüngen ... Wie viele solcher Personaldossiers trug Miles jetzt in seinem Kopf mit sich herum? Hunderte? Tausende?

Und hier kamen noch mehr. Hereld drehte sich um und ratterte los: »Ives ist entlassen zu einem Urlaub auf dem Planeten. Boyd wurde zu weiterer Behandlung auf die *Triumph* zurückgebracht. Das Beauchene Life Center berichtet, daß Durham, Vifian und Aziz bereit zur Entlassung sind, aber man will zuerst mit einem Verantwortlichen sprechen.«

»Okay.«

»Kee und Zelaski ... über die will man auch reden.«

Quinn preßte die Lippen zusammen. »In Ordnung«, stimmte sie zu. Miles wurde etwas flau im Magen. Er hatte den Verdacht, daß dies kein sehr glückliches Gespräch werden würde. »Laß sie also wissen, wir sind unterwegs«, sagte Quinn.

»Ja, Käp'tin.« Hereld blätterte auf ihrem Vid-Display Dateien durch. »Wird gemacht. Welches Shuttle soll es sein?«

»Das kleinere Personalshuttle der *Triumph* reicht aus, es sei denn, es gibt gleichzeitig etwas an Fracht vom Shuttle-Hafen von Beauchene mitzunehmen.«

»Von dort nichts, nein.«

»In Ordnung.«

Hereld blickte auf ihr Vid. »Nach Information der escobaranischen Flugüberwachung kann ich Shuttle Zwei in dreißig Minuten in Andockbucht J-26 anlegen lassen. Dann bekommt es sofort die Starterlaubnis hinab zum Planeten.« »Danke. Sag's weiter: Wenn wir zurückkommen, gibt es eine Besprechung der Kapitäne und Kapitän-Eigner. Wie spät ist es in Beauchene?«

Hereld schaute zur Seite. »9:06 Uhr, bei einem Tag von 26:07 Stunden.«

»Also Vormittag. Großartig. Und wie ist das Wetter dort unten?«

»Angenehm. Man kann kurzärmelig gehen.«

»Gut, ich brauche mich nicht umzuziehen. Wir melden uns, wenn wir bereit sind, Port Beauchene zu verlassen. Quinn Ende.«

Miles saß auf dem Matchsack und starrte auf seine Sandalen. Er war in unangenehme Erinnerungen versunken. Es war bei einer der anstrengenderen Schmuggelabenteuer der Dendarii-Söldner gewesen, als sie Militärberater und Material auf Marilac abgesetzt hatten, um den andauernden Widerstand dieses Planeten gegen eine cetagandanische Invasion zu unterstützen. Auf dem letzten Flug zurück und hinauf war das Kampflandeshuttle A-4 der *Triumph* von feindlichem Feuer getroffen worden, mit dem Roten Kommando und einigen wichtigen Marilacanern an Bord. Der Pilot, Leutnant Durham, hatte – obwohl tödlich verwundet und selbst unter Schock stehend – sein beschädigtes und brennendes Shuttle mit hinlänglich reduzierter Geschwindigkeit in die Andockklampen der *Triumph* hineingerammt, so daß das Rettungsteam ein Notverbindungsrohr anschließen, hindurchschlüpfen und alle an Bord befindlichen Personen retten konnte. Sie konnten noch das beschädigte Shuttle absprengen, bevor es explodierte, und die *Triumph* selbst verließ den Orbit knapp vor einer ernsthaften cetagandanischen Racheaktion. Und so endete eine Mission, die einfach, glatt und verdeckt begonnen hatte, wieder einmal in dieser Art heroischem Chaos, die Miles in letzter Zeit mehr und mehr verachtete. Er verachtete das Chaos, nicht den Heroismus.

Nach einer niederschmetternden Triage stand fest: Zwölf waren ernsthaft verletzt, sieben waren jenseits der Möglichkeiten der *Triumph* zur Wiederbelebung und wurden – in der Hoffnung auf spätere Hilfe – kryogenisch eingefroren; drei waren dauernd und endgültig tot. Jetzt würde Miles herausfinden, wie viele aus der zweiten Kategorie er in die dritte übertragen mußte. Ihre Gesichter und Namen sowie Hunderte unerwünschter Fakten strömten in einer Kaskade durch seinen Kopf. Ursprünglich hatte er geplant, an Bord dieses letzten Shuttles zu sein, doch statt dessen war er mit einem früheren Flug nach oben zurückgekehrt, um sich mit einem anderen Problem zu befassen ...

»Vielleicht geht es ihnen nicht so schlecht«, sagte Quinn, als sie in seinem Gesicht die Gedanken las. Sie streckte die Hand aus, er rappelte sich von dem Matchsack hoch und nahm seine Reisetasche auf.

»Ich habe soviel Zeit in Krankenhäusern zugebracht, ich kann gar nicht anders, als mich mit ihnen zu identifizieren«, entschuldigte er seine düstere Grübelei. Eine perfekte Mission! Was würde er nicht für wenigstens eine einzige perfekte Mission geben, bei der absolut nichts schieflief. Vielleicht würde es bei der nächsten endlich klappen.

Als Miles und Quinn die Eingangstüren zum Beauchene Life Center durchschritten, zu der Spezialklinik für Kryotherapie, derer sich die Dendarii auf Escobar bedienten, da traf ihn sofort der Krankenhausgeruch. Es war kein schlechter Geruch, keineswegs ein Gestank, einfach eine seltsame Zugabe zu der Luft aus der Klimaanlage. Doch in seiner Erfahrung war dieser Geruch so sehr mit Schmerz verbunden, daß er merkte, wie sein Herz schneller klopfte. *Kampf oder Flucht*. Das paßte hier nicht. Er holte tief Luft, unterdrückte die innere Erregung und blickte um sich. Die Eingangshalle war ziemlich genau in dem Stil gehalten, der zur Zeit in allen Techno-Palästen auf Escobar üblich war: sauber, aber billig eingerichtet. Das Geld war in die oberen Stockwerke investiert, in die Kryo-Geräte, die Regenerationslabors und die Operationssäle.

Einer der Seniorpartner der Klinik, Dr. Aragones, kam herunter, um sie zu begrüßen und nach oben in sein Büro zu führen. Aragones' Büro gefiel Miles. Es war vollgestopft mit Infodisketten, Diagrammen und Journalausdrucken auf Plastikfolien – ein Durcheinander, das auf einen Technokraten schließen ließ, der dauernd tief über das nachdachte, was er tat. Aragones selbst gefiel ihm auch, ein großer, gutmütig-derber Typ mit bronzefarbener Haut, einer edlen Nase und ergrauendem Haar. Er war freundlich, aber auch offen und ehrlich.

Dr. Aragones bedauerte es, daß er keine besseren Ergebnisse präsentieren konnte. Miles vermutete, daß es seinen Stolz verletzte.

»Sie bringen uns solche schweren Fälle und erwarten Wunder«, beschwerte er sich sanft und rutschte auf seinem Stuhl hin und her, nachdem Miles und Quinn sich niedergelassen hatten. »Wenn Sie sicherstellen wollen, daß es Wunder gibt, dann müssen Sie von Anfang an dafür sorgen, schon wenn meine armen Patienten zur Behandlung vorbereitet werden.«

Aragones nannte sie nie Eisleichen und benutzte auch sonst keinen der anderen Ausdrücke, die die Soldaten in ihrem Unbehagen erfunden hatten. Immer *meine Patienten.* Auch das gefiel Miles an dem escobaranischen Arzt.

»Leider kommen unsere Verletzten im allgemeinen nicht wohlgeplant und ordentlich einer nach dem anderen an«, sagte Miles halb entschuldigend. »In diesem Fall hatten wir achtundzwanzig Leute in der Krankenstation, und das mit jeder Art Verletzung – extreme Traumata, Verbrennungen, chemische Kontaminationen –, und das alles auf einmal. Die Triage wurde für kurze Zeit brutal, bis sich die Dinge klärten. Meine Leute taten ihr Bestes.« Er zögerte. »Glauben Sie, daß es sich lohnen würde, einige unserer Medtechs in Ihren neuesten Techniken weiterzubilden, und falls ja, wären Sie bereit, das Seminar zu leiten?«

Aragones breitete die Hände aus und blickte nachdenklich drein. »Man könnte etwas arrangieren...

Sprechen Sie mit Verwaltungschef Margara, bevor Sie gehen.«

Quinn sah, wie Miles nickte, und machte sich eine Notiz auf ihrem Reportpanel.

Aragones rief auf seiner Komkonsole einige Diagramme auf. »Das Schlimmste zuerst. Wir konnten nichts für Mr. Kee und Ms. Zelaski tun.«

»Ich habe ... Kees Kopfverletzung gesehen. Ich bin nicht überrascht.« *Zerschmettert wie eine Melone.* »Aber wir hatten die Kryo-Kammer zur Verfügung, und so haben wir es versucht.«

Aragones nickte verständnisvoll. »Ms. Zelaski hatte ein ähnliches Problem. Allerdings war das äußerlich weniger offensichtlich. Während des Traumas wurde so viel von ihrem Kreislauf im Schädelinneren unterbrochen, daß ihr Blut nicht richtig abgesaugt und die Kryo-Flüssigkeiten nicht richtig perfundiert werden konnten. Die kristalline Vereisung und die Hämatome machten zusammen die neurale Zerstörung komplett. Es tut mir leid. Die Leichen befinden sich gegenwärtig in unserer Leichenhalle, und wir erwarten Ihre Anweisungen.«

»Kee wünschte, daß seine Leiche an seine Familie auf seiner Heimatwelt zur Bestattung geschickt würde. Weisen Sie Ihre Bestattungsabteilung an, alles Nötige vorzubereiten, und schicken Sie ihn über die üblichen Transportwege. Wir werden Ihnen die Adresse geben.« Er gab Quinn mit einer Kinnbewegung ein Zeichen, und sie machte sich eine weitere Notiz. »Zelaski hat keine Familie und keine nächsten Angehörigen angegeben – einige der Dendarii tun oder wollen das einfach nicht, und wir bestehen nicht darauf. Aber sie hat einmal einigen ihrer Kameraden erzählt, was ihrem Wunsch nach mit ihrer Asche geschehen sollte. Bitte lassen Sie ihre sterblichen Überreste kremieren und schicken Sie sie zu Händen unserer Sanitätsabteilung zur *Triumph* zurück.«

»In Ordnung.« Aragones löschte die Diagramme auf seinem Vid-Display. Sie verschwanden wie Gespenster, die sich auflösten. An ihrer Stelle rief er andere auf.

»Mr. Durham und Ms. Vifian sind beide zur Zeit nur teilweise von ihren ursprünglichen Verletzungen geheilt. Beide leiden an – ich würde sagen: normaler – neural-traumatischer und kryogenischer Amnesie. Mr. Durhams Gedächtnisverlust ist tiefer, teilweise wegen Komplikationen infolge seiner neuralen Pilotenimplantate, die wir leider entfernen mußten.«

»Wird man ihm je ein neues Aggregat implantieren können?«

»Es ist noch zu früh, um das zu sagen. Ich würde die Langzeit-Prognosen beider Personen als gut bezeichnen, aber es wird mindestens ein Jahr dauern, bis beide wieder so gesund sind, daß sie zu ihrem militärischen Dienst zurückkehren können. Und dann werden sie eine extensive neue Ausbildung brauchen. In beiden Fällen empfehle ich nachdrücklich, daß diese Patienten in ihre Heimat und ihr familiäres Umfeld zurückgeschickt werden, wenn das möglich ist. Eine vertraute Umgebung wird helfen, ihnen im Laufe der Zeit wieder Zugang zu ihren eigenen übriggebliebenen Erinnerungen zu verschaffen.«

»Leutnant Durham hat seine Familie auf der Erde. Wir werden dafür sorgen, daß er dort hinkommt. Technikerin Vifian stammt von Station Kline. Wir werden sehen, was wir machen können.«

Quinn nickte lebhaft und machte weitere Notizen.

»Dann kann ich sie heute entlassen und Ihnen übergeben. Wir haben alles getan, was wir können, und für den Rest reichen gewöhnliche Genesungseinrichtungen. Nun … damit bleibt noch Mr. Aziz übrig.«

»Mein Kämpfer Aziz«, bemerkte Miles. Aziz war seit drei Jahren bei den Dendarii, hatte sich um die Offiziersausbildung beworben und war dafür angenommen worden. Er war einundzwanzig Jahre alt.

»Mr. Aziz ist… wieder am Leben. Das heißt, sein Körper funktioniert ohne künstliche Unterstützung, abgesehen von einem leichten Problem mit seiner Körpertemperatur, das sich von selbst zu bessern scheint.«

»Aber Aziz hatte keine Kopfwunde. Was ist da schiefgelaufen?« fragte Miles. »Wollen Sie mir sagen, daß er nur noch dahinvegetieren wird wie Gemüse?«

»Ich fürchte, Mr. Aziz war das Opfer einer schlechten Vorbehandlung. Sein Blut wurde offensichtlich hastig abgesaugt und nicht ausreichend vollständig. Kleine gefrierende Hämozyten haben sein Gehirngewebe mit nekrotischen Flecken durchlöchert. Wir haben sie entfernt und neues Wachstum angeregt, das sich erfolgreich festgesetzt hat. Aber seine Persönlichkeit ist für immer verloren.«

»Alles?«

»Vielleicht behält er noch einige frustrierende Fragmente von Erinnerungen. Träume. Aber er kann auf seine neuralen Pfade nicht über neue Routen und Subrouten zugreifen, weil das Gewebe selbst verloren ist. Der neue Mensch wird fast als Kleinkind neu beginnen müssen. Unter anderem hat er die Sprache verloren.«

»Wird er seine Intelligenz wiedergewinnen? Mit der Zeit?«

Aragones zögerte zu lange mit der Antwort. »In ein paar Jahren kann er vielleicht genügend einfache Aufgaben erfüllen, um sich selbst zu erhalten.«

»Ich verstehe«, seufzte Miles.

»Was wollen Sie mit ihm machen?«

»Er ist auch ohne bekannte nächste Verwandte.« Miles stieß den Atem aus. »Bringen sie ihn in eine Pflegeeinrichtung mit einer guten Therapieabteilung hier auf Escobar. Können Sie uns bitte eine empfehlen? Ich werde einen kleinen Treuhandfonds einrichten, der die Kosten deckt, bis er entlassen wird und auf eigenen Beinen stehen kann. Wie lange das auch dauern mag.«

Aragones nickte, sowohl er als auch Quinn machten sich Notizen.

Nachdem sie weitere administrative und finanzielle Details geregelt hatten, beendeten sie die Sitzung. Miles beharrte darauf, Aziz zu besuchen, bevor sie die beiden anderen Rekonvaleszenten mitnahmen.

»Er kann Sie nicht erkennen«, warnte Dr. Aragones, während sie das Krankenzimmer betraten.

»Das geht schon in Ordnung.«

Auf den ersten Blick sah Aziz gar nicht so schlecht aus, wie Miles erwartet hatte, trotz des wenig schmeichelhaften Krankenhaushemds. Sein Gesicht hatte Farbe und Wärme; sein natürlicher Melaninpegel bewahrte ihn vor der Krankenhausblässe. Aber er lag teilnahmslos, hager und verdreht unter seiner Bettdecke. Das Bett war auf beiden Seiten hochgeklappt und erinnerte auf unangenehme Weise an eine Krippe oder einen Sarg. Quinn lehnte sich an die Wand und verschränkte die Arme. Auch sie hatte lebhafte Assoziationen an Krankenhäuser und Kliniken.

»Azzie«, rief Miles leise und beugte sich über den Patienten. »Azzie, hörst du mich?«

Aziz' Augen hielten für einen Moment inne, dann wanderten sie wieder umher.

»Ich weiß, du kennst mich nicht, aber vielleicht kannst du dich später an diesen Augenblick erinnern. Du warst ein guter Soldat, intelligent und stark. Du hast deinen Gefährten beim Unfall beigestanden. Du hattest die Art Selbstbeherrschung, die Leben rettet.« *Das Leben anderer, nicht dein eigenes.* »Morgen wirst du in eine andere Art Krankenhaus übersiedeln, wo man dir helfen wird, damit es dir immer besser geht.« *Unter Fremden. Noch mehr Fremden.* »Mach dir keine Sorgen wegen des Geldes. Ich werde etwas für dich reservieren, so daß immer etwas da ist, solange du es brauchst.« *Er weiß nicht, was Geld ist.* »Ich werde von Zeit zu Zeit nach dir sehen, sobald ich Gelegenheit dazu habe«, versprach

Miles. Wem versprach er es? Aziz? Aziz gab es nicht mehr. Sich selbst? Er verstummte.

Die akustische Stimulierung veranlaßte Aziz, um sich zu schlagen und einige laute, sinnlose Stöhngeräusche von sich zu geben. Offensichtlich hatte er noch keine Herrschaft über die eigene Lautstärke. Selbst durch den Filter einer verzweifelten Hoffnung konnte Miles diese Äußerungen nicht als einen Versuch zur Kommunikation betrachten. Es handelte sich nur um animalische Reflexe.

»Paß auf dich auf«, flüsterte er und zog sich zurück. Einen Augenblick lang stand er im Korridor und zitterte.

»Warum tust du dir das an?« fragte Quinn scharf. Ihre überkreuzten Arme, mit denen sie sich umschlang, fügten stumm hinzu: *Und mir auch.*

»Erstens ist er für mich gestorben – buchstäblich – und zweitens«, er versuchte seiner Stimme eine gewisse Leichtigkeit aufzuzwingen, »findest du es nicht in einem gewissen Sinn faszinierend, dem Zustand ins Gesicht zu schauen, den du am meisten fürchtest?«

»Fürchtest du den Tod am meisten?« fragte sie neugierig.

»Nein. Nicht den Tod.« Er rieb sich die Stirn und zögerte. »Verlust des Verstandes. Mein ganzes Leben lang hat mein Spielplan darin bestanden, zu verlangen, daß man *dies* akzeptiert«, er deutete mit einer Geste auf seinen kleinen Körper, »weil ich ein schlauer kleiner Mistkerl bin, der die Gegner in die Tasche denken konnte und das immer wieder unter Beweis stellt. Ohne den Grips …« *Ohne den Grips bin ich nichts.* Er straffte sich gegen die schmerzhafte Spannung in seinem Unterleib, zuckte die Achseln und lächelte ihr zu. »Gehen wir weiter, Quinn.«

Nach Aziz war es nicht so schlimm, sich mit Durham und Vifian zu befassen. Sie konnten gehen und reden, wenn auch stockend, und Vifian erkannte sogar Quinn. Sie nahmen beide im gemieteten Bodenwagen zum Shuttlehafen mit. Aus Rücksicht auf die halb geheilten Wunden mäßigte Quinn ihren gewöhnlich halsbrecherischen Fahrstil. Als sie das Shuttle erreichten, schickte Miles Durham nach vorn, damit er sich neben dem Piloten, einem Kameraden, niedersetzte, und als sie die *Triumph* erreichten, hatte sich Durham nicht nur an den Namen des Mannes erinnert, sondern auch an einige Shuttle-Steuerprozeduren. Miles übergab beide Rekonvaleszenten an den Medtech, der sie im Korridor hinter der Shuttle-Luke erwartete und zur Krankenstation geleitete, um sie nach der Erschöpfung durch die kurze Reise wieder ins Bett zu stecken. Miles blickte hinter ihnen her und fühlte sich ein bißchen besser.

»Teuer«, bemerkte Quinn nachdenklich.

»Ja«, seufzte Miles. »Rehabilitation verschlingt allmählich einen schrecklich großen Teil des Budgets unserer medizinischen Abteilung. Ich kann vielleicht die Buchhaltung der Flotte veranlassen, diesen Posten abzutrennen, damit die Sanitätsabteilung sich nicht gefährlich unterdotiert vorkommt. Aber was soll ich tun? Meine Kämpfer waren über alle Maßen loyal. Ich kann sie nicht verraten. Außerdem«, er grinste kurz, »zahlt das Kaiserreich von Barrayar.«

»Dein Boss von der Kaiserlichen Sicherheit hat dir bei der Vorbesprechung der Mission wegen der Rechnungen in den Ohren gelegen, dachte ich.«

»Illyan muß erklären, warum jedes Jahr im Budget seiner Abteilung soviel Geld verschwindet, daß man damit eine private Armee finanzieren kann, und er darf nie zugeben, daß diese private Armee existiert. Gewisse Herren in der kaiserlichen Rechnungsprüfung tendieren dazu, ihn zu beschuldigen, seine Abteilung arbeite ineffizient, was ihm große Schmerzen bereitet … pst.«

Der Pilot des Dendarii-Shuttles, der sein Fahrzeug abgeschaltet hatte, schlüpfte jetzt in den Korridor und schloß die Luke. Er nickte Miles zu.

»Während ich in Port Beauchene auf Sie wartete, Sir, habe ich eine kleine Nachricht aus dem lokalen Nachrichtennetz aufgeschnappt, die Sie vielleicht interessiert. Das heißt, hier auf Escobar ist es eine kleine Nachricht.« Der Mann hüpfte leicht auf den Zehen.

»Schießen Sie los, Sergeant LaJoie.« Miles zog die Augenbrauen hoch.

»Die Cetagandaner haben gerade ihren Rückzug von Marilac angekündigt. Sie nennen es – wie hieß das noch mal – ›Dank des großen Fortschritts im kulturellen Bündnis übergeben wir die Polizeiangelegenheiten der lokalen Kontrolle‹.«

Miles ballte vor Freude die Fäuste. »Mit anderen Worten, sie lassen ihre Marionettenregierung im Stich! Ha!« Er hüpfte von einem Bein aufs andere und klopfte Quinn auf den Rücken. »Hast du das gehört, Elli! Wir haben gewonnen! Das heißt, sie haben gewonnen, die Marilacaner.« *Unsere Opfer sind gerechtfertigt …*

Sein Hals war wie zugeschnürt, doch er bekam sich wieder in die Gewalt, bevor er in Tränen ausbrach oder etwas ähnlich Törichtes tat. »Tun Sie mir einen Gefallen, LaJoie. Sagen Sie es in der Flotte weiter. Sagen Sie den anderen, daß ich gesagt habe: Leute, ihr habt gute Arbeit geleistet. Ja?«

»Jawohl, Sir. Ist mir ein Vergnügen.« Der grinsende Pilot salutierte fröhlich und trottete den Korridor hinauf.

Miles grinste breit. »Siehst du, Elli! Was Simon Illyan gerade gekauft hat, wäre noch billig gewesen, wenn es tausendmal soviel gekostet hätte. Eine komplette Invasion eines Planeten durch die Cetagandaner – zuerst behindert, dann zum Stocken gebracht, steckengeblieben und jetzt gescheitert!« Und mit einem heftigen Flüstern: »*Ich* habe es geschafft! Ich habe den Ausschlag gegeben.«

Quinn lächelte auch, aber eine ihrer vollkommenen Augenbrauen war in einer gewissen trockenen Ironie hochgezogen. »Es ist herrlich, aber falls ich korrekt zwischen den Zeilen gelesen habe, dann wollte der Kaiserliche Sicherheitsdienst von Barrayar in Wirklichkeit, daß das cetagandanische Militär durch den Guerillakrieg auf Marilac *gebunden* wäre. Auf unbestimmte Zeit. Um die Aufmerksamkeit der Cetagandaner von den barrayaranischen Grenzen und Sprungpunkten fernzuhalten.«

»Das haben sie nicht schriftlich festgelegt.« Miles verzog seine Lippen zu einem wölfischen Grinsen. »Alles, was Simon sagte, war: ›Helft den Marilacanern, wie sich die Möglichkeiten ergeben.‹ Das war der gültige Befehl, mit genau diesen Worten.«

»Aber du hast verdammt gut gewußt, was er wirklich wollte.«

»Vier blutige Jahre waren genug. Ich habe Barrayar nicht verraten. Und auch niemand anderen.«

»So? Wenn Simon Illyan ein soviel größerer Machiavellianer ist als du, wie kommt es, daß deine Version durchging? Eines Tages, Miles, wirst du keine Haare mehr haben, die du mit diesen Leuten spalten kannst. Und was wirst du dann tun?«

Er lächelte, schüttelte den Kopf und vermied es zu antworten.

Seine gehobene Stimmung nach der Nachricht von Marilac gab ihm immer noch das Gefühl, unter nur halber Gravitation dahinzugehen, als er in seiner Kabine an Bord der *Triumph* ankam. Nach einem verstohlenen Blick, der sicherstellte, daß der Korridor menschenleer war, umarmte er Quinn und küßte sie, mit einem innigen Kuß, der für lange Zeit der letzte sein mußte, und sie begab sich in ihr eigenes Quartier. Er schlüpfte in seine Kabine und seufzte, während die Tür sich schloß. Wieder daheim!

Es war sein Heim, überlegte er, für die Hälfte seiner Psyche, während er seine Reisetasche auf sein Bett warf und geradewegs unter die Dusche ging. Vor zehn Jahren hatte Lord Miles Vorkosigan in einem Augenblick der Verzweiflung aus dem Stegreif die Tarnidentität des Admiral Naismith erfunden und sich hektisch seinen Weg zur zeitweiligen Kontrolle über die hastig umbenannten Dendarii-Söldner erschwindelt. Der Kaiserliche Sicherheitsdienst von Barrayar hatte entdeckt, daß diese Tarnung nützlich war… nein. Ehre, wem Ehre gebührt. Er hatte den Sicherheitsdienst überredet, hatte Ränke geschmiedet und manövriert und schließlich Illyan & Co. gezwungen, eine Verwendung für diese Tarnung zu finden. *Sei vorsichtig mit dem, was du zu sein vorgibst. Du könntest dazu werden.*

Wann hatte Admiral Naismith aufgehört, eine Maske zu sein? Allmählich, gewiß, aber am meisten, seit sein Söldnermentor Kommodore Tung in den Ruhestand getreten war. Oder vielleicht hatte der listige Tung eher als Miles erkannt, daß seine Dienste, mit denen er Miles zu seinem verfrüht hohen Rang verholfen hatte, nicht mehr gebraucht wurden. Während Miles duschte, blühten in seinem Kopf bunte Vid-Diagramme der Flottenorganisation der Freien Dendarii-Söldner auf. Personal – Ausrüstung – Verwaltung – Logistik – er kannte inzwischen jedes Schiff, jeden Kämpfer, jedes Shuttle und jedes Geschütz. Er wußte, wie alles zusammenpaßte, was als erstes zu tun war, als zweites, drittes, zwanzigstes, um eine präzis berechnete Streitmacht auf jedem beliebigen Punkt des taktischen Geflechts zu plazieren. *Dies* war Sachkenntnis: ein Schiff wie die *Triumph* anzuschauen und dann mit dem geistigen Auge durch die Wände hindurch jedes technische Detail sehen zu können, jede Stärke und jede Verwundbarkeit; auf ein Kampfkommando oder einen Besprechungstisch umgeben von Kapitänen und Kapitän-Eignern zu schauen und dann von jedem zu wissen, was er tun oder sagen wird, bevor er es selber weiß. *Ich bin an der Spitze. Endlich bin ich an der Spitze von allem. Mit diesem Hebel kann ich Welten in Bewegung setzen.* Er schaltete die Dusche auf ›Trocknen‹ und trat in den Schwall warmer Luft. Als er das Bad verließ, kicherte er noch immer leise. *Mir gefällt es.*

Sein Gekicher erstarb, als er die Tür seines Uniformschranks öffnete und verwirrt entdeckte, daß dieser leer war. Hatte sein Offiziersbursche alles zur Reinigung oder zur Ausbesserung gebracht? Seine Verblüffung wuchs, als er andere Schubladen aufzog und nur einen Rest der bunt zusammengewürfelten Zivilklamotten fand, die er trug, wenn er die Kette seiner Identitäten noch ein Glied weiter dehnte und einen Spion für die Dendarii spielte. Dazu einige Stücke seiner schäbigeren Unterwäsche. Sollte dies ein Streich sein? – Wenn dem so war, so würde er als letzter lachen. Nackt und gereizt klappte er den Spind auf, in dem seine Raumrüstung ruhte. Leer. Das war fast schockierend. *Irgend jemand hat sie in die Technik gebracht, um sie neu zu kalibrieren oder neue Taktikprogramme einzugeben oder so was.* Sein Offiziersbursche hätte sie jedoch inzwischen zurückbringen sollen. Was war, wenn er die Rüstung plötzlich brauchte?

Es war an der Zeit. Seine Leute würden sich schon versammeln. Quinn hatte einmal behauptet, er könnte auch nackt weitermachen und dabei den Leuten um sich herum nur das Gefühl vermitteln, sie seien overdressed. Einen Augenblick lang war er versucht, ihre Behauptung zu testen, aber schließlich verdrängte er diese sarkastische Vision und zog wieder das Hemd, die Hose und die Sandalen an, in denen er zurückgekommen war. Er brauchte keine Uniform, um einen Besprechungsraum zu dominieren, nein, dazu brauchte er sie nicht mehr.

Auf dem Weg zur Besprechung kam er auf dem Korridor an Sandy Hereld vorbei, die gerade Dienstschluß hatte, und er nickte ihr freundlich zu. Sie fuhr herum und ging verblüfft rückwärts. »Sie sind zurück, Sir! Das ging ja schnell.«

Er würde seine einige Wochen dauernde Reise zum Kaiserlichen Hauptquartier auf Barrayar kaum als schnell bezeichnen. Sie mußte den Ausflug zum Planeten meinen. »Es dauerte nur zwei Stunden.«

»Was?« Sie zog die Nase kraus und ging immer noch rückwärts, bis sie das Ende des Korridors erreichte.

Auf ihn wartete ein Besprechungsraum voll mit höheren Offizieren. Er winkte ihr und schwang sich in ein Liftrohr nach unten.

Der Besprechungsraum war auf beruhigende Art vertraut, bis hin zu der Reihe von Gesichtern um den dunkel schimmernden Tisch. Kapitän Auson von der *Triumph.* Elena Bothari-Jesek, kürzlich befördert zur Kapitänin der *Peregrine.* Ihr Mann, Kommodore Baz Jesek, Flotteningenieur und – in Miles Abwesenheit – verantwortlich für alle Reparatur- und Ausbesserungsaktivitäten der Dendarii-Flotte im Orbit von Escobar. Dieses Ehepaar – beide waren selbst Barrayaraner – gehörte mit Quinn zu der Handvoll Dendarii, die über Miles doppelte Identität Bescheid wußten. Kapitän Truzillo von der *Jayhawk* und noch ein Dutzend Offiziere. Alle erprobt und zuverlässig. Seine Leute.

Bel Thorne von der *Ariel* würde sich verspäten. Das war ungewöhnlich. Einer von Thornes maßgeblichen Charakterzügen war eine unstillbare Neugier; für den betanischen Hermaphroditen war die Besprechung einer neuen Mission wie ein Geschenk zum Winterfest. Miles wandte sich an Elena Bothari-Jesek, um mit ihr zu plaudern, während sie noch auf Bel warteten.

»Hattest du eine Gelegenheit, deine Mutter zu besuchen, als du unten auf Escobar warst?«

»Ja, danke.« Sie lächelte. »Es war … hübsch, ein bißchen Zeit zu haben. Wir hatten die Gelegenheit, über einige Dinge zu sprechen, über die wir bei unserer ersten Begegnung nicht geredet hatten.«

Miles kam zu dem Schluß, daß es für beide gut gewesen war. Etwas von der dauernden Anspannung schien aus Elenas dunklen Augen verschwunden zu sein. Es wurde immer besser, nach und nach. »Gut.«

Er blickte auf, als die Tür sich zischend öffnete, doch es war nur Quinn, die mit den gesicherten Dateien in der Hand hereingefegt kam. Sie trug wieder die volle Interimsuniform eines Offiziers und wirkte sehr beruhigend und effizient. Sie reichte die Dateien an Miles weiter, er lud sie in die Komkonsole und wartete eine weitere Minute. Bel Thorne kam immer noch nicht.

Das Gespräch verstummte. Seine Offiziere sahen ihn aufmerksam an, mit einem Gesichtsausdruck, der besagte: *Fangen wir an!* Er sollte lieber nicht länger untätig herumstehen. Bevor er das Display der Konsole aktivierte, fragte er: »Gibt es einen Grund, warum Kapitän Thorne sich verspätet?«

Sie schauten ihn an, dann sich gegenseitig. *Es kann doch mit Bel nichts passiert sein. Das hätte man mir doch sofort gemeldet.* Doch in seiner Magengrube bildete sich ein kleiner bleierner Knoten. »Wo ist Bel Thorne?«

Durch Signale mit den Augen wählten sie Elena Bothari-Jesek als Sprecherin. Das war ein äußerst schlechtes Zeichen. »Miles«, sagte sie zögernd, »sollte Bel vor dir zurück sein?«

»Zurück? Wo ist Bel hin?«

Sie schaute ihn an, als hätte er den Verstand verloren. »Bel ist vor drei Tagen mit dir auf der *Ariel* abgeflogen.«

Quinn reckte den Kopf. »Das ist unmöglich.«

»Vor drei Tagen waren wir noch unterwegs nach Escobar«, begann Miles. Der bleierne Knoten verwandelte sich in Neutronensternmaterie. Miles dominierte diesen Raum überhaupt nicht mehr. Tatsächlich schien der Raum zu kippen.

»Du hast Kampfkommando Grün mit dir genommen. Es ging um den neuen Kontrakt, laut Bel«, fügte Elena hinzu.

»*Das* ist der neue Kontrakt.« Miles klopfte auf die Konsole. Eine schreckliche Erklärung begann sich seinen Gedanken zu offenbaren. Sie stieg aus dem schwarzen Loch in seinem Bauch empor. Nach dem, was sich auf ihren Gesichtern abmalte, zerfielen die um den Tisch Versammelten in zwei ungleiche Lager: schreckliche Vermutungen bei der Minderheit, die bei dem Durcheinander vor zwei Jahren auf der Erde dabeigewesen war, totale Verwirrung bei der Mehrheit derer, die damals nicht direkt in die Sache verwickelt gewesen waren …

»Was habe ich gesagt, wohin ich gehen wollte?« forschte Miles. Sein Ton war sanft, dachte er zumindest, aber einige Leute zuckten zusammen.

»Nach Jackson's Whole.« Elena schaute ihm direkt in die Augen, und ihr steter Blick erinnerte sehr an einen Zoologen, der gerade ansetzte, ein Tier zu sezieren. Ein plötzlicher Mangel an Vertrauen …

Jackson's Whole. Jetzt ist es passiert! »Bel Thorne? Die *Ariel*? Taura? Mit *zehn Sprüngen* nach Jackson's Whole?« keuchte Miles. »Du lieber Gott!«

»Aber wenn Sie Sie sind«, fragte Truzillo, »wer war das dann vor drei Tagen?«

»*Falls* du du bist«, sagte Elena düster. Die Eingeweihten blickten alle auf die gleiche Weise düster drein.

»Ihr müßt verstehen«, erklärte Miles mit hohler Stimme dem Teil der Anwesenden, deren Gesichtsausdruck sagte: *Worüber reden die denn, zum Teufel noch mal!*, »manche Leute haben einen bösen Zwilling. Ich bin nicht so gut dran. *Ich* habe einen *idiotischen* Zwilling.«

»Deinen Klon«, sagte Elena Bothari-Jesek.

»Meinen Bruder«, korrigierte er automatisch.

»Den kleinen Mark Pierre«, sagte Quinn. »Oh... *Mist!*«

KAPITEL 3

Sein Magen schien sich umzustülpen, die Kabine schwankte, und es wurde ihm dunkel vor den Augen. Die bizarren Empfindungen des Wurmlochsprungs waren fast so schnell vorüber, wie sie begonnen hatten, aber sie hinterließen einen unangenehmen somatischen Nachhall, als wäre er ein Gong, der gerade angeschlagen worden war. Er holte tief Luft, um sich zu beruhigen. Das war der vierte Sprung der Reise gewesen. Noch fünf Sprünge lagen vor ihm, auf dem umständlichen Zickzackweg durch den Wurmlochnexus von Escobar nach Jackson's Whole. Die *Ariel* war jetzt drei Tage unterwegs und hatte fast die Hälfte der Strecke hinter sich.

Er blickte sich in Naismiths Kabine um. Er konnte sich nicht mehr sehr lange hier verstecken, egal, ob er vorgab, krank zu sein oder an einer Naismithschen düsteren Stimmung zu leiden. Thorne brauchte alle Daten, die er liefern konnte, um den Überfall der Dendarii auf das Klon-Internat zu planen. Er hatte seine Klausur in Naismiths Kabine gut genutzt und die Logbücher über die Missionen der *Ariel* durchgeschaut, bis zurück zu seiner ersten Begegnung mit den Dendarii vor zwei Jahren. Er wußte jetzt eine Menge mehr über die Söldner, und der Gedanke an beiläufige Gespräche mit der Mannschaft der *Ariel* schreckte ihn weit weniger als zuvor.

Unglücklicherweise gab es in den Logbüchern nur wenige Informationen, die es ihm ermöglicht hätten zu rekonstruieren, wie seine erste Begegnung mit Naismith, damals auf der Erde, für die Dendarii ausgesehen hatte. Die Aufzeichnungen konzentrierten sich auf Berichte über Rehabilitation und Ausbesserungsarbeiten, Tauschgeschäfte mit diversen Schiffsausrüstern und Besprechungen der Techniker. Er hatte in dem ganzen Datenfluß genau einen Befehl gefunden, der sich auf seine eigenen Abenteuer bezog und allen Kapitänen mitteilte, daß Admiral Naismiths Klon auf der Erde gesehen worden war, und davor warnte, daß der Klon vielleicht versuchen würde, sich selbst als der Admiral auszugeben. Darin wurde die (inkorrekte) Information weitergegeben, daß ein medizinischer Scanner in den Beinen des Klons normale Knochen anzeigen würde, keine Implantate aus Plastik, und der Befehl schrieb vor, es dürften bei der Festnahme des Schwindlers nur Betäuber verwendet werden. Keine Erklärungen, keine späteren Revisionen oder Ergänzungen. Alle höchsten Befehle von Naismith/Vorkosigan schienen in der Mehrzahl mündlich und undokumentiert gegeben worden zu sein, aus Gründen der Sicherheit – vor den Dendarii, nicht zu ihren Gunsten –, eine Gewohnheit, die ihm gerade zupaß gekommen war.

Er lehnte sich auf seinem Stuhl zurück und blickte düster auf das Display der Komkonsole. Die Daten der Dendarii nannten ihn *Mark. Wieder etwas, wo du nicht wählen darfst.* Miles Naismith Vorkosigan hatte gesagt: *Mark Pierre. Auf Barrayar bist du Lord Mark Pierre Vorkosigan, aus deinem eigenen Recht.*

Doch er war nicht auf Barrayar, und er würde es auch nie sein, wenn er es irgendwie verhindern konnte. *Du bist nicht mein Bruder, und der Schlächter von Komarr war für mich nie ein Vater.* Zum tausendsten Mal lehnte er sich mit diesem Gedanken gegen seinen abwesenden Erzeuger auf. *Meine Mutter war ein Uterusreplikator.*

Die Macht der Suggestion hatte ihn seitdem jedoch beherrscht und seine Zufriedenheit mit jedem Pseudonym zerstört, das er ausprobiert hatte, obwohl er Listen von Namen angestarrt hatte, bis ihm die Augen schmerzten. Dramatische Namen, gewöhnliche Namen, exotische, seltsame, übliche, närrische … Jan Vandermark war der Deckname, den er am längsten benutzt hatte – die engste Annäherung an eine Identität.

Mark! hatte Miles gerufen, als er damals weggeschleppt wurde – zu seinem eigenen Tod, wie es ihm erscheinen mußte. *Dein Name ist Mark!*

Ich bin nicht Mark, verdammt noch mal. Ich bin NICHT dein Bruder, du Narr. Die Verneinung war leidenschaftlich und riesengroß, aber als ihre Echos in dem leeren Raum verklangen, der in seinem Schädel zurückblieb, da schien er überhaupt niemand zu sein.

Sein Kopf schmerzte mit einer knirschenden Spannung, die sein Rückgrat emporkroch, durch seine Schultern und den Hals stieg und sich unter seiner Schädeldecke ausbreitete. Er rieb sich kräftig im Nacken, aber die Spannung zirkulierte einfach durch seine Arme und zurück in seine Schultern.

Nicht sein Bruder! Doch wenn er strikt genau war, dann konnte man Naismith nicht die Schuld dafür in die Schuhe schieben, daß er ins Leben gezwungen worden war, wie bei den anderen Erzeugern der Klons des Hauses Bharaputra. Oh, sie waren genetisch identisch, ja. Es war eine Sache der … Absicht, vielleicht. Und woher das Geld kam.

Lord Miles Naismith Vorkosigan war gerade sechs Jahre alt gewesen, als die Gewebeprobe einer Biopsie aus einem klinischen Labor auf Barrayar gestohlen worden war, zur Zeit des letzten Aufbäumens des komarranischen Widerstands gegen die Eroberung des Planeten durch das Kaiserreich von Barrayar. Niemand, weder Barrayaraner noch Komarraner, war wirklich an dem verkrüppelten Kind Miles interessiert gewesen. Im Brennpunkt war immer sein Vater gestanden, Admiral Graf Aral Vorkosigan, Regent von Barrayar, Eroberer (oder Schlächter) von Komarr. Aral Vorkosigans Wille und Intelligenz hatten maßgeblich dazu beigetragen, daß Komarr zur ersten planetarischen Eroberung von Barrayar wurde. Und so machte er sich selbst zum Ziel des komarranischen Widerstands und dessen Rache. Mit der Zeit war auf Komarr die Hoffnung auf einen erfolgreichen Widerstand erloschen. Hoffnung auf Rache hatte in der Bitterkeit des Exils überlebt. Ohne Armee, Waffen und Unterstützung hatte eine Gruppe komarranischer Fanatiker ein Komplott zu einer langsamen, irrsinnigen Rache geschmiedet. Um den Vater durch den Sohn zu treffen, den er, wie man wußte, abgöttisch liebte.

Wie ein Zauberer in einer alten Geschichte verhandelten die Komarraner mit dem Teufel, um sich ein Abbild machen zu lassen. Einen Bastard-Klon, dachte er mit einem stummen, humorlosen Lachen. Aber es ging schief. Das Original, der verkrüppelte Junge, der noch vor seiner Geburt durch einen anderen, mörderischen Feind seines Vaters vergiftet worden war, wuchs seltsam heran, unvorhersagbar; das genetische Duplikat wuchs normal, gerade ... Das war für ihn der erste Hinweis gewesen, daß er anders war als die anderen Klons. Wenn die anderen zu den Ärzten zur Behandlung gingen, dann kamen sie stärker und gesünder zurück und wuchsen schneller heran. Jedesmal, wenn er ging – und er ging oft –, schienen ihn die schmerzhaften Behandlungen kränklicher und verkrüppelter zu machen. Die Schienen, die sie an seine Knochen, an Hals und Rücken anlegten, schienen nicht sehr viel zu helfen. Sie hatten ihn zu diesem buckligen Zwerg *gemacht*, so als hätten sie ihn mit einer Presse geformt, geprägt nach einem Abdruck seines Erzeugers. *Ich hätte normal sein können, wenn Miles Vorkosigan nicht verkrüppelt worden wäre.*

Als er zum erstenmal über den wahren Zweck seiner Mitklons Verdacht schöpfte (denn unter den Kindern zirkulierten wilde Gerüchte, die nicht einmal ihre vorsichtigen Aufseher völlig unterdrücken konnten), da machte ihm seine zunehmende körperliche Deformierung eine geheime, nie geäußerte Freude. Bestimmt konnte man *diesen* Körper nicht für eine Gehirntransplantation verwenden. Vielleicht würde man ihn aufgeben – vielleicht würde er noch seinen angenehmen, lächelnden Gefängnisaufsehern entrinnen …

Seine wirkliche Flucht war wie ein Wunder, als seine komarranischen Besitzer kamen, um ihn, damals vierzehnjährig, abzuholen. Und dann begann das Training. Der endlose strenge Unterricht, der Drill, die Indoktrination. Am Anfang erschien ihm jedes Schicksal großartig, verglichen mit dem Ende seiner Krippenkameraden. Er unterzog sich entschlossen dem Training, um seinen Erzeuger zu ersetzen und einen Schlag fürs geliebte Komarr zu landen, für einen Planeten, den er nie gesehen hatte, gegen das verhaßte Barrayar, einen Planeten, den er ebenfalls nicht kannte. Doch zu lernen, Miles Vorkosigan zu sein, glich, wie sich herausstellte, dem Wettrennen zwischen Achill und der Schildkröte in Zenons Paradoxon. Ganz gleich, wieviel er lernte, wie verzweifelt er übte, wie streng seine Fehler auch bestraft wurden, Miles lernte mehr und schneller. Sobald er an einem Punkt ankam, hatte sich sein Vorbild schon weiterbewegt, intellektuell oder in anderer Weise.

Der symbolische Wettlauf wurde zu einem wirklichen, als seine komarranischen Tutoren tatsächlich begannen, den Austausch in die Tat umzusetzen. Sie jagten den schwer faßbaren jungen Lord Vorkosigan durch den halben Wurmlochnexus und erkannten dabei nicht, daß er, wenn er verschwand, völlig zu existieren aufhörte und daß dann Admiral Naismith auf der Bildfläche erschien. Die Komarraner hatten nie die Wahrheit über Admiral Naismith herausgefunden. Nicht die Planung, sondern der Zufall brachte sie vor zwei Jahren auf der Erde zusammen, genau dort, wo der ganze törichte Wettlauf begonnen hatte, um einer Rache willen, die seit zwanzig Jahren wartete.

Die zeitliche Verspätung war auf eine Weise kritisch gewesen, die die Komarraner noch nicht einmal bemerkt hatten. Als sie Vorkosigan zu jagen begannen, hatte ihr speziell zugerichteter Klon sich auf dem Höhepunkt seiner mentalen Konditionierung befunden, den Zielen der Revolte verpflichtet, voller Eifer und ohne kritische Gedanken. Hatten sie ihn nicht vor dem üblichen Schicksal der Klons bewahrt? Doch in den achtzehn Monaten, in denen er beobachtete, wie sie Sachen vermasselten, in diesen achtzehn Monaten voller Reisen, Beobachtungen, Konfrontationen mit nicht zensierten Nachrichten und Ansichten, und sogar Begegnungen mit ein paar Menschen waren ihm insgeheim Zweifel gekommen. Und, offen gesagt, man konnte nicht eine galaktische Bildung wie die von Vorkosigan imitieren, ohne unabsichtlich etwas denken zu lernen. Mittendrin kam die Operation, mit der seine vollkommenen gesunden Beinknochen durch synthetische ersetzt wurden, einfach weil Vorkosigan seinen Knochen zertrümmert hatte, und diese Operation war sehr schmerzhaft gewesen. Was war, wenn sich Vorkosigan nächstesmal den Hals brach? Allmählich war ihm ein Licht aufgegangen.

Sich im Laufe der Zeit stückweise den Kopf mit Lord Vorkosigan vollzustopfen, war durchaus auch eine Gehirntransplantation gewesen, der vergleichbar, die mit Vibraskalpellen und lebendigem Gewebe durchgeführt wurde. *Wer auf Rache sinnt, muß zwei Gräber graben.* Aber die Komarraner hatten das zweite Grab für *ihn* gegraben. Für die Person, die zu werden er nie eine Chance gehabt hatte, für den Mann, der er vielleicht gewesen wäre, wenn er nicht unter ständiger Androhung des Schockstabs gezwungen gewesen wäre, sich ständig zu bemühen, jemand anderer zu sein.

An manchen Tagen war er sich nicht sicher, wen er am meisten haßte, das Haus Bharaputra, die Komarraner oder Miles Naismith Vorkosigan.

Er schnaubte, schaltete die Komkonsole ab, erhob sich und nahm seinen kostbaren Datenkubus aus der Uniformtasche, in der er noch versteckt gewesen war. Er überlegte einen Augenblick lang, dann wusch und enthaarte er sich erneut, bevor er eine frische Interimsuniform im Grau der Dendarii-Offiziere anzog. Er sah so vorschriftsmäßig aus, wie er sich nur herrichten konnte. Die Dendarii würden nur die ordentliche Außenseite sehen, nicht den Mann im Mann im ...

Er wappnete sich für das, was ihm bevorstand, verließ die Kabine, trat über den Korridor und drückte den Knopf für den Summer an der Kabine des hermaphroditischen Kapitäns.

Keine Reaktion. Er drückte noch einmal. Nach einer Weile ertönte undeutlich Thornes Altstimme: »Ja?«

»Hier Naismith.«

»Oh! Komm herein, Miles.« Die Stimme wurde klarer, klang interessiert.

Die Tür glitt zur Seite. Er trat ein und erkannte, daß es deshalb so lange gedauert hatte, weil er Thorne aus dem Schlaf geweckt hatte. Der Hermaphrodit saß auf einen Ellbogen gestützt im Bett, sein braunes Haar war zerzaust, und seine freie Hand zog sich gerade von der Taste zurück, die die Tür geöffnet hatte.

»Entschuldige«, sagte er und trat zurück, aber die Tür hatte sich schon wieder geschlossen.

»Nein, ist schon in Ordnung.« Der Hermaphrodit lächelte schläfrig, rollte seinen Leib zu einem C zusammen und klopfte einladend auf das Bett vor seinem mit einem Laken verhüllten ... Schoß. »Für dich jederzeit. Komm, setz dich her. Soll ich dir den Rücken massieren? Du siehst angespannt aus.« Thorne trug ein mit Rüschen verziertes Nachthemd aus wallender Seide; der tiefe V-förmige Ausschnitt war mit Spitzen gesäumt und enthüllte das schwellende bleiche Fleisch der Brüste des Hermaphroditen.

Statt dessen schlich er sich zu einem Stuhl. Thornes Lächeln bekam eine eigenartig sarkastische Note und blieb doch vollkommen entspannt. Er räusperte sich. »Ich ... dachte, es sei an der Zeit, die ausführlichere Besprechung über diese Mission abzuhalten, die ich dir versprochen habe.« *Ich hätte den Dienstplan studieren sollen.* Hätte Admiral Naismith den Schlafzyklus des Kapitäns gekannt?

»Wahrlich an der Zeit, und schon überfällig. Ich bin froh, daß du endlich wieder aus dem Nebel auftauchst. Was, zum Teufel, hast du getan, dort, wo immer du dich die letzten acht Wochen aufgehalten hast, Miles? Wer ist gestorben?«

»Niemand. Nun ja, acht Klons, nehme ich an.«

»Hm.« Thorne nahm es nickend zur Kenntnis. Er gab seine verführerische Haltung auf, setzte sich gerade hin und rieb sich den letzten Schlaf aus den Augen. »Tee?«

»Ja doch. Ich könnte aber auch nach deiner Schlafschicht wiederkommen.« *Oder nachdem du dich angezogen hast.*

Der Hermaphrodit schwang seine seidenumhüllten Beine aus dem Bett. »Nicht nötig. Ich wäre sowieso in einer Stunde aufgestanden. Ich habe schon darauf gewartet. Nütze die Stunde!« Thorne tapste in der Kabine herum und vollzog wieder sein Teeritual. Er setzte den Datenkubus in die Komkonsole und wartete, sowohl aus höflichen wie aus praktischen Erwägungen, bis der Kapitän seine ersten Schlucke von der heißen schwarzen Flüssigkeit genommen hatte und völlig wach geworden war. Er wünschte sich, der Hermaphrodit würde seine Uniform anziehen.

Er aktivierte das Display. Thorne kam näher heran. »Ich habe einen detaillierten Holo-Plan des medizinischen Hauptkomplexes von Haus Bharaputra. Diese

Daten sind nicht älter als vier Monate. Dazu Wachpläne und Routen der Patrouillengänge – ihre Sicherheit ist viel dichter als bei einem normalen zivilen Krankenhaus, mehr wie ein militärisches Labor, aber es ist keine Festung. Ihre alltägliche Sorge richtet sich mehr gegen individuelle Eindringlinge aus der Umgebung, die auf Diebstahl aus sind. Und natürlich darauf, einige ihrer weniger freiwilligen Patienten an der Flucht zu hindern.« Ein beträchtlicher Teil seines früheren Vermögens war für diesen Plankubus draufgegangen.

Das farbig codierte Bild formierte sich in Linien und Flächen aus Licht über der Vid-Scheibe. Der Komplex war wirklich komplex, ein ausgedehntes Labyrinth aus Gebäuden, Tunneln, Therapiegärten, Labors, Areale für kleine Werkstätten, Landeflächen für Leichtflieger, Lagerhäuser, Garagen und sogar zwei Shuttledocks für einen direkten Start in den Orbit des Planeten.

Thorne setzte seine Tasse ab, beugte sich über die Komkonsole und schaute mit Interesse auf den Plan. Er nahm die Fernsteuerung und drehte das Planbild herum, ließ es schrumpfen und wachsen und sich in Schichten zerlegen. »Also fangen wir damit an, daß wir die Shuttle-Buchten besetzen.«

»Nein. Die Klons befinden sich alle hier drüben auf der Westseite. Das hier ist eine Art von Hospizbezirk. Ich glaube, wenn wir hier auf diesem Gymnastikhof landen, dann sind wir verdammt nahe an ihrem Wohnheim. Natürlich zerbreche ich mir nicht sonderlich den Kopf, was für Schäden das Landeshuttle anrichtet, wenn wir herunterkommen.«

»Natürlich.« Ein kurzes Grinsen huschte über das Gesicht des Kapitäns.

»Ich möchte die Landung in der Nacht durchführen. Nicht so sehr wegen der Tarnung, denn es gibt keine Methode, wie wir ein Kampflandeshuttle unauffällig machen können, sondern weil das der einzige Zeitraum ist, wo alle Klons in einem kleinen Bereich beisammen sind. Tagsüber sind sie alle verstreut in den Sport- und Spielarealen, im Schwimmbad und sonstwo.«

»Und in Klassenzimmern?«

»Nein, nicht direkt. Sie bekommen nicht viel Unterricht über das Minimum hinaus, das für die Sozialisation nötig ist. Wenn ein Klon bis zwanzig zählen und Zeichen lesen kann, dann reicht das schon. Es sind ja Wegwerf-Hirne.« Das war der andere Punkt gewesen, an dem er erkannt hatte, daß er anders war als die übrigen. Ein echter menschlicher Tutor hatte ihn in eine Vielzahl virtueller Lernprogramme eingeführt. Tagelang hatte er sich geduldig in diese Programme versenkt und war vom Computer dafür gelobt worden. Anders als später seine komarranischen Tutoren, wiederholten sich diese Programme endlos, sie bestraften ihn nie, fluchten nie, gerieten nicht in Wut und zwangen ihn nicht zu körperlichen Anstrengungen, bis ihm übel war oder er in Ohnmacht fiel... »Trotz allem schnappen die Klons eine überraschende Menge von Informationen auf. Sehr viel aus ihren Holovid-Spielen. Intelligente Kinder. Verdammt wenige dieser Klons haben dumme Erzeuger, sonst hätten die ja nicht ein Vermögen zusammengebracht, das ausreichte, um sich diese Form der Lebensverlängerung zu kaufen. Sie waren vielleicht skrupellos, aber nicht dumm.«

Thornes Augen verengten sich, als der Hermaphrodit das Areal auf dem Vid zerlegte, die Gebäude Ebene um Ebene auseinandernahm und die Anordnung studierte. »Also, ein Dutzend vollausgerüsteter Dendarii weckt fünfzig oder sechzig Kinder mitten in der Nacht mitten aus einem gesunden Schlaf... Wissen sie, daß wir kommen?«

»Nein. Übrigens, sorge dafür, daß die Kämpfer begreifen, daß die Klons nicht gerade wie Kinder aussehen. Wir nehmen sie in ihrem letzten Entwicklungsjahr mit. Sie sind meistens zehn oder elf Jahre alt, aber dank der Wirkung der Wachstumsbeschleuniger sehen sie körperlich wie große Teenager aus.«

»Linkisch?«

»Nicht wirklich. Sie bekommen beträchtlich körperliche Konditionierung. Verteufelt gesund. Das ist ja der entscheidende Grund, warum sie nicht einfach in einem Tank bis zum Zeitpunkt der Transplantation herangezüchtet werden.«

»Und das ... wissen sie? Wissen sie, was mit ihnen passieren wird?« fragte Thorne mit einem nachdenklichen Stirnrunzeln.

»Es wird ihnen nicht gesagt. Man erzählt ihnen alle möglichen Lügen. Zum Beispiel, daß sie sich in einer besonderen Schule befinden, aus Sicherheitsgründen, um sie vor irgendeiner exotischen Gefahr zu bewahren. Daß sie alle irgendwie Prinzen oder Prinzessinnen sind, oder Erben von reichen Leuten oder Sprößlinge eines bedeutenden Militärführers, und daß irgendwann sehr bald ihre Eltern oder Tanten oder Botschafter kommen und sie in eine großartige Zukunft mitnehmen werden ... und dann kommt natürlich am Ende jemand und lächelt und ruft sie von ihren Spielkameraden weg und sagt ihnen, daß der Tag endlich gekommen ist, und sie laufen ...« – er hielt inne und schluckte – »und packen ihre Sachen und prahlen vor ihren Freunden ...«

Thorne klopfte unbewußt auf die Fernsteuerung in seiner Hand. Sein Gesicht war bleich. »Ich kapiere.«

»Und sie gehen Hand in Hand mit ihren Mördern davon, ganz erpicht auf ihr neues Leben.«

»Hör auf damit, sonst kommt mir mein Essen hoch.«

»Na, du hast doch seit Jahren gewußt, daß das so läuft«, spottete er. »Warum bist du jetzt so empfindlich?« Er schluckte seine Bitterkeit hinunter. Naismith. Er mußte Naismith sein.

Thorne warf ihm einen prüfenden Blick zu. »*Ich* war

letztesmal bereit, Bharaputra & Co. aus dem Orbit zu jagen, wie du dich vielleicht erinnerst. Da hast du mich nicht gelassen.«

Welches letztemal? Nicht in den letzten drei Jahren. Er würde die Logbücher noch weiter zurück durchschauen müssen, verdammt. Er zuckte vieldeutig die Achseln.

»Also«, sagte Thorne, »werden diese … großen Kinder … alle zu dem Schluß kommen, daß wir Feinde ihrer Eltern sind und sie kidnappen, kurz bevor sie nach Hause gehen? Da sehe ich Probleme.«

Er ballte die rechte Hand zur Faust und streckte dann die Finger wieder aus. »Vielleicht nicht. Kinder … haben eine eigene Kultur. Die von Jahr zu Jahr weitergegeben wird. Es gibt Gerüchte. Unheimliche Geschichten. Zweifel. Ich sagte, daß sie nicht dumm sind. Ihre erwachsenen Aufseher versuchen, die Geschichten auszulöschen oder sie ins Spaßige zu ziehen oder sie mit anderen, offensichtlichen Lügen zu vermischen.« Und doch … ihn hatten sie nicht getäuscht. Aber schließlich hatte er viel länger im Internat gelebt als der Durchschnitt. Er hatte Zeit gehabt, mehr Klons kommen und gehen zu sehen, Zeit, um zu erleben, wie Geschichten wiederholt und Pseudobiographien dupliziert wurden. Zeit, daß sich unter seiner Beobachtung die kleinen Ausrutscher und Fehler ihrer Aufseher kumulierten. »Wenn es noch immer so ist …« *wie zu meiner Zeit*, hätte er beinahe gesagt, aber biß sich auf die Zunge, »dürfte ich sie überreden können. Überlaß diesen Teil mir.«

»Gerne.« Thorne klemmte einen Konsolenstuhl neben dem seinen fest, ließ sich nieder und tippte schnell einige Notizen zu Logistik und Angriffswinkel, Vorhut und Nachschub ein und verfolgte projizierte Routen durch die Gebäude. »Zwei Wohnheime?« Er zeigte neugierig auf das Vid. Seine Fingernägel waren kurz geschnitten und nicht verziert.

»Ja. Die Jungen sind sehr sorgfältig von den Mädchen getrennt. Die weiblichen – die gewöhnlich weiblichen – Kunden erwarten, in einem Körper zu erwachen, der noch das Siegel der Jungfräulichkeit trägt.«

»Verstehe. Also, mit Hilfe eines Wunders laden wir all diese Kinder auf, bevor die Bharaputraner in großer Zahl auftauchen ...«

»Geschwindigkeit ist wesentlich, ja.«

»Wie üblich. Aber wir werden die Bharaputraner am Hals haben, wenn es irgendeine kleine Schwierigkeit oder eine Verzögerung gibt. Anders als bei den Marilacanern auf Dagoola hast du nicht Wochen um Wochen zur Verfügung, um diesen Kindern die Prozeduren des Einsteigens in das Shuttle beizubringen. Was dann, wenn es Probleme gibt?«

»Sobald die Klons im Shuttle sind, werden sie tatsächlich zu *unseren* Geiseln. Mit ihnen an Bord sind wir vor tödlichem Feuer sicher. Die Bharaputraner werden nicht ihre Investition aufs Spiel setzen, solange es noch irgendeine Chance gibt, daß sie sie zurückbekommen.«

»Sobald sie zu dem Schluß kommen, daß es keinerlei Chance mehr gibt, werden sie allerdings nach einer exemplarischen Vergeltung trachten, um alle Nachahmer abzuschrecken.«

»Das stimmt. Wir müssen ihre Gehirne mit Zweifeln vernebeln.«

»Ihr nächster Schritt – falls wir das Shuttle in die Luft bekommen – muß dann sein, die *Ariel* im Orbit hochgehen zu lassen, bevor wir dort ankommen, um unseren Fluchtweg abzuschneiden.«

»Geschwindigkeit«, wiederholte er verbissen.

»Unvorhergesehene Ereignisse, Miles, mein Lieber. Wach auf! Normalerweise muß ich dein Hirn am Morgen nicht neu starten – möchtest du noch etwas Tee? Nein? Falls wir auf dem Planeten eine gefährliche Verzögerung hinnehmen müssen, schlage ich vor, daß die

Ariel auf Station Fell Zuflucht sucht und wir uns mit ihr dort treffen.«

»Station Fell? Im Orbit?« Er zögerte. »Warum?«

»Baron Fell befindet sich immer noch in Fehde mit Bharaputra und Ryoval, nicht wahr?«

Innenpolitik der jacksonischen Häuser – darin war er nicht so firm, wie er hätte sein sollen. Er hatte nicht einmal daran gedacht, unter den anderen Häusern nach einem Verbündeten Ausschau zu halten. Sie waren alle kriminell, alle böse, tolerierten oder sabotierten einander in wechselnden Machtkoalitionen. Und hier wurde Ryoval schon wieder erwähnt. Warum? Er nahm Zuflucht zu einem weiteren wortlosen Achselzucken. »Mit fünfzig jungen Klons auf Station festgenagelt zu sein, in der Falle zu sitzen, während Bharaputra sich beeilt, die Sprungpunktstationen unter seine Kontrolle zu bekommen, würde unsere Position nicht verbessern. Man kann keinem Jacksonier trauen. Auf und davon und so schnell wie möglich durchs Wurmloch zu springen, ist immer noch die sicherste Strategie.«

»Bharaputra wird Sprungstation 5 nicht unter Kontrolle bekommen. Sie gehört Haus Fell.«

»Ja, aber ich möchte nach Escobar zurückkehren. Die Klons können dort alle sicheres Asyl bekommen.«

»Hör mal, Miles, der Sprung zurück auf diese Route wird vom Konsortium kontrolliert, das schon von Bharaputra dominiert wird. Wir kommen niemals auf dem gleichen Weg wieder heraus, auf dem wir hineinkommen, es sei denn, du hast noch irgendeinen Trumpf im Ärmel – nein? Dann darf ich darauf hinweisen, daß unser bester Fluchtweg über Sprungpunkt 5 geht.«

»Betrachtest du wirklich Fell als einen so zuverlässigen Verbündeten?« fragte er vorsichtig.

»Überhaupt nicht. Aber er ist der Feind unserer Feinde. Diesmal.«

»Aber der Sprung über Punkt 5 führt in die Hegen-

Nabe. Wir können nicht in cetagandanisches Territorium springen, und die einzige andere Route aus der Hegen-Nabe hinaus ist nach Komarr über Pol.«

»Das ist ein Umweg, aber viel sicherer.«

Nicht für mich! Das geht durch das verdammte Kaiserreich von Barrayar! Er schluckte einen wortlosen Aufschrei hinunter.

»Von der Hegen-Nabe über Pol und Komarr nach Sergyar und zurück nach Escobar«, rezitierte Thorne zufrieden. »Weißt du, das könnte wirklich funktionieren.« Der Hermaphrodit machte sich noch mehr Notizen und beugte sich über die Komkonsole. Sein Nachthemd wallte und schimmerte in den bonbonfarbigen Lichtern des Vid-Displays. Dann stützte er die Ellbogen auf die Konsole und legte das Kinn in die Hände. Dabei drückte er die Brüste zusammen, die sich unter dem dünnen Stoff verschoben. Sein Gesichtsausdruck wurde introvertiert. Dann blickte er schließlich mit einem seltsamen, ziemlich traurigen Lächeln auf.

»Sind je Klons geflohen?« fragte Thorne leise.

»Nein«, antwortete er schnell und automatisch.

»Außer deinem eigenen Klon natürlich.«

Das Gespräch nahm eine gefährliche Wendung. »Mein Klon ist auch nicht geflohen. Er wurde einfach von seinen Käufern weggeholt.« Er hätte versuchen sollen zu fliehen … was für ein Leben hätte er dann wohl geführt, wenn es ihm geglückt wäre?

»Fünfzig Kinder«, Thorne seufzte. »Weißt du – ich halte diese Mission *für wirklich gut.*« Der Hermaphrodit wartete und beobachtete ihn mit einem scharfen, funkelnden Blick.

Ihm war unbehaglich zumute, und er unterdrückte eine idiotische Bemerkung wie etwa *Danke,* fand aber nichts, was er statt dessen sagen sollte, und so ergab sich ein peinliches Schweigen.

»Vermutlich«, sagte Thorne nachdenklich, nachdem

es zu lange gedauert hatte, »wäre es für jemanden, der in einer solchen Umgebung großgezogen wurde, sehr schwer, wirklich … jemand anderem zu vertrauen. Dem Wort eines anderen. Seinem guten Willen.«

»Ja … vermutlich.« War das ein beiläufiges Gespräch oder etwas Gefährlicheres? Eine Falle …

Immer noch dieses seltsame, mysteriöse Lächeln im Gesicht, beugte sich Thorne über ihre Stühle, ergriff mit einer starken, schlanken Hand sein Kinn und küßte ihn.

Er wußte nicht, ob er zurückzucken oder darauf eingehen sollte, also tat er gar nichts, wie panisch gelähmt. Thornes Mund war warm und schmeckte nach Tee und Bergamotte, seidig und duftend. Vögelte Naismith – auch – mit diesem Hermaphroditen? Falls ja, wer tat was wem? Oder wechselten sie sich ab? *Und wäre es wirklich so schlimm?* Sein Schrecken wuchs, als er unleugbar spürte, wie er erregt wurde. *Ich glaube, ich würde sterben für die Berührung eines Liebhabers.* Er war immer allein gewesen.

Thorne zog sich endlich zurück, zu seiner ungeheuren Erleichterung, allerdings nur ein bißchen. Die Hand des Hermaphroditen hielt immer noch sein Kinn. Nach einem weiteren Augenblick völligen Schweigens wurde Thornes Lächeln schmerzlich. »Ich sollte dich wahrscheinlich nicht necken«, seufzte er. »Wenn man alles bedenkt, dann ist es irgendwie grausam.«

Thorne ließ ihn los und stand auf. Die sinnliche Stimmung war abrupt erloschen. »Bin in einer Minute zurück.« Der Hermaphrodit ging in die Naßzelle seiner Kabine und schloß die Tür hinter sich.

Er saß da, entnervt und zitternd. *Um was ging es bloß bei dem Ganzen, verdammt noch mal?* Ein anderer Teil seines Bewußtseins bemerkte: *Auf dieser Reise könntest du deine verdammte Unschuld verlieren, jede Wette,* und ein dritter: *Nein! Nicht mit dem!*

War das ein Test gewesen? Hatte er bestanden oder

versagt? Thorne hatte keine Anklagen hinausgeschrien und auch nicht nach bewaffneter Verstärkung gerufen. Vielleicht fädelte der Kapitän jetzt seine Verhaftung ein, per Kommunikator aus der Naßzelle. Wohin sollte er fliehen, auf einem kleinen Schiff mitten im All. Er hatte die Arme um den Leib geschlungen. Er zwang sich, sie auszustrecken, legte die Hände auf die Konsole und befahl den Muskeln, sich zu entspannen. *Wahrscheinlich werden sie mich nicht umbringen*. Sie würden ihn zur Flotte zurückbringen und es Naismith überlassen, ihn zu töten.

Aber kein Sicherheitskommando stürmte durch die Tür. Thorne kehrte bald genug zurück. Piekfein in seiner Uniform, endlich. Der Hermaphrodit holte den Datenkubus aus der Komkonsole und hielt ihn in der geschlossenen Hand. »Ich werde mich mit Sergeantin Taura und diesem Ding hinsetzen und mich an eine ernsthafte Planung machen.«

»Ach ja. Es ist höchste Zeit dafür.« Er gab ungern den kostbaren Kubus aus der Hand. Doch es schien, als ob er in Thornes Augen immer noch Naismith war.

Thorne schürzte die Lippen. »Wo es jetzt Zeit ist, die Mannschaft zu unterrichten, sollten wir da nicht die *Ariel* einer Nachrichtensperre unterwerfen?«

Eine großartige Idee, doch er hätte sie nicht vorgeschlagen, aus Angst, sie wäre zu verdächtig und seltsam. Vielleicht war es bei diesen verdeckten Operationen nicht so ungewöhnlich. Er hatte keine klare Vorstellung gehabt, wann der echte Naismith zur Dendarii-Flotte zurückkehren sollte, aber danach zu schließen, wie leicht die Söldner ihn akzeptiert hatten, war der Admiral bald zurückerwartet worden. In den letzten drei Tagen hatte er immerzu befürchtet, es kämen per Dichtstrahl und Sprungkurier hektische Befehle vom echten Admiral, die besagten, die *Ariel* solle umkehren. *Gebt mir noch ein paar Tage. Bloß ein paar Tage, und ich werde alles wiedergutmachen.* »Ja. Tu das.«

»Sehr gut, Sir.« Thorne zögerte. »Wie fühlst du dich jetzt? Jedermann weiß, daß diese deine schwarzen Stimmungen Wochen andauern können. Aber wenn du dich nur richtig ausruhst, dann bist du bestimmt wieder so energisch wie immer, wenn es an die Landemission geht. Soll ich den anderen sagen, daß man dich in Ruhe lassen soll?«

»Ich ... würde das zu schätzen wissen, Bel.« Welches Glück! »Aber halte mich auf dem laufenden, ja?«

»O ja. Du kannst auf mich zählen. Es ist ein direkter Überfall, außer der Betreuung dieser Schar Kinder, die ich deiner überlegenen Erfahrung überlasse.«

»In Ordnung.« Mit einem Lächeln und einem frohen Gruß floh er über den Korridor in die sichere Isolation seiner eigenen Kabine. Die pulsierende Kombination aus Hochstimmung, Anspannung und Kopfschmerzen erzeugte ein Gefühl, als würde er schweben. Als die Tür sich hinter ihm schloß, fiel er auf sein Bett und packte die Bettdecke, um sich festzuhalten. *Es wird wirklich geschehen!*

Später schaute er auf der Komkonsole seiner Kabine gewissenhaft die Logbücher durch und fand endlich die vier Jahre alten Einträge über den letzten Besuch der *Ariel* auf Jackson's Whole. So wie sie waren. Es ging los mit völlig langweiligen Einzelheiten über ein Waffengeschäft, Inventareinträge über eine Fracht an Waffen, die auf der Orbit-Transferstation des Hauses Fell aufgenommen werden sollte. Völlig überraschend machte Thornes atemlose Stimme einen kryptischen Eintrag: »Murka hat den Admiral verloren. Er wird von Baron Ryoval gefangengehalten. Ich werde jetzt einen teuflischen Handel mit Fell machen.«

Dann kamen Aufzeichnungen über einen Noteinsatzflug eines Kampflandeshuttles hinab auf den Planeten, gefolgt vom abrupten Start der *Ariel* von Station Fell, obwohl die Fracht erst zur Hälfte geladen war.

Diesen Ereignissen folgten zwei faszinierende, unkommentierte Gespräche zwischen Admiral Naismith und Baron Ryoval bzw. Baron Fell. Ryoval wütete und stieß exotische Todesdrohungen aus. Mit Unbehagen studierte er das verzerrte, an sich gutaussehende Gesicht des Barons. Selbst in einer Gesellschaft, die Skrupellosigkeit schätzte, war Ryoval ein Mann, um den andere jacksonische Drahtzieher einen weiten Bogen machten. Admiral Naismith schien schwer in ein Fettnäpfchen getreten zu sein.

Fell war beherrschter, voll kalter Wut. Wie gewöhnlich waren alle wirklich wesentlichen Informationen, inklusive der Gründe, warum sie überhaupt auf den Planeten gekommen waren, in Naismiths mündlichen Befehlen enthalten gewesen. Aber es gelang ihm, die überraschende Tatsache auszugraben, daß die 2,40 m große Kämpferin, Sergeantin Taura, ein Produkt der genetischen Labors des Hauses Bharaputra war, der genetisch erzeugte Prototyp eines Supersoldaten.

Es war, als begegnete man unerwartet jemandem aus der eigenen Heimatstadt. In einem seltsamen Anfall von Heimweh spürte er das Verlangen, sie aufzusuchen und mit ihr Erfahrungen auszutauschen. Naismith hatte offensichtlich ihr Herz gestohlen, oder zumindest sie von Jackson's Whole gestohlen, obwohl das nicht der Grund zu sein schien, weshalb Ryoval schäumte. Alles war ziemlich unverständlich.

Er stieß auf eine andere, unangenehme Tatsache. Baron Fell war ein potentieller Klon-Verbraucher. Sein alter Feind Ryoval hatte anscheinend aus Rache Fells Klon ermorden lassen, bevor die Transplantation stattfinden konnte, und so Fell in seinen alternden Körper eingesperrt. Aber die Absicht war da. Ganz gleich, was Bel Thornes Notfallpläne vorsahen, er nahm sich fest vor, sich auf keinen Kontakt mit Baron Fell einzulassen, wenn er es verhindern konnte.

Er blies den Atem aus, schaltete die Komkonsole ab und widmete sich wieder Simulationsübungen mit dem Kommandohelm, anhand eines Trainingsprogramms des Herstellers, das glücklicherweise nie aus dem Speicher gelöscht worden war. *Ich werde es schaffen. Irgendwie.*

KAPITEL 4

Auch mit diesem Kuriersprung keine Antwort von der *Ariel*, Sir«, berichtete Leutnantin Hereld kleinlaut.

Miles ballte frustriert die Fäuste. Dann preßte er seine Handflächen wieder an die Hosennaht, aber das bewirkte nur, daß die überschüssige Energie in seine Beine floß, und er begann im Navigationsraum der *Triumph* von Wand zu Wand hin und her zu gehen. »Das ist der dritte – der dritte? Sie haben die Nachricht für jeden Kurier wiederholt?«

»Jawohl, Sir.«

»Die dritte Nichtantwort. Verdammt, was hält Bel auf?«

Auf diese rhetorische Frage hin zuckte Leutnantin Hereld hilflos die Achseln.

Miles durchquerte erneut den Raum und runzelte wütend die Stirn. Zum Teufel mit der Zeitverzögerung! Er wollte wissen, was *in diesem Augenblick* geschah. Dichtstrahl-Kommunikation durchquerte einen Lokalraumbereich mit Lichtgeschwindigkeit, aber der einzige Weg, um Informationen durch ein Wurmloch zu bekommen, bestand darin, sie physikalisch aufzuzeichnen, auf ein Sprungschiff zu bringen und damit zur nächsten Relaisstation zu springen, wo die Informationen zum nächsten Wurmloch gesendet und wieder per Sprung weitergebracht wurden, falls es sich wirtschaftlich lohnte, einen solchen Service aufrechtzuerhalten. In Gegenden mit regem Nachrichtenverkehr sprangen solche Kuriere jede halbe Stunde oder sogar noch öfter. Zwischen Escobar und Jackson's Whole hielten die Kuriere einen Zeitplan ein, bei dem es alle vier Stunden einen Sprung gab. So kam zu der Verzögerung durch die Beschränkung auf Lichtgeschwindigkeit noch diese andere, willkürlich durch die Menschen verursachte. Eine solche Verzögerung konnte manchmal recht nützlich sein, zum Beispiel für Leute, die komplexe Spiele mit interstellaren Finanzen spielten, mit Wechselkursen und Termingeschäften. Oder für eigenwillige Untergebene, die vor ihren vorgesetzten Offizieren Informationen über ihre Aktivitäten verbergen wollten. Miles hatte selbst gelegentlich die Verzögerung zu diesem Zweck ausgenützt. Ein paar Bitten um Aufklärung und deren Beantwortung konnten einem genügend Zeit verschaffen, um alle möglichen Ereignisse herbeizuführen. Deshalb hatte er dafür gesorgt, daß sein Befehl zur Rückkehr der *Ariel* persönlich, nachdrücklich und kristallklar war. Aber Bel hatte nicht mit einem geheuchelt spröden *Was meinen Sie damit, Sir?* geantwortet. Bel hatte überhaupt nicht geantwortet.

»Es gibt doch nicht etwa einen Fehler im Kuriersystem, oder? Anderer Verkehr – bekommen andere auf dieser Strecke ihre Nachrichten durch?«

»Jawohl, Sir. Ich habe es überprüft. Der Informationsfluß ist den ganzen Weg bis nach Jackson's Whole normal.«

»Sie haben einen Flugplan nach Jackson's Whole registrieren lassen. Sind sie tatsächlich durch diesen Ausgangspunkt gesprungen?«

»Jawohl, Sir.«

Vor inzwischen, verdammt noch mal, vier Tagen. Vor seinem geistigen Auge erschien ein Bild des Wurmlochnexus. Von dieser kürzesten Standardroute zwischen Escobar und Jackson's Whole zweigte keiner der registrierten Sprünge in irgendwelche interessanten Regionen ab. Er konnte sich nicht vorstellen, daß sich Bel ausgerechnet in diesem Augenblick entschlossen haben sollte, den Betanischen Astronomischen Erkundungsdienst zu spielen und auf Entdeckungsreisen zu gehen. Natürlich kam es sehr selten einmal vor, daß ein Schiff auf einer vollkommenen Standardroute einen Sprung tat, aber sich niemals auf der anderen Seite materialisierte … durch eine subtile Fehlfunktion in den Necklin-Stäben des Schiffs oder im neurologischen Steuersystem des Piloten in ein unauffindliches Gewirr von Quarks im Geflecht von Raum und Zeit verwandelt. Allerdings behielten die Sprungkuriere den Verkehr auf einer so stark kommerzialisierten Route wie dieser im Auge und hätten ein solches Verschwinden auf der Stelle gemeldet.

Er kam – von den Ereignissen getrieben – zu einem Entschluß, und schon das erhöhte seine Temperatur um ein paar Grade. In letzter Zeit war er nicht mehr daran gewöhnt gewesen, daß er von Ereignissen, die er nicht unter Kontrolle hatte, zu einer Aktion gedrängt wurde. *Das hat nicht zu meinen Plänen für diesen Tag gehört, verdammt noch mal.* »Schon gut, Sandy. Rufen Sie mir eine Stabssitzung zusammen. Kapitänin Quinn, Kapitänin Bothari-Jesek, Kommodore Jesek in den Besprechungsraum der *Triumph,* so schnell, wie sie kommen können.«

Hereld zog bei der Aufzählung dieser Namen die Augenbrauen hoch, während ihre Hände gehorsam über die Komkonsolentastatur huschten. Alle vom Inneren Kreis. »Ernsthafte Probleme, Sir?«

Er zwang sich zu einem Lächeln und versuchte, einen leichten Ton anzuschlagen. »Nur ernstlich lästig, Leutnantin.«

Das stimmte nicht ganz. Was hatte sein kleiner Bruder Mark, dieser Idiot, mit dem Kampfkommando vor, das er requiriert hatte? Ein Dutzend vollausgerüsteter Dendarii-Kämpfer verfügten über eine Menge Feuerkraft. Wenn man sie jedoch mit den militärischen Ressourcen etwa von Haus Bharaputra verglich … *genü-*

gend Feuerkraft, um in verteufelte Schwierigkeiten zu geraten, aber nicht genug, um sich wieder den Weg hinaus freizuschießen. Wenn er daran dachte, wie seine Leute – Taura, du lieber Himmel! – blind diesem Ignoranten Mark in einen taktischen Wahnsinn folgten und vertrauensvoll dachten, es sei *er*, der sie führte, dann wurde er innerlich ganz wild. In seinem Kopf heulten Sirenen auf und blinkten rote Lichter. *Bel, warum antwortest du nicht?*

Miles ertappte sich dabei, wie er auch im Hauptbesprechungsraum der *Triumph* hin und her lief, immer wieder und wieder um den großen Taktikschautisch herum, bis Quinn ihr Kinn aus den Händen hob und knurrte: »Setz dich doch bitte endlich hin.« Quinn war nicht so nervös wie er; sie knabberte noch nicht an den Fingernägeln. Er empfand das als leicht beruhigend und schwang sich auf einen Stuhl. Einer seiner gestiefelten Füße begann, auf die Isoliermatte zu klopfen. Quinn beäugte ihn, runzelte die Stirn, öffnete den Mund, schloß ihn wieder und schüttelte den Kopf. Er zwang den Fuß zur Ruhe und fletschte die Zähne in einem schnellen, unechten Grinsen. Glücklicherweise traf Baz Jesek ein, bevor Miles' nervöse Energie sich in einer noch irritierenderen Zwangshandlung entladen konnte.

»Elena kommt gerade von der *Peregrine* herüber«, berichtete Baz, setzte sich auf seinen gewohnten Stuhl und rief an der Komkonsole gewohnheitsmäßig das Schnittstellenprogramm für Flottentechnik auf. »Sie dürfte in wenigen Minuten da sein.«

»Gut, danke.« Miles nickte.

Als Miles ihn kennengelernt hatte, war der Ingenieur ein großer, dünner, dunkelhaariger, verkrampft unglücklicher Mann gewesen, damals vor fast zehn Jahren, als die Dendarii-Söldner entstanden waren. Sie hatten damals nur aus Miles, seinem barrayaranischen

Leibwächter und dessen Tochter bestanden, sowie einem veralteten Frachter, der schon zur Verschrottung vorgesehen war, und dessen selbstmörderisch depressivem Sprungpiloten, dazu war ein schlecht ausgedachter Plan gekommen, wie man mit Waffenschmuggel schnell reich werden konnte. Miles hatte Baz den Lehenseid auf Lord Vorkosigan ablegen lassen, bevor Admiral Naismith überhaupt erfunden worden war. Jetzt, in seinen späten Dreißigern, war Baz immer noch so dünn, sein Haar etwas weniger dunkel, und er war immer noch so ruhig, aber ihn erfüllte jetzt ein heiteres Selbstvertrauen. Er erinnerte Miles an einen Reiher, der mit sparsamen Bewegungen und langen Phasen der Reglosigkeit an einem binsenreichen Seeufer herumspazierte.

Wie versprochen betrat Elena Bothari-Jesek kurz darauf den Raum und setzte sich neben ihren Ehemann. Da beide im Dienst waren, beschränkten sie die Begrüßung auf den Austausch eines Lächelns und eine schnelle Berührung der Hände unter dem Tisch. Sie hatte auch ein Lächeln für Miles übrig. An zweiter Stelle.

Von allen Personen im Inneren Kreis der Dendarii, die ihn als Leutnant Lord Vorkosigan kannten, war Elena gewiß die ihm Vertrauteste. Ihr Vater, der verstorbene Sergeant Bothari, war vom Tag von Miles' Geburt an sein geschworener Lehensmann und persönlicher Beschützer gewesen. Als Altersgenossen waren Miles und Elena praktisch zusammen aufgezogen worden, da Gräfin Vorkosigan ein mütterliches Interesse für das mutterlose Mädchen entwickelt hatte. Elena kannte Admiral Naismith, Lord Vorkosigan und auch schlicht Miles besser als sonst jemand im Universum.

Und hatte sich statt dessen entschieden, Baz Jesek zu heiraten... Miles fand es tröstlich und nützlich, von Elena als seiner Schwester zu denken. Eine Pflegeschwester war sie ja fast wirklich. Sie war so groß wie ihr großer Mann, mit kurzgeschnittenem ebenholzschwarzem Haar und bleicher elfenbeinfarbener Haut. In ihren adlerhaften Gesichtszügen konnte er immer noch das Echo des Barsoi-Gesichtes von Sergeant Bothari erkennen. Botharis bleierne Häßlichkeit war durch irgendeine genetische Alchemie in ihre goldene Schönheit verwandelt worden. *Elena, ich liebe dich immer noch, verdammt…* Er brach den Gedanken ab. Jetzt hatte er Quinn. Oder die Admiral-Naismith-Hälfte seiner Persönlichkeit jedenfalls hatte Quinn.

Als Dendarii-Offizierin war Elena seine schönste Schöpfung. Er hatte beobachtet, wie sie von einem scheuen, zornigen, aus dem Gleichgewicht geworfenen Mädchen, das durch sein Geschlecht auf Barrayar vom Militärdienst ausgeschlossen war, zu einer Kommando-Führerin, dann zu einer Geheimagentin, zur Stabsoffizierin und jetzt zur Kapitänin wurde. Der in Ruhestand getretene Kommodore Tung hatte sie einmal seine zweitbeste Schülerin in Militärdingen genannt. Miles fragte sich manchmal, wieviel von seinem Bemühen, die Dendarii-Söldner aufrechtzuerhalten, wirklich ein Dienst an der Kaiserlichen Sicherheit war, wieviel davon einfach Nachgiebigkeit gegenüber einem sehr fragwürdigen Aspekt seiner eigenen vielseitigen – oder gebrochenen – Persönlichkeit war, und wieviel ein geheimes Geschenk an Elena Bothari. Bothari-Jesek. Die wahren Quellen von Geschichte konnten in der Tat dunkel sein.

»Es gibt immer noch keine Nachricht von der *Ariel*«, begann Miles ohne lange Einleitung. Dieser Gruppe gegenüber waren keine Formalitäten notwendig. Sie waren alle Insider, er konnte es wagen, in ihrer Gegenwart laut zu denken. Er spürte, wie sein Geist sich entspannte, wie Admiral Naismith und Lord Vorkosigan sich wieder vermischten. Er konnte sogar in seinem Akzent von Naismiths gedehnter betanischer Sprechweise abweichen und ein paar barrayaranische Kehllaute einflechten. »Ich möchte ihnen hinterherfliegen.«

Quinn trommelte mit den Fingernägeln auf den Tisch. Einmal. »Ich habe erwartet, daß du das tun würdest. Deshalb stellt sich die Frage: Konnte Klein-Mark es auch erwarten? Er hat dich studiert. Er durchschaut dich. Könnte es eine Falle sein? Denk dran, wie er dich letztesmal übers Ohr gehauen hat.«

Miles zuckte zusammen. »Ich erinnere mich daran. Der Gedanke, daß dies eine Falle sein könnte, ist mir auch schon gekommen. Das ist auch einer der Gründe, weshalb ich nicht schon vor zwanzig Stunden hinter ihnen her bin.« Direkt nach der peinlichen, eilends beendeten Sitzung des gesamten Stabes. Da war er in der Stimmung gewesen, auf der Stelle einen Brudermord zu begehen. »Wenn wir einmal annehmen, daß Bel am Anfang getäuscht wurde – und diese Annahme erscheint sinnvoll, warum auch nicht, schließlich sind auch alle anderen getäuscht worden –, dann könnte die Zeitverzögerung Mark eine Gelegenheit gegeben haben, einen Fehler zu begehen, und Bel könnte ein Licht aufgegangen sein. Aber in diesem Fall hätte die *Ariel* den Befehl zur Rückkehr befolgen und schon wieder zurücksein sollen.«

»Mark spielt dich schrecklich gut«, bemerkte Quinn aufgrund persönlicher Erfahrung. »Oder zumindest hat er es vor zwei Jahren getan. Wenn man nicht die Möglichkeit eines Doppelgängers erwartet, dann wirkt er einfach wie du an einem Tag, wo du nicht ganz in Form bist. Seine äußere Erscheinung war perfekt.«

»Aber Bel weiß von dieser Möglichkeit«, warf Elena ein.

»Ja«, sagte Miles. »Vielleicht ist Bel also nicht getäuscht worden. Vielleicht ist Bel in den Weltraum hinausgestoßen worden.«

»Mark braucht die Mannschaft, oder eine Mannschaft, um das Schiff zu steuern«, sagte Baz. »Allerdings kann irgendwo eine neue Mannschaft auf ihn gewartet haben.«

»Wenn er einen solchen offenen Akt der Piraterie und einen Mord geplant hätte, dann hätte er wohl kaum ein Kampfkommando der Dendarii mitgenommen, das ihm Widerstand leisten würde.« Manchmal war vernünftige Argumentation sehr beruhigend. Manchmal. Miles holte Luft. »Oder vielleicht ist Bel bestochen worden.«

Baz zog die Augenbrauen hoch. Quinn nahm unbewußt den Nagel ihres rechten kleinen Fingers zwischen die Zähne, biß ihn aber nicht durch.

»Wie bestochen?« fragte Elena. »Nicht mit Geld.« Sie grinste. »Kannst du dir vorstellen, daß es Bel endlich aufgegeben hat, dich zu verführen, und daß er nach dem zweitbesten Partner Ausschau hält?«

»Das ist nicht komisch«, versetzte Miles. Baz verwandelte ein mißtrauisches Schnauben in ein vorsichtiges Husten und blickte Miles kühl an, doch er hielt nicht durch und mußte kichern.

»Auf jeden Fall ist es ein alter Witz«, räumte Miles müde ein. »Aber es hängt davon ab, was Mark auf Jackson's Whole vorhat. Die Art von … direkter Sklaverei, die von den verschiedenen jacksonischen Körpergestaltern praktiziert wird, ist ein schlimmes Ärgernis für Bels fortschrittlichen betanischen Geist. Falls Mark daran denkt, irgend etwas von seinem alten Heimatplaneten zu erpressen, dann könnte er vielleicht Bel dazu überreden, dabei mitzumachen.«

»Auf Kosten der Flotte?« fragte Baz.

»Das grenzt an … Meuterei«, stimmte Miles widerstrebend zu. »Ich beschuldige ihn nicht. Ich spekuliere nur. Ich versuche, alle Möglichkeiten in Betracht zu ziehen.«

»Wäre es in diesem Fall möglich, daß Marks Ziel überhaupt nicht Jackson's Whole ist?« fragte Baz. »Es gibt vier weitere Sprungpunkte aus dem jacksonischen

Lokalraum hinaus. Vielleicht passiert die *Ariel* Jackson's Whole lediglich.«

»Physikalisch möglich, ja«, sagte Miles. »Psychologisch ... Auch ich habe Mark studiert. Und während ich nicht sagen kann, daß ich ihn durchschaue, so weiß ich doch, daß Jackson's Whole eine große Rolle in seinem Leben spielt. Es ist nur ein Gefühl in meinem Bauch, aber dieses Gefühl ist stark.« Wie ein schlimmer Fall von Verstopfung. »Wie sind wir diesmal von Mark überlistet worden?« fragte Elena. »Ich dachte, der Kaiserliche Sicherheitsdienst sollte für uns ein Auge auf ihn haben.«

»Hat er auch getan. Ich bekomme regelmäßig Berichte von Illyans Büro«, sagte Miles. »Laut dem letzten Bericht, den ich vor weniger als drei Wochen im Hauptquartier des Sicherheitsdienstes gelesen habe, war Mark noch auf der Erde. Aber da ist die verdammte Zeitverzögerung. Wenn er die Erde vor etwa vier oder fünf Wochen verlassen hat, dann ist dieser Bericht noch unterwegs von der Erde zu Illyan auf Barrayar und von dort zu mir. Ich wette mit euch betanische Dollar in beliebiger Höhe, daß wir in den nächsten paar Tagen eine codierte Nachricht vom Hauptquartier bekommen, die uns warnt, daß Mark verschwunden ist. Wieder.«

»Wieder?« sagte Elena. »Ist er schon zuvor verschwunden?«

»Ein paarmal. Tatsächlich dreimal.« Miles zögerte. »Wißt ihr, immer wieder – dreimal in den letzten zwei Jahren – habe ich selbst versucht, mit ihm Kontakt aufzunehmen. Habe ihn eingeladen, sich zu melden, nach Barrayar zu kommen oder sich zumindest mit mir zu treffen. Jedesmal hat er es mit der Angst zu tun bekommen, ist untergetaucht und hat seine Identität geändert – darin ist er ziemlich gut, nach all der Zeit, die er als Gefangener der komarranischen Terroristen zugebracht hat –, und Illyans Leute brauchen dann

Wochen oder Monate, um ihn wieder aufzuspüren. Illyan hat mich gebeten, ohne seine Einwilligung keinen Kontaktversuch mehr mit Mark zu unternehmen.« Er wurde nachdenklich. »Meine Mutter wünscht sich so sehr, daß er zu uns kommt, aber sie wird Illyan nicht dazu veranlassen, daß er den Befehl zu Marks Entführung gibt. Zuerst war ich auch ihrer Meinung, aber jetzt frage ich mich, ob es richtig war.«

»Als dein Klon, ist er ...«, begann Baz.

»Bruder«, korrigierte Miles sofort. »Bruder. Ich lehne den Begriff ›Klon‹ für Mark ab. Ich verbiete ihn. ›Klon‹ impliziert Austauschbares. Ein Bruder ist jemand Einzigartiges. Und ich versichere euch, Mark ist einzigartig.«

»Wenn wir ... Marks nächste Schritte erraten wollen«, begann Baz erneut, diesmal vorsichtiger, »können wir dabei von vernünftigen Überlegungen ausgehen? Ist er geistig gesund?«

»Wenn nicht, dann ist es die Schuld der Komarraner.« Miles erhob sich und begann wieder um den Tisch herumzugehen, trotz Quinns genervtem Blick. Er vermied es, ihr in die Augen zu schauen und blickte statt dessen auf seine Stiefel, die grau auf grau über die Bodenmatte schritten. »Nachdem wir endlich seine Existenz entdeckt hatten, ließ Illyan über seine Agenten alle Überprüfungen von Marks Herkunft durchführen, die nur möglich waren. Zum Teil, vermute ich, um die schlimme Peinlichkeit wettzumachen, daß Mark all die Jahre hindurch dem Sicherheitsdienst entgangen war. Ich habe alle Berichte gesehen, in denen man immer wieder versucht hat, hinter seine Gedanken zu kommen.« Er bog um die Ecke, ging die andere Seite entlang und wieder zurück.

»Sein Leben in Bharaputras Klon-Internat schien nicht so schlimm gewesen zu sein – dort werden diese Körper verhätschelt –, aber nachdem die komarranischen Rebellen ihn übernommen hatten, wurde es offenbar ziemlich alptraumhaft. Sie haben ihn immerzu darauf trainiert, ich zu sein, doch jedesmal, wenn sie dachten, sie hätten es geschafft, tat ich irgend etwas Unerwartetes, und sie mußten von vorn anfangen. Immerzu änderten und verfeinerten sie ihre Pläne. Nach dem erstenmal, wo sie gehofft hatten, das Komplott ausführen zu können, zog sich das Ganze Jahre hin. Sie waren eine kleine Gruppe, die sowieso mit geringen Geldmitteln arbeitete. Ihr Anführer, Ser Galen, war selbst halb verrückt, glaube ich.« Er umrundete wieder den Tisch.

»Zeitweise behandelte Galen Mark wie die große Hoffnung für einen komarranischen Aufstand, oder er hätschelte ihn und blies ihm die Idee ein, sie würden ihn mit einem Staatsstreich zum Kaiser von Barrayar machen. Aber dann war Galen wieder daneben und sah Mark als den persönlichen genetischen Stellvertreter unseres Vaters, und er machte ihn zum Prügelknaben für seinen ganzen Haß auf die Vorkosigans und auf Barrayar. Die grausamsten Strafen, fast schon Foltern, tarnte er – vor sich selbst und vielleicht sogar vor Mark – als ›Disziplintraining‹. Illyans Agent erfuhr dies teilweise von einer ziemlich illegalen Schnell-Penta-Befragung eines ehemaligen Untergebenen von Galen, also handelt es sich um die nackte Wahrheit.« Erneut umrundete er den Tisch.

»Zum Beispiel unterscheidet sich Marks Metabolismus anscheinend von dem meinen. Jedesmal, wenn Marks Gewicht meine Parameter überschritt, dann tat Galen nicht das Vernünftige, nämlich Marks Appetit medizinisch regulieren zu lassen, sondern er enthielt ihm zunächst tagelang das Essen vor, dann ließ er ihn schlemmen, und schließlich zwang er ihn mit dem Schockstab zu Bewegungsübungen, bis er sich erbrach. Haarsträubend, wirklich beunruhigend. Galen hatte anscheinend ein aufbrausendes Temperament, zumindest was Mark anging. Oder vielleicht versuchte er absichtlich, Mark verrückt zu machen. Um einen Kaiser Miles den Wahnsinnigen zu schaffen, um die Herrschaft von Kaiser Yuri dem Wahnsinnigen zu wiederholen und die barrayaranische Regierung von oben her zu zerstören. Einmal versuchte Mark – so berichtete dieser Informant –, bei Nacht auszubüchsen, einfach, um eine Nacht draußen zu verbringen, und es gelang ihm tatsächlich, für eine Weile abzuhauen, bis Galens Gorillas ihn zurückbrachten. Galen schnappte über, beschuldigte ihn, er habe fliehen wollen, nahm seinen Schockstab und ...« – sein Blick fiel auf Elenas erbleichendes Gesicht und er zügelte schnell seinen nervösen Ausbruch – »und tat einige häßliche Dinge.« Die wohl kaum positiv zu Marks sexueller Entwicklung beigetragen hatten. Es war so schlimm gewesen, daß Galens eigene Gorillas – berichtete der Informant – ihn gebeten hatten aufzuhören.

»Kein Wunder, daß er Galen haßte«, sagte Quinn leise.

Elena blickte ihn scharf an. »Es gibt nichts, was du hättest tun können. Du hast ja damals nicht einmal gewußt, daß Mark existiert.«

»Wir hätten es wissen sollen.«

»Stimmt. Also, in welchem Ausmaß beeinflußt diese rückwirkende Schuld jetzt dein Denken, Admiral?«

»Irgendwie schon, vermute ich«, gab er zu. »Deshalb habe ich euch alle hierhergerufen. Nach meinem Gefühl ist bei dieser Sache notwendig, sie von verschiedenen Gesichtspunkten aus zu überprüfen.« Er hielt inne und zwang sich, sich wieder hinzusetzen. »Das ist jedoch nicht der einzige Grund. Bevor dieses Durcheinander mit der *Ariel* aus dem Wurmloch gesprungen kam, hatte ich begonnen, euch einen echten, ehrlichen Auftrag zu geben.«

»Ach ja«, sagte Baz befriedigt. »Endlich.«

»Den neuen Kontrakt.« Trotz seiner Ablenkungen lächelte er. »Bevor Mark auftauchte, hatte ich es für eine Mission gehalten, bei der nichts schiefgehen konnte. Einen Urlaub, bei dem alle Auslagen bezahlt werden.«

»Was, einen Spezialauftrag ohne Kampf?« spöttelte Elena »Ich dachte, du hättest wegen solcher Aufträge immer auf den alten Admiral Oser herabgeschaut.«

»Ich habe mich geändert.« Wie immer spürte er einen kurzen Stich des Bedauerns für den verstorbenen Admiral Oser. »Seine Kommando-Philosophie erscheint mir immer besser. Vermutlich werde ich alt.«

»Oder erwachsen«, schlug Elena vor. Sie tauschten einen kühlen Blick aus.

»Auf jeden Fall«, fuhr Miles fort, »das Oberkommando von Barrayar möchte eine bestimmte unabhängige Transferstation im tiefen Raum mit besseren Waffen ausstatten, als sie zur Zeit hat. Station Vega liegt nicht zufällig in der Nähe der Hintertüren des cetagandanischen Reiches. Jedoch befindet sich besagte Raumrepublik an einem problematischen Knotenpunkt im Wurmlochnexus. Quinn, bitte die Raumkarte.«

Quinn rief ein dreidimensionales Schema von Station Vega und ihren Nachbarn auf. Die Sprungrouten wurden durch funkelnde gezackte Linien zwischen den dunstigen Kugeln von Lokalraumsystemen dargestellt.

»Von den drei Sprungpunkten, über die Station Vega gebietet, führt einer in den cetagandanischen Einflußbereich, und zwar über ihre Satrapie Ola Drei. Einer wird von Toranira blockiert, das manchmal ein Verbündeter, manchmal ein Feind von Cetaganda ist, und der dritte wird von Zoave Twilight gehalten, das aus Rücksicht auf Cetaganda politisch neutral, aber seinem großen Nachbarn gegenüber wachsam ist.« Während er davon sprach, ließ Quinn jedes System aufleuchten. »Station Vega wird von Ola Drei und Toranira völlig gegen den Import jeglicher Art größerer offensiver oder defensiver Raumwaffensysteme blockiert. Unter dem Druck von Cetaganda kooperiert Zoave Twilight widerstrebend bei dem Waffenembargo.«

»Und wo kommen wir ins Spiel?«

»Buchstäblich über Toranira. Wir schmuggeln Packpferde.«

»Was?« fragte Baz. Elena allerdings verstand die Anspielung und grinste plötzlich.

»Hast du diese Geschichte noch nie gehört? Aus der Geschichte von Barrayar? Graf Selig Vorkosigan lag während des Ersten Blutigen Jahrhunderts mit Lord Vorwyn von Haselhell in Fehde. Die Stadt Vorkosigan Vashnoi wurde belagert. Zweimal die Woche hielten Lord Vorwyns Patrouillen einen verrückten, närrischen Burschen mit seiner Kavalkade von Packpferden an und durchsuchten sein Gepäck nach Schmuggelgut, Lebensmitteln oder Nachschub. Aber seine Packen waren immer mit Müll gefüllt. Sie stocherten und suchten darin herum und leerten die Säcke – er sammelte dann immer alles sorgfältig wieder zusammen –, sie filzten ihn durch, und am Ende mußten sie ihn ziehen lassen. Nach dem Krieg traf einer von Vorwyns Grenzwächtern zufällig in einer Taverne Graf Seligs Lehensmann, der jetzt keinen Narren mehr spielte. ›Was hast du geschmuggelt?‹ fragte er frustriert. ›Wir wissen, daß du etwas geschmuggelt hast, aber was war es?‹ Und Graf Seligs Lehensmann erwiderte: ›Pferde.‹

Wir schmuggeln Raumschiffe. Nämlich die *Triumph,* die *Ariel,* die *D-16,* die alle der Flotte gehören. Wir kommen in den Lokalraum von Station Vega über Toranira, mit einem Durchflugplan unterwegs nach Illyrica. Wohin wir auch wirklich unterwegs sein werden. Wir verlassen den Lokalraum von Station Vega über Zoave, immer noch mit jedem Kämpfer an Bord, aber mit drei alternden Schiffen weniger. Dann fliegen wir weiter nach Illyrica und holen dort unsere drei brandneuen Kriegsschiffe ab, die gerade jetzt, während wir uns hier unterhalten, in den Raumschiffwerften im

Orbit von Illyrica fertiggestellt werden. Unser schönes Geschenk zum Winterfest von Kaiser Gregor.«

Baz blinzelte. »Wird das funktionieren?«

»Kein Grund, warum es nicht funktionieren sollte. Die mühsame Vorarbeit – Erlaubnisse, Visa, Bestechungen und so fort – wird komplett von Agenten des Sicherheitsdienstes vor Ort erledigt. Alles, was wir tun müssen, ist hindurchzufliegen, ohne irgend jemanden aufzuscheuchen. Es ist kein Krieg im Gange, kein einziger Schuß sollte abgefeuert werden. Das einzige Problem besteht darin, daß ein Drittel meines Handelsinventars gerade nach Jackson's Whole abgeflogen ist«, schloß Miles mit einem Schnauben.

»Wieviel Zeit haben wir, die *Ariel* wiederzubekommen?« fragte Elena.

»Nicht soviel, wie wir brauchen. Das Zeitfenster, das der Sicherheitsdienst für dieses Schmuggelszenario eingerichtet hat, ist flexibel im Sinne einiger Tage, aber nicht Wochen. Die Flotte muß Escobar vor Ende dieser Woche verlassen. Ich hatte ursprünglich den Abflug für morgen vorgesehen.«

»Also starten wir ohne die *Ariel*?« fragte Baz.

»Das werden wir wohl müssen. Aber nicht mit leeren Händen. Ich habe eine Idee für Ersatz. Quinn, überspiel diese illyricanischen Spezifikationen für Baz.«

Quinn beugte den Kopf über den gesicherten Datenkubus in ihrem Komkonsolen-Interface und schickte einen Schwall von Datencodes an Baz' Station. Der Ingenieur begann Werbedisplays, Beschreibungen, Spezifikationen und Pläne der illyricanischen Schiffsbauer durchzublättern. Ein seltenes Lächeln erhellte sein schmales Gesicht. »Beim diesjährigen Winterfest ist Väterchen Frost großzügig«, murmelte er. Vor Freude öffnete er den Mund, als er zu den Spezifikationen der Triebwerke des Schiffes kam, und seine Augen wanderten gierig umher.

Miles ließ ihn noch einige Minuten schwelgen. »Nun«, sagte er, als Baz verlegen Luft holte, »das nächstrangige Schiff in der Flotte nach der *Ariel* im Hinblick auf Funktion und Feuerkraft ist Truzillos *Jayhawk*.« Unglücklicherweise war Truzillo ein Kapitän-Eigner unter einem unabhängigen Kontrakt mit der Flottenkorporation, kein Angestellter der Flotte. »Glaubst du, er könnte dazu überredet werde, sein Schiff einzutauschen? Sein Ersatzschiff wäre neuer und schneller, aber während es mit seiner Feuerkraft gegenüber der *Ariel* eine Stufe höher liegt, bedeutet es von der *Jayhawk* aus gesehen eine leichte Stufe abwärts. Als wir diesen Handel auskochten, war es meine Absicht, daß wir alle dadurch gewinnen, und nicht plusminus Null ausgehen.«

Elena zog die Augenbrauen hoch und grinste. »Das ist eines von deinen Szenarios, nicht wahr?«

Er zuckte die Achseln. »Illyan hatte mich gebeten, das Waffenembargo-Problem zu lösen, ja. Er hat meine Lösung akzeptiert.«

»Oh«, schnurrte Baz, der immer noch in seine Daten versunken war, »wart mal, bis Truzillo das sieht … und *das* … und …«

»Du glaubst also, du kannst ihn überreden?« fragte Miles.

»Ja«, sagte Baz überzeugt. Er schaute auf. »Du könntest es auch.«

»Außer daß ich in andere Richtung unterwegs sein werde. Allerdings, wenn die Dinge gut laufen, dann ist es nicht unmöglich, daß ich euch später einhole. Ich übertrage dir die Verantwortung für diese Mission, Baz. Quinn wird dir die vollständigen Befehle geben, alle Codes und die Namen aller Kontaktpersonen – alles, was Illyan mir gegeben hat.«

Baz nickte. »Sehr gut, Sir.«

»Ich nehme die *Peregrine*, um hinter der *Ariel* herzufliegen«, fügte Miles hinzu.

Baz und Elena tauschten nur einen kurzen Seitenblick miteinander aus. »Sehr gut, Sir«, wiederholte Elena, fast ohne zu zögern. »Ich habe die Alarmbereitschaft der *Peregrine* gestern von vierundzwanzig Stunden auf eine Stunde gekürzt. Für wann soll ich unseren Start bei der escobaranischen Flugkontrolle eintragen lassen?«

»Start in einer Stunde.« Und obwohl keiner Erklärungen verlangt hatte, fügte er hinzu: »Die *Peregrine* ist das nächstschnellste Schiff, das wir haben und das über genügend Feuerkraft verfügt, außer der *Jayhawk* und der *Ariel* selbst. Ich glaube, daß Geschwindigkeit wesentlich sein wird. Wenn wir die *Ariel* überholen können – nun ja, es ist viel einfacher, ein Durcheinander zu verhüten, als nachher versuchen aufzuräumen. Jetzt tut es mir leid, daß ich nicht schon gestern gestartet bin, aber ich mußte ihnen einfach eine Chance geben. Ich weise Quinn mir selbst als Stabsoffizierin zu, denn sie hat schon früher einmal wertvolle nachrichtendienstliche Erfahrungen auf Jackson's Whole gewonnen.«

Quinn rieb sich den Arm. »Das Haus Bharaputra ist verdammt gefährlich, falls Mark dorthin unterwegs ist. Sie haben jede Menge Geld, jede Menge Drogen und ein gutes Gedächtnis, was Rache betrifft.«

»Was glaubst du, warum ich den Planeten meide? Eine weitere Gefahr besteht darin, daß gewisse Jacksonier Mark mit Admiral Naismith verwechseln werden. Baron Ryoval, zum Beispiel.«

Baron Ryoval war eine andauernde Gefahr. Die Dendarii hatten erst vor drei Monaten den letzten Kopfgeldjäger erledigt, den Baron Ryoval auf Admiral Naismiths Skalp angesetzt hatte. Er war bis jetzt der vierte gewesen, der aufgetaucht war. Es entwickelte sich zu einem alljährlichen Ereignis. Vielleicht schickte Ryoval an jedem Jahrestag ihrer ersten Begegnung einen Attentäter los, als einen Tribut an den Gedenktag. Ryoval befehligte keine großen Streitkräfte und besaß keinen langen Arm, aber er hatte sich einer Lebensverlängerungsbehandlung unterzogen; er war geduldig und konnte lange, lange durchhalten.

»Hast du eine andere mögliche Lösung für das Problem erwogen?« fragte Quinn langsam. »Nach Jackson's Whole funken und die Leute dort warnen. Zum Beispiel Haus Fell Mark verhaften und die *Ariel* beschlagnahmen zu lassen, bis du kommst, um sie auszulösen. Fell haßt Ryoval genügend, um Mark vor ihm zu schützen, und wenn auch bloß, um Ryoval zu ärgern.«

Miles seufzte. »Das habe ich schon erwogen.« Er malte mit der Fingerspitze ein formloses Muster auf die polierte Tischplatte.

»Du hast um eine Überprüfung von anderen Gesichtspunkten aus gebeten, Miles«, betonte Elena. »Was stimmt mit dieser Idee nicht?«

»Sie könnte funktionieren. Aber falls Mark Bel wirklich überzeugt hat, daß er ich ist, dann widersetzen sie sich vielleicht der Verhaftung. Vielleicht auf Leben und Tod. Mark ist paranoid im Hinblick auf Jackson's Whole. Mark ist paranoid, Punkt. Ich weiß nicht, was er in Panik anstellen würde.«

»Du bist schrecklich rücksichtsvoll mit Marks Empfindlichkeiten«, sagte Elena.

»Ich versuche ihn dazu zu bringen, daß er mir vertraut. Ich kann diesen Prozeß wohl kaum damit beginnen, daß ich ihn verrate.«

»Hast du dir überlegt, wieviel diese kleine Spritztour kosten wird, sobald die Rechnung dafür auf Simon Illyans Schreibtisch eintrifft?« fragte Quinn.

»Der Kaiserliche Sicherheitsdienst wird zahlen. Ohne Fragen zu stellen.«

»Bist du dir da sicher?« fragte Quinn. »Was ist Mark überhaupt für den Sicherheitsdienst, jetzt, wo er nur ein Überbleibsel von einem geplatzten Komplott ist? Für Barrayar gibt es die Gefahr nicht mehr, daß er insgeheim gegen dich ausgetauscht wird. Ich hatte gedacht, sie hätten ihn nur noch aus Höflichkeit uns gegenüber überwacht. Eine ziemlich teure Höflichkeit.«

»Es ist die ausdrückliche Aufgabe des Kaiserlichen Sicherheitsdienstes, das Imperium von Barrayar zu bewachen«, erwiderte Miles vorsichtig. »Das schließt nicht nur ein, Kaiser Gregors Person zu schützen und ein gewisses Maß an galaktischer Spionage zu betreiben...«, eine Geste seiner Hand umschrieb die Dendarii und Illyans weitgespanntes, wenn auch dünnes Netzwerk von Agenten, Militärattachés und Informanten, »sondern auch Gregors unmittelbare Erben zu bewachen. Bewachen nicht nur, um sie zu schützen, sondern auch das Imperium, und zwar vor jedem kleinen Komplott, das sie (oder andere, die sie zu benutzen suchten) schmieden würden. Ich bin mir der Tatsache durchaus bewußt, daß die Frage, wer denn nun Gregors Erbe sei, im Augenblick ziemlich verwickelt ist. Ich wünsche mir sehr, daß er bald heiratet und uns allen aus der Patsche hilft.« Miles zögerte einen langen Augenblick. »Nach einer bestimmten Interpretation steht Lord Mark Pierre Vorkosigan in der Erbfolge um den Kaiserthron von Barrayar direkt hinter mir. Das macht ihn nicht nur zu einer Angelegenheit des Kaiserlichen Sicherheitsdienstes, es macht ihn zu unserer *vordringlichen* Angelegenheit. Es ist völlig gerechtfertigt, daß ich die *Ariel* persönlich verfolge.«

»Vertretbar«, korrigierte Quinn trocken.

»Was auch immer.«

»Falls Barrayar – wie du so oft behauptet hast – dich nicht als Kaiser akzeptieren würde, weil man den Verdacht einer Mutation hegt, dann glaube ich, daß der Gedanke, dein Klon könnte in der Kaiserlichen Residenz etabliert werden, Krämpfe auslösen muß«, sagte Baz. »Dein Zwillingsbruder«, verbesserte er sich schnell, als Miles den Mund öffnete.

»Schon die Möglichkeit eines Versuches, die Kaiserherrschaft zu gewinnen, ist ein Problem für den Sicherheitsienst, egal, ob ein Erfolg wahrscheinlich ist.« Miles schnaubte. »Es ist komisch. Die ganze Zeit hatten die Komarraner in ihrem Pseudo-Miles einen betrügerischen Thronanwärter gesehen. Ich glaube, weder sie noch Mark waren sich bewußt, daß sie einen *echten* Thronanwärter geschaffen haben. Nun ja, zunächst einmal müßte ich sowieso tot sein, deshalb ist die Frage von meinem Standpunkt aus gesehen hypothetisch.« Er klopfte auf den Tisch und erhob sich. »Setzen wir uns in Bewegung, Leute.«

Auf dem Weg zur Tür hinaus fragte ihn Elena mit gedämpfter Stimme: »Miles – hat deine Mutter auch diese schrecklichen Berichte von Illyan über Mark gesehen?«

Er lächelte düster. »Was glaubst du wohl, wer den Befehl gegeben hat, sie zu erstellen?«

KAPITEL 5

Er begann die Halbrüstung anzuziehen. Zunächst kam direkt auf die Haut ein Produkt der allerneuesten Technik auf dem Markt: ein Nervendisruptor-Schutznetz. Das Netz, das ein Feld erzeugte, war in das Gewebe eines enganliegenden Bodysuit mit einer Kapuze eingearbeitet, die Schädel, Hals und Stirn schützte und nur Augen, Nase und Mund freiließ. So wurde die Bedrohung durch eine der schrecklichsten gegen Personen gerichteten Waffen, den gehirntötenden Nervendisruptor, zunichte gemacht. Zusätzlich hielt dieser Anzug auch Betäuberfeuer ab. Man konnte sich darauf verlassen, daß Naismith das Beste und Neueste hatte, und es war individuell zugeschnitten, damit es paßte… sollte der elastische Stoff wirklich so verdammt eng sein?

Über den Netzanzug kam eine flexible Rumpfrüstung, die jedes Projektil, aufwärts bis zu kleinen Handraketen und abwärts bis zu tödlichen Nadlerstacheln, abhalten würde. Zum Glück für seine Atmung waren die Haken verstellbar. Er stellte sie auf größte Ausdehnung ein und erreichte dadurch, daß der wertvolle Schutz nur auf bequeme und korrekte Weise eng anlag. Darüber kam glücklicherweise eine weite Arbeitsuniform in Tarngrau, die aus einem kampferprobten Material gefertigt war, das weder schmelzen noch verbrennen würde. Dann kamen Gürtel und Patronengürtel mit Betäuber, Nervendisruptor, Plasmabogen, Granaten, Energiezellen, ein Seil samt Gurtwerk und Spule, eine Notfallration Sauerstoff. Mit einem Zucken der Achseln schob er auf seinen Rücken ein

Gurtwerk mit einer hübschen flachen Energiezelle, die bei der ersten Berührung mit feindlichem Feuer ein Plasmabogen-Spiegelungsfeld für eine Person generierte, und das mit einer minimalen Zeitverzögerung. Es reichte aus, um dreißig oder vierzig direkte Treffer zu absorbieren, bevor die Energiezelle und ihr Träger erloschen. Es schien fast eine Fehlbezeichnung zu sein, das Ganze eine Halbrüstung zu nennen: Dreifachrüstung wäre angemessener gewesen.

Über das Nervendisruptor-Schutznetz, das seine Füße bedeckte, zog er dicke Socken und dann Naismiths Kampfstiefel. Zumindest die Stiefel paßten ohne unangenehme Korrekturen. Nur eine Woche der Inaktivität, und sein Körper kämpfte gegen ihn, indem er zunahm... Naismith war ein verdammter Magersüchtiger, das war der Grund. Ein hyperaktiver Magersüchtiger. Er richtete sich auf. Richtig verteilt war diese eindrucksvolle Ausrüstung überraschend leicht.

Auf der Ablage neben seiner Kabinenkomkonsole wartete der Kommandohelm. Der leere Schatten unter dem Stirnflansch erinnerte ihn aus irgendeinem morbiden Grund an einen leeren Schädel. Er hob den Helm in den Händen, drehte ihn im Licht und starrte hungrig auf die eleganten Kurven. Seine Hände konnten eine Waffe führen, höchstens zwei. Dieses Ding führte durch die Menschen, die es befehligte, Dutzende, potentiell sogar Hunderte oder Tausende. Das war Naismiths echte Macht.

Der Kabinensummer ertönte. Er schreckte zusammen und ließ beinahe den Helm fallen. Er hätte ihn gegen die Wand schleudern können und hätte ihm keinen Schaden zugefügt, doch er setzte ihn vorsichtig ab.

»Miles?« ertönte Kapitän Thornes Stimme über das Interkom. »Bist fertig?«

»Ja, komm herein.« Er drückte die Taste zum Öffnen des Türschlosses.

Thorne kam herein. Er war genauso gekleidet, hatte

jedoch die Kapuze vorübergehend zurückgeschoben. Die formlose Arbeitsuniform ließ Thorne nicht bisexuell erscheinen, sondern als Neutrum, als geschlechtsloses Wesen, *Soldat*. Thorne trug auch einen Kommandohelm unter dem Arm, einen etwas älteren und anderen Typ.

Der Hermaphrodit ging um ihn herum, ließ seine Augen über jede Waffe und jeden Gürtelhaken wandern und überprüfte die Anzeigen an seiner Plasmaschild-Zelle. »Gut.« Inspizierte Kapitän Thorne normalerweise seinen Admiral vor dem Kampf? Hatte Naismith die Angewohnheit, mit offenen Stiefeln oder sonstwas in den Kampf zu ziehen? Thorne nickte in Richtung auf den Kommandohelm auf dem Tisch. »Ganz schöner Apparat. Bist du sicher, daß du damit fertig wirst?«

Der Helm schien neu zu sein, aber nicht so neu. Er bezweifelte, daß Naismith sich für seinen persönlichen Gebrauch mit gebrauchtem militärischen Material versorgte, egal wie er in der Flotte insgesamt wirtschaftete. »Warum nicht?« Er zuckte die Achseln. »Bin schon früher damit fertig geworden.«

»Diese Dinger«, Thorne hob seinen eigenen Helm hoch, »können am Anfang ziemlich überwältigend sein. Das ist kein Datenfluß, das ist eine verdammte Datenflut. Man muß lernen, alles zu ignorieren, was man nicht braucht, sonst ist es fast besser, man schaltet das Ding aus. Nun, du ...«, Thorne zögerte, »hast diese gleiche unheimliche Fähigkeit wie der alte Tung, scheinbar alles zu ignorieren, während es vorüberströmt, und doch dich daran erinnern und es hervorholen zu können, wenn es gebraucht wird. Oder irgendwie immer zur rechten Zeit auf dem richtigen Kanal zu sein. Es ist, als würde dein Bewußtsein auf zwei verschiedenen Ebenen arbeiten. Deine Befehlsreaktionszeit ist unglaublich schnell, wenn dein Adrenalinpegel hoch ist. Das macht irgendwie süchtig. Leute, die viel mit dir zusammenarbeiten, gewöhnen sich daran, es zu erwarten – und sich darauf zu verlassen.« Thorne verstummte und wartete.

Welche Antwort erwartete der Hermaphrodit von ihm? Er zuckte wieder die Achseln. »Ich tue mein Bestes.«

»Wenn du dich immer noch krank fühlst, kannst du diesen ganzen Überfall an mich delegieren.«

»Sehe ich krank aus?«

»Du bist nicht du selbst. Du möchtest doch nicht das ganze Kommando anstecken.« Thorne schien nervös zu sein, fast ungeduldig.

»Mir geht es jetzt *gut*, Bel. Du kannst gehen.«

»Jawohl, Sir«, seufzte Thorne.

»Ist dort draußen alles bereit?«

»Das Shuttle ist aufgetankt und bewaffnet. Kampfkommando Grün ist ausgerüstet und erledigt jetzt die letzten Ladearbeiten. Wir haben alles so getimt, daß wir genau um Mitternacht in den Parkorbit eintreten, über Bharaputras medizinischem Hauptlabor auf dem Planeten. Wir landen sofort und warten nicht darauf, daß irgendwelche Leute anfangen, Fragen zu stellen. Zuschlagen und abhauen. Die ganze Operation sollte in einer Stunde vorbei sein, wenn alles nach Plan läuft.«

»Gut.« Sein Herz schlug schneller. Er holte tief Luft und seufzte gedehnt. »Gehen wir.«

»Wollen wir … nicht zuerst unsere Helmkommunikation überprüfen, hm?« sagte Thorne.

Das war eine gute Idee, hier in der ruhigen Kabine war es besser als in dem Lärm und der Aufregung und der Spannung im Landeshuttle. »In Ordnung«, sagte er und fügte listig hinzu: »Laß dir Zeit.«

In diesem Kommandohelm gab es, selbst für diesen beschränkten Überfall, über hundert gebräuchliche Kanäle. Zusätzlich zum direkten Sprachkontakt mit der *Ariel*, mit Thorne und jedem Kämpfer gab es

Kampfcomputer auf dem Schiff, im Shuttle und im Helm selbst. Es gab telemetrische Anzeigen jeder Art, Energiekontrollen der Waffen, Logistik-Updates. Die Helme aller Kämpfer haben Vid-Kameras, so daß er sehen konnte, was sie sahen – in den Frequenzbereichen Infrarot, Visuell und Ultraviolett. Dazu kam der volle Audiobereich, die medizinischen Anzeigen der Kämpfer und Holovid-Landkartendarstellungen. Der Holo-Plan des Klon-Internats war speziell einprogrammiert worden, dazu der Angriffsplan und einige Notfallpläne. Es gab Kanäle, die unterwegs auf die Telemetrie des Feindes eingestellt wurden. Thorne hatte schon die Kommunikatorverbindungen der Sicherheitswachen von Haus Bharaputra angezapft. Sie konnten sogar kommerzielle Unterhaltungssendungen des Planeten empfangen, dem sie sich näherten. Blechern klingende Musik erfüllte vorübergehend die Luft, als er diese Kanäle durchschaltete.

Sie kamen zum Ende, und ihm wurde bewußt, wie er und Thorne einander in peinlichem Schweigen anschauten. Thornes Gesicht wirkte eingefallen und besorgt, als ringe er mit einer unterdrückten Emotion. *Schuld?* Eine seltsame Wahrnehmung, sicherlich nicht. Thorne konnte ihn nicht durchschaut haben, denn sonst hätte er diese ganze Operation abgebrochen.

»Nervosität vor dem Kampf, Bel?« sagte er leichthin. »Ich dachte, du liebtest deine Arbeit.«

Thorne schrak aus seiner Geistesabwesenheit hoch. »O doch, durchaus.« Der Hermaphrodit holte Luft. »Bringen wir's hinter uns.«

»Los!« stimmte er zu und trat endlich aus seiner isolierten Kabinenhöhle in das Licht des Korridors und in die mit Menschen erfüllte Realität, die seine Handlungen – *seine* Handlungen, geschaffen hatte.

Im Korridor vor der Shuttleluke sah es aus wie kürzlich, als er ihn zum erstenmal gesehen hatte, nur lief jetzt alles andersherum: die massigen Dendarii-Kämpfer wimmelten nicht herein, sondern marschierten hinaus. Diesmal schienen sie ruhiger zu sein und weniger zu scherzen und herumzualbern. Sie waren sachlicher. Nun hatten sie auch Namen, die alle in seinem Kommandohelm gespeichert waren, der sie für ihn korrekt erinnern würde. Alle trugen irgendeine Variation von Halbrüstung und Helm, dazu eine Auswahl schwererer Ausrüstung, zusätzlich zu solchen Handfeuerwaffen, wie er sie trug.

Ihm wurde bewußt, daß er die Monster-Sergeantin jetzt mit anderen Augen anschaute, da er ihre Geschichte kannte. Dem Logbuch hatte er entnommen, daß sie nur neunzehn Jahre alt war, obwohl sie älter aussah; sie war erst sechzehn gewesen, als Naismith sie dem Haus Ryoval gestohlen hatte. Er kniff die Augen zusammen und versuchte, sie als Mädchen zu sehen. Er war im Alter von vierzehn fortgenommen worden, vor acht Jahren. Ihre jeweiligen Aufenthalte als genetische Produkte und Gefangene des Hauses Bharaputra mußten sich zeitlich überschnitten haben, doch er war ihr nie begegnet. Die Forschungslabors für Gentechnik befanden sich in einer anderen Stadt. Das Haus Bharaputra war eine ausgedehnte Organisation, auf seine seltsame jacksonische Art fast eine kleine Regierung. Abgesehen davon, daß Jackson's Whole keine Regierungen hatte.

Acht Jahre … *Niemand, den du damals gekannt hast, ist noch am Leben. Das weißt du doch, nicht wahr?*

Wenn ich nicht tun kann, was ich will, dann will ich wenigstens tun, was ich kann.

Er trat zu ihr. »Sergeantin Taura …«, sie drehte sich um, und er zog verwundert die Augenbrauen hoch. »*Was* ist das um deinen Hals?« Tatsächlich konnte er sehen, was es war: eine große rosa Schleife. Vermutlich lautete seine wirklich Frage: *Warum* trug sie das Ding am Hals?

Sie lächelte ihn an (er vermutete, daß diese abstoßende Grimasse ein Lächeln sein sollte) und zog die Schleife mit ihren riesigen Klauen ein bißchen zurecht. Ihre Nägel waren hellrosa lackiert. »Glaubst du, es funktioniert? Ich wollte etwas haben, um die Kinder nicht zu erschrecken.«

Er musterte die riesige Gestalt mit Halbrüstung, Tarnkleidung, Stiefeln, Patronengürteln, Muskeln und Fangzähnen. *Ich glaube nicht, daß das ganz ausreicht, Sergeantin.* »Es... ist sicher einen Versuch wert«, preßte er hervor. Sie war sich also ihrer furchteinflößenden Erscheinung bewußt... *Narr! Wie könnte sie sich dessen nicht bewußt sein? Bist du dir nicht auch deiner Erscheinung bewußt?* Es tat ihm jetzt fast leid, daß er sich nicht früher auf dieser Reise aus seiner Kabine herausgewagt und ihre Bekanntschaft gemacht hatte. *Das Mädchen aus meiner Heimatstadt.*

»Was empfindest du jetzt, wo du wieder nach Jackson's Whole unterwegs bist?« fragte er plötzlich.

»Ein seltsames Gefühl«, gestand sie und senkte ihre kräftigen Augenbrauen.

»Kennst du den Landeplatz? Bist du dort früher schon einmal gewesen?«

»Nicht in diesem medizinischen Komplex. Ich habe kaum je die Genetik-Labors verlassen, außer die paar Jahre, als ich bei Pflegeeltern lebte, und das war in derselben Stadt.« Sie drehte den Kopf, ihre Stimme fiel um eine Oktave, und sie bellte einem ihrer Männer einen Befehl zum Laden von Geräten zu. Der Mann machte eine Geste, daß er verstanden habe, und beeilte sich zu gehorchen. Sie wandte sich wieder ihm zu, und ihre Stimme wurde wieder sanft und nahm eine bewußte, vorsichtige Leichtigkeit an. Sonst legte sie, da im Dienst, keinerlei unangemessene Intimität an den Tag; es schien, daß sie und Naismith ein diskretes Liebespaar waren, falls überhaupt. Die Diskretion erleichterte ihn. Sie fügte hinzu: »Ich bin nicht soviel nach draußen gekommen.«

Er senkte die Stimme. »Haßt du sie?« *So wie ich?* Eine andere Art intimer Frage.

Sie verzog nachdenklich ihre breiten Lippen. »Vermutlich ... wurde ich schrecklich manipuliert, als ich dort aufwuchs, doch zu jener Zeit erschien es mir nicht als Mißbrauch. Es gab eine Menge unangenehmer Tests, aber das war alles Wissenschaft ... es war damit keine Absicht verbunden, mich zu verletzen. Es tat nicht wirklich weh, bis man mich an Ryoval verkaufte, nachdem das Supersoldatenprojekt abgebrochen worden war. Was Ryoval mir antun wollte, war grotesk, aber das ist einfach die Natur von Ryoval. Bharaputra ... Bharaputra kümmerte sich nicht darum. Das warf mich um. *Das* tat weh. Aber dann bist ja *du* gekommen ...« Ihr Gesicht hellte sich auf. »Ein Ritter in glänzender Rüstung und so weiter.«

Eine vertraute, mürrische Welle des Grolls überflutete ihn. *Zum Teufel mit dem Ritter in glänzender Rüstung, und mit dem Pferd, auf dem er geritten kam.* Und: *Auch ich kann Menschen retten, verdammt!* Glücklicherweise schaute sie fort und nahm das ärgerliche Zucken in seinem Gesicht nicht wahr. Oder vielleicht interpretierte sie es als Ärger über ihre einstigen Folterer.

»Aber alles in allem«, murmelte sie, »ohne Haus Bharaputra gäbe es mich gar nicht. Sie haben mich gemacht. Ich lebe, wie lang auch immer ... soll ich mein Leben mit Tod vergelten?« Ihr seltsames, verzerrtes Gesicht wurde sehr nachdenklich.

Zu spät wurde ihm bewußt, daß dies nicht der ideale begeisterte Gemütszustand war, in den ein Kommandokämpfer vor einer Landeoperation versetzt werden mußte. »Nicht ... unbedingt. Wir sind unterwegs, um Klons zu retten, nicht um Bharaputra-Leute zu töten. Wir töten nur, wenn wir dazu gezwungen werden, ja?«

Das war so ganz Naismiths Art. Sie hob den Kopf und grinste ihn an. »Ich bin so erleichtert, daß du dich besser fühlst… Ich hatte mir schreckliche Sorgen gemacht. Ich wollte dich besuchen, aber Kapitän Thorne hat es nicht erlaubt.« Ihr Augen wurden warm wie helle gelbe Flammen.

»Ja, ich war… sehr krank. Thorne hat richtig gehandelt. Aber… vielleicht können wir uns auf dem Rückweg mehr unterhalten.« Wenn das vorüber war. Wenn er sich das Recht verdient hatte… *das Recht worauf?*

»Sie haben eine Verabredung, Admiral.« Sie *zwinkerte* ihm zu und richtete sich voll wilder Freude auf. *Was habe ich versprochen?* Sie sprang nach vorn, jetzt wieder ganz zufriedene Sergeantin, und beaufsichtigte ihr Kommando.

Er folgte ihr in das Kampflandeshuttle. In seinem Innern war der Lichtpegel viel niedriger, die Luft war kälter, und es gab natürlich keine Gravitation. Er schwebte von Haltegriff zu Haltegriff hinter Kapitän Thorne her und teilte in seiner Vorstellung den Platz auf dem Boden für seine beabsichtigte Fracht ein. Zwölf oder fünfzehn Reihen zu je vier Kindern… es gab genügend Platz. Dieses Shuttle war ausgerüstet, um zwei Kommandos zu transportieren, dazu gepanzerte Schwebewagen, oder ein ganzes Feldlazarett. Es hatte im hinteren Bereich eine Erste-Hilfe-Station, zu der vier Feldbetten und eine tragbare Notfall-Kryokammer gehörten. Der Sanitäter des Dendarii-Kommandos nahm schnell seinen Bereich in Besitz und brachte sein Material unter. Alles wurde von Soldaten in Arbeitsuniformen, die sich ruhig bewegten, festgeschnallt; es gab sehr wenig Durcheinander oder Gerede. Jedes Ding hatte seinen Platz.

Der Shuttlepilot war auf seinem Posten. Thorne nahm den Sitz des Co-Piloten ein. Er setzte sich auf einen Funkerstuhl direkt hinter den beiden. Durch das Vorderfenster konnte er die fernen Sterne sehen, in der Nähe blinkende farbige Lichter einer menschlichen Aktivität und ganz am Rand des Gesichtsfeldes den hellen Sektor aus der Scheibe des Planeten. Fast zu Hause. Ihm wurde flau im Magen, und das kam nicht nur von 0 G. In seinem Kopf pochte es unter den Helmgurten; es war ihm, als würde sein Schädel zusammengepreßt.

Der Pilot schaltete sein Interkom ein. »Gib mir dort hinten einen Bodycheck, Taura. Wir haben noch einen Schub von fünf Minuten, um in den Orbit einzutreten, dann sprengen wir die Bolzen weg und fliegen hinunter.«

Einen Augenblick später meldete sich die Stimme von Sergeantin Taura: »Geprüft. Alle Kämpfer festgeschnallt. Luke geschlossen. Wir sind bereit. Los, wiederhole: los!«

Thorne blickte über die Schulter und machte ein Zeichen. Hastig schloß er seine Sitzgurte, gerade noch rechtzeitig. Sie schnitten tief ein. Er schwankte hin und her, während die *Ariel* in ihre Parkbahn einschwenkte. Diese Beschleunigungseffekte wären durch die künstliche Gravitation, die zwischen den Decks des größeren Schiffs erzeugt wurde, kompensiert und aufgehoben worden.

Der Pilot hob die Hände und ließ sie abrupt fallen, als wäre er ein Musiker, der ein Crescendo spielte. Lautes Geklirr dröhnte durch den Rumpf des Shuttles. Aus dem Abteil hinter dem Cockpit antwortete ein Schlachtgeheul.

Wenn die sagen, hinunterfliegen, dachte er heftig, *dann meinen sie es auch.* Die Sterne und der Planet drehten sich im vorderen Fenster, daß es einem übel wurde. Er schloß die Augen. Sein Magen versuchte seine Speiseröhre hochzuklettern. Plötzlich erkannte er einen verborgenen Vorteil der vollen Raumrüstung. Wenn man sich beim Hinabflug vor Schreck in die Hosen machte, dann kümmerte sich die Sanitärinstallation des Raumanzugs darum, und niemand bemerkte etwas.

Als sie in die Ionosphäre eintraten, begann die Luft an der Außenhülle des Shuttles aufzuheulen. Seine Sitzgurte versuchten ihn in Scheiben zu schneiden wie ein Ei. »Macht Spaß, was?« schrie Thorne und grinste wie ein Trottel. Die Verlangsamung verzerrte das Gesicht des Hermaphroditen und ließ seine Lippen flattern. Sie flogen geradewegs nach unten, zumindest zeigte die Nase des Shuttles dorthin. Allerdings versuchte sein Sitz ihn mit halsbrecherischer und schädelzertrümmernder Gewalt gegen die Decke zu schleudern.

»Ich hoffe doch, daß uns nichts im Weg ist«, schrie der Pilot fröhlich. »Diese Landung ist von keiner Luftkontrolle freigegeben worden.«

Er stellte sich eine Kollision mitten in der Luft mit einem großen kommerziellen Passagiershuttle vor... an Bord fünfhundert Frauen und Kinder... riesige gelbe und schwarze Explosionen und durch die Luft fliegende Körper...

Sie überquerten den Terminator. Dann kam Dunkelheit, peitschende Wolken... größere Wolken... das Shuttle vibrierte und dröhnte wie eine verrückte Tuba... immer noch direkt nach unten gerichtet, da war er sich sicher, obwohl er nicht wußte, wie der Pilot es in dem kreischenden Nebel erkennen konnte.

Dann lagen sie plötzlich horizontal wie ein Luftshuttle, die Wolken über ihnen, unter ihnen die Lichter einer Stadt wie Juwelen, die über einen Teppich verstreut waren. Ein Luftshuttle, das wie ein Stein abwärts fiel. Sein Rückgrat preßte sich zusammen, härter und immer härter. Weiteres gräßliches Geklirr, als die Füße des Shuttles ausfuhren. Unter ihnen ragte eine Reihe halb beleuchteter Gebäude auf. Ein dunkler Spielplatz – *Mist, das ist's, das ist's!* Die Gebäude ragten neben ihnen, ragten über ihnen auf. *Bums – knirsch-knirsch.* Eine solide Landung auf sechs Füßen. Die Stille betäubte ihn.

»In *Ordnung*, los!« Thorne schwang sich aus seinem Sitz. Das Gesicht des Hermaphroditen war gerötet, seine Augen leuchteten, ob vor Blutgier oder Angst oder beidem, konnte er nicht sagen.

Er trampelte hinter einem Dutzend Dendarii die Rampe hinunter. Seine Augen waren erst halb an die Dunkelheit angepaßt. In dem Komplex schienen genug Lichter, diffus in der kalten und nebligen Winterluft, so daß er keine Schwierigkeiten beim Sehen hatte, wenn auch alles ziemlich farblos wirkte. Die Schatten waren schwarz und unheimlich. Sergeantin Taura teilte mit stummen Handzeichen ihr Kommando auf. Keiner machte ein Geräusch. Schweigende Gesichter wurden vom Staccato kurzer Lichtblitze beleuchtet, als die Vids ihrer Helme ihnen diese oder jene Daten anzeigten und an den Rand ihrer Gesichtsfelder projizierten. Eine Dendarii-Kämpferin mit zusätzlichen Beobachtungsinstrumenten auf ihrem Helm rollte ein Schwebe-Bike heraus, bestieg es und kletterte lautlos in die Dunkelheit empor – Sicherung aus der Luft.

Der Pilot blieb an Bord. Taura zählte vier weitere Dendarii ab. Zwei verschwanden in der Dunkelheit im Umkreis, zwei blieben als Nachhut beim Shuttle. Er und Thorne hatten sich darüber gestritten. Thorne hatte mehr Rundumsicherung gewollt. Sein eigenes Gefühl war, daß sie so viele Kämpfer wie möglich beim Klon-Internat brauchen würden. Die zivilen Krankenhauswachen waren eine geringe Bedrohung, und es würde Zeit brauchen, bis deren besser bewaffnete Verstärkung eintraf. Zu dem Zeitpunkt wären die Dendarii schon fort, falls sie die Klons schnell genug wegbringen konnten. Er verfluchte sich jetzt im Nachhinein, daß er damals in Escobar nicht zwei Kampfkommandos abkommandiert hatte. Das hätte er genausoleicht tun können, aber da war er in Berechnungen über die Passagierkapazität der *Ariel* verwickelt gewesen und hatte sich eingebildet, er müsse Life-support für die Flucht am Ende aufheben. Es gab so viele Faktoren, die gegeneinander abgewogen werden mußten.

Sein Helm umrahmte sein Gesichtsfeld mit einem bunten Durcheinander von Codes, Ziffern und Graphen. Er hätte sie alle studiert, aber sie huschten zu schnell vorbei. Sobald er eine Zeile wahrgenommen und für sich interpretiert hatte, war sie schon wieder verschwunden und durch eine andere ersetzt. Er hielt sich an Thornes Rat und reduzierte mit einem geflüsterten Wort die Lichtintensität zu einem bloßen halluzinatorischen Gemurmel. Die Audio-Übertragung des Helms war nicht so schlimm. Niemand plapperte unnötiges Zeug.

Er, Thorne und die anderen sieben Dendarii folgten Taura im Trab – ihrer Schrittart – zwischen zwei benachbarten Gebäuden. Auf den Kommunikator-Frequenzen der bharaputranischen Sicherheitswachen war Betrieb, wie er herausfand, als er seinen Helm auf ihre Audiokanäle einstellte. Zuerst: *Was, zum Teufel ...? Hast du das gehört? Joe, überprüf mal Sektor vier.* Reaktionen darauf. Da würde noch mehr folgen, war er sich sicher, doch er hatte nicht die Absicht, darauf zu warten.

Sie bogen um eine Ecke. *Da.* Ein dreigeschossiges, freundliches weißes Gebäude mit einer Menge Pflanzen und Landschaftsgärtnerei, großen Fenstern und Balkonen. Nicht ganz ein Krankenhaus, nicht ganz ein Wohnheim, undefinierbar, mehrdeutig, diskret. DAS LEBENSHAUS lautete die Aufschrift in jacksonischer Doppelzüngigkeit. *Das Todeshaus. Mein geliebtes altes Heim.* Es war schrecklich vertraut und schrecklich fremd. Einst war es ihm ganz großartig erschienen. Jetzt schien es ... kleiner zu sein, als er es in Erinnerung hatte.

Taura hob ihren Plasmabogen, stellte dessen Strahl auf *Breit* und beseitigte in einem Schauer orangefarbener, weißer und blauer Glassplitter die gläsernen Eingangstüren. Noch bevor das Glühen der verstreuten

Glaspartikel erloschen war, stürmten Dendarii durch die Türen und verteilten sich nach rechts und links. Einer übernahm den Posten, durch das Erdgeschoß zu patrouillieren. Alarmsirenen und Feuermelder gingen los. Dendarii-Kämpfer brachten die lärmenden Lautsprecher, an denen sie vorüberkamen, mit noch mehr Plasmafeuer zum Schweigen, doch Alarmeinheiten in entfernteren Teilen des Gebäudes setzten den Tumult gedämpft fort. Automatische Sprinkler begannen hinter ihnen Schaum und Wasser zu sprühen.

Er rannte, um die anderen einzuholen. Ein uniformierter Bharaputra-Wächter in brauner Uniform mit rosa Paspelierung taumelte vor ihnen in den Korridor. Drei Dendarii-Betäuber brachten ihn simultan zu Fall, während sein eigener Betäuberstrahl wirkungslos die Wand traf.

Taura und zwei weibliche Dendarii nahmen das Liftrohr zum zweiten Stock; ein anderer Kämpfer überholte sie auf dem Weg zum Dach.

Er führte Thorne und die übrigen Kämpfer zur Vorhalle des ersten Stocks und dann nach links. Zwei unbewaffnete Erwachsene, eine davon eine Frau in Nachthemd, die gerade einen Morgenmantel überzog, wurden in dem Augenblick, als sie auf der Szene erschienen, mit Betäuberfeuer gefällt. *Dort.* Durch diese Doppeltür. Sie war verschlossen, und jemand schlug von innen dagegen.

»Wir werden gleich die Tür aufbrechen«, brüllte Thorne durch die Tür. »Zurück, oder Sie werden verletzt!« Das Klopfen hörte auf. Thorne nickte. Ein Kämpfer stellte seinen Plasmastrahl auf *Schmal* ein und schnitt einen Metallriegel durch. Thorne stieß die Türflügel auf.

Ein blonder junger Mann wich einen Schritt zurück und starrte Thorne verdutzt an. »Sie sind nicht von der Feuerwehr.« Eine Schar anderer Männer, großer Jungen, füllte den Korridor hinter dem blonden.

Er mußte sich nicht daran erinnern, daß es sich hier um einen Haufen von Zehnjährigen handelte, aber er war sich nicht sicher, wie die Kämpfer das sahen. Jede Variante von Größe, Rassenmischung und Körperbau war hier vertreten, viel bunter gemischt als der Typ griechischer Götter, den man nach der Szenerie mit Garten und Brunnen hätte erwarten dürfen. Persönlicher Reichtum war der Anlaß für ihre Erschaffung gewesen, nicht persönliche Schönheit. Jedoch war jeder so strahlend gesund, wie es die Besonderheiten seiner Gene erlaubten. Sie trugen alle einheitliche Schlafkleidung: bronzefarbene Jacken und Shorts.

»Nach vorn«, zischte Thorne und schob ihn vorwärts. »Fang an zu reden.«

»Zähl mal, wie viele es sind«, quetschte er aus dem Mundelwinkel hervor.

»Wird gemacht.«

Die Ansprache für diesen Höhepunkt hatte er zehntausendmal in Gedanken geübt, in allen denkbaren Variationen. Das einzige, wovon er sicher wußte, daß er damit nicht beginnen würde, war: *Ich bin Miles Naismith.* Sein Herz pochte. Er holte tief Luft. »Wir sind die Dendarii-Söldner, und wir sind gekommen, euch zu retten.«

Im Gesichtsausdruck des Jungen mischten sich Widerwillen, Angst und Verachtung. »Sie sehen wie ein Pilz aus«, sagte er verständnislos.

Das entsprach gar nicht dem Drehbuch. Von seinen tausend eingeübten zweiten Sätzen paßte keiner zu dieser Antwort. Mit seinem Kommandohelm und dem ganzen anderen Zeug sah er wahrscheinlich wirklich ein bißchen aus wie ein großer grauer … – nicht gerade die heroische Erscheinung, von der er gehofft hatte …

Er riß sich den Helm herunter, schob die Kapuze zurück und entblößte die Zähne. Der Junge zuckte zurück.

»Hört mir zu, ihr Klons!« schrie er. »Das Geheimnis, von dem ihr vielleicht habt flüstern hören, ist wahr! Jeder einzelne von euch wartet darauf, zu seiner Zeit von den Chirurgen des Hauses Bharaputra ermordet zu werden. Sie werden das Gehirn eines anderen Menschen in euren Kopf stecken und das eure wegwerfen. Dorthin sind eure Freunde gegangen, einer nach dem anderen, in ihren Tod. Wir sind hier, um euch nach Escobar zu bringen, wo ihr Asyl bekommen werdet …«

Nicht alle Jungen hatten sich gleich im Korridor versammelt, und jetzt lösten sich einzelne am Ende der Schar von den anderen und zogen sich in einzelne Zimmer zurück. Ein Gemurmel setzte sein, dazu Rufe und Schreie. Ein dunkelhaariger Junge versuchte an den Dendarii vorbeizuflitzen, auf den Korridor jenseits der großen Doppeltür zu. Ein Dendarii-Kämpfer packte ihn mit einem standardmäßigen Armgriff. Vor Schmerz und Überraschung schrie der Junge auf, der Laut und der Schock schien die anderen wie in einer Welle zurückzutreiben. Der Junge zappelte wirkungslos im eisernen Griff des Dendarii. Der Kämpfer wirkte verärgert und unsicher und schaute ihn an, als erwartete er irgend eine Anweisung oder einen Befehl.

»Holt eure Freunde und folgt mir!« schrie er verzweifelt den zurückweichenden Jungen zu. Der blonde drehte sich auf dem Absatz um und sprintete davon.

»Ich glaube, die glauben uns nicht«, sagte Thorne. Das Gesicht des Hermaphroditen war bleich und angespannt. »Es wäre vielleicht leichter, wenn wir sie alle betäuben und dann tragen. Wir können es uns nicht leisten, hier drinnen Zeit zu verlieren, nicht mit einer so verdammt dünnen Außenverteidigung.«

»Nein …«

Sein Helm rief ihn. Er schob ihn sich wieder auf den Kopf. Kommunikatorgebrabbel drang an seine Ohren, aber Sergeantin Tauras tiefe Stimme setzte sich durch, von ihrem Kanal selektiv verbessert. »Sir, wir brauchen hier oben Ihre Hilfe.«

»Was ist los?«

Ihre Antwort wurde von der Stimme der Frau verdrängt, die auf dem Schwebe-Bike saß. »Sir, drei oder vier Leute klettern von den Außenbalkonen des Gebäudes herunter, in dem Sie sich befinden. Und es nähert sich Ihnen von Norden eine Gruppe von vier Bharaputra-Sicherheitsleuten.«

Er schaltete hektisch durch die Kanäle, bis er den fand, der seine Worte zu der Wache in der Luft schickte. »Lassen Sie sie nicht wegkommen!«

»Wie soll ich sie aufhalten, Sir?« Ihre Stimme klang nervös.

»Mit dem Betäuber«, entschied er hilflos. »Warten Sie! Betäuben Sie keinen, solange er noch am Balkon hängt. Warten Sie, bis er am Boden ist.«

»Ich habe vielleicht kein klares Schußfeld.«

»Tun Sie Ihr Bestes!« Er schaltete um und fand Taura wieder. »Was wollen Sie, Sergeantin?«

»Ich möchte, daß Sie kommen und mit diesem verrückten Mädchen hier reden. Wenn die überhaupt jemand überzeugen kann, dann *Sie*.«

»Die Dinge hier unten – sind noch nicht ganz unter Kontrolle.«

Thorne rollte mit den Augen. Der gefangene Junge trommelte mit seinen bloßen Fersen gegen die Schienbeine des Dendarii-Kämpfers. Thorne schaltete seinen Betauber auf die leichteste Dosis und berührte damit den Nacken des zappelnden Jungen. Der zuckte krampfhaft zusammen und hing dann schlaffer. Immer noch bei Bewußtsein, begann der Junge zu weinen, während seine wilden Augen sich trübten.

In einem Anfall von Feigheit sagte er zu Thorne: »Treibt sie zusammen. Auf jede Art und Weise. Ich gehe und helfe Sergeantin Taura.«

»Tu das«, knurrte Thorne in einem ausgesprochen

aufsässigen Ton. Der Hermaphrodit drehte sich um und sammelte seine Männer. »Du und du, nehmt diese Seite – du die andere. Brecht die Türen auf…«

Er zog sich schimpflich zurück, während er hörte, wie Plastik zerschmettert wurde.

Im nächsthöheren Geschoß ging es ruhiger zu. Es waren insgesamt weniger Mädchen als Jungen, dieses Mißverhältnis hatte es schon zu seiner Zeit gegeben. Er hatte sich oft gefragt, warum. Er stieg über den betäubten Körper einer kräftig gebauten weiblichen Sicherheitswache und folgte seinem Vid-Plan, den sein Helm projizierte, zu Sergeant Taura.

Etwa ein Dutzend Mädchen saßen im Schneidersitz auf dem Boden und hielten unter der Drohung des Betäubers einer Dendarii-Kämpferin die Hände hinter dem Nacken verschränkt. Ihre Schlafjacken und Shorts waren rosa, glichen aber ansonsten denen der Jungen. Sie blickten erschrocken drein, saßen aber wenigstens schweigend da. Er trat in ein Zimmer an der Seite und fand Taura und die andere Dendarii-Kämpferin vor einer großen eurasischen Mädchenfrau, die mit aggressiv gekreuzten Armen an einer Komkonsole saß. Wo die Vid-Scheibe hätte sein sollen, befand sich ein heißes, rauchendes Loch. Ergebnis von Plasmafeuer.

Das eurasische Mädchen wandte ihr von langem schwarzem Haar umrahmtes Gesicht von Taura zu ihm und dann wieder zurück. »Bei meiner Herrin, was für ein Zirkus!« sagte sie verächtlich.

»Sie weigert sich mitzugehen«, berichtete Taura. Ihr Ton war seltsam besorgt.

»Junge Dame«, er nickte ihr kurz zu, »du bist eine Leiche, wenn du hierbleibst. Du bist ein Klon. Dein Körper ist dazu bestimmt, von deiner Erzeugerin bewohnt zu werden. Dein Gehirn wird entfernt und vernichtet werden. Vielleicht schon sehr bald.«

»Das weiß ich«, sagte sie verächtlich, als wäre er ein plappernder Idiot.

»Was?« Seine Kinnlade fiel herunter.

»Ich weiß es. Ich bin vollkommen einverstanden mit meinem Schicksal. Meine Herrin will es so. Ich diene meiner Herrin vollkommen.« Sie hob das Kinn, und ihre Augen schauten einen Moment lang in träumerischer Verehrung in die Ferne. Er hatte keine Ahnung, woran sie dachte.

»Sie hat einen Notruf an den Sicherheitsdienst des Hauses Bharaputra durchgegeben«, berichtete Taura knapp und nickte in Richtung auf das qualmende Holovid. »Hat uns beschrieben, unsere Ausrüstung – hat sogar gemeldet, wie viele wir ungefähr sind.«

»Ihr werdet mich nicht von meiner Herrin trennen«, versicherte das Mädchen mit einem kurzen, kühlen Kopfnicken. »Die Wachen werden euch schnappen und mich retten. Ich bin sehr wichtig.«

Was, zum Teufel, hatten die Bharaputraner getan, um den Verstand dieses Mädchens umzustülpen? Konnte er das in maximal dreißig Sekunden ändern? Er zweifelte daran. »Sergeantin«, er holte tief Luft und sagte mit einer hohen, leichten Stimme: »Betäuben Sie sie.«

Das eurasische Mädchen wollte sich ducken, doch die Reflexe der Sergeantin arbeiteten blitzschnell. Der Betäuberstrahl traf das Mädchen genau zwischen die Augen, als es aufsprang. Taura sprang über die Komkonsole und fing den Kopf des Mädchens auf, bevor er auf dem Boden aufschlug.

»Haben wir alle?« fragte er.

»Mindestens zwei sind über die Hintertreppe hinunter, bevor wir sie aufhalten konnten«, berichtete Taura mit einem Stirnrunzeln.

»Man wird sie betäuben, wenn sie versuchen, das Gebäude zu verlassen«, beruhigte er sie.

»Aber was ist, wenn sie sich unten verstecken? Es wird Zeit brauchen, sie zu finden.« Ihre gelbbraunen Augen zuckten zur Seite und nahmen eine Chrono-Anzeige von ihrem Helm auf. »Inzwischen sollten wir schon alle auf unserem Rückweg zum Shuttle sein.«

»Moment mal.« Mühsam suchte er seine Kanäle durch, bis er Thorne wiederfand. Aus der Ferne klang dünn durch das Audio ein Geschrei. »Scheißkerl. Du kleiner…«

»Was?«, versetzte Thorne mit gehetzter Stimme. »Hast du die Mädchen zusammengetrieben?«

»Wir mußten eine betäuben. Taura kann sie tragen. Hör mal, hast du sie schon gezählt?«

»Ja, ich habe ihre Zahl aus einer Komkonsole im Zimmer eines Aufsehers bekommen – achtunddreißig Jungen und sechzehn Mädchen. Uns fehlen vier Jungen, die anscheinend über den Balkon gegangen sind. Soldatin Philippi hat drei von ihnen gesehen, sagt aber, sie könne keinen vierten entdecken. Wie steht es bei dir?«

»Sergeantin Taura sagt, zwei Mädchen seien über die Hintertreppe hinunter. Haltet nach ihnen Ausschau.« Er schaute auf und spähte durch sein Vid-Display hindurch, das wie ein Nordlicht wirbelte. »Kapitän Thorne sagt, es sollten sechzehn Personen hier sein.«

Taura streckte den Kopf in den Korridor hinaus und bewegte dabei die Lippen, dann zog sie ihn wieder zurück und beäugte das eurasische Mädchen. »Uns fehlt noch eine. Kesterton, durchsuch mal dieses Stockwerk, schau in die Schränke und unter die Betten.«

»Jawohl, Sergeantin.« Die Dendarii-Kämpferin rannte los. Er folgte ihr, Thornes Stimme drängend im Ohr: »Mach schnell da oben! Das ist ein Schnellüberfall, weißt du noch? Wir haben keine Zeit, weggelaufene Klons zusammenzusuchen!«

»Warte doch, verdammt noch mal.«

Im dritten Zimmer, das die Kämpferin überprüfte, bückte sie sich, schaute unter ein Bett und sagte: »Ha! Ich hab sie, Sergeantin!« Sie schnappte zu, packte ein Paar Füße, die um sich traten, an den Knöcheln und zog kräftig daran. Ihre Beute rutschte ins Licht: eine kleine Mädchenfrau in der rosafarbenen Jacke und den gleichfarbigen Shorts. Sie stieß einige leise, hilflose Geräusche aus und hoffte anscheinend nicht mehr, daß Schreie Hilfe herbeiholen würden. Sie hatte eine Kaskade platinfarbener Locken, aber ihr bemerkenswertestes Merkmal war ein phantastischer Busen, riesige dicke Kugeln, die die gespannte rosafarbene Seide ihrer Jacke nicht mehr fassen konnte. Sie rollte auf die Knie und setzte sich mit den Gesäßbacken auf die Fersen. Ihr angehobenen Hände schoben und wiegten das schwere Fleisch, als wäre sie immer noch nicht daran gewöhnt, es da zu finden.

Zehn Jahre alt. Mist. Sie sah aus wie zwanzig. Und eine solche monströse Hypertrophie war nicht natürlich. Die Erzeugerin und Kundin mußte eine Körpergestaltung bestellt haben, bevor sie von ihr Besitz ergriff. Das machte Sinn, denn damit wurden die Probleme mit Operation und Stoffwechsel dem Klon aufgehalst. Winzige Taille, breite Hüfte... wenn er ihre übertriebene, körperlich reife Weiblichkeit betrachtete, so fragte er sich, ob sie für eine der Geschlechtswechsel-Übertragungen dienen sollte. So gut wie sicher. Sie war bestimmt für eine baldige Operation vorgesehen.

»Nein, geht weg«, wimmerte sie. »Geht weg, laßt mich in Ruhe... meine Mutter kommt mich holen. Meine Mutter kommt mich *morgen* holen. Geht weg, laßt mich in Ruhe, ich werde mich mit meiner *Mutter* treffen...«

Ihre Schreie und ihre wogende... Brust würden ihn bald verrückt machen, fürchtete er. »Betäubt die hier auch«, krächzte er. Sie würden sie tragen, aber ihr wenigstens nicht zuhören müssen.

Das Gesicht der Kämpferin war gerötet, und sie war ebenso vom grotesken Körperbau des Mädchens fasziniert und peinlich berührt wie er. »Armes Püppchen«, flüsterte sie und erlöste sie aus ihrem Elend mit einer leichten Berührung ihres Betäubers am Nacken. Das Mädchen sank vorwärts und lag ausgestreckt auf dem Boden.

Sein Helm rief ihn. Er war sich nicht sicher, welchem Kämpfer die Stimme gehörte. »Sir, wir haben gerade einen Trupp von bharaputranischen Feuerwehrleuten mit unseren Betäubern zurückgetrieben. Sie hatten keine Antibetäuber-Anzüge. Aber die Sicherheitsleute, die jetzt kommen, haben welche. Sie schicken neue Mannschaften, die stärkere Waffen mit sich tragen. Das Katz-und-Maus-Spiel mit den Betäubern ist bald vorbei.«

Er suchte seine Helm-Displays durch und versuchte, den Kämpfer auf dem Plangitter zu lokalisieren. Bevor er damit fertig war, meldete sich die atemlose Stimme der Wache in der Luft. »Ein bharaputranisches Team mit schweren Waffen umkreist Ihr Gebäude Richtung Süden, Sir. Sie müssen jetzt unbedingt raus. Dort draußen wird es gleich echt unangenehm werden.«

Er schickte mit einer Geste die Dendarii-Kämpferin mit der Puppenfrau auf der Schulter aus dem Zimmer. »Sergeantin Taura«, rief er. »Haben Sie diese Meldungen von draußen mitbekommen?«

»Jawohl, Sir. Setzen wir uns in Bewegung.«

Sergeantin Taura warf das eurasische Mädchen über die eine breite Schulter und die Blondine über die andere, anscheinend ohne ihr Gewicht zu spüren, und dann scheuchten sie die Schar erschrockener Mädchen die Treppe hinab. Taura ließ sie zwei zu zwei gehen und sich an den Händen halten. Sie hatte sie besser im Griff, als er erwartet hätte. Die gedämpften Stimmen der Mädchen plapperten schockiert, als sie in die Abteilung der Jungen geführt wurden. »Da dürfen wir nicht rein«, versuchte eine unter Tränen zu protestieren. »Wir bekommen *Ärger*.«

Thorne hatte sechs betäubte Jungen mit dem Gesicht nach oben auf dem Boden des Korridors nebeneinander legen lassen, weitere etwa zwanzig standen an die Wand gelehnt mit gespreizten Beinen und ausgestreckten Armen, in der Haltung, mit der Gefangene kontrolliert wurden. Ein paar nervöse Dendarii-Kämpfer schrien sie an und hielten sie an ihren Plätzen. Einige der Klons sahen wütend aus, andere weinten, und alle waren zu Tode erschrocken.

Er blickte bestürzt auf den Haufen von Betäuberopfern. »Wie werdet ihr sie alle tragen?«

»Wir werden ein paar zwingen, die restlichen zu tragen«, sagte Taura. »Das läßt euch die Hände frei und bindet die ihren.« Sie legte die Klons, die sie getragen hatte, sanft am Ende der Reihe ab.

»Gut«, sagte Thorne und zog seinen Blick widerstrebend von der Püppchenfrau ab, die er fasziniert angestarrt hatte. »Worley, Kesterton, wir ...«, die Stimme des Hermaphroditen verstummte, als dieselbe statisch gestörte Notfallnachricht die Kanäle in ihrer beider Helme übertönte.

Es war die Kämpferin auf dem Schwebe-Bike, die schrie: »Mistkerl, das Shuttle ... paßt auf, Jungs, zu eurer Linken ...«, eine Welle statischen Rauschens, und dann: »... ach du große Scheiße ...« Dann folgte Schweigen, abgesehen vom Summen eines leeren Kanals.

Er suchte hektisch nach einer Anzeige, nach irgendeiner Anzeige aus ihrem Helm. Der Lokalisierer funktionierte noch und zeigte sie auf dem Boden zwischen zwei Gebäuden hinter dem Spielplatz, wo das Shuttle geparkt war. Ihre medizinischen Anzeigen waren gerade Linien ohne Ausschläge. War sie tot? Sicher nicht, es sollte zumindest noch Blutchemie angezeigt werden ... das statische, leere Bild, das nach oben in einem Winkel in den nächtlichen Nebel projiziert wurde, gab ihm schließlich Aufschluß. Phillipi hatte ihren Helm verloren. Was sie sonst noch verloren hatte, wußte er nicht.

Thorne rief den Shuttlepiloten, immer wieder und

wieder, abwechselnd mit der Nachhut: keine Antwort. Der Hermaphrodit fluchte. »Versuch *du* mal.«

Auch er fand leere Kanäle. Die beiden anderen Dendarii von der Außensicherung waren in einen Feuerwechsel mit dem bharaputranischen Kommando mit den schweren Waffen im Süden verwickelt, von der die Schwebe-Bike-Kämpferin zuvor schon berichtet hatte.

»Wir müssen die Lage erkunden«, knurrte Thorne leise. »Sergeantin Taura, übernehmen Sie hier die Leitung. Machen Sie diese Kinder bereit zum Marsch. Du«, damit meinte der Hermaphrodit abscheinend ihn – warum nannte ihn Thorne nicht länger *Admiral* oder *Miles?* »Komm mit mir. Soldat Sumner, geben Sie uns Deckung.«

Thorne startete wie der Blitz. Er verfluchte seine kurzen Beine, während er ständig weiter zurückblieb. Durch das Liftrohr hinab, durch die noch heißen Eingangstüren hinaus, um ein dunkles Gebäude herum, zwischen zwei anderen hindurch. Er holte schließlich den Hermaphroditen ein, der am Rand des Spielplatzes gegen die Ecke eines Gebäudes gepreßt stand.

Das Shuttle stand noch da, anscheinend unbeschädigt – bestimmt konnte keine Handfeuerwaffe seine für den Kampf gestählte Hülle durchdringen. Die Rampe war hochgezogen, die Tür geschlossen. Eine dunkle Gestalt – ein gefällter Dendarii oder ein Feind? – lag zusammengesunken im Dunkel unter den Flügelflanschen. Thorne fluchte flüsternd und tippte Codes auf einer Computersteuertafel, die an seinem linken Unterarm befestigt war. Die Luke glitt zur Seite und die Rampe schob sich unter dem Gewinsel des Servomechanismus heraus. Immer noch gab es keine Reaktion von Menschen.

»Ich gehe hinein«, sagte Thorne.

»Kapitän, nach der Standardprozedur ist das meine Aufgabe«, sagte der Soldat, den Thorne beauftragt hatte, ihnen Rückendeckung zu geben. Er äugte hinter einem großen Baumkübel aus Beton hervor.

»Diesmal nicht«, sagte Thorne grimmig. Der Hermaphrodit setzte den Wortwechsel nicht fort, sondern stürmte los, zuerst im Zickzack, dann direkt die Rampe hinauf, und stürzte mit gezogenem Plasmabogen in das Shuttle. Einen Augenblick später meldete sich der Hermaphrodit über den Kommunikator: »Jetzt, Sumner.«

Unaufgefordert folgte er Sumner. Innen im Shuttle war es völlig dunkel. Sie schalteten alle ihre Helmlichter an, die wie weiße Finger in die Finsternis stachen. Nichts im Inneren schien durcheinander zu sein, doch die Tür zum Pilotenabteil war verschlossen.

Schweigend winkte Thorne den Soldaten auf eine Schußposition ihm gegenüber und nahm so die Tür in der Schutzwand zwischen Rumpf und Cockpit in die Zange. Er stellte sich hinter Thorne. Thorne tippte einen weiteren Code auf der Steuertafel an seinem Arm. Die Tür öffnete sich mit einem gequälten Stöhnen, dann wackelte sie und blockierte.

Eine Hitzewoge kam ihnen entgegen, wie aus einem Hochofen. Eine leise orangefarbene Explosion folgte, als genügend Sauerstoff in das Cockpit strömte und alle feuergefährlichen Stoffe, die noch übrig waren, aufs neue entzündete. Der Söldner setzte seine Sauerstoffmaske auf, holte einen chemischen Feuerlöscher aus einer Klammer an der Wand und richtete ihn auf das Cockpit. Einen Augenblick später folgten sie ihm.

Alles war verschlackt und verbrannt. Die Steuerung war zerschmolzen, die Kommunikationsgeräte waren verbrannt. Das Pilotenabteil stank zum Ersticken nach toxischen Oxydationsprodukten von all den synthetischen Materialien. Und es gab noch einen organischen Geruch. Nach verkohltem Fleisch. Die Überreste des Piloten. Er wandte den Kopf ab und schluckte. »Bharaputra hat keine – soll keine schweren Waffen hier haben!«

Thorne zischte. Es klang schlimmer als ein Fluch. »Sie haben ein paar von unseren eigenen thermischen Minen hier hereingeworfen, die Tür zugemacht und sind weggerannt. Den Pilot müssen sie zuerst betäubt haben. Ein *schlauer* gottverdammter bharaputranischer Mistkerl… die hatten keine schweren Waffen, also haben sie einfach die unseren benutzt. Sie haben meine Wachen weggelockt oder überfallen, sind hereingekommen und haben uns an den Boden gefesselt. Haben sich nicht einmal die Mühe gemacht, uns einen Hinterhalt zu legen… das können sie jetzt in aller Ruhe machen. Diese Maschine wird nie mehr fliegen.« Im weißen Licht ihrer Helmscheinwerfer wirkte Thornes Gesicht wie eine gemeißelte Schädelmaske.

Panik schnürte ihm die Kehle zu. »Was machen wir jetzt, Bel?«

»Wir ziehen uns zu dem Gebäude zurück. Stellen eine Außenverteidigung auf. Benutzen unsere Geiseln, um eine Vereinbarung auszuhandeln.«

»Nein!«

»Hast du eine bessere Idee – *Miles?*« Thorne knirschte mit den Zähnen. »Ich glaube nicht.«

Der schockierte Soldat starrte Thorne an. »Kapitän…«, er schaute zwischen ihnen beiden hin und her, »der Admiral wird uns durchbringen. Wir sind schon schlimmer in der Klemme gesessen.«

»Diesmal nicht.« Thorne richtete sich auf. Seine Stimme klang gequält. »Mein Fehler – übernehme volle Verantwortung… Das hier ist *nicht* der Admiral. Das ist sein Klonbruder Mark. Er hat uns getäuscht, aber ich hab es seit Tagen gewußt. Ich hab ihn durchschaut, bevor wir herunterkamen, sogar noch bevor wir den Lokalraum von Jackson's Whole erreicht hatten. Ich dachte, ich könnte es schaffen und nicht geschnappt werden.«

»Wie?« Der Soldat runzelte ungläubig die Stirn. Ein Klon unter Narkose hätte wohl den gleichen verblüfften Ausdruck im Gesicht gehabt.

»Wir können nicht – wir können diese Kinder nicht verraten und wieder Bharaputra in die Hand geben«, bettelte Mark krächzend.

Thorne griff mit der bloßen Hand in den verkohlten Klumpen, der an dem klebte, was einmal ein Pilotensessel gewesen war. »Wer ist verraten worden?« Der Hermaphrodit hob die Hand und rieb ihm von der Wange zum Kinn einen schwarzen Schmierer übers Gesicht. »Wer ist verraten worden?« flüsterte Thorne. *»Hast du eine bessere Idee?«*

Er zitterte. Sein Kopf war leer. Das heiße verkohlte Zeug auf seinem Gesicht fühlte sich an wie eine Narbe.

»Zurück zum Gebäude«, sagte Thorne. »Auf meinen Befehl.«

KAPITEL 6

»Keine Untergebenen«, sagte Miles mit Nachdruck. »Ich möchte mit dem Anführer sprechen, ein für allemal. Und dann von hier abhauen.«

»Ich werde es weiter versuchen«, sagte Quinn. Sie wandte sich wieder der Komkonsole im Taktikraum der *Peregrine* zu, die im Augenblick das Bild eines hochrangigen bharaputranischen Sicherheitsoffiziers übertrug, und begann den Disput aufs neue.

Miles lehnte sich auf seinem Stuhl zurück, die Stiefel flach am Boden, die Hände absichtlich ruhig auf den mit Steuerknöpfen versehenen Armlehnen. Das war die Strategie. Das war an diesem Punkt des Geschehens die einzige Strategie, die ihm noch geblieben war. Wenn er nur neun Stunden eher dagewesen wäre ... er hatte jede Verzögerung der letzten fünf Tage systematisch verflucht, in vier verschiedenen Sprachen, bis ihm die Schimpfworte ausgegangen waren. Sie hatten jede Menge Treibstoff verschwendet, die *Peregrine* mit maximaler Beschleunigung vorangetrieben und den Vorsprung der *Ariel* fast aufgeholt. Fast. Die Verzögerungen hatten Mark gerade genügend Zeit gegeben, um auf eine schlimme Idee zu verfallen und sie in eine Katastrophe zu verwandeln. Aber nicht Mark allein. Miles vertrat nicht mehr die Heldentheorie hinsichtlich von Katastrophen. Ein so komplettes Durcheinander brauchte die volle Mitarbeit einer Mannschaft von Dutzenden von Leuten. Er hatte großes Verlangen nach einem Gespräch unter vier Augen mit Bel Thorne, und zwar sehr, sehr bald. Er hatte nicht damit gerechnet, daß Bel ebenso scharf darauf gewesen war loszuschlagen wie Mark selbst.

Er blickte sich im Taktikraum um und entnahm den Vid-Displays die neuesten Informationen. Die *Ariel* war aus dem Schlamassel draußen und war unter Beschuß geflohen, befehligt von Leutnant Hart, Thornes Stellvertreter, und hatte an Station Fell angedockt. Sie wurde jetzt von einem halben Dutzend bharaputranischer Sicherheitsschiffe blockiert, die außerhalb von Fells Zone lauerten. Zwei weitere bharaputranische Schiffe eskortierten derzeit die *Peregrine* im Orbit. Eine symbolische Streitmacht, einstweilen. Die *Peregrine* war ihnen an Feuerkraft überlegen. Dieses Gleichgewicht der Kräfte würde sich verändern, sobald alle ihre bharaputranischen Brüder hier oben erschienen. Es sei denn, er konnte Baron Bharaputra überzeugen, daß dies nicht notwendig war.

Er rief auf seinem Vid-Display einen Überblick der Situation auf dem Planeten auf, soweit sie gegenwärtig den Kampfcomputern der *Peregrine* bekannt war. Die äußere Anlage des bharaputranischen medizinischen Komplexes war selbst aus dem Orbit offenkundig, aber ihm fehlten die Details über das Innere, die er gern gehabt hätte, wenn er einen klugen Angriff plante. Kein kluger Angriff. Verhandlungen und Bestechung ... Er zuckte zusammen, als er an die bevorstehenden Kosten dachte. Bel Thorne, Mark, das Grüne Kommando und etwa fünfzig bharaputranische Geiseln waren zur Zeit in einem einzigen Gebäude eingeschlossen, von ihrem beschädigten Shuttle getrennt, und das schon seit acht Stunden. Der Shuttlepilot war tot, drei Kämpfer verwundet. *Das* würde Bel sein Kommando kosten, schwor sich Miles.

Bald würde dort unten die Morgendämmerung kommen. Gott sei Dank hatten die Bharaputraner alle Zivilisten aus dem Rest des Komplexes evakuiert, aber sie hatten auch Sicherheitskräfte mit schwerer Ausrüstung hergebracht. Nur die Drohung, daß ihren wertvollen Klons etwas passieren könnte, hielt einen überwältigenden Angriff der Bharaputraner zurück. Er würde also nicht aus einer Position der Stärke verhandeln. *Cool bleiben!*

Ohne sich umzudrehen, hob Quinn die Hand und gab ihm ein Zeichen: *Mach dich bereit*. Er blickte an sich hinab und überprüfte sein Aussehen. Seine graue Offiziersuniform war vom nächstkleinsten Besatzungsmitglied der *Peregrine*, einer 1,50 m großen Frau aus der Ingenieurabteilung, ausgeborgt und wirkte an ihm salopp. Er trug nur die Hälfte seiner korrekten Abzeichen. *Aggressiv schlampig* war ein möglicher Kommandostil, aber dafür brauchte er wirklich mehr Unterstützung. Adrenalin und unterdrückte Wut würden seiner Erscheinung Wucht verleihen müssen. Hätte er nicht diesen Biochip auf seinem Vagusnerv, dann würden jetzt seine alten Geschwüre seinen Magen perforieren. Er aktivierte seine Komkonsole für Quinns Kommunikationsübertragung und wartete.

Mit einem Funkeln erschien über der Vid-Scheibe das Bild eines finster blickenden Mannes. Sein dunkles Haar war zu einem festen Knoten zurückgekämmt, den ein goldener Ring hielt, und betonte die starken Knochen seines Gesichtes. Er trug eine bronzebraune Seidenjacke und keinen weiteren Schmuck. Seine Haut war olivbraun. Er sah aus wie ein gesunder Vierzigjähriger. Aber die äußere Erscheinung konnte täuschen. Es brauchte mehr als ein Leben, sich mit Intrige und Kampf den Weg zur unumstrittenen Führerschaft eines jacksonischen Hauses zu bahnen. Vasa Luigi, Baron Bharaputra, benutzte seit mindestens zwanzig Jahren den Körper eines Klons. Er ging sicher sehr sorgsam damit um. Die gefährliche Zeitspanne einer weiteren Gehirntransplantation wäre doppelt gefährlich für einen Mann, nach dessen Macht es so viele skrupellose Untergebene gelüstete.

Mit diesem Mann kann man keine Spielchen treiben, war Miles Fazit.

»Hier Bharaputra«, sagte der Mann in Braun und wartete. In der Tat, der Mann und das Haus waren praktisch eins.

»Hier Naismith«, sagte Miles. »Befehlshaber der Freien Dendarii-Söldnerflotte.«

»Die Sie offensichtlich nicht ganz befehligen«, sagte Vasa Luigi kühl.

Miles biß die Zähne zusammen, verzog die Lippen und schaffte es, nicht zu erröten. »Genau. Sie wissen, daß dieser Überfall nicht von mir autorisiert war?«

»Ich weiß, daß Sie das behaupten. Ich persönlich wäre nicht so scharf darauf zu verkünden, daß ich die Kontrolle über meine Untergebenen verloren habe.«

Er ködert dich. Ruhigbleiben! »Wir müssen zuerst einmal die Fakten feststellen. Ich habe noch keine Klarheit darüber, ob Kapitän Thorne tatsächlich bestochen oder nur von meinem Klon getäuscht wurde. Auf jeden Fall ist Ihr eigenes Produkt zurückgekehrt, um – aus welchen emotionalen Gründen auch immer – an Ihnen persönliche Rache zu üben. Ich bin nur ein unschuldiger Beobachter, der versucht, die Dinge zu klären.«

»Sie sind eine Kuriosität.« Baron Bharaputra blinzelte wie eine Eidechse. »*Wir* haben Sie nicht hergestellt. Woher sind Sie gekommen?«

»Spielt das eine Rolle?«

»Vielleicht.«

»Dann ist diese Information gegen Kauf oder Tausch erhältlich, aber nicht kostenlos.« Das war gute jacksonische Etikette; der Baron nickte und war nicht beleidigt. Sie betraten jetzt das Reich des Handels, wenn auch noch nicht des Handels zwischen Gleichen. Gut.

Der Baron verfolgte jedoch Miles' Familiengeschichte nicht unmittelbar weiter. »Was wollen Sie also von mir, Admiral.«

»Ich möchte Ihnen helfen. Wenn man mir freie Hand

läßt, dann kann ich mit einem Minimum an weiterem Schaden für Personal oder Eigentum des Hauses Bharaputra meine Leute aus diesem unglücklichen Dilemma herausholen. Ruhig und sauber. Ich würde sogar erwägen, vernünftige Entschädigungen für die Schäden zu zahlen, die schon zugefügt wurden.«

»Ich brauche Ihre Hilfe nicht, Admiral.«

»Brauchen Sie schon, wenn Sie Ihre Kosten niedrig halten wollen.«

Vasa Luigis Augen verengten sich, als er darüber nachdachte. »Ist das eine Drohung?«

Miles zuckte die Achseln. »Ganz im Gegenteil. Unser beider Kosten können sehr niedrig sein – oder auch sehr hoch. Ich würde niedrige Kosten vorziehen.«

Die Augen des Barons zuckten nach rechts, zu einem Ding oder einer Person außerhalb des Bereichs der Vid-Kamera. »Entschuldigen Sie mich einen Augenblick, Admiral.« Sein Gesicht wurde zu einem Standbild eingefroren.

Quinn kam herüber. »Glaubst du, daß wir einige dieser armen Klons retten können?«

Miles fuhr sich mit den Händen durchs Haar. »Verdammt, Elli, ich versuche immer noch, das Grüne Kommando herauszuholen! Was die Klons angeht, da habe ich meine Zweifel.«

»Das ist schade. Wo wir doch einen so langen Weg zurückgelegt haben.«

»Hör mal, wenn ich will, dann kann ich Kreuzzüge in Gegenden führen, die viel näher an meiner Heimat sind als Jackson's Whole. Zum Beispiel werden im Hinterland von Barrayar viel mehr als fünfzig Kinder jährlich getötet, weil man Verdacht auf eine Mutation hegt. Ich kann es mir nicht leisten, ein... Don Quichotte wie Mark zu werden. Ich weiß nicht, wo er diese Ideen aufgeschnappt hat. Unmöglich von den Bharaputranern. Oder den Komarranern.«

Quinn zog die Augenbrauen hoch, sie öffnete den

Mund, dann schloß sie ihn wieder, als hätte sie sich eines besseren besonnen, und lächelte trocken. Doch dann sagte sie: »Ich habe an Mark gedacht. Du sagst immerzu, du möchtest ihn dazu bringen, daß er dir vertraut.«

»Soll ich ihm die Klons schenken? Ich wünschte, ich könnte es. Sobald ich ihn mit meinen bloßen Händen erwürgt habe, was ich sofort machen werde, sobald ich Bel Thorne aufgehängt habe. Mark ist Mark; er schuldet mir nichts. Aber Bel hätte es besser wissen sollen.« Er biß die Zähne zusammen, bis es schmerzte. Ihre Worte lösten bei ihm dahinjagende Visionen aus. Beide Schiffe mit jedem Klon an Bord sprangen triumphal aus dem jacksonischen Lokalraum hinaus… sie machten den bösen Bharaputranern eine lange Nase… Mark dankte stammelnd und bewunderte ihn… er bringt alle nach Hause zur Mutter… *Wahnsinn.* Unmöglich. Wenn er alles selbst geplant hätte, von Anfang bis Ende, dann vielleicht. Seine Pläne hätten sicherlich keinen mitternächtlichen Frontalangriff ohne Verstärkung enthalten. Die Vid-Scheibe funkelte wieder. Miles scheuchte Quinn aus dem Bereich der Vid-Kamera. Vasa Luigi erschien.

»Admiral Naismith«, er nickte. »Ich habe beschlossen, Ihnen zu erlauben, Ihrer meuternden Mannschaft zu befehlen, daß sie sich meinen Sicherheitskräften ergibt.«

»Ich würde Ihrem Sicherheitsdienst keine weiteren Schwierigkeiten mehr machen wollen, Baron. Ihre Leute sind schließlich die ganze Nacht aufgewesen. Jetzt sind sie müde und nervös. Ich werde meine Leute selbst holen.«

»Das wird nicht möglich sein. Aber ich werde für ihr Leben garantieren. Die einzelnen Strafen für ihre kriminellen Handlungen werden später festgelegt werden.«

Lösegelder. Er schluckte seine Wut hinunter. »Das…

ist eine Möglichkeit. Aber die Strafen müssen vorher festgelegt werden.«

»Sie sind kaum in einer Position, um Bedingungen zu stellen, Admiral.«

»Ich möchte nur Mißverständnisse vermeiden, Baron.«

Vasa Luigi schürzte die Lippen. »Sehr gut. Für jeden Soldaten zehntausend betanische Dollar. Für Offiziere fünfundzwanzigtausend. Ihr hermaphroditischer Kapitän fünfzigtausend, es sei denn, Sie wünschen, daß wir ihn selbst beseitigen – nein? Ich sehe nicht, daß Sie mit Ihrem … hm … Klon etwas anfangen können, deshalb werden wir ihn in Gewahrsam behalten. Im Gegenzug werde ich auf Anklagen wegen Eigentumsschäden verzichten.« Der Baron nickte, befriedigt von seiner eigenen Großzügigkeit.

Mehr als eine Viertelmillion. Miles krümmte sich innerlich zusammen. Nun ja, es war möglich. »Aber ich bin an dem Klon nicht uninteressiert. Welchen … Preis setzen Sie für seinen Kopf aus?«

»Wieso nicht uninteressiert?« fragte Vasa Luigi überrascht.

Miles zuckte die Achseln. »Ich dachte, das war offensichtlich. Mein Beruf ist voller Gefahren. Ich bin der einzige Überlebende meiner Klongruppe. Der von mir Mark Genannte war für mich eine ebensolche Überraschung wie ich für ihn, glaube ich; keiner von uns beiden wußte, daß es noch ein zweites Kloningprojekt gab. Wo sonst würde ich einen so perfekten … äh … Organspender finden, und das so kurzfristig?«

Vasa Luigi öffnete die Hände. »Wir könnten es arrangieren, ihn für Sie sicher aufzubewahren.«

»Falls ich ihn überhaupt bräuchte, dann würde ich ihn dringend brauchen. Unter den Umständen würde ich ein plötzliches Ansteigen des Marktpreises befürchten. Außerdem passieren immer wieder Unfälle. Denken Sie nur an den Unfall, der dem Klon des armen Barons Fell zustieß. Der war ja auch in Ihrer Obhut.«

Die Temperatur schien um zwanzig Grad zu fallen. Miles verfluchte sein vorlautes Mundwerk. Diese Episode galt anscheinend in dieser Gegend der Galaxis noch als Geheimnis, oder zumindest als eine Art heißes Eisen. Der Baron musterte ihn, zwar nicht mit mehr Respekt, jedoch mit verstärktem Mißtrauen. »Falls Sie einen weiteren Klon für Transplantationszwecke gemacht haben wollen, Admiral, so sind Sie an der richtigen Stelle. Aber *dieser* Klon ist unverkäuflich.«

»*Dieser* Klon gehört Ihnen nicht«, versetzte Miles zu schnell. Nein – halt! Ruhigbleiben und die wahren Gedanken tief verborgen halten, diese ölige Maske beibehalten, die tatsächlich mit Baron Bharaputra einen Handel schließen könnte, ohne sich erbrechen zu müssen. Ruhig Blut! »Außerdem ist da diese Vorlaufzeit von zehn Jahren. Mich beunruhigt nicht der erwartete Tod, der auf ein hohes Alter folgt, sondern der abrupte, der überraschend eintritt.« Nach einer kurzen Pause brachte er mit heroischer Anstrengung hervor: »Es ist natürlich nicht notwendig, daß Sie auf Forderungen wegen Schäden an Ihrem Eigentum verzichten.«

»Es ist nicht notwendig, daß ich überhaupt irgend etwas tue, Admiral«, betonte der Baron. Ganz ruhig.

Darauf solltest du nicht wetten, du betanischer Mistkerl. »Warum wollen *Sie* diesen speziellen Klon haben, Baron? Wenn man bedenkt, wie leicht Sie sich einen anderen machen lassen könnten.«

»Nicht so leicht. Seine medizinischen Unterlagen zeigen, daß er ein ziemlich schwieriges Projekt war.« Vasa Luigi tippte mit einem Zeigefinger auf den Rükken seiner Adlernase und lächelte ziemlich humorlos.

»Planen Sie Rache? Als Warnung an andere Übeltäter?«

»Er wird es zweifellos als solche betrachten.«

Also gab es einen Plan für Mark, oder zumindest eine Idee, die nach etwas Profit roch. »Nichts in Richtung auf unseren barrayaranischen Erzeuger, hoffe ich. Dieses Komplott ist schon lange erledigt. Die Barrayaraner wissen über uns beide Bescheid.«

»Ich gebe zu, mich interessieren seine barrayaranischen Verbindungen. *Ihre* barrayaranischen Verbindungen interessieren mich auch. Aus dem Namen, den Sie für sich selbst gewählt haben, ist ersichtlich, daß Sie seit langem wissen, woher Sie kamen. Wie ist eigentlich Ihre Beziehung zu Barrayar, Admiral?«

»Sie ist heikel«, gab Miles zu. »Die Barrayaraner tolerieren mich, ich tue ihnen dann und wann einen Gefallen. Gegen Bezahlung. Ansonsten gehen wir uns gegenseitig aus dem Weg. Der Kaiserliche Sicherheitsdienst von Barrayar hat einen noch längeren Arm als das Haus Bharaputra. Es ist besser, man lenkt sein negatives Interesse nicht auf sich, das kann ich Ihnen versichern.«

Vasa Luigi hob die Augenbrauen. Er zeigte sich auf höfliche Weise skeptisch. »Ein Erzeuger und zwei Klons… drei identische Brüder. Und alle so klein. Zusammen bilden Sie wohl einen ganzen Mann.«

Das traf nicht ins Schwarze. Der Baron angelte vermutlich nach irgendwelchen Informationen. »Drei, aber wohl kaum identisch«, sagte Miles. »Lord Vorkosigan, das Original, ist ein Langweiler, ganz sicher. Mark hat gerade die Begrenztheit seiner Fähigkeiten demonstriert, fürchte ich. Ich war das verbesserte Modell. Meine Schöpfer planten höhere Dinge für mich, aber sie machten ihren Job zu gut, und ich fing an, auf eigene Faust Pläne zu schmieden. Ein Trick, den keiner meiner armen Brüder gemeistert zu haben scheint.«

»Ich wünschte, ich könnte mit Ihren Schöpfern reden.«

»Auch ich wünschte, daß Sie das könnten. Sie sind schon verstorben.«

Der Baron lächelte ihn kühl an. »Sie sind ein großspuriger kleiner Bursche, nicht wahr?«

Miles erwiderte das Lächeln, sagte aber nichts.

Der Baron lehnte sich zurück und legte die Hände an den Fingerspitzen zusammen. »Mein Angebot steht. Der Klon ist nicht verkäuflich. Aber alle dreißig Minuten werden sich die Geldbußen verdoppeln. Ich rate Ihnen, den Handel schnell abzuschließen, Admiral. Einen besseren bekommen Sie nicht.«

»Ich muß mich kurz mit meiner Flottenbuchhalterin beraten«, suchte Miles Zeit zu gewinnen. »Ich werde in Kürze Ihren Anruf erwidern.«

»Was denn sonst?« murmelte Vasa Luigi mit einem kleinen Lächeln über seinen eigenen Scharfsinn.

Miles schaltete den Kommunikator abrupt ab und blieb sitzen. Sein Bauch zitterte; heiße, rote Wellen der Scham und des Ärgers strahlten aus seiner Magengrube durch seinen ganzen Körper nach draußen.

»Aber die Flottenbuchhalterin ist nicht hier«, bemerkte Quinn leicht verwirrt. Leutnantin Bone hatte in der Tat mit Baz und den anderen Dendarii Escobar verlassen.

»Mir … gefällt Baron Bharaputras Handel nicht.«

»Kann der Kaiserliche Sicherheitsdienst nicht Mark später retten?«

»*Ich bin* der Kaiserliche Sicherheitsdienst.«

Dem konnte Quinn kaum widersprechen. Sie schwieg.

»Ich möchte meine Raumrüstung haben«, knurrte er verdrießlich und kauerte auf seinem Stuhl.

»Mark hat sie«, sagte Quinn.

»Ich weiß. Meine Halbrüstung. Meinen Befehlshelm.«

»Auch die hat Mark.«

»Ich weiß.« Seine Hand schlug hart auf die Armlehne des Stuhls. Der scharfe Knall in dem ruhigen Raum ließ Quinn zusammenzucken. »Dann den Helm eines Kommandoführers!«

»Wozu?« fragte Quinn in einem zurückhaltenden Ton. »Hier gibt es keine Kreuzzüge, hast du gesagt.«

»Ich verschaffe mir einen besseren Handel.« Er schwang sich auf die Beine. Sein Blut pochte in den Ohren, immer schneller und schneller. »Los, komm!«

Die Sitzgurte schnitten ihm in den Leib, als das Landeshuttle seine Klampen sprengte und sich von der *Peregrine* entfernte. Miles schaute über die Schulter des Piloten und warf einen schnellen Blick auf die Krümmung des Planeten, die am Fenster vorbeiglitt, und auf seine beiden Kampfshuttles, die sich vom Mutterschiff entfernten, um ihnen Rückendeckung zu geben. Ihnen folgte das zweite Kampflandeshuttle der *Peregrine*, die andere Hälfte seines Zangenangriffs. Sein schwaches Täuschungsmanöver. Würden die Bharaputraner es ernstnehmen? *Das hoffe ich doch.* Er richtete seine Aufmerksamkeit wieder auf die glitzernde Datenwelt, die ihm sein Befehlshelm lieferte.

Er war immerhin nicht auf den Helm eines Kommandoanführers angewiesen geblieben, sondern hatte Elena Bothari-Jeseks Kapitänsausrüstung für Aktionen auf dem Planeten requiriert, während sie den Taktikraum an Bord der *Peregrine* leitete. *Bring sie ohne häßliche Löcher zurück, verdammt noch mal,* hatte sie zu ihm gesagt, und ihre Lippen waren bleich gewesen vor unausgesprochener Angst. Praktisch alles, was er trug, war geschenkt. Die Arm- und Beinaufschläge des übergroßen Nervendisruptor-Abschirmanzugs waren umgestülpt und mit elastischen Bändern an Armgelenken und Fußknöcheln festgehalten. Quinn hatte auf diesem Anzug bestanden, und da eine Nervendisruptorverletzung seinen speziellen Alptraum darstellte, hatte er darüber nicht mit ihr gestritten. Darüber eine saloppe Arbeitsuniform, auf gleiche Art zusammengehalten. Die Gurte der Plasma-Spiegelfeld-Einheit schnürten den zusätzlichen Stoff um seinen Leib gebührend zusammen. Zwei Paar dicker Socken verhinderten, daß ihm die geborgten Stiefel von den Füßen glitten. Es war alles sehr ärgerlich, aber durchaus nicht seine größte Sorge, während er versuchte, nach dreißig Minuten Vorbereitung einen Überfall auf den Planeten durchzuziehen.

Seine größte Sorge war ihre Landestelle. Das Dach des Gebäudes, in dem sich Thorne befand, wäre seine erste Wahl gewesen, aber der Shuttlepilot hatte Angst, das ganze Gebäude würde zusammenstürzen, wenn sie versuchten, das Landeshuttle auf dem Dach abzusetzen, und das Dach war sowieso nicht flach, sondern spitz. Die nächstmögliche Landestelle war vom beschädigten und verlassenen Shuttle der *Ariel* besetzt. Beim Landeplatz der dritten Wahl sah es so aus, als müßten sie lange gehen, besonders auf dem Rückweg, wenn die Sicherheitsleute des Hauses Bharaputra Zeit gehabt haben würden, Gegenmaßnahmen einzuleiten. Dem Feind direkt in die Arme zu laufen, war nicht sein bevorzugter Angriffsstil. Nun ja, vielleicht würden Sergeant Kimura und das Gelbe Kommando im zweiten Landeshuttle Baron Bharaputra mit etwas Dringenderem konfrontieren. *Paßt auf euer Shuttle auf, Kimura. Es ist jetzt unsere einzige Reserve. Ich hätte die ganze verdammte Flotte mitbringen sollen.*

Er ignorierte das Klirren und Kreischen seines eigenen Shuttles, als sie in die Atmosphäre eintauchten – es war ein höllisch exzellenter Sturzflug, aber diesmal konnte es ihm gar nicht schnell genug gehen –, und beobachtete in den farbigen Codes und Mustern des Datendisplays seines Helms, wie diejenigen, die ihm aus der Höhe Deckung gaben, vorankamen. Die verdutzten bharaputranischen Kampfshuttles, die die *Peregrine* bewacht hatten, mußten nun plötzlich ihre Aufmerksamkeit teilen. Sie verschwendeten ein paar nutzlose Schüsse auf die *Peregrine* selbst, taumelten hinter Kimura her und wendeten dann, um Miles' Angriffsformation zu verfolgen. Ein Bharaputraner bezahlte seinen Versuch sofort damit, daß er in Stücke gesprengt wurde, und Miles flüsterte auf der Stelle eine markige Belobigung seines Dendarii-Kampfpiloten in seinen Recorder. Der andere Bharaputraner zog sich genervt zurück und wartete auf Verstärkung. Na, das war einfach gewesen. Der Rückweg würde den größten Spaß bereiten. Er spürte schon den Adrenalinstoß im Körper, seltsamer und süßer als ein Drogenrausch. Die Euphorie würde stundenlang anhalten, dann plötzlich aufhören und ihn als ausgebrannte Hülle mit blutunterlaufenen Augen und hohler Stimme zurücklassen. War es das wert? *Ja, wenn wir gewinnen.*

Wir werden gewinnen.

Als sie über dem Planeten in Blickrichtung ihres Zieles einschwenkten, versuchte Miles erneut, mit Thorne Kontakt aufzunehmen. Die Bharaputraner störten die Hauptbefehlskanäle. Er versuchte, eine kurze Anfrage über kommerzielle Frequenzen zu schicken, bekam jedoch keine Antwort. Er hätte jemanden beauftragen sollen, diese kommerziellen Kanäle abzuhören. Nun ja, sobald sie unten auf dem Planeten wären, würde er wohl durchkommen. Er rief die Holo-Ansicht des medizinischen Komplexes auf. Geisterhafte Bilder tanzten vor seinen Augen. Er spürte kurz die Versuchung, seinen Kampfshuttles zu befehlen, sie sollten eine Salve abschießen und einen Graben von seinem geplanten Landeplatz zu Thornes Unterschlupf sprengen und ihm damit diese unbequemen Gebäude aus dem Weg schaffen. Aber es würde zu lange dauern, bis der Graben ausgekühlt war, und außerdem könnte diese Deckung den Truppen des Hauses Bharaputra ebensoviel nutzen wie den seinen. Er überlegte, wie wahrscheinlich es war, daß es da Tunnel gab, Versorgungstunnel und Rohrleitungen. Bei dem Gedanken an Rohrleitungen mußte er schnauben, und er runzelte die Stirn, als er daran dachte, wie Taura von Mark blind in diesen Fleischwolf geführt wurde.

Das wilde, ruckartige Abbremsen hörte schließlich auf, als um sie herum Gebäude aufragten – *gute Positionen für Heckenschützen* – und das Shuttle mit einem Bums auf dem Boden aufsetzte. Quinn, die auf dem Sitz gegenüber hinter dem Piloten versucht hatte, Kommunikationskanäle zu aktivieren, schaute auf und sagte einfach: »Ich habe Thorne hereinbekommen. Versuch es mal mit 6-2-j. Nur Audio, einstweilen kein Vid.«

Mit einer Seitwärtsbewegung der Augen und einem bewußten Zwinkern schaltete Miles auf den Kanal seines ehemaligen Untergebenen. »Bel? Wir sind unten und kommen, euch zu holen. Macht euch bereit zum Ausbruch. Ist hier unten noch jemand am Leben?«

Er mußte Bels Gesicht nicht sehen, um zu spüren, wie der Hermaphrodit zusammenzuckte. Aber Bel verschwendete wenigstens keine Zeit mit Entschuldigungen oder Rechtfertigungen. »Zwei Verwundete, die nicht gehen können. Kämpferin Philippi ist vor etwa fünfzehn Minuten gestorben. Wir haben ihren Kopf in Eis eingepackt. Wenn ihr die tragbare Kryokammer mitbringt, dann können wir vielleicht etwas retten.«

»Wird gemacht, aber wir haben nicht viel Zeit, mit ihr herumzutrödeln. Fangt schon mal an, sie vorzubereiten. Wir kommen, so schnell wir können.« Er nickte Quinn zu, sie standen beide auf und verließen das Cockpit. Er wies den Piloten an, die Tür hinter ihnen zu schließen.

Quinn sagte dem Sanitäter weiter, womit er sich würde befassen müssen. Die erste Hälfte des Kampfkommandos Orange verließ das Shuttle und nahm Verteidigungsstellung ein. Zwei kleine gepanzerte Schwebewagen stiegen sofort hinter ihnen auf, um alle Ausguckspunkte von bharaputranischen Heckenschützen zu säubern und dort statt dessen Dendarii zu postieren. Als sie ein provisorisches *Frei!* meldeten, folgten Miles und Quinn dem Blauen Kommando über die Rampe hinab in die kühle, feuchte Morgendämmerung. Miles ließ die ganze zweite Hälfte des Kampfkommandos Orange zur Bewachung des Shuttles zurück, damit die Bharaputraner ihren erfolgreichen Trick nicht noch einmal wiederholten.

Morgennebel wallte um die heiße Außenwand des Shuttles. Der Himmel glänzte perlmuttfarben im zunehmenden Licht, aber die Gebäude des medizinischen Komplexes ragten noch aus dunklen Schatten empor. Ein Schwebe-Bike stieg in die Höhe, zwei Kämpfer übernahmen im Eiltempo die Spitze, und das Blaue Kommando folgte. Miles konzentrierte sich und zwang seine kurzen Beine, schnell genug zu laufen, daß er mithalten konnte. Er mochte es nie, daß ein langbeiniger Kämpfer um seinetwillen den Schritt mäßigte. Diesmal tat es wenigstens keiner, und er grunzte befriedigt. Vereinzelte Feuergeräusche kleiner Waffen, die ringsum ertönten, verrieten ihm, daß seine Außenverteidigung vom Kampfkommando Orange schon voll bei der Arbeit war.

Sie liefen um ein Gebäude herum, dann weiter unter der Deckung des Säulengangs eines zweiten, dann an einem dritten vorbei. Die Halbkommandos gingen im überschlagenden Einsatz vor und gaben sich gegenseitig Deckung. Es war alles zu einfach. Der Gebäudekomplex erinnerte Miles an diese fleischfressenden Pflanzen mit den nektarbeschichteten Stacheln, die alle nach innen gerichtet waren. Hineinzuschlüpfen war leicht für kleine Käfer wie ihn. Der Versuch hinauszukommen würde erschöpfen und töten …

Deshalb war er fast erleichtert, als die erste Schallgranate losging. Die Bharaputraner hoben sich nicht alles für den Nachtisch auf. Die Explosion erfolgte einige Gebäude entfernt und hallte auf den Gehwegen seltsam nach. Es war keine Waffe der Dendarii gewesen, ihr betäubender Schall klang ein wenig anders. Er schaltete seinen Helm durch, um nebenbei den Schußwechsel zu verfolgen, während Kommando Orange ein Nest bharaputranischer Sicherheitsleute aufstöberte. Doch Miles beunruhigten nicht die Bharaputraner, die seine Leute ausräuchern konnten, sondern diejenigen, die die Dendarii übersahen... Er fragte sich, ob der Feind zusätzlich zu den Schallgranaten noch Massenprojektil-Waffen mitgebracht hatte, und er war sich nüchtern des fehlenden Elements in seiner geborgten Halbrüstung bewußt. Quinn hatte versucht, ihn zu überreden, er solle ihre Rumpfrüstung nehmen, aber er hatte sie überzeugt, daß diese Rüstung zu groß für ihn war und daß es ihn verrückt machen würde, wenn sie bei jeder Bewegung an ihm herumrutschte. *Noch verrückter,* hatte er sie seiner Meinung nach murmeln hören, doch er hatte sie nicht gebeten, das näher zu erläutern. Bei diesem Unternehmen plante er nicht, irgendwelche Kavallerieattacken anzuführen, soviel war sicher.

Als sie um die letzte Ecke bogen, zwinkerte er den geisterhaften und auch ablenkenden Datenfluß fort. Sie scheuchten drei oder vier dort lauernde Bharaputraner davon und näherten sich dem Klon-Internat. Ein großes, massives Gebäude, das wie ein Hotel aussah. Zertrümmerte Glastüren führten in eine Vorhalle, in der sich zwischen hastig aufgestellten Schutzschilden (aus den Angeln gerissenen Metalltüren) Verteidiger in grauer Tarnkleidung schattenhaft hin und her bewegten. Ein schneller Austausch der Parolen, und schon waren sie drin. Die eine Hälfte des Blauen Kommandos verteilte sich auf der Stelle, um die müden Verteidiger des Gebäudes aus dem Kommando Grün zu verstärken, die andere Hälfte bewachte Miles.

Der Sanitäter bugsierte die Schwebepalette mit der tragbaren Kryokammer durch die Tür und wurde von seinen Kameraden schnell einen Korridor entlang dirigiert. Vernünftigerweise erledigten sie die Vorbereitungen an Phillipi in einem Nebenraum, außerhalb des Blickfeldes ihrer Klon-Geiseln. Schritt Eins bestand darin, soviel wie möglich vom eigenen Blut des Patienten zu entfernen, und das unter diesen hektischen Bedingungen während eines Kampfes, ohne einen Versuch, es aufzufangen und zu lagern. Grob, schnell und äußerst unsauber. Kein Anblick für Zartbesaitete oder für jemanden, der nicht darauf vorbereitet war.

»Admiral«, meldete sich eine ruhige Altstimme.

Miles drehte sich um und stand Bel Thorne von Angesicht zu Angesicht gegenüber. Das Gesicht des Hermaphroditen war fast so grau wie die Kapuze des Schutzanzugs, die es einrahmte, ein aufgedunsenes Oval voller Runzeln und Müdigkeit. Dazu noch ein Blick, den Miles trotz seines Ärgers hier nicht gerne sah. *Niederlage.* Bel sah geschlagen aus, sah aus, als hätte er alles verloren. *Und das hat er auch.* Sie tauschten kein einziges Wort des Tadels oder der Verteidigung aus. Es war nicht nötig, es war alles in Bels Gesicht zu lesen und auch in seinem, vermutete Miles. Er nickte nur und nahm damit Bel zur Kenntnis – und alles andere.

Neben Bel stand ein weiterer Soldat, der Scheitel seines Helms – *meines Helms* – reichte nicht ganz bis zu Bels Schulter. Miles hatte schon halb vergessen, wie verblüffend Mark war. *Sehe ich wirklich so aus?*

»Du ...« Miles' Stimme schnappte um, und er merkte, daß er eine Pause machen und schlucken mußte, »später werden wir, du und ich, uns mal länger unterhalten. Es gibt eine Menge, was du anscheinend nicht verstehst.«

Mark reckte trotzig das Kinn. *Mein Gesicht ist doch sicher nicht so rund.* Das mußte eine Illusion sein, eine Wirkung der Kapuze. »Was ist mit diesen Kindern?« fragte Mark. »Diesen Klons.«

»Was ist mit ihnen?« Ein paar junge Männer in braunen Seidenjacken und Shorts schienen tatsächlich den Dendarii-Verteidigern zu helfen, eher erschrocken und aufgeregt als mürrisch. Eine andere Gruppe, Jungen und Mädchen gemischt, saß unter dem wachsamen Blick eines mit einem Betäuber bewaffneten Dendarii ängstlich zusammengedrängt auf dem Boden. *Mist, sie sind wirklich nur Kinder.*

»Wir – ihr müßt sie mitnehmen. Oder ich gehe nicht mit.« Mark biß die Zähne zusammen, aber Miles sah, wie er schluckte.

»Führe mich nicht in Versuchung«, knurrte Miles. »*Natürlich* nehmen wir sie mit, wie würden wir denn sonst hier lebendig herauskommen, verdammt noch mal.«

Marks Gesicht hellte sich auf, und er war zwischen Hoffnung und Haß hin und her gerissen. »Und was dann?« fragte er mißtrauisch.

»Oh«, jubilierte Miles sarkastisch, »wir werden direkt zur Station Bharaputra hinübertanzen und sie dort absetzen und Vasa Luigi freundlich für die Leihgaben danken. *Idiot!* Was glaubst du denn? Wir laden sie auf und hauen ab wie der Teufel. Der einzige Ort, wohin wir sie stecken könnten, wäre zur Luftschleuse hinaus, und ich garantiere dir, du gingest als erster.«

Mark zuckte zusammen, aber er holte tief Luft und nickte. »Dann ist es in Ordnung.«

»Es ist nicht IN ORDNUNG!« stieß Miles hervor. »Es ist bloß ... bloß ...«, er brachte nicht das richtige Wort hervor, um zu beschreiben, was es bloß war, abgesehen vom am meisten vermasselten Schlamassel, dem er je begegnet war. »Wenn du schon drauf und dran warst, eine so idiotische Nummer abzuziehen wie die hier, dann hättest du wenigstens den Experten in der Familie zu Rate ziehen sollen!«

»Dich? *Dich* um Hilfe bitten? Glaubst du, ich bin verrückt?« fragte Mark wütend.

»Ja ...« Sie wurden von einem blonden Klonjungen

unterbrochen, der mit offenem Mund zu ihnen getreten war und sie anstarrte.

»Ihr seid wirklich Klons«, sagte er verwundert.

»Nein, wir sind Zwillinge, die mit sechs Jahren Unterschied geboren wurden«, versetzte Miles. »Ja, wir sind genauso Klons wie du, das stimmt, und jetzt geh zurück und setz dich hin und gehorche den Befehlen, verdammt noch mal!«

Der Junge zog sich hastig zurück und flüsterte: »Es stimmt!«

»Verdammt«, heulte Mark im Flüsterton, wenn man dieses gequetschte *sotto voce* so nennen konnte, »wie kommt es, daß sie *dir* glauben und *mir* nicht? Das ist nicht *fair!*«

Quinns Stimme, die sich in seinem Helm meldete, beendete das Familientreffen. »Falls ihr mit der Begrüßung fertig seid, du und Don Quichotte Junior, dann möchte ich melden, daß Sanitäter Norwood Phillipi vorbereitet und in die Kryokammer geladen hat, und daß die Verwundeten zum Transport bereit sind.«

»Formiert euch, und dann bringen wir den ersten Schub zur Tür hinaus«, antwortete Miles. Er rief den Sergeanten des Blauen Kommandos auf. »Framingham, nehmen Sie den ersten Konvoi. Seid ihr bereit?«

»Bereit. Sergeantin Taura hat sie für mich antreten lassen.«

»Geht. Und schaut nicht zurück.«

Ein halbes Dutzend Dendarii, etwa dreimal so viele verwirrte und erschöpfte Klons und die beiden verwundeten Kämpfer auf Schwebepaletten versammelten sich in der Vorhalle und gingen hintereinander durch die zerstörte Tür. Framingham sah nicht sonderlich glücklich darüber aus, daß er ein paar junge Mädchen als Schild gegen Projektilwaffen benutzen mußte; sein schokoladendunkles Gesicht blickte grimmig drein. Doch alle bharaputranischen Heckenschützen würden sehr, sehr sorgfältig zielen müssen. Die

Dendarii zwangen die Kinder, sich vorwärts zu bewegen, wenn schon nicht im Laufschritt, so doch zumindest in einem beständigen Trott. Eine zweite Gruppe folgte binnen einer Minute der ersten. Miles ließ die Daten aus den Helmen beider Unteroffiziere an beiden Rändern seines Gesichtsfeldes ablaufen, während er angestrengt nach dem tödlichen Winseln des Feuers kleiner Waffen lauschte.

Würden sie es schaffen? Sergeantin Taura trieb die letzte schnatternde Schar von Klons in die Vorhalle. Sie grüßte ihn, indem sie andeutungsweise salutierte, und hielt nicht einmal an, um sich über ihn und Mark den Kopf zu zerbrechen.

»*Froh*, dich zu sehen, Sir«, brummte sie.

»Danke, gleichfalls, Sergeantin«, erwiderte er, und es kam von Herzen. Wenn Taura durch Marks Machenschaften getötet worden wäre, dann hätte Miles nicht gewußt, wie sie je ihre Beziehung wieder hätten einrenken können. In einem passenderen Augenblick wollte er unbedingt herausfinden, wie es Mark gelungen war, sie zu täuschen, und wie weit dies gegangen war. Später.

Taura kam näher heran und dämpfte ihre Stimme. »Wir haben vier Kinder verloren, die sind zurück zu den Bharaputranern geflohen. Das macht mich irgendwie krank. Gibt es eine Chance ...?«

Bedauernd schüttelte er den Kopf. »Auf keinen Fall. Diesmal keine Wunder. Wir müssen nehmen, was wir bekommen können, und abhauen, sonst verlieren wir alles.«

Sie nickte, denn sie verstand die taktische Situation vollkommen. Leider vertrieb das Verständnis nicht das übelkeiterregende Gefühl der Reue. Er schenkte ihr ein kurzes Lächeln, das besagte: *Es tut mir leid*, und sie verzog gequält einen Mundwinkel.

Der Sanitäter des Blauen Kommandos brachte die große Schwebepalette mit der Kryokammer herbei.

Über den durchsichtigen Teil des schimmernden Zylinders hatte er eine Decke geworfen, um den nackten und abkühlenden Körper seiner Kameradin und Patientin vor verständnislosen oder erschrockenen Augen Außenstehender abzuschirmen. Taura drängte ihre Klons aufzustehen.

Bel Thorne blickte um sich. »Ich hasse diesen Ort«, sagte er ruhig.

»Vielleicht können wir ihn diesmal bombardieren, auf dem Rückweg«, erwiderte Miles ebenso ruhig. »Endgültig.«

Bel nickte.

Sie schoben sich zur Vordertür hinaus. Die ungefähr fünfzehn letzten Klons, die Schwebepalette, die Nachhut der Dendarii, Taura und Quinn, Mark und Bel. Miles schaute in die Höhe und hatte das Gefühl, als wäre ein Bullauge auf die Oberseite seines Helms gemalt, aber die Gestalt, die sich da bewegte und das Dach des gegenüberliegenden Gebäudes überquerte, trug die graue Dendarii-Uniform. Gut. Das Holovid auf der rechten Seite seines Gesichtsfeldes informierte ihn, daß Framingham und seine Gruppe ohne Zwischenfälle das Shuttle erreicht hatten. Noch besser. Er schaltete die Übertragung aus Framinghams Helm ab, dämpfte die aus dem Helm des zweiten Kommandoführers zu einem bloßen Gemurmel und konzentrierte sich auf den gegenwärtigen Augenblick.

Seine Konzentration wurde durch Kimuras Stimme unterbrochen. Zum erstenmal hörte er etwas vom Gelben Kommando aus dessen eigener Landezone am anderen Ende der Stadt. »Sir, der Widerstand ist schwach. Sie kaufen uns den Angriff nicht ab. Wie weit soll ich gehen, damit sie uns ernst nehmen?«

»Volle Pulle, Kimura. Sie müssen die Aufmerksamkeit der Bharaputraner von uns ablenken. Locken Sie sie weg, aber gefährden Sie sich nicht selbst, und gefährden Sie vor allem nicht Ihr Shuttle.« Miles hoffte, daß Kimura zu beschäftigt war, um über die leicht schizoide Logik dieses Befehls nachzudenken. Falls …

Das erste Zeichen bharaputranischer Scharfschützen kam buchstäblich mit einem Knall; etwa fünfzehn Meter vor ihnen schlug eine Schallgranate auf. Sie sprengte ein Loch in den Gehweg, der wenige Momente später der Schwerkraft gehorchend als prasselnder Regen scharfer heißer Bruchstücke wieder herunterkam. Das war verwirrend, aber nicht gefährlich. Miles' betäubte Ohren nahmen die Schreie der Klonkinder nur gedämpft wahr.

»Los, Kimura! Setzen Sie Ihre Intiative ein, ja?«

Der Schuß war nicht zufällig danebengegangen, erkannte Miles, als Plasmafeuer auf der rechten Seite einen Baum in einem Kübel und auf der linken eine Mauer traf und beides explodieren ließ. Sie wurden absichtlich eingegabelt, damit die Klons in Panik gerieten. Es funktionierte auch ganz gut – sie duckten sich, warfen sich auf den Boden, klammerten sich aneinander fest, kreischten und zeigten alle Anzeichen, als wollten sie im nächsten Augenblick in alle Richtungen davonstürmen. Danach würde man sie nicht mehr zusammentreiben können. Der Strahl eines Plasmabogens traf einen Dendarii direkt, einfach um zu zeigen, daß die Bharaputraner es konnten, vermutete Miles. Der Strahl wurde vom Spiegelfeld des Dendarii absorbiert und mit dem üblichen höllischen blauen Knall zurückgeschickt, was die in der Nähe liegenden Kinder noch mehr erschreckte. Die erfahreneren Kämpfer erwiderten kühl das Feuer, während Miles in seinen Helm brüllend die Deckung aus der Luft anforderte. Nach dem Schußwinkel zu schließen, befanden sich die Bharaputraner zum größten Teil über ihnen.

Taura betrachtete die hysterischen Klons, blickte um sich, hob ihren Plasmabogen und sprengte die Türen des nächsten Gebäudes auseinander, das nach einem großen fensterlosen Lagerhaus oder einer Garage aussah. »Dort hinein!« brüllte sie.

Das war insoweit gut, daß sie – wenn sie schon davonlaufen sollten – wenigstens alle in dieselbe Richtung liefen. Solange sie drinnen nicht *stehenblieben*. Wenn sie festgenagelt und wieder eingeschlossen würden, dann wäre kein großer Bruder da, der *ihn* retten konnte.

»Los!« unterstützte Miles die Idee, »aber *bleibt in Bewegung!* Und dann zur anderen Seite hinaus!«

Taura winkte bestätigend, während die Kinder aus der Feuerzone in das Gebäude stürmten, das ihnen zweifellos sicher erschien. Für Miles sah es wie eine Falle aus. Aber sie mußten beisammen bleiben. Wenn es etwas gab, das noch schlimmer war, als eingeschlossen zu werden, dann *zerstreut* und eingeschlossen zu werden. Er winkte dem Kommando, es sollte durch die Tür gehen, und folgte. Ein paar Kämpfer vom Blauen Kommando übernahmen die Nachhut und feuerten mit Plasmabögen hinauf auf ihre … Treiber, befürchtete Miles. Er nahm die Schüsse als Warnung: »Zieht eure Köpfe ein«, aber einer der Dendarii hatte Glück. Sein Plasmastrahl traf einen Bharaputraner, der unklugerweise versucht hatte, am Dachrand des gegenüberliegenden Gebäudes entlangzusausen. Die Abschirmung des Bharaputraners absorbierte den Schuß, aber der Mann verlor das Gleichgewicht und fiel schreiend herab. Miles versuchte, das Geräusch nicht zu hören, als der Bharaputraner auf dem Beton aufschlug, aber es gelang ihm nicht ganz, nicht einmal mit Ohren, die von den Granaten betäubt waren. Der Schrei brach ab.

Miles drehte sich um und eilte den Korridor hinab, durch eine große Doppeltür hindurch, besorgt herbeigewinkt von Thorne, der wartete, um ihm Deckung zu geben.

»Ich übernehme die Nachhut«, bot Thorne an.

Hegte der Hermaphrodit Gedanken an einen heroischen Tod, um so dem Kriegsgericht zu entgehen? Einen Augenblick lang war Miles geneigt, Bel diese Möglichkeit einzuräumen. So würden Vor handeln. Die Alten Vor waren manchmal wirklich ein Haufen Arschlöcher. »*Du* bringst diese Klons zum Shuttle«, versetzte ihm Miles. »Bring den Job zu Ende, den du übernommen hast. Wenn ich schon soviel zahle, dann möchte ich das bekommen, wofür ich zahle.«

Thorne fletschte die Zähne, aber er nickte. Sie galoppierten beide hinter dem Kommando her.

Durch die Doppeltür kamen sie in einen riesigen Raum mit Betonboden, der offensichtlich fast das ganze große Gebäude ausfüllte. Rot und grün bemalte Laufplanken liefen um eine mit Balken gestützte Decke hoch über ihnen. Sie waren behängt mit Schleifen von Kabeln mit unbekannter Funktion. Einige grelle bleiche Lichter schienen herab und warfen vielfältige Schatten. Miles blinzelte in der Düsternis und war nahe daran, sein Infrarot-Visier herabzuklappen. Der Raum diente anscheinend als Montagehalle für irgendwelche großen Projekte, doch im Augenblick schien nichts in Bau zu sein. Quinn und Mark zögerten und warteten auf Miles und Thorne, obwohl Miles heftig winkte, sie sollten weitereilen. »Warum bleibt ihr stehen?« bellte er in wütender Angst. Schlitternd kam er neben ihnen zum Stehen.

»Paßt auf!« schrie jemand. Quinn wirbelte herum, hob ihren Plasmabogen und suchte ein Ziel. Mark sperrte den Mund auf, das ›O‹ seiner Lippen wiederholte töricht den Kreis der grauen Kapuze um sein Gesicht.

Miles sah den Bharaputraner, denn sie schauten einander diesen erstarrten Augenblick lang direkt ins Gesicht. Ein Team von braungekleideten bharaputranischen Scharfschützen, die wahrscheinlich durch die Tunnel gekommen waren. Sie krochen die Laufplanken entlang, kaum besser vorbereitet als die Dendarii, die sie verfolgten. Der Bharaputraner hielt irgendeinen handgroßen Projektilwerfer direkt auf Miles gerichtet. Die Mündung flammte hell auf.

Miles konnte natürlich das Projektil nicht sehen, nicht einmal, als es in seine Brust eindrang. Nur seine Brust, die nach außen aufbarst wie eine Blume, und einen Ton, den er nicht hörte, sondern nur fühlte, einen Hammerschlag, der ihn nach hinten warf. Dunkle Blumen öffneten sich auch in seinen Augen und verdeckten alles andere.

Er war erstaunt, nicht darüber, wieviel er dachte, denn es war keine Zeit zum Denken, aber wieviel er noch fühlte in der Zeit, die sein letzter Herzschlag Blut brauchte, um durch sein Gehirn zu fließen. Der Raum drehte sich um ihn... unermeßlicher Schmerz... Wut und Empörung... und ein großes Bedauern, das nur verschwindend kurz andauerte, aber dafür unendlich tief war. *Wartet, ich habe noch nicht...*

KAPITEL 7

Mark stand so nahe, daß der Knall des explodierenden Projektils wie ein Schweigen war, das auf seine Ohren einstürmte und alle anderen Geräusche auslöschte. Es geschah zu schnell, als daß man es hätte verstehen können, zu schnell, um die Augen zu schließen und den Geist gegen diesen Anblick zu wappnen. Der kleine Mann, der sie mit Geschrei und Gesten vorangetrieben hatte, flatterte rückwärts wie ein grauer Lappen, die Arme ausgestreckt, das Gesicht verzerrt. Ein Sprühregen von Blut spritzte über Mark hinweg, Teil eines breiten Halbkreises aus Blut und Gewebeteilchen. Quinns ganze linke Seite war scharlachrot.

Also bist du nicht vollkommen, war sein erster absurder Gedanke. Diese plötzliche absolute Verletzlichkeit erschütterte ihn unerträglich. *Ich hatte nicht geglaubt, daß du verletzt werden könntest. Verdammt, ich hatte nicht geglaubt, daß du …*

Quinn schrie, alle schreckten zurück, nur er stand still, gelähmt in seinem persönlichen, ohrenbetäubten Schweigen. Miles lag mit herausgesprengter Brust und offenem Mund auf dem Beton und bewegte sich nicht. *Da liegt ein Toter.* Er hatte schon einmal einen Toten gesehen, es gab keinen Zweifel.

Quinn feuerte mit wildem Gesicht Schuß um Schuß ihren Plasmabogen auf die Bharaputraner ab, bis um sie herum heiße Bruchstücke der Decke herunterzufallen begannen und ein Dendarii ihre Waffe beiseite stieß. »Taura, schnapp sie!« Quinn zeigte mit der freien Hand nach oben.

Die monsterhafte Sergeantin schoß einen Seilhaken hinauf. Er wickelte sich um einen der Trägerbalken. Sie ließ sich mit voller Beschleunigung hinaufziehen, wie eine verrückte Spinne. In dem Durcheinander von Licht und Schatten konnte Mark ihr kaum mit den Augen folgen, als sie mit unmenschlicher Geschwindigkeit über die Laufplanken sprang, bis bharaputranische Sicherheitsleute mit gebrochenem Genick herunterzuregnen begannen. Ihre ganzen HighTech-Halbrüstungen schützten sie überhaupt nicht gegen diese riesigen, wütenden, klauenbewehrten Hände. Drei Männer fielen blutüberströmt mit aufgerissenen Kehlen herab. Ein wahnsinniges Bombardement! Ein Dendarii-Kämpfer, der durch die Halle lief, wurde fast vom Körper eines Feindes zerschmettert. Moderne Kriegführung sollte doch nicht soviel Blut vergießen. Die Waffen sollten eigentlich jeden ordentlich kochen, wie Eier in ihren Schalen.

Quinn achtete nicht darauf. Sie schien sich kaum um die Ergebnisse ihres Befehls zu kümmern. Sie kniete neben Miles, hatte die zitternden Hände ausgestreckt und zögerte. Dann griffen ihre Hände zu und zogen den Befehlshelm von Miles' Kopf. Sie warf ihren eigenen Kommandoführerhelm auf den Boden und setzte statt dessen den von Miles auf ihre glatte graue Kapuze. Sie bewegte die Lippen, stellte Kontakt her und überprüfte die Kanäle. Der Helm war anscheinend unbeschädigt. Sie brüllte Befehle an die Leute von der Außenverteidigung, Anfragen an das Landeshuttle und dann noch an jemand anderen. »Norwood, komm hierher zurück, *komm hierher zurück. Ja,* bring sie mit, bring sie *sofort*. Im Laufschritt, Norwood!« Sie drehte den Kopf kurz von Miles weg und rief: »Taura, sichere dieses Gebäude!« Von oben brüllte die Sergeantin ihrerseits Befehle an ihre herumhuschenden Kämpfer.

Quinn zog ein Vibra-Messer aus der Scheide an ihrem Gürtel und begann Miles' Arbeitsuniform aufzuschneiden. Sie trennte die Gürtel und den Nervendisruptor-Abschirmanzug durch und warf die blutigen Fetzen beiseite. Mark folgte ihrem Blick und schaute auf: der Sanitäter kam mit der Schwebepalette zurück und zerrte seine Last über den Beton. Die Schwebepalette neutralisierte Schwerkraft, aber nicht Masse; die Trägheit der schweren Kryokammer widersetzte sich den Versuchen des Mannes zu rennen, und sie widersetzte sich ihm erneut, als er bremste und die Palette neben seinem toten Kommandeur auf den Boden senkte. Ein halbes Dutzend verwirrter Klons folgte dem Sanitäter wie Entenküken. Sie drängten sich zusammen und starrten voller Schrecken auf die gräßlichen Folgen des kurzen scharfen Schußwechsels.

Der Sanitäter blickte zwischen Miles und der beladenen Kryokammer hin und her. »Kapitänin Quinn, das hat keinen Sinn. Zwei passen nicht hinein.«

»Ja, verdammt noch mal.« Quinn kam schwankend auf die Beine, und ihre Stimme knirschte wie Kies. Sie schien nicht zu merken, daß ihr Tränen über das Gesicht liefen und rosafarbene Spuren durch die Blutspritzer zogen. »Ja, verdammt noch mal.« Sie starrte düster auf die schimmernde Kryokammer. »Schmeiß sie raus!«

»Quinn, das kann ich nicht!«

»Ich befehle es. Auf meine Verantwortung.«

»*Quinn …*« Die Stimme des Sanitäters klang gequält. »Hätte *er* das befohlen?«

»*Er* hat gerade die Möglichkeit zur Entscheidung verloren. Schon gut.« Sie holte tief Luft. »Ich werde es tun. Fang du an, *ihn* vorzubereiten.«

Mit zusammengebissenen Zähnen schickte sich der Sanitäter an zu gehorchen. Er öffnete eine Tür am Ende der Kammer und holte ein Tablett mit Geräten heraus. Alles war durcheinander, da es schon einmal gebraucht und hastig wieder eingepackt worden war. Er rollte einige große, isolierte Flaschen heraus.

Quinn drückte die Tasten zum Öffnen der Kammer. Der Deckel sprang auf, unterbrach den Verschluß und hob sich. Sie griff hinein und trennte Verbindungen, die Mark nicht sehen konnte. Die er nicht sehen wollte. Sie zischte, als von ihrer Hand Haut abging, die sofort gefroren war, aber sie griff wieder zu. Mit einem Grunzen hievte sie den grünlichen, purpurgefleckten nackten Körper einer Frau aus der Kammer und legte ihn auf den Boden. Es handelte sich um die zerschmetterte Kämpferin auf dem Schwebe-Bike, Phillipi. Thornes Patrouille hatte sich ins Feuer der Bharaputraner gewagt und schließlich die Kämpferin in der Nähe ihres abgestürzten Schwebe-Bikes gefunden, etwa zwei Gebäude entfernt von ihrem verlorengegangenen Helm. Rücken und Gliedmaßen waren gebrochen gewesen; ihr Todeskampf hatte Stunden gedauert, trotz aller heroischen Versuche des Sanitäters des Grünen Kommandos, sie zu retten. Quinn blickte auf und sah, wie Mark sie anstarrte. Ihr Gesicht war gramzerfurcht.

»Du, du nutzloser… *wickel sie ein!*« Sie zeigte auf Phillipi, dann lief sie um die Kryokammer herum zum Sanitäter des Blauen Kommandos, der jetzt neben Miles kniete.

Mark schüttelte schließlich seine Lähmung ab und schaute sich um. Bei den medizinischen Materialien fand er eine Wärmehülle aus dünner Folie. Er hatte Angst vor der Leiche, aber Quinn hatte ihm einen solchen Schrecken eingejagt, daß er nicht wagte, ihr nicht zu gehorchen. Er breitete die silberne Hülle aus und rollte die kalte tote Frau darin ein. Sie war steif und schwer.

Er stand auf und hörte den Sanitäter murmeln, dessen Hände ohne Handschuhe tief in das blutige Durcheinander tauchten, das Miles Vorkosigans Brust gewesen war. »Ich kann kein *Ende* finden. Wo, zum Teufel, ist ein *Ende?* Wenigstens die verdammte Aorta, *etwas*…«

»Es sind jetzt schon mehr als vier Minuten«, knurrte Quinn, zog ihr Vibra-Messer wieder hervor und schnitt an Miles' Leiche die Kehle auf, mit zwei ordentlichen Schnitten, die die Luftröhre umfaßten, aber nicht berührten. Ihre Finger suchten in den Schnitten.

Der Sanitäter blickte auf und sagte nur: »Paß auf, daß du die Halsschlagader erwischst und nicht die Drosselvene.«

»Ich will's *versuchen*. Sie sind leider nicht farbcodiert.« Sie fand etwas Bleiches und Gummiartiges. Sie zog einen Schlauch vom Oberteil einer der isolierten Flaschen und schob dessen Plastikendstück in die vermutete Arterie. Dann schaltete sie den Strom ein; die winzige Pumpe summte und stieß die klare, grünliche Kryoflüssigkeit durch den durchsichtigen Schlauch. Sie zog einen zweiten Schlauch aus der Flasche und schob ihn an der anderen Seite von Miles' Hals hinein. Aus den durchtrennten Austrittsvenen sprudelte Blut über ihre Hände; es spritzte nicht wie von einem Herzschlag, sondern floß in einer ständigen, nichtmenschlichen, mechanischen Art. Es breitete sich auf dem Boden in einer schimmernden Pfütze aus und begann dann in einer kaum sichtbaren Abflußvertiefung wegzufließen, ein schmales karminrotes Rinnsal. Eine unmögliche Menge Blut. Die Klons weinten. In Marks Kopf pochte ein Schmerz, der so schlimm war, daß es ihm dunkel vor Augen wurde.

Quinn hielt die Pumpen in Gang, bis die herausfließende Flüssigkeit grünlich-klar war. Der Sanitäter hatte inzwischen anscheinend die Enden gefunden, die er suchte, und befestigte zwei weitere Schläuche. Mehr Blut, vermischt mit Kryoflüssigkeit, quoll auf und ergoß sich aus der Wunde. Das Rinnsal wurde zu einem Bach. Der Sanitäter zog Miles die Stiefel und Socken aus und strich mit Sensoren über die erbleichenden Füße. »Fast geschafft … verdammt, wir sind fast trocken.« Er eilte zu seiner Flasche, die sich selbst abgeschaltet hatte und mit einem roten Lämpchen blinkte.

»Ich habe alles verwendet, was ich hatte«, sagte Quinn.

»Das ist wahrscheinlich genug. Sie waren beide kleine Leute. Klemm diese Enden fest…« Er warf ihr etwas Glitzerndes zu. Sie fing es in der Luft auf. Sie beugten sich über den kleinen Körper. »Dann also in die Kammer«, sagte der Sanitäter. Quinn nahm den Kopf, der Sanitäter den Rumpf und die Hüften. Arme und Beine hingen herab. »Er ist leicht…« Sie senkten ihre nackte Last eilends in die Kryokammer und ließen die blutdurchtränkte Uniform in einem Bündel auf dem Boden zurück. Quinn überließ es dem Sanitäter, die letzten Verbindungen herzustellen, wandte sich mit blinden Augen ab und sprach in ihren Helm. Auf das lange silberne Bündel zu ihren Füßen schaute sie nicht.

Thorne erschien und kam durch die Halle getrottet. Wo war der Hermaphrodit gewesen? Thorne fing Quinns Blick auf und berichtete mit einer Kopfbewegung in Richtung auf die toten Bharaputraner: »Sie sind durch die Tunnel heraufgekommen, das ist geklärt. Ich habe die Ausgänge einstweilen gesichert.« Thorne blickte düster auf die Kryokammer. Plötzlich sah er alt aus.

Quinn nahm mit einem Nicken seine Meldung zur Kenntnis. »Geh auf Kanal 9-C. Wir haben draußen Schwierigkeiten.«

Eine Art trauriger Neugier kroch durch Marks Erstarrung und Schock. Er schaltete seinen eigenen Helm wieder ein. Stundenlang hatte er ihn hilflos und hoffnungslos abgeschaltet gelassen, seit Thorne das Kommando wieder an sich gerissen hatte. Er lauschte der Kommunikation der Kapitänin.

Die Außenteams der Kommandos Blau und Orange befanden sich unter schwerem Druck verstärkter bharaputranischer Sicherheitskräfte. Quinns Verzögerung in diesem Gebäude zog Bharaputraner an, wie Aas Fliegen anlockt, und sie waren in heller Aufregung. Da jetzt zwei Drittel der Klons an Bord des Shuttles waren, hatte der Feind aufgehört, es mit schwerem Feuer zu beschießen, aber es versammelten sich schnell Verstärkungen, die auf dem Luftwege kamen und wie Geier über ihnen schwebten. Quinn und Kompanie waren in unmittelbarer Gefahr, umzingelt und abgeschnitten zu werden.

»Es muß eine andere Möglichkeit geben«, murmelte Quinn. Sie wechselte die Kanäle. »Leutnant Kimura, wie steht es bei Ihnen? Ist der Widerstand immer noch schwach?«

»Er hat sich hübsch verstärkt. Jetzt habe ich alle Hände voll zu tun, Quinnie.« Kimuras dünne, seltsam fröhliche Stimme wurde von einer Welle statischen Rauschens übertönt, die Plasmafeuer und die Aktivierung seines Plasmaspiegelfeldes anzeigte. »Wir haben unser Ziel erreicht und ziehen uns jetzt zurück. Oder versuchen es. Plaudern wir später weiter, ja?« Und noch mehr statisches Rauschen.

»Welches Ziel? Gib auf dein verdammtes Shuttle acht, hörst du, mein Junge? Vielleicht mußt du uns noch zu Hilfe kommen. Melde dich bei mir, sobald du wieder in der Luft bist.«

»In Ordnung.« Eine kleine Pause. »Warum ist der Admiral nicht auf diesem Kanal, Quinnie?«

Quinn kniff gequält die Augen zusammen. »Er ist ... zeitweilig nicht erreichbar. Los, Kimura!«

Kimuras Antwort ging in einer neuen Welle von statischem Rauschen unter. Bezüglich Kimura und seinem Ziel war kein Programm in Marks Helm geladen, aber der Leutnant schien sich von einem anderen Ort als dem medizinischen Komplex zu melden. Eine Kriegslist? Falls ja, so zog Kimura nicht annähernd genügend feindliche Kämpfer von ihnen ab. Sergeant Framinghams Kanal meldete sich aus dem Landeshuttle und drängte Quinn, sich zu beeilen. Fast gleichzeitig berichtete das Außenteam des Kommandos Orange, daß es von einem anderen Aussichtspunkt vertrieben wurde.

»Könnte das Shuttle auf diesem Gebäude landen und uns aufnehmen?« fragte Quinn und blickte zu den Balken empor.

Thorne folgte ihrem Blick und runzelte die Stirn. »Ich glaube, es würde das Dach eindrücken.«

»Verdammt. Sonst noch eine Idee?«

»Hinunter«, sagte Mark plötzlich. Die beiden Dendarii fuhren zusammen und hätten sich beinah auf den Boden geworfen, als sie erkannten, was er meinte. »Durch die Tunnel. Die Bharaputraner sind so hereingekommen, wir können so hinausgelangen.«

»Das ist doch ein Labyrinth«, widersprach Quinn.

»Ich habe einen Plan der Gebäude«, sagte Mark. »Alle vom Grünen Kommando haben ihn, geladen als Programm. Das Grüne Kommando kann die Führung übernehmen.«

»Warum hast du das nicht eher gesagt?« versetzte Quinn und ignorierte dabei unlogischerweise, daß es kaum ein ›Eher‹ gegeben hatte.

Thorne nickte bestätigend und begann hastig den Holovid-Plan seines Helms zu durchsuchen. »Es geht. Es gibt eine Route – wir kommen dann in dem Gebäude auf der anderen Seite deines Shuttles heraus, Quinn. Dort gibt es nur wenige bharaputranische Verteidiger, und alle schauen in die andere Richtung. Und ihre zahlenmäßige Überlegenheit wird ihnen dort unten nichts helfen.«

Quinn starrte auf den Boden. »Ich hasse Dreck. Ich möchte Vakuum haben – und Ellbogenfreiheit. Schon gut, machen wir es so. Sergeantin Taura!«

Es wurde hastig umorganisiert, ein paar weitere Türen wurden weggesprengt, und dann war die kleine

Mannschaft erneut unterwegs, ein Liftrohr hinab und hinein in die Versorgungstunnel. Einige Kämpfer erkundeten den Weg vor der Hauptgruppe. Taura ließ ein halbes Dutzend Klons Phillipis eingewickelte Leiche tragen, die auf drei Metallstangen lag, die Taura von den Geländern der Laufplanken abgerissen hatte. Als hätte die Bike-Kämpferin noch eine verzweifelte Hoffnung auf Rettung und Wiederbelebung.

Mark wurde sich bewußt, daß er neben der Kryokammer auf der Schwebepalette dahinging, die von dem besorgten Sanitäter mitgezerrt wurde. Aus den Augenwinkeln blickte er durch die durchsichtige Abdeckung. Sein Original lag mit offenem Mund und grauen Lippen da, bleich und reglos. Reif bildete Eisblumen entlang der Verschlüsse. Ein Schwall überschüssiger Hitze entwich aus dem Kühler der Kühleinheit. Auf dem Infrarot-Sensorskop eines Feindes würde sie brennen wie ein Freudenfeuer. Mark zitterte und krümmte sich in der Hitze zusammen. Er war hungrig, und ihm war schrecklich kalt. *Verdammt, Miles Vorkosigan. Es gab soviel, was ich dir sagen wollte, und jetzt hörst du nicht mehr zu.*

Der gerade Tunnel, dem sie folgten, ging unter einem weiteren Gebäude hindurch und führte durch eine Doppeltür in eine weite Vorhalle mit zahlreichen Querverbindungen: einige Liftrohre, Notfalltreppen, weitere Tunnel und Versorgungsschränke. Alle Türen waren von der Vorhut, die nach bharaputranischem Widerstand suchte, geöffnet oder aufgesprengt worden. Die Luft roch nach Rauch und nach Plasmabogenfeuer. Unglücklicherweise hatten die Männer von der Vorhut an diesem Knotenpunkt gefunden, was sie suchten.

Die Lichter gingen aus. Um Mark herum schnappten die Helmvisiere der Dendarii zu, als sie auf Infrarot umschalteten. Er tat es ihnen gleich und starrte desorientiert in eine Welt ohne Farbe. Sein Helm knisterte mit Sprechverkehr, der sich gegenseitig überlagerte, als zwei Mann von der Vorhut aus verschiedenen Korridoren in die Vorhalle zurückgerannt kamen und dabei Plasmabögen abfeuerten, die seine von der Hitze geschärften Augen blendeten. Vier bharaputranische Sicherheitsleute in Halbrüstung schwangen sich aus einem Liftrohr und trennten Quinns Kolonne in zwei Hälften. So eng war das Durcheinander, daß sie Mann gegen Mann kämpfen mußten. Mark wurde aus Versehen von einem Dendarii niedergeschlagen und kauerte sich neben die Schwebepalette.

»Dieses Ding ist nicht abgeschirmt«, stöhnte der Sanitäter und klopfte auf die Kryokammer, während nah über ihnen Feuerbögen dahinpeitschten. »Ein direkter Treffer, und ...«

»Dann in das Liftrohr«, schrie Mark ihm zu. Der Sanitäter nickte und schwenkte die Schwebepalette herum und hinein in die nächste dunkle Öffnung, die frei von Bharaputranern war. Das Liftrohr war abgeschaltet, sonst hätten die kollidierenden Gravitationsfelder vielleicht im Rohr wie in der Palette Schaltkreise lahmgelegt. Der Sanitäter kletterte auf die Kryokammer, als wäre sie ein Pferd, und sank nach unten. Ein weiterer Kämpfer folgte und kletterte Hand über Hand die Rettungsleiter auf der Innenseite des Rohrs hinab. Mark wurde dreimal schnell hintereinander von Plasmabogenfeuer getroffen, als er sich hochrappelte, und er wurde wieder umgeworfen. Sein Spiegelfeld versprühte ein blaues Prasseln, während er sich durch Hitzewellen auf das Liftrohr zurollte. Er schwang sich hinter dem Kämpfer die Treppe hinab und war aus der Schußlinie.

Doch nicht lange. Ein bharaputranischer Helm blitzte über ihnen im Eingang auf, dann folgte ihnen Plasmabogenfeuer nach unten. Im Rohr gleißte es wie ein Blitz. Der Kämpfer half dem Sanitäter die Schwebepalette aus dem plötzlich zum Schießstand gewordenen Rohr heraus und durch den untersten Eingang zu zerren und duckte sich weg. Mark kletterte hinter ihnen her und kam sich dabei wie eine menschliche Fackel vor, von knisterndem blauen Leuchten umgeben. Wie viele Schüsse waren das gewesen? Er wußte es nicht mehr. Wie viele konnte seine Abschirmung noch abweisen, bevor sie nachgab und ausbrannte?

Der Kämpfer nahm Schußposition mit Ziel nach hinten ins Liftrohr ein, doch es folgte ihnen kein Bharaputraner. Sie standen in einem Bereich der Dunkelheit und der Ruhe. Vom Kampf, der über ihnen tobte, drang der Widerhall von Rufen und Schüssen schwach durch das Rohr herab. Sie befanden sich in einer viel kleineren Vorhalle, die nur zwei Ausgänge hatte. Eine gedämpfte gelbe Notbeleuchtung am Boden vermittelte ein täuschend behagliches Gefühl von Wärme.

»Verdammt«, sagte der Sanitäter und starrte nach oben. »Ich glaube, wir haben uns gerade abgeschnitten.«

»Nicht unbedingt«, sagte Mark. Weder der Sanitäter noch der Kämpfer gehörten dem Kommando Grün an, aber Marks Helm verfügte natürlich über die Programmierung des Grünen Kommandos. Er rief den Holo-Plan auf, fand ihren derzeitigen Standort und ließ den Computer des Helms eine Route skizzieren. »Man kann auch von dieser Ebene dorthin gelangen. Zwar auf gewissen Umwegen, aber genau aus diesem Grund ist es weniger wahrscheinlich, daß man Bharaputranern begegnet.«

»Lassen Sie mich mal sehen«, forderte der Sanitäter.

Halb widerstrebend, halb erleichtert reichte Mark ihm seinen Helm. Der Sanitäter schob ihn sich auf den Kopf und studierte die rote Linie, die wie eine Schlange durch das dreidimensionale schematische Gitter des medizinischen Komplexes verlief, das vor seine Augen projiziert wurde. Mark riskierte es, einen Blick das Liftrohr hinauf zu werfen. Kein Bharaputraner lauerte dort oben, und der Kampflärm klang gedämpft, als käme er jetzt aus größerer Entfernung. Er zog sich wieder zurück und bemerkte, daß der Kämpfer ihn anstarrte. Seine Augen glitzerten beunruhigend durch das Helmvisier. *Nein. Ich bin nicht euer verdammter Admiral. Um so schlimmer, was?* Der Kämpfer war offensichtlich überzeugt, daß die Bharaputraner den falschen kleinen Mann niedergeschossen hatten. Mark bedurfte keiner Worte, um diese Botschaft zu verstehen. Er kauerte sich hin.

»Ja«, entschied der Sanitäter. Hinter seinem Visier straffte sich sein Kinn.

»Wenn Sie sich beeilen, dann sind Sie vielleicht noch vor Kapitänin Quinn dort«, sagte Mark. Er hielt immer noch den Helm des Sanitäters in Händen. Von oben kamen keine Geräusche mehr. Sollte er hinter Quinns sich fortbewegendem Schußwechsel herlaufen oder bleiben und versuchen, bei der Führung und Bewachung der Schwebepalette mitzuhelfen? Er wußte nicht, was er mehr fürchtete: Quinn oder das Feuer der Bharaputraner, das ihre Mannschaft auf sich zog. So oder so wäre er wahrscheinlich bei der Kryokammer sicherer.

Er holte tief Luft. »Behalten Sie ... meinen Helm. Ich werde Ihren nehmen.« Der Sanitäter und der Kämpfer schauten ihn beide düster abweisend an. »Ich werde Quinn und den Klons folgen.« Seinen Klons. Würde Quinn auf deren Leben überhaupt Rücksicht nehmen?

»Dann gehen Sie«, sagte der Sanitäter. Er und der Kämpfer bugsierten die Schwebepalette zur Tür hinaus und blickten nicht zurück. Sie hatten in ihm offensichtlich mehr eine Belastung als eine Hilfe gesehen und waren froh, ihn loszusein.

Verbissen kletterte er die Leiter im Liftrohr wieder hinauf. Er spähte vorsichtig auf den Boden der Vorhalle hinaus, als der in seine Augenhöhe kam. Da gab es allerhand Schaden an der Einrichtung. Ein Sprinklersystem hatte in den erstickenden Rauch Dampf gemischt. Ein braungekleideter Körper lag reglos auf dem Boden, der feucht und schlüpfrig geworden war. Mark schwang sich aus dem Liftrohr und schlitterte den Korridor hinunter, den die Dendarii genommen haben mußten, falls sie sich an ihre geplante Route hielten. Noch mehr Schäden durch Plasmabogenfeuer bestätigte ihm, daß er auf der richtigen Spur war.

Er bog um eine Ecke, kam schlitternd zum Stehen und warf sich zurück, außer Sicht. Die Bharaputraner hatten ihn nicht gesehen; sie schauten in die andere Richtung. Er zog sich wieder den Korridor hinab zurück, während er unbeholfen die Kanäle des ungewohnten Helms durchsuchte, bis er Kontakt zu Quinn bekam.

»Kapitänin Quinn? Hm, hier ist Mark.«

»Wo, zum Teufel, bist du? Wo ist *Norwood?*«

»Er hat meinen Helm. Er bringt die Kryokammer auf einem anderen Weg durch. Ich bin hinter euch, aber ich kann nicht aufschließen. Da sind mindestens vier Bharaputraner in voller Raumrüstung zwischen uns. Sie kommen hinter euch her. Paßt auf.«

»Verdammt, die sind uns jetzt an Feuerkraft überlegen. Damit ist es entschieden.« Quinn machte eine Pause. »Nein. Um *die* kann ich mich kümmern. Mark, hau verdammt noch mal ab! Folge Norwood! Lauf weg!«

»Was machen Sie?«

»Ich werde das Dach über diesen Mistkerlen einstürzen lassen. Dann wird ihnen die Raumrüstung nicht viel nützen. *Lauf weg!*«

Er rannte los, als er erkannte, was sie plante. Am ersten Liftrohr, bei dem er ankam, nahm er die Leiter und kletterte wild drauflos, egal, wohin sie führte. Er wollte nicht weiter im Untergrund sein, als er mußte, wenn …

Es war wie ein Erdbeben. Er klammerte sich an die

Leiter, als das Liftrohr knackte und sich verbog, und das Geräusch, das er *spürte*, vibrierte durch seinen Körper. Im nächsten Augenblick war es vorbei, nur ein Echo grollte noch, und er kletterte weiter. Vor ihm tauchte Tageslicht auf und wurde silbern von einem Rohreingang reflektiert.

Er kam im Erdgeschoß eines Gebäudes heraus, das wie ein modisch eingerichtetes Büro aussah. Die Fenster waren von vielen kleinen Bruchlinien durchzogen. Er schlug in eines der Fenster ein Loch und kletterte hindurch. Dann schob er sein Infrarotvisier hoch. Zu seiner Rechten war ein anderes Gebäude halb in einem riesigen Krater versunken. Immer noch stiegen Staubwolken auf. Die Bharaputraner in ihren widerstandsfähigen Raumrüstungen waren möglicherweise unter all dem Chaos noch am Leben, aber eine Bergungsmannschaft würde Stunden brauchen, um sie auszugraben. Trotz seines Schreckens mußte er grinsen, keuchend im Licht des Tages.

Der Helm des Sanitäters hatte erheblich weniger Möglichkeiten, Kanäle abzuhören, als der Befehlshelm, aber er fand Quinn wieder. »In Ordnung, Norwood, gehen Sie weiter«, sagte sie gerade. »Beeilen Sie sich wie der Teufel! Framingham! Kapiert? Schließen Sie sich Norwood an. Holen Sie Ihre Außenleute zurück. Starten Sie, sobald Norwood und Tonkin an Bord sind. Kimura! Sind Sie in der Luft?« Es folgte eine Pause. Mark bekam Kimuras Antwort nicht herein, wer und wo immer der auch sein mochte. Aber aus Quinns weiteren Worten konnte er Schlüsse ziehen: »Nun, wir haben gerade eine neue Landezone für euch hergerichtet. Sie ist noch ein bißchen uneben, aber sie wird ausreichen. Folgen Sie meinem Signal, kommen Sie direkt in den Krater hinein. Sie werden gerade reinpassen. Ja, das werden Sie auch. Ich habe sie mit Laser abgetastet. Sie haben mein O.K. *Jetzt* können Sie das Shuttle riskieren, Kimura. Los!«

Auch Mark machte sich in Richtung auf den Krater auf den Weg. Er huschte nahe an der Seite des Gebäudes entlang und nutzte die Überhänge aus, bis ihn das Gepolter fallender Betonstücke klarmachte, daß sich der explosionsgeschädigte Balkon über ihm lockerte. Darunter stehenbleiben und zerschmettert zu werden, oder ins Freie treten und erschossen zu werden? Was immer er tat, es würde sich sicher als falsch erweisen. Welchen Satz zitierten Vorkosigans militärische Lehrbücher so gerne? *Kein Schlachtplan überlebt die erste Berührung mit dem Feind.* Quinns Taktik und ihre Entscheidungen änderten sich mit verwirrender Schnelligkeit. Sie nutzte eine ganz buchstäbliche neue Öffnung aus – das Dröhnen eines Landeshuttles drang lauter werdend an Marks Ohren, und er sprintete unter dem Balkon hervor, den die Vibrationen noch weiter lockerten. Ein Ende löste sich und fiel mit einem Krachen herab. Mark sprintete weiter. Sollten doch die bharaputranischen Scharfschützen versuchen, ein bewegliches Ziel zu treffen...

Quinn und ihre Gruppe wagten sich erst ins Freie, als das Landshuttle sich mit ausgestreckten Beinen wie ein riesiges Insekt vorsichtig den Weg in den Krater erspürte. Einige übriggebliebene Bharaputraner lagen auf einem gegenüberliegenden Dach in Stellung und schickten Störfeuer herüber. Doch sie hatten nur Plasmabögen und nahmen immer noch Rücksicht auf die Klons, doch ein rosa gekleidetes Mädchen schrie auf, getroffen vom Nachhall des Plasmaspiegelfelds eines Dendarii. Leichte Verbrennungen, schmerzhaft, aber nicht lebensgefährlich. Sie schrie und geriet in Panik, aber ein Dendarii-Kämpfer fing sie ein und brachte sie zu der Shuttleluke, die sich jetzt öffnete und eine Rampe ausfuhr.

Die wenigen Bharaputraner, die keine Hoffnung hatten, das Shuttle mit bloßen Heckenschützenwaffen abzuschießen, änderten ihre Taktik. Sie begannen, ihr

Feuer auf Quinn zu konzentrieren, und pumpten Schuß um Schuß in ihr überlastetes Spiegelfeld. Sie schimmerte in einem Dunst aus blauem Feuer und taumelte unter der Wucht der Schüsse. Klons und Dendarii stürmten die Rampe empor.

Befehlshelme ziehen Feuer an. Mark sah keine andere Möglichkeit, als vor Quinn zu rennen. Die Luft um ihn herum wurde hell, als sein Spiegelfeld Energie abgab, aber in der kurzen Atempause gewann Quinn ihr Gleichgewicht wieder. Sie packte ihn an der Hand, zusammen sprinteten sie die Rampe hoch und gingen als letzte an Bord. Das Shuttle erhob sich taumelnd in die Luft, und noch während sie durch die Luke kletterten, fuhr die Rampe wieder zurück. Die Luke schloß sich hinter ihnen. Die Stille war wie ein Lied.

Mark rollte sich auf den Rücken und keuchte um Luft. Seine Lungen brannten. Quinn setzte sich auf. Ihr Gesicht, rot in dem umgebenden Kreis von Grau, wirkte wie nach einem Sonnenbrand. Drei Atemzüge lang weinte sie hysterisch, dann preßte sie ihre Lippen zusammen. Ängstlich berührten ihre Finger die heißen Wangen, und Mark erinnerte sich, daß dieser Frau schon einmal das Gesicht durch Plasmafeuer weggebrannt worden war. Aber nicht zweimal. Nicht zweimal!

Sie kroch auf die Knie und begann erneut, die Befehlskanäle in ihrem Helm zu durchsuchen. Dann riß sie sich hoch und torkelte vorwärts, während das Shuttle beschleunigte und gleichzeitig bharaputranischen Schüssen auswich. Mark setzte sich auf und starrte desorientiert um sich. Er erkannte Sergeantin Taura, Thorne, die Klons. Die übrigen waren fremde Dendarii, vermutlich Leutnant Kimuras Kommando Gelb, einige in den üblichen grauen Arbeitsuniformen, einige in voller Raumrüstung. Sie sahen ziemlich mitgenommen aus. Alle vier Feldbetten für Verwundete im hinteren Teil des Shuttle waren heruntergeklappt und belegt, ein fünfter Mann lag auf dem Boden. Aber die Sanitäterin, die sich um sie kümmerte, ging ihrer Tätigkeit ruhig nach, nicht hektisch. Der Zustand ihrer Patienten war offensichtlich stabilisiert, sie konnten auf weitere Behandlung unter günstigeren Bedingungen warten. Die Kryokammer des Gelben Kommandos war allerdings frisch belegt. Die Prognose für die in Folie eingewickelte Phillipi war jetzt so schlecht, daß Mark sich fragte, ob sie sie überhaupt weiterhin einfrieren würden, sobald sie wieder an Bord der *Peregrine* wären. Aber abgesehen von der Bike-Kämpferin und der Kryokammer gab es keine weiteren bedeckten Gestalten, keine Leichensäcke – Kimuras Kommando schien seine Mission, worin auch immer sie bestanden hatte, glimpflich überstanden zu haben.

Das Shuttle ging in eine Kurve. Sie kreisten und stiegen noch nicht in den Orbit empor. Mark stöhnte leise und stand auf. Er wollte Quinn folgen und herausfinden, was los war.

Als er den Gefangenen erblickte, blieb er abrupt stehen. Der Mann saß, die Hände auf dem Rücken zusammengebunden, sicher an einen Sitz gegurtet und von zwei Kämpfern des Gelben Kommandos bewacht, von einem großen Kerl und einer dünnen Frau, die Mark mit ihren geschmeidigen Muskeln und ihren ungerührten Knopfaugen an eine Schlange erinnerte. Der Gefangene sah nach einem bemerkenswerten Vierzigjährigen aus und trug eine braune Seidenjacke und braune Hosen. Aus dem goldenen Ring an seinem Hinterkopf hatten sich einzelne Strähnen dunklen Haares gelöst und umrahmten sein Gesicht. Er wehrte sich nicht, sondern saß ruhig da und wartete mit einer kühlen Geduld, die der der Schlangenfrau ganz ebenbürtig war. *Bharaputra. Der* Bharaputra, Baron Bharaputra, Vasa Luigi selbst. Der Mann hatte sich in den acht Jahren, seit Mark ihn zuletzt gesehen hatte, nicht um ein Haar verändert.

Vasa Luigi hob das Gesicht und seine Augen weiteten sich leicht, als er Mark erblickte. »So, Admiral«, murmelte er.

»Ganz recht«, erwiderte Mark automatisch mit einer Naismith-Phrase. Er schwankte, als das Shuttle sich noch steiler in die Kurve legte, und verbarg den Schrecken, der ihm die Knie weich werden ließ, und seine Erschöpfung. Er hatte auch seit der Nacht vor dieser Mission nicht mehr geschlafen. *Bharaputra hier?*

Der Baron zog eine Augenbraue hoch. »Wer ist das auf Ihrem Hemd?«

Mark blickte an sich selbst hinunter. Der Gürtel aus Blut war noch nicht braun geworden, war immer noch feucht, klebrig und kalt. Er ertappte sich dabei, daß er tatsächlich antworten wollte, *Mein Bruder*, um des Schocks willen. Aber er war sich nicht sicher, ob man den Baron schockieren konnte. Er floh nach vorn und ging einem eingehenderen Gespräch aus dem Weg. Baron Bharaputra. Planten Quinn und Kompanie auf diesem Tiger zu reiten? Und wenn ja, wie? Aber er begriff jetzt wenigstens, warum das Shuttle anscheinend ohne Angst vor schwerem feindlichen Feuer über der Kampfzone kreisen konnte.

Er fand Quinn und Thorne beide im Pilotenabteil, zusammen mit Kimura, dem Kommandeur des Gelben Kommandos. Quinn hatte den Funkerplatz des Shuttles übernommen. Ihre graue Kapuze war zurückgeschoben, die schweißnassen dunklen Locken waren zerzaust.

»Framingham! Melden!« schrie sie in den Kommunikator. »Ihr müßt in die Luft. Bharaputranische Verstärkungen aus der Luft sind fast über euch.«

Auf der anderen Seite des Cockpits, an dem Platz gegenüber von Quinn, beobachtete Thorne ein taktisches Holovid. Zwei Punkte in den Dendarii-Farben, Kampfshuttles, stürzten sich auf eine Formation feindlicher Shuttles, die über einer geisterhaften Stadt dahinzogen, einer astralen Projektion der echten Stadt unter ihnen. Doch den Dendarii gelang es nicht, die Bharaputra-Formation aufzubrechen. Mark blickte an den Schultern des Piloten zum Fenster hinaus, doch er konnte in dem sonnenbeleuchteten Morgennebel die Originale nicht entdecken.

»Wir bergen gerade einen niedergeschossenen Mann, Madame«, erwiderte Framinghams Stimme. »Noch eine Minute, dann kommt das Kommando zurück.«

»Haben Sie alle anderen? *Haben Sie Norwood?* Ich kann seinen Helm nicht erreichen!«

Es gab eine kurze Verzögerung. Quinn ballte die Hände zu Fäusten, dann öffnete sie sie wieder. Ihre Fingernägel waren bis auf rote Stummel abgebissen.

Endlich meldete sich Framingham. »Wir haben ihn jetzt, Madame. Wir haben alle, die Lebenden wie die Toten, außer Phillipi. Ich möchte niemanden diesen verdammten Mistkerlen überlassen, wenn ich es verhindern kann ...«

»Wir haben Phillipi.«

»Gott sei Dank! Dann fehlt niemand mehr. Wir starten jetzt, Kapitänin Quinn.«

»Kostbare Fracht, Framingham«, sagte Quinn. »Wir treffen uns dann unter dem Feuerschirm der *Peregrine*. Die Kampfshuttles werden Ihnen Flankenschutz geben.« Im Taktik-Display lösten sich die Dendarii-Punkte von den dahinfliegenden Feinden und verließen sie.

»Was ist mit Ihrem Flankenschutz?«

»Wir kommen direkt hinter Ihnen. Kommando Gelb hat uns ein kostenloses Erster-Klasse-Ticket für den Heimflug verschafft. Heim bedeutet Station Fell.«

»Und dann machen wir uns auf den Weg hinaus aus dem jacksonischen Lokalraum?«

»Nein. Die *Ariel* hat etwas abbekommen. Wir gehen ins Dock. Das ist schon arrangiert.«

»Verstanden. Wir sehen uns dann dort.«

Endlich kam die Dendarii-Formation zusammen und begann nach oben zu beschleunigen. Die Kampfshuttles waren mehr durch feindliches Feuer gefährdet als die Landeshuttles, erkannte Mark, als er das Taktik-Display beobachtete. Ein Kampfshuttle war spürbar beschädigt. Es hielt sich eng an das Shuttle des Gelben Kommandos. Die Formation paßte sich in ihrer Geschwindigkeit ihrem verwundeten Mitglied an. Aber diesmal ging alles nach Plan. Als die Dendarii die Atmosphäre verließen und in den Orbit kamen, fielen ihre bharaputranischen Verfolger widerstrebend zurück.

Quinn stützte einen Augenblick lang erschöpft die Ellbogen auf ihre Konsole, barg das rotweiße Gesicht in den Händen und rieb die zarten Augenlider. Thorne saß bleich und stumm da. Quinn, Thorne und er selbst trugen alle gebrochene Segmente dieses Bogens von Blut auf ihren Rüstungen. Wie ein rotes Band, das sie alle vereinte.

Schließlich kam Station Fell in Sicht, eine riesige Konstruktion, die größte Orbit-Transferstation, die Jackson's Whole umkreiste, gleichzeitig Hauptquartier und Heimatstadt von Haus Fell. Baron Fell hatte gern einen hohen Standpunkt inne. Im delikat ineinandergreifenden Netzwerk der Großen Häuser gebot Haus Fell wahrscheinlich über die meiste rohe Macht, im Sinne der Fähigkeit zur Zerstörung. Aber rohe Zerstörung war selten profitabel, und hier wurde der Erfolg in barer Münze gezählt. Welche Münze benutzten die Dendarii, um sich die Hilfe oder zumindest die Neutralität von Station Fell zu erkaufen? Die Person des Barons Bharaputra, der jetzt im Frachtraum saß? Welche Art von Zaster waren dann die Klons? Kleingeld? Ha, wenn er jetzt daran dachte, daß er die *Jacksonier* für ihren Handel mit Fleisch verachtet hatte …

Station Fell trat gerade aus der Eklipse des Planeten heraus. Die vorrückende Front des Sonnenlichts enthüllte dramatisch ihr Ausmaß. Die Dendarii verlangsamten ihren Flug in Richtung auf einen Arm der Station und übergaben die Leitung an die Fellsche Flugkontrolle sowie an einige schwer bewaffnete Schleppershuttles, die aus dem Nichts erschienen, um sie zu eskortieren. Und da kam die *Peregrine* heran. Die Landeshuttles und die Kampfshuttles umtanzten ihr Mutterschiff und senkten sich nacheinander sanft in ihre Andockklampen. Die *Peregrine* selbst bewegte sich behutsam auf den ihr zugewiesenen Liegeplatz zu.

Die Backbordklampen klirrten, die Verschlüsse der Verbindungsrohre zischten, und sie waren angekommen. Im Frachtraum beeilten sich die Dendarii, die Verwundeten zur Krankenstation der *Peregrine* zu bringen, dann wandten sie sich viel langsamer und müde den Aufräumarbeiten zu. Quinn schoß an ihnen vorbei, mit Thorne auf ihren Fersen. Als zöge ihn das tödliche rote Band, folgte Mark.

Das Ziel, auf das Quinn wie verrückt zusteuerte, war die Shuttleluke auf der Steuerbordseite, wo Framinghams Shuttle andocken sollte. Sie kamen dort an, als die Verschlüsse des Verbindungsrohrs gesichert wurden, dann mußten sie aus dem Weg treten, während zuerst die Verwundeten herausgebracht wurden. Mark war beunruhigt, als er unter ihnen Soldat Tonkin erkannte, der den Sanitäter Norwood begleitet hatte. Tonkin hatte die Rollen vertauscht, vom Wächter zum Patienten. Sein Gesicht war dunkel und still, bewußtlos, während eifrige Hände ihn vorbeischafften und auf eine Schwebepalette legten. *Hier ist etwas arg schief gelaufen.*

Quinn trat ungeduldig von einem Bein aufs andere. Andere Dendarii-Kämpfer kamen heraus und trieben Klons mit sich. Quinn runzelte die Stirn und bahnte sich mit den Schultern einen Weg gegen den Strom durch das Verbindungsrohr in das Shuttle.

Thorne und Mark folgten ihr in das Chaos der

Schwerelosigkeit. Überall befanden sich junge Klons, einige weinten, einigen war ziemlich schlecht – Dendarii versuchten sie einzufangen und zum Ausgang zu schleusen. Ein gehetzter Kämpfer jagte mit einem Handsauger nach den herumschwebenden Klumpen der letzten Mahlzeit eines der Kinder, bevor alle sie einatmen mußten. Die Rufe und Schreie und das Gebrabbel waren wie ein Schlag auf den Kopf. Framinghams Gebrüll gelang es nicht, die Rückkehr zu militärischer Ordnung zu beschleunigen, solange nicht die erschrockenen Klons aus dem Frachtraum weggebracht waren.

»Framingham!« Quinn schwebte zu ihm hinüber und packte ihn am Fußknöchel. »Framingham! Wo, zum Teufel, ist die Kryokammer, die Norwood eskortiert hat?«

Er blickte zu ihr hinab und runzelte die Stirn. »Aber Sie haben doch gesagt, daß *Sie* sie haben, Kapitänin.«

»*Was?*«

»Sie haben gesagt, Sie hätten Phillipi.« Seine Lippen dehnten sich zu einer wilden Grimasse. »Verdammt, wenn wir sie zurückgelassen haben, dann werde ich...«

»Wir haben Phillipi, ja, aber sie ist – sie war nicht mehr in der Kryokammer. Norwood sollte die Kryokammer zu Ihnen bringen. Norwood und Tonkin.«

»Sie hatten sie nicht dabei, als meine Bergungspatrouille die beiden herausholte. Wir haben sie beide, das heißt, was von ihnen übrig war. Norwood wurde getötet. Durch das Auge getroffen von einer dieser verdammten Projektil-Dornengranaten. Hat seinen Kopf auseinandergesprengt. Aber ich habe seine Leiche nicht zurückgelassen. Sie ist in dem Sack dort drüben.«

Befehlshelme ziehen Feuer an, o ja, ich habe es gewußt... Kein Wunder, daß Quinn Norwoods Befehlskanäle nicht hatte erreichen können.

»Die Kryokammer, Framingham!« Quinns Stimme war schrill und hoch vor Angst, wie Mark sie nie zuvor gehört hatte.

»Wir haben keine gottverdammte Kryokammer *gesehen*, Quinn! Norwood und Tonkin hatten sie nicht dabei, als wir zu ihnen kamen! Warum ist diese Kryokammer so verteufelt wichtig, wenn Phillipi nicht einmal drin war?«

Quinn ließ seinen Knöchel los, zog Arme und Beine ein und wurde zu einem schwebenden Ball. Ihre Augen waren dunkel und groß. Sie schluckte einen Schwall unpassender Schimpfwörter hinunter und knirschte so heftig mit den Zähnen, daß ihr Gaumen weiß wurde. Thorne sah aus wie eine kalkweiße Puppe.

»Thorne«, sagte Quinn, als sie wieder sprechen konnte. »Nimm über Kommunikator Kontakt mit Elena auf. Ich möchte für beide Schiffe ab sofort eine totale Sicherheitssperre. Niemand verläßt die Schiffe, es gibt keinen Ausgang, keinen Urlaub, keine Kommunikation mit Station Fell oder sonst jemandem, die ich nicht autorisiert habe. Sag Elena, sie soll Leutnant Hart von der *Ariel* hierher schicken. Ich möchte mich mit beiden auf der Stelle treffen, und *nicht* über Kommunikatorkanäle. Los!«

Thorne nickte, rotierte in der Luft und startete in Richtung auf das Cockpit.

»Was ist denn los?« wollte Sergeant Framingham wissen.

Quinn holte tief und langsam Luft. »Framingham, wir haben den Admiral auf dem Planeten zurückgelassen.«

»Haben Sie den Verstand verloren? Er ist doch hier…« Mitten in der Geste, mit der er auf Mark zeigte, ließ Framingham die Finger sinken. Seine Hand ballte sich zur Faust. »Oh.« Er zögerte. »Das ist der Klon.«

Quinns Augen brannten. Mark spürte, wie sie sich

wie Laserbohrer bis zur Rückseite seines Schädels bohrten.

»Vielleicht nicht«, sagte Quinn mit schwerer Stimme. »Nicht, soweit es das Haus Bharaputra etwas angeht.«

»So?« Framinghams Augen verengten sich. Er überlegte.

Nein! schrie Mark in seinem Innern. Stumm. Sehr stumm.

KAPITEL 8

Mark kam sich vor, als säße er in einem verschlossenen Raum mit einem halben Dutzend verkaterter Serienmörder in der Falle. Er konnte jeden von ihnen atmen hören, wie sie da in einem Kreis um den Konferenztisch der Offiziere saßen. Sie befanden sich im Besprechungsraum neben dem Haupttaktikraum der *Peregrine*. Quinn atmete am leichtesten und schnellsten, Sergeantin Taura am tiefsten und drohendsten. Nur Elena Bothari-Jesek am Kapitänsplatz am Kopf des Tisches und Leutnant Hart zu ihrer Rechten waren sauber und geschniegelt. Der Rest war so gekommen, wie sie die Landeoperation beendet hatten, arg mitgenommen und stinkend: Taura, Sergeant Framingham, Leutnant Kimura und auf Bothari-Jeseks linker Seite Quinn. Und er selbst natürlich, einsam am anderen Ende des länglichen Tisches.

Kapitänin Bothari-Jesek runzelte die Stirn und reichte wortlos eine Flasche mit Schmerztabletten herum. Sergeantin Taura nahm sechs. Nur Leutnant Kimura paßte. Taura reichte sie an Framingham weiter, ohne Mark welche anzubieten. Ihn verlangte nach den Tabletten, wie ein Durstiger Verlangen nach einem Glas Wasser haben mochte, das ausgegossen war und im Wüstensand versickerte. Die Flasche kehrte zum Kopfende des Tisches zurück und verschwand in der Tasche der Kapitänin. In Marks Augen pochte ein Schmerz im gleichen Takt mit den Nebenhöhlen, und sein Hinterkopf kam ihm gespannt vor wie trocknendes Rohleder.

Bothari-Jesek begann zu reden. »Diese Notfallbesprechung wurde zusammengerufen, um nur zwei Fragen zu klären, und das so schnell wie möglich. Was, zum Teufel, ist passiert, und was sollen wir als nächstes tun? Sind diese Helmrecorder unterwegs?«

»Ja, Madame«, sagte Sergeant Framingham. »Korporal Abromov bringt sie.«

»Unglücklicherweise vermissen wir den wichtigsten«, sagte Quinn. »Korrekt, Framingham?«

»Ich fürchte ja, Madame. Ich fürchte, er steckt in einer Wand irgendwo in den Bharaputra-Gebäuden, zusammen mit dem Rest von Norwoods Helm. Verdammte Granaten.«

»Zum Teufel.« Quinn kauerte sich auf ihrem Sitz zusammen.

Die Tür des Besprechungsraums öffnete sich, und Korporal Abramov kam hereingetrottet. Er trug vier kleine, durchsichtige Tabletts aus Plastik übereinander gestapelt. Sie waren etikettiert: ›Kommando Grün‹, ›Kommando Gelb‹, ›Kommando Orange‹ und ›Kommando Blau‹. Auf jedem Tablett lagen zehn bis sechzehn winzige Knöpfe aufgereiht. Helmrecorder. Eines jeden Kämpfers persönliche Aufzeichnungen für die vergangenen Stunden, die jede Bewegung, jeden Herzschlag, jeden Scan, Schuß, Treffer und jegliche Kommunikation festhielten. Ereignisse, die in der Echt-Zeit für menschliches Fassungsvermögen zu schnell abgelaufen waren, konnten langsam abgespielt, analysiert und zerlegt werden, man konnte Verfahrensfehler entdecken und – beim nächstenmal – korrigieren.

Abromov salutierte und überreichte die Tabletts an Kapitänin Bothari-Jesek. Sie entließ ihn mit Dank und reichte die Tabletts an Kapitänin Quinn weiter, die ihrerseits die Recorder in den Datenschlitz des Simulators einführte und die Daten in den Computer kopierte. Sie codierte die Datei als ›Streng geheim‹. Ihre Finger mit den abgenagten Nägeln bewegten sich flink über der Tastatur des Vids.

Über der Tischplatte erschien der inzwischen vertraute, geisterhafte dreidimensionale Holo-Plan der medizinischen Anlagen des Hauses Bharaputra. »Ich springe vorwärts zu dem Zeitpunkt, als wir im Tunnel angegriffen wurden«, sagte Quinn. »Da haben wir's, Kommando Blau, ein Teil des Grünen Kommandos ...« Ein Spaghetti-Gewirr von Linien aus grünem und blauem Licht erschien tief im Innern eines nebelhaften Gebäudes. »Tonkin war Kommando Blau Nr. 6 und behielt seinen Helm während allem, was folgt, auf.« Zum Kontrast ließ sie Tonkins Nr. 6-Spur im Plan gelb erscheinen. »Norwood trug immer noch Kommando Blau Nr. 10. Mark ...«, sie kniff die Lippen zusammen, »trug Helm 1.« Diese Spur fehlte natürlich auffallend. Quinn ließ Norwoods Nr. 10-Spur rosa erscheinen. »Wann hast du den Helm mit Norwood getauscht, Mark?« Sie schaute ihn bei dieser Frage nicht an.

Bitte, laßt mich gehen. Er war sich sicher, daß er krank war, denn er zitterte noch. In seinem Nacken krampfte sich ein kleiner Muskel zusammen, winzige Zuckungen in einer kribbelnden Schicht von Schmerz. »Wir sind bis zum Grund dieses Liftrohrs hinabgestiegen.« Seine Stimme war ein trockenes Flüstern. »Wenn ... wenn Helm 10 wieder hochkommt, trage ich ihn. Norwood und Tonkin gingen zusammen weiter, und da habe ich sie zum letztenmal gesehen.«

Die rosafarbene Linie kroch tatsächlich das Rohr wieder hoch und folgte wurmartig dem Gewirr blauer und grüner Linien. Die gelbe Spur ging allein weiter.

Quinn ließ die Sprechkontakte schnell vorwärts laufen. Tonkins Bariton wirkte dabei wie das Winseln eines Insekts, das Amphetamine eingenommen hatte. »Als ich die beiden zum letztenmal kontaktierte, waren sie hier.« Quinn markierte die Stelle mit einem glühenden Lichtpunkt. Sie befand sich in einem inneren Korridor tief im Innern eines anderen Gebäudes. Quinn schwieg und ließ die gelbe Linie sich weiterschlängeln. Ein Liftrohr hinab, durch einen weiteren Versorgungstunnel und unter einem Gebäude hindurch, hinauf und durch ein weiteres Gebäude.

»Da«, sagte Framingham plötzlich, »ist das Stockwerk, auf dem sie eingeschlossen wurden. *Dort* haben wir mit ihnen Kontakt aufgenommen.«

Quinn markierte mit einem weiteren Punkt. »Dann muß sich die Kryokammer irgendwo am Weg zwischen hier und dort befinden.« Sie zeigte auf die beiden hellen Punkte. »Da muß sie sein.« Sie starrte mit zusammengekniffenen Augen auf das Holo. »Zwei Gebäude. Zweieinhalb, vermutlich. Aber in Tonkins Sprachverkehr gibt es keinen verdammten Hinweis.« Die Insektenstimme beschrieb bharaputranische Angreifer und rief um Hilfe, immer wieder und wieder, aber sie erwähnte die Kryokammer nicht. Marks Kehle zog sich synchron zusammen. *Quinn, bitte, schalte ihn ab ...*

Das Programm lief zu Ende. Alle Dendarii um den Tisch starrten auf den Simulator, als wollten sie ihn zwingen, noch mehr herauszugeben. Aber es gab nicht mehr.

Die Tür öffnete sich, und Kapitän Thorne trat ein. Mark hatte noch keinen Menschen gesehen, der erschöpfter aussah. Auch Thorne trug noch seine schmutzige Arbeitsuniform, er hatte nur den Tornister für das Plasmaspiegelfeld abgelegt. Die graue Kapuze war zurückgeschoben, das braune Haar klebte flach am Kopf. Ein Kreis aus Schmutz markierte in Thornes bleichem Gesicht die Öffnung der Kapuze, ein Pendant zu dem roten Kreis in Quinns Gesicht, die Folge der Verbrennungen durch die Überlastung ihres Spiegelfeldes. Thornes Bewegungen waren hastig und ruckartig. Der Wille drängte eine Erschöpfung zurück, die kurz vor dem Zusammenbruch stand. Thorne stützte sich mit den Händen auf den Konferenztisch. Sein Mund war eine grimmiger Strich.

»Na, hast du überhaupt etwas aus Tonkin herausbringen können?« fragte Quinn. »Was der Computer weiß, haben wir gerade gesehen. Und das ist, denke ich, nicht genug.«

»Die Sanitäter haben ihn kurz aufgeweckt«, berichtete Thorne. »Er hat gesprochen. Ich habe gehofft, daß die Recorder dem, was er sagte, einen Sinn geben würden, aber ...«

»Was hat er gesagt?«

»Er sagte, als sie dieses Gebäude erreichten« – Thorne zeigte es auf dem Holo-Plan –, »da wurden sie abgeschnitten. Noch nicht umzingelt, aber in einer Linie zum Shuttle blockiert, und die Feinde schlossen den Ring schnell. Tonkin sagte, Norwood habe geschrien, er hätte eine Idee, er hätte ›dort hinten‹ etwas gesehen. Er ließ Tonkin mit einer Granatenattacke die Bharaputraner ablenken und einen bestimmten Korridor bewachen – das muß der dort sein. Norwood nahm die Kryokammer und rannte auf ihrer Route zurück. Er kam ein paar Minuten später wieder – nach nicht mehr als sechs Minuten, sagte Tonkin. Und er sagte zu Tonkin: ›Jetzt ist alles in Ordnung. Der Admiral wird hier herauskommen, selbst wenn es uns nicht gelingt.‹ Etwa zwei Minuten später wurde er von dieser Projektil-Granate getötet, und Tonkin wurde von der Erschütterung betäubt.«

Framingham nickte. »Meine Leute sind keine drei Minuten später dorthin gekommen. Sie haben eine Bande von Bharaputranern vertrieben, die gerade dabei waren, die Körper zu durchsuchen – zu plündern oder nach Informationen zu suchen oder beides, Korporal Abramov war sich nicht sicher. Die Unseren nahmen Tonkin und Norwoods Leiche und rannten wie der Teufel davon. Niemand vom Kommando hat berichtet, irgendwo eine Kryokammer gesehen zu haben.«

Quinn kaute geistesabwesend an einem Fingernagel.

Mark glaubte, daß sie sich dieser Geste gar nicht bewußt war. »Ist das alles?«

»Tonkin sagt, Norwood hätte gelacht«, fügte Thorne hinzu.

»Gelacht.« Quinn machte eine Grimasse. »Verdammt!«

Kapitänin Bothari-Jesek war auf ihrem Stuhl zusammengesunken. Jeder am Tisch schien diese letzte Information zu verdauen. Alle starrten auf den Holo-Plan. »Er hat irgend etwas Schlaues getan«, sagte Bothari-Jesek. »Oder etwas, das er für schlau hielt.«

»Er hatte dafür etwa fünf Minuten Zeit. Wie schlau konnte er in diesen fünf Minuten sein?« beklagte sich Quinn. »Ihr Götter, verdammt den schlauen Trottel zu sechzehn Höllen, weil er es uns nicht gemeldet hat!«

»Zweifellos wollte er es tun«, seufzte Bothari-Jesek. »Ich glaube, wir sollten keine Zeit damit verschwenden, daß wir Tadel in Rationen austeilen. Es wird noch für uns alle reichen.«

Thorne zuckte zusammen, wie auch Framingham, Quinn und Taura. Dann blickten alle auf Mark. Er krümmte sich auf seinem Sitz zusammen.

Quinn blickte auf ihr Chrono. »Es sind weniger als zwei Stunden vergangen. Was immer Norwood getan hat, die Kryokammer muß immer noch dort unten sein. Auf jeden Fall.«

»Was sollen wir dann tun?« fragte Leutnant Kimura trocken. »Eine neue Landemission unternehmen?«

Quinn preßte die Lippen zusammen. Der müde Sarkasmus gefiel ihr nicht. »Melden Sie sich freiwillig, Kimura?« Kimura hob abwehrend die Hände und ließ sich zusammensinken.

»Inzwischen ruft uns Station Fell«, sagte Bothari-Jesek, »und zwar ziemlich dringend. Wir müssen anfangen zu verhandeln. Vermutlich wird das unsere Geisel einbeziehen.« Mit einem kurzen Nicken des Dankes in Kimuras Richtung bestätigte sie den einzigen vollständig erfolgreichen Teil der Landemission. Kimura nickte zurück. »Weiß irgend jemand hier, welche Absichten der Admiral mit Baron Bharaputra hatte?«

Alle im Kreis schüttelten verneinend den Kopf. »Wissen *Sie* es nicht, Quinnie?« fragte Kimura überrascht.

»Nein. Es gab keine Zeit zum Plaudern. Ich bin mir nicht einmal sicher, ob der Admiral ernsthaft erwartet hatte, daß eure Entführungsexpedition Erfolg haben würde, Kimura, oder ob es ihm nur um die Ablenkung ging. Das würde mehr seiner Art von Strategie entsprechen, nämlich die ganze Mission nicht von einem einzigen unbekannten Ergebnis abhängen zu lassen. Ich nehme an, er plante...« – ihre Stimme wurde zu einem Seufzen –, »seine Initiative auszunutzen.« Sie setzte sich aufrecht hin. »Aber ich weiß verdammt sicher, was ich zu tun beabsichtige. Der Handel wird diesmal zu *unserem* Vorteil ablaufen. Baron Bharaputra könnte für uns alle – und auch für den Admiral – das Ticket zur Abreise von hier sein, wir müssen es nur richtig anstellen.«

»In diesem Fall«, sagte Bothari-Jesek, »sollten wir meiner Meinung nach das Haus Bharaputra nicht wissen lassen, was für ein wertvolles Paket wir auf dem Planeten zurückgelassen haben.« Bothari-Jesek, Thorne und Quinn schauten alle mit kalter Überlegung auf Mark.

»Daran habe ich auch gedacht«, sagte Quinn.

»Nein«, flüsterte er. »Nein!« Sein Kreischen kam als Krächzen heraus. »Ihr könnt das nicht ernst meinen. Ihr könnt mich nicht zu ihm machen. Ich will nicht mehr er sein. Mein Gott! Nein!« Er zitterte, sein Magen drehte sich und krampfte sich zusammen. *Mir ist kalt.*

Quinn und Bothari-Jesek schauten einander an. Bothari-Jesek nickte – eine wortlose Botschaft.

Quinn sagte: »Ihr könnt alle zu eurem Dienst zurückkehren. Außer dir, Kapitän Thorne. Du bist des Befehls über die *Ariel* enthoben. Sie übernimmt Leutnant Hart.«

Thorne nickte, als hätte er das ganz so erwartet. »Stehe ich unter Arrest?«

Quinns Augen verengten sich schmerzlich. »Verdammt, dazu haben wir nicht die Zeit. Oder die Leute. Und du hast noch keinen Bericht erstattet, und außerdem brauche ich deine Erfahrung. Diese … Situation könnte sich schnell jeden Augenblick ändern. Betrachte dich unter Hausarrest stehend und als mir zugeordnet. Du kannst dich selbst bewachen. Nimm eine der Kabinen für Gastoffiziere hier auf der *Peregrine* und nenn sie deine Zelle, wenn du dich dann besser fühlst.«

Thornes Gesicht wurde wirklich sehr düster. »Jawohl, Madame«, sagte er hölzern.

Quinn runzelte die Stirn. »Geh und wasch dich. Wir machen später hier weiter.«

Außer Quinn und Bothari-Jesek verließen alle dem Raum. Mark versuchte ihnen zu folgen. *»Du nicht«*, sagte Quinn mit einer Stimme, die wie eine Totenglocke klang. Er sank wieder auf seinen Stuhl und kauerte sich dort zusammen. Als der letzte Dendarii den Raum verlassen hatte, streckte Quinn die Hand aus und schaltete alle Aufzeichnungsgeräte ab.

Miles' Frauen. Elena, die Jugendfreundin – jetzt Kapitänin Bothari-Jesek. Mark hatte sie damals studiert, als die Komarraner ihn unterrichtet hatten, Lord Vorkosigan zu spielen. Doch sie war nicht ganz das, was er erwartet hatte. Quinn, die Dendarii-Söldnerin, hatte die komarranischen Verschwörer überrascht. Die beiden Frauen ähnelten sich zufällig in ihrer Haar- und Hautfarbe. Beide hatten kurzes dunkles Haar, eine zarte bleiche Haut und feuchte braune Augen. War das wirklich Zufall? Hatte Vorkosigan unbewußt Quinn als Bothari-Jeseks Ersatz gewählt, als er Elena nicht haben konnte? Selbst ihre Vornamen ähnelten sich: Elli und Elena.

Bothari-Jesek war um einen Kopf größer, hatte lange

aristokratische Züge und war kühler und reservierter. Diese Wirkung wurde jetzt von ihrer sauberen grauen Offiziersuniform verstärkt. Quinn, die noch Arbeitsuniform und Kampfstiefel trug, war kleiner, wenn auch immer noch einen Kopf größer als er selbst, rundlicher und hitziger. Beide jagten ihm einen Schrecken ein. Marks eigener Geschmack bezüglich Frauen würde, wenn er lang genug lebte, um ihn je ausleben zu können, eher etwas wie dieses kleine blonde Klonmädchen vorziehen, das sie unter dem Bett hervorgezogen hatten, wenn sie nur in dem Alter gewesen wäre, das sie scheinbar hatte. Ein weibliches Wesen, das klein, weich, rosa und schüchtern war, jemand, der ihn nicht töten und verschlingen würde, nachdem sie sich gepaart hatten.

Elena Bothari-Jesek beobachtete ihn mit einer Art erschrockener Faszination. »Ihm so ähnlich. Und doch nicht er. Warum zitterst du?«

»Mir ist kalt«, murmelte Mark.

»*Dir* ist kalt!« Quinn war empört. »*Dir* ist kalt! Du gottverdammter kleiner Trottel...« Sie drehte ihren Stuhl abrupt herum und kehrte ihm den Rücken zu.

Bothari-Jesek erhob sich und ging zu seinem Ende des Tisches. Eine Frau wie eine Weidengerte. Sie berührte seine Stirn, die feuchtkalt war. Er zuckte fast explosiv zurück. Sie beugte sich vor und blickte ihm in die Augen. »Quinnie, hör auf. Er hat einen psychischen Schock.«

»Er verdient es nicht, daß man sich um ihn kümmert«, würgte Quinn hervor.

»Trotzdem hat er noch einen Schock. Wenn du Ergebnisse haben möchtest, mußt du das in Betracht ziehen.«

»Verdammt.« Quinn drehte sich wieder um. Über ihr rotweißes, mit Schmutz und getrocknetem Blut verschmiertes Gesicht liefen neue saubere feuchte Spuren. »Du hast es nicht gesehen. Du hast Miles nicht gesehen, wie er dalag, mit herausgesprengtem Herzen.«

»Quinnie, er ist nicht wirklich tot. Oder? Er ist nur eingefroren und ... an eine falsche Stelle geraten.« Klang da ein schwacher Unterton von Unsicherheit, von Verneinung in ihrer Stimme an?

»Oh, er ist wirklich ganz tot. Sehr wirklich eingefroren tot. Und das wird er immer bleiben, wenn wir ihn nicht zurückbekommen!« Das Blut auf ihrer Uniform, in den Furchen ihrer Hand und in den Schmierern auf ihrem Gesicht wurde jetzt endlich braun.

Bothari-Jesek holte Luft. »Konzentrieren wir uns auf das, was ansteht. Die unmittelbare Frage ist, kann Mark Baron Fell täuschen? Fell ist dem echten Miles einmal begegnet.«

»Das ist einer der Gründe, warum ich Bel Thorne nicht unter strengen Arrest gestellt habe. Bel war damals dabei und kann uns beraten, hoffe ich.«

»Ja. Und das ist das Seltsame ...«, sie schob eine Hüfte über die Tischplatte und schaukelte mit einem ihrer langen gestiefelten Füße. »Schock oder kein Schock, Mark hat Miles' Tarnung nicht auffliegen lassen. Der Name *Vorkosigan* ist nicht über seine Lippen gekommen, oder?«

»Nein«, gab Quinn zu.

Bothari-Jesek verzog den Mund und musterte Mark. »Warum nicht?« fragte sie plötzlich.

Er kauerte sich noch ein wenig mehr auf seinem Stuhl zusammen und versuchte der Wucht ihres Blickes zu entgehen. »Ich weiß nicht«, murmelte er. Sie wartete unbarmherzig auf mehr, und er brachte mit nur wenig lauterer Stimme hervor: »Gewohnheit vermutlich.« Zum größten Teil Ser Galens Gewohnheit, ihm die Seele aus dem Leib zu prügeln, wenn er etwas vermasselt hatte, damals in der schlimmen alten Zeit. »Wenn ich eine Rolle spiele, dann spiele ich die Rolle. M-Miles hätte sich da nie versprochen, also ich auch nicht.«

»Wer bist du, wenn du nicht die Rolle spielst?« Bothari-Jesek kniff abwägend die Augen zusammen.

»Ich… weiß es kaum.« Er schluckte und versuchte erneut, lauter zu sprechen. »Was geschieht mit meinen – mit den Klons?«

Als Quinn etwas sagen wollte, hob Bothari-Jesek die Hand und bedeutete ihr zu schweigen. Statt dessen sagte sie selber: »Was möchtest du, soll mit ihnen geschehen?«

»Ich möchte, daß sie freikommen. Daß sie irgendwo freigelassen werden, wo es sicher ist, wo das Haus Bharaputra sie sich nicht wieder schnappen kann.«

»Ein seltsamer Altruismus. Ich frage mich, warum? Warum überhaupt diese ganze Mission? Was hast du dadurch zu gewinnen erhofft?«

Er öffnete den Mund, aber es kam kein Ton heraus. Er konnte nicht antworten. Ihm war immer noch feuchtkalt, er war schwach und zitterte. Sein Schädel schmerzte düster, als würde das Blut daraus entweichen. Er schüttelte den Kopf.

»Pah!« schnaubte Quinn. »Was für ein Verlierer! Was für ein, ein verdammter *Anti*-Miles. Der die Niederlage dem Rachen des Sieges entreißt.«

»Quinn«, sagte Bothari-Jesek ruhig. Ihre Stimme drückte tiefe Mißbilligung aus, in diesem einzigen Wort. Quinn nahm sie mit einem Achselzucken zur Kenntnis. »Ich glaube, keine von uns beiden weiß völlig, womit wir es hier zu tun haben«, fuhr sie fort. »Aber ich weiß, wann ich mit meinem Latein am Ende bin. Allerdings kenne ich jemanden, der noch nicht damit am Ende wäre.«

»Wen?«

»Gräfin Vorkosigan.«

»Hm.« Quinn seufzte. »Das ist eine andere Geschichte. Wer wird *ihr* erzählen von…«, sie deutete mit dem Daumen nach unten und meinte damit Jackson's Whole und die fatalen Ereignisse, die dort gerade geschehen waren. »Und die Götter mögen mir helfen, denn wenn ich tatsächlich jetzt diesen Haufen befehligen soll, dann werde ich all dies Simon Illyan berichten müssen.« Sie zögerte. »Möchtest du den Befehl übernehmen, Elena? Als dienstälteste anwesende Kapitänin, nachdem Bel jetzt quasi unter Arrest steht und so. Ich habe den Befehl einfach an mich gerissen, weil ich mußte, im Schußwechsel.«

»Du machst das gut«, sagte Bothari-Jesek mit einem kleinen Lächeln. »Ich werde dich unterstützen.« Dann fügte sie hinzu: »Du warst die ganze Zeit enger in die nachrichtendienstliche Arbeit eingeweiht, deshalb bist du die logische Wahl.«

»Ja, ich weiß.« Quinn schnitt eine Grimasse. »Sagst du es der Familie, wenn es soweit ist?«

»Dafür bin ich die logische Wahl«, sagte Bothari-Jesek und seufzte. »Ich werde es der Gräfin sagen, ja.«

»Abgemacht.« Aber beide blickten drein, als überlegten sie, wer von beiden das bessere und wer das schlechtere Los gezogen hatte.

»Was die Klons angeht«, Bothari-Jesek faßte wieder Mark ins Auge, »wie würdest du gern ihre Freiheit *verdienen?*«

»Elena«, sagte Quinn warnend, »mach keine Versprechungen. Wir wissen noch nicht, welchen Handel wir eingehen müssen, damit wir von hier wegkommen. Und um ihn« – wieder eine Geste, die zum Planeten hinabzeigte – »wiederzubekommen.«

»Nein«, flüsterte Mark, »das könnt ihr nicht. Ihr könnt sie nicht … wieder dorthin schicken, nach allem, was geschehen ist.«

»Ich habe Phillipi ausgetauscht«, sagte Quinn grimmig. »Ich würde auch *dich* im Nu austauschen, außer daß *er* … Weißt du, warum wir überhaupt zu dieser verdammten Mission auf den Planeten gekommen sind?« fragte sie.

Er schüttelte stumm den Kopf.

»Wegen dir, du kleiner Trottel. Der Admiral hatte schon zur Hälfte einen Handel mit Baron Bharaputra abgeschlossen. Wir waren drauf und dran, Kampfkommando Grün für eine Viertelmillion betanischer Dollar herauszukaufen. Es hätte nicht viel mehr als die Landemission gekostet, wenn man die ganze Ausrüstung mitrechnet, die wir mit Thornes Shuttle verloren haben. Und die Verluste an Menschenleben. Aber der Baron weigerte sich, dich herauszugeben. Warum er dich nicht verkaufen wollte, weiß ich nicht. Du bist für alle anderen wertlos. Aber Miles wollte dich nicht zurücklassen.«

Mark starrte auf seine Hände, die aneinander zupften. Dann blickte er auf und sah, daß Bothari-Jesek ihn wieder studierte, als wäre er ein lebenswichtiges Kryptogramm.

»Wie der Admiral seinen Bruder nicht zurücklassen wollte«, sagte Bothari-Jesek langsam, »so will auch Mark die Klons nicht zurücklassen. Oder? Na?«

Er hätte gern geschluckt, aber sein Mund war zu trocken.

»Du wirst alles tun, um sie zu retten, oder? Alles, worum wir dich bitten?«

Er machte den Mund auf und wieder zu. Es hätte ein dumpfes, tonloses Ja sein können.

»Wirst du die Rolle des Admirals für uns spielen? Wir werden dich natürlich trainieren.«

Er brachte ein halbes Nicken zustande, und es gelang ihm hervorzustoßen: »Was für ein Versprechen …?«

»Wir nehmen alle Klons mit, wenn wir abfliegen. Wir werden sie irgendwo absetzen, wo das Haus Bharaputra sie nicht erreichen kann.«

»Elena!« protestierte Quinn.

»Ich möchte«, diesmal konnte er schlucken, »ich möchte das Ehrenwort der Barrayaranerin haben. Dein Wort«, sagte er zu Bothari-Jesek.

Quinn saugte an ihrer Unterlippe, sagte aber nichts.

Nach einer langen Pause nickte Bothari-Jesek. »In Ordnung. Du hast mein Wort darauf. Aber du arbeitest total mit uns zusammen, einverstanden?«

»Dein Wort als was?«

»Einfach mein Wort.«

»… Ja. In Ordnung.«

Quinn erhob sich und schaute auf ihn hinunter. »Aber ist er überhaupt fähig, die Rolle gerade jetzt zu spielen?«

Bothari-Jesek folgte ihrem Blick. »Nicht in diesem Zustand, nein, vermutlich nicht. Er soll sich erst waschen, essen, ausruhen. Dann werden wir sehen, was möglich ist.«

»Baron Fell gibt uns vielleicht nicht die Zeit, um Mark zu hätscheln.«

»Wir werden Baron Fell sagen, daß der Admiral unter der Dusche ist. Das dürfte wahr genug sein.«

Duschen. *Essen*. Er war so gierig, daß er schon fast jenseits des Hungers war, betäubt im Bauch, lustlos im Leib. Und ihm war kalt.

»Ich kann nur sagen«, meinte Quinn, »daß er eine verdammt armselige Imitation des echten Miles Vorkosigan ist.«

Ja, das habe ich euch ja versucht zu sagen.

Bothari-Jesek schüttelte den Kopf. Vermutlich stimmte sie wütend zu. »Los, komm!« sagte sie zu ihm.

Sie begleitete ihn zu einer Offizierskabine, die zwar klein war, aber – Gott sei Dank! – für ihn allein. Sie war unbenutzt, blank und sauber, militärisch nüchtern. Die Luft roch ein bißchen muffig. Vermutlich war Thorne irgendwo in der Nähe ähnlich untergebracht.

»Ich werde dir etwas Sauberes zum Anziehen von der *Ariel* herüberschicken lassen. Und ich lasse dir Essen bringen.«

»Essen zuerst – bitte?«

»Gewiß.«

»Warum bist du jetzt freundlich zu mir?« Seine

Stimme klang klagend und mißtrauisch, und er fürchtete, er würde deshalb schwach und paranoid erscheinen.

Ihr Adlergesicht wurde nachdenklich. »Ich möchte wissen ... wer du bist. Was du bist.«

»Das weißt du. Ich bin ein erzeugter Klon. Erzeugt hier auf Jackson's Whole.«

»Ich meine nicht deinen Körper.«

Er kauerte sich in einer automatischen Verteidigungsstellung zusammen, obwohl er wußte, daß dadurch seine Mißbildung betont wurde.

»Du bist sehr verschlossen«, stellte sie fest. »Sehr allein. Das ist überhaupt nicht wie Miles. Gewöhnlich.«

»Er ist nicht ein Mann, er ist eine ganze Bande. Er hat eine ganze verdammte Armee im Schlepptau.« *Ganz zu schweigen von dem nervenden Harem.* »Ich nehme an, ihm gefällt es so.«

Auf ihren Lippen erschien ein unerwartetes Lächeln. Es war das erstemal, daß er sie lächeln sah. Es veränderte ihr Gesicht. »Ja, es gefällt ihm, glaube ich.« Ihr Lächeln erlosch. »Gefiel.«

»Du tust das für ihn, nicht wahr? Du behandelst mich so, weil du glaubst, er würde es wollen.« Nicht um seiner selbst willen, nein, niemals, aber alles für Miles und seine verdammte Bruder-Obsession.

»Zum Teil.«

Stimmt.

»Aber vor allem«, sagte sie, »weil eines Tages Gräfin Vorkosigan mich fragen wird, was ich für ihren Sohn getan habe.«

»Ihr plant, Baron Bharaputra gegen ihn auszutauschen, nicht wahr?«

»Mark ...«, in ihren Augen erschien etwas Dunkles ... Mitleid? Ironie? Er konnte es nicht entziffern. »Sie wird dich meinen.«

Sie machte auf dem Absatz kehrt und überließ ihn sich selbst, eingeschlossen in der Kabine.

Er duschte so heiß, wie es die winzige Warmwassereinheit erlaubte, und stand viele Minuten in der Hitze des Trocknergebläses, bis seine Haut krebsrot war. Erst dann hörte er auf zu zittern. Ihm war schwindlig vor Erschöpfung. Als er endlich aus der Naßzelle herauskam, stellte er fest, daß jemand dagewesen und wieder gegangen war und Kleider und Essen gebracht hatte. Er zog sich hastig an: Unterwäsche, ein schwarzes Dendarii-T-Shirt und ein Paar der grauen Hosen seines Originals. Dann machte er sich über das Abendessen her. Diesmal war es keine exquisite spezielle Naismith-Diät, sondern ein Tablett mit Standardrationen von Fertiggerichten, die entwickelt waren, um einen großen und körperlich aktiven Kämpfer bei Kräften zu halten. Weit entfernt von Gourmetkost, aber zum ersten Mal seit Wochen hatte er genug zum Essen auf dem Teller. Er verschlang alles, als hätte es eine Fee gebracht, die jeden Augenblick erscheinen und es ihm wieder wegnehmen könnte. Mit Bauchschmerzen rollte er sich ins Bett und legte sich auf die Seite. Er zitterte nicht mehr vor Kälte und fühlte sich auch nicht mehr erschöpft und verschwitzt und zitterig wegen des niedrigen Blutzuckerspiegels. Doch eine Art von psychischem Nachhall rollte wie eine schwarze Flut durch seinen Körper.

Wenigstens hast du die Klons herausgeholt.

Nein. Miles *hat die Klons herausgeholt.*

Verdammt, verdammt, verdammt …

Dieses schwachsinnige Desaster war nicht die glorreiche Befreiung, von der er geträumt hatte. Doch was hatte er für Folgen erwartet? In all seinen verzweifelten Überlegungen hatte er fast nichts geplant, was über seine vorgesehene Rückkehr mit der *Ariel* nach Escobar hinausging. Nach Escobar, grinsend und die Klons unter seinen Fittichen. Er hatte sich vorgestellt, daß er es dann mit einem wütenden Miles zu tun haben würde, aber dann wäre es für Miles zu spät gewesen, um ihn aufzuhalten, zu spät, um ihm den Sieg noch zu entreißen. Er hatte halb erwartet, daß er dann verhaftet würde, aber da wäre er bereitwillig mitgegangen und hätte sich eins gepfiffen. Was hatte er denn wirklich gewollt?

Frei zu sein von der Schuld des Überlebenden? Diesen alten Fluch zu brechen? *Niemand von denen, die du damals gekannt hast, ist noch am Leben ...* Das war das Motiv, von dem er dachte, daß es ihn antrieb, wenn er überhaupt nachdachte. Vielleicht war es nicht so einfach. Er wollte sich von etwas befreien ... In den letzten beiden Jahren – befreit aus den Händen Ser Galens und der Komarraner durch die Aktionen von Miles Vorkosigan, erneut und gänzlich freigegeben von Miles auf einer Londoner Straße im Morgengrauen – hatte er nicht das Glück gefunden, von dem er während seiner Sklaverei bei den Terroristen geträumt hatte. Miles hatte nur die körperlichen Ketten zerbrochen, die ihn gefesselt hatten; andere, unsichtbare, hatten so tief eingeschnitten, daß das Fleisch drumherum gewachsen war, sie in ihn eingebettet hatte.

Was hast du dir gedacht? Daß sie dich wie Miles behandeln müßten, wenn du so heroisch wärst wie er? Daß sie dich lieben müßten?

Und wer waren *sie*? Die Dendarii? Miles selbst? Oder hinter Miles diese finsteren, faszinierenden Schatten, Graf und Gräfin Vorkosigan?

Seine Vorstellung von Miles' Eltern war verschwommen und vage. Der emotional gestörte Galen hatte sie, seine verhaßten Feinde, als schwarze Schurken dargestellt, als den Schlächter von Komarr und sein Mannweib von einer Ehefrau. Doch mit der anderen Hand hatte er von Mark verlangt, er solle sie studieren, unter Benutzung von unzensiertem Quellenmaterial, ihren Schriften, ihren öffentlichen Ansprachen, privaten Vids. Miles' Eltern waren offensichtlich komplexe Persönlichkeiten, durchaus keine

Heiligen, aber ebenso offensichtlich nicht der schäumende sadistische Sodomit und die mörderische Schlampe aus Galens wirren paranoiden Phantasien. In den Vids erschien Graf Aral Vorkosigan lediglich als grauhaariger untersetzter Mann mit seltsam intensiven Augen im ziemlich schweren Gesicht, mit einer reichen, rauhen, ruhigen Stimme. Gräfin Cordelia Vorkosigan sprach weniger oft, eine große Frau mit rotbraunem Haar und bemerkenswerten grauen Augen, zu machtvoll, als daß man sie hätte hübsch nennen können, doch so in sich ruhend und ausgeglichen, daß sie schön erschien, obwohl sie es streng genommen nicht war.

Und nun drohte Bothari-Jesik, ihn diesen Leuten auszuliefern...

Er setzte sich auf und schaltete das Licht ein. Ein schneller Rundgang durch die Kabine brachte nichts zu Tage, womit man einen Selbstmord begehen konnte. Keine Waffen oder Klingen – die Dendarii hatten ihn entwaffnet, als er an Bord gekommen war. Nichts, woran man einen Gürtel oder ein Seil befestigen konnte. Sich in der Dusche zu Tode zu kochen war keine Möglichkeit, ein eingebauter, störungssicherer Sensor schaltete das heiße Wasser automatisch ab, wenn es bestimmte physiologische Toleranzen überschritt. Er kroch wieder ins Bett.

In seinem Kopf lief wieder in Zeitlupe die Szene mit einem kleinen, hartnäckigen, rufenden Mann, dessen Brust in karminroten Spritzern barst. Er war überrascht, als er zu weinen begann. Schock, es mußte der Schock sein, den Bothari-Jesek diagnostiziert hatte. *Ich habe den kleinen Trottel gehaßt, als er noch lebte. Warum weine ich also?* Es war absurd. Vielleicht war er drauf und dran, den Verstand zu verlieren.

Nach zwei Nächten ohne Schlaf war er betäubt, doch jetzt konnte er nicht schlafen. Er döste nur, fiel in Halbträume und frische, schmerzliche Erinnerungen und schreckte wieder aus ihnen hoch. Er hatte Halluzinationen von einem Gummifloß, auf dem er auf einem Fluß aus Blut dahinschwamm und hektisch in der roten Strömung herumruderte. Als nach nur einer Stunde Ruhe Quinn kam, um ihn zu holen, fühlte er sich wirklich erleichtert.

KAPITEL 9

»Was immer du tust«, sagte Kapitän Thorne, »erwähne nicht die betanische Verjüngungskur.«

Mark runzelte die Stirn. »Was für eine betanische Verjüngungskur? Gibt es so etwas?«

»Nein.«

»Warum soll ich sie dann, zum Teufel, nicht erwähnen?«

»Zerbrich dir nicht den Kopf darüber. Erwähne sie einfach nicht.«

Mark knirschte mit den Zähnen, drehte sich auf seinem Stuhl herum, direkt zur Vid-Scheibe, und drückte die Steuertaste, mit der er seinen Sitz niedriger einstellen konnte, bis die gestiefelten Füße den Boden berührten. Er trug Naismiths vollständige graue Offiziersuniform. Quinn hatte ihn angezogen, als wäre er eine Puppe oder ein schwachsinniges Kind. Quinn, Bothari-Jesek und Thorne hatten ihm dann eine Menge manchmal widersprüchlicher Anweisungen eingetrichtert, wie er in dem bevorstehenden Gespräch mit Baron Fell Miles zu vertreten habe. *Als wenn ich das nicht wüßte.* Die drei Kapitäne saßen jetzt jeder auf einem Stuhl außerhalb der Reichweite der Vid-Kamera im Taktikraum der *Peregrine* und waren bereit, ihm über einen winzigen Kopfhörer zu soufflieren. Und er hatte *Galen* für einen Marionettenspieler gehalten! Sein Ohr juckte, irritiert verschob er den Kopfhörer. Das brachte ihm einen finsteren Blick von Bothari-Jesek ein. Quinn hatte nie aufgehört, ihn finster anzuschauen.

Quinn hatte überhaupt keine Pause gemacht. Sie

trug immer noch ihre blutgetränkte Arbeitsuniform. Die Tatsache, daß sie plötzlich das Kommando über dieses Debakel geerbt hatte, hatte ihr keine Ruhe gestattet. Thorne hatte sich gewaschen und die graue Schiffsuniform angelegt, aber er hatte offensichtlich noch nicht geschlafen. Ihrer beider Gesichter traten bleich und zu scharf gezeichnet aus den Schatten hervor. Quinn hatte Mark ein Aufputschmittel nehmen lassen, als sie beim Anziehen festgestellt hatte, er sei für ihren Geschmack zu maulfaul. Doch Mark gefielen die Wirkungen dieser Droge nicht. Sein Kopf und seine Augen waren fast zu klar, doch sein Körper fühlte sich zerschlagen an. Alle Ecken und Oberflächen des Taktikraums schienen mit unnatürlicher Klarheit hervorzutreten. Geräusche und Stimmen schienen in seinen Ohren eine schmerzhaft gezackte Qualität anzunehmen, scharf und verschwommen zugleich. Quinn hatte das Zeug auch eingenommen, erkannte er, als er beobachtete, wie sie auf ein hohes elektronisches Quieken des Kommunikators hin zusammenzuckte.

(»Okay, du bist drauf«), sagte Quinn durch den Kopfhörer, als die Vid-Scheibe vor ihm zu funkeln begann. Endlich verstummten sie alle.

Es erschien das Bild von Baron Fell, und der blickte ihn ebenfalls finster an. Georish Stauber, Baron Fell von Haus Fell, war als Führer eines der Großen Häuser von Jackson's Whole insofern ungewöhnlich, als er noch seinen ursprünglichen Körper trug. Den Körper eines alten Mannes. Der Baron war stämmig, mit einem rosigen Gesicht und einer glänzenden Glatze voller Leberflecken, die von einem weißen Kranz kurzgeschnittener Haare umgeben war. Seine Seidenjacke, im besonderen Grünton seines Hauses gehalten, ließ ihn wie einen Elfen mit Schilddrüsenunterfunktion erscheinen. Aber in seinen kalten und durchdringenden Augen war nichts Elfenhaftes. Mark erinnerte sich daran, daß Miles sich von der Macht eines jacksonischen Barons nicht hatte einschüchtern lassen. Miles ließ sich von keiner Macht einschüchtern, hinter der weniger als drei ganze Planeten standen. Sein Vater, der Schlächter von Komarr, konnte Große Häuser von Jackson's Whole zum Frühstück verspeisen.

Natürlich war Mark nicht Miles.

Verdammt. Die nächsten fünfzehn Minuten bin ich jedenfalls Miles.

»Also, Admiral«, brummte der Baron. »Wir begegnen uns schließlich doch wieder.«

»Ganz recht.« Mark gelang es, ein Überschnappen seiner Stimme zu vermeiden.

»Ich sehe, Sie sind so anmaßend wie immer. Und so schlecht informiert.«

»Ganz recht.«

(»Fang zu reden an, verdammt noch mal«), zischte Quinns Stimme in sein Ohr.

Mark schluckte. »Baron Fell, es gehörte nicht zu meinem ursprünglichen Schlachtplan, Station Fell in diese Operation zu verwickeln. Mir liegt ebensoviel daran, mit meinen Leuten von hier zu verschwinden, wie Ihnen daran liegt, uns loszuwerden. Zu diesem Zweck ersuche ich Sie um Ihre Hilfe als Vermittler. Sie ... wissen, daß wir Baron Bharaputra entführt haben, nehme ich an?«

»So hat man mir berichtet.« Eines von Fells Augenlidern zuckte. »Sie haben sich übernommen, und jetzt fehlt es Ihnen an Verstärkung, nicht wahr?«

»Habe ich mich übernommen?« Mark zuckte die Achseln. »Das Haus Fell befindet sich doch in einer Fehde mit dem Haus Bharaputra, nicht wahr?«

»Nicht ganz. Das Haus Fell war im Begriff, die Fehde mit Haus Bharaputra zu *beenden*. Wir fanden diese Fehde in letzter Zeit für beide Seiten unrentabel. Ich werde jetzt der Kollusion an Ihrem Überfall verdächtigt.« Der Baron blickte noch finsterer.

»Hm ...«, Marks Nachdenken wurde von Thorne unterbrochen, der flüsterte: (»Sag ihm, daß Bharaputra lebt und wohlauf ist.«)

»Baron Bharaputra lebt und ist wohlauf«, sagte Mark, »und das kann so bleiben, wenn es nach mir geht. Es scheint mir, als Vermittler wären Sie in der guten Position, Ihre Redlichkeit gegenüber dem Haus Bharaputra zu bezeugen, indem Sie helfen, ihn zurückzubringen. Ich möchte ihn nur – intakt – gegen einen bestimmten Gegenstand eintauschen, und dann verschwinden wir.«

»Sie sind optimistisch«, sagte Fell trocken.

»Ein einfacher, vorteilhafter Tausch«, redete Mark unverdrossen weiter. »Den Baron für meinen Klon.«

(»Bruder«), korrigierten Thorne, Quinn und Bothari-Jesek unisono in seinem Kopfhörer.

»-bruder«, fuhr Mark gereizt fort. »Unglücklicherweise wurde mein... Bruder in dem Durcheinander drunten niedergeschossen. Glücklicherweise wurde er erfolgreich in einer unserer Notfall-Kryokammern eingefroren. Doch unglücklicherweise wurde die Kryokammer aus Versehen zurückgelassen, als wir uns in aller Eile davonmachten. Einen Lebenden für einen Toten. Ich sehe da keine Schwierigkeit.«

Der Baron stieß ein bellendes Lachen aus, das er dann zu einem Gehüstel dämpfte. Die Gesichter der drei Dendarii in den Schatten waren kühl und steif und zeigten sich nicht amüsiert. »Sie haben einen interessanten Besuch abgestattet, Admiral. Was wollen Sie mit einem toten Klon anfangen?«

(»Bruder«), sagte Quinn erneut. (»Miles besteht immer darauf.«)

(»Ja«), sekundierte ihr Thorne. (»Daran habe ich auf der *Ariel* erkannt, daß du nicht Miles warst, als ich dich einen Klon nannte und du mir nicht an die Kehle gesprungen bist.«)

»Bruder«, wiederholte Mark müde. »Es gibt keine Kopfverletzung, und die Kryobehandlung hat fast sofort eingesetzt. Er hat eine gute Aussicht auf Wiederbelebung, so wie die Dinge liegen.«

(»Nur, wenn wir ihn zurückbekommen«), knurrte Quinn.

»Ich habe auch einen Bruder«, bemerkte Baron Fell. »Er weckt in mir keine solchen Gefühle.«

Da geht es mir wie Ihnen, Baron, dachte Mark.

(»Er redet über seinen Halbbruder, Baron Ryoval von Haus Ryoval«), meldete sich Thorne in Marks Ohr. (»Die ursprüngliche Achse dieser Fehde verlief zwischen Fell und Ryoval. Bharaputra wurde erst später hineingezogen.«)

Ich weiß, wer Ryoval ist, wollte Mark einwerfen, aber das konnte er nicht.

»Übrigens wird mein Bruder ganz aufgeregt sein, wenn er hört, daß Sie hier sind«, fuhr Baron Fell fort. »Nachdem Sie bei Ihrem letzten Besuch seine Ressourcen so reduziert haben, ist er leider auf Angriffe kleinen Kalibers beschränkt. Aber ich rate Ihnen, daß Sie achtgeben.«

»So? Operieren Ryovals Agenten so ungehindert auf Station Fell?« schnurrte Mark.

(»Prima! Genau wie Miles«), sagte Thorne beifällig.

Fell wurde steif. »Wohl kaum.«

(»Ja, erinnere ihn daran, daß du ihm im Hinblick auf seinen Bruder geholfen hast«), flüsterte Thorne.

Was, zum Teufel, hatte Miles hier vor vier Jahren getan? »Baron, ich habe Ihnen im Hinblick auf Ihren Bruder geholfen. Sie helfen mir im Hinblick auf meinen, und wir sind quitt.«

»Wohl kaum. Der Apfel der Zwietracht, den Sie bei Ihrem letzten Abflug zwischen uns geworfen haben, hat uns viel zu lange beschäftigt. Jedoch ... es stimmt, Sie haben Ry einen besseren Schlag versetzt, als ich es hätte tun können.« War da ein winziges Glitzern der Anerkennung in Fells Augen? Der Baron rieb sich das runde Kinn. »Deshalb werde ich Ihnen einen Tag einräumen, damit Sie Ihre Angelegenheit abschließen und abfliegen können.«

»Sie werden als Vermittler auftreten?«

»Besser, ein Auge auf beide Parteien zu haben, ja.«

Mark erklärte, wo ungefähr nach Meinung der Dendarii die Kryokammer stehen müßte. Er beschrieb sie und nannte ihre Seriennummer. »Sagen Sie den Bharaputranern, wir meinen, daß sie vielleicht versteckt oder irgendwie getarnt ist. Bitte betonen Sie, daß wir sie in gutem Zustand zurückhaben wollen. Und dann wird auch ihr Baron in gutem Zustand zurückgegeben.«

(»Gut«), ermutigte ihn Bothari-Jesek. (»Laß sie wissen, daß die Kryokammer zu wertvoll ist, um zerstört zu werden, aber ohne daß sie auf die Idee kommen, von uns noch mehr Lösegeld zu erzwingen.«)

Fell preßte die Lippen zusammen. »Admiral, Sie sind ein scharfsinniger Mann, aber ich glaube, Sie verstehen überhaupt nicht, wie die Dinge hier bei uns auf Jackson's Whole funktionieren.«

»Aber Sie wissen es. Deshalb hätten wir Sie gern auf unserer Seite.«

»Ich bin nicht auf Ihrer Seite. Das ist vielleicht das erste, was Sie nicht verstehen.«

Mark nickte langsam. Miles hätte es verstanden, dachte er. Fells Einstellung war seltsam. Leicht Feindlich. *Doch er benimmt sich, als würde er mich respektieren.*

Nein. Er respektierte *Miles.* Verdammt. »Ich bitte nur um Ihre Neutralität.«

Fell warf ihm einen scharfen Blick zu. »Was ist mit den anderen Klons?«

»Was soll mit ihnen sein?«

»Das Haus Bharaputra wird danach fragen.«

»Sie sind von dieser Transaktion nicht betroffen. Vasa Luigis Leben sollte mehr als genug sein.«

»Ja, der Handel erscheint ungleich. Was ist an Ihrem verstorbenen Klon so wertvoll?«

(»Bruder!«) riefen drei Stimmen im Chor in sein Ohr.

Mark riß den Kopfhörer heraus und knallte ihn auf die Tischplatte neben der Vid-Scheibe. Quinn bekam fast einen Erstickungsanfall.

»Ich kann nicht Einzelteile von Baron Bharaputra zum Tausch anbieten«, versetzte Mark. »Allerdings bin ich versucht, damit anzufangen.«

Baron Fell hob beruhigend seine kräftige Hand. »Ruhig Blut, Admiral. Ich bezweifle, daß es nötig sein wird, so weit zu gehen.«

»Ich hoffe nicht.« Mark zitterte. »Es wäre schade, wenn ich ihn ohne sein Gehirn zurückschicken müßte. Wie die Klons.«

Baron Fell erfaßte offensichtlich die absolute persönliche Ehrlichkeit dieser Drohung, denn er öffnete beide Hände. »Ich werde sehen, was ich tun kann, Admiral.«

»Danke«, flüsterte Mark.

Der Baron nickte. Sein Bild löste sich auf. Aufgrund eines Tricks des Holovids oder des Aufputschmittels schienen Fells Augen für einen letzten, beunruhigenden Blick noch länger zu verweilen. Mark saß für einige Sekunden wie erstarrt, bis er sicher war, daß diese Augen verschwunden waren.

»Uff«, sagte Bothari-Jesek. Es klang überrascht. »Du hast es ziemlich gut gemacht.«

Er machte sich nicht die Mühe, darauf zu antworten.

»Interessant«, sagte Thorne. »Warum hat Fell keine Gebühr oder keinen Anteil verlangt?«

»Dürfen wir ihm trauen?« fragte Bothari-Jesek.

»Nicht eigentlich trauen.« Quinn fuhr mit dem Rand ihres Zeigefingers an ihren weißen Zähnen entlang und knabberte daran. »Aber wir brauchen Fells Kooperation, damit wir über Sprungpunkt Fünf ausfliegen können. Wir dürfen ihn nicht beleidigen, um nichts in der Welt. Ich hatte gedacht, er würde sich mehr über den Happen freuen, den wir uns von Bharaputra geschnappt haben, aber die strategische Situation scheint sich seit eurem letzten Besuch hier verändert zu haben, Bel.«

Thorne seufzte zustimmend.

»Ich möchte, daß du dich bemühst, über die gegenwärtige Machtbalance hier auf Jackson's Whole herauszufinden, was du kannst. Alles, was unsere Operationen berühren kann, alles, was uns helfen kann. Die Häuser Fell, Bharaputra und Ryoval, und alles, was wir bisher übersehen haben. In dieser ganzen Sache ist etwas, das mich verteufelt paranoid macht, doch es liegt vielleicht einfach nur an der Droge, die ich eingenommen habe. Aber ich bin zu müde, um es jetzt richtig zu sehen.«

»Ich werde sehen, was ich tun kann.« Thorne nickte und zog sich zurück.

Als sich die Tür zischend hinter Thorne geschlossen hatte, fragte Bothari-Jesek Quinn: »Hast du das Ganze schon nach Barrayar gemeldet?«

»Nein.«

»Teilweise?«

»Nein. Ich möchte diese Nachricht nicht über einen kommerziellen Kommunikatorkanal schicken, nicht einmal codiert. Illyan hat vielleicht hier ein paar gut getarnte Agenten, aber ich kenne sie nicht und weiß auch nicht, wie ich mich an sie wenden könnte. Miles hätte es gewußt. Und …«

»Und?« Bothari-Jesek zog eine Augenbraue hoch.

»Und ich würde wirklich gern zuerst die Kryokammer zurückhaben.«

»Um sie zusammen mit dem Bericht unter der Tür durchzuschieben? Quinnie, das wäre unpassend.«

Quinn zuckte abwehrend die Achseln.

Nach einem Augenblick des Nachdenkens sagte Bothari-Jesek: »Ich stimme allerdings mit dir darin überein, daß wir nichts durch das jacksonische Sprungkurier-System schicken sollten.«

»Ja, nach Illyans Erzählungen ist es von Spionen durchsetzt, und das sind nicht nur die Leute von den Großen Häusern, die sich gegenseitig auf die Finger schauen. Es gibt sowieso nichts, was Barrayar innerhalb des nächsten Tageszyklus tun könnte, um uns zu helfen.«

»Wie lange«, Mark schluckte, »wie lange muß ich weiter Miles spielen?«

»Ich weiß es nicht!« sagte Quinn scharf. Sie würgte und brachte ihre Stimme wieder unter Kontrolle. »Einen Tag, eine Woche, zwei Wochen – zumindest, bis wir dich und die Kryokammer beim Galaktischen Hauptquartier der Kaiserlichen Sicherheit auf Komarr abliefern können. Dann ist die Sache aus meinen Händen.«

»Wie, zum Teufel, glaubt ihr, daß ihr all dies unter Verschluß halten könnt?« fragte Mark verächtlich. »Dutzende von Leuten wissen, was wirklich geschehen ist.«

»›Zwei können ein Geheimnis bewahren, wenn einer von ihnen tot ist‹?« Quinn schnitt eine Grimasse. »Ich weiß es nicht. Die Dendarii werden den Mund halten. Sie haben Disziplin. Die Klons kann ich isoliert halten. Wir werden sowieso alle in diesem Schiff eingesperrt bleiben, bis wir Komarr erreichen. Später ... Damit werde ich mich später befassen.«

»Ich möchte meine ... die ... meine Klons sehen. Was habt ihr mit ihnen gemacht?« fragte Mark plötzlich.

Quinn sah aus, als würde sie gleich explodieren, aber Bothari-Jesek warf ein: »Ich werde ihn nach unten mitnehmen, Quinnie. Ich möchte mir meine Passagiere auch anschauen.«

»Na gut ... solange du ihn zu seiner Kabine zurückbringst, wenn ihr fertig seid. Und stell eine Wache vor seine Tür. Wir können es nicht brauchen, daß er im Schiff herumgeistert.«

»Wird gemacht.« Bothari-Jesek schob ihn schnell nach draußen, bevor Quinn beschließen konnte, ihn zu fesseln und zu knebeln.

Die Klons waren in drei hastig freigeräumten Frachträumen an Bord der *Peregrine* untergebracht, in zweien die Jungen, in einem die Mädchen. Mark trat hinter Bothari-Jesek geduckt durch die Tür in einen der Räume der Jungen und sah sich um. Drei Reihen von Bettrollen, die sicher von der *Ariel* herübergeschickt worden waren, bedeckten den Boden. Eine geschlossene Feldlatrine war in einer Ecke festgebunden, in einer anderen war schnell eine Felddusche angebracht worden, damit die Klons sich so wenig wie möglich im Schiff herumbewegen mußten. Halb Gefängnis, halb Flüchtlingslager, dicht belegt – als er zwischen zwei Reihen von Bettrollen entlangging, schauten die Jungen mit den eingefallenen Gesichtern von Gefangenen düster zu ihm empor.

Ich habe euch alle befreit, verdammt noch mal. Wißt ihr nicht, daß ich euch befreit habe?

Es war eine harte Rettung gewesen, das stimmte. Während dieser häßlichen Nacht der Belagerung hatten die Dendarii reichlich die schrecklichsten Drohungen ausgestoßen, um ihre Schutzbefohlenen unter Kontrolle zu halten. Einige Klons schliefen jetzt erschöpft. Diejenigen, die betäubt worden waren, wachten desorientiert auf. Ihnen war übel. Eine Dendarii-Sanitäterin ging zwischen ihnen umher und verabreichte ihnen Synergin und beruhigende Worte. Sie waren… unter Kontrolle. Unterdrückt. Stumm. Nicht jubilierend. Nicht dankbar. *Wenn sie unseren Drohungen geglaubt haben, warum glauben sie dann nicht unseren Versprechungen?* Selbst die aktiven Jungen, die in der Aufregung der Belagerung und des Schußwechsels begeistert kooperiert hatten, starrten ihn jetzt mit erneuten Zweifeln an.

Zu ihnen gehörte der blonde Junge. Mark hielt an seiner Bettrolle inne und kauerte sich nieder. Bothari-Jesek wartete und beobachtete ihn. »All das«, Mark zeigte mit einer unbestimmten Geste in den Raum, »ist nur vorübergehend, weißt du. Später wird es besser. Wir werden euch von hier wegbringen.«

Der Junge, der auf den Ellbogen gestützt dalag, wich etwas zurück. Er kaute an seiner Unterlippe. »Welcher von beiden sind Sie?« fragte er mißtrauisch.

Der Lebendige, schoß Mark als Antwort durch den Kopf, aber er wagte nicht, dies vor Bothari-Jesek zu sagen. Sie könnte es für Schnoddrigkeit halten. »Das spielt keine Rolle. Wir werden euch trotzdem von hier wegbringen.« Wahr oder nicht? Er hatte jetzt keine Kontrolle über die Dendarii, und noch weniger über die Barrayaraner, falls Barrayar tatsächlich ihr neues Ziel war, wie Quinn gedroht hatte. Eine trübselige Depression überkam ihn, als er aufstand und Bothari-Jesek in den Mädchenraum auf der gegenüberliegenden Seite des Korridors folgte.

Die Ausstattung war mit Bettrollen und sanitären Einrichtungen genauso wie bei den Jungen; mit nur fünfzehn Mädchen war es hier allerdings etwas weniger eng. Eine Dendarii-Kämpferin teilte einen Stapel abgepackter Mahlzeiten aus. Dadurch herrschte im Raum eine Stimmung von positiver Aktivität und Interesse. Die Kämpferin war – selbst von hinten unverkennbar – Sergeantin Taura; sie trug die graue Schiffsuniform und Friktionsslipper und saß im Schneidersitz da, um ihre einschüchternde Größe zu verringern. Die Mädchen überwanden ihre Angst, kamen zu ihr gekrochen und berührten sie sogar mit offensichtlicher Faszination. Von allen Dendarii hatte Taura als einzige auch in den hektischsten Augenblicken nur höflich formulierte Bitten an die Klons gerichtet. Jetzt umgab sie das Flair einer Märchenheldin, die versuchte, aus wilden Tieren Schoßtiere zu machen.

Und sie hatte Erfolg dabei. Als Mark dazukam, hüpften zwei der Klonmädchen in der Tat hinter die sitzende Sergeantin und schauten hinter dem Schutz ihrer breiten Schulter hervor. Taura runzelte die Stirn und blickte zu Bothari-Jesek, die mit einem kurzen Nicken bedeutete: *Ist schon in Ordnung. Er begleitet mich.*

»W-was für eine Überraschung, Sie hier zu sehen, Sergeantin«, brachte Mark hervor.

»Ich habe mich freiwillig als Babysitterin gemeldet«, brummte Taura. »Ich wollte nicht, daß jemand sie belästigt.«

»Sollte ... das ein Problem sein?« Fünfzehn schöne Jungfrauen ... nun, vielleicht. *Sechzehn, wenn du dich mitzählst,* spottete eine winzige Stimme im Hintergrund seines Gehirns.

»Jetzt nicht«, sagte Bothari-Jesek mit Nachdruck.

»Gut«, sagte er matt.

Er musterte einen Augenblick lang die Reihe der Schlafmatten. Alles war vermutlich so bequem und sicher wie unter diesen Umständen möglich. Er fand die kleine Platinblonde. Sie lag auf die Seite gedreht und schlief. Die weichen Massen ihres Körpers quollen aus ihrer rosafarbenen Jacke. Als ihm bewußt wurde, wie ihr Anblick ihn fesselte, wurde er verlegen, kniete nieder und zog ihr die Decke bis zum Kinn hoch. Bei dieser Gelegenheit berührte seine Hand, halb wider seinen Willen, verstohlen ihr schönes Haar. Schuldbewußt blickte er zu Taura empor. »Hat sie eine Dosis Synergin bekommen?«

»Ja. Wir lassen sie schlafen, da baut sie es ab. Wenn sie aufwacht, dürfte sie sich wieder wohl fühlen.«

Er nahm eines der versiegelten Essenstabletts und setzte es neben dem Kopf des blonden Mädchens ab, damit sie es parat hätte, wenn sie aufwachte. Sie atmete langsam und gleichmäßig. Es schien nicht viel mehr zu geben, was er für sie tun konnte. Er schaute auf und fing den Blick des eurasischen Mädchens auf, das ihn mit wissenden, boshaften Augen beobachtete, und er wandte sich schnell ab.

Bothari-Jesek beendete ihre Inspektion und verließ

den Raum. Er folgte ihr. Sie blieb stehen und sprach mit der Wache im Korridor, die mit einem Betäuber bewaffnet war.

»... weite Streuung«, sagte sie gerade. »Schießen Sie zuerst und stellen Sie die Fragen später. Sie sind alle jung und gesund. Bei denen müssen Sie sich, glaube ich, keine Gedanken über verborgene Herzschwächen machen. Aber ich denke, sie werden Ihnen nicht viele Schwierigkeiten machen.«

»Mit einer Ausnahme«, warf Mark ein. »Dieses dunkelhaarige Mädchen, schlank, sehr auffällig – sie scheint eine besondere mentale Konditionierung durchgemacht zu haben. Sie ist ... nicht ganz richtig im Kopf. Passen Sie auf sie auf.«

»Jawohl, Sir«, sagte der Kämpfer automatisch, dann bemerkte er seinen Fehler und blickte Bothari-Jesek an, »... ah ...«

»Sergeantin Taura bestätigt diese Meldung«, sagte Bothari-Jesek. »Ich möchte auf jeden Fall, daß niemand von den Klons auf meinem Schiff herumläuft. Sie sind völlig untrainiert. Ihre Unwissenheit könnte sich ebenso gefährlich auswirken wie offene Feindseligkeit. Sie stehen hier nicht zur Dekoration Wache. Bleiben Sie wachsam.«

Sie salutierten. Der Kämpfer überwand seine Reflexe und so gelang es ihm, Mark nicht in seine bewußte Höflichkeit einzubeziehen. Mark trottete hinter Bothari-Jesek her.

»Also«, sagte sie nach einer Weile, »findet die Art, wie wir deine Klons behandeln, deine Billigung?« Er war sich nicht ganz sicher, ob ihr Ton nicht ironisch war.

»Niemand könnte im Augenblick mehr für sie tun.« Er biß sich in die Zunge, aber der allzu verräterische Ausbruch entfuhr ihm trotzdem. »Verdammt, es ist nicht fair!«

Bothari-Jesek zog die Augenbrauen hoch, während sie den Korridor entlangschritt. »Was ist nicht fair?«

»Ich habe diese Kinder *gerettet* – oder wir haben sie gerettet, ihr habt sie gerettet –, und sie benehmen sich, als wären wir Schurken, Kidnapper, Monster. Sie sind überhaupt nicht glücklich.«

»Vielleicht... muß es dir genügen, sie einfach gerettet zu haben. Zu verlangen, daß sie deswegen auch glücklich sind, geht vielleicht über deinen Auftrag hinaus... kleiner Held.« Ihr Ton war jetzt unverkennbar ironisch, allerdings seltsamerweise nicht verächtlich.

»Man sollte meinen, es gäbe ein bißchen Dankbarkeit. Glaube. Anerkennung. Irgendwas.«

»Vertrauen?« sagte sie mit ruhiger Stimme.

»Ja, Vertrauen! Zumindest von einigen von ihnen. Erkennt keiner von denen, daß wir anständig sind?«

»Sie haben ein ziemliches Trauma abbekommen. Ich würde an deiner Stelle nicht zuviel von ihnen erwarten, bis sie eine Gelegenheit bekommen, mehr Beweise zu sehen.« Sie hielt inne, im Sprechen wie im Gehen, und drehte sich ihm zu. »Aber wenn du es je herausbekommst – wenn du herausbekommst, wie man es macht, daß ein unwissendes, traumatisiertes, paranoides Kind einem vertraut –, dann sag es Miles. Er möchte es unbedingt wissen.«

Mark blieb verblüfft stehen. »War das... auf mich gemünzt?« fragte er mit trockenem Mund.

Sie blickte über seinen Kopf hinweg in den leeren Korridor und lächelte ein bitteres, aufreizendes Lächeln. »Du hast's getroffen.« Sie nickte in Richtung auf seine Kabinentür. »Bleib da drin!«

Er schlief endlich lange, doch als Quinn kam, um ihn zu wecken, da schien es ihm noch nicht genug gewesen zu sein. Mark wußte nicht, ob Quinn überhaupt geschlafen hatte. Allerdings hatte sie sich endlich gewaschen und wieder ihre graue Offiziersuniform angezogen. Er hatte schon angefangen sich vorzustellen, wie sie – als eine Art Gelöbnis – die blutbefleckte Arbeitsuniform trug, bis die Kryokammer gefunden wurde. Aber auch ohne die Arbeitsuniform strahlte sie eine beunruhigende Gereiztheit aus. Ihre Augen waren rot, und sie stand unter Spannung.

»Los«, knurrte sie. »Du mußt wieder mit Fell sprechen. Er hat mich hingehalten. Ich frage mich allmählich, ob er nicht mit Bharaputra unter einer Decke steckt. Ich verstehe es nicht. Es paßt nicht zusammen.«

Sie schleifte ihn erneut in den Taktikraum, doch diesmal verließ sie sich nicht auf den Kopfhörer, sondern sie stand aggressiv direkt neben ihm. Für das Auge eines Außenseiters hatte sie sich den Rang einer Leibwächterin und Chefassistentin gegeben. Mark wurde den Gedanken nicht los, wie praktisch sie sich plaziert hatte, um ihn am Haar zu packen und ihm die Kehle durchzuschneiden.

Kapitänin Bothari-Jesek war auch dabei. Sie saß wie zuvor auf einem Stuhl und beobachtete ihn ruhig. Sie betrachtete Quinns gereiztes Benehmen mit sorgenvollen Blicken, sagte jedoch nichts.

Als Fells Gesicht erneut über der Vid-Scheibe erschien, wirkte seine rötliche Färbung deutlich zornig und nicht heiter. »Admiral Naismith, ich habe Kapitänin Quinn gesagt, *ich* würde *Sie* kontaktieren, sobald ich sichere Informationen hätte.«

»Baron, Kapitänin Quinn … dient mir. Bitte verzeihen Sie eine mögliche Aufdringlichkeit ihrerseits. Sie gibt nur … hm … aufrichtig meine eigenen Besorgnisse wieder.« Miles' typisches überreiches Vokabular füllte seinen Mund wie Mehl. Quinns Finger drückten sich in seine Schulter, eine stumme schmerzhafte Warnung, daß er seinem Einfallsreichtum nicht zu sehr die Zügel schießen lassen sollte. »Welche, sagen wir mal, weniger als sichere Information können Sie uns anbieten?«

Fell lehnte sich zurück. Er runzelte zwar die Stirn, war jedoch besänftigt. »Um es offen zu sagen, die Bharaputraner behaupten, sie könnten Ihre Kryokammer nicht finden.«

»Sie muß dort sein,« zischte Quinn.

»Na, na, Quinnie.« Mark tätschelte ihre Hand. Sie umklammerte seine Schulter wie ein Schraubstock. Ihre Nasenflügel bebten mordgierig, aber es gelang ihr, für das Holovid ein schwaches Lächeln vorzuheucheln. Mark wandte sich wieder Fell zu. »Baron, was meinen Sie – lügen die Bharaputraner?«

»Ich glaube nicht.«

»Haben Sie eine unabhängige Bestätigung für Ihre Meinung? Agenten vor Ort oder etwas Ähnliches?«

Der Baron verzog den Mund. »Das kann ich wirklich nicht sagen, Admiral.«

Natürlich nicht. Mark rieb sich das Gesicht, eine Naismith-Geste für Nachdenklichkeit. »Können Sie irgend etwas Spezifisches darüber sagen, was die Bharaputraner tun?«

»Genaugenommen stellen sie im Augenblick ihre medizinischen Einrichtungen auf den Kopf. Alle Angestellten und alle Sicherheitskräfte, die zur Abwehr Ihres Überfalls herbeigeholt worden waren, sind jetzt mit der Suche beschäftigt.«

»Könnte es sich dabei um ein gut inszeniertes Theater handeln, um uns in die Irre zu führen?«

Der Baron zögerte. »Nein«, sagte er schließlich eindeutig. »Sie strampeln sich wirklich ab. Auf allen Ebenen. Sind Sie sich dessen bewußt...« – er holte entschlossen Luft –, »welche Auswirkungen Ihre Entführung von Baron Bharaputra, falls sie mehr als nur ein kurzes Zwischenspiel darstellen sollte, auf das Gleichgewicht der Macht zwischen den Großen Häusern von Jackson's Whole haben könnte?«

»Nein, welche denn?«

Der Baron hob das Kinn und beäugte Mark scharf nach Anzeichen von Sarkasmus. Die senkrechten Falten zwischen seinen Augen wurden tiefer, aber er antwortete ernsthaft. »Sie sollten sich vor Augen halten, daß der Wert Ihrer Geisel mit der Zeit sinken kann. An der Spitze eines Großen Hauses oder nicht einmal eines Kleinen Hauses, kann es lange ein Machtvakuum geben. Es gibt immer Gruppen jüngerer Männer, die – vielleicht im Geheimen – darauf warten, herbeizueilen und das Vakuum zu füllen. Selbst wenn wir einmal annehmen, daß es Lotus gelingt, Vasa Luigis obersten loyalen Stellvertreter dazu zu bringen, daß er seinen Platz einnimmt und beibehält – im Laufe der Zeit muß ihm ein Licht aufgehen, daß die Rückkehr seines Herren ebenso Degradierung wie Belohnung bedeutet. Stellen Sie sich ein Großes Haus wie die Hydra der Mythologie vor. Wenn man einen Kopf abschlägt, dann wachsen sieben weitere aus dem Halsstumpf hervor – und beginnen einander zu beißen. Am Ende wird nur einer überleben. In der Zwischenzeit wird das Haus geschwächt, und seine alten Allianzen und Vereinbarungen erscheinen fragwürdig. Das Durcheinander dehnt sich in einem wachsenden Ring auf die verbündeten Häuser aus… solche abrupten Veränderungen werden hier nicht willkommen geheißen. Von niemandem.« Am allerwenigsten von Baron Fell selbst, erkannte Mark.

»Außer vielleicht von Ihren jüngeren Kollegen«, deutete Mark an.

Mit einer Handbewegung tat Fell die Ambitionen seiner jüngeren Kollegen ab. Falls es sie nach Macht gelüstete, so implizierte diese Geste, dann sollten sie darum Komplotte schmieden und sich raufen und umbringen, wie er es getan hatte.

»Nun, ich wünsche keineswegs Baron Bharaputra zu behalten, bis er alt und schimmelig wird«, sagte Mark. »Ich persönlich habe überhaupt keine Verwendung für ihn, außer in diesem konkreten Zusammenhang. Bitte drängen Sie bei Haus Bharaputra darauf, man möge sich beeilen, meinen Bruder zu finden, ja?«

»Da braucht man nicht mehr zu drängen.« Fell betrachtete ihn kühl. »Seien Sie sich bewußt, Admiral, wenn diese ... Situation nicht schnell einer befriedigenden Lösung zugeführt wird, wird Station Fell Ihnen nicht länger Schutz gewähren können.«

»Hm ... definieren Sie, was Sie mit ›schnell‹ meinen.«

»Sehr bald. Innerhalb eines weiteren Tageszyklus.« Station Fell verfügte sicher über genügend Kampfkraft, um – wann immer sie wollte – die beiden kleinen Dendarii-Schiffe zu vertreiben. Oder noch Schlimmeres mit ihnen anzustellen, als sie zu vertreiben. »Verstanden. Hm ... wie steht es mit ungehinderter Passage auswärts über Sprungpunkt Fünf?« Falls es nicht gut lief ...

»Dafür ... müssen Sie vielleicht einen getrennten Handel abschließen.«

»Was für einen Handel?«

»Wenn Sie noch Ihre Geisel hätten ... würde ich nicht wünschen, daß Sie Vasa Luigi aus dem Lokalraum von Jackson's Whole hinausbringen. Und ich bin in einer Position, dafür zu sorgen, daß Sie es nicht tun.«

Quinns Faust schlug neben der Vid-Scheibe auf den Tisch. »Nein!« schrie sie. »Kommt überhaupt nicht in Frage! Baron Bharaputra ist unsere einzige Trumpfkarte, um Mi ..., um die Kryokammer zurückzubekommen. Wir werden Bharaputra nicht hergeben!«

Fell schreckte leicht zurück. »Kapitänin!« sagte er vorwurfsvoll.

»Wir werden ihn mitnehmen, wenn man uns zwingt, den Lokalraum zu verlassen«, drohte Quinn, »und ihr alle könnt auf ihn warten, bis ihr schwarz werdet. Oder er kann von Sprungpunkt Fünf zu Fuß zurückmarschieren, und zwar ohne Druckanzug. Falls wir diese Kryokammer nicht zurückbekommen – nun, wir haben bessere Verbündete als Sie. Und die haben weniger Hemmungen. Die werden sich keine Gedanken um

Ihre Profite, Ihre Abmachungen oder Ihr Machtgleichgewicht machen. Die einzige Frage, die sie stellen werden, ist, ob sie am Nordpol anfangen und südwärts brennen oder am Südpol anfangen und nordwärts brennen sollen!«

Fell machte eine wütende Miene. »Bleiben Sie doch vernünftig, Kapitänin Quinn. Sie sprechen ja von den Streitkräften eines ganzen Planeten.«

Quinn beugte sich der Vid-Kamera entgegen und knurrte: »Baron, ich spreche von den Streitkräften mehrerer Planeten!«

Bothari-Jesek schrak hoch und machte eine eindringliche Geste, als schneide sie sich den Hals durch. *Hör auf damit, Quinn!*

Fells Augen wurden hart und glitzerten wie Glas. »Sie bluffen«, sagte er schließlich.

»Ich bluffe nicht... Es wäre am besten, wenn Sie mir glaubten, daß ich nicht bluffe.«

»Niemand würde all das für einen einzigen Mann tun. Noch weniger für eine Leiche.«

Quinn zögerte. Marks Hand schloß sich um die ihre auf seiner Schulter. Er drückte sie fest, um ihr zu sagen: *Beherrsche dich, verdammt noch mal!* Sie war nahe dran, das zu verraten, wofür sie ihm, wenn er es verriete, praktisch mit dem Tod gedroht hatte. »Sie mögen recht haben, Baron«, sagte sie schließlich. »Sie sollten darum beten, daß Sie recht haben.«

Nach einem langen Moment des Schweigens fragte Fell sanft: »Und wer ist eigentlich dieser Ihr hemmungsloser Verbündeter, Admiral?«

Nach einer gleich langen Pause blickte Mark auf und sagte freundlich: »Kapitänin Quinn hat geblufft, Baron.«

Fell verzog seine Lippen zu einem äußerst trockenen Lächeln. »Alle Kreter sind Lügner«, sagte er leise. Seine Hand langte nach der Tastatur und schaltete den Kommunikator ab; sein Bild erlosch in dem üblichen

Dunst aus Funken. Diesmal schien sein kaltes Lächeln noch länger körperlos zu verweilen.

»Gute Arbeit, Quinn«, knurrte Mark ins Schweigen. »Du hast soeben Baron Fell wissen lassen, wieviel er wirklich für diese Kryokammer bekommen könnte. Und vielleicht sogar von wem. Jetzt haben wir zwei Feinde.«

Quinn atmete heftig, als wäre sie gerannt. »Er ist nicht unser Feind; er ist nicht unser Freund. Fell dient Fell, denk daran.«

»Aber hat Fell gelogen oder hat er nur Lügen des Hauses Bharaputra weitergegeben?« fragte Bothari-Jesek langsam. »Welche eigenen Profitinteressen könnte Fell an dem ganzen haben?«

»Oder lügen sie beide?« sagte Quinn.

»Was, wenn keiner von beiden lügt?« sagte Mark irritiert. »Habt ihr schon daran gedacht? Denkt daran, was Norwood ...«

Der Kommunikator unterbrach ihn mit einem Piepsen. Quinn stützte sich mit den Händen auf die Komkonsole und lauschte.

»Quinn, hier Bel. Der Kontaktmann, den ich gefunden habe, ist bereit, sich mit uns an der Andockbucht der *Ariel* zu treffen. Wenn du bei der Befragung dabeisein möchtest, müßtest du jetzt herüberkommen.«

»Ja, in Ordnung, ich komme, Quinn Ende.« Sie drehte sich um und ging in Richtung Tür. »Elena, sorge dafür, daß er in seiner Unterkunft bleibt«, sagte sie und zeigte mit dem Daumen auf Mark.

»Ja, gut, und wenn du mit dem Menschen gesprochen hast, den Bel da angeschleift hat, dann gönne dir etwas Ruhe, Quinnie, ja? Du bist mit den Nerven fertig. Du hättest es vorhin beinahe vermasselt.«

Quinns mehrdeutige Abschiedsgeste bestätigte, daß dies stimmte, enthielt aber kein Versprechen. Als Quinn den Raum verlassen hatte, wandte sich Bothari-Jesek wieder ihrer Konsole zu und beorderte ein Mini-

Shuttle herbei, das an der Luke für Quinn bereit sein sollte, sobald sie dort auftauchte.

Mark stand auf und wanderte im Taktikraum umher. Dabei hielt er seine Hände vorsichtig in die Taschen gesteckt. Ein Dutzend Echtzeit-Konsolen mit Holoschematik-Displays hockten dunkel und still da. Kommunikations- und Codiersysteme schwiegen. Er stellte sich das taktische Nervenzentrum voll besetzt vor, voller Leben und Licht und Chaos, bereit zum Kampf. Er stellte sich vor, wie feindliches Feuer das Schiff aufschlitzte wie eine luftdicht verpackte Essenspackung, wie dann das ganze Leben zerschmettert und verbrannt und in die harte Strahlung und das Vakuum des Raums hinausgeschleudert wurde. Zum Beispiel durch Feuer von der Station des Hauses Fell am Sprungpunkt Fünf, während die *Peregrine* sich ihre Flucht freikämpfte. Er schauderte angewidert.

Er hielt vor der verschlossenen Tür zum Besprechungsraum an. Bothari-Jesek war jetzt in andere Kommunikation vertieft, es ging um eine Entscheidung, die mit der Sicherheit ihrer Anlegestellen an Station Fell zu tun hatte. Neugierig legte er seine Hand auf die Sensorfläche des Türschlosses. Er war leicht überrascht, als die Tür sich langsam öffnete. Irgend jemand mußte hier die Programme ändern, falls alle geheimen Anlagen der Dendarii noch darauf eingestellt waren, sich auf den Handdruck eines Toten zu öffnen. Eine Menge Arbeit, diese Umprogrammierung – Miles hatte zweifellos alles so eingerichtet, daß er überall in der Flotte durchkommen würde. Das wäre seine Art.

Bothari-Jesek blickte auf, sagte aber nichts. Mark nahm dies als eine stillschweigende Erlaubnis, betrat den Besprechungsraum und umkreiste den Tisch. Während er herumging, schalteten sich für ihn Lichter ein. Thornes Worte, die hier gesprochen worden waren, kamen ihm in den Sinn. *Norwood sagte: Der Admiral wird hier herauskommen, selbst wenn es uns nicht ge-*

lingt. Wie gründlich hatten die Dendarii ihre Aufzeichnungen von dieser Landemission untersucht? Bestimmt hatte irgend jemand sie inzwischen alle mehrfach abgehört. War es möglich, daß er etwas sah, was die anderen nicht gesehen hatten? Sie kennen ihre Leute, ihre Ausrüstung. *Aber ich kenne den medizinischen Komplex. Ich kenne Jackson's Whole.*

Er überlegte, wie weit seine Hand ihn bringen würde. Er ließ sich auf Quinns Stuhl gleiten. Ja sicher, Dateien erblühten für ihn, öffneten sich auf seine Berührung hin, wie es noch keine Frau je getan hatte. Er fand die überspielten Aufzeichnungen der Landemission. Norwoods Daten waren verloren, aber Tonkin war zeitweise bei ihm gewesen. Was hatte Tonkin gesehen? Nicht bunte Linien auf der Landkarte, sondern Echtzeit, mit echten Augen und echten Ohren? Gab es solche Aufzeichnungen? Der Befehlshelm hatte solche Dinge aufgezeichnet, das wußte er, und wenn es die Helme der Kämpfer auch taten, dann – aha. Vor Marks faszinierten Augen erschienen auf der Konsole die Aufzeichnungen von Tonkins optischen und akustischen Wahrnehmungen.

Der Versuch, ihnen zu folgen, erzeugte bei ihm fast auf der Stelle Kopfweh. Die Aufzeichnungen stammten nicht von einer ortsfesten Vid-Kamera mit Kardanaufhängung und ruhigen Schwenks, sondern aus den ruckartigen, raschen Blicken echter Kopfbewegungen. Er verlangsamte das Replay und beobachtete sich selbst in der Vorhalle der Liftrohre: einen kleinen, aufgeregten Burschen in grauer Tarnkleidung mit glitzernden Augen in einem unbewegten Gesicht. *Schaue ich wirklich so aus?* Unter der lockeren Uniform waren die Mißbildungen seines Körpers nicht so offensichtlich, wie er gedacht hatte.

Er saß hinter Tonkins Augen und ging mit ihm durch das Labyrinth von Bharaputras Gebäuden, Tunneln und Korridoren, den ganzen Weg bis zum letzten

Schußwechsel am Ende. Thorne hatte Norwood korrekt zitiert; es kam hier so im Vid vor. Allerdings hatte er hinsichtlich der Zeit nicht recht gehabt; der objektiven Uhr des Helms zufolge war Norwood elf Minuten fort gewesen. Er erschien wieder mit gerötetem Gesicht und keuchte, sein hektisches Gelächter ertönte – und Augenblicke später kam der Granatentreffer, die Explosion – Mark duckte sich fast, schaltete hastig das Vid ab und blickte an sich hinunter, als erwartete er fast, daß ihn neue Spritzer von Blut und Gehirn gezeichnet hätten.

Wenn es einen Hinweis gibt, dann muß er früher kommen. Er startete das Programm erneut bei der Trennung in der Vorhalle. Beim dritten Durchgang verlangsamte er es und ging es Schritt für Schritt durch, wobei er jedes Bild untersuchte. Die geduldige, pedantische, selbstvergessene Versunkenheit war fast angenehm. Winzige Details – man konnte sich in winzigen Details verlieren, es war ein Anästhetikum für Gehirnschmerzen.

Ich hab's, flüsterte er. Wenn man das Vid in Echtzeit ablaufen ließ, dann huschte es so schnell vorbei, daß man sich dessen nicht bewußt war. Ein ganz kurzer Blick auf ein Schild an der Wand, ein Pfeil zu einem Querkorridor mit der Aufschrift: *Warenannahme und Versand.*

Er blickte auf und sah Bothari-Jesek, die ihn beobachtete. Wie lange war sie schon da gesessen? Sie war entspannt zusammengesunken und hatte die langen Beine an den Knöcheln der gestiefelten Füße überkreuzt und die langen Finger an den Spitzen zusammengelegt. »Was hast du herausgefunden?« fragte sie ruhig.

Er rief den Holo-Plan der geisterhaften Gebäude auf, in dessen Innerem die Linie von Norwoods und Tonkins Weg glühte. »Nicht hier«, zeigte er, »sondern *dort.*« Er markierte einen Komplex ein gutes Stück abseits der Route, der die Dendarii mit der Kryokammer gefolgt waren. »*Dorthin* ist Norwood gegangen. Durch diesen Tunnel. Ich mir dessen sicher! Ich habe diese Einrichtung gesehen – ich bin doch überall in diesem Gebäude gewesen. Verdammt, ich habe doch dort mit meinen Freunden Verstecken gespielt, bis es uns die Babysitter verboten haben. Ich kann es so sicher vor mir sehen, als ließe ich Norwoods Helm-Vid noch direkt hier auf dem Tisch abspielen. Er hat diese Kryokammer in die Abteilung Warenannahme und Versand genommen und sie *verschickt!*«

Bothari-Jesek setzte sich auf. »Ist das möglich? Er hatte so wenig Zeit!«

»Nicht nur möglich. Leicht! Die Verpackungsanlage funktioniert vollautomatisch. Er mußte nur die Kryokammer in die Einwickelmaschine legen und die entsprechenden Tasten drücken. Die Roboter hätten sie sogar zum Ladedock geliefert. Es ist ein sehr geschäftiger Ort – da kommen die Lieferungen für den ganzen Komplex an und es wird alles möglich verschickt, von Datendisketten bis zu gefrorenen Körperteilen für Transplantationen, von genetisch veränderten Föten bis zu Notfallgeräten für Such- und Rettungsteams. Wie zum Beispiel generalüberholte Kryokammern. Alle Arten von Material! Die Anlage arbeitet rund um die Uhr, und sie wurde wahrscheinlich schnell evakuiert, als unser Überfall erfolgte. Während die Verpakkungsanlage lief, könnte Norwood per Computer den Versandaufkleber erstellt haben. Dann hat er ihn auf die Kryokammer draufgeklatscht und sie dem Transportroboter übergeben – und dann hat er, wenn er so schlau war, wie ich meine, den entsprechenden Satz in der Computerdatei gelöscht. Dann ist er wie der Teufel zu Tonkin zurückgerannt.«

»Dann befindet sich also die Kryokammer verpackt in einem Ladedock drunten auf dem Planeten. Warte, bis ich das Quinn sage! Wahrscheinlich sollten wir lieber den Bharaputranern sagen, wo sie suchen sollen ...«

»Ich ...«, er hob die Hand, um sie zurückzuhalten. »Ich denke ...«

Sie schaute ihn an, sank wieder auf den Stuhl zurück und kniff die Augen zusammen. »Was denkst du?«

»Es ist jetzt fast ein ganzer Tag vergangen, seit wir gestartet sind. Es ist mehr als ein halber Tag vergangen, seit wir den Bharaputranern gesagt haben, sie sollen nach der Kryokammer suchen. Wenn diese Kryokammer sich noch in einem Ladedock befände, dann hätten, denke ich, die Bharaputraner sie inzwischen gefunden. Das automatische Versandsystem ist *effizient*. Ich denke, die Kryokammer ist schon verschickt worden, vielleicht in der ersten Stunde. Ich denke, die Bharaputraner und Fell sagen die Wahrheit. Sie müssen inzwischen schon durchdrehen. Nicht nur, daß es dort unten keine Kryokammer gibt, sie haben auch nicht den leisesten Hinweis, wohin sie geschickt wurde!«

Bothari-Jesek saß kerzengerade da. »Haben wir einen Hinweis?« fragte sie. »Mein Gott. Wenn du recht hast – sie könnte *überallhin* unterwegs sein. Von einer von zwei Dutzend orbitaler Transferstationen abgeschickt – sie könnte inzwischen schon den Sprung durchs Wurmloch hinter sich haben! Wenn wir das Simon Illyan berichten, bekommt er einen Schlaganfall.«

»Nein. Nicht überallhin«, korrigierte Mark nachdrücklich. »Sie könnte nur an einen Ort adressiert sein, den Sanitäter Norwood kannte. Einen Ort, an den er sich erinnern konnte, selbst als er umzingelt und abgeschnitten und unter Beschuß war.«

Sie leckte die Lippen und überlegte. »Stimmt«, sagte sie schließlich. »Fast überallhin. Aber wir können inzwischen anfangen, Vermutungen anzustellen, indem wir Norwoods Personalakte studieren.« Sie lehnte sich zurück und blickte ihn mit ernsten Augen an. »Weißt du, du bist okay, allein in einem ruhigen Raum. Du bist nicht dumm. Du bist nur nicht der Typ des Feldoffiziers.«

»Ich bin überhaupt kein Offizierstyp. Ich hasse das Militär.«

»Miles hat die Arbeit im Feld gern. Er ist süchtig nach den Adrenalinstößen.«

»Ich hasse sie. Ich hasse es, Angst zu haben. Ich kann nicht denken, wenn ich mich fürchte. Ich erstarre, wenn Leute mich anschreien.«

»Doch, du kannst *denken* ... Wie oft fürchtest du dich?«

»Die meiste Zeit«, gab er verbittert zu.

»Warum willst du dann ...«, sie zögerte, als müßte sie ihre Worte sehr vorsichtig wählen, »warum willst du dann weiterhin versuchen, Miles zu sein?«

»Das will ich nicht. Ihr zwingt mich, ihn zu spielen.«

»Ich meine nicht jetzt. Ich meine allgemein.«

»Ich weiß nicht, was du meinst, verdammt noch mal.«

KAPITEL 10

Zwanzig Stunden später verließen die beiden Dendarii-Schiffe Station Fell und beschleunigten in Richtung Sprungpunkt Fünf. Sie waren nicht allein. Eine Eskorte von einem halben Dutzend Sicherheitsschiffen des Hauses Fell bestimmte ihr Tempo und überwachte sie. Die Schiffe des Hauses Fell waren spezielle Kriegsschiffe für den Lokalraum, sie hatten keine Necklin-Stäbe und somit nicht die Fähigkeit, durch Wurmlöcher zu springen. Die Energie, die so gespart wurde, wurde in ein eindrucksvolles Aufgebot an Waffen und Abschirmung umgeleitet. Muskelprotzschiffe, sozusagen.

In einer diskreten Entfernung folgte dem Konvoi ein bharaputranischer Kreuzer, der mehr einer Jacht als einem Kriegsschiff glich und darauf vorbereitet war, wie vereinbart im Raum in der Nähe von Fells Station am Sprungpunkt Fünf Baron Bharaputra zu übernehmen. Leider war Miles' Kryokammer nicht an Bord dieses Kreuzers.

Quinn hatte fast einen Nervenzusammenbruch bekommen, bevor sie das Unvermeidliche akzeptieren konnte. Bothari-Jesek hatte sie bei ihrer letzten privaten Besprechung im Beratungszimmer buchstäblich mit dem Rücken gegen die Wand gedrückt.

»Ich werde Miles nicht zurücklassen!« hatte Quinn geheult. »Eher stoße ich diesen bharaputranischen Bastard in den Raum hinaus!«

»Hör mal«, hatte Bothari-Jesek gezischt und mit den Fäusten Quinns Jacke gepackt. Wenn sie ein Tier wäre, dachte Mark, dann wären ihre Ohren jetzt flach an den

Kopf angelegt gewesen. Er hatte sich auf seinem Stuhl zusammengekauert und versucht, sich klein zu machen. Noch kleiner. »Mir gefällt das genausowenig wie dir, aber die Situation geht jetzt über unsere Fähigkeiten. Miles ist offensichtlich nicht mehr in den Händen der Bharaputraner, sondern Gott-weiß-wohin unterwegs. Wir brauchen Verstärkung: nicht Kriegsschiffe, sondern trainierte Geheimdienstagenten. Jede Menge. Wir brauchen Illyan und den Kaiserlichen Sicherheitsdienst, wir brauchen sie unbedingt, und wir brauchen sie so schnell wie möglich. Jetzt ist es Zeit, Reißaus zu nehmen. Je schneller wir von hier abhauen, desto schneller können wir zurückkehren.«

»Ich *werde* zurückkommen«, schwor Quinn.

»Das mußt du mit Simon Illyan ausmachen. Ich verspreche dir, er wird genauso interessiert sein wie wir, die Kryokammer wiederzufinden.«

»Illyan ist nur ein barrayaranischer ...« – Quinn suchte stotternd nach einem Wort – »*Bürokrat*. Ihm ist das sicher nicht so wichtig wie uns.«

»Darauf solltest du nicht wetten«, flüsterte Bothari-Jesek.

Am Ende siegten Bothari-Jesek, Quinns Pflicht gegenüber den übrigen Dendarii und die Logik der Situation. Und so kam es, daß Mark für seinen – wie er sich sehnlichst wünschte, letzten – Auftritt als Admiral Miles Naismith die graue Offiziersuniform anlegte, um die Übergabe ihrer Geisel auf ein Shuttle des Hauses Fell zu überwachen. Mark konnte nur hoffen, daß die ganze Sache unangenehm würde.

Bothari-Jesek kam und eskortierte Mark persönlich von seiner Kabine bzw. Zelle zum Korridor vor der Shuttleluke, wo das Fellsche Schiff anklampen sollte. Sie sah so kühl wie immer aus, wenn auch müde, und anders als Quinn beschränkte sie ihre Kritik am Sitz seiner Uniform darauf, beiläufig seine Kragenspiegel geradezurücken. Die mit Taschen besetzte Jacke war weit und reichte weit genug hinab, um so den Hosenbund zu verdecken, der tief in seinen Leib einschnitt, so daß man nicht sehen konnte, wie sein Bauch über den Gürtel zu quellen begann.

»Warum muß ich das machen?« jammerte er.

»Es ist unsere letzte Chance, um Vasa Luigi sicher zu beweisen, daß du Miles Naismith bist und daß dieses… Ding in der Kryokammer nur ein Klon ist. Einfach für den Fall, daß die Kryokammer den Planeten nicht verlassen hat, und für den Fall, daß die Bharaputraner sie, egal wohin auch immer sie gebracht wurde, durch irgendeinen Zufall eher finden als wir.«

Sie kamen zur selben Zeit im Korridor vor der Shuttleluke an wie ein paar schwer bewaffnete Dendarii-Techniker, die sich an der Steuerung der Andockklampen aufstellten. Kurz darauf erschien Baron Bharaputra, eskortiert von der wachsamen Kapitänin Quinn und zwei nervösen Dendarii-Wachen. Die Wachen waren hauptsächlich zur Dekoration da, urteilte Mark. Die wirkliche Macht und die wirkliche Bedrohung, die schweren Figuren auf diesem Schachbrett, waren die Sprungpunktstation Fünf und die Schiffe von Haus Fell, die sie unterstützen. Er stellte sie sich vor, wie sie im Raum um die Dendarii-Schiffe postiert waren. Schach. War Baron Bharaputra ein König? Mark kam sich vor wie ein Bauer, der sich als Springer verkleidet hatte. Vasa Luigi ignorierte die Wachen, hielt ein halbes Auge auf Quinn, die Schwarze Königin, gerichtet und beobachtete vor allem die Shuttleluke.

Quinn salutierte vor Mark. »Admiral.«

Er erwiderte den Gruß. »Kapitänin.« Dann stellte er sich in Rührt-euch-Haltung hin, als leite er diese Operation. Sollte er mit dem Baron Höflichkeitsfloskeln austauschen? Er wartete darauf, daß Vasa Luigi das Gespräch eröffnete. Der Baron wartete einfach mit einer beunruhigenden Selbstbeherrschung und Geduld, als nähme er die Zeit keineswegs auf die gleiche Weise wahr wie Miles. Ungeachtet der Tatsache, daß sie der Feuerkraft nach unterlegen waren, befanden sich die Dendarii nur Minuten vom Entkommen entfernt. Sobald die Übergabe abgeschlossen war, konnten die *Peregrine* und die *Ariel* durchs Wurmloch springen, und dann wären die Klons außerhalb der lebensgefährlichen Reichweite des Hauses Bharaputra. Soviel hatte er erreicht, wenn auch grotesk und irreparabel vermasselt. Kleine Siege.

Endlich ertönte das Klirren der Klampen der Shuttleluke, die ihre Beute packten und positionierten, dann das Zischen, als das Verbindungsrohr angeschlossen wurde. Die Dendarii überwachten die Öffnung der Lukenpforte und nahmen Haltung an. Auf der anderen Seite der Pforte stand ein Mann in der grünen Uniform des Hauses Fell mit den Abzeichen eines Kapitäns, flankiert von zwei Wachen seiner eigenen Seite. Er nickte knapp und identifizierte sich und das Schiff, von dem er kam.

Er entdeckte Mark als den höchstrangigen unter den anwesenden Offizieren und salutierte. »Baron Fell entbietet Ihnen seine Grüße, Admiral Naismith, Sir, und er gibt Ihnen etwas zurück, was Sie aus Versehen zurückgelassen haben.«

Quinn erbleichte vor Hoffnung. Mark hätte schwören können, daß ihr Herz aufhörte zu schlagen. Der Fellsche Kapitän trat von der Luke zurück. Aber es kam nicht die heiß ersehnte Kryokammer auf einer Schwebepalette, sondern eine Reihe von drei Männern und zwei Frauen in Zivilkleidung, die teils verstört, teils wütend, teils verbittert dreinschauten. Ein Mann hinkte und wurde von einem anderen gestützt.

Quinns Spione. Die Gruppe von Dendarii-Freiwilligen, die sie in Station Fell einzuschleusen versucht hatte, um die Suche fortzusetzen. Quinns Gesicht wurde rot vor Ärger. Doch sie hob das Kinn und sagte deutlich: »Sagen Sie Baron Fell, wir danken ihm für seine Fürsorge.«

Der Fellsche Kapitän nahm die Botschaft mit einem sauren Lächeln entgegen und salutierte.

»Ich treffe euch alle unverzüglich im Besprechungsraum«, flüsterte sie und entließ die unglückliche Gruppe mit einem Kopfnicken. Sie trotteten davon. Bothari-Jesek ging mit ihnen.

»Wir sind bereit, unseren Passagier an Bord zu nehmen«, verkündete der Fellsche Kapitän. Pedantisch die Regeln einhaltend, setzte er keinen Fuß an Bord der *Peregrine,* sondern wartete. Genauso pedantisch zogen sich die Dendarii-Wachen und Quinn von Baron Bharaputra zurück, der sein eckiges Kinn hob und sich in Bewegung setzte.

»Mylord! Warten Sie auf mich!« rief eine schrille Stimme hinter ihm.

Mark fuhr herum. Auch die Augen des Barons weiteten sich überrascht.

Mit wehendem Haar schlüpfte das eurasische Mädchen aus einem Querkorridor und rannte nach vorn, Hand in Hand mit dem platinblonden Klonmädchen. Wie ein Aal schlängelte sie sich durch die Dendarii-Wachen, die in diesem heiklen Augenblick vernünftigerweise nicht ihre Waffen zogen, aber nicht schnell genug reagierten, um sie einzufangen. Die kleine Blondine war nicht so sportlich; sie hielt den anderen Arm quer unter ihre wippende Brüste, um sie zu bändigen, verlor halb das Gleichgewicht und schnappte nach Luft. Ihre blauen Augen waren weit aufgerissen.

Mark sah sie im Geiste vor sich, wie sie auf einem Operationstisch ausgestreckt lag, wie ihre Kopfhaut mit dem leuchtenden Haar sorgfältig abgezogen wurde – er hörte das Winseln einer chirurgischen Säge, die durch den Schädelknochen schnitt, er sah, wie das lebende Nervengewebe im Hirnstamm sorgfältig durchtrennt und schließlich das Gehirn herausgehoben wurde, wie ein Geschenk, Geist, Gedächtnis, Person – eine Opfergabe an einen dunklen Gott in den behandschuhten Händen des maskierten Monsters…

Er packte sie um die Knie. Ihre zartknochige Hand wurde aus dem Griff des dunkelhaarigen Mädchens gerissen, und sie fiel vornüber auf das Deck. Sie schrie auf, dann stieß sie kreischend nach ihm und drehte sich mit viel Hin und Her auf den Rücken. Aus Angst, er würde seinen Fang verlieren, arbeitete sich Mark vorwärts, bis er mit vollem Gewicht über ihr lag. Sie krümmte sich unter ihm, doch ohne Erfolg. In ihrer Unschuld dachte sie nicht einmal daran, ihm das Knie in die Leistengegend zu rammen. »Hör auf, hör auf, um Himmels willen, ich möchte dich nicht verletzen«, murmelte er ihr durch einen Mundvoll süß duftenden Haares ins Ohr.

Dem anderen Mädchen war es inzwischen gelungen, durch die Shuttleluke zu schlüpfen. Der Kapitän des Hauses Fell wurde durch ihr Erscheinen verwirrt, nicht aber durch die Dendarii. Er hatte auf der Stelle einen Nervendisruptor gezogen und hielt so Quinns Leute zurück, die in einem ersten Reflex nach dem Mädchen greifen wollten. »Bleiben Sie genau da stehen! Baron Bharaputra, was bedeutet das?«

»Mylord!« schrie das eurasische Mädchen. »Nehmen Sie mich mit, bitte! Ich will mit meiner Herrin zusammensein!«

»Bleib dort drüben«, riet ihr der Baron ruhig. »Dort können sie dich nicht anfassen.«

»Sie strapazieren meine Geduld«, begann Quinn und trat vor, doch der Baron hob eine Hand mit leicht gekrümmten Fingern: keine Faust und keine obszöne Geste, aber irgendwie vage beleidigend.

»Kapitänin Quinn. Sicherlich wünschen Sie nicht, einen Vorfall auszulösen und Ihre Abreise zu verzögern, oder? Offensichtlich entscheidet sich dieses Mädchen nach seinem eigenen freien Willen.«

Quinn zögerte.

»Nein!« schrie Mark. Er rappelte sich auf die Beine, zog das blonde Mädchen hoch und schob sie in die Hände des größten Dendarii-Wächters. »*Halte* sie fest!« Er drehte sich um und wollte an Bharaputra vorbei.

»Admiral?« Der Baron hob mit leichter Ironie die Augenbrauen.

»Sie tragen eine Leiche«, knurrte Mark. »Reden Sie nicht mit mir.« Mit ausgestreckten Händen taumelte er vorwärts und blickte das Mädchen an, das auf der anderen Seite dieser kleinen, schrecklichen, politisch bedeutungsvollen Lücke stand. »Mädchen ...«, er wußte ihren Namen nicht. Er wußte nicht, was er sagen sollte. »Geh nicht. Du mußt nicht gehen. Sie werden dich umbringen.«

Das Mädchen, das sich seiner Sicherheit gewiß war, denn es stand hinter dem Fellschen Kapitän und außerhalb der Reichweite aller Dendarii, lächelte Mark triumphierend zu und warf ihr Haar zurück. Ihre Augen leuchteten. »Ich habe meine Ehre gerettet. Ganz allein. Meine Ehre gilt meiner Herrin. *Du* hast keine Ehre. Du Schwein! Mein Leben ist ein Opfer ... ein großartigeres Opfer, als du dir vorstellen kannst. Ich bin eine Blume auf ihrem Altar.«

»Du bist ja völlig verrückt«, bemerkte Quinn grob.

Das Mädchen hob das Kinn und preßte die Lippen zusammen. »Baron, kommen Sie«, befahl sie kühl. Theatralisch hielt sie ihm die Hand entgegen.

Baron Bharaputra zuckte die Achseln, als wollte er sagen: *Was soll man machen?*, und ging auf die Luke zu. Kein Dendarii hob eine Waffe; Quinn hatte es ihnen nicht befohlen. Mark hatte keine Waffe. Voller Qualen wandte er sich ihr zu. »*Quinn ...*«

Sie atmete heftig. »Wenn wir jetzt nicht springen, dann können wir alles verlieren. *Rühr dich nicht!*«

Vasa Luigi hielt im Lukengang an, die Hand auf dem Verschluß, einen Fuß noch auf dem Deck der *Pe-*

regrine, und wandte sich zu Mark um. »Falls Sie sich Gedanken machen, Admiral – sie ist der Klon meiner Frau«, schnurrte er. Er hob die rechte Hand, leckte den Zeigefinger und berührte damit Marks Stirn. Ein kühler Punkt blieb zurück. Ein Treffer war gezählt. »Eine für mich. Neunundvierzig für Sie. Falls Sie es je wagen sollten, hierher zurückzukehren, dann verspreche ich Ihnen, das auf eine Weise auszugleichen, daß Sie danach um Ihren Tod betteln werden.« Er schlüpfte durch die Shuttleluke hindurch. »Hallo, Kapitän, Dank für Ihre Geduld ...«, die Verschlüsse der Luke schlossen sich und verschluckten den Rest seines Grußes für die Wachen seines Rivalen oder Verbündeten.

Nur das Klirren der sich öffnenden Klampen und das Weinen des hoffnungslosen, verlassenen blonden Klonmädchens unterbrachen das Schweigen. Der Punkt auf Marks Stirn fühlte sich an, als klebte dort Eis. Er rieb mit dem Handrücken daran, als erwartete er fast, es würde absplittern.

Schritte von Füßen in Friktionssandalen waren normalerweise fast nicht zuhören, aber diese jetzt waren schwer genug, um das Deck vibrieren zu lassen. Sergeantin Taura stürzte in den Korridor. Sie sah das blonde Klonmädchen und schrie über die Schulter: »Hier ist noch eine! Fehlen nur noch zwei.« Eine weitere Kämpferin kam keuchend hinter ihr her.

»Was ist geschehen, Taura?« seufzte Quinn.

»Das langhaarige Mädchen, die Rädelsführerin. Die ist wirklich gerissen«, sagte Taura und kam zum Stehen. Während sie sprach, blickte sie prüfend in die Querkorridore. »Sie hat allen Mädchen irgendwelchen Quatsch erzählt, wir seien ein Sklavenschiff. Zehn von ihnen hat sie überredet, zusammen einen Ausbruch zu versuchen. Die Wache mit dem Betäuber hat drei erwischt, die anderen sieben haben sich über das Schiff zerstreut. Vier haben wir wieder eingefangen. Die meisten haben sich nur versteckt, aber ich glaube, das langhaarige Mädchen hatte wirklich einen schlüssigen Plan und versuchte zu den Mini-Shuttles zu kommen, bevor wir aus dem Lokalraum herausspringen. Ich habe dort eine Wache aufstellen lassen, damit sie nicht rankönnen.«

Quinn fluchte. »Ein guter Gedanke, Sergeantin. Das mit der Wache muß funktioniert haben, denn das Mädchen ist hier aufgetaucht. Unglücklicherweise rannte sie direkt in den Austausch von Baron Bharaputra hinein und kam mit ihm hinaus. Wir konnten die andere noch fassen, bevor sie es ins Fellsche Shuttle schaffte.« Quinn nickte in Richtung auf die Blondine, deren Geheul inzwischen zu einem Geschniefe geworden war. »Also sucht ihr nach einem weiteren.«

»Wie konnten...«, die Augen der Sergeantin wanderten verwirrt durch den Korridor. »Wie konnten Sie das geschehen lassen, Madame?«

Quinns Gesicht wurde zu einer unbewegten, ausdruckslosen Maske. »Wegen ihr werde ich keinen Schußwechsel beginnen.«

Die große klauenbewehrte Hand der Sergeantin zuckte verwirrt, aber es kam keine Kritik an ihrer Vorgesetzten über ihre Lippen. »Wir sollten dann lieber die letzte finden, bevor etwas Schlimmeres passiert.«

»Machen Sie weiter, Sergeantin. Ihr vier, helft ihr«, sagte Quinn mit einer Geste an ihre jetzt unbeschäftigten Wachen. »Melden Sie sich im Besprechungsraum, wenn Sie wieder alle beisammen haben, Taura.«

Taura nickte, schickte die Kämpfer die verschiedenen Querkorridore hinab und rannte selbst auf das nächste Liftrohr zu. Ihre Nasenflügel bebten, sie schien nach ihrer Beute zu schnüffeln.

Quinn drehte sich auf dem Absatz um und murmelte: »Ich muß zu der Besprechung. Herausfinden, was passiert ist...«

»Ich... bringe sie zurück zur Unterkunft der Klons,

Quinn«, meldete sich Mark und nickte in Richtung auf das blonde Mädchen.

Quinn schaute ihn mißtrauisch an.

»Bitte. Ich möchte es.«

Sie blickte auf die Luke, wo das eurasische Mädchen verschwunden war, und dann wieder auf sein Gesicht. Er wußte nicht, wie sein Gesicht aussah, aber sie holte Luft. »Weißt du, seit wir Station Fell verlassen haben, bin ich die Aufzeichnungen über die Landemission ein paarmal durchgegangen. Ich hatte... noch nicht die Gelegenheit gehabt, es dir zu sagen. Als wir an Bord von Kimuras Landeshuttle kletterten und du dich da schützend vor mich gestellt hast, wußtest du da, wieviel Energie dein Plasmaspiegelfeld noch hatte?«

»Nein. Das heißt, ich wußte schon, daß ich in den Tunneln eine Menge Treffer abbekommen hatte.«

»Ein Treffer war noch frei. Hätte es noch einen Treffer mehr abbekommen, dann hätte es seinen Geist aufgegeben. Zwei Treffer mehr, und du wärst geröstet worden.«

»So?«

Sie blickte ihn mit gerunzelter Stirn an, als versuchte sie noch zu entscheiden, ob sie ihm Mut oder einfach Dummheit zuschreiben sollte. »Nun ja, ich dachte, es würde dich interessieren. Etwas, das du vielleicht wissen wolltest.« Sie zögerte. »Meine Energiezelle war schon auf Null entladen. Falls du also wirklich mit Baron Bharaputra Punkte zählst, dann kannst du auf deiner Seite wieder auf fünfzig erhöhen.«

Er wußte nicht, welche Antwort sie von ihm erwartete. Schließlich seufzte Quinn und sagte: »In Ordnung. Du kannst sie begleiten. Wenn du dich dadurch besser fühlst.« Sie ging in Richtung auf den Besprechungsraum davon. Dabei wirkte ihr Gesicht gequält.

Mark wandte sich um und nahm das blonde Mädchen sehr sanft am Arm. Die Kleine zuckte zurück und blinzelte mit den großen blauen Augen, in denen Tränen standen. Auch wenn er sehr gut wußte – keiner besser als er –, wie planmäßig ihre Gesichtszüge und ihr Körper gestaltet worden waren, so war die Wirkung immer noch überwältigend: Schönheit und Unschuld, Sexualität und Angst mischten sich zu einem berauschenden Trank. Sie sah aus wie eine reife Zwanzigjährige auf dem Höhepunkt ihrer körperlichen Frische und entsprach vollkommen seinem Alter. Und sie war nur wenige Zentimeter größer als er. Sie hätte als die Heldin in sein Drama gepaßt, nur hatte sich sein Leben in einen unheroischen Schlamassel aufgelöst und war jetzt chaotisch und außerhalb seiner Kontrolle. Es gab keine Belohnungen mehr, nur neue Strafen.

»Wie heißt du?« fragte er mit gespielter Heiterkeit.

Sie schaute ihn mißtrauisch an. »Maree.«

Klons hatten keine Familiennamen. »Ein hübscher Name. Komm, Maree. Ich bringe dich du eurem... hm... Schlafsaal zurück. Du wirst dich besser fühlen, wenn du wieder mit deinen Freundinnen zusammen bist.«

Gezwungenermaßen ging sie mit ihm mit.

»Sergeantin Taura ist in Ordnung, weißt du. Sie möchte wirklich für euch sorgen. Ihr habt ihr einen Schrecken eingejagt, indem ihr auf diese Weise abgehauen seid. Sie hat sich Sorgen gemacht, daß ihr verletzt würdet. Du hast doch nicht wirklich Angst vor der Sergeantin, oder?«

Sie preßte verwirrt die Lippen zusammen. »Ich bin... mir nicht sicher.« Sie setzte zögernd einen Fuß vor den anderen; ihre Brüste, die aus der rosafarbenen Jacke quollen, wogten verwirrend. Man sollte ihr eine Verkleinerungstherapie anbieten. Allerdings war er sich nicht sicher, ob der Schiffsarzt der *Peregrine* damit Erfahrung hatte. Und wenn ihre körperlichen Erfahrungen bei Bharaputra den seinen auch nur ähnelten, dann war sie jetzt wahrscheinlich der Operationen überdrüssig. So war es ihm gegangen, nach all den körperlichen Verzerrungen, die man ihm zugefügt hatte.

»Wir sind kein Sklavenschiff«, begann er ernst. »Wir bringen euch...«, die Nachricht, daß ihr Ziel das Kaiserreich von Barrayar war, war vielleicht nicht sonderlich beruhigend. »Unsere erste Station wird wahrscheinlich Komarr sein. Aber vielleicht müßt ihr nicht dort bleiben.« Er hatte keine Macht, ihr Versprechungen über ihr endgültiges Ziel zu machen. Keinerlei Macht. Ein Gefangener konnte einen anderen nicht befreien.

Sie hustete und rieb sich die Augen.

»Geht es... dir gut?«

»Ich möchte Wasser trinken.« Ihre Stimme war heiser, vom Laufen und vom Weinen.

»Ich geb dir was«, versprach er. Seine eigene Kabine war nur einen Korridor entfernt. Er führte sie dorthin.

Er legte seine Hand auf die Kontrollfläche. Zischend öffnete sich die Tür. »Komm herein. Ich hatte bisher keine Gelegenheit, mit dir zu reden. Wenn ich sie gehabt hätte, dann... hätte dieses Mädchen dich vielleicht nicht getäuscht.« Er führte sie hinein und ließ sie auf dem Bett Platz nehmen. Sie zitterte leicht. Er ebenfalls.

»Hat sie dich getäuscht?«

»Ich... weiß es nicht, Admiral.«

Er schnaubte verbittert. »Ich bin nicht der Admiral. Ich bin ein Klon, wie du. Ich wurde bei Bharaputra großgezogen, einen Stock tiefer als da, wo du wohnst. Wo du gewohnt hast.« Er ging zu seinem Waschraum, füllte einen Becher mit Wasser und brachte ihn ihr. Ihm kam fast der Impuls, ihr den Becher auf den Knien darzubieten. Er mußte ihr... »Ich muß dir etwas erklären. Dir erklären, wer du bist und was mit dir geschehen ist. Dann wirst du nicht mehr getäuscht. Zu deinem eigenen Schutz mußt du eine Menge lernen.« In der

Tat – bei so einem Körper. »Du wirst in die Schule gehen müssen.«

Sie trank Wasser. »Ich will nicht in die Schule gehen«, sagte sie. Der Becher dämpfte ihre Stimme.

»Haben die Bharaputraner dich je zu den virtuellen Lernprogrammen zugelassen? Als ich dort war, war das das Beste. Sogar besser als die Spiele. Obwohl ich natürlich die Spiele liebte. Hast du Zylec gespielt?«

Sie nickte.

»Das hat Spaß gemacht. Aber Geschichte und Astrographie – der virtuelle Instruktor war das Programm, das am meisten Spaß machte. Ein weißhaariger alter Kauz in Kleidern aus dem zwanzigsten Jahrhundert, zum Beispiel einer solchen Jacke mit Flicken auf den Ellbogen – ich habe mich immer gefragt, ob er nach einer realen Person gestaltet oder aus verschiedenen zusammenmontiert war.«

»Das habe ich nie gesehen.«

»Was hast du den ganzen Tag getan?«

»Wir haben miteinander geredet. Wir haben unsere Frisuren hergerichtet. Sind geschwommen. Die Aufseherinnen ließen uns jeden Tag Gymnastik machen...«

»Uns auch.«

»... bis man das mit mir gemacht hat.« Sie berührte eine Brust. »Dann ließen sie mich nur noch schwimmen.«

Diese Maßnahme erschien ihm logisch. »Deine letzte Körpergestaltung ist erst vor kurzem erfolgt, wenn ich recht verstehe.«

»Vor ungefähr einem Monat.« Sie zögerte. »Du glaubst wirklich nicht... daß meine Mutter bald kommen wollte, mich zu holen?«

»Tut mir leid. Du hast keine Mutter. Ich auch nicht. Was auf dich zugekommen wäre ... ist ein Horror. Den man sich fast nicht vorstellen kann.« Außer daß er ihn sich nur allzu lebhaft vorstellen konnte.

Sie blickte ihn finster an. Offensichtlich widerstrebte

es ihr, sich von ihrer geliebten Traumzukunft zu verabschieden. »Wir sind alle schön. Wenn du wirklich ein Klon bist, warum bist du dann nicht schön?«

»Ich bin froh zu sehen, daß du zu denken anfängst«, sagte er vorsichtig. »Mein Körper wurde so gestaltet, damit er genau dem meines Originals entspricht. Er war verkrüppelt.«

»Aber wenn das stimmt – die Geschichte von den Gehirntransplantationen –, warum haben sie das dann nicht auch mit dir gemacht?«

»Ich habe ... zu einem anderen Komplott gehört. Meine Käufer haben mich komplett mitgenommen. Erst später habe ich die ganze Wahrheit über Bharaputra erfahren.« Er setzte sich neben sie auf das Bett. Ihr Duft – hatte man genetisch ein subtiles Parfüm in ihre Haut eingearbeitet? – war berauschend. Ihn beunruhigte die Erinnerung daran, wie ihr weicher Leib im Lukenkorridor sich unter dem seinen gewunden hatte. Er hätte mit ihr verschmelzen können ... »Ich hatte Freunde – du auch?«

Sie nickte stumm.

»Als ich etwas für sie tun konnte – lange bevor ich etwas für sie tun konnte –, waren sie fort. Alle getötet. Also habe ich statt dessen euch gerettet.«

Sie schaute ihn mißtrauisch an. Er wußte nicht, was sie dachte.

Die Kabine schwankte. Ein Aufflackern von Ekel, das nichts mit unterdrückter Erotik zu tun hatte, drehte ihm den Magen um.

»Was war das?« keuchte Maree mit aufgerissenen Augen. Unbewußt ergriff sie seine Hand. Ihre Berührung brannte auf seiner Haut.

»Alles in Ordnung. Und noch mehr als in Ordnung. Das war dein erster Wurmlochsprung.« Aufgrund seines Vorsprungs von, nun ja, einigen Wurmlochsprüngen, schlug er einen herzlich beruhigenden Ton an. »Wir sind weg. Die Jacksonier können uns nicht mehr schnappen.« *Viel* besser als das Doppelspiel, das er in seinem Hinterkopf von Baron Fells Leuten fast für den Zeitpunkt erwartet hatte, wo dieser Vasa Luigi als Geisel in den eigenen dicken Händen hatte. Nicht das Gedröhn und Geschüttel von feindlichem Feuer. Nur ein hübscher kleiner zahmer Sprung. »Du bist in Sicherheit. Wir sind jetzt alle in Sicherheit.« Er mußte an das verrückte eurasische Mädchen denken. *Vielleicht alle.*

Er wollte unbedingt, daß Maree ihm glaubte. Die Dendarii, die Barrayaraner – von denen hatte er kaum erwartet, daß sie es verstanden. Aber dieses Mädchen – wenn er doch nur in ihren Augen glänzen könnte. Er wollte keine Belohnung, sondern einen Kuß. Er schluckte. *Bist du sicher, daß du nur einen Kuß willst?* In seinem Bauch, unter dem gräßlich zusammengeschnürten Gürtel, wuchs ein heißer Knoten. In seinen Lenden versteifte sich etwas auf peinliche Weise. Vielleicht würde sie es nicht bemerken. Verstehen. Beurteilen.

»Möchtest du ... mich küssen?« fragte er demütig, mit einem sehr trockenen Mund. Er nahm ihr die Tasse ab und trank den letzten Schluck Wasser. Es reichte nicht, um die Spannung in seiner Kehle aufzulösen.

»Warum?« fragte sie stirnrunzelnd.

»Wir ... tun einfach so, als ob.«

Das verstand sie. Sie blinzelte, beugte sich jedoch bereitwillig genug vor und berührte mit ihren Lippen die seinen. Ihre Jacke verschob sich ...

»Oh«, hauchte er. Seine Hand umschlang ihren Hals und hielt ihren Rückzug auf. »Bitte, noch einmal ...« Er zog ihr Gesicht zu sich. Sie leistete weder Widerstand, noch reagierte sie, aber ihr Mund war trotzdem wunderbar. *Ich möchte, ich möchte ...* Es konnte ihr nicht weh tun, wenn er sie berührte, bloß berührte. Ihre Hände umschlangen automatisch seinen Hals. Er spürte jeden kühlen Finger mit dem winzigen Stück Nagel an der Spitze. Ihre Lippen öffneten sich. Er schmolz dahin. In seinem Kopf pochte es. Ihm war heiß, er schüttelte sich die Jacke von den Schultern.

Hör auf! Hör jetzt auf, verdammt! Aber sie hätte seine Heldin sein sollen. Miles hatte einen ganzen verdammten Harem von Heroinen, dessen war er sich sicher. Ließ sie ihn vielleicht... mehr tun als nur küssen? Keine Penetration, auf keinen Fall. Nichts, was ihr weh tun konnte, nichts, was in sie eindrang. Sich zwischen diesen großen Brüsten zu reiben konnte ihr keine Schmerzen bereiten, allerdings würde es sie zweifellos verwirren. Er könnte sich in dieses weiche Fleisch versenken und so wirksam Erlösung finden wie zwischen ihren Schenkeln – noch wirksamer sogar. Sie würde ihn vielleicht für verrückt halten, aber es würde ihr nicht weh tun. Sein Mund suchte wieder hungrig den ihren. Er berührte ihre Haut. *Mehr.* Er streifte ihr die Jacke von den Schultern und machte ihren Leib frei für seine hungrige Hand. Ihre Haut war weich wie Samt. Seine andere Hand suchte zitternd nach dem engen Bund seiner Hosen, um ihn zu öffnen. Das war eine Erleichterung. Er war schrecklich, unerträglich erregt. Aber er würde sie nicht unter der Taille berühren, nein...

Er rollte sie rückwärts auf das Bett, hielt sie fest und überschüttete wie rasend ihren Leib mit Küssen. Sie stieß ein überraschtes Keuchen aus. Sein Atem wurde tiefer und hörte dann plötzlich auf. Ein Krampf griff tief in seine Lungen, als hätten sich alle seine Bronchien zusammengeschnürt, mit einem Schnapp wie bei einer Falle, die sich schloß.

Nein! Nicht schon wieder! Es geschah wieder, genau wie damals, als er es vor einem Jahr versucht hatte...

Er rollte sich von ihr herunter. Eiskalter Schweiß brach ihm aus allen Poren. Er kämpfte mit seinem blockierten Hals. Ihm gelang mit Zittern ein asthmatisches Atemholen. Aus seiner Erinnerung blitzten fast halluzinatorisch klare Bilder auf.

Galen, wie er zornig schrie, Lars und Mok, die ihm auf Galens Befehl hin festhielten und ihm die Kleider vom Leib zogen, als wäre die Prügel, die sie ihm gerade verpaßt hatten, nicht Strafe genug. Bevor sie begonnen hatten, hatten sie das Mädchen weggeschickt; es war davongelaufen wie ein Kaninchen. Er spuckte Blut, das nach Salz und Eisen schmeckte. Der Schockstab, der ihm drohte, ihn berührte, da, *da … paff* und es knisterte! Galen, dessen Gesicht sich noch mehr rötete und der ihn des Verrates bezichtigte und – noch schlimmer – über Aral Vorkosigans angebliche sexuelle Neigungen daherphantasierte, schaltete die Stromstärke viel zu hoch ein. »Schockt ihn!« Ein Schrecken, der sich tief in seinen Eingeweiden zusammenkrampfte, eine lebendige Erinnerung an Schmerz, Erniedrigung, Verbrennung und Krämpfe in den Lenden und in der Brust, trotz allem eine unheimliche Erregung und eine schrecklich beschämende Erlösung, der Gestank von versengtem Fleisch …

Er schob die Visionen beiseite und verlor fast das Bewußtsein, bevor es ihm gelang, ein weiteres Mal ein- und auszuatmen. Aus irgendeinem Grund saß er nicht auf dem Bett, sondern daneben auf dem Boden, Arme und Beine krampfhaft hochgezogen. Das blonde Mädchen hockte erstaunt und halbnackt auf der zerknitterten Matratze und starrte auf ihn herunter. »Was ist los mit dir? Warum hast du aufgehört? Stirbst du?«

Nein, ich wünsche mir nur, ich würde sterben. Es war nicht *fair*. Er wußte genau, woher dieser konditionierte Reflex kam. Es handelte sich nicht um eine Erinnerung, die in seinem Unterbewußtsein begraben lag, oder die aus einer fernen, verschwommenen Kindheit stammte. Es war vor kaum vier Jahren gewesen. War das nicht die Art klarer Einsicht, die einen von solchen Dämonen der Vergangenheit befreien sollte? Würde er jedesmal in diese selbstinduzierten Krämpfe geraten, wenn er versuchte, Geschlechtsverkehr mit einem realen Mädchen zu haben? Oder lag es nur an der extremen Spannung der Gelegenheit? Falls je die Situation weniger gespannt wäre, weniger von Gewissensbissen gestört, falls er je wirklich Zeit für Liebe haben sollte, anstelle eines hastigen, schwitzigen Gerangels, dann würde er vielleicht Erinnerung und Wahnsinn überwinden können – *oder vielleicht werde ich es nicht ...* Er rang um ein weiteres, zitterndes Einatmen. Und noch eines. Seine Lungen begannen wieder zu arbeiten. War er wirklich in der Gefahr gewesen, den Erstickungstod zu sterben? Wenn er wirklich ohnmächtig geworden wäre, dann hätte vermutlich sein autonomes Nervensystem eingegriffen.

Seine Kabinentür ging auf. Taura und Bothari-Jesek standen als Silhouetten in der Öffnung und spähten in die Dunkelheit. Bothari-Jesek fluchte und Sergeantin Taura drängte sich in die Kabine.

Jetzt wollte er ohnmächtig werden, *jetzt.* Aber sein zielstrebiger Dämon war nicht bereit zu kooperieren. Mark atmete weiter, zusammengekauert, die Hose um die Knie.

»Was machst du da?« knurrte Sergeantin Taura. Ihre Stimme klang gefährlich. In ihren Mundwinkeln schimmerten die Fangzähne im sanften Licht. Er hatte gesehen, wie sie mit einer Hand Männern die Kehle aufgerissen hatte.

Das kleine Klonmädchen setzte sich auf dem Bett auf die Knie und blickte schrecklich ängstlich drein. Wie üblich, versuchte sie mit den Händen ihre hervorragendsten Körpermerkmale zu bedecken, und wie üblich, lenkte sie damit nur noch mehr Aufmerksamkeit darauf. »Ich habe nur um ein Glas Wasser gebeten«, wimmerte sie. »Es tut mir leid.«

Sergeantin Taura ließ sich schnell aus ihrer Größe von 2,40 m auf ein Knie sinken und bot ihr die offenen Hände dar, um ihr zu zeigen, daß sie nicht auf *sie* zornig war. Mark war sich nicht sicher, ob Maree den Unterschied mitbekam.

»Was ist dann geschehen?« fragte Bothari-Jesek streng.

»Er hat mich geküßt.«

Bothari-Jeseks Augen musterten seinen unordentlichen Zustand und funkelten wütend. Sie war gespannt wie eine Saite. Sie wandte sich ihm zu und schaute ihm ins Gesicht. Ihre Stimme wurde sehr leise. »Hast du gerade versucht, sie zu vergewaltigen?«

»Nein! Ich weiß nicht. Ich wollte nur...«

Sergeantin Taura erhob sich, packte ihn am Hemd (wobei sie auch etwas Haut erwischte), zog ihn auf die Beine und noch ein Stück weiter und drückte ihn gegen die nächste Wand. Der Boden befand sich einen Meter unterhalb seiner ausgestreckten Zehen. »Gib eine vernünftige Antwort, verdammt noch mal!« knurrte sie.

Er schloß die Augen und holte tief Luft. Nicht wegen einer Bedrohung durch Miles' Frauen, nein. Nicht ihretwegen. Sondern wegen der zweiten Hälfte der Erniedrigung, die Galen ihm zugefügt hatte, und die auf ihre Art eine qualvollere Vergewaltigung gewesen war als die erste. Als Lars und Mok erschrocken endlich Galen überredet hatten aufzuhören, war Mark in einem so tiefen Schockzustand gewesen, daß er einem Herzstillstand nahekam. Galen war gezwungen gewesen, seinen wertvollen Klon mitten in der Nacht zu seinem Lieblingsarzt zu bringen, zu jenem Arzt, den er durch Einschüchterung dazu gebracht hatte, daß er ihn mit den Drogen und Hormonen versorgte, die er brauchte, um Marks Körperwachstum im Einklang mit dem von Miles zu halten. Galen hatte die Verbrennungen damit erklärt, daß er dem Arzt sagte, Mark habe insgeheim mit dem Schockstab masturbiert und aus Versehen die Stromstärke zu hoch eingestellt. Wegen der Muskelkrämpfe, die dadurch verursacht wurden, habe er den Stab nicht mehr abschalten können, bis sein Geschrei Hilfe herbeirief. Der Doktor, schockiert, hatte bellend gelacht. Mit dünner Stimme hatte Mark dem beigestimmt, denn er hatte zu große Angst gehabt, Galen zu widersprechen, selbst als er mit dem Arzt allein war. Doch der Doktor hatte seine blauen Flecken gesehen und mußte gewußt haben, daß zu der Geschichte noch mehr gehörte. Aber er sagte nichts. Und tat nichts. Im nachhinein bereute er seine eigene schwache Jasagerei am meisten, und das schwarze Gelächter hatte sich am tiefsten eingebrannt. Er konnte nicht und wollte nicht Maree davongehen und eine solche Beweislast tragen lassen.

In kurzen, knappen Sätzen beschrieb er genau, was er gerade zu tun versucht hatte. Es klang alles schrecklich häßlich, obwohl es ihre Schönheit gewesen war, die ihn überwältigt hatte. Er hielt seine Augen geschlossen und erwähnte seinen Panikanfall nicht und versuchte auch nichts über Galen zu erklären. Er wand sich innerlich, aber er sprach die bloße Wahrheit aus. Während er sprach, rutschte er die Wand langsam nach unten, bis seine Füße wieder auf dem Boden standen. Der Druck auf seinem Hemd ließ nach, und er wagte es, seine Augen zu öffnen.

Er hätte sie fast wieder geschlossen, so betroffen machte ihn die offene Verachtung, die in Bothari-Jeseks Gesicht zu lesen war. Jetzt hatte er alles zerstört. Sie, die fast Sympathie für ihn gehegt hatte, die fast sein einziger Freund hier war, starrte ihn angeekelt und voller Wut an, und er erkannte, daß er die einzige Person sich entfremdet hatte, die vielleicht für ihn gesprochen hätte. Es tat weh, tödlich weh, wenn man so wenig hatte und dann auch das noch verlor.

»Als Taura berichtete, daß ein Klon fehlte«, stieß Bothari-Jesek hervor, »da sagte Quinn, du hättest darauf bestanden, sie mitzunehmen. Jetzt wissen wir, warum.«

»*Nein.* Das war nicht meine Absicht... ich hatte nichts vor. Sie wollte wirklich nur Wasser trinken.« Er zeigte auf den Becher, der umgestürzt auf dem Boden lag.

Taura kehrte ihm den Rücken zu und kniete sich mit einem Knie neben das Bett und fragte das blonde Mädchen mit sanfter Stimme. »Bist du verletzt?«

»Mir geht es gut«, sagte die Blondine mit zittriger Stimme und zog ihre Jacke wieder hoch über die Schultern. »Aber diesem Mann war wirklich schlecht.« Sie schaute ihn verwirrt und besorgt an.

»Offensichtlich«, murmelte Bothari-Jesek. Sie hob das Kinn und nagelte Mark mit Blicken an die Wand, an der er noch lehnte. »Du stehst unter Stubenarrest, mein Herr. Ich werde wieder eine Wache vor deine Tür stellen. Wage es nicht herauszukommen.«

Das werde ich bestimmt nicht.

Dann brachten sie Maree fort. Die Tür schloß sich zischend; es hörte sich an wie das Fallen der Klinge einer Guillotine. Er rollte sich auf sein schmales Bett und zitterte am ganzen Leib.

Zwei Wochen bis Komarr. Er wünschte sich, er wäre tot.

KAPITEL 11

Die ersten drei Tage seiner einsamen Haft verbrachte Mark auf dem Bett liegend in depressiven Grübeleien. Mit seiner heroischen Mission hatte er Menschenleben retten wollen, nicht zerstören. Er zählte die Gefallenen zusammen, einen nach dem anderen. Der Shuttlepilot. Phillipi. Norwood. Kimuras Kämpfer. Und die acht Schwerverwundeten. Damals, als er dies geplant hatte, waren alle diese Leute für ihn ohne Namen gewesen. Das Gleiche galt für all die unbekannten Bharaputraner. Der durchschnittliche jacksonische Sicherheitsmann war einfach ein Kerl, der sich für seinen Lebensunterhalt abstrampelte. Mark fragte sich düster, ob unter den toten Bharaputranern Leute waren, die er einmal gekannt oder mit denen er einen Scherz gemacht hatte, als er noch im Klon-Internat lebte. Wie immer wurden die kleinen Leute durch den Fleischwolf gedreht, während diejenigen, die genug Macht besaßen und die Verantwortung hatten, davonkamen und frei ausgingen, wie Baron Bharaputra.

Wog das Leben von neunundvierzig Klons vier tote Dendarii auf? Die Dendarii waren sicher nicht dieser Meinung. *Diese Leute waren keine Freiwilligen. Du hast sie mit Tricks in den Tod geschickt.*

Ihn erschütterte eine unliebsame Einsicht. Menschenleben konnte man nicht wie ganze Zahlen addieren. Sie wurden wie Unendlichkeiten addiert.

Es war nicht meine Absicht, daß es so ausging.

Und die Klons. Das blonde Mädchen. Er wußte am besten, daß sie nicht die reife Frau war, die sie ihrer allgemeinen körperlichen Erscheinung und deren besonderem Wachstum nach zu sein schien. Das sechzigjährige Gehirn, das geplant hatte, in diesen Körper umzuziehen, hätte zweifellos gewußt, wie man mit einem solchen Leib umging. Aber Mark hatte sie so deutlich im Geiste vor sich gesehen, die Zehnjährige, die in diesem Leib lebte. Er hatte sie nicht verletzen oder erschrecken wollen, doch beides war ihm gelungen. Er hatte ihr Freude machen, ihr Gesicht leuchten lassen wollen. *So wie alle Gesichter aufleuchten, wenn Miles kommt?* spottete die Stimme in seinem Innern.

Vielleicht konnte keiner der Klons so reagieren, wie er es sich so sehnlich wünschte. Er mußte diese Vorstellung aufgeben. Zehn, zwanzig Jahre später würden sie ihm vielleicht für ihr Leben danken. Oder auch nicht. *Ich habe alles getan, was ich konnte. Tut mir leid.*

Irgendwann am zweiten Tag begann ihn der Gedanke zu quälen, er werde für eine Gehirntransplantation für Miles in Reserve gehalten. Seltsam genug oder vielleicht logischerweise genug befürchtete er dies nicht von Miles. Aber Miles war wohl kaum in der Lage, ein Veto gegen den Plan einzulegen. Was wäre, wenn es jemandem einfiele, es wäre leichter, Miles' Gehirn in Marks warmen und lebendigen Leib zu transplantieren, anstatt die langwierige Heilung dieser gähnenden tödlichen Wunde in seiner Brust und obendrein des ganzen Kryotraumas zu versuchen? Diese Möglichkeit war so beängstigend, daß er schon halb drauf und dran war, sich freiwillig dafür zu melden, einfach, um es hinter sich zu bringen.

Das einzige, was ihn davor bewahrte, völlig die Nerven zu verlieren, war die Überlegung, daß die Bedrohung hypothetisch blieb, solange die Kryokammer verloren war. Bis sie wieder gefunden wurde. Im Dunkel seiner Kabine, den Kopf im Kissen vergraben, erkannte er, daß er sich am meisten gewünscht hatte zu sehen, wie Miles' Gesicht sich aus Respekt für seine wagemutige Rettung der Klons veränderte.

Diese Möglichkeit hast du ja nun wohl eliminiert, nicht wahr?

Die einzigen Unterbrechungen seiner mentalen Tretmühle waren Essen und Schlaf. Wenn er eine komplette Feldration verdrückte, so hatte das genügend Verdauungsmüdigkeit zur Folge, so daß er tatsächlich vor sich hin döste, allerdings in ungenügenden Zeitfetzen. Da er sich Bewußtlosigkeit mehr als alles andere wünschte, beschwatzte er die finster dreinblickenden Dendarii, die dreimal täglich die Essenstabletts durch die Tür schoben, ihm Extraportionen zu bringen. Und da die Dendarii ihre Feldrationen in den Wegwerfbehältern anscheinend nicht als Leckerbissen betrachteten, waren sie durchaus bereit, Marks Wunsch zu erfüllen.

Ein anderer Dendarii brachte eine Auswahl von Miles' sauberen Kleidern aus dem Lager der *Ariel* und reichte sie durch die Kabinentür. Diesmal waren alle Abzeichen fein säuberlich entfernt worden. Am dritten Tag gab Mark den Versuch auf, Naismiths Uniformhosen zuzumachen und wechselte zu weiten Schiffsstrickhosen über. Dabei kam ihm eine Erleuchtung.

Sie können mich nicht zwingen, Miles zu spielen, wenn ich nicht wie Miles aussehe.

Von da an wurde es in seinem Kopf etwas verschwommen. Einer der Dendarii reagierte auf Marks wiederholte Bitten um Extrarationen so gereizt, daß er eine ganze Kiste anschleppte, sie in einer Ecke abstellte und Mark in groben Worten sagte, er solle ihm nicht länger auf die Nerven gehen. Mark war jetzt mit seiner Selbstbefreiung und seinen schlauen Überlegungen sich selbst überlassen. Er hatte von Gefangenen gehört, die sich mit einem Löffel einen Tunnel aus ihrer Zelle heraus gegraben hatten. Konnte nicht auch er etwas ähnliches tun?

Doch so verrückt es auch war – und irgendein Teil seiner Person wußte, daß es verrückt war –, gab dieses Vorhaben seinem Leben einen Mittelpunkt. Hatte es zuerst zuviel Zeit gegeben, endlose Stunden auf der Reise mit vielen Wurmlochsprüngen bis nach Komarr, so schien jetzt plötzlich die Zeit nicht zu reichen. Er hatte die Aufkleber der Essensrationen gelesen. Wenn er maximale Inaktivität beibehielt, dann lieferte schon ein einziges Tablett den ganzen Brennstoff, den er täglich brauchte. Alles, was er darüber hinaus verspeiste, mußte direkt in den Nicht-Miles verwandelt werden. Jeweils vier Tabletts sollten ein Kilo zusätzlicher Körpermasse hervorbringen, falls er richtig gerechnet hatte. Schade, daß das Menü immer das gleiche blieb…

Die Tage reichten kaum aus, um das Projekt zu verwirklichen. Doch an seinem Körper konnten zusätzliche Kilos sich nirgendwo verstecken. Auf das Ende zu geriet er in Panik, wenn er daran dachte, die Zeit laufe ihm davon, und er aß fortwährend, bis ihn bloßer Schmerz zwang aufzuhören. So verbanden sich Genuß, Rebellion und Selbstbestrafung zu einer seltsam befriedigenden Erfahrung.

Quinn betrat seine Kabine ohne anzuklopfen und schaltete mit brutaler Wirksamkeit das Licht von stockdunkel auf volle Beleuchtung.

»Aah.« Mark schauderte zurück und hielt sich die Hände über die Augen. Aus seinem unbehaglichen Dösen gerissen, rollte er sich auf dem Bett auf die andere Seite. Blinzelnd schaute er auf das Chrono an der Wand. Quinn war einen halben Tageszyklus früher gekommen, als er erwartet hatte. Die Dendarii-Schiffe mußten mit maximaler Beschleunigung unterwegs gewesen sein, wenn Quinns Erscheinen bedeutete, daß sie sich dem Orbit von Komarr näherten. *Oh, Hilfe!*

»Steh auf!« sagte Quinn. Sie rümpfte die Nase.

»Wasch dich! Zieh diese Uniform an!« Sie legte etwas Waldgrünes mit goldenem Schimmer über das Fußende des Bettes. Von ihrem allgemeinen Auftreten her hätte er erwartet, daß sie solche Dinge hinwarf, deshalb schloß Mark aus der ehrerbietigen Sorgfalt, mit der sie die Uniform behandelte, daß sie Miles gehören mußte.

»Ich werde aufstehen«, sagte Mark, »und ich werde mich waschen. Aber ich werde diese Uniform nicht anziehen, überhaupt keine Uniform.«

»Du wirst das tun, was man dir sagt, Mister«.

»Das ist die Uniform eines barrayaranischen Offiziers. Sie repräsentiert echte Macht, und die Barrayaraner bewachen sie entsprechend. Sie *hängen* Leute, die falsche Uniformen tragen.« Er warf die Bettdecke beiseite und setzte sich auf. Ihm war etwas schwindlig.

»Ihr *Götter*«, würgte Quinn hervor. »Was hast du denn mit dir gemacht?«

»Vermutlich kannst du immer noch versuchen, mich in die Uniform zu stopfen«, räumte er ein. »Aber du solltest dir die Wirkung überlegen.« Er taumelte in den Waschraum.

Während er sich wusch und enthaarte, schätzte er die Ergebnisse seines Fluchtversuchs ab. Es war einfach nicht genügend Zeit gewesen. Es stimmte, er hatte die Kilos wieder zugelegt, die er hatte abnehmen müssen, um auf Escobar Admiral Naismith zu spielen, dazu vielleicht einen leichten Bonus, und das in nicht mehr als vierzehn Tagen, anstatt des Jahres, das die Kilos zuerst gebraucht hatten, um sich anzusammeln. Die Andeutung eines Doppelkinns. Sein Rumpf war merklich kräftiger, sein Unterleib – Mark bewegte sich vorsichtig – schmerzhaft ausgedehnt. *Nicht genug, nicht genug, um schon in Sicherheit zu sein.*

Quinn mußte sich, wie es ihrer Art entsprach, erst überzeugen und versuchte ihm die barrayaranische Uniform anzuziehen. Das Ergebnis war ... sehr unmilitärisch. Sie gab knurrend auf und ließ ihn sich selbst anziehen. Er wählte saubere Schiffsstrickhosen, weiche Friktionssandalen und eine weite barrayaranische Ziviljacke mit großen Ärmeln und einer bestickten Schärpe. Es kostete ihn einen Augenblick sorgfältiger Überlegung zu entscheiden, welcher Anblick Quinn mehr ärgern würde: wenn sich die Schärpe sozusagen wie ein Äquator über seinen sich rundenden Bauch legen würde, oder unter die Ausbuchtung, wie eine Binde. Nach ihrem sauren Gesichtsausdruck zu schließen letzteres, und dabei beließ er es.

Sie spürte seine übermütige Stimmung. »Amüsierst du dich?« fragte sie sarkastisch.

»Das ist das letztemal, daß ich heute Spaß habe, nicht wahr?«

Mit einer Geste der offenen Hand deutete sie an, daß sie es gelassen hinnahm.

»Wohin bringst du mich? Und wo sind wir übrigens?«

»Im Orbit von Komarr. Wir werden jetzt insgeheim auf eine der barrayaranischen Militärraumstationen übersetzen. Dort werden wir ein sehr privates Gespräch mit Oberst Simon Illyan, dem Chef des Kaiserlichen Sicherheitsdienstes, haben. Er ist mit einem Schnellkurier vom Hauptquartier auf Barrayar hiergekommen, und das aufgrund einer ziemlich verschwommenen codierten Nachricht, die ich ihm geschickt habe, und er wird sehr scharf darauf sein zu erfahren, warum ich ihn in seiner Routine gestört habe. Er wird wissen wollen, was so verdammt wichtig war. Und ...« – sie seufzte zittrig – »ich werde es ihm sagen müssen.«

Sie führte ihn aus seiner Kabinenzelle durch die *Peregrine*. Sie hatte offensichtlich die Wache vor seiner Tür weggeschickt, als sie gekommen war, aber jetzt schienen alle Korridore tatsächlich verlassen zu sein. Nein, nicht verlassen. Geräumt.

Sie kamen zu einer Luke für Mini-Shuttles und gingen hindurch. Kapitänin Bothari-Jesek selbst saß am Steuer. Bothari-Jesek und niemand sonst. Wirklich eine sehr private Party.

Bothari-Jeseks übliche Kühle wirkte heute besonders frostig. Als sie ihn über die Schulter hinweg anschaute, riß sie die Augen weit auf und runzelte die Stirn – Überraschung und Mißbilligung seiner teigig aufgedunsenen Erscheinung.

»Verdammt, Mark. Du siehst ja aus wie eine Wasserleiche, die nach einer Woche an die Oberfläche gekommen ist.«

So fühle ich mich auch. »Danke«, sagte er höflich.

Sie schnaubte – er war sich nicht sicher, ob aus Amüsiertheit, Abscheu oder Spott – und richtete ihre Aufmerksamkeit wieder auf die Steuerung. Luken schlossen sich, Klampen zogen sich zurück, und das Raumboot der Dendarii löste sich von der *Peregrine*. Zwischen Schwerelosigkeit und der Beschleunigung richtete sich Marks Aufmerksamkeit wieder auf seinen ausgedehnten Bauch, und er kämpfte schluckend gegen die Übelkeit.

»Warum hat der Leiter des Kaiserlichen Sicherheitsdienstes nur den Rang eines Obersten?« fragte Mark, um sich von seinem Unwohlsein abzulenken. »Das kann doch nicht wegen der Geheimhaltung sein. Jedermann weiß, wer er ist.«

»Eine weitere barrayaranische Tradition«, sagte Bothari-Jesek. Das Wort ›Tradition‹ hatte bei ihr einen etwas bitteren Unterton. Aber wenigstens sprach sie mit ihm. »Illyans Vorgänger auf diesem Posten, der verstorbene große Oberst Negri, ließ sich nie über den Rang eines Obersten hinaus befördern. Diese Art von Ehrgeiz war für Kaiser Ezars Vertrauten anscheinend bedeutungslos. Alle wußten, daß Negri mit der Stimme des Kaisers sprach, und seine Befehle gingen über alle Rangunterschiede hinaus. Illyan … hatte vermutlich immer leichte Hemmungen, sich über den Rang seines früheren Bosses hinaus befördern zu lassen. Er erhält jedoch das Gehalt eines Vizeadmirals. Der arme Trottel, der als nächster nach Illyans Abschied Chef des Sicherheitsdienstes wird, dürfte vermutlich für immer im Rang eines Obersts hängenbleiben.«

Sie näherten sich einer mittelgroßen Raumstation im hohen Orbit. Mark erblickte endlich Komarr, das sich tief unter ihnen drehte und durch die Entfernung zu einem Halbmond zusammengeschrumpft war. Bothari-Jesek hielt sich strikt an die Flugroute, die ihr die extrem lakonische Flugkontrolle der Station zugewiesen hatte. Nach einer nervösen Pause, in der Codes und Losungsworte ausgetauscht wurden, steuerten sie eine Andockluke an.

Zwei schweigende, ausdruckslos dreinblickende bewaffnete Wachen in schneidiger grüner barrayaranischer Uniform nahmen sie in Empfang und geleiteten sie durch die Station in einen kleinen, fensterlosen Raum, der mit einem Komkonsolenpult und drei Stühlen als Büro eingerichtet und ansonsten schmucklos war.

»Danke. Lassen Sie uns allein«, sagte der Mann hinter dem Pult. Die Wachen gingen so schweigsam davon, wie sie gekommen waren.

Als sie allein waren, schien der Mann sich leicht zu entspannen. Er nickte Bothari-Jesek zu. »Hallo, Elena. Schön, dich zu sehen.« Seine helle Stimme hatte ein unerwartet warmes Timbre, wie bei einem Onkel, der eine Lieblingsnichte begrüßt.

Ansonsten schien er genauso auszusehen, wie Mark ihn in Galens Vids studiert hatte. Simon Illyan war ein schmächtiger Mann jenseits des mittleren Alters. Von seinen Schläfen zogen sich graue Strähnen in sein braunes Haar. Das runde Gesicht mit der Stupsnase war von zu vielen feinen Runzeln durchzogen, um noch jugendlich zu wirken. Er trug auf dieser militärischen Einrichtung die korrekte grüne Interimsuniform eines Offiziers, wie sie Quinn Mark hatte aufdrängen wollen. Am Kragen glitzerte das Horus-Auge, das Abzeichen des Kaiserlichen Sicherheitsdienstes.

Mark bemerkte, daß Illyan seinen Blick mit eigentümlich gerötetem Gesicht erwiderte. »Mein Gott, Miles, du …«, begann er mit erstickter Stimme, dann blitzte Verstehen in seinen Augen auf. Er lehnte sich zurück. »Ach so.« Er zog einen Mundwinkel hoch. »Lord Mark. Ich soll dir Grüße von deiner Frau Mutter ausrichten. Und ich bin sehr erfreut, dich endlich kennenzulernen.« Es klang vollkommen ehrlich.

Nicht mehr lange, dachte Mark ohne Hoffnung. Und: *Lord Mark? Das kann doch nicht sein Ernst sein.*

»Es freut mich auch, wieder zu wissen, wo du bist. Ich nehme an, daß die Nachricht meiner Abteilung über Lord Marks Verschwinden von der Erde schließlich bei Ihnen eingetroffen ist?«

»Noch nicht. Vermutlich jagt sie uns noch von … unserem letzten Aufenthalt her hinterher.«

Illyan zog die Augenbrauen hoch. »Dann ist also Lord Mark von allein wieder aufgetaucht, oder hat mein früherer Untergebener ihn zu mir geschickt?«

»Keines von beiden, Sir.« Quinn schien Schwierigkeiten beim Sprechen zu haben. Bothari-Jesek versuchte nicht einmal, etwas zu sagen.

Illyan beugte sich vor und wurde ernster, wenn auch immer noch mit einem leichten Unterton von Ironie. »Nun, weshalb hat er euch geschickt? Um mich einzuwickeln? Für welches schiefgegangene, befehlswidrige Gaunerstück von der Art ›Ich dachte, Sie wollten, daß ich meine Initiative benutze, Sir‹ soll ich diesmal zahlen?«

»Kein Gaunerstück«, murmelte Quinn. »Aber die Rechnung wird teuer.«

Die kühl amüsierte Miene verschwand völlig, als er

Quinns graues Gesicht musterte. »Ja?« sagte er nach einer Weile.

Quinn stützte sich mit beiden Händen auf das Pult. Nicht um des Nachdrucks willen, sondern um sich Halt zu geben, vermutete Mark. »Illyan, wir haben ein verdammt ernstes Problem. Miles ist tot.«

Illyan nahm dies mit wächserner Reglosigkeit auf. Dann drehte er abrupt seinen Stuhl herum. Mark konnte nur seinen Hinterkopf sehen. Sein Haar war dünn. Als er sich wieder umwandte, traten auf seinem unbewegten Gesicht die Falten hervor wie Narben. »Das ist kein Problem, Quinn«, flüsterte er. »Das ist eine *Katastrophe.*« Er legte die Hände sehr vorsichtig flach auf die glatte schwarze Tischfläche. *Von ihm hat also Miles diese Geste abgeschaut,* dachte Mark zusammenhanglos. Er hatte sie einst einstudiert.

»Er ist in einer Kryokammer eingefroren.« Quinn leckte die trockenen Lippen.

Illyan schloß die Augen. Sein Mund bewegte sich. Ob in Gebeten oder Flüchen, wußte Mark nicht. Aber Illyan sagte nur sanft: »Sie hätten das zuerst sagen können. Der Rest hätte sich dann als logische Folgerung daraus ergeben.« Er öffnete die Augen und blickte sie aufmerksam an. »Was ist also geschehen? Wie schwer waren seine Verletzungen – doch keine Kopfwunde, um Gottes willen! Wie gut wurde er vorbereitet?«

»Ich habe selbst bei der Vorbereitung geholfen. Unter Kampfbedingungen. Ich … ich *glaube,* sie war gut. Man weiß es nicht, bis … nun ja. Er hat eine sehr schlimme Wunde in der Brust abbekommen. Soweit ich weiß, war er vom Hals aufwärts nicht getroffen.«

Illyan atmete vorsichtig. »Sie haben recht, Kapitänin Quinn. Keine Katastrophe. Nur ein verdammt ernstes Problem. Ich werde das Kaiserliche Militärkrankenhaus in Vorbarr Sultana alarmieren, damit sich die Leute dort auf ihren Starpatienten einstellen. Wir können sofort die Kryokammer von Ihrem Schiff zu meinem Schnellkurier transportieren.« Plapperte der Mann jetzt ganz erleichtert einfach so drauflos?

»Hm …«, sagte Quinn. »Nein.«

Illyan stützte die Stirn behutsam mit der Hand, als setzten direkt hinter seinen Augen Kopfschmerzen ein. »Reden Sie zu Ende, Quinn«, sagte er in einem Ton gedämpften Schreckens.

»Wir haben die Kryokammer verloren.«

»Wie konntet ihr eine Kryokammer verlieren?«

»Es war eine tragbare Kryokammer.« Sie fing seinen brennenden Blick auf und erzählte hastig weiter. »Bei den Kämpfen vor dem Start wurde sie auf dem Planeten zurückgelassen. Jedes der Kampflandeshuttles dachte, das andere habe die Kryokammer dabei. Es war eine Kommunikationspanne – ich habe es *überprüft*, ich schwöre es. Es stellte sich heraus, daß der Sanitäter, der die Kryokammer betreute, durch feindliche Kräfte von seinem Shuttle abgeschnitten worden war. Er bemerkte, daß er Zugang zu einer kommerziellen Versandanlage hatte. Wir glauben, daß er die Kryokammer von dort aus verschickt hat.«

»Sie *glauben?* Ich werde gleich fragen: bei *welcher* Kampflandeoperation? Wohin hat er die Kryokammer geschickt?«

»Das ist es ja gerade, was wir nicht wissen. Er wurde getötet, bevor er es melden konnte. Inzwischen könnte die Kryokammer buchstäblich überallhin unterwegs sein.«

Illyan lehnte sich zurück und rieb sich die Lippen, die ein dünnes, verzerrtes Lächeln zeigten. »Ich verstehe. Und wann ist das alles geschehen? Und wo?«

»Vor zwei Wochen und drei Tagen, auf Jackson's Whole.«

»*Ich* habe euch alle nach Illyrica geschickt, und zwar über Station Vega. Weshalb, zum Teufel, seid ihr nach Jackson's Whole gestartet?«

Quinn stellte sich in Rührt-euch-Haltung hin und begann von Anfang an, eine formelle, gekürzte Zusammenfassung der Ereignisse der letzten vier Wochen, von Escobar an. »Ich habe hier einen vollständigen Bericht mit all unseren Vid-Aufzeichnungen und Miles' persönlichem Logbuch, Sir.« Sie legte einen Datenkubus auf seine Komkonsole.

Illyan beäugte ihn wie eine giftige Schlange. Seine Hand griff nicht danach. »Und die neunundvierzig Klons?«

»Noch an Bord der *Peregrine*, Sir. Wir würden sie gerne abladen.«

Meine Klons. Was würde Illyan mit ihnen anfangen? Mark wagte nicht zu fragen.

»Miles' persönliches Logbuch stellt nach meiner Erfahrung immer ein ziemlich nutzloses Dokument dar«, bemerkte Illyan zurückhaltend. »Er ist ziemlich schlau, wenn es darum geht, etwas auszulassen.« Er begann zu grübeln und schwieg eine Weile. Dann stand er auf und ging in dem kleinen Büro hin und her. Plötzlich zerbrach seine kühle Fassade. Mit verzerrtem Gesicht drehte er sich um, schlug mit der Faust so fest gegen die Wand, daß die Knochen knirschten und rief: »*Verflucht*, muß der Junge aus seinem eigenen Begräbnis eine verdammte Farce machen!«

Er hatte ihnen den Rücken zugewandt. Als er sich wieder umdrehte und hinsetzte, war sein Gesicht starr und ausdruckslos. Als er aufschaute, wandte er sich an Bothari-Jesek.

»Elena. Es ist offensichtlich, ich werde einstweilen hier auf Komarr bleiben müssen, um die Suche vom Hauptquartier für Galaktische Angelegenheiten aus zu koordinieren. Ich kann es mir nicht leisten, weitere fünf Tage für Reisen zu vergeuden. Ich werde natürlich… die formelle Vermißtenanzeige für Leutnant Lord Vorkosigan verfassen und sie sofort an Graf und Gräfin Vorkosigan schicken. Mir gefällt es nicht, wenn ich daran denke, daß sie von einem Untergebenen abgegeben wird, aber es muß sein. Aber bist du bereit, mir einen persönlichen Gefallen zu erweisen und Lord Mark nach Vorbarr Sultana zu begleiten und ihn ihrer Obhut anzuvertrauen?«

Nein, nein, nein, schrie Mark innerlich.

»Ich ... würde lieber nicht nach Barrayar reisen, Sir.«

»Der Premierminister wird Fragen haben, die nur jemand beantworten kann, der an Ort und Stelle dabei war. Du bist der beste Kurier, den ich mir für eine so... komplexe und heikle Sache vorstellen kann. Ich gebe zu, es wird eine schmerzliche Aufgabe sein.«

Bothari-Jesek blickte drein, als wäre sie in einer Falle gefangen. »Sir, ich bin dienstältester Schiffsführer. Ich bin nicht frei, die *Peregrine* zu verlassen. Und – offen gesagt – liegt mir nicht daran, Lord Mark zu begleiten.«

»Ich gebe dir als Gegenleistung alles, was du willst.«

Sie zögerte. »Alles?«

Er nickte.

Sie schaute Mark an. »Ich habe mein Wort gegeben, daß alle Klons des Hauses Bharaputra an einen sicheren, humanen Ort gebracht werden, an den der Arm der Jacksonier nicht reicht. Wollen Sie mein Wort für mich einlösen?«

Illyan kaute an seiner Lippe. »Der Sicherheitsdienst kann ihnen natürlich schnell neue Identitäten geben. Da gibt es keine Schwierigkeiten. Angemessene Unterbringung könnte schon schwieriger sein. Aber ja doch, wir übernehmen sie.«

Übernehmen. Was meinte Illyan? Wenn sie auch sonst viele Fehler hatten, so praktizierten die Barrayaraner wenigstens keine Sklaverei.

»Sie sind noch Kinder«, platzte Mark heraus. »Sie müssen daran denken, daß sie noch Kinder sind.« *Es ist schwer, daran zu denken,* wollte er hinzufügen, aber unter Bothari-Jeseks kühlem Blick konnte er es nicht.

Illyan zog seinen Blick von Mark ab. »Ich werde Gräfin Vorkosigan um Rat fragen. Sonst noch was?«

»Die *Peregrine* und die *Ariel* ...«

»Müssen einstweilen im Orbit von Komarr und unter Kommunikationsquarantäne bleiben. Ich bitte eure Soldaten um Verzeihung, aber sie müssen es durchstehen.«

»Sie werden die Kosten für dieses Durcheinander übernehmen?«

Illyan verzog das Gesicht. »Leider ja.«

»Und ... und intensiv nach Miles suchen!«

»O ja«, flüsterte er.

»Dann gehe ich nach Barrayar.« Ihre Stimme klang matt, ihr Gesicht war bleich.

»Danke«, sagte Illyan ruhig. »Mein Schnellkurier wird euch zur Verfügung stehen, sobald ihr startbereit seid.« Sein Blick fiel widerstrebend auf Mark. Die ganze letzte halbe Stunde des Gesprächs hatte er es vermieden, Mark anzuschauen. »Wie viele persönliche Wachen möchtest du haben?« fragte er Bothari-Jesek. »Ich werde ihnen klarmachen, daß sie unter deinem Befehl stehen, bis sie euch sicher beim Grafen abgeliefert haben.«

»Ich will eigentlich keine, aber vermutlich muß ich manchmal schlafen. Also zwei«, entschied Bothari-Jesek.

Und so wurde Mark seiner Meinung nach zu einem Gefangenen der Kaiserlichen Regierung von Barrayar. *Endstation!*

Bothari-Jesek erhob sich und winkte Mark aufzustehen. »Los, komm. Ich möchte ein paar persönliche Sachen von der *Peregrine* holen. Und meinem Stellvertreter sagen, daß er das Kommando hat, und den Soldaten erklären, wieso sie an Bord bleiben müssen. Das dauert dreißig Minuten.«

»Gut. Kapitänin Quinn, bitte bleiben Sie.«

»Jawohl, Sir.«

Illyan stand auf und geleitete Bothari-Jesek hinaus. »Erzähl es Aral und Cordelia«, begann er und verfiel dann in Schweigen. Es zog sich hin.

»Das werde ich«, sagte Bothari-Jesek ruhig. Illyan nickte stumm.

Die Tür öffnete sich zischend. Sie wandte nicht einmal den Kopf, um zu sehen, ob Mark ihr folgte. Alle fünf Schritte mußte er rennen, um mit ihr Schritt halten zu können.

Seine Kabine an Bord des Schnellkuriers des Kaiserlichen Sicherheitsdienstes war noch winziger und noch zellenähnlicher als die Kabine, die er an Bord der *Peregrine* bewohnt hatte. Bothari-Jesek schloß ihn ein und ließ ihn allein. Es gab nicht einmal den Zeitmesser und den beschränkten menschlichen Kontakt der dreimal täglich erfolgenden Lieferung von Essensrationen. Seine Kabine hatte ihr eigenes, computergesteuertes Essenszuteilungssystem, das mit einem Zentrallager pneumatisch verbunden war. Er überaß sich zwanghaft, wobei er sich nicht länger sicher war, was dieses Verhalten für ihn bewirken konnte, außer daß es ihm eine Kombination aus Trost und Selbstzerstörung verschaffte. Aber es brauchte Jahre, bis man an den Komplikationen von Fettleibigkeit starb, und er hatte nur noch fünf Tage.

Am letzten Tag änderte sein Körper die Strategie, und Mark wurde heftig krank. Es gelang ihm, dies geheimzuhalten, bis sie den Flug hinab zum Planeten in einem Personalshuttle antraten, wo ein überraschend mitfühlender Sicherheitsmann die Krankheit irrtümlich für Übelkeit wegen fehlender Schwerkraft und der Flugbewegung hielt, da er anscheinend selbst an einer solchen leichten Schwäche litt. Der Mann klatschte prompt und fröhlich ein Anti-Brechreiz-Pflaster aus der Bordapotheke auf Marks Hals.

Das Pflaster hatte auch eine gewisse sedative Wirkung. Marks Herzfrequenz verringerte sich, eine Wirkung, die anhielt, bis sie landeten und in einen abgeschlossenen Bodenwagen umstiegen. Die Vordersitze nahmen ein Wächter und ein Chauffeur ein. Mark saß Bothari-Jesek gegenüber im Fond und machte sich auf den letzten Abschnitt seiner alptraumhaften Reise gefaßt, der ihn vom militärischen Shuttlehafen außerhalb der Hauptstadt ins Herz von Vorbarr Sultana führen sollte. In das Zentrum des Kaiserreiches von Barrayar.

Erst als er spürte, daß er einen asthmaähnlichen Anfall erlitt, schaute Bothari-Jesek aus ihrer trübsinnigen Versunkenheit auf und nahm Marks Zustand zur Kenntnis.

»Was, zum Teufel, ist mir dir los?« Sie beugte sich vor und fühlte seinen rasenden Puls. Mark brach am ganzen Leib kalter Schweiß aus.

»Mir ist schlecht«, keuchte er, und als sie ihn mit einem gereizten Blick ansah, der sagte: *Das hätte ich auch selber herausgefunden,* da gab er zu: »Ich habe Angst.« Er dachte, er hätte unter dem Feuer der Bharaputraner schon soviel Angst gehabt, wie ein Mensch nur haben konnte, aber das war nichts im Vergleich zu diesem langsam wachsenden Schrecken, in der Falle zu sitzen, und dieser sich in die Länge ziehenden erstickenden Hilflosigkeit, nichts mehr an seinem Schicksal ändern zu können.

»Wovor mußt du dich fürchten?« fragte sie verächtlich. »Niemand wird dir etwas tun.«

»Kapitänin, man wird mich umbringen.«

»Wer? Lord Aral und Lady Cordelia? Wohl kaum. Wenn wir aus irgendeinem Grund Miles nicht wiederfinden, dann könntest du der nächste Graf Vorkosigan werden. Das hast du doch sicher einkalkuliert.«

In diesem Augenblick befriedigte er eine Neugierde, die ihn lange beschäftigt hatte. Als er gerade im Begriff war, umzukippen, begann seine Atmung in der Tat wieder automatisch. Er vertrieb mit Blinzeln den schwarzen Nebel vor seinen Augen und wehrte Bothari-Jeseks erschrockenen Versuch ab, seine Kleider zu lockern und nach seiner Zunge zu sehen, um sicher zu sein, daß er sie nicht verschluckt hatte. Sie hatte sich für alle Fälle ein paar Anti-Brechreiz-Pflaster aus der Bordapotheke des Shuttles mitgenommen und hielt jetzt eins unsicher hoch. Mit drängenden Gesten forderte er sie auf, ihm das Pflaster anzulegen. Es half.

»Für wen hältst du eigentlich diese Leute?« fragte sie verärgert, als seine Atmung wieder regelmäßiger wurde.

»Ich weiß es nicht. Aber ich bin mir verdammt sicher, daß sie stocksauer auf mich sein werden.«

Am schlimmsten war zu wissen, daß es nicht so schlimm hätte kommen müssen. Vor dem Debakel von Jackson's Whole hätte er theoretisch jederzeit hereinspazieren und Guten Tag sagen können. Aber er hatte Barrayar zu seinen eigenen Bedingungen begegnen wollen. Es war wie ein Versuch, den Himmel zu stürmen. Sein Versuch, es besser zu machen, hatte es unendlich schlimmer gemacht.

Sie lehnte sich zurück und betrachtete ihn nachdenklich. »Du hast wirklich eine Heidenangst, nicht wahr?« sagte sie in einem Ton der Erleuchtung, der ihn fast aufheulen ließ. »Mark, Lord Aral und Lady Cordelia entscheiden im Zweifelsfall ganz bestimmt zu deinen Gunsten. Das weiß ich. Aber du mußt auch deinen Teil beitragen.«

»Was ist mein Teil?«

»Da bin ich mir … nicht sicher«, gab sie zu.

»Danke. Du bist wirklich eine Hilfe.«

Und dann kamen sie an. Der Bodenwagen fuhr durch ein Tor auf das schmale Grundstück eines riesigen Herrenhauses aus Stein. Die Bauweise aus dem Zeitalter der Isolation, vor Einführung der Elektrizität, ließ es, nach Marks Meinung, so sagenhaft alt erscheinen. Ähnliche Bauwerke, die er in London gesehen hatte, waren vor mehr als tausend Jahren errichtet worden. Dieses Gebäude war allerdings nur hundertfünzig Standardjahre alt. Palais Vorkosigan.

Das Verdeck wurde hochgeschwenkt. Mark taumelte hinter Bothari-Jesek aus dem Bodenwagen. Diesmal wartete sie auf ihn. Sie packte ihn fest am Oberarm. Entweder machte sie sich Sorgen, er würde zusammenbrechen, oder sie fürchtete, er wolle abhauen. Durch angenehm sanftes Sonnenlicht traten sie in das kühle Zwielicht einer großen Eingangshalle mit einem schwarz-weiß gemusterten Steinfußboden und einer bemerkenswert weit geschweiften Treppe. Wie oft war Miles über diese Schwelle getreten?

Bothari-Jesek schien die Stellvertreterin einer bösen Fee zu sein, die den geliebten Miles entführt und gegen diesen bleichen, dicklichen Wechselbalg ausgetauscht hatte. Er schluckte ein hysterisches Kichern hinunter, als der sarkastische Spötter in seinem Hinterkopf rief: *Hallo, Mama und Papa, ich bin wieder da …* Bestimmt war er selbst die böse Fee.

KAPITEL 12

In der Eingangshalle wurden sie von einem Dienerpaar in der braun-silbernen Livree des Hauses Vorkosigan in Empfang genommen. Im Haushalt einer hohen Vor-Familie spielten sogar die Bediensteten Soldaten. Einer von ihnen geleitete Bothari-Jesek nach rechts davon. Mark hätte weinen können. Sie verachtete ihn, aber zumindest war sie ihm vertraut. Aller Unterstützung beraubt und mit dem Gefühl, noch einsamer zu sein als in der Dunkelheit seiner abgesperrten Kabine, drehte er sich um und folgte dem anderen Diener nach links durch einen kurzen Bogengang vorbei an einer Reihe von Türen.

Vor langer Zeit hatte er sich unter Galens Vormundschaft den Grundriß von Palais Vorkosigan eingeprägt. Deshalb wußte er, daß sie einen Raum betraten, der Erster Salon genannt wurde, ein Vorzimmer der großen Bibliothek, die sich von der Vorderseite des Hauses bis zur Rückseite erstreckte. Nach den Maßstäben der öffentlichen Räume von Palais Vorkosigan war dieser Salon vermutlich relativ intim, obwohl seine hohe Decke ihm eine kühle, abweisende Kargheit verlieh. Seine Aufmerksamkeit wandte sich sofort von diesem architektonischen Detail ab, als er die Frau sah, die auf einem gepolsterten Sofa saß und ihn schweigend musterte.

Sie war groß, weder dünn noch kräftig, eine gut gebaute Frau in mittleren Jahren. Ihr rotes, mit naturgrauen Strähnen durchsetztes Haar war auf dem Hinterkopf zu einem komplizierten Knoten zusammengebunden und ließ ihr Gesicht mit den markanten

Wangenknochen, der Kinnlinie und den klaren grauen Augen frei. Ihre Haltung war beherrscht und gelassen. Sie trug eine weiche, seidige beige Bluse, eine handbestickte Schärpe, deren Muster dem seiner gestohlenen entsprach, wie er plötzlich erkannte, dazu einen knöchellangen gelbbraunen Rock und geschnürte Halbstiefel. Keinen Schmuck. Er hatte eine prächtigere, kunstvollere, einschüchterndere Erscheinung erwartet, die formelle Ikone der Gräfin Vorkosigan aus den Vids von Paradetribünen und Empfängen. Oder war ihr Sinn für Macht so umfassend, daß sie diese Ikone nicht zu tragen brauchte, weil sie sie war? Er konnte keinerlei körperliche Ähnlichkeit zwischen ihr und ihm selbst erkennen. Nun, vielleicht die Augenfarbe. Und die blasse Haut. Und vielleicht der Nasenrücken. Bei der Kinnlinie gab es eine gewisse Übereinstimmung, die aus Vids nicht ersichtlich war …

»Lord Mark Vorkosigan, Mylady«, verkündete der Diener unheilvoll, und Mark zuckte zusammen.

»Danke, Pym.« Sie nickte dem Diener, einem Mann mittleren Alters, zu und entließ ihn. Abgesehen von einem schnellen Blick zurück, bevor er die Tür hinter sich schloß, verbarg der Gefolgsmann die Enttäuschung über seine ungestillte Neugier sehr gut.

»Hallo, Mark.« Gräfin Vorkosigan hatte eine weiche Altstimme. »Bitte, setz dich!« Sie wies auf einen Sessel, der in einem leichten Winkel gegenüber ihrem Sofa stand. Das Möbel schien nicht mit Scharnieren und Sprungfedern versehen zu sein, um sich schnappend um ihn zu schließen, und es stand auch nicht zu nahe bei ihr. Er ließ sich vorsichtig darauf nieder. Ungewöhnlicherweise war es nicht zu hoch für ihn, seine Füße berührten den Boden. Hatte man die Sesselbeine für Miles abgesägt?

»Ich freue mich, daß ich dich endlich kennenlerne«, bemerkte sie, »ich bedauere allerdings, daß die Umstände so unangenehm sind.«

»So geht es mir auch«, murmelte er. Freude oder Bedauern? Und wer waren diese *Ichs*, die hier saßen und einander höflich etwas über Freude und Bedauern vorlogen? *Wer sind wir, Lady?* Er schaute sich ängstlich nach dem Schlächter von Komarr um. »Wo ist... Ihr Gemahl?«

»Angeblich begrüßt er Elena. In Wirklichkeit hat er gekniffen und mich als erste an die Front geschickt. Das sieht ihm gar nicht ähnlich.«

»Ich... verstehe nicht, Madame.« Er wußte nicht recht, wie er sie anreden sollte.

»Die letzten beiden Tage hat er Magenmedizin getrunken, als handele es sich um Drinks... Du mußt wissen, wie die Nachricht zu uns durchgesickert ist, von unserem Standpunkt aus gesehen. Den ersten Hinweis, daß etwas nicht stimmte, bekamen wir vor vier Tagen in der Gestalt eines Kurieroffiziers vom Hauptquartier des Kaiserlichen Sicherheitsdienstes mit einer kurzen Standardbotschaft von Illyan, daß Miles vermißt sei, Einzelheiten würden folgen. Anfangs neigten wir da nicht zu Panik. Miles war schon öfter vermißt gewesen, manchmal für ziemlich lange Zeit. Erst als einige Stunden später Illyans komplette Übertragung durchgegeben und dechiffriert war, zusammen mit der Nachricht, daß du unterwegs warst, da wurde alles klar. Wir hatten drei Tage Zeit, um es zu durchdenken.«

Er saß stumm da und rang mit der Vorstellung, der große Admiral Graf Vorkosigan, der gefürchtete Schlächter von Komarr, dieses massive schattenhafte Monster, habe einen Standpunkt, und noch dazu einen, den niedrige Sterbliche wie er selbst verstehen sollten.

»Illyan benutzt nie doppelsinnige Worte«, fuhr die Gräfin fort, »aber er hat es geschafft, in diesem ganzen Bericht nicht ein einziges Mal die Begriffe ›tot‹, ›getötet‹ oder ein entsprechendes Synonym zu verwenden. Die medizinischen Berichte legen jedoch etwas anderes nahe. Stimmt es?«

»Hm … die Kryobehandlung schien erfolgreich verlaufen zu sein.« Was wollte sie von ihm?

»Und so hängen wir emotional und juristisch in der Luft«, seufzte sie. »Es wäre fast leichter, wenn er …« Sie blickte finster und wild auf ihren Schoß. Zum erstenmal ballte sie die Fäuste. »Weißt du, wir werden über eine Menge möglicher Ereignisse reden. Vieles dreht sich um dich. Aber ich werde Miles so lange nicht für tot halten, wie er nicht tot und *verwest* ist.«

Mark mußte an diese Flut von Blut auf dem Beton denken. »Hm«, sagte er hilflos.

»Die Tatsache, daß du möglicherweise Miles spielen kannst, hat manche Leute sehr verwirrt.« Sie betrachtete ihn nachdenklich. »Du sagst, die Dendarii haben dich akzeptiert …?«

Er krümmte sich im Sessel zusammen. Unter dem scharfen Blick ihrer grauen Augen wurde er sich seines Körpers bewußt und fühlte die Fleischmassen seines Rumpfes unter Miles' Hemd und Schärpe und wie eng die Hosen saßen. »Ich habe … seitdem etwas zugenommen.«

»All das? In nur drei Wochen?«

»Ja«, murmelte er und wurde rot.

Sie hob eine Augenbraue. »Absichtlich?«

»Sozusagen.«

»Huch.« Sie lehnte sich überrascht zurück. »Das war *äußerst* schlau von dir.«

Er machte den Mund auf, erinnerte sich dann, daß dadurch sein Doppelkinn betont wurde, und machte ihn schnell wieder zu.

»Dein Status war Gegenstand vieler Debatten. Ich habe gegen jeden Plan der Sicherheit gestimmt, Miles' Situation zu verheimlichen, indem man dich seine Rolle spielen läßt. Zunächst einmal ist es überflüssig. Leutnant Lord Vorkosigan ist oft monatelang fort; seine Abwesenheit ist dieser Tage eher normal. Es ist strategisch wichtiger, dich als dich selbst zu etablieren,

Lord Mark, falls du wirklich Lord Mark sein möchtest.«

Er schluckte mit trockener Kehle. »Habe ich eine Wahl?«

»Du wirst eine haben, aber eine wohldurchdachte, sobald du genügend Zeit gehabt hast, alles zu verdauen.«

»Sie können das nicht ernst meinen. Ich bin ein *Klon*.«

»Ich stamme von Kolonie Beta, mein Kleiner«, sagte sie scharf. »Das betanische Recht ist sehr vernünftig und klar, was Klons angeht. Nur die Sitten der Barrayaraner wissen damit nicht umzugehen. Barrayaraner!« Sie sprach das Wort aus, als wäre es ein Fluch. »Barrayar fehlte eine lange Erfahrung des Umgangs mit all den technischen Varianten der menschlichen Reproduktion. Es gibt keine juristischen Präzedenzfälle. Und wenn es keine *Tradition* gibt«, das Wort hatte bei ihr den gleichen sauren Unterton wie bei Bothari-Jesek, »dann wissen sie nicht, was sie tun sollen.«

»Was bin ich für Sie als Betanerin?« fragte er mit nervöser Faszination.

»Entweder mein Sohn oder mein Sohn zweiten Grades«, antwortete sie prompt. »Nicht lizenziert, aber von mir als Erbe geltend gemacht.«

»Sind das wirkliche juristische Kategorien auf Ihrem Heimatplaneten?«

»Ganz gewiß. Nun, wenn *ich* angeordnet hätte, daß du von Miles geklont wirst – natürlich nur, nachdem ich zuerst eine anerkannte Kinderlizenz bekommen hätte –, dann wärst du schlicht und einfach mein Sohn. Wenn Miles als juristisch Erwachsener dasselbe getan hätte, dann wäre er dein gesetzlicher Vater und ich wäre deine Mutter zweiten Grades, und ich hätte dir gegenüber Ansprüche und Verpflichtungen, die in etwa denen gegenüber einem Enkelkind gleichen. Miles war natürlich nach dem Gesetz kein Erwachsener, als du geklont wurdest, und deine Geburt war auch nicht lizenziert. Wenn du noch minderjährig wärst, dann könnten er und ich zu einem Adjudikator gehen, und deine Vormundschaft würde nach der Einschätzung deines Wohls durch den Adjudikator bestimmt werden. Du bist natürlich kein Minderjähriger mehr, weder nach betanischem noch nach barrayaranischem Recht.« Sie seufzte. »Die Zeit für eine legale Vormundschaft ist vorbei. Verloren. Das Erbe an Hab und Gut wird sich zum größten Teil in den Konfusionen des barrayaranischen Rechts verwickeln. Sobald die Zeit dafür reif ist, wird Aral dir das barrayaranische Gewohnheitsrecht bzw. dessen Lücken darstellen. Damit bleibt unsere emotionale Beziehung übrig.«

»Haben wir eine?« fragte er vorsichtig. Seine beiden größten Ängste schienen nachzulassen, nämlich daß sie eine Waffe herausziehen und ihn erschießen oder sich in einem völlig unpassenden Anfall von Mutterliebe auf ihn stürzen würde. Er blieb mit einem Mysterium konfrontiert, das mit ruhiger Stimme zu ihm sprach.

»Wir haben eine, allerdings bleibt noch zu entdecken, von welcher Natur sie genau ist. Halte dir jedoch dies vor Augen: Die Hälfte der Gene in deinem Körper stammen von mir, und mein selbstsüchtiges Genom ist von der Evolution schwer darauf vorprogrammiert, auf seine Kopien aufzupassen. Die andere Hälfte ist von dem Mann kopiert, den ich in aller Welt und Zeit am meisten bewundere, deshalb ist mein Interesse doppelt auf dich gerichtet. Die künstlerische Kombination dieser beiden Hälften fesselt meine Aufmerksamkeit, wenn ich es so sagen darf.«

Wenn man es so formulierte, dann schien es wirklich Sinn zu machen, logisch und ohne Bedrohung. Er spürte, wie sein Magen sich entkrampfte und seine Kehle sich entspannte. Sofort verspürte er wieder Hunger, zum erstenmal seit dem Eintritt in den Orbit des Planeten.

»Nun, was zwischen dir und mir abläuft, hat nichts damit zu tun, was zwischen dir und Barrayar ist. Dafür ist Aral zuständig, und er wird dir seine Ansichten darlegen müssen. Es ist alles so unentschieden, außer einer Sache. Während du hier bist, bist du du selbst, Mark, Miles' sechs Jahre jüngerer Zwillingsbruder. Und keine Imitation von Miles, kein Ersatz für Miles. Also, je verschiedener von Miles du dich von Anfang an zeigst, desto besser.«

»Oh«, flüsterte er, »bitte, ja.«

»Ich habe mir gedacht, daß du das schon begriffen hast. Gut, da sind wir einer Meinung. Aber nur Nicht-Miles zu sein ist nichts anderes als die Umkehrung davon, eine Imitation von Miles zu sein. Ich möchte wissen, wer Mark ist.«

»Mylady … ich weiß es nicht.« In seine Ehrlichkeit mischte sich Angst.

Sie betrachtete ihn weise. »Es hat Zeit«, sagte sie ruhig. »Miles … wollte, daß du hierher kommst, weißt du. Er hat davon geredet, dir alles zu zeigen. Hat sich vorgestellt, dir das Reiten beizubringen.« Sie schüttelte sich verstohlen.

»Galen wollte es mir in London beibringen lassen«, erinnerte sich Mark. »Es war schrecklich teuer, und ich war nicht sehr gut darin, so daß er schließlich sagte, ich sollte Pferden aus dem Weg gehen, wenn ich hierher käme.«

»So?« Ihr Gesicht hellte sich etwas auf. »Hm. Miles, weißt du, hat … hatte … hat diese romantischen Vorstellungen eines Einzelkinds über Geschwister. Nun, ich habe einen Bruder, deshalb habe ich keine solchen Illusionen.« Sie hielt inne, blickte sich im Raum um und beugte sich plötzlich mit einer vertraulichen Miene vor, wobei sie ihre Stimme dämpfte. »Du hast einen Onkel, eine Großmutter und zwei Cousins auf

Kolonie Beta, die genauso deine Verwandten sind wie Aral und ich und dein Cousin Ivan hier auf Barrayar. Denk daran, du hast mehr als eine Wahl. Ich habe Barrayar einen Sohn geschenkt. Und ich habe achtundzwanzig Jahre zugeschaut, wie Barrayar versuchte, ihn zu zerstören. Vielleicht hat Barrayar genug bekommen, oder?«

»Ivan ist jetzt nicht hier, oder?« fragte Mark zerstreut und erschrocken.

»Er wohnt nicht im Palais Vorkosigan, nein, wenn du das meinst. Er ist in Vorbarr Sultana beim Hauptquartier der Kaiserlichen Streitkräfte. Vielleicht«, in ihren Augen funkelte ein Gedanke auf, »könnte er dich mitnehmen und dir einige der Dinge zeigen, die Miles dir zeigen wollte.«

»Ivan ist vielleicht noch wütend wegen dem, was ich ihm in London angetan habe«, sagte Mark ängstlich.

»Er wird darüber hinwegkommen«, prophezeite die Gräfin zuversichtlich. »Ich muß zugeben, Miles hätte es ausgesprochen gefallen, Leute mit dir zu verwirren.«

Eine Eigenart, die Miles offensichtlich von seiner Mutter geerbt hatte.

»Ich lebe jetzt schon fast drei Jahrzehnte auf Barrayar«, sagte sie nachdenklich. »Wir sind schon so weit gekommen. Und doch müssen wir noch so schrecklich weit gehen. Selbst Arals Wille ermüdet. Vielleicht können wir nicht alles in einer Generation schaffen. Zeit für den Wachwechsel, meiner Meinung nach... je nun.«

Zum erstenmal lehnte er sich in seinem Sessel zurück und ließ sich von ihm tragen. Er begann zu schauen und zu hören, anstatt nur zu kauern. Eine Verbündete. Es schien so, als hätte er eine Verbündete, obwohl er sich noch nicht sicher war, warum. Galen hatte auf Gräfin Cordelia Vorkosigan nicht viel Zeit verwendet, da er total von seinem alten Feind, dem Schlächter von Komarr, besessen gewesen war. Galen hatte sie ernstlich unterschätzt, so schien es. Sie hatte hier neunundzwanzig Jahre überlebt… Würde er das auch schaffen? Zum erstenmal erschien es ihm menschenmöglich.

An der drehbaren Doppeltür zum Korridor klopfte es kurz. Auf das »Ja?« der Gräfin Vorkosigan öffnete sie sich teilweise, ein Mann steckte den Kopf herein und lächelte sie gespannt an.

»Ist es in Ordnung, wenn ich jetzt hereinkomme, lieber Captain?«

»Ja, ich glaube schon«, sagte Gräfin Vorkosigan.

Er kam herein und schloß die Tür wieder. Marks Kehle war wie zugeschnürt; er schluckte und atmete, schluckte und atmete, und hatte dabei beängstigend wenig Kontrolle über sich selbst. Er würde *nicht* vor diesem Mann ohnmächtig werden. Oder sich erbrechen. Er hatte inzwischen sowieso nicht mehr als einen Teelöffel Galle übrig in seinem Bauch. Das war er, unverwechselbar er, Premierminister Admiral Graf Aral Vorkosigan, früher Regent des Kaiserreichs von Barrayar und de facto Diktator dreier Planeten, Eroberer von Komarr, militärisches Genie, führender politischer Kopf – aber auch beschuldigt, ein Mörder, Folterer und Verrückter zu sein.

Mark hatte Vids von ihm studiert, die in jedem Lebensalter aufgenommen worden waren; vielleicht war es gar nicht so seltsam, daß sein erster zusammenhängender Gedanke war: *Er sieht älter aus, als ich erwartet habe.* Graf Vorkosigan war zehn Standardjahre älter als seine betanische Frau, doch er sah zwanzig oder dreißig Jahre älter aus. Sein graues Haar war um eine Nuance weißer als in den Vids noch vor zwei Jahren. Für einen Barrayaraner war er klein, seine Augen befanden sich auf gleicher Höhe mit denen der Gräfin. Sein Gesicht war breit, angespannt, verwittert. Er trug grüne Uniformhosen, aber keine Jacke, einfach ein cremefarbenes Hemd mit aufgerollten Ärmeln, am runden Kragen offen. Falls diese Kleidung ihm ein legeres Aussehen geben sollte, so war dies völlig mißlungen. Mit seinem Eintreten war die Spannung im Raum spürbar gestiegen.

»Elena ist untergebracht«, berichtete Graf Vorkosigan und ließ sich neben der Gräfin nieder. Seine Haltung war offen, mit den Händen auf den Knien, aber er lehnte sich nicht bequem zurück. »Der Besuch scheint mehr alte Erinnerungen aufzurühren, als sie verkraften kann. Sie ist ziemlich durcheinander.«

»Ich werde bald gehen und mit ihr reden«, versprach die Gräfin.

»Gut.« Die Augen des Grafen begutachteten Mark. Verblüfft? Angewidert? »Nun gut.« Der erfahrene Diplomat, dessen Aufgabe es war, drei Planeten den Weg zum Fortschritt zu weisen, saß sprachlos da, verlegen, als wäre er unfähig, Mark direkt anzusprechen. Statt dessen wandte er sich an seine Frau. »*Er* ist als Miles durchgegangen?«

In der Augen der Gräfin Vorkosigan funkelte dunkle Amüsiertheit. »Er hat seitdem zugenommen«, sagte sie sanft. »Ich verstehe.«

Das Schweigen dauerte qualvolle Sekunden an.

»Das erste, was ich tun sollte, wenn ich Ihnen begegne, war, zu versuchen Sie zu töten«, platzte Mark heraus.

»Ja, ich weiß.« Graf Vorkosigan lehnte sich auf dem Sofa zurück und richtete seinen Blick endlich auf Marks Gesicht.

»Man hat mich etwa zwanzig verschiedene Ersatzmethoden üben lassen, bis ich sie im Schlaf beherrschte, aber die erste Methode wäre ein Hautpflaster mit einem lähmenden Gift gewesen, das bei einer Autopsie auf ein Herzversagen hingewiesen hätte. Ich sollte mit Ihnen alleinsein und es dann gegen irgendeinen Teil Ihres Körpers drücken, den ich erreichen könnte. Für eine Morddroge funktionierte es seltsam langsam. Ich sollte zwanzig Minuten in Ihrem Blickfeld warten, während Sie sterben würden, und dabei nie verraten, daß ich nicht Miles war.«

Der Graf lächelte grimmig. »Ich verstehe. Eine gute Rache. Sehr künstlerisch. Es hätte funktioniert.«

»Als der neue Graf Vorkosigan hätte ich dann weitermachen und einen Vorstoß zur Kaisermacht anführen sollen.«

»*Das* wäre mißlungen. Und Ser Galen hat es so erwartet. Er wünschte nur das Chaos des Mißerfolgs, während dem sich Komarr hätte erheben sollen. Du hättest dann einfach ein weiteres Vorkosigan-Opfer sein sollen.« Er schien sich wirklich zu entspannen und professionell zu werden, während er dieses groteske Komplott diskutierte.

»Sie zu töten war der ganze Grund meiner Existenz. Vor zwei Jahren war ich vorbereitet, es zu tun. Ich habe all diese Jahre bei Galen zu keinem anderen Zweck ertragen.«

»Der Kaiserliche Sicherheitsdienst hat eine umfangreiche Dokumentation über dich zusammengetragen, nachdem das Komplott enthüllt worden war«, bemerkte der Graf. »Sie reicht von der Zeit, als du nur ein verrücktes Funkeln in Galens Augen warst, bis zu den jüngsten Ergänzungen über dein Verschwinden von der Erde vor zwei Monaten. Aber in dieser Dokumentation ist kein Hinweis darauf enthalten, daß dein kürzliches Abenteuer auf Jackson's Whole eine Art latenter Programmierung nach den Richtlinien für meine geplante Ermordung war. Oder?« In seiner Stimme klang ein leichter Zweifel an.

»Nein«, sagte Mark mit Nachdruck. »Ich bin genügend programmiert worden, um das zu wissen. Das kann Ihnen nicht entgehen. Das ist jedenfalls nicht die Art, wie Galen es gemacht hat.«

»Ich bin nicht deiner Meinung«, sagte Gräfin Vorkosigan unerwartet. »Du bist von jemandem dazu inspiriert worden. Aber nicht von Galen.«

Der Graf hob überrascht die Augenbrauen und blickte sie fragend an.

»Von Miles, fürchte ich«, erklärte sie. »Ganz unabsichtlich.«

»Das verstehe ich nicht«, sagte der Graf.

Mark ging es genauso. »Auf der Erde hatte ich nur wenige Tage Kontakt mit Miles.«

»Ich bin mir nicht sicher, ob du dafür bereit bist, aber ich sag's einfach mal. Du hattest genau drei Rollenmodelle, von denen du lernen konntest, ein Mensch zu sein. Die jacksonischen Sklavenhändler, die komarranischen Terroristen – und Miles. Du warst *durchtränkt* mit Miles. Und es tut mir leid, aber Miles hält sich für einen fahrenden Ritter. Eine vernünftige Regierung würde ihm nicht einmal den Besitz eines Taschenmessers erlauben, geschweige denn den einer Raumflotte. Und als du schließlich gezwungen warst, zwischen zwei offensichtlichen Übeln und einem Verrückten zu wählen, da bist du plötzlich hinter dem Verrückten hergerannt.«

»Ich meine, daß Miles seine Sache sehr gut macht«, widersprach der Graf.

»Ach.« Die Gräfin barg für einen kurzen Augenblick das Gesicht in den Händen. »Mein Lieber, wir reden über einen jungen Mann, dem Barrayar soviel unerträglichen Stress, soviel Schmerz bereitet hat, daß er sich eine vollständige zweite Persönlichkeit schuf, in die er fliehen konnte. Dann hat er einige tausend galaktische Söldner dazu überredet, seine Psychose zu unterstützen, und – der Gipfel des Ganzen – er hat das Kaiserreich von Barrayar herumgekriegt, für alles zu zahlen. Admiral Naismith ist, verdammt noch mal, weit mehr als nur eine Tarnidentität des Sicherheitsdienstes, und das weißt du gut. Ich gebe zu, er ist ein

Genie, aber versuch mir nicht zu sagen, daß er ganz normal ist.« Sie schwieg einen Augenblick. »Nein. Das ist nicht fair. Miles' Sicherheitsventil funktioniert. Solange er nicht von dem kleinen Admiral abgeschnitten ist, werde ich nicht wirklich um seine geistige Gesundheit fürchten. Alles in allem ist es ein außerordentlicher Balanceakt.« Sie schaute Mark an. »Und ein Akt, dem zu folgen fast unmöglich ist, sollte man meinen.«

Mark hatte Miles nie für ernstlich verrückt gehalten; er hatte ihn nur für vollkommen gehalten. Das alles war höchst beunruhigend.

»Die Dendarii funktionieren wirklich als Arm des Kaiserlichen Sicherheitsdienstes für verdeckte Operationen«, sagte der Graf und blickte selbst ein bißchen beunruhigt drein. »Und gelegentlich funktionieren sie auf spektakuläre Weise gut.«

»Natürlich. Du würdest sie Miles nicht lassen, wenn sie nicht funktionierten, deshalb sorgt er dafür, daß sie funktionieren. Ich weise nur darauf hin, daß ihre offizielle Funktion nicht die einzige ist. Und – falls Miles sie eines Tages nicht mehr braucht, dann wird es kein Jahr dauern, bis der Sicherheitsdienst einen Grund findet, um diese Verbindung abzubrechen. Und dabei werdet ihr ernsthaft denken, ihr würdet vollkommen logisch handeln.« Warum gaben sie die Schuld nicht ihm …? Mark faßte den Mut und fragte laut: »Warum geben Sie die Schuld an Miles' Tod nicht mir?«

Mit einem Blick gab die Gräfin die Frage an ihren Mann weiter, der nickte und – für sie beide? – antwortete: »Illyans Bericht sagt aus, daß Miles von einem bharaputranischen Sicherheitsmann niedergeschossen wurde.«

»Aber er wäre nicht in der Schußlinie gewesen, wenn ich nicht …«

Graf Vorkosigan unterbrach ihn mit erhobener Hand. »Wenn er sich nicht närrischerweise dafür entschieden hätte, dort zu sein. Versuche nicht deine wirkliche Schuld zu tarnen, indem du dir mehr als deinen Anteil aufládst. Ich habe selber zu viele fatale Fehler begangen, als daß ich mich dadurch noch täuschen ließe.« Er blickte auf seine Stiefel. »Wir haben uns die Sache auch auf lange Sicht überlegt. Während deine Persönlichkeit und dein Charakter sich deutlich von Miles unterscheiden, wären Kinder, die ihr zeugen würdet, genetisch ununterscheidbar. Nicht du, sondern dein Sohn ist vielleicht das, was Barrayar braucht.«

»Nur um das Vor-System fortzusetzen«, warf Gräfin Vorkosigan trocken ein. »Ein zweifelhaftes Ziel, mein Lieber. Oder stellst du dich als großväterlichen Mentor von Marks Kindern vor, so wie dein Vater es für Miles war?«

»Dem sei Gott vor«, murmelte der Graf heftig.

»Gib auf deine eigene Konditionierung acht!« Sie wandte sich Mark zu. »Die Schwierigkeit besteht darin…« – sie schaute weg, schaute ihn wieder an –, »falls wir Miles nicht wiederfinden, dann wartet auf dich nicht nur eine Beziehung, sondern eine Aufgabe. Das mindeste wäre, daß du für ein paar Millionen Leute in deinem Distrikt verantwortlich wärst; du wärst ihre Stimme im Rat der Grafen. Das ist eine Aufgabe, für die Miles buchstäblich von seiner Geburt an erzogen wurde. Ich weiß nicht, ob es möglich ist, im letzten Augenblick jemanden als Ersatz dafür aufzustellen.«

Sicher nicht, oh, sicher nicht.

»Ich weiß es nicht«, sagte der Graf nachdenklich. »*Ich* war ein solcher Ersatzmann. Bis zu meinem elften Lebensjahr war ich der Zweitgeborene, nicht der Erbe. Ich gebe zu, nach der Ermordung meines Bruders wurde der Wechsel des Schicksals mir durch den Sturm der Ereignisse erleichtert. Im Krieg mit Yuri dem Wahnsinnigen waren wir alle so auf Rache versessen. Als ich endlich aufblickte und wieder Atem holte, da hatte ich mir den Gedanken, daß ich eines Tages Graf sein würde, völlig zu eigen gemacht. Allerdings habe ich mir damals kaum vorgestellt, daß es bis ›eines Tages‹ noch weitere fünfzig Jahre dauern würde. Es ist möglich, daß auch du, Mark, noch viele Jahre für Studium und Training hast. Aber es ist auch möglich, daß mein Grafentitel dir morgen in den Schoß fällt.«

Der Mann war zweiundsiebzig Standardjahre alt. Für einen Galaktiker waren dies die mittleren Jahre, doch auf dem rauhen Barrayar war man damit alt. Graf Aral hatte sich nicht geschont. Hatte er sich dabei nahezu aufgerieben? Sein Vater Graf Piotr war zwanzig Jahre älter geworden, ein ganzes weiteres Lebensalter. »Würde Barrayar überhaupt einen Klon als Ihren Erben akzeptieren?« fragte er zweifelnd.

»Nun, der Zeitpunkt ist vorbei, wo man hätte beginnen können, Gesetze in die eine oder andere Richtung zu entwickeln. Du wärst ein bedeutender Testfall. Mit genügend Willenskraft könnte ich es den anderen vielleicht eintrichtern...«

Daran hatte Mark keinen Zweifel.

»Aber es wäre verfrüht, einen juristischen Kampf zu beginnen, solange die Sache mit der verschwundenen Kryokammer nicht geklärt ist. Einstweilen lautet die Geschichte für die Öffentlichkeit, daß Miles dienstlich unterwegs ist und daß du zum erstenmal zu Besuch da bist. Das entspricht alles den Tatsachen. Ich brauche wohl kaum zu betonen, daß die Details geheim sind.«

Mark schüttelte den Kopf und nickte zustimmend. Ihm war schwindlig. »Aber – ist das notwendig? Nehmen wir mal an, man hätte mich nie geschaffen und Miles wäre irgendwo im Dienst gefallen. Dann wäre Ivan Vorpatril Ihr Erbe.«

»Ja«, sagte der Graf, »und das Haus Vorkosigan würde nach elf Generationen direkter Abstammung aussterben.«

»Wo wäre das Problem?«

»Das Problem ist, daß es nicht der Fall ist. Du existierst. Das Problem ist... daß ich immer wollte, daß Cordelias Sohn mein Erbe sein sollte. Nimm zur Kenntnis, daß wir über eine nach normalen Maßstäben ziemlich beträchtliche Menge Besitz reden.«

»Ich dachte, der größte Teil Ihres ererbten Landes strahlte nach der Zerstörung von Vorkosigan Vashnoi im Ungewissen vor sich hin.«

Der Graf zuckte die Achseln. »Einiges bleibt übrig. Diese Residenz, zum Beispiel. Aber mein Erbe besteht nicht nur aus Besitz; wie Cordelia sagt, kommt noch eine Ganztagsbeschäftigung hinzu. Wenn wir erlauben, daß du sie beanspruchst, dann mußt du erlauben, daß sie dich in Anspruch nimmt.«

»Sie können alles behalten«, sagte Mark aufrichtig. »Ich werde alles unterschreiben.«

Der Graf zuckte zusammen.

»Betrachte dieses Gespräch einfach als Orientierung, Mark«, sagte die Gräfin. »Einige der Leute, denen du vielleicht begegnest, werden viel über diese Fragen nachdenken. Du mußt dir einfach bewußt sein, daß dieses Thema unausgesprochen auf mancher Tagesordnung steht.«

Der Graf blickte geistesabwesend drein und atmete langsam aus. Als er wieder aufblickte, war sein Gesicht erschreckend ernst. »Das stimmt. Und es gibt eine Tagesordnung, über die man nicht nur nicht spricht, sondern die auch unaussprechlich ist. Du solltest gewarnt sein.«

So unaussprechlich, daß anscheinend Graf Vorkosigan selbst Schwierigkeiten hatte, es über die Zunge zu bringen. »Worum geht es?« fragte Mark mißtrauisch.

»Es gibt... eine falsche Theorie der Abstammung, über eine der sechs möglichen Linien, die mich zum nächsten Erben des Kaiserreichs von Barrayar macht, falls Kaiser Gregor ohne Nachkommen stirbt.«

»Ja«, sagte Mark ungeduldig, »das weiß ich natürlich. Galens Komplott beruhte ja darauf, dieses juristische Argument auszunutzen. Sie, dann Miles, dann Ivan.«

»Ja, aber jetzt heißt es: ich, dann Miles, dann du, dann Ivan. Und Miles ist im Augenblick – praktisch – tot. Damit befinde nur ich mich zwischen dir und dem Visier möglicher Attentäter. Und dabei geht es nicht um dich als Imitator von Miles, sondern als Erbe aus eigenem Recht.«

»Das ist alles *Quatsch*«, explodierte Mark. »Das ist noch verrückter als die Idee, daß ich Graf Vorkosigan werde.«

»Halt dich an diesen Gedanken«, riet ihm die Gräfin. »Halte dich fest daran und deute nie an, daß du auch anders denken könntest.«

Ich bin unter Wahnsinnige geraten.

»Wenn jemand dich in ein Gespräch über dieses Thema verwickeln will, dann melde es so schnell wie möglich mir oder Cordelia oder Simon Illyan«, fügte der Graf hinzu.

Mark hatte sich so weit wie möglich in seinen Sessel verkrochen. »In Ordnung ...«

»Du machst ihm angst, mein Lieber«, bemerkte die Gräfin. »Bei *diesem* Thema ist Paranoia der Schlüssel zum Wohlbefinden«, sagte der Graf unfroh. Einen Augenblick lang beobachtete er Miles schweigend. »Du siehst müde aus. Wir zeigen dir dein Zimmer. Du kannst dich waschen und ein bißchen ausruhen.«

Sie standen auf. Mark folgte den beiden hinaus in den gepflasterten Korridor. Die Gräfin deutete mit einem Nicken in Richtung auf einen Bogengang, der unter der gewundenen Treppe geradewegs nach hinten führte. »Ich nehme das Liftrohr nach oben und schaue nach Elena.«

»Gut«, sagte der Graf. Gezwungenermaßen folgte ihm Mark die Treppe hinauf. Zwei Treppenläufe zeigten ihm schon, wie wenig in Form er war. Als sie den zweiten Absatz erreichten, atmete er so schwer wie der alte Mann. Der Graf bog in einen Korridor im zweiten Stock ein.

»Sie stecken mich doch nicht etwa in Miles' Zimmer, oder?« fragte Mark mit einer gewissen Beklemmung.

»Nein. Allerdings hat das Zimmer, das du bekommst, einmal mir gehört, als ich ein Kind war.«

Wahrscheinlich vor dem Tod seines älteren Bruders. Das Zimmer des zweiten Sohns. Das war fast genauso beunruhigend.

»Jetzt ist es nur ein Gästezimmer.« Der Graf öffnete eine schmucklose Holztür. Dahinter lag ein sonniger Raum. Die offensichtlich handgefertigten Holzmöbel von unbestimmtem Alter und enormem Wert umfaßten ein Bett und Kommoden. Eine Hauskonsole zur Steuerung der Beleuchtung und der mechanisierten Fenster saß etwas unpassend neben dem geschnitzten Kopfbrett des Bettes.

Mark schaute nach hinten und fing den intensiv fragenden Blick des Grafen auf. Er war tausendmal schlimmer als der Ich-liebe-Naismith-Blick der Dendarii. Er preßte die Fäuste gegen den Kopf und knirschte: »Hier drin ist nicht Miles!«

»Ich weiß«, sagte der Graf ruhig. »Vermutlich habe ich nach… mir selbst gesucht. Und nach Cordelia. Und nach dir.«

Voller Unbehagen mußte Mark seinerseits im Grafen nach sich selbst suchen. Er war sich nicht sicher. Früher einmal die Haarfarbe; er und Miles hatten beide das gleiche dunkle Haar, das er in Vids aus Admiral Vorkosigans jüngeren Tagen gesehen hatte. Theoretisch hatte er gewußt, daß Aral Vorkosigan der jüngere Sohn des alten Grafen Piotr Vorkosigan war, aber der gefallene ältere Bruder war schon seit sechzig Jahren tot. Er war erstaunt, daß der gegenwärtige Graf sich so unmittelbar daran erinnerte oder eine Verbindung zu ihm selbst herstellte. Seltsam und erschreckend. *Ich habe diesen Mann umbringen sollen. Das könnte ich immer noch. Er nimmt sich überhaupt nicht in acht.*

»Ihre Leute vom Sicherheitsdienst haben mich nicht einmal unter Schnell-Penta verhört. Beunruhigt es Sie gar nicht, daß ich vielleicht immer noch darauf programmiert bin, Sie zu ermorden?« Oder wirkte Mark so wenig bedrohlich?

»Ich dachte, du hättest schon einmal deine Vaterfigur erschossen. Das war Katharsis genug.« Der Graf verzog nachdenklich den Mund.

Mark erinnerte sich an Galens überraschten Blick, als ihn der Strahl des Nervendisruptors mitten im Gesicht getroffen hatte. Wie immer Aral Vorkosigan aussehen würde, wenn er starb, so doch bestimmt nicht überrascht, dachte Mark.

»Du hast damals Miles das Leben gerettet, nach seiner Beschreibung des Vorfalls«, sagte der Graf. »Du hast schon vor zwei Jahren auf der Erde gewählt, auf welcher Seite du stehen möchtest. Sehr wirksam. Ich habe viele Befürchtungen, was dich angeht, Mark, aber mein Tod durch deine Hand gehört nicht dazu. Du liegst keineswegs einen Punkt hinter deinem Bruder zurück, wie du dir vorstellst. Nach meiner Zählung steht es unentschieden.«

»Original. Nicht Bruder«, sagte Mark steif und starr.

»Cordelia und ich sind deine Erzeuger«, sagte der Graf mit Nachdruck.

Ablehnung stand in Marks Gesicht geschrieben

Der Graf zuckte die Achseln. »Was immer Miles ist, wir haben ihn dazu gemacht. Es wäre vielleicht klug von dir, dich uns mit Vorsicht zu nähern. Vielleicht sind wir auch für dich nicht gut.«

Marks Unterleib zitterte vor einem schrecklichen Verlangen, das von einer schrecklichen Furcht gezügelt wurde. Erzeuger. *Eltern.* Er war sich nicht sicher, ob er so spät noch Eltern wollte. Sie waren so riesige Gestalten. In ihrem Schatten kam er sich so wertlos vor, zerbrochen wie Glas, ein Nichts. Er empfand plötzlich den seltsamen Wunsch, Miles wieder bei sich zu haben. Jemand von seiner eigenen Größe, jemand, mit dem er reden konnte.

Der Graf schaute erneut in das Schlafzimmer. »Pym hätte deine Sachen einräumen sollen.«

»Ich habe keine Sachen. Nur die Kleider, die ich trage ... Sir.« Es war unmöglich, seine Zunge davon abzuhalten, die ehrenvolle Anrede hinzuzufügen.

»Du mußt doch noch mehr zum Anziehen gehabt haben!«

»Was ich von der Erde mitgebracht habe, befindet sich jetzt in einem Schließfach auf Escobar. Die Miete ist inzwischen aufgebraucht, und die Sachen sind wahrscheinlich konfisziert worden.«

Der Graf schaute ihn von Kopf bis Fuß an. »Ich werde jemanden kommen lassen, der bei dir Maß nimmt, und dann werden wir dir eine Ausstattung bestellen. Wenn du unter normaleren Umständen zu Besuch wärst, würden wir dich herumführen. Dich den Freunden und Verwandten vorstellen. Mit dir die Stadt besichtigen. Dich Eignungstests unterziehen und Maßnahmen zur Förderungen deiner Bildung einleiten. Einiges davon werden wir auf alle Fälle machen.«

Eine Schule? Welcher Art? An die Militärakademie von Barrayar geschickt zu werden, kam Marks Vorstellung von einem Abstieg in die Hölle sehr nahe. Konnten sie ihn zwingen ...? Es gab Methoden des Widerstands. Er hatte erfolgreich Widerstand dagegen geleistet, daß man ihm Miles' Garderobe ausborgte.

»Wenn du etwas möchtest, dann rufe Pym über deine Konsole«, instruierte ihn der Graf.

Menschliche Diener. Äußerst seltsam. Die körperliche Angst, die ihn auf den Kopf gestellt hatte, ließ nach und wich einer formloseren allgemeinen Besorgnis. »Kann ich etwas zu essen haben?«

»Ach so. Bitte komm in einer Stunde zum Abendessen, mit Cordelia und mir. Pym wird dir den Gelben Salon zeigen.«

»Den finde ich schon. Ein Stockwerk tiefer, den Korridor nach Süden, dritte Tür rechts.«

Der Graf hob eine Augenbraue. »Korrekt.«

»Ich habe Sie studiert, müssen Sie wissen.«

»Das ist schon in Ordnung. Wir haben dich auch studiert. Wir alle haben unsere Hausaufgaben gemacht.«

»Worin besteht also der Test?«

»Ah, das ist der Trick an der Sache. Es ist kein Test. Es ist das wirkliche Leben.«

Und der wirkliche Tod. »Tut mir leid«, platzte Mark heraus. Um Miles? Um sich selbst? Er wußte es kaum.

Der Graf blickte drein, als fragte er sich dies auch. Ein kurzes ironisches Lächeln ließ einen seiner Mundwinkel zucken. »Nun ... auf eine seltsame Weise ist es fast eine Erleichterung zu wissen, daß es so schlimm ist, wie es nur sein kann. Früher, wenn Miles vermißt war, da wußte man nicht, wo er war und was er vielleicht noch anstellte, um das Chaos zu vergrößern. Diesmal wissen wir wenigstens, daß er wohl kaum in noch schlimmere Schwierigkeiten geraten kann.«

Der Graf winkte kurz und ging davon. Er folgte Mark nicht in das Zimmer und engte ihn nicht im geringsten ein. Drei Methoden, um ihn zu töten, zuckten durch Marks Kopf. Aber dieses Training schien schon lange unwirksam geworden zu sein. Außerdem war er jetzt nicht mehr in Form. Das Treppensteigen hatte ihn erschöpft. Er zog die Tür zu und ließ sich auf das geschnitzte Bett fallen. Er zitterte am ganzen Leib – Nachwirkung der Spannung, unter der er gestanden hatte.

KAPITEL 13

An den ersten beiden Tagen stellten der Graf und die Gräfin Mark keine Aufgaben, angeblich, damit er sich von den Nachwirkungen der Wurmlochsprünge erholen konnte. Tatsächlich sah Mark außer bei den ziemlich formellen Mahlzeiten Graf Vorkosigan überhaupt nicht. Er wanderte im Haus und auf dem Anwesen nach Belieben umher, anscheinend ohne Bewachung, abgesehen von der diskreten Beobachtung durch die Gräfin. An den Toren gab es uniformierte Wachen; Mark hatte jedoch noch nicht den Nerv auszuprobieren, ob sie neben der Aufgabe, Unbefugte am Betreten des Hauses zu hindern, auch den Auftrag hatten, ihn nicht hinauszulassen.

Er hatte Palais Vorkosigan studiert, jawohl, aber er mußte sich erst daran gewöhnen, jetzt wirklich dort zu sein. Alles schien auf subtile Weise von seinen Erwartungen abzuweichen. Das Haus war ein Labyrinth, doch trotz aller Antiquitäten, mit denen Palais Vorkosigan vollgestopft war, waren alle ursprünglichen Fenster durch modernes Qualitätspanzerglas und automatische Jalousien ersetzt worden, selbst die Oberlichter hoch oben in der Wand der Küche im Souterrain. Es war wie ein – wenn auch großer – Schutzpanzer. Palast, Festung und Gefängnis in einem. Konnte er sich in diesen Schutzpanzer einpassen?

Mein ganzes Leben bin ich ein Gefangener gewesen. Ich möchte frei sein.

Am dritten Tag trafen seine neuen Kleider ein. Die Gräfin kam und half ihm beim Auspacken. Durch das Fenster, das er störrisch für die geheimnisvolle, gefährliche, unbekannte Welt weit geöffnet hatte, strömten das Morgenlicht und die kühle Luft des Frühherbstes in sein Schlafzimmer.

Er öffnete einen Kleidersack, der an einem Kleiderbügel hing, und entdeckte ein Kleidungsstück in einem berunruhigend militärischen Stil, eine Jacke mit hohem Kragen und seitlich paspelierte Hosen im Braun und Silber der Vorkosigans, sehr ähnlich der Livree der Lakaien des Grafen, aber mit mehr Glitzer am Kragen und auf den Epauletten. »Was ist das?« fragte er mißtrauisch.

»Ach«, sagte die Gräfin. »Protzig, nicht wahr? Das ist deine Uniform als jüngerer Lord des Hauses Vorkosigan.«

Seine Uniform, nicht die von Miles. Alle neuen Kleider waren per Computer zugeschnitten, damit sie reichlich paßten; ihm sank das Herz in die Hosen, als er kalkulierte, wieviel er würde essen müssen, um *dieser* Uniform zu entkommen.

Als die Gräfin seinen verzweifelten Gesichtsausdruck sah, stahl sich ein Lächeln auf ihre Lippen. »Die einzigen zwei Gelegenheiten, bei denen du sie wirklich tragen mußt, sind eine Sitzung des Rats der Grafen oder die Zeremonien zu Kaisers Geburtstag. Da wirst du vielleicht hingehen; beides findet in einigen Wochen statt.« Sie zögerte und fuhr mit dem Finger über das Vorkosigan-Emblem, das auf den Kragen der Jacke gestickt war. »Miles' Geburtstag ist bald darauf.«

Nun ja, wo immer Miles sich momentan befand, er würde dort nicht älter werden. »Ich kann mir unter Geburtstagen nichts vorstellen. Wie nennt man es, wenn man einen aus dem Uterusreplikator herausnimmt?«

»Als ich aus *meinem* Uterusreplikator herausgenommen wurde, nannten es meine Eltern meinen Tag der Geburt«, sagte sie trocken.

Sie war eine Betanerin. Richtig. »Ich weiß nicht einmal, wann meiner ist.«

»Das weißt du nicht? Es steht in deinen Unterlagen.«

»In welchen Unterlagen?«

»In deiner medizinischen Dokumentation aus dem Haus Bharaputra. Hast du sie nie gesehen? Ich werde dir eine Kopie besorgen. Sie ist faszinierend zu lesen, auf eine erschreckende Weise. Dein Geburtstag war tatsächlich der siebzehnte letzten Monats.«

»Dann habe ich ihn sowieso verpaßt.« Er schloß den Kleidersack wieder und schob die Uniform in seinem Wandschrank nach ganz hinten. »Ist ja nicht wichtig.«

»Es ist schon wichtig, daß jemand unser Dasein feiert«, widersprach sie freundlich. »Menschen sind der einzige Spiegel, den wir haben, um uns selbst darin zu sehen. Der Bereich allen Sinns. Alles Gute, alles Böse ist nur in Menschen zugegen. Nichts davon ist im Universum. Einzelhaft ist in jeder menschlichen Kultur eine Strafe.«

»Das… stimmt«, gab er zu und erinnerte sich an seine eigene Gefangenschaft vor kurzem. »Hm.« Das nächste Kleidungsstück, das er herausschüttelte, paßte zu seiner Stimmung: es war tiefschwarz. Doch bei näherer Prüfung zeigte es sich, daß es fast genauso gestaltet war wie die Uniform des jüngeren Lords, nur waren die Embleme und die Paspelierung gedämpft in schwarzer Seide gehalten, anstatt mit Silberfäden zu leuchten, und waren deshalb am schwarzen Tuch fast unsichtbar.

»Das ist für Totenfeiern«, bemerkte die Gräfin. Ihre Stimme klang plötzlich ziemlich ausdruckslos.

»Oh.« Er nahm den Hinweis auf und steckte den Anzug hinter die Uniform des jungen Vor-Lords. Schließlich wählte er die Kleidung aus, die am wenigsten nach Militär aussah, weiche weite Hosen, niedrige Stiefel ohne Schnallen, ohne Stahlkappen und ähnliche aggressive Verzierungen, dazu ein Hemd und eine

Weste, alles in dunklen Farben, blau, grün, rotbraun. Es kam ihm wie ein Kostüm vor, aber alles war außerordentlich gut gearbeitet. Tarnung? Repräsentierten die Kleider den Mann, der darin steckte, oder verbargen sie ihn? »Bin das ich?« fragte er die Gräfin, als er aus dem Bad herauskam und sich ihr zeigte.

Sie lachte fast. »Eine schwierige Frage, wenn man sie auf seine Kleidung bezieht. Nicht einmal ich kann sie dir beantworten.«

Am vierten Tag stellte sich Ivan Vorpatril zum Frühstück ein. Er trug die grüne Interimsuniform eines kaiserlichen Leutnants, die seinen großen, durchtrainierten Körper betonte. Mit seiner Ankunft schien der Gelbe Salon plötzlich voll zu sein. Mark schrumpfte schuldbewußt zusammen, als sein mutmaßlicher Cousin seine Tante mit einem schicklichen Kuß auf die Wange und seinen Onkel mit einem formellen Kopfnicken begrüßte. Ivan schnappte sich einen Teller von einer Anrichte und belud ihn mit Eiern, Fleisch und gezuckertem Brot, jonglierte dazu noch ein Kännchen Kaffee, zog mit dem Fuß einen Stuhl zurück und ließ sich darauf am Tisch gegenüber von Mark nieder.

»Hallo, Mark.« Endlich nahm Ivan seine Existenz zur Kenntnis. »Du siehst ja übel aus. Wann bist du denn so aufgeschwollen?« Er schob sich eine Gabelportion Bratfleisch in den Mund und begann zu kauen.

»Danke, Ivan.« Mark nahm, so gut er konnte, Zuflucht zu einem sanften Sarkasmus. »Du hast dich nicht verändert, wie ich sehe.« Das bedeutete hoffentlich auch *keine Verbesserung*.

Ivans braune Augen funkelten. Er begann zu sprechen, doch seine Tante sagte »Ivan« in einem Ton kühlen Tadels, der ihn verstummen ließ.

Mark glaubte nicht, daß es dabei nur darum ging, daß Ivan versucht hatte, mit vollem Mund zu sprechen, doch Ivan schluckte, bevor er der Gräfin, nicht

Mark, antwortete. »Entschuldigung, Tante Cordelia. Aber wegen ihm habe ich immer noch Probleme mit Wandschränken und anderen kleinen ungelüfteten dunklen Räumen.«

»Tut mir leid«, murmelte Mark und krümmte sich zusammen. Aber etwas in ihm wehrte sich dagegen, sich vor Ivan zu ducken, und er fügte hinzu: »Ich hatte Galen nur deshalb veranlaßt, dich zu entführen, um Miles herbeizuholen.«

»Dann war das also *deine* Idee.«

»Sie hat auch funktioniert. Er ist sofort gekommen und hat für dich seinen Kopf in die Schlinge gesteckt.«

Ivan biß die Zähne zusammen. »Diese Gewohnheit hat er immer noch nicht aufgeben können, wie ich gehört habe«, erwiderte er in einem Ton, der halb Schnurren und halb Knurren war.

Jetzt war es an Mark zu verstummen. Doch in gewisser Weise war dieser Wortwechsel fast tröstlich. Wenigstens behandelte Ivan ihn, wie er es verdiente. Eine kleine willkommene Strafe. Er fühlte, wie er unter dem Regen von Verachtung auflebte wie eine ausgetrocknete Pflanze. Ivans Herausforderung erhellte fast seinen Tag. »Warum bist du hier?«

»Das war nicht meine Idee, glaub mir«, sagte Ivan. »Ich soll dich mit nach draußen nehmen. Zum Lüften.«

Mark schaute auf die Gräfin, doch die blickte auf ihren Mann. »Schon?« fragte sie.

»Es geschieht auf Wunsch«, sagte Graf Vorkosigan.

»Aha«, sagte sie, als sei ihr ein Licht aufgegangen. Doch Mark dämmerte nichts. *Sein* Wunsch war es nicht. »Gut. Vielleicht kann Ivan ihm unterwegs etwas von der Stadt zeigen.«

»Das ist eine Idee«, sagte der Graf. »Da Ivan Offizier ist, besteht damit keine Notwendigkeit für eine Leibwache.« Warum? Damit sie offen reden konnten? Eine schreckliche Idee. Und wer würde ihn vor Ivan schützen?

»Es wird aber einen Außenschutz geben, hoffe ich«, sagte die Gräfin.

»O ja.«

Der Außenschutz war die Bewachung, die keiner sehen sollte, nicht einmal die Hauptpersonen. Mark überlegte, was die Außenleute eigentlich davon abhielt, einfach den Tag freizunehmen und zu behaupten, sie seien unsichtbar zugegen gewesen. Solange es keine Krisen gab, konnte man mit diesem Trick vermutlich ziemlich lange durchkommen.

Leutnant Lord Vorpatril hatte seinen eigenen Bodenwagen, wie Mark nach dem Frühstück entdeckte, ein sportliches Modell, das mit viel rotem Email überzogen war. Widerstrebend setzte sich Mark neben Ivan. »Also«, sagte er mit unsicherer Stimme. »Willst du mir immer noch den Hals umdrehen?«

Ivan jagte den Wagen durch das Tor der Residenz hinaus in den Großstadtverkehr von Vorbarr Sultana. »Persönlich, ja. Praktisch, nein. Ich brauche so viele Leute wie möglich zwischen mir und Onkel Arals Job. Ich wünschte mir, Miles hätte ein Dutzend Kinder. Er könnte sie inzwischen haben, wenn er nur angefangen hätte – in gewisser Weise bist du vom Himmel geschickt. Wenn du nicht wärst, dann hätten sie mich schon als zukünftigen Erben festgenagelt.« Er zögerte, doch nur im Sprechen; den Bodenwagen beschleunigte er über eine Kreuzung und schlängelte sich eng an vier anderen Fahrzeugen vorbei, die sich auf Kollisionskurs näherten. »Wie tot ist Miles wirklich? Onkel Aral war da ziemlich ausweichend, als er es mir über Vid erzählte. Ich war mir nicht sicher, ob das wegen der Sicherheit war oder – ich habe ihn noch nie so steif erlebt.«

Der Verkehr war schlimmer als in London und, falls möglich, noch chaotischer, oder er funktionierte nach einer Regel, die auf dem Überleben der Tüchtigsten beruhte. Mark hielt sich am Rand seines Sitzes fest und erwiderte: »Ich weiß es nicht. Er hat eine Nadelgranate in die Brust abbekommen. Fast so schlimm wie möglich, ohne daß er in Stücke gerissen wurde.«

Verzog Ivan den Mund – in unterdrücktem Schrekken? Falls ja, so schloß sich die unbeschwerte Fassade fast auf der Stelle wieder. »Es wird eine erstklassige Wiederbelebungsklinik nötig sein, um seinen Rumpf wieder richtig zusammenzuflicken«, fuhr Mark fort. »Was das Gehirn angeht... das weiß man erst, wenn die Wiederbelebung vollzogen ist.« *Und dann ist es zu spät.* »Aber das ist nicht das Problem. Oder noch nicht das Problem.«

»Ja«, Ivan zog eine Grimasse. »Das habt ihr wirklich vermasselt, weißt du? Wie konntet ihr...« Er fuhr eine so scharfe Kurve, daß er mit einer Kante des Wagens den Boden schleifte und Funken aus dem Straßenpflaster schlug. Er fluchte fröhlich über einen Luftkissenlaster, der beinahe gegen Marks Seite des Bodenwagens gedonnert wäre. Mark kauerte sich zusammen und hielt den Mund. Besser, die Konversation starb, als er. Sein Leben konnte davon abhängen, daß er den Fahrer nicht ablenkte. Sein erster Eindruck von Miles Geburtsstadt war, daß die Hälfte der Bevölkerung vor Einbruch der Nacht noch im Verkehr umkommen würde. Oder vielleicht nur die Einwohner, die Ivan in den Weg gerieten. Ivan wendete heftig und schlitterte seitwärts in eine Parkbucht, wobei er zwei anderen Bodenwagen, die daraufzumanövrierten, den Weg abschnitt und so abrupt zum Stehen kam, daß Mark fast in die Windschutzscheibe katapultiert wurde.

»Schloß Vorhartung«, verkündete Ivan mit einem Kopfnicken und einem Winken, während das Jaulen des Motors erstarb. »Der Rat der Grafen hat heute keine Sitzung, deshalb ist das Museum für die Allgemeinheit geöffnet. Allerdings gehören *wir* nicht zur Allgemeinheit.«

»Wie … kulturell«, sagte Mark vorsichtig und spähte durch das Verdeck. Schloß Vorhartung sah wie eine wirkliche Burg aus, ein verschachtelter antiquierter Haufen nichtssagender Steine, der aus den Bäumen aufstieg. Das Schloß saß auf einer Klippe über den Stromschnellen, die die Stadt Vorbarr Sultana teilten. Das Gelände war jetzt ein Park. Wo einst Menschen und Pferde bei vergeblichen Angriffen Belagerungsmaschinen durch eisigen Schlamm gezogen hatten, wuchsen jetzt Rabatten kultivierter Blumen. »Um was geht es wirklich?«

»Du sollst einem Mann begegnen. Und ich soll vorher nicht darüber reden.« Ivan öffnete das Verdeck und stieg aus. Mark folgte ihm.

Ob einem Plan folgend oder aus Eigensinn, führte Ivan ihn tatsächlich zu dem Museum, das einen ganzen Flügel des Schlosses umfaßte und den Waffen und Rüstungen der Vor seit dem Zeitalter der Isolation gewidmet war. Als Soldat in Uniform hatte Ivan freien Eintritt; allerdings bezahlte er mit ein paar Münzen für Mark. Als Tarnung, wie Mark vermutete, denn Mitglieder der Vor-Kaste hatten auch freien Eintritt, wie Ivan flüsternd erklärte. Es gab kein Schild mit diesem Hinweis. Wenn man ein Vor war, dann sollte man es wissen.

Oder wollte Ivan vielleicht damit auf subtile Weise Marks Zugehörigkeit (oder Nichtzugehörigkeit) zu den Vor verunglimpfen? Ivan spielte den Flegel aus der Oberklasse mit der gleichen kultivierten Vollendung, mit der er auch den kaiserlichen Leutnant oder jede andere Rolle spielte, die die Welt von ihm erwartete. Der echte Ivan war ziemlich schwer faßbar, schätzte Mark; es wäre nicht angebracht, seine Raffinesse zu unterschätzen oder ihn für einen Einfaltspinsel zu halten.

Also einen Mann sollte Mark treffen. Was für einen Mann? Falls es sich um eine weitere Besprechung mit dem Kaiserlichen Geheimdienst handelte, warum konnte er dann dem Mann nicht im Palais Vorkosigan begegnen? War es jemand von der Regierung oder von Premierminister Graf Arals zentristischer Koalitionspartei? Und wenn, warum kam der nicht zu ihm? Ivan würde ihn wohl kaum in den Hinterhalt eines Attentats locken, denn die Vorkosigans hätten ihn in den letzten beiden Jahren jederzeit heimlich umbringen lassen können. Vielleicht wartete auf ihn eine Falle, damit man ihn wegen eines arrangierten Verbrechens *anklagen* könnte? Ideen für noch geheimnisvollere Komplotte gingen ihm durch den Kopf, die alle den gleichen schwerwiegenden Fehler hatten: es fehlten ihnen völlig die Motivation und die Logik.

Er starrte auf eine gedrängte Anordnung von Doppelschwerter-Garnituren an der Wand, eine chronologische Darstellung der Entwicklung der barrayaranischen Schmiedekunst im Verlauf zweier Jahrhunderte, dann eilte er weiter zu Ivan vor einer Vitrine mit Geschoßwaffen, die mit chemischen Explosionen arbeiteten: stark verzierte großkalibrige Vorderlader, die einst Kaiser Vlad Vorbarra gehört hatten, wie das zugehörige Kärtchen verkündete. Die Geschosse waren eigenartigerweise aus purem Gold, massive Kugeln so groß wie Marks Daumenspitze. Auf kurze Entfernung mußte es gewesen sein, als würde man von einem Ziegelstein getroffen, der mit Höchstgeschwindigkeit daherkam. Auf große Entfernung gingen die Kugeln wahrscheinlich daneben. An welchem armen Bauern oder Knappen blieb die Arbeit hängen, die danebengegangenen Kugeln einzusammeln? Oder, noch schlimmer, die Treffer? Einige der ausgestellten glänzenden Kugeln waren abgeplattet oder verformt, und Mark wurde sehr nachdenklich, als eine Karte den Museumsbesucher informierte, dieser höchst deformierte Klumpen habe Lord Vor-Soundso bei der Schlacht von Sowieso getötet… nach seinem Tod ›seinem Gehirn entnommen‹, vermutete Mark. Oder hoffte es. Igitt. Er war nur überrascht, daß jemand die gebrauchte Kugel von dem alten Blut gereinigt hatte, bevor sie ausgestellt wurde, angesichts der blutrünstigen Grausigkeit einiger anderer Ausstellungsstücke. Zum Beispiel der gegerbte und haltbar gemachte Skalp Kaiser Yuris des Wahnsinnigen, Leihgabe aus der privaten Sammlung einer Vor-Sippe.

»Lord Vorpatril.« Es klang nicht wie eine Frage. Der Mann, der da sprach, war so lautlos erschienen, daß sich Mark nicht einmal sicher war, aus welcher Richtung er gekommen war. Er war ebenso dezent gekleidet, war mittleren Alters und wirkte intelligent. Er hätte ein Museumsverwalter sein können. »Kommen Sie bitte mit mir.«

Ivan folgte dem Mann, ohne eine Frage zu stellen oder einen Kommentar abzugeben und bedeutete Mark durch eine Geste, er solle vor ihm gehen. So in die Zange genommen, trottete Mark hinter dem Unbekannten her, hin- und hergerissen zwischen Neugier und Angst.

Sie gingen durch eine Tür mit der Aufschrift ›Zutritt verboten‹, die der Mann mit einem mechanischen Schlüssel aufsperrte und dann wieder hinter ihnen abschloß, dann gingen sie zwei Treppen hoch und einen widerhallenden Korridor mit Holzboden hinab zu einem Raum, der das oberste Stockwerk eines runden Turms an einer Ecke des Gebäudes einnahm. Einst eine Wachstube, war er jetzt als Büro eingerichtet, mit gewöhnlichen Fenstern, die an Stelle der Schießscharten in die Steinmauern gebrochen waren. Darinnen wartete ein Mann, der auf einem Schemel saß und nachdenklich auf das Gelände hinabblickte, das zum Fluß hin abfiel, und auch auf die paar heiter gekleideten Leute, die auf den Pfaden spazierengingen oder kletterten.

Ein schmaler, dunkelhaariger Mann in den Dreißigern, dessen bleiche Haut im Kontrast zur weiten dunklen Kleidung stand, der jede pseudomilitärische Note fehlte. Er blickte auf und lächelte ihrem Führer zu. »Danke, Kevi.« Das schien Gruß und Entlassung zugleich zu sein, denn der Führer nickte und verließ den Raum.

Erst als Ivan nickte und »Majestät« sagte, erkannte Mark, um wen es sich handelte.

Kaiser Gregor Vorbarra persönlich. Ach du Scheiße! Die Tür hinter Mark war durch Ivan blockiert. Mark bezwang die Welle von Panik, die in ihm aufbrandete. Gregor war nur ein Mann, allein, anscheinend unbewaffnet. Der ganze Rest war … Propaganda. Reklametrick. Illusion. Sein Herz schlug trotzdem schneller.

»Hallo, Ivan«, sagte der Kaiser. »Danke, daß ihr gekommen seid. Warum gehst du nicht und schaust dir eine Weile die Ausstellung an?«

»Ich hab sie schon gesehen«, sagte Ivan lakonisch.

»Trotzdem.« Gregor deutete mit einem Rucken des Kopfes in Richtung Tür.

»Ich möchte ja nicht unhöflich sein«, sagte Ivan, »aber der hier ist nicht Miles, nicht einmal an seinen guten Tagen. Und abgesehen von seiner Erscheinung ist er als Attentäter ausgebildet worden. Ist das nicht ein bißchen verfrüht?«

»Gut«, sagte Gregor sanft, »wir werden es herausfinden, nicht wahr? Möchtest du mich ermorden, Mark?«

»Nein«, krächzte Mark.

»Da hast du's. Geh spazieren, Ivan. Ich werde dir nach einer Weile Kevi schicken.«

Ivan zog eine Grimasse der Frustration und – wie Mark spürte – der nicht wenig enttäuschten Neugierde. Er verließ den Raum mit einer ironischen Verbeugung, die zu bedeuten schien: *Auf Euer Majestät Verantwortung.*

»Also, Lord Mark«, sagte Gregor. »Was hältst du bis jetzt von Vorbarr Sultana?«

»Es flog ziemlich schnell an mir vorüber«, sagte Mark vorsichtig.

»Du lieber Himmel, sag bloß nicht, du hast *Ivan* fahren lassen.«

»Ich wußte nicht, daß ich eine Wahl hatte.«

Der Kaiser lachte. »Setz dich.« Er winkte Mark auf den Stuhl hinter dem Komkonsolenpult. Der kleine Raum war ansonsten spärlich möbliert. An der Wand hingen allerdings zahlreiche alte Militärdrucke und Landkarten, wohl Doubletten aus den Beständen des nahen Museums.

Das Lächeln des Kaisers wich seinem anfänglichen nachdenklichen Blick, während er Mark musterte. Mark fühlte sich ein wenig an die Art erinnert, wie Graf Vorkosigan ihn angeschaut hatte, dieser Blick mit der Frage: *»Wer bist du?«*, nur diesmal ohne die gierige Heftigkeit des Grafen. Eine Neugier, die man ertragen konnte.

»Ist das Ihr Büro?« fragte Mark und ließ sich vorsichtig auf dem kaiserlichen Drehstuhl nieder. Für einen Kaiser erschien ihm dieser Raum klein und karg.

»Eines meiner Büros. Dieser ganze Gebäudekomplex ist voll von verschiedenen Büros, einige davon befinden sich in den seltsamsten Winkeln. Graf Vorvolk hat eins in den alten Verliesen. Da kann man kaum den Kopf heben. Diesen Raum hier benutze ich als privates Refugium, wenn ich an den Sitzungen des Rates der Grafen teilnehme oder wenn ich andere Geschäfte hier habe.«

»Warum zähle ich zu den Geschäften? Abgesehen davon, daß ich kein Vergnügen bin. Ist dieses Treffen privat oder offiziell?«

»Ich kann nicht mal spucken, ohne offiziell zu sein. Auf Barrayar kann man beides kaum trennen. Miles ... war ...«, auch Gregors Zunge stolperte über diese Vergangenheitsform, »ein Mitglied meiner Kaste, ein Offizier in meinen Diensten, der Sohn eines äußerst wichtigen, wenn nicht des allerwichtigsten Beamten, und zeit meines Lebens ein persönlicher Freund. Und der Erbe des Grafentitels eines Bezirks. Und die Grafen sind der Mechanismus, durch den ein Mann«, er zeigte auf seine Brust, »sich versechzigfacht. Die Grafen sind die ersten Amtsträger des Kaisertums; ich bin ihr Hauptmann. Verstehst du, daß *ich* nicht das Kaisertum bin? Ein Reich ist bloß ein Begriff aus der Geographie. Das Kaisertum ist eine Gesellschaftsform. Die Masse, die Gesamtheit – letztlich hinab bis zum letzten Untertanen –, *das* ist das Kaisertum. Ich bin nur ein Teil davon. Ein austauschbares Teil dazu – hast du den Skalp meines Großonkels unten im Museum gesehen?«

»Hm ... ja. Er war ziemlich auffällig ausgestellt.«

»Das *ist* die Heimat des Rates der Grafen. Der Drehpunkt eines Hebels mag sich für das Höchste halten, aber er ist nichts ohne den Hebel. Das hat Yuri der Wahnsinnige vergessen. Ich vergesse es nicht. Der Graf des Distrikts der Vorkosigans ist ein weiteres solches lebendiges Teil. Auch austauschbar.« Er hielt inne.

»Ein ... Glied in einer Kette«, sagte Mark vorsichtig, um zu zeigen, daß er zuhörte.

»Ein Glied in einem Kettenhemd. In einem Gewebe. So daß ein schwaches Glied keine Katastrophe ist. Viele müssen gleichzeitig versagen, bevor eine wirkliche Katastrophe eintritt. Jedoch ... wünscht man sich offensichtlich so viele intakte, zuverlässige Glieder wie möglich.«

»Offensichtlich.« *Warum schauen Sie mich dabei an?*

»Also. Erzähle mir, was auf Jackson's Whole geschehen ist. So, wie du es gesehen hast.« Gregor setzte sich auf seinem Schemel auf, hakte einen Fuß hinter den anderen und überkreuzte seine gestiefelten Knöchel, offensichtlich konzentriert und bequem, wie ein Rabe auf einem Zweig.

»Ich müßte mit der Geschichte auf der Erde beginnen.«

»Ganz wie es dir gefällt.« Sein kurzes entspanntes Lächeln besagte, daß Mark alle Zeit der Welt zur Verfügung stand und daß er ihm mit hundertprozentiger Aufmerksamkeit lauschte.

Stockend begann Mark seine Geschichte hervorzustammeln. Gregor stellte nur wenige Fragen, die er einwarf, wenn Mark an den schwierigen Stellen hängenblieb, wenige, aber tiefschürfende Fragen. Gregor suchte nicht nach bloßen Fakten, wie Mark schnell erkannte. Er hatte offensichtlich Illyans Bericht schon gesehen. Der Kaiser war hinter etwas anderem her.

»Ich kann nichts gegen deine guten Absichten sagen«, bemerkte Gregor an einer Stelle. »Das Gewerbe der Gehirntransplantationen ist ein abscheuliches Geschäft. Aber du siehst – deine Bemühungen, dein Überfall werden ihm kaum eine Delle zufügen. Das Haus Bharaputra wird einfach das zerbrochene Glas zusammenkehren und weitermachen.«

»Aber es gibt einen dauernden Unterschied für die neunundvierzig Klons«, erklärte Mark verbissen. »Jeder bringt das gleiche verdammte Argument vor. ›Ich kann nicht alles schaffen, also mache ich gar nichts.‹ Und dann machen alle nichts. Und es geht immer weiter und weiter. Und wenn ich über Escobar hätte zurückreisen können, wie ich es zuerst geplant hatte, dann hätte es eine große Aufregung in den Medien gegeben. Das Haus Bharaputra hätte vielleicht sogar versucht, die Klons auf dem Rechtsweg zurückzubekommen, und dann hätte es *wirklich* einen öffentlichen Skandal gegeben. Dafür hätte ich gesorgt. Selbst wenn man mich auf Escobar verhaftet hätte. Wo es übrigens für die Vollstrecker des Hauses Bharaputra ziemlich schwierig gewesen wäre, meiner habhaft zu werden. Und vielleicht… vielleicht wäre bei mehr Leuten das Interesse für dieses Problem geweckt worden.«

»Aha!« sagte Gregor. »Ein Publicity-Trick.«

»Es war kein Trick«, knirschte Mark.

»Entschuldige. Ich wollte damit nicht sagen, daß deine Bemühungen trivial sind. Ganz im Gegenteil. Aber du hattest auf jeden Fall eine einheitliche langfristige Strategie.«

»Ja, aber die verschwand im Müllschlucker, als ich die Kontrolle über die Dendarii verloren hatte. Sobald sie wußten, wer ich wirklich war.« Er brütete über seiner Erinnerung an diese Hilflosigkeit.

Auf Gregors Aufforderung hin fuhr Mark fort und erzählte von Miles' Tod, dem Schlamassel mit der verlorenen Kryokammer, ihren mißlungenen Versuchen, sie zurückzubekommen und ihrer Vertreibung aus dem Lokalraum von Jackson's Whole. Er ertappte sich dabei, daß er viel mehr von seinen wirklichen Gedanken offenbarte, als ihm lieb war, jedoch... Gregor nahm ihm fast die Befangenheit. Wie schaffte der Mann das? Hinter dem sanften, fast zurückhaltenden Benehmen verbarg sich jemand, der äußerst geschickt im Umgang mit Menschen war. Mit einem konfusen Wortschwall beschrieb Mark den Vorfall mit Maree und seine halbverrückte Zeit in Einzelhaft, dann verfiel er in Schweigen.

Gregor runzelte nachdenklich die Stirn und war einige Zeit still. Verdammt, der Mann war die ganze Zeit still. »Mir scheint, Mark, daß du deine Stärken abwertest. Du bist im Kampf erprobt worden und hast deinen körperlichen Mut bewiesen. Du kannst Initiativen ergreifen und viel wagen. Dir fehlt es nicht an Hirn, allerdings manchmal... an Informationen. Kein schlechter Start hinsichtlich der Eigenschaften, die für ein Grafenamt gebraucht werden. Eines Tages.«

»Keines Tages. Ich möchte kein Graf von Barrayar werden«, weigerte Mark sich nachdrücklich.

»Es könnte der erste Schritt zu meinem Job sein«, sagte Gregor mit einem leichten Lächeln.

»Nein! Das wäre noch schlimmer. Man würde mich bei lebendigem Leibe auffressen. Mein Skalp würde ebenfalls in die Sammlung unten im Museum wandern.«

»Durchaus möglich.« Gregors Lächeln verschwand. »Ja, ich habe mich oft gefragt, wo meine Körperteile mal überall landen werden. Und doch – wie ich hörte, hat man dich erst vor zwei Jahren darauf angesetzt, nach der Kaiserwürde zu greifen. Arals Grafentitel eingeschlossen.«

»So tun, als ob, ja. Aber jetzt sprechen Sie über die Realität. Nicht über eine Imitation.« *Ich bin doch bloß eine Imitation, wissen Sie das nicht?* »Ich habe nur die Außenseite studiert. Die Innenseite kann ich mir kaum vorstellen.«

»Aber du verstehst«, sagte Gregor, »daß wir alle so anfangen. So tun, als ob. Die Rolle ist eine hohle Form, in die wir langsam mit wirklichem Fleisch hineinwachsen.«

»Und dann zur Maschine werden?«

»Einigen geht es so. Das ist die pathologische Version eines Grafen, und davon gibt es ein paar. Andere werden… humaner. Die Maschine, die Rolle wird dann zu einer praktisch gearbeiteten Prothese, die dem Menschen dient. Beide Typen sind für meine Zwecke nützlich. Man muß sich einfach sicher sein, wo sich der Mann, mit dem man redet, auf der Skala der Selbsttäuschung befindet.«

Ja, Gräfin Cordelia hatte sicher bei der Erziehung dieses Mannes mitgewirkt. Mark spürte ihre Spur, wie phosphoreszierende Fußstapfen in der Dunkelheit. »Was sind Ihre Ziele?«

Gregor zuckte die Achseln. »Den Frieden bewahren. Die verschiedenen Gruppierungen davon abhalten, sich gegenseitig umzubringen. Dafür sorgen, daß kein galaktischer Eindringling je wieder den Fuß auf barrayaranischen Boden setzt. Den wirtschaftlichen Fortschritt fördern. Die Dame Frieden ist die erste Geisel, die genommen wird, wenn wirtschaftliche Schwierigkeiten auftauchen. In dieser Hinsicht steht meine Herrschaft unter einem ungewöhnlichen Segen durch das Terraformen des zweiten Kontinents und der Öffnung des Planeten Sergyar für vollständige Kolonisierung. Nachdem jetzt endlich diese üble Plage mit den subkutanen Würmern unter Kontrolle ist. Die Besiedlung von Sergyar dürfte einige Generationen lang die überschüssige Energie aller Bewohner Barrayars absorbieren. Ich habe in letzter Zeit einiges an Kolonialgeschichte studiert und mich dabei gefragt, wie viele von den damals aufgetretenen Fehlern wir vermeiden können … nun ja, also.«

»Ich möchte immer noch nicht Graf Vorkosigan werden.«

»Ohne Miles hast du eigentlich keine Wahl.«

»Quatsch.« Zumindest hoffte er, es sei Quatsch. »Sie haben gesagt, es handle sich um ein austauschbares Teil. Man könnte genausogut jemand anderen finden, wenn nötig. Zum Beispiel Ivan.«

Gregor lächelte freudlos. »Ich gebe zu, ich habe oft das gleiche Argument benutzt. Doch in meinem Fall geht es um die Nachkommen. Schlimme Träume über das Schicksal meiner Körperteile sind nichts im Vergleich zu den Alpträumen, die ich über das Schicksal meiner theoretischen zukünftigen Kinder habe. Und ich werde nicht eine Blüte aus hoher Vor-Familie ehelichen, deren Stammbaum in den letzten sechs Generationen sich sechzehnmal mit dem meinen kreuzt.« Er zügelte sich plötzlich mit einem entschuldigenden Grinsen. Und doch … der Mann war so beherrscht, daß Mark sich vorstellte, dieser Blick auf den inneren Gregor diene einem Zweck.

Mark bekam allmählich Kopfweh. Ohne Miles … *Mit* Miles würden alle diese barrayaranischen Dilemmata Miles gehören. Und Mark wäre frei, sich irgendwie … seinen eigenen Dilemmata zu stellen. Seinen eigenen Dämonen, nicht diesen adoptierten. »Das ist nicht meine... Gabe. Mein Talent. Interesse. Schicksal. Ich weiß nicht, was.« Er rieb sich im Nacken.

»Leidenschaft, Passion?« sagte Gregor.

»Ja, das würde passen. Ein Grafentitel ist nicht meine Passion.«

Nach einem Moment des Nachdenkens fragte Gregor neugierig: »Was ist deine Passion, Mark? Wenn nicht Regierung oder Macht oder Wohlstand – du hast Wohlstand noch nicht einmal erwähnt.«

»Genügend Wohlstand, um das Haus Bharaputra zu zerstören, ist so weit jenseits meiner Möglichkeiten, daß es einfach... nicht paßt. Diese Lösung gibt es für mich nicht. Ich... ich... einige Menschen sind Kannibalen. Das Haus Bharaputra, seine Kunden – ich möchte die Kannibalen stoppen. *Das* wäre es wert, daß man dafür aus dem Bett steigt.« Ihm wurde bewußt, daß seine Stimme lauter geworden war, und er sank wieder auf dem weichen Stuhl zusammen.

»Mit anderen Worten... du hast eine Leidenschaft für Gerechtigkeit. Oder darf ich sagen, Sicherheit. Ein kurioses Echo deines... hm... Originals.«

»Nein, nein!« *Nun ja... vielleicht in einem gewissen Sinn.* »Vermutlich gibt es auch auf Barrayar Kannibalen, aber sie haben nicht mein persönliches Interesse auf sich gezogen. Ich denke nicht in den Kategorien des Gesetzesvollzugs, denn das Transplantationsgewerbe ist auf Jackson's Whole nicht illegal. Also ist ein Polizist auch nicht die Lösung. Oder... es müßte ein verdammt ungewöhnlicher Polizist sein.« Etwa wie ein verdeckter Agent des Kaiserlichen Sicherheitsdienstes? Mark versuchte sich einen Kriminalinspektor vorzustellen, der einen Kaperbrief mit sich führte. Aus irgendeinem Grund kam ihm immer wieder eine Vision seines Originals. Zur Hölle mit Gregors beunruhigender Anspielung. *Kein Polizist. Ein fahrender Ritter. Die Gräfin hatte ins Schwarze getroffen.* Aber es gab keinen

Platz mehr für fahrende Ritter. Die Polizei würde sie festnehmen müssen.

Gregor lehnte sich zurück und sah dabei leicht befriedigt aus. »Das ist sehr interessant.« Sein geistesabwesender Blick ähnelte dem eines Mannes, der sich den Code für einen Safe einprägte. Er glitt von seinem Schemel und wanderte an den Fenstern entlang, um dann aus einem anderen Winkel hinabzublicken. Das Gesicht dem Licht zugewandt, bemerkte er: »Mir scheint, der zukünftige Zugang zu deiner … Passion hängt sehr davon ab, daß wir Miles zurückbekommen.«

Mark seufzte frustriert. »Das liegt nicht in meinen Händen. Man wird mich nie … was kann ich schon tun, was der Kaiserliche Sicherheitsdienst nicht kann? Vielleicht stöbern sie ihn auf. Jeden Tag kann es jetzt soweit sein.«

»Mit anderen Worten«, sagte Gregor langsam, »in diesem Augenblick ist das Wichtigste in deinem Leben etwas, das zu bewirken dir die Macht fehlt. Du hast mein tiefes Mitgefühl.«

Wider Willen rutschte Mark eine ehrliche Antwort heraus. »Ich bin hier praktisch ein Gefangener. Ich kann nichts tun, und ich kann nicht abhauen!«

Gregor hob den Kopf. »Hast du es schon versucht?«

Mark zögerte. »Nun ja … nein, noch nicht wirklich.«

»Aha.« Gregor wandte sich von dem Fenster ab und nahm eine kleine Plastikkarte aus der Innentasche seiner Jacke. Er reichte sie Mark über den Tisch. »Meine Stimme dringt nur bis zu den Grenzen von Barrayars Interessenbereich«, sagte er. »Trotzdem … hast du hier meine private Vidcom-Nummer. Deine Anrufe werden nur von einer einzigen Person überprüft. Du wirst auf die Liste gesetzt. Sag einfach deinen Namen, und dann wirst du durchgestellt.«

»Ah … danke«, sagte Mark vorsichtig. Er war verwirrt. Die Karte wies nur den Code-Streifen auf: keinerlei sonstige Identifikation. Er steckte sie sehr sorgfältig weg.

Gregor berührte eine Audiocom-Nadel an seiner Jacke und sprach mit Kevi. Wenige Augenblicke später klopfte es, die Tür ging auf, und Ivan kam herein. Mark, der begonnen hatte, in Gregors Drehstuhl zu schaukeln – er quietschte nicht –, kletterte verlegen herunter.

Gregor und Ivan verabschiedeten sich so lakonisch, wie sie sich begrüßt hatten, und Ivan führte Mark aus dem Turmzimmer hinaus. Als sie um die Ecke bogen, schaute Mark zurück, da er Schritte hörte. Kevi geleitete schon den nächsten Mann zu einem Termin mit dem Kaiser hinein.

»Wie ist es so gelaufen?« fragte Ivan.

»Ich fühle mich erschöpft«, gab Mark zu.

Ivan lächelte grimmig. »Wenn er der Kaiser ist, kann Gregor das einem schon antun.«

»Kaiser ist? Oder spielt?«

»Nein, er spielt nicht.«

»Er hat mir seine Nummer gegeben.« *Und ich glaube, er hat auch die meine.*

Ivan hob die Augenbrauen. »Willkommen im Club. Die Leute, die diesen Zugang zu ihm haben, kann ich zählen, ohne daß ich beide Stiefel ausziehen muß.«

»Hat … Miles dazugehört?«

»Natürlich.«

KAPITEL 14

Ivan führte ihn zum Essen aus. Anscheinend handelte er dabei auf Befehl – der Gräfin, war Marks erste Vermutung. Ivan folgte einer Menge Befehle, wie Mark mit einem leichten Anflug von Mitgefühl feststellte. Sie gingen in ein Viertel, das die Karawanserei genannt wurde, ein gutes Stück zu Fuß von Schloß Vorhartung. Einer weiteren Bodenwagenfahrt mit Ivan entging Mark dank der Enge der Straßen und Gassen in diesem alten Stadtbezirk.

Die Karawanserei selbst war ein kurioses Beispiel für die soziale Entwicklung auf Barrayar. Sein ältester Kern war gesäubert, renoviert und in ein angenehmes Labyrinth von Läden, Cafés und kleinen Museen umgewandelt worden. Die Besucher waren eine Mischung aus städtischen Arbeitnehmern, die eine Gaststätte aufsuchten, und Touristen aus der Provinz, die in die Hauptstadt gekommen waren, um die historischen Stätten zu besichtigen.

Diese Umwandlung hatte sich von der Zusammenballung alter Regierungsgebäude (wie Schloß Vorhartung) am Fluß in Richtung auf das Zentrum des Bezirks ausgebreitet. Am südlichen Rand verlor sich die Erneuerung in jener Art schäbiger, leicht gefährlicher Gebiete, die der Karawanserei ihren ursprünglichen gefährlichen Ruf eingetragen hatten. Unterwegs zeigte Ivan stolz auf ein Gebäude, in dem er während des Bürgerkriegs um den Usurpator Vordarian geboren worden war, wie er behauptete. Jetzt war darin ein Laden, in dem überteuerte handgewebte Teppiche und andere Antiquitäten verkauft wurden, die vermutlich noch aus dem Zeitalter der Isolation übrig waren. So wie Ivan sich gab, erwartete Mark fast, es müßte eine Tafel an der Hauswand das Ereignis verewigen, doch es gab keine; er schaute extra nach.

Nachdem sie in einem der kleinen Cafés gegessen hatten, verfiel Ivan, dessen Gedanken sich jetzt mit seiner Familiengeschichte befaßten, auf die Idee, Mark die Stelle auf dem Straßenpflaster zu zeigen, wo sein Vater, Lord Padma Vorpatril, während desselben Krieges von Vordarians Sicherheitskräften ermordet worden war. Da Mark empfand, dies passe zu dem generellen grausigen historischen Tenor dieses Vormittags, war er einverstanden, und sie zogen wieder zu Fuß los, diesmal nach Süden. Die Architektur wechselte von den niedrigen, gelbbraun verputzten Häusern aus dem ersten Jahrhundert des Zeitalters der Isolation zu den hohen roten Backsteingebäuden des letzten Jahrhunderts dieser Epoche, die die Grenze der eigentlichen Karawanserei markierten.

Diesmal gab es, bei Gott, eine Erinnerungstafel, ein in Bronze gegossenes Rechteck mitten auf der Straße. Bodenwagen fuhren daran vorbei oder darüber hinweg, während Ivan darauf schaute.

»Man sollte meinen, die Tafel hätte wenigstens auf dem Gehsteig plaziert werden sollen«, sagte Mark.

»Es ging um die Genauigkeit«, sagte Ivan. »Meine Mutter hat darauf bestanden.«

Mark wartete respektvoll eine Weile, um Ivan wer weiß was für eine innere Betrachtung zu gestatten. Schließlich blickte Ivan auf und sagte heiter: »Wie wär's mit einem Nachtisch? Ich kenne da um die Ecke eine großartige kleine Bäckerei, die in der Art des Keroslav-Distrikts bäckt. Mutter hat mich immer dorthin mitgenommen, wenn wir einmal im Jahr hierherkamen, um die Opfergaben zu verbrennen. Es ist bloß ein Loch in der Mauer, aber gut.«

Mark hatte das Mittagessen noch nicht ganz verdaut, aber es stellte sich heraus, daß in der Bäckerei, die von außen so heruntergekommen aussah, allerlei Köstlichkeiten feilgeboten wurden, und am Ende hatte er einen Beutel voller Nußrollen und traditioneller Brillbeerentörtchen für später erstanden. Während Ivan sich noch mit der Auswahl von Delikatessen befaßte, die an Lady Vorpatril geliefert werden sollten, und möglicherweise auch in noch süßere Verhandlungen mit der hübschen Verkäuferin eintrat – es war schwer zu sagen, ob Ivan es ernst meinte oder nur aus Reflex handelte –, trat Mark nach draußen.

Galen hatte einmal, erinnerte sich Mark, ein paar komarranische Spione in diesem Viertel untertauchen lassen. Zweifellos hatte sie der Kaiserliche Sicherheitsdienst von Barrayar vor zwei Jahren bei der Razzia, die auf die Aufdeckung des Komplotts gefolgt war, hochgehen lassen. Doch er fragte sich, ob er sie hätte finden können, wenn Galens Racheträume je wirklich geworden wären. Es müßte diese Straße geradeaus und dann die zweite Querstraße sein... Ivan plauderte immer noch mit dem Mädchen in der Bäckerei. Mark spazierte los.

Nach wenigen Minuten fand er zu seiner Befriedigung die Adresse. Er beschloß, nicht hineinzugehen und nachzuschauen. Er machte kehrt und nahm einen Weg, den er für eine Abkürzung zur Hauptstraße und zur Bäckerei hielt. Er erwies sich jedoch als Sackgasse. Er machte wieder kehrt und ging auf die Einmündung der Gasse zu.

Eine alte Frau und ein magerer junger Mann, die auf einer kleinen Veranda saßen, hatten ihn in die Gasse hineingehen sehen und beobachteten, wie er jetzt wieder herauskam. In den trüben Augen der alten Frau funkelte es feindselig auf, als er wieder in das Blickfeld ihrer Kurzsichtigkeit trat.

»Das ist kein Junge. Das ist ein *Mutie*«, flüsterte sie

dem jungen Mann zu. Ihrem Enkel? Sie stupste ihn. »Ein Mutie in *unserer* Straße.«

So angestachelt, rappelte der junge Mann sich hoch und trat Mark in den Weg. Der Bursche war größer als er – wer war dies nicht –, aber nicht viel schwerer. Er war bleich und hatte öliges Haar. Er spreizte aggressiv die Beine und versperrte Mark den Weg. O Gott, Eingeborene! In all ihrer mürrischen Herrlichkeit.

»Du solltest nich' hier sein, Mutie.« Er spuckte aus, wie es seiner Meinung nach Schläger wohl taten. Mark mußte fast lachen.

»Du hast recht«, stimmte er bereitwillig zu. Er sprach dabei im mittelatlantischen Akzent von der Erde, nicht in dem von Barrayar. »Hier ist der Arsch der Welt.«

»Fremdweltler!« jaulte die alte Frau mit scharfer Mißbilligung. »Mach doch einen Wurmlochsprung in die Hölle, Fremdweltler!«

»Scheine ich schon gemacht zu haben«, sagte Mark trocken. Schlechte Manieren, aber er war in einer schlechten Stimmung. Wenn diese Flegel aus den Slums ihn piesacken wollten, dann würde er sich sofort revanchieren. »Barrayaraner! Wenn es noch etwas Schlimmeres gibt als die Vor, dann sind es die Narren, die unter ihnen stehen. Kein Wunder, daß die Galaktiker diesen Planeten als das Letzte ansehen.« Er war überrascht, wie leicht sich seine unterdrückte Wut Luft verschaffte, und wie gut es ihm tat. Doch er sollte lieber nicht zu weit gehen.

»Dich krieg ich schon, Mutie«, versprach der Bursche und stellte sich drohend auf die Fußballen. Die alte Hexe hetzte ihren Schlägerenkel mit einer rüden Geste auf Mark los. Eine eigentümliche Situation; kleine alte Damen und Straßenganoven waren normalerweise natürliche Feinde, aber diese beiden schienen zusammenzuhalten. Kameraden des Kaiserreiches, zweifellos, vereint gegen einen gemeinsamen Feind.

»Lieber ein Mutie als ein Trottel«, intonierte Mark mit geheuchelter Herzlichkeit.

Der Rüpel runzelte die Stirn. »Heh! Meinst du damit etwa mich? Ha?«

»Siehst du hier noch *andere* Trottel in der Nähe?« Als der Junge mit den Augen zuckte, blickte Mark über die Schulter. »Oh, entschuldige. Es gibt noch zwei. Ich verstehe, daß du verwirrt warst.« Er spürte einen Adrenalinstoß, der das Mittagessen in seinem Bauch in einen Klumpen der Reue verwandelte. Noch zwei Jugendliche, größer, schwerer, älter, aber eben nur Jugendliche. Möglicherweise bösartig, aber untrainiert. Doch ... wo war jetzt Ivan? Wo waren jetzt diese verdammten unsichtbaren Wachen, die sich in der äußeren Peripherie befinden sollten? Machten die gerade Pause? »Bist du nicht zu spät dran zur Schule? Vielleicht zur Förderklasse für Sabberer?«

»*Komischer* Mutie«, sagte einer der älteren. Er lachte nicht.

Der Angriff kam plötzlich und war für Mark fast überraschend; er hatte gedacht, die Etikette erfordere, daß sie zuerst noch ein paar weitere Beleidigungen austauschten, und er war gerade dabei gewesen, sich ein paar gute auszudenken. In die Heiterkeit mischte sich auf seltsame Weise die Erwartung von Schmerz. Oder vielleicht war die Erwartung von Schmerzen erheiternd. Der größte der Ganoven versuchte ihn in die Lendengegend zu treten. Mark packte den Fuß mit einer Hand und riß ihn nach oben, worauf der Bursche mit solcher Wucht rücklings auf die Steine knallte, daß ihm die Luft wegblieb. Der zweite ließ einen Faustschlag vom Stapel; Mark packte seinen Arm. Sie wirbelten herum, und der Rüpel taumelte gegen seinen schmächtigen Kumpan. Unglücklicherweise befanden sich jetzt beide zwischen Mark und dem Ausgang der Gasse.

Sie rappelten sich hoch, überrascht und empört. Was

für eine leichte Beute hatten sie eigentlich erwartet, um Gottes willen? *Leicht genug.* Marks Reflexe waren seit zwei Jahren nicht mehr trainiert, und er war schon fast außer Atem. Doch das zusätzliche Gewicht machte es für die anderen schwieriger, ihn umzustoßen. *Drei zu eins gegen einen verkrüppelt wirkenden dicken kleinen verirrten Fremden, was? So habt ihr es gern? Kommt her, ihr kleinen Kannibalen.* Er hielt immer noch den Beutel aus der Bäckerei in der Hand, als er grinste und seine Arme einladend öffnete.

Sie sprangen beide gemeinsam auf ihn los und signalisierten jede Bewegung. Die rein defensiven *Katas* funktionierten auch weiterhin entzückend. Die beiden Angreifer sausten durch das Tor seines Schwunges und landeten beide auf dem Boden, wo sie – Opfer der eigenen Aggression – benommen den Kopf schüttelten. Mark bewegte seinen Unterkiefer hin und her, der einen plumpen Schlag abbekommen hatte, hart genug, um ihm weh zu tun und ihn aufzuwecken. Die nächste Runde verlief nicht so erfolgreich; Mark mußte sich aus der Reichweite der anderen rollen, dabei verlor er schließlich den Beutel aus der Bäckerei, und prompt stampfte einer darauf. Und dann erwischte ihn einer der anderen in einem Handgemenge, und sie revanchierten sich mit laienhaften Faustschlägen. Mark geriet ernsthaft außer Atem. Er plante einen Armriegel und dann einen Sprint zur Straße. Damit hätte es enden können und alle wären auf ihre Kosten gekommen, wenn nicht einer der idiotischen Ganoven, der am Boden kauerte, einen abgenutzten alten Schockstab herausgezogen und nach Mark gestoßen hätte.

Mark tötete ihn fast mit einem Tritt gegen den Hals; er bremste sich gerade noch rechtzeitig, und der Schlag landete etwas verschoben. Noch durch seinen Stiefel spürte er, wie das Gewebe zerquetscht wurde, eine übelkeiterregende Empfindung lief durch seinen Körper. Mark wich erschrocken zurück, als der Junge sich gurgelnd am Boden wälzte. *Nein, ich bin nicht zum Kämpfen trainiert worden. Ich wurde trainiert zum Töten. Oh, Mist.* Es war ihm gelungen, den Kehlkopf nicht ganz zu zerschmettern. Er hoffte inständig, daß der Tritt nicht ein größeres inneres Blutgefäß beschädigt hatte. Die anderen beiden Angreifer hielten schockiert inne.

Ivan kam um die Ecke gerannt. »Was, zum Teufel, tust du da?« schrie er heiser.

»Ich weiß es nicht«, keuchte Mark, der vornübergebeugt dastand, die Hände auf den Knien. Das Blut aus der Nase lief über sein neues Hemd. In einer verzögerten Reaktion begann er zu zittern. »Die sind auf mich losgegangen.« *Ich habe sie provoziert. Warum,* zum Teufel, tat er das? Es war alles so schnell geschehen…

»Gehört der Mutie zu *Ihnen,* Soldat?« fragte der schmächtige Junge in einer Mischung aus Überraschung und Schrecken.

Mark sah in Ivans Gesicht den Kampf mit dem Impuls, alle Beziehungen zu ihm zu leugnen. »Ja«, würgte Ivan schließlich hervor. Der große Ganove, der noch auf den Beinen war, wich zurück, drehte sich um und rannte davon. Der Schmächtige war durch die Anwesenheit des Verletzten und der alten Frau an die Szene gefesselt, doch er schaute drein, als wollte auch er davonrennen. Die Alte, die aufgestanden und zu ihrem zusammengeschlagenen Streiter gehumpelt war, schrie Mark Beschuldigungen und Drohungen zu. Sie war die einzige unter den Anwesenden, die von Ivans grüner Offiziersuniform unbeeindruckt zu sein schien. Dann erschien die Stadtwache am Ort des Geschehens.

Sobald er sicher war, daß man sich um den verletzten Ganoven kümmern würde, hielt Mark den Mund und ließ Ivan die Sache regeln. Ivan log wie ein… Kavallerist, um den Namen Vorkosigan aus der ganzen Sache herauszuhalten. Die Männer von der Stadtwache ihrerseits erkannten, wer Ivan war; deshalb dämpften sie die Hysterie der alten Frau und brachten Mark und Ivan schleunigst weg. Mark lehnte es von selbst ab, Anzeige wegen Überfall zu erstatten; Ivans dringender diesbezüglicher Rat war überflüssig. Dreißig Minuten später saßen sie schon wieder in Ivans Bodenwagen. Diesmal fuhr Ivan viel langsamer; wahrscheinlich, so meinte Mark, saß ihm der Schreck noch in den Knochen, daß er beinahe seinen Schützling verloren hatte.

»Wo, zum Teufel, war dieser Kerl von der Außensicherung, der mein Schutzengel sein sollte?« fragte Mark und tastete vorsichtig die blauen Flecken in seinem Gesicht ab. Seine Nase hatte endlich aufgehört zu bluten. Vorher hatte Ivan ihn nicht in den Bodenwagen einsteigen lassen, und er hatte sich auch vergewissert, daß Mark sich nicht übergeben würde.

»Wer hat denn deiner Meinung nach die Stadtwache gerufen? Die Leute von der Außensicherung sollen diskret sein.«

»Ach so.« Marks Rippen schmerzten, aber es war nichts gebrochen, wie er feststellte. Anders als sein Original hatte er sich nie einen Knochen gebrochen. *Mutie.* »War… hatte *Miles* sich auch mit diesem Schwachsinn abgeben müssen?« Alles, was er diesen Leuten angetan hatte, war, auf der Straße an ihnen vorüberzugehen. Falls Miles so wie er gekleidet und allein gewesen wäre, hätten sie dann *ihn* auch angegriffen?

»*Miles* wäre schon einmal nicht so dumm gewesen, dort herumzuspazieren!«

Mark runzelte die Stirn. Aus Galens Erzählungen hatte er den Eindruck gewonnen, Miles' Rang hätte ihn gegen die mutagenen Vorurteile der Barrayaraner immun gemacht. Hatte Miles wirklich ständig in seinem Kopf Sicherheitsberechnungen anstellen müssen, um festzustellen, wohin er gehen und was er tun konnte?

»Und wenn er dort herumspaziert wäre«, fuhr Ivan

fort, »dann hätte er sich seinen Weg freigeredet. Und wäre durchgeschlüpft. Warum, verdammt noch mal, mußtest du dich mit drei Burschen einlassen? Wenn du bloß möchtest, daß dir einer die Seele aus dem Leib prügelt, dann komm zu mir. Ich würde es gern tun.«

Mark zuckte verlegen die Achseln. War es das, was er insgeheim gesucht hatte? Eine Bestrafung? Ging deshalb alles so schnell so schief? »Ich dachte, ihr wärt alle die großen Vor. Warum solltet ihr irgendwo vorbeischleichen müssen? Könnt ihr nicht einfach den Abschaum niedertrampeln?«

Ivan stöhnte. »Nein. Und ich werde immer froh sein, daß ich nicht *dein* ständiger Leibwächter bin.«

»Da bin ich auch froh, wenn das ein Beispiel für deine Arbeitsweise ist«, erwiderte Mark knurrend. Er überprüfte seinen linken Eckzahn. Gaumen und Lippe waren angeschwollen, aber der Zahn wackelte nicht.

Ivan knurrte nur. Mark lehnte sich zurück und überlegte, wie es dem Jungen mit der verletzten Kehle wohl ginge. Die Stadtwachen hatten ihn zur ärztlichen Behandlung fortgeschafft. Mark hätte nicht mit ihm kämpfen sollen; um ein Haar hätte er ihn getötet. Er hätte alle drei töten können. Diese Ganoven waren schließlich nur *kleine* Kannibalen. Deshalb, so erkannte Mark, hätte Miles mit ihnen geredet und wäre an ihnen vorbeigeschlüpft; nicht aus Angst oder aus *noblesse oblige*, sondern weil diese Kerle einfach nicht zu seiner … Gewichtsklasse gehörten. Mark wurde schlecht. *Barrayaraner. Gott steh mir bei!*

Ivan hielt vor seinem Appartement an, das sich in einem Turm in einem der besseren Stadtbezirke befand, nicht weit von den ganz modernen Regierungsgebäuden entfernt, in denen das Hauptquartier der Kaiserlichen Streitkräfte untergebracht war. Dort erlaubte er Mark, sich zu waschen und die Blutflecken von seiner Kleidung zu entfernen, bevor er ins Palais Vorkosigan zurückkehrte. Als er Marks Hemd aus dem Trockner holte und ihm zuwarf, bemerkte Ivan: »Dein Körper wird morgen bunt gescheckt sein. Nach so was wäre Miles die nächsten drei Wochen im Krankenhaus gelegen. Ich hätte ihn auf einem Brett von dort wegschleppen müssen.«

Mark blickte auf die roten Flecken hinab, die gerade purpurn wurden. Er war am ganzen Körper steif. Ein halbes Dutzend gezerrter Muskeln protestierten gegen ihren Mißbrauch. All das konnte er verheimlichen, aber in seinem Gesicht gab es rote Flecke, die er würde erklären müssen. Dem Graf und der Gräfin zu erzählen, er hätte einen Bodenwagenunfall mit Ivan erlebt, hätte zwar vollkommen glaubhaft geklungen, aber er bezweifelte, daß sie mit dieser Lüge durchkommen würden.

Am Ende übernahm wieder Ivan das Reden, als er ihn bei der Gräfin ablieferte. Er gab einen wahren, aber völlig gekürzten Bericht über Marks Abenteuer: »Ach, er ist davonspaziert und die Leute aus der Gegend haben ihn ein bißchen herumgeschubst, aber ich habe ihn eingeholt, bevor noch viel passieren konnte. Adieu, Tante Cordelia …« Mark ließ ihn ungehindert entkommen.

Beim Abendessen schien es, als ob inzwischen der vollständige Bericht den Grafen und die Gräfin erreicht hätte. Mark spürte die leichte, kühle Spannung, als er sich auf seinen Platz am Tisch gleiten ließ, gegenüber von Elena Bothari-Jesek, die endlich von ihrer langen und wahrscheinlich zermürbenden Befragung aus dem Sicherheitshauptquartier zurück war.

Der Graf wartete, bis der erste Gang serviert war und der menschliche Diener das Speisezimmer verlassen hatte, dann bemerkte er: »Ich bin froh, daß deine heutige Lektion nicht tödlich ausgegangen ist, Mark.«

Mark gelang es, zu schlucken ohne zu würgen, und er sagte mit gedämpfter Stimme: »Für ihn oder für mich?«

»Für beide. Möchtest du hören, wie es deinem Opfer geht?«

Nein. »Ja, bitte.«

»Die Ärzte im Stadtkrankenhaus rechnen damit, ihn in zwei Tagen entlassen zu können. Eine Woche lang wird er flüssige Nahrung zu sich nehmen müssen. Er wird seine Stimme wiederbekommen.«

»Oh, gut.« *Ich hatte nicht vor…* Was für einen Sinn hatten Entschuldigungen und Proteste? Keinen, das war sicher.

»Ich hatte vor, seine Krankenhausrechnung zu übernehmen, privat, doch ich mußte entdecken, daß Ivan mir schon zuvorgekommen war. Ich habe es mir überlegt und beschlossen, ihn dafür geradestehen zu lassen.«

»Ah.« Sollte Mark dann anbieten, Ivan die Kosten zu ersetzen? Hatte er überhaupt Geld, oder Recht auf Geld? Gesetzlich? Moralisch?

»Morgen«, bemerkte die Gräfin, »wird Elena deine einheimische Führerin sein. Und Pym wird euch begleiten.«

Elena sah gar nicht begeistert aus.

»Ich habe mit Gregor gesprochen«, fuhr Graf Vorkosigan fort. »Anscheinend hast du ihn irgendwie hinreichend beeindruckt, denn er hat seine Zustimmung gegeben, daß ich dich formell als meinen Erben vorstelle, das jüngere Mitglied des Hauses Vorkosigan im Rat der Grafen. Zu einem Zeitpunkt nach meinem Gutdünken, falls und wenn Miles' Tod bestätigt wird. Offensichtlich wäre dieser Schritt noch verfrüht. Ich bin mir noch nicht sicher, ob es besser wäre, deine Bestätigung durchzudrücken, bevor die Grafen dich kennenlernen, oder nachdem sie Zeit gehabt haben, sich an die Idee zu gewöhnen. Ein schnelles Manöver, kurz und rasch, oder eine sich lang hinziehende Belagerung. Diesmal halte ich ausnahmsweise eine Belagerung für besser. Wenn wir gewinnen, dann wäre dein Sieg viel sicherer.«

»Können sie mich ablehnen?« fragte Mark. *Ist das ein Licht am Ende des Tunnels?*

»Sie müssen dich mit einfacher Mehrheit akzeptieren und bestätigen, damit du die Grafenwürde erbst. Mein persönliches Eigentum ist eine andere Sache. Normalerweise ist eine solche Bestätigung eine Routine beim ältesten Sohn, oder wenn ein Sohn fehlt, dann bei irgendeinem fähigen männlichen Verwandten, den ein Graf vielleicht benennt. Praktisch müßte es nicht einmal ein Verwandter sein, obwohl es fast immer einer ist. Da gab es den berühmten Fall eines der Grafen Vortala, damals im Zeitalter der Isolation, der sich mit seinem Sohn zerstritten hatte. Der junge Lord Vortala hatte sich im Handelskrieg von Zidiarch mit seinem Schwiegervater verbündet. Vortala enterbte seinen Sohn, und es gelang ihm irgendwie, bei einer Rumpfsitzung des Rates die Grafen dazu zu bringen, sein Pferd Mitternacht als seinen Erben zu bestätigen. Er behauptete, das Pferd sei ebenso intelligent wie sein Sohn und habe ihn nie verraten.«

»Was für ... ein hoffnungsvoller Präzedenzfall für mich«, würgte Mark hervor. »Wie machte sich Graf Mitternacht? Verglichen mit einem durchschnittlichen Grafen.«

»Lord Mitternacht. Leider hat niemand das herausgefunden. Das Pferd starb vor Vortala, der Krieg ging allmählich zu Ende, und schließlich erbte doch der Sohn. Aber es handelte sich dabei um einen der zoologischen Höhepunkte in der bunten politischen Geschichte des Rates der Grafen, zusammen mit dem berüchtigten Komplott der Brandstifterkatze.« In Graf Vorkosigans Augen funkelte eine gewisse skurrile Begeisterung, als er all dies erzählte. Sein Blick fiel auf Mark, und seine momentane Munterkeit verflog. »Wir haben einige Jahrhunderte Zeit gehabt, alle beliebigen Präzedenzfälle anzusammeln, vom Absurden bis zum

Schrecklichen. Und ein paar vernünftige auch, die die Würde wahren.«

Der Graf stellte keine weiteren Fragen über Marks Tag, und Mark gab von sich aus keine weiteren Einzelheiten preis. Das Abendessen ging ihm hinunter wie Blei, und Mark machte sich davon, sobald der Anstand es ihm erlaubte.

Er schlich sich in die Bibliothek, den langen Raum am Ende eines Flügels des ältesten Teils des Hauses. Die Gräfin hatte ihn ermuntert, dort zu schmökern. Zusätzlich zu einem Lesegerät mit Zugang zu öffentlichen Datenbanken und einer per Code gesperrten und gesicherten Regierungs-Komkonsole mit ihren eigenen speziellen Kommunikatoren, gab es in dem Raum Regale voller gebundener gedruckter und sogar handgeschriebener Bücher aus Papier aus dem Zeitalter der Isolation. Die Bibliothek erinnerte Mark an Schloß Vorhartung mit seinen modernen Einrichtungen und Funktionen, die mühsam in seltsame Ecken einer alten Architektur gestopft worden waren, die nie einen Platz für sie vorgesehen hatte.

Als er an das Museum dachte, fiel sein Blick auf einen großen Folio-Band mit Holzschnitten von Waffen und Rüstungen, und er zog ihn vorsichtig aus seinem Schuber und trug ihn zu einem der beiden Alkoven, die die lange Glastür zum Garten flankierten. Der Alkoven war luxuriös eingerichtet; ein kleiner Tisch vor einem breiten Ohrensessel bot sich als Unterlage für den im doppelten Sinn schweren Band an. Nachdenklich blätterte Mark ihn durch. Fünfzig Arten von Schwertern und Messern, wobei jede leichte Variation einen eigenen Namen besaß, dazu noch die Namen für alle Teile … was für eine absolut fraktale Wissensbasis, wie sie von einer geschlossenen Ingroup wie den Vor geschaffen wurde, die ihrerseits dadurch am Leben gehalten wurde …

Die Tür der Bibliothek ging auf, Schritte erklangen auf Marmor und Teppich. Es war Graf Vorkosigan. Mark duckte sich in dem Sessel im Alkoven zusammen und zog die Beine hoch, damit man sie nicht sehen konnte. Vielleicht würde der Mann nur etwas nehmen und wieder gehen. Mark wollte nicht in eine intime Plauderei gezogen werden, zu der dieser gemütliche Raum so sehr einlud. Er hatte seinen anfänglichen Schrecken vor dem Grafen überwunden, aber dem Mann gelang es immer noch, bei Mark peinliches Unbehagen zu erzeugen, selbst wenn er kein Wort sprach.

Unglücklicherweise setzte sich Graf Vorkosigan an eine der Komkonsolen. Auf dem Glas des Fensters vor Marks Sessel spiegelten sich farbige Lichter vom Display der Konsole. Je länger er wartete und wie ein Attentäter im Verborgenen lauerte, so erkannte Mark, desto peinlicher würde es, sich zu offenbaren. *Also, sag hallo. Laß das Buch fallen. Schneuz dir die Nase. Mach irgendwas.* Er sammelte gerade den Mut, es mit ein bißchen Räuspern und Blättergeraschel zu versuchen, als die Türangeln erneut quietschten und leichtere Schritte ertönten. Die Gräfin. Mark kauerte sich im Ohrensessel zu einer Kugel zusammen.

»Ah«, sagte der Graf. Die Spiegelungen der Lichter im Fenster erstarben, als er die Maschine zugunsten seiner neuen Unterhaltung abschaltete und sich auf seinem Stuhl herumdrehte. Beugte sie sich zu einer kurzen Umarmung vor? Stoff knisterte, als sie sich setzte.

»Nun, Mark bekommt ja sicherlich einen Schnellkurs über Barrayar«, bemerkte sie und erledigte damit Marks letzten verzweifelten Impuls, sich bemerkbar zu machen.

»Das braucht er«, seufzte der Graf. »Er muß zwanzig Jahre aufholen, falls er funktionieren soll.«

»Muß er funktionieren? Ich meine, sofort?«

»Nein. Nicht sofort.«

»Gut. Ich dachte, du würdest ihm vielleicht eine unmögliche Aufgabe stellen. Und wie wir alle wissen, braucht das Unmögliche etwas länger.«

Der Graf brach in ein kurzes Lachen aus, das schnell wieder verstummte. »Wenigstens hat er einen Eindruck von unseren schlimmsten sozialen Eigenheiten bekommen. Wir müssen dafür sorgen, daß er gründlich über die Geschichte der mutagenen Katastrophen unterrichtet wird, damit er versteht, woher diese Gewalttätigkeit kommt. Wie tief die Angst und die Furcht verwurzelt sind, die der Antrieb der sichtbaren Ängste und, wie ihr Betaner sagen würdet, der schlechten Manieren sind.«

»Ich bin mir nicht sicher, ob er je Miles' angeborene Fähigkeit wird nachahmen können, durch dieses spezielle Minenfeld hindurchzutanzen.«

»Er scheint mehr dazu zu neigen, es zu durchpflügen«, murmelte der Graf trocken und zögerte. »Seine Erscheinung ... Miles hat sich große Mühe gegeben, sich so zu bewegen, zu tanzen, sich zu kleiden, daß er die Aufmerksamkeit von seiner Erscheinung ablenkt. Um seine Persönlichkeit den Augenschein überwältigen zu lassen. Eine Art von Ganzkörper-Taschenspielerei, wenn man so will. Mark ... scheint fast seine Erscheinung zu übertreiben.«

»Wie, mit diesem mürrischen Zusammensacken?«

»Damit, und ... ich gestehe, mich beunruhigt seine Gewichtszunahme. Besonders deren Schnelligkeit, wenn ich mich an Elenas Bericht halte. Vielleicht sollten wir ihn ärztlich untersuchen lassen. Es kann für ihn nicht gut sein.«

Die Gräfin schnaubte. »Er ist erst zweiundzwanzig. Das ist kein unmittelbares Problem für die Gesundheit. Das ist nicht das, was dich beunruhigt, mein Lieber.«

»Vielleicht ... nicht ganz.«

»Er bringt dich in Verlegenheit. Dich, meinen körperbewußten barrayaranischen Freund.«

»Mm.« Der Graf stritt es nicht ab, wie Mark bemerkte.

»Eins zu Null für ihn.«

»Würdest du so lieb sein und das erklären?«

»Marks Taten sind eine Sprache. Zum größten Teil eine Sprache der Verzweiflung. Sie sind nicht immer leicht zu interpretieren. *Das eine* jedoch ist offensichtlich.«

»Nicht für mich. Analysiere es, bitte.«

»Das Problem besteht aus drei Teilen. Zuerst ist das die rein körperliche Seite. Soweit ich sehe, hast du die medizinischen Berichte nicht so sorgfältig gelesen wie ich.«

»Ich habe die Zusammenfassung gelesen, die der Sicherheitsdienst erstellt hat.«

»Ich habe die Rohdaten gelesen. Alle. Als die jacksonischen Körpergestalter Mark reduzierten, damit er Miles' Körpergröße entspricht, haben sie seinen Metabolismus nicht genetisch angepaßt. Statt dessen haben sie ein Gemisch von zeitverzögert wirksamen Hormonen und Stimulantia zusammengebraut und ihm monatlich injiziert, und dabei haben sie nach Bedarf an der Formel herumgepfuscht. Das war billiger, einfacher und in den Ergebnissen leichter zu kontrollieren. Jetzt nimm einmal Ivan als phänotypisches Beispiel dafür, wozu Miles' Genotyp sich ohne die Soltoxin-Vergiftung entwickelt hätte. In Mark haben wir einen Menschen, der physisch auf Miles' Größe reduziert wurde, jedoch genetisch für Ivans Gewicht programmiert ist. Und als die Behandlungen durch die Komarraner aufgehört hatten, da versuchte sein Körper wieder seine genetische Bestimmung zu erfüllen. Wenn du dir einmal die Mühe machst, ihn dir genau anzuschauen, dann wirst du feststellen, daß es sich nicht nur um Fett handelt. Seine Knochen und Muskeln sind auch schwerer, verglichen mit Miles oder sogar mit ihm selbst vor zwei Jahren. Wenn er endlich sein neues

Gleichgewicht erreicht, wird er vermutlich ziemlich untersetzt aussehen.«

Sie meinen wohl kugelförmig, dachte Mark, der voller Schrecken lauschte und sich eindringlich bewußt war, daß er beim Dinner zuviel gegessen hatte. Heldenhaft unterdrückte er den Rülpser, der in ihm aufstieg.

»Wie ein kleiner Tank«, schlug der Graf vor, der offensichtlich eine etwas hoffnungsvollere Vision hegte.

»Vielleicht. Es hängt von den anderen beiden Aspekten seiner Körpersprache ab.«

»Und die wären?«

»Rebellion und Furcht. Was die Rebellion angeht – sein ganzes Leben lang haben *andere* Leute ungeniert an seiner somatischen Integrität herumgepfuscht. Mit Gewalt seine körperliche Gestalt herbeigeführt. Nun ist endlich er an der Reihe. Und Furcht. Vor Barrayar, vor uns, aber vor allem, offen gesagt, Furcht davor, von Miles überwältigt zu werden, der ganz schön überwältigend sein kann, selbst wenn man nicht sein kleiner Bruder ist. Und Mark hat recht. Es hat wirklich etwas Gutes für sich gehabt. Die Gefolgsmänner und Diener haben keine Probleme, ihn von Miles zu unterscheiden und nehmen ihn als Lord Mark. Dieser Trick mit dem Gewicht hat diese Art mißglückter, halbbewußter Brillanz an sich, die ... mich an jemand anderen erinnert, den wir beide kennen.«

»Aber wo hört es auf?« Der Graf stellte sich jetzt wohl auch etwas Kugelförmiges vor, vermutete Mark.

»Der Metabolismus – wenn er sich dafür entscheidet. Er kann selbst zu einem Arzt gehen und ihn anpassen lassen, damit er jedes Gewicht beibehält, das er sich wünscht. Er wird sich für einen durchschnittlicheren Körpertyp entscheiden, wenn er keine Rebellion mehr nötig hat oder keine Furcht mehr empfindet.«

Der Graf schnaubte. »Ich kenne Barrayar und seine Arten von Paranoia. Man kann nie sicher genug sein.

Was tun wir, wenn er zu dem Schluß kommt, daß er nie dick genug sein kann?«

»Dann kaufen wir ihm eine Schwebepalette und ein paar kräftige Leibdiener. *Oder* – wir können ihm helfen, seine Furcht zu besiegen. Hm?«

»Falls Miles tot ist«, begann er.

»Falls Miles nicht wiedergefunden und wiederbelebt wird«, korrigierte sie scharf.

»Dann ist Mark alles, was uns von Miles geblieben ist.«

»Nein!« Ihre Röcke raschelten, als sie sich erhob, zur Wand schritt, sich umdrehte und hin und herging. *Lieber Gott, laß sie nicht in diese Richtung kommen!* »Da gehst du in die Irre, Aral. Mark ist alles, was uns von *Mark* geblieben ist.«

Der Graf zögerte. »In Ordnung. Ich gebe dir recht. Aber wenn Mark alles ist, was wir haben – haben wir dann den nächsten Graf Vorkosigan?«

»Kannst du ihn auch dann als deinen Sohn akzeptieren, wenn er *nicht* der nächste Graf Vorkosigan ist? Oder ist das der Test, den er bestehen muß, damit er dazugehört?«

Der Graf schwieg. Die Stimme der Gräfin wurde leise. »Höre ich ein Echo der Stimme deines Vaters in dem, was du sagst? Ist das er, den ich da hinter deinen Augen hervorschauen sehe?«

»Es ist… unmöglich…, daß er nicht da ist.« Die Stimme des Grafen war ebenso leise, beunruhigt, klang aber nach einer trotzigen Verteidigung. »Auf einer bestimmten Ebene. Trotz allem.«

»Ich… ja. Ich verstehe. Tut mir leid.« Sie setzte sich wieder, zu Marks Erleichterung. »Obwohl es sicher nicht so schwer ist, sich als Graf von Barrayar zu qualifizieren. Schau dir doch einige von den komischen Vögeln an, die jetzt im Rat sitzen. Oder die, die in einigen Fällen gar nicht auftauchen. Wie lange ist es her, seit Graf Vortienne zum letztenmal abgestimmt hat?«

»Sein Sohn ist jetzt alt genug, um seinen Platz einzunehmen«, sagte der Graf. »Zur großen Erleichterung von uns anderen. Das letztemal, als wir ein einstimmiges Votum brauchten, mußte der Ordnungsbeamte der Kammer ihn persönlich aus seiner Residenz holen, heraus aus einer höchst außerordentlichen Szene mit ... nun ja, er findet manchmal eine außergewöhnliche Verwendung für seine Leibwache.«

»Auch außergewöhnliche Eignung, wie ich gehört habe.« Gräfin Cordelias Stimme verriet, daß sie grinste.

»Von wem hast du das erfahren?«

»Von Alys Vorpatril.«

»Ich werde ... dich nicht fragen, woher sie es weiß.«

»Klug von dir. Aber worauf es ankommt, ist, daß Mark sich wirklich anstrengen müßte, um der schlechteste Graf im Rat zu werden. Die Grafen sind nicht die Elite, die sie zu sein vorgeben.«

»Vortienne ist ein unfair scheußliches Beispiel. Nur dank der außerordentlichen Hingabe vieler Grafen an ihre Aufgabe funktioniert der Rat überhaupt. Er verbraucht Männer. Aber mit den Grafen ist erst die Hälfte gewonnen. Die schärfere Schneide des Schwertes ist der Distrikt selbst. Würden die Leute ihn akzeptieren? Den behinderten Klon eines mißgebildeten Originals?«

»Sie haben sich daran gewöhnt, Miles zu akzeptieren. Sie sind sogar ziemlich stolz auf ihn geworden, glaube ich. Aber – Miles bewirkt das selbst. Er strahlt genug Loyalität aus, so daß sie nicht umhinkönnen, etwas davon wieder zurückzustrahlen.«

»Ich weiß nicht, was Mark ausstrahlt«, überlegte der Graf. »Er wirkt mehr wie ein menschliches Schwarzes Loch. Licht geht hinein, nichts kommt heraus.«

»Laß ihm Zeit. Er hat immer noch Angst vor dir. Projektion von Schuldgefühlen, meine ich, weil er all diese Jahre als dein Mörder vorgesehen war.«

Mark, der durch den Mund atmete, um kein Geräusch zu machen, krümmte sich zusammen. Hatte die verdammte Frau einen Röntgenblick? Sie war eine sehr entnervende Verbündete, falls sie überhaupt eine Verbündete war.

»Ivan«, sagte der Graf langsam, »hätte sicher im Bezirk keine Probleme mit der Popularität. Und ich glaube, er würde sich auch, wie widerstrebend auch immer, der Herausforderung der Grafenwürde stellen. Er wäre weder der schlechteste noch der beste, aber immerhin Durchschnitt.«

»Das ist genau das System, mit dem er bei der Schule, der Kaiserlichen Militärakademie und bis jetzt bei seiner Karriere durchgeschlüpft ist. Der unsichtbare Durchschnittsmann«, sagte die Gräfin.

»Es ist frustrierend, ihn zu beobachten. Er wäre zu soviel mehr fähig.«

»Da er dem Kaiserthron so nahe steht, wie hell darf er da leuchten? Wie ein Scheinwerfer Insekten anlockt, so würde er ja mögliche Verschwörer anlocken, die nach einer Galionsfigur für ihre Gruppierung suchen. Und er würde eine hübsche Galionsfigur abgeben. Er spielt nur den Narren. Tatsächlich ist er vielleicht der am wenigsten närrische von uns allen.«

»Das ist eine optimistische Theorie, aber wenn Ivan so berechnend ist, wie kommt es, daß er so ist, seit er laufen kann?« fragte der Graf wehmütig. »Du würdest damit aus ihm einen teuflisch machiavellistischen Fünfjährigen machen, lieber Captain.«

»Ich bestehe nicht auf dieser Interpretation«, sagte die Gräfin beruhigend. »Ich will auf folgendes hinaus: falls Mark sich entscheiden sollte, etwa auf Kolonie Beta zu leben, dann würde Barrayar es durchaus fertigbringen, irgendwie weiterzuleben. Sogar euer Distrikt würde wahrscheinlich überleben. Und Mark wäre um kein Jota weniger unser Sohn.«

»Aber ich wollte soviel mehr zurücklassen ... Du

kommst immer wieder auf diese Idee zurück. Kolonie Beta.«

»Ja. Fragst du dich, warum?«

»Nein.« Seine Stimme wurde leiser. »Aber wenn du ihn nach Kolonie Beta fortbringst, dann werde ich nie eine Chance bekommen, ihn kennenzulernen.«

Die Gräfin schwieg, dann klang ihre Stimme fester. »Diese Klage würde mich stärker beeindrucken, wenn du Anzeichen zeigtest, daß du ihn schon *jetzt* kennenlernen möchtest. Du bist ihm fast genauso beharrlich aus dem Weg gegangen wie er dir.«

»Ich kann nicht alle Regierungsgeschäfte wegen dieser privaten Krise aufschieben«, sagte der Graf steif. »Wie gern ich es auch täte.«

»Du hast es für Miles getan, wie ich mich erinnere. Erinnere dich an die ganze Zeit, die du mit ihm verbracht hast, hier und in Vorkosigan Surleau ... Du hast dir Zeit gestohlen wie ein Dieb, um sie ihm zu schenken, hier und da ein bißchen, eine Stunde, einen Vormittag, einen Tag, was du gerade einrichten konntest, während du die Regentschaft in einem Eiltempo durch etwa sechs größere politische und militärische Krisen getragen hast. Du kannst nicht Mark die Vergünstigungen verweigern, die du Miles gewährt hast, und dich dann umdrehen und dich über sein Versagen beschweren, Miles zu übertreffen.«

»O Cordelia«, seufzte der Graf. »Ich war damals jünger. Ich bin nicht mehr der Papa, den Miles vor zwanzig Jahren hatte. Dieser Mann ist fort, ist verbraucht.«

»Ich bitte dich nicht, der Papa zu sein, der du damals warst; das wäre absurd. Mark ist kein Kind. Ich bitte nur darum, daß du versuchst, der Vater zu sein, der du jetzt bist.«

»Lieber Captain ...« Seine Stimme verstummte erschöpft.

Nach einem nachdenklichen Schweigen sagte die Gräfin pointiert: »Du hättest mehr Zeit und Energie, wenn du *zurücktreten* würdest. Wenn du schließlich doch noch den Posten des Premierministers aufgeben würdest.«

»Jetzt? Cordelia, denk mal nach! Ich darf jetzt nicht die Kontrolle aufgeben. Noch berichten Illyan und der Sicherheitsdienst mir. Wenn ich zurücktrete und nur noch Graf bin, dann bin ich aus dieser Befehlskette draußen. Ich würde gerade die Macht verlieren, die Suche fortzusetzen.«

»Unsinn. Miles ist ein Offizier des Sicherheitsdienstes. Ob er jetzt der Sohn des Premierministers ist oder nicht, sie würden genauso nach ihm suchen. Loyalität gegenüber ihren eigenen Leuten ist eine der wenigen charmanten Eigenschaften des Sicherheitsdienstes.«

»Sie werden bis zu den Grenzen des Vernünftigen suchen. Nur als Premierminister kann ich sie zwingen, über das Vernünftige hinauszugehen.«

»Das glaube ich nicht. Ich glaube, Simon Illyan würde sich immer noch für dich auf den Kopf stellen, selbst wenn du tot und begraben wärst, mein Lieber.«

Als der Graf schließlich wieder sprach, klang seine Stimme müde. »Vor drei Jahren war ich bereit zurückzutreten und das Amt an Quintillan zu übergeben.«

»Ja, da war ich freudig erregt.«

»Wenn er doch nur nicht bei diesem dummen Leichtfliegerunfall getötet worden wäre. So eine sinnlose Tragödie. Es handelte sich nicht einmal um ein Attentat.«

Die Gräfin lachte düster auf. »Nach den Maßstäben von Barrayar ein *wirklich* nutzloser Tod. Aber mal im Ernst: es ist Zeit, daß du aufhörst.«

»Schon längst«, stimmte der Graf zu.

»Also, dann laß los.«

»Sobald es sicher ist.«

Sie schwieg einen Augenblick lang. »Du wirst nie dick genug werden, mein Lieber. Laß trotzdem los.«

Mark saß zusammengebückt da, wie gelähmt. Ein

Bein war eingeschlafen und fühlte sich an wie mit Nadeln gespickt. Er kam sich wie durch den Fleischwolf gedreht vor, gründlicher in die Mangel genommen als von den drei Schlägern in der Gasse. Die Gräfin war eine systematische Kämpferin, da gab es keinen Zweifel.

Der Graf lachte leicht. Aber diesmal antwortete er nicht. Zu Marks enormer Erleichterung standen beide auf und verließen zusammen die Bibliothek. Sobald sich die Tür hinter ihnen geschlossen hatte, rollte er aus seinem Ohrensessel auf den Boden und bewegte seine schmerzenden Arme und Beine bei dem Versuch, seinen Kreislauf wieder zu aktivieren. Er zitterte am ganzen Leib. Seine Kehle war wie zugeschnürt, und schließlich hustete er, glücklicherweise, immer wieder und wieder, um seine Atemwege freizubekommen. Er wußte nicht, ob er lachen oder weinen sollte. Ihm war, als sollte er beides gleichzeitig tun, und schließlich verfiel er auf Niesen und beobachtete, wie sein Bauch sich hob und wieder senkte. Er kam sich fettleibig vor. Er kam sich verrückt vor. Es kam ihm vor, als wäre seine Haut durchsichtig geworden und als könnten Vorübergehende jedes einzelne Organ in seinem Körper sehen.

Als er nach dem Hustenanfall wieder seinen Atem unter Kontrolle hatte, erkannte er, daß er keine Angst hatte. Auf jeden Fall nicht vor dem Grafen und der Gräfin. Ihre öffentliche Erscheinung und ihr privates Verhalten… stimmten unerwartet überein. Es schien, daß er ihnen vertrauen konnte, nicht so sehr darin, daß sie ihm nicht weh tun würden, sondern in dem, was sie waren, wie sie erschienen. Zuerst fand er kein Wort dafür, für diese Empfindung von persönlicher Einheit. Dann fiel es ihm ein. *Aha, so sieht also Integrität aus. Das habe ich nicht gewußt.*

KAPITEL 15

Die Gräfin hielt ihr Versprechen – oder ihre Drohung – und schickte Mark mit Elena auf Besichtigungstouren. Die folgenden paar Wochen waren durchsetzt mit häufigen Ausflügen in alle Stadtteile von Vorbarr Sultana und die benachbarten Distrikte, mit einer Tendenz zu kulturellen und historischen Themen, eingeschlossen ein privater Rundgang durch die kaiserliche Residenz. Zu Marks Erleichterung war Gregor an jenem Tag nicht zu Hause. Sie hatten bestimmt jedes Museum in der Stadt besucht. Vermutlich in Ausführung von Anweisungen, die sie bekommen hatte, schleppte Elena ihn durch etwa zwei Dutzend höhere Lehranstalten, Akademien und Fachschulen. Für Mark war es ermutigend zu erfahren, daß nicht alle Institutionen auf diesem Planeten Offiziere ausbildeten; tatsächlich war die größte und am meisten besuchte Hochschule der Hauptstadt das Institut für Landwirtschaft und Technik des Vorbarra-Distrikts.

In Marks Gegenwart gab sich Elena als formelles und unpersönliches Faktotum. Was für Gefühle sie auch haben mochte, wenn sie jetzt zum erstenmal seit zehn Jahren ihre Heimat wiedersah, sie drangen nur selten durch ihre elfenbeinerne Maske, abgesehen von gelegentlichen Ausrufen der Überraschung über eine unerwartete Veränderung: neue Gebäude waren hochgezogen, alte Häuserblocks eingeebnet, Straßen verlegt worden. Mark hegte den Verdacht, sie lege bei den Besichtigungen deshalb ein so hektisches Tempo vor, damit sie nicht wirklich mit ihm reden mußte; statt dessen füllte sie das Schweigen mit Vorträgen. Er begann sich zu wünschen, er hätte sich bei Ivan mehr eingeschmeichelt. Vielleicht hätte sein Cousin sich mit ihm zur Abwechslung einmal zu einem Kneipenbummel davongeschlichen.

Abwechslung gab es eines Abends, als der Graf überraschend ins Palais Vorkosigan zurückkam und verkündete, daß sie alle nach Vorkosigan Surleau gehen würden. Binnen einer Stunde fand sich Mark mit seinen Sachen in einen Leichtflieger gepackt, zusammen mit Elena, Graf Vorkosigan und dem Leibwächter Pym, und sie flogen in der Dunkelheit nach Süden zur Sommerresidenz der Vorkosigans. Die Gräfin begleitete sie nicht. Außer ein paar gestelzten Bemerkungen gab es unterwegs kein Gespräch, abgesehen von gelegentlichen lakonischen Bemerkungen zwischen dem Grafen und Pym, die sich auf Halbsätze beschränkten. Endlich ragte die Dendarii-Bergkette vor ihnen auf, eine dunkle Silhouette vor Wolkenschatten und Sternen. Sie umkreisten einen matt schimmernden See und landeten auf halbem Weg zwischen dem See und dem Gipfel eines Hügels vor einem ausgedehnten Steinhaus, das weitere menschliche Diener beleuchtet und zum Willkomm bereitet hatten. Die Sicherheitswachen des Premierministers verließen diskret einen zweiten Leichtflieger, der ihnen gefolgt war.

Da es auf Mitternacht zuging, beschränkte sich der Graf darauf, Mark kurz durch das Innere des Hauses zu führen und ihn in einem Gästezimmer im ersten Stock abzusetzen, von wo aus man einen Ausblick hangabwärts auf den See hatte. Auf den schwarzen seidigen Wassern schimmerten Lichter, die vom Dorf am Ende des Sees und von einigen vereinzelten Gehöften auf dem anderen Ufer ausgingen. *Warum haben Sie mich hierhergebracht?* dachte er, an den Graf gerichtet. Vorkosigan Surleau war die privateste der verschiedenen Residenzen der Vorkosigans, das gutbewachte emotionale Herz des verstreuten privaten Reichs des Grafen. Hatte Mark einen Test bestanden, daß er hierherkommen durfte? Oder sollte Vorkosigan Surleau selbst einen Test darstellen? Er ging zu Bett und schlief ein, während er noch darüber nachdachte.

Er wachte auf und blinzelte in der Morgensonne, die durch das Fenster schien, dessen Jalousien er am Vorabend nicht mehr geschlossen hatte. Ein Diener hatte noch in der Nacht eine Auswahl seiner Freizeitkleidung in den Wandschrank des Zimmers gehängt. Mark fand am Ende des Korridors ein Bad, wusch sich, kleidete sich an und begab sich vorsichtig auf die Suche nach anderen Menschen. Eine Haushälterin in der Küche schickte ihn nach draußen, wo er den Grafen finden würde. Leider bot sie ihm kein Frühstück an.

Er folgte einem Pfad, der mit Bruchsteinen ausgelegt war und zu einem Wäldchen führte, das aus sorgfältig gepflanzten von der Erde importierten Bäumen bestand, deren typische grüne Blätter von der einsetzenden herbstlichen Verfärbung gesprenkelt und vergoldet waren. Große Bäume, sehr alt. Der Graf und Elena befanden sich in der Nähe des Wäldchens in einem ummauerten Garten, der jetzt als Friedhof der Vorkosigans diente. Die steinerne Residenz war ursprünglich eine Wachkaserne gewesen, die der jetzt in Trümmern liegenden Burg am unteren Ende des Sees gedient hatte. Auf dem Friedhof hatten einst die Wachsoldaten die Letzte Ruhe gefunden.

Mark zog die Augenbrauen hoch. Der Graf trug seine formellste Uniform, die rot-blaue kaiserliche Paradeuniform. Er wirkte wie ein Farbklecks in der Umgebung. Elena war ebenso feierlich – wenn auch weniger prächtig – gekleidet: in die Ausgehuniform der Dendarii aus grauem Samt mit Silberknöpfen und weißer Paspelierung. Sie kauerte neben einem niederen Feuerbecken aus Bronze, das auf einem Dreifuß stand. Darin flackerten kleine bleich-orangefarbene Flammen; Rauch stieg in dünnen Schwaden in die golden schimmernde, dunstige Morgenluft empor. Sie verbrannten ein Totenopfer. Mark blieb unsicher an dem schmiedeeisernen Tor in der niedrigen Steinmauer stehen. Für wen? Niemand hatte ihn eingeladen.

Elena erhob sich. Sie und der Graf sprachen ruhig miteinander, während die Opfergabe, was immer sie sein mochte, zu Asche verbrannte. Einen Augenblick später faltete Elena ein Tuch zu einem Polster, nahm das Feuerbecken vom Dreifuß und klopfte die grauen und weißen Flocken über dem Grab aus. Sie wischte das Bronzebecken aus und steckte es und den zusammengeklappten Dreifuß in einen bestickten braun-silbernen Sack. Der Graf schaute auf den See hinaus, bemerkte Mark, der neben dem Tor stand, und nickte ihm zu. Er lud ihn nicht gerade ein, aber er wies ihn auch nicht ab.

Nach einem weiteren Wort an den Grafen verließ Elena den umfriedeten Garten. Der Graf salutierte vor ihr. Im Vorübergehen nickte sie Mark höflich zu. Ihr Gesichtsausdruck war feierlich, aber – nach Marks Vorstellung – weniger angespannt und maskenhaft als in der Zeit seit ihrer Ankunft auf Barrayar. Jetzt winkte der Graf Mark, er solle hereinkommen. Verlegen, aber neugierig trat Mark durch das Tor und ging knirschend auf dem Kiesweg zu der Stelle, wo der Graf stand.

»Um was … geht es?« brachte Mark schließlich heraus. Es klang zu schnoddrig, aber der Graf schien es ihm nicht krumm zu nehmen.

Mit einem Kopfnicken wies Graf Vorkosigan auf das Grab zu ihren Füßen: *Sergeant Constantin Bothari*, dazu die Daten. *Fidelis*. »Ich habe herausgefunden, daß Elena nie eine Totengabe für ihren Vater verbrannt hat.

Er war achtzehn Jahre mein Gefolgsmann und hatte vorher unter mir in den Raumstreitkräften gedient.«

»Miles' Leibwächter. Das habe ich gewußt. Aber er wurde getötet, bevor Galen begann, mich zu trainieren. Galen hat nicht viel Zeit auf ihn verwendet.«

»Das hätte er schon tun sollen. Sergeant Bothari war für Miles sehr wichtig. Und für uns alle. Bothari war ... ein schwieriger Mann. Ich glaube nicht, daß sich Elena je ganz mit dieser Tatsache aussöhnen konnte. Sie mußte irgendwie dazu kommen, ihn zu akzeptieren, damit sie sich selber gegenüber unbefangen sein kann.«

»Schwierig? Kriminell, wie ich gehört habe.«

»Das ist sehr ...« Der Graf zögerte. *Ungerecht*, erwartete Mark, oder *unwahr*, aber das Wort, das der Graf schließlich wählte, lautete: »... unvollständig.«

Sie gingen zwischen den Gräbern umher, wobei der Graf Mark Erläuterungen gab. Verwandte und Gefolgsleute ... wer war Major Amor Klyeuvi? Mark fühlte sich an all diese Museen erinnert. Die Familiengeschichte der Vorkosigans seit dem Zeitalter der Isolation enthielt *in nuce* die Geschichte von Barrayar. Der Graf zeigte die Gräber seines Vaters, seiner Mutter, seines Bruders, seiner Schwester und seiner Vorkosigan-Großeltern. Wahrscheinlich waren alle früher Verstorbenen in der alten Distrikthauptstadt Vorkosigan Vashnoi bestattet und dann zusammen mit der Stadt von den cetagandanischen Invasoren zusammengeschmolzen worden.

»Ich habe vor, hier beerdigt zu werden«, bemerkte der Graf, während er über den friedlichen See zu den Hügeln am anderen Ufer blickte. Der Morgennebel verzog sich allmählich von der Wasserfläche, Sonnengeglitzer begann durchzufunkeln. »Ich möchte der Masse auf dem Kaiserlichen Friedhof in Vorbarr Sultana aus dem Weg gehen. Man wollte meinen armen Vater dort bestatten. Ich mußte deshalb wirklich einen

Streit anzetteln, trotz der Erklärung in seinem Testament.« Er nickte in Richtung auf den Stein mit der Inschrift *General Graf Piotr Pierre Vorkosigan,* gefolgt von den Daten. Der Graf hatte offensichtlich den Streit verloren. Die Grafen hatten gewonnen.

»Hier habe ich einige der schönsten Zeiten meines Lebens verbracht, als ich klein war. Und später meine Hochzeit und die Flitterwochen.« Ein verzerrtes Lächeln huschte über sein Gesicht. »Miles wurde hier gezeugt. Und so in einem gewissen Sinn auch du. Schau dich um. Von hier kommst du. Nach dem Frühstück werde ich mich umziehen und dir mehr zeigen.«

»Ach … also … hm … hat noch niemand gegessen?«

»Man fastet, bevor man eine Totengabe verbrennt. Das ist vielleicht auch der Grund, warum Totenopfer oft am frühen Morgen stattfinden.« Der Graf lächelte leicht.

Für seine prächtige Paradeuniform konnte der Graf hier keine andere Verwendung haben, ebenso Elena für ihre graue Dendarii-Uniform. Sie hatten sie also extra für diesen Zweck mitgebracht. Mark blickte auf die dunkle, verzerrte Spiegelung seiner Gestalt auf den blitzblanken Stiefeln des Grafen. Die konvexe Oberfläche verbreiterte ihn zu grotesken Proportionen. Sein zukünftiges Selbst? »Sind wir alle dann deswegen hierher gekommen? Damit Elena diese Zeremonie abhalten konnte?«

»Unter anderem.«

Das war ominös. Mark folgte dem Grafen zurück zum großen Steinhaus. Er fühlte sich von irgend etwas, das er nicht klar benennen konnte, beunruhigt.

Die Haushälterin servierte das Frühstück auf einer sonnigen Terrasse am Ende des Hauses, der Landschaftsgärtnerei und blühende Büsche einen privaten Charakter gegeben hatten. Nur in Richtung auf den See war ein Ausblick in die Hecken geschnitten. Der

Graf erschien wieder und trug nun alte schwarze Hosen einer Arbeitsuniform und eine Jacke im ländlichen Stil, weit geschnitten und mit einem Gürtel zusammengehalten. Elena gesellte sich nicht zu ihnen. »Sie wollte einen langen Spaziergang unternehmen«, erklärte der Graf kurz. »Das werden wir auch tun.« Klugerweise legte Mark sein drittes Süßröllchen in den mit einem Tuch abgedeckten Korb zurück.

Sehr bald war er über seine Zurückhaltung froh, als der Graf ihn direkt den Hügel hinauf führte. Sie erreichten den Gipfel und verschnauften. Der Anblick des langen Sees, der sich zwischen den Hügeln dahinschlängelte, war sehr schön und die Anstrengung wert. Auf der anderen Seite ging ein kleines Tal in eine Ebene über. Neben Weiden, auf denen erdgrünes Gras kultiviert wurde, standen alte Stallungen aus Stein. Auf einer Weide trieben sich herrenlos wirkende Pferde herum. Der Graf führte Mark zum Zaun hinab. Nachdenklich blickend lehnte er sich darauf.

»Dieser große Schecke ist Miles' Pferd. In den letzten Jahren ist er ziemlich vernachlässigt worden. Miles fand nicht immer die Zeit zum Reiten, selbst wenn er zu Hause war. Das Pferd kam immer angerannt, wenn Miles rief. Es war wirklich beeindruckend, wenn man sah, wie dieses große träge Pferd aufstand und angelaufen kam.« Der Graf überlegte einen Augenblick. »Du könntest es mal versuchen.«

»Was? Das Pferd rufen?«

»Ich wäre neugierig zu sehen, ob das Pferd den Unterschied erkennt. Eure Stimmen sind ... sehr ähnlich, zumindest für mein Ohr.«

»Dafür bin ich gedrillt worden.«

»Sein Name ist ... hm ... Ninny.« Auf Marks Blick hin fügte er hinzu: »Eine Art Kose- oder Stallname.«

»Und was soll ich tun? Hier stehen und ›Ninny, Ninny‹ schreien?« Mark kam sich schon jetzt wie ein Narr vor.

»Dreimal.«

»Was?«

»Miles hat den Namen immer dreimal wiederholt.«

Das Pferd stand am anderen Ende der Weide, hatte die Ohren aufgestellt und blickte zu ihnen herüber. Mark holte tief Luft und rief mit seinem besten barrayaranischen Akzent: »Hier, Ninny, Ninny, Ninny. Hier, Ninny, Ninny, Ninny!«

Das Pferd schnaubte und trabte auf den Zaun zu. Es rannte nicht gerade, obwohl es einmal hochsprang und die Hufe hochschleuderte. Es kam an und pustete Schaum über Mark und den Grafen. Dann lehnte es sich gegen den Zaun, der knarrte und sich bog. So aus der Nähe gesehen war das Pferd verdammt riesengroß. Es streckte den großen Kopf über den Zaun. Mark wich hastig zurück.

»Hallo, alter Junge.« Der Graf tätschelte den Pferdehals. »Miles gibt ihm immer Zucker«, sagte er zu Mark über die Schulter gewandt.

»Kein Wunder, daß es dann angelaufen kommt!« sagte Mark ungehalten. Und er hatte gedacht, es handle sich um den Ich-liebe-Naismith-Effekt.

»Ja, aber Cordelia und ich geben ihm auch Zucker, doch wegen uns kommt er nicht angerannt. Da kommt er nur gemächlich angeschlendert.«

Das Pferd starrte ihn an, völlig verwirrt, wie Mark hätte schwören können. Hier hatte er eine weitere Seele betrogen, indem er nicht Miles war. Die beiden anderen Pferde kamen jetzt auch herbei, in einer Art geschwisterlicher Rivalität. Die massigen Tiere drängelten sich an die Menschen heran und waren fest entschlossen, nicht zu kurz zu kommen. Eingeschüchtert fragte Mark leicht vorwurfsvoll: »Haben Sie denn Zucker mitgebracht?«

»Nun ja«, sagte der Graf. Er zog ein halbes Dutzend weißer Würfel aus seiner Tasche und reichte sie Mark. Vorsichtig legte Mark ein paar auf seine Hand und hielt sie soweit ausgestreckt, wie sein Arm reichte. Mit einem Protestschrei legte Ninny die Ohren an, schnappte nach beiden Seiten und vertrieb damit seine Rivalen, dann stellte er bedächtig die Ohren wieder auf und holte sich den Zucker mit großen, weichen Lippen. Auf Marks Handfläche blieb eine Spur von grasgrünem Schleim zurück. Mark wischte etwas davon am Zaun ab, zog seine Hosennaht in Erwägung und wischte den Rest dann doch am glänzenden Hals des Pferdes ab. Eine alte Narbe lief durch das Fell und fühlte sich uneben an. Ninny stieß ihn wieder, und Mark zog sich aus der Reichweite des Pferdes zurück. Der Graf stellte mit ein paar Rufen und Klapsen die Ordnung im Haufen wieder her – *Aha, genau wie die barrayaranische Politik,* dachte Mark respektlos – und sorgte dafür, daß auch die beiden Spätankömmlinge ihren Anteil Zucker erhielten. Danach rieb er sich ganz unbefangen die Hände an der Hosennaht ab.

»Möchtest du ihn gerne reiten?« fragte der Graf. »Allerdings ist er in letzter Zeit nicht bewegt worden. Wahrscheinlich ist er ein bißchen frech.«

»Nein, danke«, würgte Mark hervor. »Vielleicht ein andermal.«

»Aha.«

Sie gingen am Zaun entlang. Ninny folgte ihnen auf der anderen Seite des Zauns, bis seine Hoffnungen von der Ecke zunichte gemacht wurden. Das Pferd wieherte, als sie fortgingen, ein erschütternd trauriges Geräusch. Mark zog die Schultern ein, als hätte er einen Schlag bekommen. Der Graf lächelte, aber es mußte ihm so schrecklich vorgekommen sein, wie er aussah, denn das Lächeln erlosch auf der Stelle wieder. Er schaute über die Schulter zurück. »Der alte Bursche ist jetzt über zwanzig Jahre alt. Ganz schön alt für ein Pferd. Ich fange an, mich mit ihm zu identifizieren.«

Sie gingen auf den Wald zu. »Da gibt es einen Reitpfad ... er führt in einem Kreis zu einer Stelle, von wo aus man einen Blick zurück zum Haus hat. Wir haben dort immer Picknick abgehalten. Würdest du das gerne sehen?«

Ein Fußmarsch. Mark hatte keine Lust auf einen Fußmarsch, aber er hatte schon das Angebot des Grafen bezüglich des Reitens abgelehnt. Er wagte nicht, sich ihm zweimal zu verweigern; der Graf würde ihn ja sonst für ... mürrisch halten. »In Ordnung.« Es waren keine Gefolgsmänner oder Leibwächter des Sicherheitsdienstes in Sicht. Der Graf hatte sich Mühe gegeben, Zeit für dieses private Beisammensein zu schaffen. Mark krümmte sich innerlich in Erwartung dessen, was ihm bevorstand. Da kam eine vertrauliche Plauderei auf ihn zu.

Als sie den Rand des Waldes erreichten, raschelte das erste Herbstlaub unter ihren Füßen; von ihm ging ein organischer, jedoch angenehmer Geruch aus. Aber die Geräusche ihrer Schritte füllten nicht das Schweigen aus. Der Graf war steif und gespannt, trotz all seiner vorgeblichen ländlichen Saloppheit. Nicht im Gleichgewicht. Entnervt platzte Mark heraus: »Die Gräfin hat Sie veranlaßt, das zu unternehmen, nicht wahr?«

»Nicht wirklich«, sagte der Graf, »... ja«.

Eine ganz konfuse Antwort, und wahrscheinlich wahr.

»Werden Sie je den Bharaputranern vergeben, daß sie den falschen Admiral Naismith erschossen haben?«

»Wahrscheinlich nicht.« Die Stimme des Grafen klang gleichmütig, nicht beleidigt.

»Wenn es umgekehrt gekommen wäre – wenn dieser Bharaputraner auf den kleinen Kerl weiter links gezielt hätte –, würde dann der Kaiserliche Sicherheitsdienst jetzt meine Kryokammer suchen?« Hätte Miles überhaupt Soldatin Phillipi aus der Kryokammer entfernt, um statt dessen Mark hineinzulegen?

»Da in diesem Fall Miles der Repräsentant des Sicherheitsdienstes vor Ort gewesen wäre, lautet die Antwort meiner Meinung nach ja«, murmelte der Graf. »Da ich dich nie zuvor getroffen hatte, wäre mein eigenes Interesse wahrscheinlich ein bißchen... akademisch. Deine Mutter hätte jedoch trotzdem darauf gedrängt«, sagte er nachdenklich.

»Wir wollen doch unter allen Umständen ehrlich zueinander sein«, sagte Mark bitter.

»Auf einer anderen Basis können wir nichts Bleibendes aufbauen«, sagte der Graf trocken. Mark errötete und brummte zustimmend.

Der Pfad lief zuerst an einem Bach entlang, dann durchschnitt er eine Anhöhe in einer Art Rinne, die mit lockeren und rutschenden Steinen gepflastert war. Glücklicherweise verlief er dann einige Zeit eben, teilte sich zwischen den Bäumen in Seitenpfade, die sich wieder vereinigten. Ein paar kleine Sprunghindernisse für Pferde aus Baumstämmen oder Büschen waren absichtlich da und dort plaziert; die Reitpfade liefen drum herum und darüber hinweg, ganz nach Belieben. Warum war er sich so sicher, daß Miles immer darüber hinwegritt? Er mußte zugeben, daß im Wald eine urtümliche Ruhe herrschte, inmitten der Muster von Sonnenlicht und Schatten, mit den hohen Bäumen von der Erde und den einheimischen und importierten Büschen, die die Illusion einer endlosen Privatheit schufen. Man konnte sich vorstellen, daß der ganze Planet eine solche menschenleere Wildnis darstellte, wenn man nichts über das Terraformen wußte. Sie kamen auf einen breiteren doppelten Pfad, wo sie Seite an Seite gehen konnten.

Der Graf befeuchtete seine Lippen. »Apropos, diese Kryokammer.«

Mark hob den Kopf wie das Pferd, als es den Zucker gewittert hatte. Der Sicherheitsdienst sprach nicht mit ihm; der Graf hatte nicht mit ihm geredet. Das Fehlen jeder Information hatte ihn fast zum Wahnsinn getrieben und schließlich zermürbt, und er hatte der Gräfin keine Ruhe gelassen, obwohl ihm dabei nicht sehr wohl war. Aber auch sie konnte nur Negatives berichten. Der Kaiserliche Sicherheitsdienst kannte jetzt über vierhundert Orte, wo die Kryokammer nicht war. Das war immerhin ein Anfang. Vierhundert abgehakt, nur noch das restliche Universum abzusuchen... es war unmöglich, nutzlos, vergeblich...

»Der Sicherheitsdienst hat sie gefunden.« Der Graf rieb sich das Gesicht.

»Was?« Mark blieb abrupt stehen. »Man hat sie wieder? Teufel noch mal! Es ist vorbei! Wo hat man – warum haben Sie nicht...« Er biß sich auf die Zunge, als ihm dämmerte, daß es vielleicht einen sehr guten Grund gab, weshalb der Graf ihm diese Nachricht nicht sofort weitergegeben hatte. Und er war sich nicht sicher, ob er diesen Grund hören wollte. Das Gesicht des Grafen war düster.

»Sie war leer.«

»So?« Wie dumm, *so?* zu sagen. Mark kam sich in diesem Augenblick unglaublich dumm vor. »Wie – ich verstehe nicht.« Unter all den Szenarios, die er sich ausgemalt hatte, war dies nicht dabei gewesen. *Leer?* »Wo?«

»Der Agent des Sicherheitsdienstes fand sie im Verkaufslager einer Firma für medizinische Geräte in der Hegen-Nabe. Gereinigt und neu eingestellt.«

»Ist man sicher, daß es die richtige ist?«

»Falls die Identifikation, die Kapitänin Quinn und die Dendarii uns gegeben haben, korrekt ist, dann ist sie es. Der Agent, der zu unseren helleren Jungs gehört, hat sie einfach in aller Ruhe gekauft. Sie ist im Augenblick per Schnellkurier zum Sicherheitshauptquartier auf Komarr unterwegs und soll dort einer gründlichen forensischen Analyse unterzogen werden. Auch wenn es anscheinend nicht viel zu analysieren gibt.«

»Aber es ist ein Anhaltspunkt, ein Durchbruch, endlich! Die medizinische Firma muß Aufzeichnungen haben – der Sicherheitsdienst sollte in der Lage sein, die Spur zurückzuverfolgen, bis zu ... zu ...« Bis zu was?

»Ja und nein. Die Spur der Aufzeichnungen bricht schon beim ersten Schritt rückwärts von der Firma ab. Der unabhängige Spediteur, dem sie die Kryokammer abgekauft hat, scheint unter dem Verdacht zu stehen, Hehlerware übernommen zu haben.«

»Von Jackson's Whole? Das engt doch das Suchgebiet sicher ein!«

»Hm. Man muß sich daran erinnern, daß die Hegen-Nabe eine *Nabe* ist. Die Möglichkeit, daß die Kryokammer von Jackson's Whole in das Kaiserreich von Cetaganda eingeschleust wurde, und dann wieder hinaus über die Hegen-Nabe, ist ... vage, aber real.«

»Nein. Das paßt nicht zum Timing.«

»Das Timing wäre knapp, aber möglich. Illyan hat es durchgerechnet. Das Timing beschränkt das Suchgebiet auf bloße ... neun Planeten, siebzehn Raumstationen und alle Schiffe, die zwischen ihnen unterwegs sind.« Der Graf verzog das Gesicht. »Ich wünsche mir fast, ich wüßte sicher, daß wir es mit einem Komplott der Cetagandaner zu tun haben. Wenigstens könnte ich mich darauf verlassen, daß die Ghem-Lords den Wert der Sendung kennen oder erraten würden. Der Alptraum, der mich zur Verzweiflung treibt, ist, daß die Kryokammer irgendwie einem kleinen Dieb auf Jackson's Whole in die Hände fiel, der einfach den Inhalt beseitigte, um das Gerät weiterzuverkaufen. Wir hätten Lösegeld gezahlt ... ein Dutzendfaches des Wertes der Kryokammer allein für die Leiche. Wenn Miles erhalten und wiederbelebbar wäre – dann jeden Preis, den sie verlangen würden. Es treibt mich zum Wahnsinn, wenn ich mir vorstelle, daß Miles irgendwo *aus Versehen* verwest.«

Mark preßte die Hände gegen die Stirn, hinter der es pochte. Sein Nacken war so angespannt, daß er sich anfühlte wie ein Stück festes Holz. »Nein ... es ist verrückt, es ist zu verrückt. Wir haben jetzt beide Enden des Seils, uns fehlt nur noch das Mittelstück. Da muß es doch eine Verbindung geben. Norwood – Norwood war Admiral Naismith gegenüber loyal. Und schlau. Ich bin ihm kurz begegnet. Natürlich hatte er nicht gedacht, getötet zu werden, aber er hätte die Kryokammer nicht in eine Gefahr geschickt und nicht auf gut Glück irgendwohin.« War er sich wirklich so sicher? Norwood hatte erwartet, spätestens binnen eines Tages die Kryokammer an ihrem Bestimmungsort aufnehmen zu können. Falls sie ... wo auch immer ... mit einer beigefügten Anweisung der Art »Aufbewahren bis zur Abholung« angekommen war, und dann hatte sie niemand abgeholt ... »Erfolgte die Neueinstellung vor oder nach dem Kauf durch die Firma in der Hegen-Nabe?«

»Vorher.«

»Dann muß in der Lücke irgendwo eine medizinische Einrichtung versteckt sein. Vielleicht ein Kryolabor. Vielleicht ... vielleicht wurde Miles in irgend jemands Dauerlager umgeladen.« Nicht identifiziert und völlig mittellos? Auf Escobar wäre eine solche Wohltätigkeit denkbar, aber auf Jackson's Whole? Eine sehr verzweifelte Hoffnung.

»Ich bete darum. Es gibt nur eine begrenzte Anzahl solcher Einrichtungen. Das läßt sich überprüfen. Der Sicherheitsdienst ist jetzt dahinter. Es ist nur ... die eingefrorenen Toten erfordern soviel Sachkenntnis. Das bloß mechanische Reinigen einer entleerten Kryokammer könnte auf der Krankenstation oder in der Ingenieurabteilung eines jeden Schiffes erledigt werden. Ein anonymes Grab dürfte schwerer aufzufinden sein. Oder vielleicht kein Grab. Einfach aufgelöst wie Müll ...« Der Graf starrte auf die Bäume.

Mark hätte wetten können, daß der Graf keine Bäume sah. Er hätte wetten können, daß der Graf dasselbe sah wie er: einen kleinen gefrorenen Körper mit zerfetzter Brust – man würde nicht einmal einen Handtraktor brauchen, um ihn anzuheben –, der achtlos und gleichgültig in einen Müllzerkleinerer geschoben wurde. Würden die Leute sich überhaupt fragen, wer dieser kleine Mann gewesen war? Oder wäre er für sie einfach nur ein widerliches *Ding?* Und wer waren diese *Leute,* verdammt noch mal?

Und wie lang waren die Gedanken des Grafen auf diesen gleichen Schienen gelaufen, und wie, zum Teufel, brachte er es noch fertig, zu gehen und gleichzeitig zu reden? »Wie lange haben Sie das schon gewußt?«

»Der Bericht ist gestern nachmittag eingetroffen. Also verstehst du doch … es wird wesentlich wichtiger für mich zu wissen, wo du stehst. In Beziehung zu Barrayar.« Er ging wieder weiter, den Pfad hinauf, dann nahm er einen Seitenpfad, der schmaler wurde und steil aufwärts führte, durch ein Gebiet mit höheren Bäumen und dünneren Büschen.

Mark mußte sich anstrengen, um dem Grafen auf den Fersen zu folgen. »Niemand, der alle Tassen im Schrank hat, würde in einer Beziehung zu Barrayar stehen wollen. Jeder würde aus einer Beziehung zu Barrayar weglaufen.«

Der Graf blickte über die Schulter zurück und grinste. »Ich fürchte, du hast zu oft mit Cordelia gesprochen.«

»Ja nun, sie ist so gut wie der einzige Mensch hier, der mit mir reden will.« Er holte den Graf wieder ein, der etwas langsamer geworden war.

Der Graf verzog schmerzhaft das Gesicht. »Das stimmt.« Er stieg den steilen, steinigen Pfad hinauf. »Tut mir leid.« Nach einigen weiteren Schritten fügte er mit einem Anflug von schwarzem Humor hinzu:

»Ich frage mich, ob die Gefahren, denen ich mich immer ausgesetzt habe, meinen Vater genauso berührten. Wenn dem so ist, dann wurde er vortrefflich gerächt.« Mehr schwarz als Humor, urteilte Mark. »Aber mehr denn je ist es notwendig ... daß wir wissen ...«

Der Graf hielt an, setzte sich abrupt neben dem Pfad nieder und lehnte den Rücken an einen Baum. »Das ist seltsam«, murmelte er. Sein Gesicht, bisher vom Besteigen des Hügels und von der zunehmenden Wärme des Morgens gerötet und feucht, war plötzlich blaß und feucht.

»Was?« sagte Mark vorsichtig, während er keuchte. Er legte die Hände auf die Knie und blickte auf den Mann, der jetzt so seltsam auf seine Augenhöhe herabgekommen war. Der Gesichtsausdruck des Grafen war zerstreut und gedankenverloren.

»Ich glaube ... ich sollte mich lieber einen Augenblick ausruhen.«

»Das paßt mir.« Mark setzte sich auch, auf einen Felsblock in der Nähe. Der Graf nahm das Gespräch nicht sofort wieder auf. Äußerstes Unbehagen ließ Marks Magen zusammenkrampfen. *Was ist mit ihm los? Irgend etwas stimmt nicht mit ihm. Oh, Mist ...* Der Himmel war blau und heiter, eine leichte Brise ließ die Bäume seufzen und noch ein paar goldene Blätter herunterflattern. Die Kälte, die an Marks Rücken emporkroch, hatte nichts mit dem Wetter zu tun.

»Es ist«, sagte der Graf in einem distanzierten, akademischen Ton, »kein perforiertes Magengeschwür. So eins habe ich schon gehabt, und jetzt ist es anders.« Er kreuzte die Arme über der Brust. Sein Atem wurde flach und schnell und fand auch im Sitzen seinen Rhythmus nicht wieder.

Hier ist etwas ganz und gar nicht in Ordnung. Ein tapferer Mann, der sich anstrengt, nicht erschrocken auszusehen, war für Mark einer der erschreckendsten Anblicke, die er je gesehen hatte. Tapfer, aber nicht dumm: der Graf zum Beispiel tat nicht so, als wäre nichts, und stürmte auch nicht den Pfad empor, um es zu beweisen.

»Sie sehen nicht gut aus.«

»Ich fühle mich nicht gut.«

»Was fühlen Sie?«

»Ah... Schmerzen in der Brust, fürchte ich«, gab er offensichtlich verlegen zu. »Eigentlich noch mehr als Schmerz. Ein sehr... seltsames... Gefühl. Es kam ganz plötzlich zwischen einem Schritt und dem nächsten.«

»Das ist doch keine Magenverstimmung, oder?« Wie sie in diesem Augenblick aus Marks Bauch sauer hochkam.

»Ich fürchte, nein.«

»Vielleicht sollten Sie lieber über Ihren Kommunikator Hilfe rufen«, schlug Mark schüchtern vor. Es war verdammt sicher, daß *er* nichts tun konnte, wenn es sich hier um den medizinischen Notfall handeln sollte, nach dem es aussah.

Der Graf lachte. Es klang wie ein trockenes Keuchen. Kein beruhigendes Geräusch. »Ich habe ihn im Haus gelassen.«

»Was? Sie sind doch der Premierminister, verdammt noch mal, Sie können doch nicht herumspazieren, ohne...«

»Ich wollte sicherstellen, daß unser Gespräch privat und ungestört bleibt. Mal eine Abwechslung. Keine Unterbrechungen durch irgendwelche Vizeminister aus Vorbarr Sultana, die mich anrufen und fragen, wo sie ihre Notizbücher gelassen haben. Das habe ich immer... für Miles so gehalten. Manchmal, wenn es zu dicht wurde. Das hat alle verrückt gemacht, aber am Ende... haben sie sich doch... besänftigt.« Das letzte Wort sprach er hoch und hell aus. Dann legte er sich mit dem Rücken ganz auf den Boden, auf Geröll und Laub. »Nein... das ist auch nicht besser...« Er streckte eine Hand aus, und Mark, dessen eigenes Herz sich vor Schrecken zusammenkrampfte, zog den Grafen wieder in die sitzende Stellung.

Ein lähmendes Gift… Herzversagen… Ich sollte mit Ihnen allein sein… ich sollte vor Ihren Augen zwanzig Minuten warten, während Sie sterben… Wie hatte er das zuwege gebracht? Mit schwarzer Magie? Vielleicht war er doch programmiert, und ein Teil von ihm tat Dinge, über die seine übrige Persönlichkeit nichts wußte, wie bei diesen gespaltenen Persönlichkeiten. *Habe ich das getan? O Gott! Oh, Scheiße!*

Der Graf brachte ein schwaches Lächeln zustande. »Schau nicht so erschrocken drein, Junge«, flüsterte er. »Geh einfach zurück ins Haus und hol meine Wächter. Es ist nicht so weit. Ich verspreche dir, daß ich mich nicht von der Stelle bewege.« Er kicherte heiser.

Auf dem Weg hierher habe ich überhaupt nicht auf die Pfade achtgegeben. Ich bin Ihnen einfach gefolgt. Konnte er den Grafen vielleicht tragen…? Nein. Mark war kein Sanitäter, aber er hatte es klar und kalt im Gefühl, daß es eine sehr schlechte Idee wäre, diesen Mann versuchsweise von seinem Platz zu bewegen. Selbst mit seinem neuen Leibesumfang war er dem Grafen an Gewicht weit unterlegen. »In Ordnung.« Es hatte doch nicht so viele Stellen gegeben, wo man falsch abbiegen konnte, oder? »Sie… Sie…« *Daß Sie es bloß nicht wagen, mir davonzusterben, verdammt noch mal. Nicht jetzt!*

Mark drehte sich um und trabte los, rutschte und lief zurück den Pfad hinab. Rechts oder links? Links, den Doppelpfad entlang. Wo, zum Teufel, waren sie in ihn eingebogen? Sie hatten sich durch ein Gebüsch geschoben – überall neben dem Pfad gab es Gebüsch, und dazu ein halbes Dutzend Durchgänge. Da war eines dieser Sprunghindernisse, an denen sie vorbeigekommen waren. Oder doch nicht? Viele davon sahen ähnlich aus. *Ich werde mich in diesem verfluchten Wald verirren und im Kreis rumrennen… zwanzig Minuten lang, bis er gehirntot ist und leichenstarr, und alle werden denken, ich hätte es absichtlich getan …* Er stolperte und prallte gegen einen Baum, rappelte sich wieder hoch und suchte sein Gleichgewicht und die Richtung. Er kam sich vor wie ein Hund in einem Melodram, der rannte, um Hilfe zu holen: wenn er ankäme, dann würde er nur noch bellen und winseln und sich auf den Rücken rollen können, doch keiner würde ihn verstehen … Keuchend klammerte er sich an einen Baum und schaute um sich. Sollte nicht auf der Westseite der Bäume Moos wachsen? Oder galt das nur für die Erde? Die meisten Bäume hier stammten von der Erde. Auf Jackson's Whole wuchs eine Art schleimiger Flechte auf der Südseite von allem, Gebäuden eingeschlossen, und man mußte sie aus den Türrillen kratzen … aha! Da war der Bach. Aber waren sie bachaufwärts oder -abwärts gegangen? *Dumm, dumm, dumm.* In seiner Brust meldete sich Seitenstechen. Er bog nach links und rannte los.

Halleluja! Auf dem Pfad vor ihm schritt eine große weibliche Gestalt hügelabwärts. Elena auf dem Rückweg zur Scheune. Er war nicht nur auf dem richtigen Weg, er hatte auch Hilfe gefunden. Er versuchte zu rufen. Es kam nur ein Krächzen heraus, aber es lenkte ihre Aufmerksamkeit auf ihn. Sie blickte über die Schulter, sah ihn und blieb stehen. Er torkelte auf sie zu.

»Was ist denn mit dir los?« Ihre anfängliche Kühle und Gereiztheit wichen der Neugier und beginnender Bestürzung.

»Der Graf … ist krank … im Wald. Kannst du … seine Wachposten … hochschicken?«

Sie senkte voller Verdacht die Augenbrauen. »Krank? Wie? Vor einer Stunde ging es ihm noch gut.«

»*Wirklich* krank, bitte verdammt noch mal, beeil dich!«

»Was hast du *getan* …«, begann sie, aber seine spürbare Angst überwand ihr Mißtrauen. »Im Stall gibt es einen Kommunikator. Das ist am nächsten. Wo hast du ihn zurückgelassen?«

Mark winkte vage nach hinten. »Irgendwo… ich weiß nicht, wie die Stelle heißt. Auf dem Weg zu eurer Picknickstelle. Sagt dir das was? Haben die verdammten Wachen vom Sicherheitsdienst keine Scanner?« Er merkte, daß er regelrecht auf den Boden stampfte, weil ihre Langsamkeit ihn frustrierte. »Du hast längere Beine. Lauf!«

Endlich glaubte sie ihm und rannte los. Dabei warf sie ihm noch einen zornfunkelnden Blick zu, als würde sie ihm am liebsten bei lebendigem Leib die Haut abziehen.

Ich habe nichts getan… Er wandte sich um und begann zu der Stelle zurückzurennen, wo er den Grafen zurückgelassen hatte. Dabei überlegte er, ob er nicht lieber in Deckung gehen sollte. Wenn er einen Leichtflieger stahl und es zurück zur Hauptstadt schaffte, konnte er dann vielleicht in einer der dortigen galaktischen Botschaften Asyl suchen? *Sie glaubt, daß ich… alle werden glauben, daß ich…* verdammt, nicht einmal er selbst vertraute sich, warum sollten dann die Barrayaraner ihm vertrauen? Vielleicht sollte er sich die Schritte sparen und sich auf der Stelle selbst umbringen, hier in diesen dummen Wäldern. Aber er hatte keine Waffe, und wenn das Terrain auch felsig war, so gab es hier doch keine Klippen, die hoch und steil genug waren, daß er sich hinunterstürzen und sicher sein konnte, daß der Aufprall tödlich war.

Zuerst dachte Mark, er wäre falsch abgebogen. Sicherlich konnte der Graf doch nicht aufgestanden und weitergegangen sein – nein. Da war er und lag auf dem Rücken neben einem umgestürzten Baumstamm. Er atmete in kurzen, mühsamen, keuchenden Zügen, zwischen denen zu lange Pausen waren, und hielt die Brust mit den Armen umklammert. Offensichtlich waren die Schmerzen inzwischen viel größer geworden. Aber er war nicht tot. Noch nicht.

»Hallo, mein Junge«, schnaufte er.

»Elena holt Hilfe«, versprach Mark besorgt. Er blickte nach oben und rings umher und lauschte. *Aber die ist noch nicht hier.*

»Gut.«

»Versuchen Sie nicht ... zu reden.«

Darauf antwortete der Graf mit einem prustenden Lachen, das sich angesichts der gestörten Atmung noch schrecklicher anhörte. »Nur Cordelia ... ist es bisher gelungen ... mich zum Schweigen zu bringen.« Doch danach verstummte er. Mark überließ ihm klugerweise das letzte Wort, damit er nicht noch eine weitere Runde versuchte.

Bleiben Sie am Leben, verdammt noch mal. Lassen Sie mich hier nicht so zurück.

Ein vertrautes zischendes Geräusch kam näher. Mark blickte auf. Elena hatte das Problem der Beförderung durch die Bäume mit einem Schwebe-Bike gelöst. Hinter ihr saß ein grün uniformierter Mann von der Sicherheit, der sie an der Taille umschlungen hielt. Elena ließ das Bike schnell durch die dünneren Zweige herabsinken, die krachten und zurückschnellten und rote Striemen auf ihrem Gesicht zurückließen, was sie jedoch ignorierte. Der Sicherheitsmann sprang ab, während das Bike noch einen halben Meter in der Luft war. »Gehen Sie weg«, knurrte er Mark an. Wenigstens trug er einen Erste-Hilfe-Kasten bei sich. »Was haben Sie mit ihm angestellt?«

Mark zog sich zu Elena zurück. »Ist das ein Arzt?«

»Nein, ein Sanitäter.« Auch Elena war außer Atem.

Der Sanitäter blickte auf und berichtete: »Es ist das Herz, aber ich weiß nicht, was oder warum. Lassen Sie nicht den Doktor des Premierministers hierherkommen. Er soll uns in Hassadar in Empfang nehmen.

Ohne Verzug. Ich glaube, wir werden die dortigen Einrichtungen brauchen.«

»In Ordnung.« Elena gab über Kommunikator kurze Befehle.

Mark wollte ihnen helfen, den Grafen einstweilen auf das Schwebe-Bike zu setzen, gestützt zwischen Elena und den Sanitäter. Der Sanitäter blickte Mark zornig an. »Fassen Sie ihn nicht an!«

Der Graf, den Mark für halb bewußtlos gehalten hatte, öffnete die Augen und flüsterte: »He, der Junge ist in Ordnung, Jasi.« Jasi, der Sanitäter, gab nach. »Schon in Ordnung, Mark.«

Er stirbt, verdammt noch mal, und doch denkt er voraus. Er versucht, mich von jedem Verdacht zu reinigen.

»Der Luftwagen holt uns in der nächsten Lichtung ab«, Elena zeigte hangabwärts. »Lauf dorthin, wenn du mitfliegen möchtest.« Das Bike stieg langsam und vorsichtig in die Luft.

Mark beherzigte den Hinweis und galoppierte den Hügel hinab. Dabei war er sich intensiv des Schattens bewußt, der sich direkt über den Bäumen dahinbewegte und ihn hinter sich zurückließ. Er rannte schneller, benutzte Baumstämme zum Abbiegen und kam mit aufgeschürften Händen genau in dem Augenblick beim Doppelpfad an, als der Sanitäter vom Sicherheitsdienst, Elena und Gefolgsmann Pym Graf Vorkosigan auf den Rücksitz im Fond eines schnittigen schwarzen Luftwagens gelegt hatten. Mark stürzte sich hinein und setzte sich neben Elena auf den rückwärts gewandten Sitz, während das Verdeck sich schloß. Pym setzte sich an die Steuerung. Sie stiegen in einer Spirale in die Luft und schossen davon. Der Sanitäter kauerte auf dem Boden neben seinem Patienten und tat logische Dinge, wie das Anbringen einer Sauerstoffmaske und die Verabreichung eines Hyposprays mit Synergin als Stabilisierung gegen Schock.

Mark keuchte lauter als der Graf, und das so sehr, daß der auf seine Arbeit konzentrierte Sanitäter ihm einen kritischen Blick zuwarf. Doch anders als der Graf brachte Mark seine Atmung nach einer Weile unter Kontrolle. Er schwitzte und zitterte innerlich. Beim letztenmal, als er sich so schlecht gefühlt hatte, hatten bharaputranische Sicherheitskräfte mit tödlichen Waffen auf ihn gefeuert. *Fliegen Luftwagen wirklich so schnell?* Mark betete darum, daß nichts Größeres als ein Insekt in die Ansaugöffnungen der Triebwerke geriete.

Trotz des Synergins zeigten die Augen des Grafen, daß er in einen Schockzustand geriet. Sein Blick wurde verschwommen. Er fingerte an der kleinen Sauerstoffmaske aus Plastik herum, wehrte die besorgten Versuche des Sanitäters ab, seine Hände zu kontrollieren, und winkte hartnäckig Mark zu. Ganz deutlich wollte er etwas sagen, und es war weniger traumatisch, ihm seinen Willen zu lassen, als zu versuchen, ihn davon abzubringen. Mark ließ sich neben dem Kopf des Grafen auf die Knie sinken.

In einem Ton, als teilte er ihm ein ernstes Geheimnis mit, flüsterte der Graf Mark zu: »Aller... wahrer Reichtum ... ist biologisch.«

Der Sanitäter blickte Mark verstört an, als wollte er von ihm eine Erläuterung dieser Worte. Mark konnte nur hilflos mit den Achseln zucken. »Ich glaube, er stirbt.«

Nur noch einmal auf diesem rasenden Flug versuchte der Graf zu sprechen. Er schob seine Maske zur Seite und sagte: »Spucken«. Der Sanitäter hielt ihm den Kopf, damit er es tun konnte. Mit einem schlimmen stoßweisen Husten machte der Graf seine Atemwege frei, doch es hielt nur eine Weile an.

Die letzten Worte des Großen Mannes, dachte Mark düster. Dieses ganze monströse, erstaunliche Leben schrumpfte am Ende zusammen zu *Spucken.* Biologisch, in der Tat. Er verschränkte die Arme und saß zusammengekauert auf dem Boden. Geistesabweisend kaute er an seinen Fingerknöcheln.

Als sie auf der Landestelle am Distriktskrankenhaus von Hassadar aufsetzten, stürmte sofort eine kleine Armee aus medizinischem Personal auf sie los und holte den Grafen weg. Der Sanitäter und der Gefolgsmann wurden mitgenommen. Mark und Elena wurden in einen privaten Wartebereich geleitet, wo sie notgedrungen warteten.

Irgendwann rauschte eine Frau mit einem Berichtspanel herein und fragte: »Sind Sie der nächste Verwandte?«

Mark öffnete den Mund, brachte aber keinen Ton heraus. Er konnte buchstäblich nicht antworten. Elena kam ihm zu Hilfe und sagte: »Gräfin Vorkosigan fliegt von Vorbarr Sultana herüber. Sie dürfte in ein paar Minuten hier eintreffen.« Das schien die Frau zufriedenzustellen, und sie rauschte wieder hinaus.

Elena hatte recht. Es dauerte keine zehn Minuten, da ertönten Stiefelschritte auf dem Korridor. Die Gräfin fegte herein, gefolgt von zwei livrierten Gefolgsleuten im Laufschritt. Sie rauschte vorüber und lächelte Mark und Elena aufmunternd zu, aber sie hielt nicht an, sondern stürmte auf die Doppeltür zu. Ein ahnungsloser Arzt, der auf der anderen Seite vorüberging, versuchte tatsächlich, sie aufzuhalten: »Verzeihung, Madame, hier ist kein Zutritt für Besucher …«

Ihre Stimme übertönte die seine: »Erzählen Sie mir keinen Quatsch, mein Kleiner, Sie *gehören* mir.« Seine Proteste erstarben in einem entschuldigenden Gegurgel, als er die Uniformen der Leibwächter sah und den richtigen Schluß zog. »In diese Richtung, Mylady«. Ihre Stimmen entfernten sich.

»Das war ihr Ernst«, bemerkte Elena mit einem leicht sarkastischen Lächeln. »Das medizinische Netzwerk im Distrikt der Vorkosigans war immer eines ihrer Lieblingsprojekte. Die Hälfte des hiesigen Personals hat ihr im Austausch für die medizinische Ausbildung den Lehenseid geschworen.«

Die Zeit tröpfelte vorüber. Mark wanderte zum Fenster und schaute auf die Distriktshauptstadt der Vorkosigans hinaus. Hassadar war eine sogenannte Neue Stadt, Erbin des zerstörten Vorkosigan Vashnoi. Fast alle Gebäude waren nach dem Ende des Zeitalters der Isolation errichtet worden, zum größten Teil in den letzten dreißig Jahren. Für modernere Transportmittel als den Pferdewagen entworfen, breitete Hassadar sich aus wie eine Stadt auf jedem anderen entwickelten Planeten der Galaxis. Akzente setzten ein paar Wolkenkratzer, die in der Morgensonne schimmerten. War es immer noch Morgen? Seit der Morgendämmerung schien ein Jahrhundert vergangen zu sein. Dieses Krankenhaus unterschied sich nicht von einem ähnlich bescheidenen etwa auf Escobar. Die hiesige offizielle Residenz des Grafen war eine der wenigen ganz modernen Villen unter den Wohnsitzen der Vorkosigans. Die Gräfin behauptete, sie gefiele ihr, doch man benutzte sie nur, wenn man in Angelegenheiten des Distrikts in Hassadar war; die Villa war mehr ein Hotel als ein Heim. Seltsam.

Erst als die Schatten der Wolkenkratzertürme von Hassadar mittäglich kurz geworden waren, kam die Gräfin zurück und holte sie. Mark musterte besorgt ihr Gesicht, als sie eintrat. Ihre Schritte waren langsam, ihre Augen müde und angespannt, doch der Mund war nicht schmerzlich verzerrt. Noch bevor sie ein Wort sagte, wußte er, daß der Graf noch lebte.

Sie umarmte Elena und nickte Mark zu. »Aral ist stabilisiert. Er wird ins Kaiserliche Militärkrankenhaus in Vorbarr Sultana verlegt. Sein Herz ist schwer angegriffen. Unser Mann sagt, eine Transplantation oder ein künstliches Organ sei unbedingt nötig.«

»Wo waren Sie heute morgen?« fragte Mark.

»Im Hauptquartier des Sicherheitsdienstes.« Das war logisch. Sie musterte ihn. »Wir haben uns die Arbeit geteilt. Es mußten nicht beide von uns im Dichtstrahl-Dechiffrierraum dabei sein. Aral hat dir die Neuigkeit mitgeteilt, nicht wahr? Er hat mir versprochen, daß er's tun würde.«

»Ja, kurz bevor er zusammenbrach.«

»Was habt ihr gemacht?«

Das war etwas besser als das übliche *Was hast du mit ihm gemacht?* Stockend versuchte Mark seinen Morgen zu beschreiben.

»Stress, Frühstück, die Hügel hinaufgerannt«, sagte die Gräfin nachdenklich. »Bestimmt hat er das Tempo vorgegeben.«

»Ganz militärisch«, bestätigte Mark.

»Ha«, sagte sie düster.

»War es ein Arterienverschluß?« fragte Elena. »Danach hat es ausgesehen.«

»Nein. Deshalb war ich ja so überrascht. Ich wußte, daß seine Arterien sauber sind – er nimmt ein Medikament dafür, sonst hätte seine gräßliche Ernährung ihn schon vor Jahren umgebracht. Es handelte sich um ein arterielles Aneurysma im Herzmuskel. Ein geplatztes Blutgefäß.«

»Stress, oder?« sagte Mark mit trockenem Mund. »War sein Blutdruck hoch?«

Sie kniff die Augen zusammen. »Ja, beträchtlich, aber das Blutgefäß war zu schwach. Es wäre früher oder später sowieso geplatzt.«

»Gab es ... noch mehr Nachrichten vom Sicherheitsdienst?« fragte er schüchtern. »Während Sie dort waren.«

»Nein.« Sie ging zum Fenster und starrte blicklos auf das Häusergewirr und die Wolkenkratzer von Hassadar. Mark folgte ihr. »Daß die Kryokammer so gefunden wurde ... hat unsere Hoffnungen sehr erschüttert. Wenigstens hat es endlich Aral zu einem Versuch veranlaßt, mit dir warm zu werden.« Sie zögerte. »Hat er das getan?«

»Nein … ich weiß nicht. Er führte mich herum und zeigte mir dies und das. Er hat es versucht. Er hat es so sehr versucht, daß es weh tat, zuzuschauen.« Es tat immer noch weh, ein zusammengekrampfter Schmerz irgendwo hinter seinem Solarplexus. Nach irgendeiner Lehre wohnte dort die Seele.

»Wirklich«, flüsterte sie.

Es war alles zuviel. Das Fenster war bruchsicher, doch seine Hand nicht. Sie ballte sich zur Faust, holte aus und schlug zu.

Die Gräfin fing sie schnell mit offener Hand auf; seine gegen sich selbst gerichtete Gewalttätigkeit klatschte auf ihre Handfläche und wurde abgelenkt.

»Spar dir das auf«, riet sie ihm ruhig.

KAPITEL 16

An der Wand des Vorzimmers zur Bibliothek hing ein großer Spiegel in einem handgeschnitzten Rahmen. Nervös machte Mark einen Umweg, blieb davor stehen und überprüfte ein letztesmal sein Aussehen vor seiner Inspektion durch die Gräfin.

Die braun-silberne Uniform eines jüngeren Lord Vorkosigan trug wenig dazu bei, seine Körperformen zu verbergen, ob es sich nun um alte oder neue Verzerrungen handelte, doch wenn er sehr gerade stand, dann verlieh sie ihm nach seiner Vorstellung eine gewisse grobe Robustheit. Doch wenn er zusammensackte, tat dies die Jacke leider auch. Sie paßte gut, was ominös war, denn bei der Lieferung vor acht Wochen war sie noch etwas weit gewesen. Hatte ein Analytiker des Sicherheitsdienstes sein Gewicht für dieses Datum vorausberechnet? Er traute es ihnen zu.

Erst vor acht Wochen? Es kam ihm vor, als wäre er schon immer als Gefangener hier gewesen. Ein höflich gehaltener Gefangener, zugegeben, wie einer dieser Offiziere aus alter Zeit, die auf ihr Ehrenwort hin sich frei in der Festung bewegen durften. Allerdings hatte niemand von ihm sein Ehrenwort gefordert. Vielleicht war sein Wort nichts wert. Er trennte sich von seinem widerwärtigen Spiegelbild und trottete weiter, in die Bibliothek.

Die Gräfin saß auf dem seidenen Sofa, in einem langen Kleid in wolkenweichem Beige mit hohem Kragen, das mit kupferfarbener und silberner Stickerei verziert war, einem Echo der Farbe ihrer Haare, die mit Schleifen auf dem Hinterkopf hochgebunden waren. Kein Fleckchen Schwarz oder Grau, das eine Erwartung von Trauer andeuten könnte. Sie war auf fast arrogante Weise elegant. *Uns geht es gut*, schien das Ensemble zu sagen, *und wir sind die Vorkosigans.* Als Mark eintrat, wandte sie ihm den Kopf zu, und ihr gedankenverlorener Blick wich einem kurzen, spontanen Lächeln. Unwillkürlich antwortete er auch mit einem Lächeln.

»Du siehst gut aus«, sagte sie beifällig.

»Sie auch«, erwiderte er, und weil es ihm zu familiär erschien, fügte er hinzu: »Madame.«

Bei diesem Wort zog sie die Stirn kraus, aber sie sagte nichts dazu. Er ging zu einem Stuhl, der in der Nähe stand, da er aber zu aufgedreht war, um zu sitzen, stützte er sich nur auf die Rückenlehne. Er unterdrückte den Impuls seines rechten Fußes, auf den Marmorboden zu klopfen. »Sie glauben also, die werden das heute abend akzeptieren? Ihre Vor-Freunde.«

»Nun, du wirst sicherlich ihre Aufmerksamkeit auf dich ziehen«, seufzte sie. »Darauf kannst du dich verlassen.« Sie hob einen kleinen braunen Seidenbeutel hoch, auf den in Silber das Emblem der Vorkosigans gestickt war, und reichte ihn Mark. Darin klimperten bedeutungsvoll schwere Goldmünzen. »Wenn du dies heute abend bei der Steuerzeremonie als Arals Stellvertreter Gregor überreichst, dann wird damit allen formell kundgetan, daß wir dich als unseren legitimen Sohn betrachten – und daß du dies akzeptierst. Schritt Nr.1. Viele andere werden noch folgen.«

Und am Ende dieses Weges – die Grafenwürde? Mark legte die Stirn in tiefe Runzeln.

»Ganz gleich, was für Gefühle du hast – was auch immer am Ende das Ergebnis dieser gegenwärtigen Krise ist – laß sie nicht sehen, wie du zitterst«, riet die Gräfin. »Dieses ganze Vor-System existiert im Denken. Überzeugung ist ansteckend. Und Zweifel ebenfalls.«

»Sie betrachten das Vor-System als Illusion?« fragte Mark.

»Das habe ich früher getan. Jetzt würde ich es als eine Schöpfung bezeichnen, die, wie jedes lebende Wesen, dauernd neu erschaffen werden muß. Ich habe das System von Barrayar als schwierig, schön, korrupt, dumm, ehrbar, frustrierend, verrückt und atemberaubend erlebt. Es erledigt die meiste Zeit den größten Teil der Regierungsarbeit, was jedes System im Durchschnitt leistet.«

»Also … billigen Sie es oder nicht?« fragte er verwirrt.

»Ich weiß nicht, ob meine Billigung eine Rolle spielt. Das Kaisertum ist wie eine sehr große, wirre Symphonie, die von einem Komitee komponiert wurde. Über eine Periode von dreihundert Jahren. Gespielt von einer Bande freiwilliger Amateure. Es weist eine enorme Trägheit auf und ist grundsätzlich fragil. Es ist weder unveränderlich noch unveränderbar. Es kann einen zertrampeln wie ein blinder Elefant.«

»Was für ein aufmunternder Gedanke.«

Sie lächelte. »Wir werfen dich heute abend nicht in völlig fremdes Gewässer. Ivan und deine Tante Alys werden dasein, und Lord und Lady Vortala, das junge Paar. Und die anderen, denen du hier in den vergangenen paar Wochen begegnet bist.«

Ergebnis dieser unerträglichen privaten Dinnerparties. Schon vor dem Kollaps des Grafen waren unablässig ausgewählte Besucher im Palais Vorkosigan aufmarschiert, um ihm zu begegnen. Als Vorbereitung auf diesen Abend hatte Gräfin Cordelia trotz der seit einer Woche schwelenden medizinischen Krise diesen Prozeß bewußt weitergeführt.

»Ich nehme an, daß jeder nach vertraulichen Informationen über Arals Zustand angeln wird«, fügte sie hinzu.

»Was soll ich ihnen sagen?«

»Bei der nackten Wahrheit kann man sich immer am wenigsten vertun. Aral ist im Militärkrankenhaus und wartet auf ein Herz für eine Transplantation. Und er ist ein sehr schlechter Patient. Sein Arzt droht einmal, ihn an sein Bett zu fesseln, und dann wieder, seine Stelle aufzugeben, wenn Aral sich nicht benimmt. Du mußt nicht in die medizinischen Details gehen.«

Details, die enthüllen würden, wie schlimm der Premierminister dran war. Ganz recht. »Was soll ich sagen, wenn man mich nach Miles fragt?«

»Früher oder später muß ...« – sie holte Luft –, »falls der Sicherheitsdienst den Körper nicht findet, eine formelle Todeserklärung verkündet werden. Solange Aral noch lebt, würde ich eher später vorziehen. Außer den höchsten Offizieren des Sicherheitsdienstes, Kaiser Gregor und einigen Regierungsbeamten weiß niemand, daß Miles noch etwas anderes ist als ein Kurieroffizier des Sicherheitsdienstes in einem bescheidenen Rang. Die Aussage, daß er dienstlich unterwegs ist, ist völlig wahr. Die meisten, die nach ihm fragen, werden bereit sein zu akzeptieren, daß der Sicherheitsdienst dir nicht anvertraut hat, wohin sie ihn geschickt haben und für wie lang.«

»Galen hat einmal gesagt«, begann Mark und brach ab.

Die Gräfin blickte ihn ruhig an. »Denkst du heute abend viel an Galen?«

»Ein wenig«, gab Mark zu. »Er hat mich auch dafür trainiert. Wir haben alle wichtigeren Zeremonien des Kaiserreiches eingeübt, weil er nicht im voraus wußte, zu welcher Jahreszeit er mich hier absetzen würde. Kaisers Geburtstag, die Mittsommer-Parade, das Winterfest – alles. Ich kann nicht daran teilnehmen, ohne an ihn zu denken und wie sehr er das Kaisertum gehaßt hat.«

»Er hatte seine Gründe.«

»Er sagte … Admiral Vorkosigan sei ein Mörder.«

Die Gräfin seufzte und lehnte sich zurück. »Und?«

»War er das?«

»Du hast selbst die Gelegenheit gehabt, ihn zu beobachten. Was meinst du?«

»Mylady … *ich* bin ein Mörder. Und ich weiß es nicht.«

Sie kniff die Augen zusammen. »Richtig formuliert. Nun ja. Seine militärische Karriere war lang und kompliziert – und blutig – und ist eine öffentlich verbürgte Tatsache. Aber ich nehme an, Galen war vor allem auf das Massaker von Solstice fixiert, bei dem seine Schwester Rebecca umgekommen war.«

Mark nickte stumm.

»Der Befehl zu diesem mörderischen Vorfall kam vom Politischen Offizier des barrayaranischen Expeditionskorps, nicht von Aral. Als Aral dies herausfand, richtete er ihn eigenhändig hin. Unglücklicherweise ohne ein formelles Verfahren vor dem Kriegsgericht. So entging er der einen Anklage, aber nicht der anderen. In diesem Sinne: ja, er ist ein Mörder.«

»Galen sagte, das sei geschehen, um die Beweise zu vernichten. Es habe einen mündlichen Befehl gegeben, und den habe nur der Politische Offizier gekannt.«

»Wie konnte dann Galen ihn kennen? Aral stellt es anders da. Ich glaube Aral.«

»Galen sagte, er sei ein Folterer.«

»Nein«, sagte die Gräfin kategorisch. »*Das* waren Ges Vorrutyer und Prinz Serg. Ihre Gruppe ist jetzt ausgelöscht.« Sie lächelte ein dünnes, scharfes Lächeln.

»Ein Verrückter.«

»Nach betanischen Maßstäben ist niemand auf Barrayar geistig völlig gesund.« Sie blickte ihn amüsiert an. »Nicht einmal du und ich.«

Besonders ich nicht. Er holte kurz Luft. »Ein Sodomit.«

Sie legte ihren Kopf schräg. »Ist das für dich wichtig?«

»In Galens Konditionierung spielte es eine große Rolle.«

»Ich weiß.«

»So? Verdammt...« War er für diese Leute hier durchsichtig wie Glas? Ein Feelie-Drama zu ihrem Amüsement? Doch die Gräfin wirkte nicht amüsiert. »Zweifellos ein Bericht vom Sicherheitsdienst«, sagte er bitter.

»Sie haben einen von Galens überlebenden Untergebenen einem Verhör mit Schnell-Penta unterzogen. Einen Mann namens Lars, falls der Name dir etwas sagt.«

»Er sagt mir etwas.« Er knirschte mit den Zähnen. Keine Chance auf Menschenwürde. Nicht ein Fetzen davon blieb für ihn übrig.

»Wenn wir Galen beiseite lassen, sind Arals persönliche Neigungen für dich wichtig?«

»Ich weiß es nicht. Die Wahrheit ist wichtig.«

»Das stimmt. Nun, in Wahrheit... halte ich ihn für bisexuell, aber im Unterbewußtsein mehr von Männern angezogen als von Frauen. Nicht zu Männern generell, glaube ich. Ich bin nach barrayaranischen Maßstäben ein ziemlich extremer... hm... Wildfang und wurde so zur Lösung seiner Dilemmata. Als er mir das erstemal begegnete, war ich in Uniform, mitten in einem häßlichen militärischen Zusammenstoß. Er dachte, es sei Liebe auf den ersten Blick gewesen. Ich habe mir nie die Mühe gemacht, ihm zu erklären, daß es sein unwiderstehlicher Drang war, der sich da meldete.« Ihre Lippen zuckten.

»Warum nicht? Oder meldete sich auch Ihr unwiderstehlicher Drang?«

»Nein, ich brauchte vier oder fünf weitere Tage, bis ich so richtig vernarrt in ihn war. Na ja, drei Tage auf jeden Fall.« Ihre Augen funkelten bei diesen Erinnerungen. »Ich wünschte mir, du hättest ihn damals sehen können, in seinen Vierzigern. In seinen besten Jahren.«

Genau in dieser Bibliothek hatte Mark heimlich mitgehört, wie die Gräfin ihn mit Worten sezierte. Es lag etwas seltsam Tröstliches in dem Wissen, daß ihr Skalpell nicht für ihn allein reserviert war. *Nicht nur mich. Sie seziert alle. Grrr.*

»Sie sind … sehr offen, Madame. Was hat Miles darüber gedacht?«

Sie runzelte nachdenklich die Stirn. »Er hat mich nie danach gefragt. Es ist möglich, daß diese unglückliche Periode in Arals Jugend Miles erst als verdrehte Verleumdungen von Arals politischen Feinden zu Ohren kam und von ihm nur mit Vorbehalten aufgenommen wurde.«

»Warum erzählen Sie es mir?«

»Du hast danach gefragt. Du bist ein Erwachsener. Und … du hast ein größeres Bedürfnis, es zu wissen. Wegen Galen. Wenn die Sache zwischen dir und Aral je in Ordnung kommen soll, dann sollte dein Bild von ihm weder fälschlich überhöht noch fälschlich verzerrt sein. Aral ist ein großer Mann. Ich, eine Betanerin, sage das, aber ich verwechsle Größe nicht mit Vollkommenheit. Auf irgendeine Art und Weise groß zu sein ist … die größere Leistung.« Sie lächelte ihm schelmisch zu. »Das sollte dir doch Hoffnung geben, oder?«

»Huch. Mich bei der Flucht blockieren, meinen Sie doch. Wollen Sie damit sagen, daß Sie – egal, wie sehr ich alles vermasselt habe – immer noch von mir Wunder erwarten?« *Schrecklich.*

Sie überlegte. »Ja«, sagte sie gelassen. »Da in der Tat niemand vollkommen ist, folgt daraus, daß alle großen Taten aus der Unvollkommenheit heraus vollbracht werden. Doch irgendwie wurden sie trotzdem vollbracht.«

Nicht nur sein *Vater* hatte Miles verrückt gemacht, entschied Mark. »Ich habe Sie nie sich selber analysieren hören, Madame«, sagte er säuerlich. Ja, wer rasierte eigentlich den Barbier?

»Mich?« Sie lächelte düster. »Ich bin eine Närrin, mein Junge.«

Sie wich der Frage aus. Oder doch nicht? »Eine Närrin aus Liebe?« sagte er leichthin, im Bemühen, der plötzlichen Peinlichkeit zu entrinnen, die seine Frage verursacht hatte.

»Und aus anderen Dingen.« Ihr Blick wurde frostig.

Eine feuchte, neblige Dämmerung sank über die Stadt herab und hüllte sie ein, als die Gräfin und Mark zur Kaiserlichen Residenz gefahren wurden. Pym, prächtig livriert und wie aus dem Ei gepellt, chauffierte den Bodenwagen. Ein weiteres halbes Dutzend der Gefolgsleute des Grafen begleiteten sie in einem weiteren Fahrzeug, nach Marks Meinung mehr als Ehrenwache denn als Leibwächter. Sie schienen sich auf die Feier zu freuen. Auf einen seiner Kommentare hin bemerkte die Gräfin: »Ja, das ist eher ein freier Abend für sie als gewöhnlicher Dienst. Der Sicherheitsdienst wird die Residenz vollkommen in der Hand haben. Bei solchen Gelegenheiten gibt es eine ganze parallele Untergesellschaft an Dienern – und es ist schon vorkgekommen, daß ein Gefolgsmann mit guten Manieren das Auge einer jungen Vor-Blüte gefesselt und sich hinaufgeheiratet hat, sofern sein militärischer Werdegang gut genug war.«

Sie kam an dem kaiserlichen Gebäudekomplex an, der seiner Architektur nach anmutete wie Palais Vorkosigan mal acht. Sie eilten aus dem dichten Nebel in das warme, strahlend erleuchtete Innere. Mark entdeckte, daß die Gräfin sich formell an seinem linken Arm eingehängt hatte, was erschreckend und beruhigend zugleich war. War er der Begleiter oder das Anhängsel? Egal, er zog den Bauch ein und straffte sein Rückgrat, so gut er konnte.

Mark war überrascht, als die erste Person, der sie im Vestibül begegneten, sich als Simon Illyan entpuppte.

Der Sicherheitschef war für den Anlaß in die rot-blaue kaiserliche Paradeuniform gekleidet, die seine schlanke Gestalt nicht gerade unauffällig machte. Allerdings waren vielleicht genügend andere Rot-Blaue da, unter die er sich mischen konnte. Nur trug Illyan echte tödliche Waffen an seiner Seite, einen Plasmabogen und einen Nervendisruptor in Halftern, die ziemlich gebraucht aussahen, und nicht die stumpf gemachten Paradedoppelschwerter der Vor-Offiziere. Ein übergroßer Audiohörer glitzerte in seinem rechten Ohr.

»Mylady.« Illyan nickte und zog sie beiseite. »Als Sie ihn heute nachmittag gesehen haben«, sagte er mit leiser Stimme zur Gräfin, »wie ist es ihm da gegangen?«

Es war nicht nötig, in diesem Zusammenhang deutlicher zu sagen, wer *er* war. Die Gräfin blickte um sich, um sicherzustellen, daß sie sich außer Hörweite beiläufig Vorübergehender befanden. »Nicht gut, Simon. Er hat eine schlechte Gesichtsfarbe und große Ödeme und ist manchmal nicht ganz da, was ich noch erschreckender finde als alles andere zusammen. Der Chirurg möchte ihm die doppelte Belastung ersparen, ein künstliches Herz einzusetzen, während sie darauf warten, das organische zur richtigen Größe heranzuzüchten, aber vielleicht können sie nicht mehr warten. Deshalb könnte er jeden Augenblick im Operationssaal landen.«

»Was meinen Sie, soll ich ihn besuchen oder nicht?«

»Nicht. In dem Augenblick, wo Sie durch die Tür kommen, wird er sich aufsetzen und versuchen, sich an seine Aufgaben zu machen. Und der Stress des Versuchs wird nichts sein im Vergleich zum Stress des Nichtkönnens. Das würde ihn total fertigmachen.« Sie zögerte. »Es sei denn, Sie schlüpfen nur für einen Moment hinein, um ihm, sagen wir, eine gute Nachricht zu überbringen.«

Illyan schüttelte frustriert den Kopf. »Tut mir leid.«

Da die Gräfin in das nachfolgende Schweigen nicht

sofort weitersprach, wagte Mark zu sagen: »Ich hatte gedacht, Sie wären auf Komarr, Sir.«

»Ich mußte wegen dem heutigen Abend zurückkommen. Das Festmahl zu Kaisers Geburtstag ist der Sicherheitsalptraum des Jahres. Eine Bombe könnte praktisch die ganze verdammte Regierung auslöschen. Wie du wohl weißt. Ich war unterwegs, als die Nachricht von Arals ... Krankheit mich erreichte. Ich wäre am liebsten ausgestiegen und hätte angeschoben, wenn das meinen Schnellkurier noch schneller gemacht hätte.«

»Also ... was geschieht dann auf Komarr? Wer überwacht die Suche?«

»Ein Untergebener, dem ich vertraue. Nun, da es so aussieht, als ob wir nur nach einem Leichnam suchten ...« Illyan warf der Gräfin einen Blick zu und biß sich auf die Zunge. Sie runzelte die Stirn.

Sie senken die Priorität der Suche. Mark holte verstört Luft. »Wie viele Agenten suchen dann also auf Jackson's Whole?«

»So viele, wie wir erübrigen können. Diese neue Krise« – mit einem Rucken des Kopfes deutete Illyan auf Graf Vorkosigans gefährliche Krankheit hin – »strapaziert meine Ressourcen. Hast du eine Vorstellung, wieviel ungesunde Aufregung der Zustand des Premierministers allein auf Cetaganda auslösen wird?«

»*Wieviel?*« Seine Stimme wurde scharf und zu laut, aber zumindest die Gräfin machte keine Anstalten, ihn zu dämpfen. Sie beobachtete ihn mit kühlem Interesse.

»Lord Mark, du bist noch nicht in einer Stellung, in der du Rechenschaft über die geheimsten Dispositionen des Kaiserlichen Sicherheitsdienstes fordern kannst.«

Noch nicht? Sicher niemals. »Ich bitte nur darum, Sir. Aber Sie können nicht so tun, als ginge mich diese Operation nichts an.«

Illyan nickte vieldeutig und unverbindlich. Er faßte an seinen Kopfhörer, blickte einen Augenblick lang abwesend drein und salutierte schließlich zum Abschied vor der Gräfin. »Sie müssen mich entschuldigen, Mylady.«

»Viel Vergnügen!«

»Für Sie auch!« Seine Grimasse war ein Echo auf ihr ironisches Lächeln.

Mark begleitete die Gräfin über eine breite Treppe hinauf in einen langen Empfangssalon, der auf der einen Seite mit Spiegeln, auf der anderen mit großen Fenstern gesäumt war. An der weit geöffneten Tür kündigte ein Haushofmeister sie mit Titel und Namen über Lautsprecher an.

Marks erster Eindruck war ein gesichtsloser, ominöser Wirrwarr bunter Gestalten, wie ein Garten fleischfressender Pflanzen. Ein Regenbogen an Uniformen der Vor-Häuser, stark durchsetzt mit rot-blauen Paradeuniformen, überstrahlte tatsächlich die prächtigen Kleider der Damen. Die meisten Leute standen in kleinen, ständig wechselnden Gruppen beieinander und plauderten; ein paar saßen auf dünnbeinigen Stühlen an der Wand und schufen sich so ihre eigenen kleinen Hofhaltungen. Diener bewegten sich geschmeidig zwischen den Gästen hindurch und boten auf Tabletts Speisen und Getränke an. Zum größten Teil waren sie wohl Diener. Doch all diese extrem durchtrainierten jungen Männer in der Uniform der Bediensteten der Residenz waren sicher Agenten des Sicherheitsdienstes. Die robust wirkenden älteren Männer in der Livree des Hauses Vorbarra, die an den Ausgängen postiert waren, waren die persönlichen Gefolgsleute des Kaisers.

Es lag nur an seiner eigenen Paranoia, fand Mark, daß es ihm schien, als drehten sich bei ihrem Eintritt alle Köpfe ihm zu und als ginge eine Welle des Schweigens durch die Menge; doch ein paar Köpfe drehten sich wirklich um, und ein paar Gespräche in der Nähe verstummten. Zu diesen Gästen gehörten Ivan Vorpatril und seine Mutter, Lady Alys Vorpatril. Sie winkte sofort Gräfin Vorkosigan zu sich.

»Cordelia, meine Liebe«, Lady Vorpatril lächelte besorgt. »Du mußt mich über den neuesten Stand unterrichten. Die Leute fragen mich schon danach.«

»Je nun, du weißt ja, wie es hier läuft.«

Lady Vorpatril nickte gequält. Dann wandte sie sich wieder Ivan zu und setzte offensichtlich das Gespräch fort, das durch das Erscheinen der Vorkosigans unterbrochen worden war. »Sei heute abend nett zu der kleinen Vorsoisson, wenn sich eine Gelegenheit bietet. Sie ist die jüngere Schwester von Violetta Vorsoisson, vielleicht gefällt sie dir besser. Und Cassia Vorgorov ist auch hier. Sie ist zum erstenmal bei Kaisers Geburtstag dabei. Und später mußt du wenigstens einmal mit Irene Vortashpula tanzen. Ich habe es ihrer Mutter versprochen. Wirklich, Ivan, es sind so viele passende Mädchen heute abend hier. Wenn du dich ihnen nur ein bißchen widmen würdest...« Die beiden Frauen hängten sich beieinander ein und traten beiseite. Damit waren Mark und Ivan praktisch vom Gespräch ihrer Mütter ausgeschlossen. Mit einem nachdrücklichen Kopfnicken teilte Gräfin Vorkosigan Ivan mit, daß er wieder Wachdienst hatte. Mark erinnerte sich an das letztemal, als er sich unter Ivans Fittichen befunden hatte, und er überlegte, ob nicht der eindrucksvollere gesellschaftliche Schutz der Gräfin vorzuziehen wäre.

»Um was ging es da eigentlich?« fragte Mark. Ein Diener mit einem Tablett voller Getränke kam vorbei. Mark folgte Ivans Beispiel und schnappte sich auch ein Glas. Der Drink stellte sich als trockener Weißwein mit einem Schuß Zitrone heraus und schmeckte recht angenehm.

»Es geht um das zweimal jährlich stattfindende Viehtreiben«, sagte Ivan mit einer Grimasse. »Dieser Abend und der Ball am Winterfest sind die Gelegenheiten, wo all die jungen Färsen aus hohen Vor-Familien zur Besichtigung vorgeführt werden.«

Das war ein Aspekt der Zeremonien zu Kaisers Geburtstag, die Galen nie erwähnt hatte. Mark nahm einen etwas größeren Schluck von seinem Getränk. Allmählich begann er Galen mehr für das zu verfluchen, was er ausgelassen hatte, anstatt für das, was und wie er Mark zu lernen gezwungen hatte. »Die werden sich doch nicht nach mir umschauen, oder?«

»Wenn man einige der Kröten anschaut, die sie küssen, dann wüßte ich nicht, warum nicht«, sagte Ivan mit einem Achselzucken.

Danke, Ivan. Neben Ivans großer Gestalt im rotblauen Flitter sah Mark wahrscheinlich eher wie eine vierschrötige braune Kröte aus. Auf jeden Fall kam er sich so vor. »Ich bin aus dem Rennen«, sagte er mit Nachdruck.

»Da würde ich nicht darauf wetten. Es gibt nur sechzig Grafen-Erben, aber viel mehr Töchter, die untergebracht werden müssen. Hunderte, wie es scheint. Sobald einmal bekannt wird, was mit dem armen verdammten Miles passiert ist, wäre alles möglich.«

»Du meinst … ich müßte nicht hinter Frauen herlaufen? Wenn ich bloß stillstehen würde, dann würden sie schon zu mir kommen?« Oder jedenfalls zu seinem Namen, seiner Stellung und seinem Geld. Der Gedanke brachte eine gewisse trübsinnige Heiterkeit mit sich, falls das nicht ein Widerspruch in sich selbst war. Es war besser, um seines Ranges willen geliebt zu werden, als gar nicht geliebt zu werden. Die stolzen Narren, die etwas anderes verkündeten, hatten noch nie so verzweifelt nach einer menschlichen Berührung gehungert wie er.

»So schien es bei Miles zu funktionieren«, sagte Ivan mit einem unerklärlichen Unterton von Neid in der Stimme. »Ich konnte ihn nie dazu bringen, es auszunutzen. Natürlich vertrug er keine Zurückweisungen.

Versuch's noch einmal, war mein Motto, aber er war immer ganz am Boden zerstört und zog sich tagelang in sein Schneckenhaus zurück. Er war nicht abenteuerlustig. Oder vielleicht war er nur nicht gierig. Tendierte dazu, bei der ersten sicheren Frau aufzuhören, auf die er stieß. Zuerst Elena, und dann, als daraus nichts wurde, Elli Quinn. Allerdings kann ich vermutlich verstehen, warum er bei Quinn aufgehört hat.« Ivan kippte den Rest seines Weins hinunter und tauschte das leere Glas gegen ein volles vom Tablett eines vorübergehenden Dieners aus.

Admiral Naismith war, rief sich Mark ins Gedächtnis, Miles' *andere* Persönlichkeit. Möglicherweise wußte Ivan nicht alles über seinen Cousin.

»Au, verdammt«, bemerkte Ivan und schaute über den Rand seines Glases. »Da ist eine aus der engeren Wahl von *ma mère,* und die kommt auf uns zu.«

»Dann läufst du also Frauen nach, oder nicht?« fragte Mark verwirrt.

»Es hat keinen Sinn, denen nachzulaufen, die *hier* sind. Hier ist das Motto: Nur anschauen, nicht anfassen. Keine Chance.«

Mit Chance meinte Ivan in diesem Zusammenhang Sex, wie Mark erkannte. Wie viele rückständige Kulturen, die noch von der biologischen Reproduktion abhingen, anstatt von der Technik der Uterus-Replikatoren, teilten die Barrayaraner Sex in zwei Kategorien ein: in den erlaubten innerhalb eines formellen Vertrags, wo alle sich ergebende Nachkommenschaft geltend gemacht werden mußte, und in unerlaubten, d.h. alles übrige. Mark wurde noch froher. War diese Veranstaltung dann eine sexuelle Sicherheitszone? Keine Spannung, kein Terror?

Die junge Frau, die Ivan ausgemacht hatte, näherte sich ihnen. Sie trug ein langes Kleid in weichem Pastellgrün. Dunkelbraunes Haar war in Zöpfen und Locken auf ihrem Kopf hochgedreht, mit einigen echten Blumen darin eingeflochten. »Und was stimmt bei der nicht?« flüsterte Mark.

»Ist das dein Ernst?« murmelte Ivan. »Cassia Vorgorov? Dieser Knirps von einem Mädchen mit einem Gesicht wie ein Pferd und einer Figur wie ein Bügelbrett...?« Er brach ab, als sie in Hörweite kam, und nickte ihr höflich zu. »Hallo, Cass.« In seiner Stimme klang fast nichts von seiner gequälten Langeweile an.

»Hallo, Lord Ivan«, sagte sie atemlos. Sie lächelte ihn mit leuchtenden Augen an. Zugegeben, ihr Gesicht war etwas lang und ihre Figur schmächtig, aber Mark kam zu dem Schluß, daß Ivan zu wählerisch war. Sie hatte eine schöne Haut und hübsche Augen. Nun ja, alle Frauen hier hatten hübsche Augen, das war das Make-up. Und die schweren Parfüme. Sie konnte nicht älter als achtzehn sein. Ihr scheues Lächeln trieb ihm fast die Tränen in die Augen, so nutzlos war es auf Ivan konzentriert. *Niemand hat mich jemals so angeschaut. Ivan, du bist ein undankbarer Dreckskerl!*

»Freust du dich auf den Tanz?« wollte sie von Ivan wissen, offenkundig, um ihn zu ermutigen.

»Nicht besonders«, sagte Ivan mit einem Achselzucken. »Es ist jedes Jahr das Gleiche.«

Ihr sank der Mut. Sie war zum erstenmal hier, darauf hätte Mark gewettet. Hätte es hier eine Treppe gegeben, so wäre Mark versucht gewesen, Ivan mit einem Fußtritt hinabzustoßen. Er räusperte sich. Ivans Blick fiel auf ihn und erhellte sich in einer Inspiration.

»Cassie«, schnurrte Ivan, »kennst du schon meinen neuen Cousin, Lord Mark Vorkosigan?«

Sie schien ihn zum erstenmal wahrzunehmen. Mark lächelte ihr vorsichtig zu. Sie erwiderte unsicher seinen Blick. »Nein... ich hatte gehört... wahrscheinlich sieht er nicht genau wie Miles aus, oder?«

»Nein«, sagte Mark. »Ich bin nicht Miles. Guten Abend, Lady Cassia.«

Verspätet erinnerte sie sich an ihre guten Manieren

und erwiderte: »Guten Abend … hm … Lord Mark.« Ein nervöses Hochwerfen ihres Kopfes ließ die Blumen zittern.

»Warum macht ihr euch nicht miteinander bekannt? Entschuldigt mich, ich muß da mit einem Mann reden …« Ivan winkte einem rot-blau uniformierten Kameraden am anderen Ende des Raumes zu und eilte davon.

»Freuen Sie sich auf den Tanz?« sagte Mark versuchsweise. Er war so darauf konzentriert gewesen, sich an alle formellen Schritte der Steuerzeremonie und des Festmahls zu erinnern, ganz zu schweigen von dem *Who's who* mit nahezu dreihundert Namen, die alle mit »Vor« begannen, daß er an den nachfolgenden Tanz kaum einen Gedanken verschwendet hatte.

»Hm … irgendwie schon.« Ihr Blick trennte sich nur widerstrebend von Ivan, der sich erfolgreich zurückgezogen hatte, fiel auf Mark und huschte davon.

Es gelang ihm, nicht herauszuplatzen mit *Kommen Sie oft hierher?* Was sollte er sagen? *Wie gefällt Ihnen Barrayar?* Nein, das würde nicht passen. *Einen schönen Nebel haben wir heute draußen.* Drinnen auch. *Gib mir ein Stichwort, Mädchen! Sag etwas, irgend etwas.*

»Sind Sie wirklich ein Klon?«

Alles, bloß das nicht. »Ja.«

»Ach, du meine Güte.«

Wieder Schweigen.

»Viele Leute sind Klons«, bemerkte er.

»Nicht hier.«

»Das stimmt.«

»Ah … oh!« Ihr Gesicht schmolz vor Erleichterung. »Entschuldigen Sie mich, Lord Mark, ich sehe, meine Mutter ruft mich …« Sie schenkte ihm ein krampfhaftes Lächeln wie ein Lösegeld, drehte sich um und eilte auf eine Vor-Matrone am anderen Ende des Raumes zu. Mark hatte die Dame nicht winken sehen.

Mark seufzte. Soviel zur hoffnungsvollen Theorie

von der übermächtigen Anziehung des Rangs. Lady Cassia war offensichtlich nicht scharf darauf, eine Kröte zu küssen. *Wenn ich Ivan wäre, dann würde ich einen Kopfstand machen für ein Mädchen, das mich so anschaut.*

»Du siehst so nachdenklich aus«, bemerkte Gräfin Vorkosigan neben ihm. Er schrak etwas zusammen.

»Ach, hallo, da sind Sie ja wieder. Ja. Ivan hat mich gerade diesem Mädchen vorgestellt. Keine seiner Freundinnen, nehme ich an.«

»Ja, ich habe das kleine Spielchen über Alys Vorpatrils Schulter hinweg beobachtet. Ich hatte mich so hingestellt, damit sie der Szene den Rücken zuwandte, aus Nächstenliebe.«

»Ich … verstehe Ivan nicht. Sie schien mir ein ziemlich nettes Mädchen zu sein.«

Gräfin Vorkosigan lächelte. »Sie sind alle nette Mädchen. Das ist nicht der Punkt.«

»Und was ist dann der Punkt?«

»Siehst du es nicht? Nun ja, vielleicht, wenn du mehr Zeit gehabt haben wirst zu beobachten. Alys Vorpatril ist wirklich eine liebevolle Mutter, aber sie kann es einfach nicht lassen und versucht, Ivans Zukunft einzufädeln. Ivan ist zu nett oder zu träge, um offen zu widerstehen. Also tut er, worum sie ihn bittet – außer das eine, was sie am meisten von ihm will, nämlich zu heiraten und ihr Enkel zu schenken. Meiner Meinung nach ist seine Strategie falsch. Wenn er wirklich dem Druck entrinnen will, dann würden Enkel die Aufmerksamkeit der armen Alys völlig ablenken. Einstweilen schlägt ihr das Herz jedesmal bis zum Hals, wenn er eine Fahrt unternimmt.«

»Das kann ich verstehen«, räumte Mark ein.

»Ich könnte ihm manchmal eine Ohrfeige geben für sein kleines Spiel, nur bin ich mir nicht sicher, ob er sich dessen bewußt ist, und im übrigen ist es zu drei Vierteln Alys' Schuld.«

Mark beobachtete, wie Lady Vorpatril Ivan am anderen Ende des Raumes einholte. Wahrscheinlich überprüfte sie, welche Fortschritte er an diesem Abend schon bei der engeren Auswahl gemacht hatte. »Hm, Sie scheinen fähig zu sein, eine vernünftig distanzierte mütterliche Einstellung durchzuhalten«, bemerkte er beiläufig.

»Das … mag ein Fehler gewesen sein«, murmelte sie.

Er blickte auf und zitterte innerlich angesichts der tödlichen Einsamkeit, die er für einen Moment in den Augen der Gräfin überraschte. *Meine Klappe. Mist.* Der Blick zuckte so schnell weg, daß er es nicht einmal wagte, um Verzeihung zu bitten.

»Nicht ganz distanziert«, sagte sie leichthin und hängte sich wieder an seinem Ellbogen ein. »Komm, und ich zeige dir, wie man sich gegenseitig angelt, auf barrayaranische Art.«

Sie steuerte ihn durch den langen Raum. »Es gibt, wie du gerade gesehen hast, zwei Tagesordnungen, die heute abend hier bearbeitet werden«, dozierte die Gräfin freundlich. »Die politische der alten Männer – die jährliche Erneuerung der Bräuche der Vor – und die genetische Tagesordnung der alten Frauen. Die Männer bilden sich ein, die ihre sei die einzige, aber das ist nur eine ihrem Ego dienende Selbsttäuschung. Das ganze Vor-System ist auf seiner Unterseite auf das Spiel der Frauen gegründet. Die alten Männer in den Regierungskommissionen bringen ihr Leben damit zu, daß sie gegen dieses oder jenes Stück militärischer Hardware von anderen Planeten argumentieren oder Pläne schmieden, um es zu finanzieren. Inzwischen schleicht sich – unbemerkt von ihnen – der Uterus-Replikator ein, und sie merken nicht einmal, daß die Debatte, die Barrayars Zukunft grundlegend ändern wird, genau jetzt zwischen ihren Ehefrauen und Töchtern ausgetragen wird. Den Replikator benutzen oder nicht? Es ist zu spät, um ihn noch von Barrayar fernzuhalten, er ist schon hier. Die mittleren Klassen übernehmen ihn in großen Scharen. Jede Mutter, die ihre Tochter liebt, verlangt nach ihm, um ihr die körperlichen Gefahren des biologischen Gebärens zu ersparen. Sie kämpfen nicht gegen die alten Männer, die von alldem nichts ahnen, sondern gegen eine alte Garde ihrer Schwestern, die zu ihren Töchtern praktisch sagen: *Wir mußten leiden, also müßt auch ihr!* Schau dich heute abend um, Mark. Du bist Augenzeuge der letzten Generation von Männern und Frauen auf Barrayar, die diesen Tanz noch auf die alte Weise tanzen werden. Das Vor-System ist dabei, sich auf seiner blindesten Seite zu wandeln, auf der Seite, die auf sein Fundament blickt – oder nicht blickt. Eine weitere halbe Generation von nun an, und das Vor-System wird nicht wissen, wodurch es getroffen wurde.«

Mark hätte schwören können, daß ihr ruhiger, akademischer Ton eine wild rachelüsterne Befriedigung verbarg. Aber ihr Gesichtsausdruck war so distanziert wie immer.

Ein junger Mann in der Uniform eines Hauptmanns näherte sich ihnen und nickte beiden grüßend zu. »Der Zeremonienmeister bitte um ihre Anwesenheit, Mylord«, murmelte er. »Hier entlang, bitte.«

Sie folgten ihm aus dem langen Empfangssalon hinaus und eine reichverziert gemeißelte Treppe aus weißem Marmor hinauf, einen Korridor entlang und in ein Vorzimmer hinein, in das ein halbes Dutzend Grafen oder deren offizielle Repräsentanten geleitet wurden. Jenseits eines breiten Türbogens saß Gregor im Hauptraum, umgeben von einer kleinen Konstellation von Männern, die meisten in rot-blauer Uniform, doch drei in den dunklen Roben der Minister.

Der Kaiser saß auf einem gewöhnlichen Faltschemel, der noch weniger war als ein Stuhl. »Ich hatte irgendwie einen Thron erwartet«, flüsterte Mark der Gräfin zu.

»Das ist ein Symbol«, flüsterte sie zurück. »Und wie die meisten Symbole ererbt. Es handelt sich um einen Feldschemel für Offiziere, Standardausführung.«

»Huch.« Dann mußte er sich von ihr trennen, da der Zeremonienmeister ihn zu seinem zugewiesenen Platz in der Reihe trieb. Zum Platz der Vorkosigans. *Jetzt passiert's.* Er erlebte einen Moment äußerster Panik, da er dachte, er hätte den Beutel mit den Goldmünzen unterwegs irgendwie verlegt oder fallen gelassen, aber das Säckchen war immer noch sicher mit einer Schleife an seine Jacke gebunden. Mit schweißnassen Fingern löste er die seidenen Kordeln. *Es handelt sich um eine dumme kleine Zeremonie. Warum sollte ich jetzt eigentlich nervös sein?*

Umdrehen, vorwärts gehen – seine Konzentration war fast beim Teufel, als irgendwo hinter ihm im Vorzimmer ein Anonymus flüsterte: »Mein Gott, die Vorkosigans tun es wirklich ...!« – hinaufsteigen, salutieren, auf das linke Knie niederknien. Er reichte den Beutel mit der rechten Hand dar, korrekt mit der Handfläche nach oben, und stotterte die formellen Worte hervor. Dabei kam es ihm vor, als bohrten sich die Blicke der wartenden Zeugen hinter ihm wie Plasmabogenstrahlen in seinen Rücken. Erst jetzt schaute er auf und begegnete dem Blick des Kaisers.

Gregor lächelte, nahm den Beutel und sprach die gleicherweise formellen Worte der Annahme. Dann reichte er den Beutel seitwärts dem Finanzminister in seiner schwarzen Samtrobe, doch er winkte den Mann fort.

»Also hier bist du schließlich – Lord Vorkosigan«, murmelte Gregor.

»Einfach Lord Mark«, schlug Mark hastig vor. »Ich bin nicht Lord Vorkosigan, solange Miles nicht ... nicht ...«, die Redewendung der Gräfin fiel ihm ein, »tot und *verwest* ist. Das bedeutet nichts. Der Graf und die Gräfin haben es gewollt. Es schien nicht der richtige Zeitpunkt zu sein, ihnen zu widersprechen.«

»So ist es«, Gregor lächelte traurig. »Danke dafür. Wie geht es dir selbst?«

Gregor war der erste, der nach seinem Befinden fragte, anstatt nach dem des Grafen. Mark blinzelte. Aber schließlich konnte Gregor die echten medizinischen Bulletins über den Zustand seines Premierministers stündlich bekommen, falls er sie haben wollte. »Schon gut, nehme ich an«, er zuckte die Achseln. »Verglichen mit allen anderen sowieso.«

»Hm«, sagte Gregor. »Du hast deine Kommunikatorkarte noch nicht benutzt.« Auf Marks verdutzten Blick hin fügte er sanft hinzu: »Ich habe sie dir nicht als Andenken gegeben.«

»Ich… ich habe Ihnen noch keinen Dienst erwiesen, der es mir erlauben würde, Sie zu belästigen, Sir.«

»Deine Familie hat am Kaiserthron nahezu unbegrenzten Kredit. Du kannst ihn in Anspruch nehmen, weißt du.«

»Ich habe um nichts gebeten.«

»Ich weiß. Ehrenhaft, aber dumm. Du paßt vielleicht hier noch richtig rein.«

»Ich möchte keinen Gefallen haben.«

»Viele Unternehmen starten mit geliehenem Kapital. Sie zahlen es später zurück, mit Zinsen.«

»Das habe ich einmal versucht«, sagte Mark bitter. »Ich habe mir die Dendarii-Söldner ausgeliehen und damit Bankrott gemacht.«

»Hm.« Gregors Lächeln wurde schief. Er blickte auf, über Mark hinweg, zu der Menge, die sich zweifellos bis in den Vorraum staute. »Wir werden wieder miteinander reden. Laß dir das Dinner schmecken.« Sein Kopfnicken wurde zur formellen Entlassung durch den Kaiser.

Mark rappelte sich hoch, salutierte geziemend und zog sich wieder zu dem Platz zurück, wo die Gräfin auf ihn wartete.

KAPITEL 17

Am Ende der ermüdend langen Steuerzeremonie servierte das Personal der Residenz ein Bankett für tausend Leute, die entsprechend ihrem Rang auf verschiedene Räume verteilt wurden. Mark fand sich in der Nähe von Gregors Tisch wieder. Der Wein und die vorzüglichen Speisen gaben ihm einen Vorwand, um nicht viel mit seinen Nachbarn plaudern zu müssen. Er kaute und nippte so langsam wie möglich. Schließlich hatte er sich doch unangenehm übergessen, und ihm war vom vielen Alkohol schwindlig. Da bemerkte er, daß die Gräfin all die Toasts absolvierte, indem sie einfach nur ihre Lippen benetzte. Er ahmte ihre Strategie nach und wünschte sich, er hätte es eher bemerkt, aber wenigstens war er noch fähig zu gehen und mußte nicht im Kriechgang den Tisch verlassen, und der Raum drehte sich nur ein wenig.

Es hätte schlimmer sein können. Es hätte sein können, daß ich das alles hätte durchstehen und gleichzeitig so tun müssen, als wäre ich Miles Vorkosigan.

Die Gräfin führte ihn in einen Ballsaal mit einem blank polierten Parkettboden, der für den Tanz freigemacht worden war, obwohl noch niemand tanzte. Ein Orchester aus lebendigen Menschen, alles Männer in der Uniform der Kaiserlichen Streitkräfte, war in einer Ecke plaziert. Im Augenblick spielte nur ein halbes Dutzend der Musiker, und zwar eine Art vorbereitender Kammermusik. An einer Seite des Raumes ließen hohe Türen die kühle Nachtluft von der Promenade herein. Mark nahm die Ausgänge zur Kenntnis und merkte sie als mögliche Fluchtwege vor, falls er später dem Ganzen entkommen wollte. Es hätte eine unaussprechliche Erleichterung bedeutet, gerade jetzt in der Dunkelheit allein zu sein. Er begann sich sogar schon nach seiner Kabine an Bord der *Peregrine* zu sehnen.

»Sie tanzen?« fragte er die Gräfin.

»Heute abend nur einmal.«

Die Erklärung dafür wurde kurz darauf deutlich, als Kaiser Gregor erschien und mit seinem gewohnten ernsten Lächeln Gräfin Vorkosigan auf die Tanzfläche führte, um offiziell den Ball zu eröffnen. Bei der ersten Wiederholung der Musik begannen sich andere Paare ihnen anzuschließen. Die Vor-Tänze schienen vorzugsweise formell und langsam zu sein, wobei die Paare sich eher zu komplexen Gruppen zusammenfanden als paarweise allein zu tanzen, und dabei mußten sie viel zu viele präzise Bewegungen auswendig wissen. Mark erschienen die Tänze irgendwie als Allegorien der Art, wie die Dinge hier auf Barrayar vollbracht wurden.

Da er sich seiner Begleiterin und Beschützerin beraubt sah, flüchtete er in einen Nebenraum, wo die Musik nur noch im Hintergrund zu hören war. Büffettische mit noch mehr Speisen und Getränken säumten eine Wand. Einen Moment lang erwog er sehnsüchtig die Idee, sich sinnlos zu betrinken. Dann könnte er alles vergessen ... *Ganz recht, sicher. Betrink dich öffentlich, und dann wirst du dich zweifellos auch öffentlich erbrechen.* Das war genau, was die Gräfin brauchte. Und den halben Weg in diese Richtung hatte er schon zurückgelegt.

Statt dessen zog er sich in eine Fensternische zurück. Seine mürrische Miene schien auszureichen, um dieses Refugium gegen jedermann zu behaupten. Er lehnte sich im Schatten an die Wand, verschränkte die Arme und nahm sich grimmig vor, durchzuhalten. Vielleicht konnte er die Gräfin überreden, ihn früh nach Hause zu bringen, gleich nach ihrem einzigen Tanz. Aber sie schien sich durch die Menge zu arbeiten. Bei all dem erschien sie entspannt, umgänglich, heiter. Er hatte an diesem Abend nicht ein einziges Wort aus ihrem Mund gehört, das nicht ihren Zielen diente. So viel Selbstbeherrschung von jemandem, der insgeheim so angespannt war, wirkte beunruhigend.

Seine bittere Stimmung verdüsterte sich noch weiter, als er darüber nachbrütete, was es bedeutete, daß diese Kryokammer leer war. *Der Sicherheitsdienst kann nicht überall sein,* hatte die Gräfin einmal gesagt. Verdammt... Vom Sicherheitsdienst wurde erwartet, daß er alles sah. Das wurde doch durch das drohende Abzeichen mit dem silbernen Horus-Auge an Illyans Uniformkragen angedeutet. War der Ruf des Sicherheitsdienstes bloß Propaganda?

Eins war sicher. Miles hatte sich nicht *selbst* aus dieser Kryokammer entfernt. Ob Miles inzwischen verwest, aufgelöst oder noch eingefroren war, es mußte irgendo einen Zeugen oder auch deren mehrere geben. Ein Faden, eine Schnur, ein Haken, eine Verbindung, eine Spur blutiger Brotkrumen, *irgend etwas. Ich glaube, es bringt mich um, wenn nichts zu finden ist.* Es mußte etwas geben.

»Lord Mark?« sagte eine helle Stimme.

Er hob den Blick von einer blinden Betrachtung seiner Stiefel und fand sich einem lieblichen Dekolleté gegenüber, das mit Gaze in Himbeerrosa und weißem Spitzenbesatz einen Brustansatz umrahmte. Die feine Linie eines Schlüsselbeins, weich schwellende Kurven und elfenbeinfarbene Haut bildeten fast eine abstrakte Skulptur, eine schräggelegte topologische Landschaft. Er stellte sich vor, wie er, auf Insektengröße geschrumpft, über diese weichen Hügel und Täler marschierte, und zwar barfuß...

»Lord Mark?« wiederholte sie leicht verunsichert.

Er legte den Kopf zurück und hoffte, daß der Schatten die Röte der Verlegenheit auf seinen Wangen verbarg, und es gelang ihm wenigstens die Höflichkeit des Augenkontakts. *Ich kann es nicht ändern, es liegt an meiner Größe. Tut mir leid.* Ihr Gesicht war für das Auge ebenso sehenswert: stahlblaue Augen, geschwungene Lippen. Kurze, lockere aschblonde Locken umkränzten den Kopf. Wie es hier für junge Frauen der Brauch zu sein schien, waren winzige rosafarbene Blumen in das Haar geflochten und opferten ihr kleines Pflanzenleben der kurzen, abendlichen Pracht dieser Frau. Doch das Haar war zu kurz, um sie erfolgreich zu halten, und einige waren nahe daran herabzufallen.

»Ja?« Es klang zu abrupt. Mürrisch. Er versuchte es noch einmal mit einem ermutigenderen »Lady …?«

»Oh«, sie lächelte, »ich bin nicht Lady Irgendwas. Ich bin Kareen Koudelka.«

Er runzelte die Stirn. »Sind Sie mit Kommodore Clement Koudelka verwandt?« Ein Name, der auf der Liste von Aral Vorkosigans höheren Stabsoffizieren sehr weit oben stand. Und auf Galens Liste für weitere Attentate, falls sich eine Gelegenheit dazu ergeben würde.

»Er ist mein Vater«, sagte sie stolz.

»Ah … ist er hier?« fragte Mark nervös.

Das Lächeln verschwand mit einem kurzen Seufzer. »Nein. Er mußte heute abend ins Hauptquartier. Im letzten Moment.«

»Ach so.« Ganz gewiß. Es wäre interessant, die Männer zu zählen, die heute abend hier hätten zugegen sein sollen, aber wegen des Zustands des Premierministers nicht da waren. Wenn Mark wirklich der feindliche Agent gewesen wäre, zu dem er in jenem anderen Leben ausgebildet worden war, dann hätte er damit schnell entdecken können, wer die wirklichen Inhaber von Schlüsselpositionen in der Gruppierung waren, die Aral Vorkosigan Rückhalt gaben, egal, was die Dienstpläne sagten.

»Sie schauen wirklich nicht ganz wie Miles aus«,

sagte sie und musterte ihn mit einem kritischen Blick – er erstarrte, aber dann kam er zu dem Schluß, er würde, wenn er seinen Bauch einzöge, nur noch mehr Aufmerksamkeit darauf lenken –, »Ihre Knochen sind schwerer. Es wäre interessant, Sie beide nebeneinander zu sehen. Kommt er bald zurück?«

Sie weiß es nicht, erkannte er mit einem gewissen Schrecken. *Weiß nicht, daß Miles tot ist, weiß nicht, daß ich ihn umgebracht habe.* »Nein«, murmelte er. Und dann fragte er masochistisch: »Waren auch Sie in ihn verliebt?«

»Ich?« Sie lachte. »Ich habe keine Chance. Ich habe drei ältere Schwestern, und sie sind *alle* größer als ich. Sie nennen mich die Zwergin.«

Sein Scheitel reichte ihr nicht bis zur Schulter, was bedeutete, daß sie für eine Barrayaranerin durchschnittlich groß war. Ihre Schwestern mußten Walküren sein. Genau wie es Miles gefiel. Der Duft ihrer Blumen oder ihrer Haut drang mit feinen, zarten Wogen auf ihn ein.

Die Qual der Verzweiflung durchbohrte ihn, von den Eingeweiden bis in den Schädel. *Es hätte mein sein können. Wenn ich es nicht vermasselt hätte, dann hätte das jetzt mein Augenblick sein können.* Sie war freundlich und offen und lächelte, aber nur, weil sie nicht wußte, was er getan hatte. Und was war, wenn er log, wenn er es versuchte, wenn er sich gegen alle Vernunft in Ivans trunkenstem Traum mit diesem Mädchen spazierend wiederfand, und sie lud ihn zum Klettern in den Bergen ein, wie Miles – was dann? Wie unterhaltsam wäre es für sie zu beobachten, wie er sich in all seiner nackten Unfähigkeit halb zu Tode würgte? Hoffnungslos, hilflos, glücklos – die bloße Vorwegnahme dieser Qual und Erniedrigung verdunkelte erneut seinen Blick. Seine Schultern sanken zusammen. »Oh, um Gottes willen, lassen Sie mich«, stöhnte er.

Ihre blauen Augen weiteten sich vor Überraschung

und Zweifel. »Pym hat mich gewarnt, daß Sie niedergeschlagen sind … nun, ist schon gut.« Sie zuckte die Achseln und wandte sich um, wobei sie den Kopf zurückwarf.

Ein paar der kleinen rosafarbenen Blüten verloren ihre Verankerung und fielen herab. Mark packte sie krampfhaft. »Warten Sie …!«

Sie drehte sich wieder um. »Was ist?«

»Ein paar von Ihren Blumen sind heruntergefallen.« Er hielt sie ihr mit gewölbten Händen hin, zerquetschte rosa Klümpchen, und versuchte es mit einem Lächeln. Er fürchtete, es wäre genauso gequetscht wie die Blumen.

»Oh.« Sie nahm sie zurück, mit langen, sauberen und ruhigen Fingern und kurzen, nicht geschmückten Nägeln, den Händen einer Frau, die nicht müßig war, starrte auf die Blüten und verdrehte die Augen, als wüßte sie nicht, wie sie sie wieder befestigen sollte. Schließlich stopfte sie sie kurzerhand durch ein paar Locken auf ihrem Scheitel, wo sie jetzt noch unsicherer hingen als zuvor. Sie begann sich wieder abzuwenden.

Sag etwas, oder du verlierst deine Chance! »Sie tragen Ihr Haar nicht lang wie die anderen«, platzte er heraus. O nein, sie würde jetzt denken, er wolle sie kritisieren …

»Ich habe keine Zeit, damit herumzukaspern.« Unter einem unbewußten Zwang strich sie mit den Fingern über einige Locken und verstreute dadurch noch mehr unglückliche Blumen.

»Was machen Sie denn mit Ihrer Zeit?«

»Meistens lerne ich.« Die Lebhaftigkeit, die seine Abfuhr so brutal unterdrückt hatte, begann wieder auf ihrem Gesicht zu erscheinen. »Gräfin Vorkosigan hat mir versprochen, sie schickt mich nächstes Jahr auf die Schule nach Kolonie Beta, wenn ich den Rang in meiner Klasse beibehalte!« Das Licht in ihren Augen bündelte sich zur Schärfe eines Laserskalpells. »Und das kann ich. Ich werde es allen zeigen. Wenn Miles das tun kann, was er tut, dann kann ich auch das meine tun.«

»Was wissen Sie darüber, was Miles tut?« fragte er beunruhigt.

»Er hat es geschafft, die Kaiserliche Militärakademie zu absolvieren, nicht wahr?« Sie hob angeregt das Kinn. »Und alle hatten gesagt, er sei zu klein und zu kränklich, und es sei schade um ihn und er würde jung sterben. Und als er dann erfolgreich war, sagten sie, es sei nur die Gunst seines Vaters gewesen. Aber er war bei der Abschlußprüfung einer der besten seiner Klasse, und ich glaube nicht, daß sein Vater *damit* irgend etwas zu tun hatte.« Sie nickte mit Nachdruck und zufrieden.

Aber von wegen jung sterben, da hatten sie recht. Offensichtlich wußte sie nichts von Miles' kleiner Privatarmee.

»Wie alt sind Sie?« fragte er.

»Achtzehn Standardjahre.«

»Ich bin … hm … zweiundzwanzig.«

»Ich weiß.« Sie beobachtete ihn, immer noch interessiert, doch etwas vorsichtiger. In ihren Augen leuchtete es plötzlich verständnisvoll auf. Sie dämpfte ihre Stimme. »Sie machen sich große Sorgen um Graf Aral, nicht wahr?«

Eine sehr mitfühlende Erklärung für seine Grobheit. »Um den Grafen, meinen Vater«, erwiderte er. Das war Miles' Ausdrucksweise. »Unter anderem.«

»Haben Sie hier schon Freunde gefunden?«

»Ich … weiß nicht recht.« Ivan? Gregor? Seine Mutter? War einer von ihnen tatsächlich ein Freund? »Ich war noch zu sehr damit beschäftigt, Verwandte zu finden. Ich hatte zuvor auch keine Verwandten.«

Sie zog die Augenbrauen hoch. »Und keine Freunde?«

»Nein.« Es war eine seltsame Erkenntnis, seltsam

und spät. »Ich kann nicht sagen, daß mir Freunde gefehlt haben. Ich hatte immer unmittelbarere Probleme.« *Immer noch.*

»Miles scheint immer eine Menge Freunde zu haben.«

»Ich bin nicht Miles«, versetzte Mark, an der empfindlichen Stelle getroffen. Nein, es war nicht ihre Schuld. Er war überall empfindlich.

»Ich kann verstehen, daß …« Sie brach ab, da im benachbarten Ballsaal wieder die Musik begann. »Würden Sie gerne tanzen?«

»Ich kenne keinen eurer Tänze.«

»Das ist ein Spiegeltanz. Jedermann kann den Spiegeltanz tanzen, es ist nicht schwer. Man kopiert einfach alles, was der Partner macht.«

Er blickte durch den Türbogen und dachte an die hohen Türen zur Promenade. »Vielleicht – vielleicht draußen?«

»Wieso draußen? Sie würden mich nicht sehen.«

»Und es würde auch mich niemand sehen.« Ein Verdacht kam ihm hoch. »Hat meine Mutter Sie gebeten, das zu tun?«

»Nein …«

»Lady Vorpatril?«

»Nein!« Sie lachte. »Warum sollten sie? Kommen Sie, oder die Musik ist vorbei!« Sie nahm ihn an der Hand und zog ihn entschlossen durch den Türbogen. Hinter ihr fielen noch ein paar Blumen herab. Er fing einige Blüten mit der freien Hand auf und schob sie verstohlen in die Hosentasche. *Hilfe, ich bin von einer Enthusiastin entführt worden!* Aber es gab schlimmere Schicksale. Er verzog den Mund zu einem schiefen Lächeln. »Es macht Ihnen nichts aus, mit einer Kröte zu tanzen?«

»Was?«

»Ach, das ist etwas, das Ivan gesagt hat.«

»Ach, Ivan.« Sie zuckte herablassend die weißen Achseln. »Ignorieren Sie Ivan. Wir alle ignorieren ihn.«

Lady Cassia, Sie sind gerächt. Marks Stimmung hellte sich weiter auf. Sie war jetzt mitteldüster.

Der Spiegeltanz ging wie beschrieben. Die Partner standen einander gegenüber und verneigten und wiegten und bewegten sich im Takt der Musik. Das Tempo war lebhafter und weniger gravitätisch als bei den großen Gruppentänzen und hatte mehr jüngere Paare auf die Tanzfläche gelockt.

Mark mischte sich mit Kareen unter die Tanzenden und kam sich dabei schrecklich auffällig vor. Er begann ihre Bewegungen zu kopieren, wobei er etwa einen halben Takt hinter ihr lag. Genau wie sie versprochen hatte, dauerte es ungefähr fünfzehn Sekunden, bis er den Dreh heraushatte. Er begann auch ein wenig zu lächeln. Die älteren Paare waren sehr würdig und elegant, aber einige der jüngeren waren sehr kreativ. Ein junger Vor nutzte eine Handbewegung und foppte seine Dame, indem er einen Finger kurz in die Nase steckte und mit den übrigen ihr zuwinkte. Sie brach die Regel und folgte seinem Beispiel nicht, aber er spiegelte ihren empörten Gesichtsausdruck perfekt. Mark lachte.

»Sie schauen ganz anders aus, wenn Sie lachen«, sagte Kareen. Es klang überrascht. Sie reckte verwundert den Kopf.

Er hob seinerseits den Kopf. »Anders als was?«

»Ich weiß nicht. Nicht so… begräbnismäßig. Dort hinten in Ihrem Versteck in der Ecke haben Sie dreingeschaut, als hätten Sie Ihren besten Freund verloren.«

Wenn Sie nur wüßten. Sie drehte eine Pirouette, er ebenfalls. Er vollführte eine übertriebene Verbeugung vor ihr; überrascht, aber belustigt erwiderte sie die Geste. Der Anblick war bezaubernd.

»Ich werde Sie gleich wieder zum Lachen bringen«, entschied sie mit Nachdruck. Also ging sie dazu über, ihm mit völlig ausdruckslosem Gesicht schnell hintereinander drei schmutzige Witze zu erzählen. Am Ende lachte er über deren absurden Kontrast zu ihrem mädchenhaften Aussehen fast mehr als über die Witze selbst.

»Wo haben Sie denn die her?«

»Von meinen großen Schwestern«, sagte sie mit einem Achselzucken.

Es tat ihm wirklich leid, als die Musik aufhörte. Diesmal übernahm er die Führung und drängte sie zurück in den benachbarten Raum, um Getränke zu nehmen und dann auf die Promenade hinauszugehen. Nachdem die Konzentration des Tanzes vorüber war, wurde ihm auf unbehagliche Weise bewußt, wie viele Leute ihn anschauten, und diesmal war es kein paranoider Wahn. Sie hatten ein auffälliges Paar abgegeben, die schöne Kareen und ihre Vorkosigan-Kröte.

Draußen war es nicht so dunkel, wie er gehofft hatte. Zusätzlich zu dem Licht, das aus den Fenstern der Residenz drang, gab es farbige Punktscheinwerfer in der Gartenlandschaft, die im Nebel zu einer sanften allgemeinen Beleuchtung verschwammen. Der Hang unterhalb der Steinbalustrade glich mit seinen alten Büschen und Bäumen fast einem Wald. Mit Steinen gepflasterte Gehwege führten im Zickzack hinab. Bänke aus Granit luden zum Verweilen ein. Doch die Nacht war so kühl, daß die meisten Leute drinnen blieben, was recht hilfreich war.

Es war eine höchst romantische Szenerie, die da auf ihn verschwendet wurde. *Warum tue ich das?* Was brachte es, einen Hunger zu wecken, den man nicht stillen konnte? Es tat schon weh, wenn er sie nur anschaute. Er schob sich trotzdem näher an sie heran, und ihm schwindelte mehr von ihrem Duft als von dem Wein und dem Tanz. Von der Bewegung strahlte ihre Haut Wärme aus. Durch das Zielfernrohr eines Heckenschützen gesehen müßte sie leuchten wie eine Fackel. Ein morbider Gedanke. Sex und Tod schienen irgendwo auf dem Grund seines Hirns zu eng miteinander verknüpft zu sein. Er hatte Angst. *Alles, was ich berühre, zerstöre ich. Ich werde sie nicht berühren.* Er setzte sein Glas auf dem Steingeländer ab und schob die Hände tiefer in die Hosentaschen. Die Finger seiner linken Hand ließen zwanghaft die kleinen Blüten kreisen, die er dort versteckt hatte.

»Lord Mark«, sagte sie nach einem Schluck Wein, »Sie sind fast ein Galaktiker. Wenn Sie verheiratet wären und Kinder haben wollten, würden Sie da wollen, daß Ihre Frau einen Uterus-Replikator benutzt oder nicht?«

»Warum sollte ein Paar sich nicht für den Replikator entscheiden?« fragte er. In seinem Kopf drehte sich alles angesichts dieser plötzlichen neuen Wendung des Gesprächs.

»Etwa, damit sie ihm ihre Liebe beweist.«

»Guter Gott, wie barbarisch! Natürlich nicht. Ich würde meinen, daß es genau das Gegenteil beweisen würde, daß er *sie* nicht liebt.« Er zögerte. »Das war eine rein theoretische Frage, nicht wahr?«

»Sozusagen.«

»Ich will damit sagen, Sie kennen nicht jemanden, der diese Debatte ernsthaft führen muß – etwa Ihre Schwestern oder sonst jemand?« fragte er besorgt. *Sicher nicht Sie, oder?* Wenn ja, dann müßte man irgendeinem Barbaren den Kopf in einen Eimer mit Eiswasser tauchen. Und ihn lang genug drinhalten, bis er aufhörte zu zappeln.

»Oh, keine meiner Schwestern ist schon verheiratet. Allerdings nicht aus Mangel an Heiratsanträgen. Doch Mama und Papa halten sie hin. Das ist eine Strategie«, vertraute sie ihm an.

»So?«

»Lady Cordelia hat sie ermutigt, nachdem das zweite von uns Mädchen angekommen war. Gleich nachdem sie hier eingewandert war, gab es eine Periode auf Barrayar, wo sich die galaktische Medizin wirklich ausbreitete, und da gab es so eine Pille, die man nehmen konnte, um das Geschlecht seines Kindes zu wählen. Eine Zeitlang waren alle ganz verrückt nach Jungen. Kürzlich hat sich das Verhältnis wieder ausgeglichen. Aber meine Schwestern und ich wurden mitten in der Zeit des Mädchenmangels geboren. Ein Mann, der sich nicht im Ehevertrag damit einverstanden erklären möchte, daß seine Frau einen Uterus-Replikator benutzen darf, hat es zur Zeit sehr schwer, jemanden zum Heiraten zu finden. Die Ehevermittler würden sich nicht einmal die Mühe machen, für ihn Verhandlungen aufzunehmen.« Sie kicherte. »Lady Cordelia hat zu Mama gesagt, wenn sie das Spiel gut spielt, dann könnte jedes ihrer Enkelkinder die Silbe *Vor* vor dem Namen haben.«

»Ich verstehe«, sagte Mark und blinzelte. »Ist das eine Ambition Ihrer Eltern?«

»Nicht unbedingt«, Kareen zuckte die Achseln. »Aber wenn alles übrige gleich ist, dann gibt diese Vorsilbe einem Typen schon etwas Besonderes.«

»Das ist … gut zu wissen, nehme ich an.« Er schaute auf seinen Wein, trank aber nicht.

Ivan kam durch eine der Türen des Ballsaales, sah sie beide und winkte ihnen freundlich zu, doch dann ging er weiter. Er hatte kein Glas bei sich, sondern eine ganze Flasche, und er warf einen leicht gehetzten Blick über die Schulter zurück, bevor er auf dem Gehweg verschwand. Als Mark ein paar Minuten später über die Balustrade blickte, sah er Yvan – d. h. genaugenommen nur seinen Scheitel – auf einem der nach unten führenden Pfade vorüberziehen.

Da nahm Mark einen Schluck aus seinem Glas. »Kareen … bin ich *möglich?*«

»Möglich wofür?« Sie neigte ihren Kopf zur Seite und lächelte.

»Für – für Frauen. Ich meine, schauen Sie mich an. Direkt. Ich sehe wirklich wie eine Kröte aus. Ganz verdreht, und wenn ich nicht bald etwas dagegen tue, dann bin ich am Ende genauso breit wie … klein. Und obendrein bin ich noch ein Klon.« Von dem kleinen Problem mit der Atmung ganz zu schweigen. Wenn er alles so zusammenzählte, dann erschien es als völlig logische Folgerung, wenn er sich mit dem Kopf voraus über die Balustrade hinunterstürzte. Auf lange Sicht gesehen würde es soviel Schmerz ersparen.

»Nun, das ist alles wahr«, gab sie wohlüberlegt zu.

Verdammt, Weib, du sollst höflich sein und alles ableugnen.

»Aber Sie sind *Miles'* Klon. Sie müssen auch seine Intelligenz haben.«

»Macht das Gehirn alles andere wett? Vom weiblichen Standpunkt aus gesehen?«

»Nicht bei jeder Frau, nehme ich mal an. Nur bei den klugen.«

»*Sie* sind klug.«

»Ja, aber es wäre unhöflich von mir, es zu sagen.« Sie fuhr sich mit den Fingern durch die Locken und grinste.

Wie, zum Teufel, sollte er das auffassen? »Vielleicht habe ich nicht Miles' Grips«, sagte er düster. »Vielleicht haben die jacksonischen Körpergestalter mich verdummt, als sie all das Übrige machten, um mich unter Kontrolle zu halten. Das würde eine *Menge* über mein Leben erklären.« Jetzt gab es einen neuen morbiden Gedanken, in dem er schwelgen konnte.

Kareen kicherte. »Das glaube ich nicht, Mark.«

Er reagierte mit einem schiefen Lächeln. »Keine Entschuldigungen. Kein Pardon.«

»Jetzt klingen Sie wie Miles.«

Eine junge Frau kam aus dem Ballsaal. Sie war in ein fahlblaues seidenes Zeug gekleidet, athletisch in Topform, hatte leuchtend blondes Haar und war fast so groß wie Ivan. »Kareen!« Sie winkte. »Mama möchte, daß wir alle kommen.«

»*Jetzt*, Delia?« fragte Kareen. Es klang recht verstimmt.

»Ja.« Sie musterte Mark mit einem beunruhigend scharfen Interesse, doch von töchterlichem Pflichtgefühl gezogen kehrte sie nach drinnen zurück.

Kareen seufzte, stieß sich von dem Geländer ab, an das sie sich gelehnt hatte, strich vergeblich über eine Falte in ihrer himbeerrosa Gaze und lächelte zum Abschied. »Es war schön, Sie kennengelernt zu haben, Lord Mark.«

»Es war auch schön, mit Ihnen geredet zu haben. Und mit Ihnen getanzt zu haben.« Das stimmte. Er winkte, beiläufiger als ihm zumute war, während sie in das warme Licht der Residenz verschwand. Als er sicher war, daß sie ihn nicht mehr sehen konnte, kniete er nieder und sammelte verstohlen die letzten der winzigen Blüten, die sie verloren hatte, und stopfte sie in seine Tasche zu den übrigen.

Sie hat mir zugelächelt. Nicht Miles. Nicht einem Admiral Naismith. Mir, mir selbst, Mark. So hätte es sein können, wenn er nicht auf dem Gelände der Bharaputras Bankrott gemacht hätte.

Jetzt, da er in der Dunkelheit allein war, entdeckte er, daß ihm nicht mehr viel daran lag. Er beschloß, sich auf die Suche nach Ivan zu machen, und schlug einen der hinabführenden Gartenwege ein. Bedauerlicherweise trennten sich die Wege mehr als einmal und führten wahrscheinlich zu mehr als einem Ziel. Er kam an Paaren vorbei, die sich trotz der Kälte auf den überdachten Bänken niedergelassen hatten, und an einigen anderen Männern und Frauen, die nur zu privaten Gesprächen oder zu einer Abkühlung hier herabgewandert waren. In welche Richtung war Ivan gegangen? Offensichtlich nicht hierher, denn der Weg endete an einem kleinen runden Balkon. Mark machte kehrt.

Jemand folgte ihm, ein großer Mann in rot-blauer Uniform. Sein Gesicht verbarg die Dunkelheit. »Ivan?«

sagte Mark unsicher. Er glaubte nicht, daß es sich um Ivan handelte.

»Du bist also Vorkosigans *Clown*.« Das war nicht Ivans Stimme. Die absichtlich falsche Aussprache machte sehr deutlich, daß die Beleidigung beabsichtigt war.

Mark blieb stehen. »Das haben Sie ganz richtig kapiert, okay«, knurrte er. »Und wer sind Sie in diesem Zirkus? Der Tanzbär?«

»Ein Vor.«

»Das erkenne ich an der niedrigen, fliehenden Stirn. Welcher Vor?« Ihm sträubten sich die Nackenhaare. Das letztemal hatte er eine solche Erheiterung, verbunden mit einem intensiven Übelsein im Magen, in der Gasse im Stadtviertel Karawanserei empfunden. Sein Herz begann zu pochen. *Aber er hat noch keine Drohung ausgestoßen, und er ist allein. Warte noch!*

»Fremdweltler. Du hast keinen Begriff von der Ehre der Vor«, knirschte der Mann.

»Überhaupt keinen«, stimmte Mark fröhlich zu. »Ich glaube, ihr seid alle wahnsinnig.«

»Du bist kein Soldat.«

»Wieder richtig getroffen. Du meine Güte, heute abend sind wir aber fix. Ich bin strikt zum Einzelattentäter ausgebildet worden. Tod in der Dunkelheit ist eine meiner Spezialitäten.« Er begann in Gedanken die Sekunden zu zählen.

Der Mann, der gerade zu einer Vorwärtsbewegung angesetzt hatte, hielt inne. »So sieht es aus«, zischte er. »Du hast keine Zeit verplempert und dich zu einer Grafenwürde gebracht. Nicht sehr raffiniert für einen ausgebildeten Attentäter.«

»Ich bin kein raffinierter Mann.« Er zentrierte sein Gleichgewicht, bewegte sich jedoch nicht. Keine plötzlichen Bewegungen. Einfach weiterbluffen.

»Eins kann ich dir sagen, kleiner *Clown*.« Er sprach das Wort im gleichen beleidigenden Ton aus wie zuvor.

»Falls Aral Vorkosigan stirbt, wirst nicht *du* an seine Stelle treten.«

»Nun, das stimmt ja genau«, schnurrte Mark. »Was regen Sie sich dann auf, Sie langweiliger Vor?« *Mist. Der hier weiß, daß Miles tot ist. Woher, zum Teufel, weiß er es? Ist er ein Insider vom Sicherheitsdienst?* Doch von seinem Kragen starrte kein Horus-Auge; er trug irgendeine Art Raumschiffabzeichen, die Mark nicht ganz deuten konnte. Ein Typ aus dem aktiven Dienst. »Was bedeutet Ihnen ein weiterer kleiner überflüssiger Vor-Schmarotzer, der auf Kosten seiner Familie in Vorbarr Sultana lebt? Dort oben habe ich heute abend eine Menge solcher Drohnen gesehen, die sich vollaufen ließen.«

»Du bist ziemlich anmaßend.«

»Bedenken Sie, wo wir uns befinden«, sagte Mark wütend. »Sie werden hier keine Morddrohungen ablassen. Das würde sonst dem Sicherheitsdienst Verlegenheiten bereiten. Und ich glaube nicht, daß Sie Simon Illyan verärgern wollen, wer auch immer, zum Teufel, Sie sind.« Er zählte weiter die Sekunden.

»Ich weiß nicht, was für einen Einfluß du deiner Meinung nach auf den Sicherheitsdienst hast«, begann der Mann wütend.

Doch er wurde unterbrochen. Ein lächelnder Diener in der Livree der Residenz kam mit einem Tablett voller Gläser den Pfad herab. Ein junger Mann in körperlicher Topform.

»Getränke, meine Herren?« schlug er vor.

Der unbekannte Vor blickte ihn finster an. »Nein, danke.« Er machte auf dem Absatz kehrt und ging davon. Hinter ihm peitschten Büsche und verspritzten Tropfen von Tau.

»Danke, ich nehme eins«, sagte Mark lebhaft. Der Diener reichte ihm das Tablett mit einer leichten Verneigung. Seinem gereizten Magen zuliebe blieb Mark bei demselben leichten Wein, den er schon den ganzen Abend getrunken hatte. »Achtundfünfzig Sekunden. Euer Timing ist lausig. Er hätte mich schon dreimal umbringen können, aber Sie haben erst unterbrochen, als das Gespräch interessant wurde. Wie kriegt ihr Sicherheitsleute dieses Zeug in Echtzeit heraus? Es ist doch nicht möglich, daß ihr genügend Leute dort oben habt, um jedem Gespräch im Gebäude zu folgen. Laßt ihr automatisch nach Schlüsselwörtern suchen?«

»Wollen Sie ein Canapé, Sir?« Höflich drehte der Diener das Tablett und bot die andere Seite dar.

»Nochmals danke. Wer war dieser stolze Vor?«

Der Diener blickte den jetzt leeren Weg hinab. »Kapitän Edwin Vorventa. Er ist auf Urlaub, während sein Schiff im Orbit auf Dock liegt.«

»Er ist nicht beim Sicherheitsdienst?«

»Nein, Mylord.«

»So? Nun, dann sagen Sie Ihrem Boss, ich würde ihn gerne sprechen, sobald es ihm paßt.«

»Das wäre Lord Voraronberg, der Verwalter des Kastellans für Speisen und Getränke.«

Mark grinste. »Ja, sicher. Gehen Sie, ich bin betrunken genug.«

»Sehr gut, Mylord.«

»Ich darf gar nicht an den Morgen denken. – Ach, noch etwas! Sie wissen nicht zufällig, wo ich im Augenblick Ivan Vorpatril finden könnte, oder?«

Der junge Mann schaute einen Augenblick lang geistesabwesend über den Balkon hinweg, als würde er auf etwas hören, obwohl kein Kopfhörer zu sehen war. »Unten an der nächsten Biegung nach links gibt es neben einem Brunnen eine Art Aussichtspavillon, Mylord. Dort können Sie es einmal versuchen.«

»Danke.«

Mark folgte den Angaben des Dieners und ging durch den kühlen Nachtnebel. Ein verirrter Lichtstrahl ließ auf seinem Uniformärmel Nebeltropfen wie eine

Wolke über den kleinen silbernen Flüssen der Stickerei schimmern. Bald hörte er das Geplätscher eines Brunnens. Daneben stand ein zierliches Steingebäude ohne Wände, nur aus tief verschatteten Bögen.

In diesem Winkel des Gartens war es so still, daß er jemanden im Pavillon atmen hörte. Nur eine Person. Das war gut, er war also nicht drauf und dran, seine sowieso schon geringe Popularität noch weiter zu vermindern, indem er ein Schäferstündchen störte. Aber das Atmen klang seltsam heiser. »Ivan?«

Lange herrschte Schweigen. Mark versuchte zu entscheiden, ob er noch einmal rufen oder sich auf Zehenspitzen aus dem Staub machen sollte, als Ivans Stimme mit einem wenig einladenden Knurren antwortete: »Was?«

»Ich wollte bloß … wissen, was du machst.«

»Nichts.«

»Versteckst du dich vor deiner Mutter?«

»… Jaa.«

»Ich … äh … werde ihr nicht sagen, wo du bist.«

»Gut für dich«, lautete die saure Antwort.

»Nun … dann sehe ich dich später.« Er wandte sich zum Gehen.

»Warte!«

Mark wartete verwundert.

»Wie wäre es mit einem Drink?« schlug Ivan nach einer langen Pause vor.

»Ah … natürlich.«

»Also, komm und hol ihn dir.«

Mark trat in den Pavillon und wartete, bis sich seine Augen auf die Dunkelheit eingestellt hatten. Da war die übliche Steinbank, darauf Ivan als sitzender Schatten. Ivan reichte ihm die schimmernde Flasche, und Mark füllte sein Glas bis zum Rand. Zu spät bemerkte er, daß Ivan nicht Wein trank, sondern eine Art Brandy. Der zufällig entstandene Cocktail schmeckte abscheulich. Mark setzte sich neben die Stufen, lehnte sich mit dem Rücken an einen Steinpfosten und stellte sein Glas beiseite. Ivan hatte auf die Formalität eines Glases verzichtet.

»Schaffst du es zurück zu deinem Bodenwagen?« fragte Mark mit gewissen Zweifeln.

»Das habe ich nicht vor. Das Personal der Residenz wird mich am Morgen rauskarren, wenn sie den übrigen Abfall aufsammeln.«

»Ach so.« Sein Nachtsehvermögen wurde immer besser. Er konnte die glitzernden Teile von Ivans Uniform und das Schimmern seiner blankpolierten Stiefel erkennen. Den Widerschein des Lichtes in seinen Augen. Die feuchten Spuren, die auf seinen Wangen glänzten. »Ivan ...«, Mark biß sich auf die Zunge, als er *weinst du?* fragen wollte, statt dessen sagte er: »... alles in Ordnung?«

»Ich habe«, verkündete Ivan mit Nachdruck, »beschlossen, mich schwer zu besaufen.«

»Das sehe ich. Warum?«

»Ich hab's noch nie getan, an Kaisers Geburtstag. Es ist eine traditionelle Herausforderung, etwa wie hier zu vögeln.«

»Tun die Leute das?«

»Manchmal. Als Mutprobe.«

»Wie unterhaltsam für den Sicherheitsdienst.«

Ivan lachte prustend. »Ja, da hast du recht.«

»Und wer hat dich denn herausgefordert?«

»Niemand.«

Mark merkte, daß ihm die sondierenden Fragen schneller ausgehen würden als Ivan die einsilbigen Antworten.

Doch Ivan begann im Dunkeln zu reden. »Miles und ich, wir haben diese Party immer zusammen durchgestanden, fast jedes Jahr. Ich war überrascht ... wie sehr mir diesmal die boshaften politischen Kommentare fehlen, die der kleine Trottel immer von sich gegeben hat. Er hat mich immer zum Lachen gebracht.« Ivan lachte. Es war ein hohles und unfröhliches Geräusch. Er hörte abrupt auf.

»Man hat dir davon erzählt, daß die Kryokammer leer gefunden wurde, nicht wahr?«

»Ja.«

»Wann?«

»Vor ein paar Tagen. Seitdem denke ich darüber nach. Es steht nicht gut.«

»Nein.« Mark zögerte. Ivan zitterte in der Dunkelheit. »Möchtest du ... heimgehen und dich ins Bett legen?« *Ich auf jeden Fall.*

»Jetzt schaffe ich es nicht mehr den Hang hinauf«, sagte Ivan mit einem Achselzucken.

»Ich gebe dir die Hand. Oder eine Schulter.«

»... In Ordnung.«

Es brauchte etwas Hin und Her, aber er hievte Ivan auf dessen schwankenden Beine, und sie navigierten sich durch den steilen Garten zurück nach oben. Mark wußte nicht, welcher mitfühlende Schutzengel vom Sicherheitsdienst die Meldung durchgegeben hatte, aber oben wurden sie nicht von Ivans Mutter, sondern von seiner Tante erwartet.

»Er ist ... äh ...« Mark wußte nicht, was er sagen sollte. Ivan guckte mit getrübten Augen umher.

»Das sehe ich«, sagte die Gräfin.

»Können wir einen Gefolgsmann erübrigen, damit er ihn heimfährt?« Ivan sackte zusammen, und Marks Knie gaben nach. »Lieber zwei Gefolgsleute.«

»Ja.« Die Gräfin drückte auf eine dekorative Kommunikator-Brosche an ihrem Mieder. »Pym ...?«

Ivan wurde ihm abgenommen, und Mark atmete erleichtert auf. Seine Erleichterung wuchs sich zu offener Dankbarkeit aus, als die Gräfin bemerkte, es sei auch für sie beide Zeit zum Gehen. Wenige Minuten später kam Pym mit dem Bodenwagen des Grafen zum Eingang, und die Qual des Abends war vorüber.

Während sie zu Palais Vorkosigan zurückfuhren, redete die Gräfin nur wenig. Sie lehnte sich auf ihrem Sitz zurück und schloß erschöpft die Augen. Sie fragte ihn nicht einmal etwas.

In der schwarz-weiß gefliesten Vorhalle reichte die Gräfin einem Dienstmädchen ihren Mantel und steuerte nach links, auf die Bibliothek zu.

»Entschuldige mich, Mark. Ich rufe im Militärkrankenhaus an.«

Sie sah so müde aus. »Man hätte Sie sicher angerufen, Madame, wenn es eine Veränderung im Zustand des Grafen gegeben hätte.«

»Ich rufe im Militärkrankenhaus an«, sagte sie kategorisch. Sie hatte ganz kleine Augen. »Geh zu Bett, Mark.«

Er stritt sich nicht mit ihr und trottete müde die Treppe zu dem Korridor hinauf, an dem sein Schlafzimmer lag.

Vor der Tür zu seinem Zimmer blieb er stehen. Es war sehr spät in der Nacht. Der Korridor war still und leer. Das Schweigen des großen Hauses legte sich auf seine Ohren. Einem Impuls folgend, machte er kehrt und ging den Korridor bis zu Miles' Zimmer hinab. Dort blieb er wieder stehen. In all den Wochen, die er bisher auf Barrayar verbracht hatte, hatte er sich nicht hier hineingewagt. Er war nicht eingeladen gewesen. Er drehte versuchsweise an dem altertümlichen Türknopf. Die Tür war nicht verschlossen.

Zögernd trat er ein und aktivierte mit einem Wort das Licht. Es handelte sich um ein geräumiges Schlafzimmer, wenn man die Beschränkungen durch die alte Bauweise des Hauses in Betracht zog. Ein angrenzendes Vorzimmer, einst für Leibdiener bestimmt, war vor langer Zeit in ein privates Bad umgewandelt worden. Auf den ersten Blick erschien der Raum fast nackt und bloß, sauber und rein. All der Krimskrams der Kindheit mußte in Schachteln gepackt und auf einen Speicher geräumt worden sein. In einem Anfall von Reife.

Die Speicher von Palais Vorkosigan hüteten wahrscheinlich erstaunlichen Trödel.

Doch eine Spur der Persönlichkeit des Besitzers blieb zurück. Langsam ging er in dem Zimmer herum, die Hände in den Hosentaschen wie der Besucher eines Museums.

Verständlicherweise stellten die wenigen Erinnerungsstücke, die zurückgeblieben waren, zum größten Teil Andenken an Erfolge dar. Miles' Diplom von der Kaiserlichen Militärakademie und sein Offizierspatent waren ziemlich normal, allerdings fragte sich Mark, warum ein abgegriffenes altes Militärwetterhandbuch eingerahmt genau zwischen diesen beiden Dokumenten hing. Eine Schachtel mit alten Gymkhana-Preisen, die bis in Miles' Jugend zurückgingen, sah so aus, als würde auch sie bald den Weg zum Speicher antreten. Eine halbe Wand war einer umfangreichen Sammlung von Buchdisketten und Vids gewidmet. Wie viele hatte Miles wirklich gelesen? Neugierig nahm Mark den Handprojektor von seinem Haken an der Wand daneben und probierte aufs Geratewohl drei Disketten aus. Bei allen gab es in den Randkästen wenigstens ein paar Notizen oder Glossen – Spuren von Miles' Gedanken. Mark gab es auf, die Disketten zu inspizieren, und schaute sich nach weiteren Hinterlassenschaften um.

Einen Gegenstand kannte er persönlich: einen Dolch mit einem Cloisonné-Griff, den Miles vom alten General Piotr geerbt hatte. Er nahm ihn herab und untersuchte das Heft und die Schneide. Wann in den letzten zwei Jahren hatte Miles damit aufgehört, den Dolch herumzutragen, und vernünftigerweise angefangen, ihn sicher zu Hause zu lassen? Mark steckte ihn vorsichtig wieder in die Scheide und legte die Waffe auf das Regalbrett zurück.

Ein Wandschmuck war ironisch, persönlich und augenfällig: eine alte Beinschiene aus Metall, nach der Art eines Militärmuseums gekreuzt mit einem Vor-

Schwert. Halb Scherz, halb Trotz. Beides obsolet. Eine billige photonische Reproduktion einer Seite aus einem alten Buch hing in einem irrsinnig teuren Silberrahmen hinter Glas. Der Text war aus einem Zusammenhang gerissen, schien aber irgendeine Art religiöses Gewäsch aus der Zeit vor den Wurmlochsprüngen zu sein und handelte von Pilgern, einem Hügel und einer Stadt in den Wolken. Mark wußte nicht, worum es dabei ging. Niemand hatte Miles je bezichtigt, religiös zu sein. Doch dieses Stück war offensichtlich für ihn wichtig.

Einige dieser Dinge sind keine Preise, erkannte Mark. *Sie sind Lektionen.*

Eine Holovid-Portfolio-Box stand auf dem Nachttisch. Mark setzte sich hin und aktivierte sie. Er erwartete Elli Quinns Gesicht, doch das erste Videoportrait, das projiziert wurde, war das eines großen, finster blickenden, außerordentlich häßlichen Mannes in der Livree der Gefolgsleute des Hauses Vorkosigan: Sergeant Bothari, Elenas Vater. Mark tippte den ganzen Inhalt durch. Als nächste kam Quinn, dann Bothari-Jesek. Seine Eltern natürlich. Miles' Pferd, Ivan, Gregor; danach eine Parade von Gesichtern und Gestalten. Er ging die Bilder immer schneller durch; er erkannte nicht einmal ein Drittel der Leute. Nach dem fünfzigsten Gesicht hörte er auf zu klicken.

Müde rieb er sich das Gesicht. *Er ist kein Mensch, er ist eine ganze Bande.* Ganz recht. Mark saß gebeugt da, unter Schmerzen, das Gesicht in die Hände gelegt, die Ellbogen auf den Knien. *Nein. Ich bin nicht Miles.*

Miles' Komkonsole gehörte zum gesicherten Typ, in keiner Weise geringer ausgestattet als die in der Bibliothek des Grafen. Mark ging zu ihr hin und untersuchte sie nur mit den Augen. Die Hände schob er tief in die Hosentaschen. Seine Fingerspitzen stießen auf Kareen Koudelkas zerdrückte Blümchen.

Er holte sie heraus und breitete sie auf seiner

Handfläche aus. In einem Anfall von Frustration zerklatschte er die Blüten mit der anderen Hand und warf sie auf den Boden. Weniger als eine Minute später befand er sich auf Händen und Knien auf dem Teppich und kratzte hektisch die zerquetschten Blütenblätter wieder auf. *Ich glaube, ich muß wahnsinnig sein.* Er setzte sich im Fersensitz auf den Boden und begann zu weinen.

Anders als beim armen Ivan unterbrach niemand sein Elend, und er war dafür zutiefst dankbar. Er schickte eine telepathische Entschuldigung zu seinem Vorpatril-Cousin: *Tut mir leid, tut mir leid …* Allerdings war es fraglich, ob Ivan sich überhaupt am Morgen an seine Einmischung erinnern würde. Er schluckte, um seinen Atem wieder unter Kontrolle zu bringen. Der Kopf tat ihm heftig weh.

Zehn Minuten Verzögerung in Bharaputras Komplex auf Jackson's Whole hätten alles verändert. Wenn sie zehn Minuten schneller gewesen wären, dann hätten die Dendarii es noch zu ihrem Landeshuttle geschafft, bevor die Bharaputraner eine Chance gehabt hätten, es in die Luft zu jagen, und alles hätte sich in eine völlig andere Zukunft entwickelt. Tausende von Zehn-Minuten-Intervallen waren in seinem Leben schon vergangen, ungekennzeichnet und ohne Wirkung. Aber *jene* zehn Minuten hatten ausgereicht, um ihn von einem potentiellen Helden zu dauerndem Abschaum zu machen. Und diesen Augenblick konnte er nie wieder rückgängig machen.

War das dann die Gabe eines Befehlshabers: diese kritischen Minuten zu erkennen, heraus aus der Masse gleicher Momente, sogar mitten im Chaos? Alles zu riskieren, um die goldenen Momente zu erwischen? Miles hatte diese Gabe des Timing in außerordentlichem Maß besessen. Männer und Frauen folgten ihm, legten ihm genau deshalb all ihr Vertrauen zu Füßen.

Nur einmal hatte Miles' Timing versagt …

Nein. Er hatte sich die Lungen aus dem Leib geschrien, damit sie in Bewegung blieben. *Miles'* Timing war klug gewesen. Seine Füße waren durch die Verzögerungen der anderen auf fatale Weise verlangsamt worden.

Mark rappelte sich vom Boden hoch, wusch sein Gesicht im Bad, kehrte zur Komkonsole zurück und setzte sich auf den Stuhl. Die erste Ebene gesicherter Funktionen wurde über ein Handflächenschloß aktiviert. Der Maschine gefiel sein Handflächenabdruck nicht besonders; Knochenwachstum und subkutane Fettablagerungen begannen das Muster zu verzerren, so daß es bald nicht mehr erkannt werden konnte. Aber nicht ganz, noch nicht ganz. Beim vierten Versuch war die Maschine zufrieden und eröffnete ihm den Zugang zu den Dateien. Die nächste Ebene von Funktionen erforderte Codes und Zugangsschlüssel, die er nicht kannte, aber die oberste Ebene enthielt alles, was er momentan brauchte: einen privaten, wenn nicht gesicherten Kommunikatorkanal zum Kaiserlichen Sicherheitsdienst.

Die Maschine des Sicherheitsdienstes verband ihn fast sofort mit einem menschlichen Vermittler. »Mein Name ist Lord Mark Vorkosigan«, sagte er dem Korporal vom Nachtdienst, dessen Gesicht über der Vid-Scheibe erschien. »Ich möchte mit Simon Illyan sprechen. Ich nehme an, er ist noch in der Kaiserlichen Residenz.«

»Handelt es sich um einen Notfall, Mylord?« fragte der Korporal.

»Für mich schon«, knurrte Mark.

Was immer der Korporal darüber denken mochte, er vermittelte Mark weiter. Mark ging beharrlich seinen Weg, vorbei an zwei weiteren Rangebenen von Untergebenen, bis schließlich das müde Gesicht des Sicherheitschefs erschien.

Mark schluckte. »Oberst Illyan?«

»Ja, Lord Mark, was gibt's?« sagte Illyan erschöpft. Auch für den Sicherheitsdienst war es eine lange Nacht gewesen.

»Ich hatte heute nacht ein interessantes Gespräch mit einem gewissen Kapitän Vorventa.«

»Ich weiß. Sie haben einige nicht sehr verblümte Drohungen gegen ihn ausgestoßen.«

Und Mark hatte angenommen, dieser Wächter/Diener vom Sicherheitsdienst sei geschickt worden, um *ihn* zu schützen ... ach, schon gut.

»Ich habe eine Frage an Sie, Sir. Steht Kapitän Vorventa auf der Liste der Leute, die über Miles' Bescheid wissen?«

Illyan kniff die Augen zusammen. »Nein.«

»Nun, er weiß Bescheid.«

»Das ist ... sehr interessant.«

»Ist es nützlich für Sie, das zu wissen?«

Illyan seufzte. »Es gibt mir ein neues Problem, über das ich mir Gedanken machen muß. Wo ist das Leck bei uns? Das werde ich jetzt herausfinden müssen.«

»Aber – besser man weiß, daß es eins gibt.«

»O ja.«

»Darf ich Sie jetzt als Gegenleistung um einen Gefallen bitten?«

»Vielleicht.« Illyan blickte äußerst zurückhaltend drein. »Was für eine Art Gefallen?«

»Ich möchte dabeisein.«

»Was?«

»Ich möchte dabeisein. Bei der Suche des Sicherheitsdienstes nach Miles. Ich möchte damit anfangen, daß ich Ihre Berichte durchschaue. Was danach, weiß ich noch nicht. Aber ich ertrage es nicht mehr, allein im Ungewissen gehalten zu werden.«

Illyan betrachtete ihn mißtrauisch. »Nein«, sagte er schließlich. »Ich lasse Sie nicht auf meine streng geheimen Dateien los. Danke, nein. Gute Nacht, Lord Mark.«

»Warten Sie, Sir! Sie haben sich beklagt, daß Sie nicht genügend Personal haben. Sie können einen Freiwilligen nicht abweisen.«

»Was stellen Sie sich vor, was Sie tun können und der Sicherheitsdienst nicht schon getan hat?« versetzte Illyan.

»Der Punkt ist, Sir – der Sicherheitsdienst hat es nicht getan. Sie haben Miles nicht gefunden. Ich kann kaum *weniger* tun.«

Als Illyans Gesicht sich vor Ärger verdüsterte, erkannte Mark, daß er sich nicht so diplomatisch ausgedrückt hatte, wie er hätte sollen. »Gute *Nacht*, Lord Mark«, wiederholte Illyan mit zusammengebissenen Zähnen und trennte mit einer Handbewegung die Verbindung.

Mark saß erstarrt auf Miles' Stuhl. Das Haus war so still, daß er als lautestes Geräusch sein eigenes Blut in den Ohren hörte.

Er hätte Illyan darauf hinweisen sollen, wie clever er gewesen war, wie schnell er geschaltet hatte; Vorventa hatte offenbart, was er wußte, aber Mark hatte in keiner Weise seinerseits offenbart, daß er wußte, daß Vorventa wußte. Illyans Nachforschungen mußten nun das Leck, wo immer es war, überraschend aufdecken. *Ist das nicht etwas wert? Ich bin nicht so dumm, wie Sie meinen.*

Sie sind auch nicht so schlau, wie ich gemeint habe, Illyan. Sie sind nicht … vollkommen. Das war beunruhigend. Er hatte irgendwie erwartet, der Sicherheitsdienst sei vollkommen. Auf diesem Gedanken hatte seine Weltsicht beruht. Und daß Miles vollkommen sei. Und der Graf und die Gräfin. Alle vollkommen, alle nicht umzubringen. Alle aus Gummi bestehend. Und der einzige echte Schmerz sei sein eigener.

Er dachte an Ivan, wie er im Dunkeln weinte. An den Grafen, wie er sterbend in den Wäldern lag.

Die Gräfin hatte ihre Maske besser aufbehalten als sie alle. Sie mußte das tun. Sie hatte mehr zu verbergen. Miles selbst, der Mann, der eine ganze zweite Persönlichkeit geschaffen hatte, einfach um zu entkommen …

Das Problem bestand darin, entschied Mark, daß er versucht hatte, ganz auf sich allein gestellt Miles Vorkosigan zu sein. Nicht einmal *Miles* spielte Miles auf diese Weise. Er hatte sich ein ganzes Ensemble an Nebendarstellern hinzuoptiert. Ein Ensemble, das aus Tausenden bestand. *Kein Wunder, daß ich ihn nie einholen kann.*

Langsam und neugierig öffnete Mark seine Jacke und holte Gregors Kommunikatorkarte aus seiner inneren Brusttasche und legte sie auf das Komkonsolenpult. Er starrte beharrlich auf den anonymen Plastikchip, als trüge er eine codierte Botschaft, die nur für seine Augen bestimmt war. Er stellte sich lebhaft vor, daß es so war.

Sie haben es gewußt. Sie haben es gewußt, nicht wahr, Gregor, Sie Bastard. Sie haben einfach darauf gewartet, daß ich es selbst herausfinde.

In einem Anfall von Entschlossenheit schob Mark die Karte in den Leseschlitz der Komkonsole.

Diesmal keine Maschinen. Ein Mann in gewöhnlicher Zivilkleidung antwortete sofort, allerdings ohne sich zu identifizieren. »Ja?«

»Ich bin Lord Mark Vorkosigan. Ich müßte auf Ihrer Liste sein. Ich möchte mit Gregor sprechen.«

»Jetzt um diese Zeit, Mylord?« sagte der Mann sanft. Seine Hand tanzte über einer Tastatur an der Seite.

»Ja. Jetzt. Bitte.«

»Sie werden durchgestellt.« Das Gesicht des Mannes verschwand.

Die Vid-Scheibe blieb dunkel, aber das Audio übertrug ein melodiöses Glockenspiel. Es klimperte ganz schön lange. In Mark stieg Panik auf. Was war, wenn –

doch da hörte es auf. Es gab ein mysteriöses Klirrgeräusch, und Gregors Stimme sagte müde: »Ja?« Doch noch keine Vid-Übertragung.

»Ich bin's. Mark Vorkosigan. Lord Mark.«

»Ja, und?«

»Sie haben gesagt, ich sollte Sie anrufen.«

»Ja, aber es ist...« – er machte eine kurze Pause – »fünf Uhr *früh*, Mark!«

»Oh. Haben Sie schon geschlafen?« plapperte er hektisch. Er beugte sich vor und schlug den Kopf sanft gegen das harte, kühle Plastik des Pults. *Timing. Mein Timing.*

»*Himmel*, du klingst genau wie Miles, wenn du das sagst«, murmelte der Kaiser. Die Vid-Scheibe trat in Aktion. Gregors Bild erschien, als er ein Licht einschaltete. Er befand sich in einer Art Schlafzimmer, dessen Hintergrund im Halbdunkel lag, und trug nichts als eine weite schwarze seidene Pyjamahose. Er guckte Mark an, als wollte er sich vergewissern, daß er nicht mit einem Geist redete. Aber der *Korpus* war zu korpulent, als daß es sich um jemand anderen als Mark handeln konnte. Der Kaiser seufzte und blinzelte. »Was brauchst du?«

Wie wundervoll prägnant. Wenn er diese Frage ausführlich beantwortete, dann konnte es die nächsten sechs Stunden dauern.

»Ich muß bei der Suche des Sicherheitsdienstes nach Miles dabeisein. Illyan läßt mich nicht. Sie können ihn umstimmen.«

Gregor blieb eine Minute lang still sitzen, dann stieß er ein kurzes bellendes Lachen aus. Er fuhr sich mit der Hand durch das vom Schlaf zerzauste schwarze Haar. »Hast du ihn gefragt?«

»Ja. Gerade eben. Er hat mich abgewiesen.«

»Hm, nun... es ist sein Job, für mich vorsichtig zu sein. Damit mein Urteil ungebunden bleiben kann.«

»Nach Ihrem ungebundenen Urteil, Sir. Majestät, lassen Sie mich dabeisein!«

Gregor musterte ihn nachdenklich und rieb sich das Gesicht. »Ja …«, sagte er einen Augenblick später langsam. »Schauen wir mal … was geschieht.« Seine Augen waren nicht mehr vom Schlaf getrübt.

»Können Sie Illyan auf der Stelle anrufen, Majestät?«

»Was ist das jetzt? Nachholbedarf? Bricht der Damm?«

Ich bin ausgegossen wie Wasser … Woher kam dieses Zitat? Es klang irgendwie nach der Gräfin. »Er ist noch auf. Bitte, Majestät. Und lassen Sie ihn mich über diese Komkonsole zurückrufen, zur Bestätigung. Ich werde warten.«

»Sehr gut«, Gregor verzog den Mund zu einem eigentümlichen Lächeln, »Lord Mark.«

»Danke, Majestät. Ah … gute Nacht.«

»Guten Morgen.« Gregor trennte die Verbindung.

Mark wartete. Die Sekunden tickten vorbei und dehnten sich endlos aus. Sein Kater begann sich zu melden, aber er war immer noch leicht betrunken. Das Schlimmste von beiden Welten. Er hatte schon zu dösen begonnen, als endlich die Komkonsole summte. Er schreckte hoch und fiel beinah vom Stuhl.

Hastig drückte er die Schalter. »Ja, Sir?«

Illyans düsteres Gesicht erschien über der Vid-Scheibe. »Lord Mark.« Er deutete ein Kopfnicken an. »Wenn du morgen vormittag zum Beginn der normalen Geschäftsstunden in das Hauptquartier des Sicherheitsdienstes kommst, darfst du die Dateien durchschauen, über die wir gesprochen haben.«

»Danke, Sir«, sagte Mark aufrichtig.

»Das ist in zweieinhalb Stunden«, erwähnte Illyan mit einem Anflug von Sadismus, der Mark verständlich erschien. Illyan hatte auch nicht geschlafen.

»Ich werde dasein.«

Illyan vernahm es mit einem Zittern seiner Augenlider und verschwand wieder.

Verdammnis durch gute Werke oder durch Gnade allein? Mark dachte über Gregors Gnade nach. *Er hat es gewußt. Er hat es eher gewußt als ich.* Lord Mark Vorkosigan war eine reale Person.

KAPITEL 18

Das ruhige Licht der Morgendämmerung verwandelte den noch verweilenden Nebel der Nacht in Gold, in einen rauchigen herbstlichen Dunst, der der Stadt Vorbarr Sultana ein fast magisches Aussehen verlieh. Das Hauptquartier des Kaiserlichen Sicherheitsdienstes war ein fensterloses kubisches Gebäude, ein großer nützlicher Betonklotz mit riesigen Toren und Türen, die gewiß dazu entworfen worden waren, jeden menschlichen Bittsteller kleiner zu machen, der närrisch genug war, sich ihnen zu nähern. In seinem Fall war dieser Effekt überflüssig, meinte Mark.

»Was für eine schreckliche Architektur«, sagte er zu Pym, der ihn im Bodenwagen des Grafen hergefahren hatte.

»Das häßlichste Gebäude in der Stadt«, stimmte der Gefolgsmann fröhlich zu. »Es geht auf Lord Dono Vorrutyer zurück, den Hofarchitekten von Kaiser Yuri dem Wahnsinnigen, einen Onkel des späteren Vizeadmirals. Es gelang ihm, fünf größere Gebäude zu errichten, bevor der Kaiser getötet wurde, und dann zwang man ihn, aufzuhören. Das Städtische Stadion kommt gleich an zweiter Stelle, aber wir haben es uns nie leisten können, es abzureißen. Wir haben es nach sechzig Jahren immer noch am Hals.«

»Es sieht aus wie ein Bauwerk mit Verliesen im Keller. Die in Anstaltsgrün gestrichen sind. Und von Ärzten ohne Ethik betrieben werden.«

»So war es«, sagte Pym. Der Gefolgsmann bahnte sich den Weg vorbei an den Torwachen und wurde langsamer, als sie zu einer großen Treppe kamen.

»Pym ... sind diese Stufen nicht ein wenig zu hoch?«

»Jawohl«, erwiderte der Gefolgsmann grinsend. »Wenn Sie sie in einem Anlauf versuchen sollten, dann würden Sie einen Krampf in den Beinen haben, wenn Sie oben ankommen.« Pym bremste den Bodenwagen vorsichtig ab und hielt an, damit Mark aussteigen konnte. »Aber wenn Sie hinten links um die Ecke gehen, dann finden Sie dort eine kleine Tür im Erdgeschoß und dahinter eine Halle mit Liftrohren. Dort gehen alle in Wirklichkeit hinein.«

»Danke.« Pym öffnete das vordere Verdeck, und Mark kletterte hinaus. »Was ist eigentlich mit Lord Dono passiert, nach dem Ende der Herrschaft Yuris des Wahnsinnigen? Die Liga für Verteidigung der Architektur hat ihn hoffentlich hingerichtet, oder?«

»Nein, er hat sich aufs Land zurückgezogen und bei seiner Tochter und seinem Schwiegersohn gelebt, und dann ist er total verrückt gestorben. Er hat auf ihrem Anwesen ein bizarres Ensemble von Türmen gebaut, und heute verlangt die Familie Eintrittsgelder, wenn man sie besichtigen möchte.« Pym winkte, ließ das Verdeck herunter und fuhr davon.

Mark trabte links um das Gebäude herum, wie Pym ihm geraten hatte. Da war er also, munter und früh ... oder zumindest früh. Er hatte sich lange geduscht, bequeme dunkle Zivilkleider angelegt und sich mit genügend Schmerztabletten, Vitaminen, Arzneien gegen den Kater und Aufputschmitteln vollgepumpt, daß er sich künstlich normal fühlte. Mehr künstlich als normal, aber er war entschlossen, sich nicht durch Illyan von dieser Chance abdrängen zu lassen.

»Ich bin Lord Mark Vorkosigan«, stellte er sich den Wachen in der Halle vor. »Ich werde erwartet.«

»Wohl kaum«, knurrte eine Stimme aus dem Liftrohr. Illyan selbst schwang sich heraus. Die Wachen nahmen Haltung an. Mit einem unmilitärischen Winken bedeutete Illyan ihnen: »Rührt euch!« Illyan hatte auch geduscht und wieder seine gewohnte grüne Interimsuniform angelegt. Mark hatte den Verdacht, daß auch Illyan Pillen zum Frühstück gegessen hatte. »Danke, Sergeant, ich nehme ihn mit hoch.«

»Was für ein deprimierendes Gebäude, um darin zu arbeiten«, bemerkte Mark, als er neben dem Sicherheitschef nach oben getragen wurde.

»Ja«, seufzte Illyan. »Ich habe einmal das Gebäude des Investigatif Federale auf Escobar besucht. Fünfundvierzig Stockwerke, alles Glas … ich war nie näher daran auszuwandern. Dono Vorrutyer hätte gleich nach seiner Geburt erwürgt werden sollen. Aber … jetzt gehört es mir.« Illyan blickte mit zweifelhaftem Besitzerstolz um sich.

Er führte Mark tief in die – ja, dieses Gebäude hatte durchaus Eingeweide, stellte Mark fest. Die Eingeweide des Kaiserlichen Sicherheitsdienstes. Ihre Schritte hallten durch einen nackten Korridor, der mit winzigen, schlafkammerähnlichen Räumen gesäumt war. Mark blickte durch ein paar halboffene Türen auf streng gesicherte Komkonsolen, die mit Männern in grüner Uniform besetzt waren. Am Ende des Korridors gab es einen großen Kaffeeautomaten. Mark hielt es für keinen Zufall, daß Illyan ihn in den Raum mit der Nummer 13 führte.

»Auf diese Komkonsole wurden alle Berichte geladen, die ich bekommen habe und die sich auf die Suche nach Leutnant Vorkosigan beziehen«, sagte Ivan kühl. »Falls du meinst, daß du mehr damit anfangen kannst als meine ausgebildeten Analytiker, dann lade ich dich ein, es zu versuchen.«

»Danke, Sir.« Mark ließ sich auf den Stuhl gleiten und aktivierte die Vid-Scheibe. »Das ist unerwartet großzügig.«

»Sie sollen keinen Grund haben, sich zu beschweren, Mylord«, sagte Illyan in einem Ton, als gäbe er eine Anweisung. Gregor mußte ihm heute früh ganz schön Feuer unter dem Hintern gemacht haben, überlegte Mark, als Illyan mit einem ausgesprochen ironischen Kopfnicken den Raum verließ. Feindselig? Nein, das wäre ungerecht. Illyan war nicht annähernd so feindselig, wie er hätte sein können. *Es geht nicht nur um Gehorsam gegenüber seinem Kaiser,* erkannte Mark mit einem Zittern. Illyan hätte bei einer Sicherheitsangelegenheit wie dieser gegenüber dem Kaiser hart bleiben können, wenn er wirklich gewollt hätte. *Er wird allmählich verzweifelt.*

Mark holte tief Luft und tauchte in die Dateien ein, las, lauschte und betrachtete. Illyan hatte nicht gescherzt, als er *alle* gesagt hatte. Es gab buchstäblich Hunderte von Berichten, die von fünfzig oder sechzig verschiedenen Agenten stammten, die über den nahen Wurmlochnexus verstreut waren. Einige Berichte waren kurz und negativ. Andere waren lang und negativ. Aber jemand hatte anscheinend wenigstens einmal jede mögliche Kryo-Anlage auf Jackson's Whole und dessen Orbit- und Sprungpunktstationen sowie auf einigen benachbarten Lokalraumsystemen besucht. Es gab sogar neu eingetroffene Berichte, die Spuren bis nach Escobar untersuchten.

Allerdings fehlten, wie Mark nach einer guten Weile erkannte, alle Zusammenfassungen oder fertigen Analysen. Er hatte nur Rohdaten erhalten, und die massenweise. Aufs Ganze gesehen, kam er zu dem Schluß, daß er es so lieber hatte.

Mark las, bis seine Augen trocken waren und weh taten und sein Magen schon gluckerte von dem vielen Kaffee, den er getrunken hatte. *Zeit für eine Imbißpause,* dachte er, als eine Wache an seine Tür klopfte.

»Lord Mark, Ihr Fahrer wartet auf Sie«, informierte der Wächter ihn höflich.

Verdammt – es war Zeit für eine Pause zum *Abendessen.* Der Sicherheitsmann eskortierte ihn durch das Gebäude zurück und übergab ihn Pym. Draußen war es schon dunkel. *Mein Kopf tut weh.*

Hartnäckig kehrte Mark am nächsten Morgen zurück und begann erneut. Und am übernächsten. Und am überübernächsten. Weitere Berichte trafen ein. Tatsächlich trafen sie schneller ein, als er sie lesen konnte. Je härter er arbeitete, desto mehr blieb er zurück. Als der fünfte Tag zur Hälfte vorüber war, lehnte er sich auf seinem Stuhl zurück und dachte: *Das ist verrückt.* Illyan begrub ihn unter Material. Die Lähmung durch Nichtwissen war mit überraschender Schnelligkeit zur Lähmung durch Informationsüberschwemmung geworden. *Ich muß mit diesem Zeug eine Art Triage machen, sonst komme ich nie aus diesem abscheulichen Gebäude heraus.*

»Lügen, Lügen, alles Lügen«, murmelte er wütend in seine Komkonsole. Sie schien ihm mit Blinken und Summen zu antworten, schlau und zurückhaltend.

Mit einem entschlossenen Tastendruck schaltete er die Komkonsole mit ihrem endlosen Stimmengebrabbel und ihren Fontänen von Daten aus und blieb eine Weile in Dunkelheit und Schweigen sitzen, bis ihm die Ohren zu klingen aufhörten.

Der Sicherheitsdienst hat nicht. Hat Miles nicht gefunden. Er brauchte all diese Daten nicht. Niemand brauchte sie. Er brauchte nur ein Stück. *Wollen wir das Ganze doch mal auf Normalmaß reduzieren.*

Fangen wir mit ein paar expliziten Annahmen an. Erstens: Miles ist auffindbar.

Sollten doch die Sicherheitsleute nach einer verwesten Leiche, einem unbezeichneten Grab oder einem Vermerk über Auflösung suchen, so sehr sie wollten. Eine solche Suche war für *ihn* ohne Nutzen, sogar, wenn sie erfolgreich war. Besonders, wenn sie erfolgreich war.

Nur Kryokammern, ob in festen Depots oder tragbar, waren von Interesse. Oder – weniger wahrscheinlich und bemerkenswert weniger üblich – Einrichtungen zur Kryo-Wiederbelebung. Aber die Logik bremste seinen Optimismus. Falls Miles von freundlich gesinnten Leuten wiederbelebt worden wäre, dann hätte er sich auf der Stelle gemeldet. Das hatte er nicht getan, folglich war er noch eingefroren. Oder, falls wiederbelebt, in zu schlechter Verfassung, um zu funktionieren. Oder nicht bei freundlich gesinnten Leuten. Also, wo war er dann?

Die Dendarii-Kryokammer war in der Hegen-Nabe aufgefunden worden. Nun… was bedeutete das? Sie war dorthin geschickt worden, nachdem man sie entleert hatte. Mark sank mit zusammengekniffenen Augen auf seinem Stuhl zusammen und dachte statt dessen an das entgegengesetzte Ende der Spur. Verführten seine speziellen Obsessionen ihn dazu, das zu glauben, was er glauben wollte? *Nein, verdammt noch mal. Zum Teufel mit der Hegen-Nabe. Miles ist niemals von Jackson's Whole fortgekommen.* Mit einem Streich waren damit über drei Viertel der nutzlosen Daten beseitigt, die seine Sicht blockierten.

Also schauen wir uns nur noch Berichte von Jackson's Whole an. Gut. Was dann?

Wie hatte der Sicherheitsdienst alle übrigbleibenden Bestimmungsorte überprüft? Orte ohne bekannte Motivation oder ohne bekannte Beziehung zum Haus Bharaputra? In den meisten Fällen hatten die Agenten des Sicherheitsdienstes einfach gefragt und dabei zwar ihre Identität verheimlicht, aber eine beträchtliche Belohnung angeboten. Alles frühestens vier Wochen nach dem Überfall. Es handelte sich sozusagen um eine kalte Spur. Eine ganz schöne Menge Zeit für jemanden, um über sein Überraschungspaket nachzudenken. Zeit, es zu verstecken, wenn er dazu neigte. So daß in den Fällen, wo der Sicherheitsdienst einen zweiten und vollständigeren Durchgang machte, er noch wahrscheinlicher mit leeren Händen zurückkommen würde.

Miles ist an einem Ort, den der Sicherheitsdienst schon überprüft hat, und zwar in den Händen von jemandem mit verborgenen Motivationen, der an ihm interessiert ist. Es gab immer noch Hunderte von Möglichkeiten.

Ich brauche eine Verbindung. Es muß eine Verbindung geben.

Der Sicherheitsdienst hatte Norwoods verfügbare Dendarii-Aufzeichnungen bis auf die Ebene der Wort-für-Wort-Analyse auseinandergeklaubt. Nichts. Aber Norwood war medizinisch ausgebildet. Und er hatte die Kryokammer seines geliebten Admirals nicht auf gut Glück losgeschickt. Er hatte sie *irgendwohin* an *irgend jemanden* geschickt.

Wenn es eine Hölle gibt, Norwood, dann hoffe ich, daß Sie jetzt dort schmoren! Mark seufzte, beugte sich vor und schaltete seine Komkonsole wieder an.

Ein paar Stunden später kam Illyan in Marks Raum vorbei und schloß die schalldichte Tür hinter sich. Er lehnte sich mit gespielter Gleichgültigkeit an die Wand und bemerkte: »Wie geht's voran?«

Mark fuhr sich mit den Händen durchs Haar. »Trotz Ihres freundlichen Versuchs, mich unter Daten zu begraben, glaube ich, daß ich wirklich gewisse Fortschritte mache.«

»So? Welcher Art?« Mark fiel auf, daß Illyan den Vorwurf nicht abstritt.

»Ich bin absolut überzeugt, daß Miles Jackson's Whole nie verlassen hat.«

»Wie erklärst du dir dann, daß wir die Kryokammer in der Hegen-Nabe gefunden haben?«

»Ich weiß es nicht. Das soll nur ablenken.«

»Hm«, sagte Illyan zurückhaltend.

»Und es hat funktioniert«, fügte Mark grausam hinzu.

Illyan preßte die Lippen aufeinander.

Diplomatie! rief sich Mark ins Gedächtnis. Er mußte Diplomatie anwenden, oder er würde nie bekommen, was er brauchte. »Ich akzeptiere, daß Ihre Ressourcen begrenzt sind, Sir. Dann konzentrieren Sie sie auf einen Punkt. Sie sollten alles, was Sie hierfür verfügbar haben, nach Jackson's Whole schicken.«

Der sarkastische Ausdruck auf Illyans Gesicht sagte alles. Der Mann leitete den Sicherheitsdienst seit fast dreißig Jahren. Es war viel mehr als nur Diplomatie vonnöten, damit er akzeptierte, daß Mark ihm sagte, wie er seine Arbeit zu machen habe.

»Was haben Sie über Kapitän Vorventa herausgefunden?« versuchte es Mark über eine andere Schiene.

»Die Verbindung war kurz und nicht zu schlimm. Sein jüngerer Bruder war der Adjutant meines Supervisors der Galaktischen Operationen. Das sind keine illoyalen Leute, weißt du.«

»Also ... was haben Sie gemacht?«

»Was Kapitän Edwin betrifft, nichts. Dafür ist es zu spät. Die Nachricht über Miles ist jetzt unterwegs im Netz der Vor, als Geflüster und Klatsch. Dagegen kann man nichts mehr tun. Der junge Vorventa wurde versetzt und degradiert. Er hinterläßt in meinem Stab ein häßliches Loch. Er war gut in seinem Job.« Illyan klang nicht sehr dankbar gegenüber Mark.

»Oh.« Mark zögerte. »Vorventa dachte, ich hätte dem Grafen etwas zugefügt. Kursiert das auch im Netz des Klatsches?«

»Ja.«

Mark zuckte zusammen. »Nun ... zumindest Sie wissen es besser«, seufzte er. Er blickte in Illyans steinernes Gesicht und empfand plötzlich eine solche Bestürzung, daß ihm fast schlecht wurde. »Nicht wahr, Sir?«

»Vielleicht. Vielleicht auch nicht.«

»Wie nicht? Sie haben die medizinischen Berichte!«

»Mm. Die kardiale Ruptur sah gewiß natürlich aus. Aber sie konnte künstlich geschaffen sein, durch Benutzung eines chirurgischen Handtraktors. Der nachfolgende Schaden an der Kardialregion würde die Spuren verhüllt haben.«

Mark schauderte in hilfloser Empörung. »Eine raffinierte Arbeit«, würgte er hervor. »Äußerst präzis. Wie habe ich den Grafen dazu gebracht stillzuhalten und nichts davon zu merken, während ich das tat?«

»Das ist das Problem in diesem Szenario«, gab Illyan zu.

»Und was habe ich mit dem Handtraktor gemacht? Und dem medizinischen Scanner? So einen hätte ich ja auch gebraucht. Insgesamt zwei bis drei Kilo Ausrüstung.«

»Im Wald weggeworfen. Oder irgendwo.«

»Haben Sie sie gefunden?«

»Nein.«

»Haben Sie danach gesucht?«

»Ja.«

Mark rieb sich das Gesicht und biß die Zähne zusammen. »So, Sie haben also genug Männer, um einige Quadratkilometer Wald mehrfach zu durchsuchen, auf der Suche nach einem Handtraktor, den es gar nicht gibt, aber Sie haben nicht genug, um sie nach Jackson's Whole zu schicken, damit sie nach Miles suchen, den es gibt. *Ich* verstehe.« Nein. Er mußte ruhigbleiben, oder er würde alles verlieren. Er hätte am liebsten gebrüllt und Illyan ins Gesicht geschlagen.

»Ein galaktischer Detektiv ist ein vorzüglich ausgebildeter Spezialist mit seltenen persönlichen Eigenschaften«, sagte Illyan etwas förmlich. »Die Absuchung eines Geländes nach bekannten Objekten können auch einfache Soldaten durchführen, von denen es mehr als genug gibt.«

»Ja. Tut mir leid.« *Er* entschuldigte sich? *Deine Ziele. Erinnere dich an deine Ziele.* Mark dachte an die Gräfin und holte tief und beruhigend Luft. Er holte mehrfach Luft.

»Ich hege das nicht als Überzeugung«, sagte Illyan und schaute ihm ins Gesicht. »Ich hege das nur als einen Zweifel.«

»Danke«, knurrte Mark.

Er saß eine ganze Minute lang da und versuchte, seine zerstreuten Gedanken und seine besten Argumente zu ordnen. »Hören Sie«, sagte er schließlich, »Sie verschwenden Ihre Ressourcen, und zu den Ressourcen, die Sie verschwenden, gehöre ich. Schicken Sie *mich* zurück nach Jackson's Whole. Ich weiß mehr über die ganze Situation als jeder andere Agent, den Sie haben. Ich habe einiges Training, vielleicht nur das Training eines Attentäters, aber immerhin. Genug jedenfalls, daß ich drei- oder viermal auf der Erde Ihren Spionen entkommen bin! Genug, um so weit zu kommen. Ich kenne Jackson's Whole, kenne etwas von seinem Innenleben, das man nur mitbekommt, wenn man dort aufwächst. Und mir müßten Sie nicht einmal etwas zahlen!« Er wartete und hielt den Atem an, als ihm sein eigener Mut bewußt wurde. *Zurückgehen?* Durch seine Erinnerung spritzte Blut. *Wollte er den Bharaputranern eine Chance geben, noch einmal und zwar besser zu zielen?*

Illyans kühler Ausdruck verändert sich nicht. »Deine bisher erzielten Leistungen bei verdeckten Operationen sind nicht sonderlich eindrucksvoll, wenn man die Erfolge betrachtet, Lord Mark.«

»Nun, ich bin kein brillanter Kommandeur auf dem Schlachtfeld. Ich bin nicht Miles. Das wissen wir inzwischen alle. Wie viele Ihrer anderen Agenten sind es?«

»Wenn du so inkompetent bist, wie es den Anschein hatte, dann würde es eine weitere Verschwendung bedeuten, dich zu schicken. Aber nehmen wir mal an, du bist sogar schlauer, als ich dich einschätze. Und dein ganzes Herumgezappele hier ist nur ein Tarnmanöver.« Auch Illyan konnte versteckte Beleidigungen austeilen. Scharf wie ein Stilett, direkt zwischen die Rippen. »Und nehmen wir einmal an, du bekommst Miles eher in deine Hände als wir. Was geschieht dann?«

»Was meinen Sie damit?«

»Wenn du ihn uns als Leiche bei Zimmertemperatur zurückgibst, geeignet nur noch für eine Beerdigung, an Stelle eines kryonisch stabilen Körpers, der noch zu Hoffnung Anlaß gibt – wie können wir dann wissen, daß du ihn in diesem Zustand gefunden hast? Und du wirst seinen Namen, seinen Rang, seinen Reichtum und seine Zukunft erben. Das ist doch eine Versuchung, Mark, für einen Mann ohne Identität. Eine große Versuchung.«

Mark verbarg das Gesicht in den Händen. Er saß niedergeschmettert da, wütend und frustriert. »Hören Sie«, sagte er durch die Finger hindurch, »hören Sie mal. Entweder bin ich der Mann, der nach Ihrer Theorie erfolgreich Aral Vorkosigan halb ermordet hat und dabei so gut war, daß er keine Spuren oder Beweise hinterlassen hat – oder ich bin es nicht. Sie können argumentieren, daß ich nicht fähig genug bin, um nach Jackson's Whole geschickt zu werden. Aber Sie können nicht beide Argumente gleichzeitig verwenden. Entscheiden Sie sich für eines von beiden!«

»Ich warte noch auf mehr Beweise.« Illyans Augen waren wie aus Stein.

»Wirklich«, flüsterte Mark, »übermäßiger Verdacht macht aus uns größere Narren als übermäßiges Vertrauen.« In seinem Fall hatte dies gewiß gestimmt. Plötzlich setzte er sich aufrecht hin. »Also, befragen Sie mich unter Schnell-Penta.«

Illyan hob die Augenbrauen. »Hm?«

»Befragen Sie mich unter Schnell-Penta. Das haben Sie bisher noch nicht gemacht. Beseitigen Sie Ihren Verdacht.« Nach allem, was man so hörte, konnte ein Verhör unter Schnell-Penta eine unerträglich demütigende Erfahrung sein. Na, wenn schon? Was bedeutete in *seinem* Leben noch eine weitere Demütigung? Er war doch damit vertraut.

»Diesen Wunsch hatte ich schon, Lord Mark«, gab

Illyan zu, »aber dein... äh... Original hat eine bekannte idiosynkratische Reaktion auf Schnell-Penta, die vermutlich auch bei dir vorliegt. Genaugenommen nicht die übliche Allergie. Sie bringt eine erschrekkende Überaktivität mit sich, eine Menge Gebrabbel, doch leider keinen überwältigenden Zwang, die Wahrheit zu erzählen. Schnell-Penta ist nutzlos.«

»Bei Miles.« Mark griff nach dem Strohhalm. »Vermutlich? Sie wissen es nicht! Mein Metabolismus funktioniert sichtlich anders als bei Miles. Könnten Sie das nicht wenigstens überprüfen lassen?«

»Ja«, sagte Illyan zögernd, »das kann ich tun.« Er stieß sich von der Wand ab und verließ den Raum. »Machen Sie weiter. Ich bin bald wieder da.«

Voller Spannung stand Mark auf und ging in dem kleinen Raum hin und her, zwei Schritte in jede Richtung. Angst und Verlangen pulsierten in seinem Hirn. Die Erinnerung an die unmenschliche Kälte von Baron Bharaputras Augen prallte zusammen mit heißer Wut in seiner Kehle. *Wenn du etwas finden möchtest, dann schau dort nach, wo du es verloren hast.* Er hatte alles auf Jackson's Whole verloren.

Illyan kehrte endlich wieder zurück. »Setz dich und roll deinen linken Ärmel hoch.«

Mark gehorchte. »Was ist das?«

»Ein Testpflaster.«

Mark spürte ein Prickeln wie von einer Klette, als Illyan das winzige Pflaster an die Innenseite seines Unterarms drückte und dann wieder löste. Illyan blickte auf sein Chrono und beobachtete, auf die Komkonsole gestützt, Mark Arm.

Binnen einer Minute zeigte sich ein rosafarbener Fleck auf der Haut. Binnen zweier Minuten war eine Beule daraus geworden. Fünf Minuten später hatte sich daraus eine harte weiße Schwiele entwickelt, die umgeben war von zornigen roten Streifen, die von seinem Handgelenk bis zum Ellbogen liefen.

Illyan seufzte enttäuscht. »Lord Mark. Ich empfehle nachdrücklich, daß du zukünftig unter allen Umständen Schnell-Penta vermeidest.«

»War das eine allergische Reaktion?«

»Das war eine höchst allergische Reaktion.«

»Scheiße.« Mark saß da und brütete. Und kratzte. Bevor er sich blutig kratzte, rollte er den Ärmel wieder herunter. »Wenn Miles hier gesessen wäre und diese Dateien gelesen und die gleichen Argumente vorgebracht hätte, hätten Sie ihm dann zugehört?«

»Leutnant Vorkosigan hat eine Anzahl anerkannter Erfolge aufzuweisen, die meine Aufmerksamkeit auf sich ziehen. Ergebnisse sprechen für sich. Und wie du *wiederholt* betont hast, bist du nicht Miles. Du kannst nicht beide Argumente gleichzeitig verwenden«, fügte er eisig hinzu. »Entscheide dich für eines von beiden.«

»Warum haben Sie sich dann überhaupt die Mühe gemacht, mich hier hereinzulassen, wenn nichts, was ich sage oder tue, irgendeine Rolle spielt?« explodierte Mark.

Illyan zuckte die Achseln. »Abgesehen von Gregors direktem Befehl – weil ich wenigstens weiß, wo du bist und was du tust.«

»Wie eine Haftzelle, nur daß ich sie freiwillig betrete. Wenn Sie mich in eine Zelle ohne Komkonsole sperren könnten, dann wäre Ihnen noch wohler zumute.«

»Ehrlich gesagt, ja.«

»Ganz recht.« In düsterer Stimmung schaltete Mark die Komkonsole wieder ein. Illyan überließ ihn sich selbst.

Mark sprang vom Stuhl, stolperte zur Tür und steckte seinen Kopf hinaus. Illyans Rücken war auf halbem Weg den Korridor hinab noch zu sehen.

»Ich habe jetzt meinen eigenen Namen, Illyan!« rief Mark wütend.

Illyan blickte über die Schulter zurück, hob die Augenbrauen und ging weiter.

Mark versuchte einen neuen Bericht zu lesen, aber irgendwo zwischen den Augen und seinem Gehirn schien sich alles in unverständliches Kauderwelsch zu verwandeln. Er war zu nervös, um seine Analyse noch an diesem Tag fortzusetzen. Endlich gab er auf und rief Pym an, er solle ihn abholen. Draußen war es noch hell. Er starrte in den Sonnenuntergang zwischen den Gebäuden auf dem Heimweg nach Palais Vorkosigan, bis ihm die Augen schmerzten.

Zum erstenmal in dieser Woche war er rechtzeitig vom Sicherheitsdienst zurückgekehrt, um der Gräfin beim Abendessen Gesellschaft leisten zu können. Er fand sie und Bothari-Jesek bei einer zwanglosen Mahlzeit in einer Nische im Erdgeschoß, von wo man einen Ausblick auf eine geschützte Ecke des Gartens hatte, die jetzt mit Herbstblumen und -pflanzen dicht besetzt war. Lampen tauchten in der zunehmenden Dämmerung die Szenerie in buntes Licht. Die Gräfin trug eine reichverzierte grüne Jacke und einen langen Rock, die Stadtkleidung einer Vor-Matrone. Bothari-Jesek trug ein ähnliches Kostüm in Blau, das offensichtlich aus dem Kleiderschrank der Gräfin stammte. Am Tisch war auch für ihn gedeckt, obwohl er die letzten vier Tage hintereinander nicht zum Essen erschienen war. Diese Tatsache rührte ihn an. Er ließ sich auf seinen Sitz gleiten.

»Wie geht es dem Grafen heute?« fragte er schüchtern.

»Unverändert«, sagte die Gräfin mit einem Seufzer.

In Gegenwart der Gräfin gab es die Sitte, vor Beginn des Essens eine Minute zu schweigen. Die Gräfin benutzte sie für ein stilles Gebet, das an diesem Tag wohl mehr umfaßte als nur die Bitte um Segen für das Brot. Bothari-Jesek und Mark warteten höflich. Bothari-Jesek meditierte über Gott weiß was, Mark wiederholte in Gedanken das Gespräch mit Illyan und stieß – leider zu spät – auf all die klügeren Dinge, die er hätte sagen sollen. Ein Diener brachte das Essen auf abgedeckten Tellern und verließ sie wieder, damit sie ungestört waren, was die Gräfin vorzog, wenn man nicht formell mit offiziellen Gästen dinierte. *Nach Art einer Familie. Ha.*

Tatsächlich hatte Bothari-Jesek seit dem Zusammenbruch des Grafen der Gräfin die Unterstützung einer Tochter erwiesen; sie hatte sie auf ihren häufigen Fahrten in das Militärkrankenhaus begleitet, private Besorgungen erledigt und ihr als Vertraute zur Seite gestanden. Mark vermutete, daß die Gräfin Elena mehr von ihren wirklichen Gedanken offenbart hatte als allen anderen, und er empfand unerklärlicherweise etwas Neid. Als einziges Kind ihres bevorzugten Gefolgsmanns, war Elena Bothari praktisch die Pflegetochter der Vorkosigans gewesen und im Palais Vorkosigan aufgewachsen. Wenn er also wirklich Miles' Bruder war, machte das dann auch Elena zu seiner Pflegeschwester? Er würde einmal ausprobieren müssen, was sie von der Idee hielt. Und darauf vorbereitet sein, in Deckung zu gehen. Ein andermal.

»Kapitänin Bothari-Jesek«, begann Mark, als er die ersten paar Bissen hinuntergeschluckt hatte, »wie steht es mit den Dendarii auf Komarr? Oder hält dich Illyan da auch im Dunkeln?«

»Das sollte er lieber nicht«, sagte Bothari-Jesek. Gewiß, Elena hatte Freunde, die im Rang noch höher standen als der Chef des Sicherheitsdienstes. »Wir haben etwas umgruppiert. Quinn hat die Augenzeugen deines … hm … Überfalls …« – wie freundlich von ihr, daß sie keine stärkeren Ausdrücke verwendete, wie z. B. *Debakel* –, »das Grüne Kommando und Teile der Kommandos Orange und Blau bei sich. Alle anderen hat sie mit der *Peregrine* unter meinem Stellvertreter weggeschickt; sie sollen sich wieder der Flotte anschließen. Die Leute wurden schon nervös, eingesperrt im Orbit, ohne Urlaub auf dem Planeten und ohne Dienst.« Sie blickte drein, als sei sie ausgesprochen unglücklich darüber, daß sie einige Zeit ihr Kommando in andere Hände gelegt hatte.

»Ist dann die *Ariel* immer noch auf Komarr?«

»Ja.«

»Quinn natürlich… Kapitän Thorne? Sergeantin Taura?«

»Alle noch in Wartestellung.«

»Die müssen inzwischen selbst ganz nervös sein.«

»Ja«, sagte Bothari-Jesek und stach mit ihrer Gabel so heftig auf ein Stück gezüchtetes Protein ein, daß es über ihren Teller schlitterte. Nervös. Ganz genau.

»Also, was hast du in dieser Woche erfahren, Mark?« fragte ihn die Gräfin.

»Nichts, was Sie nicht schon wissen, fürchte ich. Gibt Ihnen Illyan nicht die Berichte weiter?«

»Ja, aber aufgrund des Drucks der Ereignisse hatte ich nur die Zeit, mir die Zusammenfassungen seiner Analytiker anzuschauen. Auf jeden Fall gibt es nur eine Neuigkeit, die ich wirklich hören will.«

Richtig. Mark fühlte sich ermutigt und begann ihr von seiner Prüfung der Berichte zu erzählen, auch von seiner Daten-Triage und der Überzeugung, zu der er allmählich gelangte.

»Du bist anscheinend sehr gründlich gewesen«, bemerkte sie.

Er zuckte die Achseln. »Ich weiß jetzt nur grob, was der Sicherheitsdienst weiß, falls Illyan mir gegenüber ehrlich war. Aber da der Sicherheitsdienst, offen gesagt, nicht weiß, wo Miles sich befindet, ist alles vergeblich. Ich könnte schwören…«

»Ja?« sagte die Gräfin.

»Ich könnte *schwören*, daß Miles noch auf Jackson's Whole ist. Aber ich kann Illyan nicht dazu bringen, sich darauf zu konzentrieren. Seine Aufmerksamkeit verzettelt sich überallhin. Er hat die Cetagandaner im Visier.«

»Dafür gibt es plausible historische Gründe«, sagte die Gräfin. »Und aktuelle ebenso, fürchte ich, obwohl ich mir sicher bin, daß Illyan dir wohl kaum etwas über Probleme des Sicherheitsdienstes erzählt hat, die nicht direkt mit Miles zusammenhängen. Wenn man sagt, daß er einen schlimmen Monat hatte, dann ist das noch eine gewaltige Untertreibung.« Sie zögerte ebenfalls ziemlich lange. »Mark … du bist schließlich Miles' Klonzwilling. Ihm so nah, wie nur ein Mensch einem anderen sein kann. Deine Überzeugung hat eine leidenschaftliche Note. Du scheinst etwas zu *wissen*. Meinst du … daß du wirklich etwas weißt? Auf irgendeiner Ebene?«

»Meinen Sie so etwas wie eine psychische Verbindung?« fragte er. Was für eine schreckliche Idee.

Sie nickte. Ihr Gesicht rötete sich leicht. Bothari-Jesek blickte erschrocken drein und schaute ihn flehend an. *Wage es ja nicht, sie durcheinanderzubringen, du …!*

Das zeigt das wahre Ausmaß ihrer Verzweiflung. »Tut mir leid. Ich bin nicht parapsychisch. Nur psychotisch.« Bothari-Jesek entspannte sich. Er sank zusammen, dann kam ihm eine Idee. »Allerdings würde es nichts ausmachen, *Illyan* denken zu lassen, daß Sie das meinen.«

»Illyan ist so ein sturer Rationalist.« Die Gräfin lächelte traurig.

»Die Leidenschaft ist nur Frustration, Madame. Niemand läßt mich etwas tun.«

»Was willst du denn tun?«

Ich möchte nach Kolonie Beta abhauen. Die Gräfin würde ihm wahrscheinlich dabei helfen.

… Nein. Ich werde nie wieder abhauen.

Er holte Luft, als Ersatz für den Mut, den er nicht spürte. »Ich möchte nach Jackson's Whole zurückgehen und nach ihm suchen. Ich könnte meine Arbeit genausogut machen wie Illyans andere Agenten, das weiß ich! Ich habe es mit dieser Idee schon bei ihm versucht. Aber er wollte nicht anbeißen. Wenn er könnte, dann würde er mich in einer Sicherheitszelle einsperren.«

»An Tagen wie diesem würde der arme Simon am liebsten seine Seele verkaufen, um nur die Welt eine Weile stillstehen zu lassen«, räumte die Gräfin ein. »Seine Aufmerksamkeit ist im Augenblick nicht nur verzettelt, sie ist zersplittert. Ich empfinde eine gewisse Sympathie für ihn.«

»Ich nicht. Ich würde Simon Illyan nicht nach der Tageszeit fragen. Und ich würde sie ihm auch nicht sagen.« Mark überlegte. »Gregor würde verblümt andeuten, wo ich nach einem Chrono suchen könnte. Sie...« – seine Metapher dehnte sich von selbst aus – »würden mir eine Uhr geben.«

»Ich würde dir eine Uhrenfabrik geben, mein Sohn, wenn ich sie hätte«, sagte die Gräfin mit einem Seufzen.

Mark kaute, schluckte, hielt inne und blickte auf. »Wirklich?«

»W...«, begann sie, dann meldete sich die Vorsicht. »Wirklich was?«

»Ist Lord Mark ein freier Mann? Ich will sagen, ich habe doch im Kaiserreich Barrayar kein Verbrechen begangen, oder? Es gibt doch kein Gesetz gegen Dummheit. Ich stehe nicht unter Arrest.«

»Nein...«

»Ich könnte selbst nach Jackson's Whole gehen! Illyan und seine wertvollen Ressourcen unter Druck setzen. Wenn...« – ach, der Haken an der Sache, er gab sich leicht ernüchtert –, »wenn ich ein Ticket hätte.« Er sackte zusammen. Sein ganzer Besitz betrug seines Wissens siebzehn kaiserliche Mark, die in seiner Hosentasche noch von einer Fünfundzwanziger-Note übrig waren, die ihm die Gräfin Anfang der Woche gegeben hatte.

Die Gräfin schob ihren Teller beiseite und lehnte sich zurück. Ihr Gesicht war ausdruckslos. »Das erscheint mir nicht als eine sehr sichere Idee. Wenn wir schon von Dummheit reden.«

»Das Haus Bharaputra hat nachdem, was du getan hast, für dich inzwischen wahrscheinlich einen Exekutionskontrakt ausgeschrieben«, warf Bothari-Jesek hilfreich ein.

»Nein – auf Admiral Naismith«, widersprach Mark. »Und ich würde nicht zu Bharaputra gehen.« Nicht, daß er nicht der Gräfin zustimmte. Die Stelle auf seiner Stirn, die Baron Bharaputra beim Punktezählen berührt hatte, brannte insgeheim. Er schaute sie eindringlich an. »Madame ...«

»Bittest du mich ernsthaft darum, daß ich es finanziere, wenn du dein Leben riskierst?« fragte sie.

»Nein – wenn ich es rette! Ich kann nicht ...« – mit einer hilflosen Geste wies er auf Palais Vorkosigan, auf seine ganze Situation – »so weitermachen. Ich bin hier völlig aus dem Gleichgewicht, ich bin völlig fehl am Platz.«

»Mit der Zeit wirst du das Gleichgewicht finden. Es ist einfach zu früh«, sagte sie ernst. »Du bist noch sehr neu hier.«

»Ich muß zurückgehen. Ich muß versuchen, das zu korrigieren, was ich getan habe. Wenn ich kann.«

»Und wenn du es nicht kannst, was tust du dann?« fragte Bothari-Jesek kühl. »Abhauen, mit einem schönen Vorsprung?«

Hatte diese Frau seine Gedanken gelesen? Marks Schultern senkten sich unter dem Gewicht ihrer Verachtung. Und seines Zweifels. »Ich«, flüsterte er, »*weiß* ...« – es nicht. Er konnte den Satz nicht laut zu Ende sprechen.

Die Gräfin schlang ihre langen Finger ineinander. »Ich zweifle nicht an deinem guten Herzen«, sagte sie und blickte ihn unverwandt an.

Verdammt, und sie konnte mit ihrem Vertrauen dieses Herz gründlicher brechen, als Illyan je mit seinen Zweifeln. Er krümmte sich auf seinem Stuhl zusammen.

»Doch – du bist meine zweite Chance. Meine neue Hoffnung, ganz unerwartet. Ich hatte nie gedacht, daß ich noch ein weiteres Kind haben könnte, hier auf Barrayar. Jetzt hat Jackson's Whole Miles verschlungen, und du möchtest hinter ihm her dorthin gehen? Auch du?«

»Madame«, sagte er verzweifelt, »Mutter – ich kann nicht dein Trostpreis sein.«

Sie verschränkte die Arme und stützte das Kinn in eine Hand, die sie über den Mund wölbte. Ihre Augen waren grau wie ein winterliches Meer.

»Von allen Menschen mußt du am ehesten einsehen«, bat Mark, »wie wichtig eine zweite Chance sein kann.«

Sie schob ihren Stuhl zurück und stand auf. »Ich werde ... darüber nachdenken müssen.« Sie verließ das kleine Speisezimmer. Mit Bestürzung sah Mark, daß sie ihr Essen zur Hälfte auf dem Teller zurückgelassen hatte.

Bothari-Jesek sah es ebenfalls. »Gute Arbeit«, knurrte sie.

Tut mir leid, tut mir leid ...

Sie erhob sich und rannte hinter der Gräfin her.

Mark saß verlassen und allein da. Ohne zu überlegen und nur halb bewußt fuhr er fort, sich krank zu fressen. Dann taumelte er im Liftrohr zu seinem Zimmer hoch und legte sich auf sein Bett. Er lag da und wünschte den Schlaf noch mehr als den Atem. Doch beide mieden ihn.

Nach einiger Zeit – sein Kopfweh und der heiße Schmerz in seinem Unterleib begannen gerade abzunehmen – klopfte es an seiner Tür. Mit einem gedämpften Stöhnen rollte er sich auf die andere Seite. »Wer ist da?«

»Elena.«

Er schaltete das Licht ein und setzte sich im Bett auf, lehnte sich an das geschnitzte Kopfbrett und stopfte sich gegen einige mörderisch harte, reliefartig hervorstehende Akanthusblätter aus Walnußholz ein Kissen in den Rücken. Er wollte nicht mit Bothari-Jesek reden. Und auch mit keinem anderen Menschen. Er knöpfte sich sein Hemd so locker wie möglich zu. Dann murmelte er: »Herein.«

Sie kam vorsichtig ins Zimmer. Ihr Gesicht war ernst und blaß. »Hallo. Geht es dir gut?«

»Nein«, gab er zu.

»Ich bin gekommen, um mich zu entschuldigen«, sagte sie.

»Du? Bei mir entschuldigen? Weshalb?«

»Die Gräfin hat mir einiges darüber erzählt... was du durchgemacht hast. Es tut mir leid. Ich hatte nichts verstanden.«

Wieder hatte man ihn seziert, *in absentia.* Er wußte es, denn Bothari-Jesek schaute ihn so erschrocken an, als läge sein angeschwollener Bauch offen da, mit einem Schnitt von *hier* nach *da* zur Autopsie vorbereitet. »Au, verdammt. Was hat sie denn erzählt?« Er bemühte sich aufrechter zu sitzen.

»Miles hatte etwas angedeutet. Aber ich hatte nicht begriffen, wie schlimm es wirklich war. Die Gräfin hat es mir genau erzählt. Was Galen dir angetan hat. Die Vergewaltigung mit dem Schockstab und die Eßstörungen. Und die andere Störung.« Sie hielt ihren Blick von seinem Körper fern, blickte ihm nur ins Gesicht, ein untrügliches Zeichen für das unwillkommene Ausmaß ihres neuen Wissens. Sie und die Gräfin mußten zwei Stunden miteinander gesprochen haben. »Und es war alles so *absichtlich* kalkuliert. Das war das Teuflische daran.«

»Ich bin mir nicht so sicher, ob der Vorfall mit dem Schockstab kalkuliert war«, sagte Mark vorsichtig. »Mir kam Galen dabei eher durchgedreht vor. Ausgerastet. Niemand ist ein so guter Schauspieler. Oder vielleicht fing es kalkuliert an und geriet ihm dann aus den Händen.« Und dann brach er hilflos aus: »*Verdammt!*« Bothari-Jesek schrak zusammen. »Sie hat kein *Recht*, darüber mit dir zu reden! Oder mit jemand anderem! Was, zum Teufel, bin ich denn? Die interessanteste Kuriosität in der Stadt?«

»Nein, nein.« Bothari-Jesek hob beschwichtigend die Hände. »Du mußt es verstehen. Ich habe ihr von Maree erzählt, dem kleinen blonden Klonmädchen, mit dem wir dich gefunden hatten. Und davon, was meiner Meinung nach vorgefallen war. Ich habe dich vor der Gräfin angeschuldigt.«

Er erstarrte, rot vor Scham und neuem Schrecken. »Ich wußte nicht, daß du es ihr nicht schon am Anfang erzählt hast.« War alles, was er bei der Gräfin erreicht zu haben glaubte, auf ein verrottetes Fundament gebaut und fiel nun in Trümmer?

»Sie wollte dich unbedingt als Sohn haben, da brachte ich es nicht fertig, davon zu erzählen. Aber heute abend war ich so wütend auf dich, da habe ich meiner Zunge freien Lauf gelassen.«

»Und was ist dann passiert?«

Bothari-Jesek schüttelte verwundert den Kopf. »Sie ist so betanisch, so seltsam. Sie steht geistig nie dort, wo man meint. Sie war nicht im geringsten überrascht. Und dann hat sie mir alles erklärt – mir war, als würde mein Kopf umgestülpt, und als bekäme er eine Generalreinigung.«

Er mußte fast lachen. »Das klingt nach einem typischen Gespräch mit der Gräfin.« Seine würgende Angst begann nachzulassen. *Sie verachtet mich nicht ...?*

»Ich hatte dir gegenüber unrecht«, sagte Bothari-Jesek mit Nachdruck.

»Nett zu wissen, daß ich eine solche Verteidigerin habe, aber du hattest mir gegenüber nicht unrecht. Es lief genau das ab, was du dachtest. Ich hätte es getan, wenn ich hätte können«, sagte er bitter. »Nicht meine Tugend hat mich aufgehalten, sondern meine unter Hochspannung erfolgte Konditionierung.«

»Oh, ich meine nicht unrecht hinsichtlich der Tatsachen. Aber in die Art, wie ich dich mir erklärte, habe ich eine Menge von meiner eigenen Wut projiziert. Ich hatte keine Vorstellung, wie sehr du ein Produkt einer systematischen Folter warst. Und wie unglaublich du Widerstand geleistet hast. Ich glaube, an deiner Stelle wäre ich in Katatonie verfallen.«

»Es war nicht die *ganze* Zeit so schlimm«, sagte er verlegen.

»Aber du mußt verstehen«, wiederholte sie hartnäckig, »was mit *mir* los war. Hinsichtlich meines Vaters.«

»So?« Es kam ihm vor, als hätte jemand seinem Kopf plötzlich eine halbe Drehung nach links verpaßt. »Ich weiß, was mein Vater mit der Sache zu tun hat, warum, zum Teufel, ist deiner auch darin verwickelt?«

Sie ging im Zimmer umher. Und steigerte sich dabei in etwas hinein. Als sie zu sprechen begann, sprudelte es aus ihr heraus. »Mein Vater hat meine Mutter vergewaltigt. So bin ich entstanden, während der barrayaranischen Invasion von Escobar. Ich weiß es seit einigen Jahren. Es hat mich diesem Thema gegenüber allergisch sensibel gemacht. Ich halte es nicht aus«, sie ballte die Fäuste, »aber es ist *in* mir. Ich kann ihm nicht entrinnen. Das machte es sehr schwer für mich, dich klar zu sehen. Mir ist, als hätte ich in den letzten zehn Wochen nur wie durch einen Nebel auf dich geschaut. Die Gräfin hat den Nebel vertrieben.« In der Tat, ihr Blick ließ ihn nicht mehr erstarren. »Der Graf hat mir auch geholfen, mehr als ich sagen kann.«

»Oh.« Was sollte er sagen? Sie hatten also in diesen letzten beiden Stunden nicht nur über ihn geredet. Ihre Geschichte ging offensichtlich noch weiter, aber *er* würde sie gewiß nicht fragen. Zum erstenmal war es nicht an ihm, sich zu entschuldigen. »Mir… tut es nicht leid, daß es dich gibt. Egal, wie du hierher gekommen bist.«

Sie lächelte schief. »In Wirklichkeit tut es mir auch nicht leid.«

Er fühlte sich sehr seltsam. Seine Wut über die Verletzung seiner Privatsphäre war verraucht, an ihre Stelle war eine Unbeschwertheit getreten, die ihn erstaunte. Er war sehr erleichtert, daß die Last seiner Geheimnisse von ihm genommen war. Seine Angst war geschrumpft, als wäre sie buchstäblich dadurch geringer geworden, daß sie offenbart worden war. *Wenn ich es noch weiteren vier Leuten erzähle, dann bin ich völlig frei.*

Er schwang die Beine aus dem Bett, packte sie an der Hand, führte sie zu einem hölzernen Stuhl neben dem Fenster, stieg hinauf und küßte sie. »Danke!«

Sie blickte ganz überrascht drein. »Wofür?« fragte sie lachend und zog ihre Hand zurück.

»Dafür, daß es dich gibt. Dafür, daß du mich leben läßt. *Ich* weiß nicht.« Er grinste, aber das Grinsen verging und ihm wurde schwindlig, er stieg vorsichtig herunter und setzte sich.

Sie schaute auf ihn hinab und biß sich auf die Lippe. »Warum tust du dir das an?«

Es hatte keinen Sinn, so zu tun, als wüßte er nicht, was mit *das* gemeint war; die physischen Symptome seiner zwanghaften Esserei waren offensichtlich. Er kam sich wie ein Monstrum vor. Er wischte sich mit der Hand über das schweißnasse Gesicht. »Ich weiß es nicht. Ich glaube, die Hälfte dessen, was wir Verrücktheit nennen, ist nur der Versuch eines armen Trottels, dem Schmerz mit einer Strategie zu begegnen, die die Leute um ihn herum verärgert.«

»Wie ist das, wenn man dem Schmerz damit begegnet, daß man sich neuen Schmerz zufügt?« fragte sie vorwurfsvoll.

Er versuchte zu lächeln und starrte, die Hände auf den Knien, auf den Boden. »Es liegt darin eine Art Faszination, die einen fesselt. Es lenkt einen von der Wirklichkeit ab. Überleg mal, wie sehr Zahnschmerzen deine Aufmerksamkeit beeinträchtigen.«

Sie schüttelte den Kopf. »Daran möchte ich lieber nicht denken, danke.«

»Galen hat nur versucht, meine Beziehung zu meinem Vater zu verderben«, sagte er mit einem Seufzen, »aber dabei ist es ihm gelungen, meine Beziehung mit allem zu stören. Er wußte, er würde mich nicht mehr direkt kontrollieren können, sobald er mich auf Barrayar freigelassen hätte, deshalb mußte er mir Motivationen einbleuen, die andauern würden.« Leise fügte er hinzu: »Es kam als Bumerang auf ihn zurück. Denn in einem gewissen Sinn war auch Galen mein Vater. Mein Pflegevater. Der erste, den ich je hatte.« Der Graf war sich dessen bewußt gewesen. »Ich hatte so nach einer Identität gehungert, als die Komarraner mich auf Jackson's Whole abholten. Ich glaube, ich muß wie eines dieser Gänseküken gewesen sein, das eine Prägung auf eine Gießkanne oder so was hat, weil sie das erste Ding in der Größe eines Elternvogels ist, das es gesehen hat.«

»Du hast ein überraschendes Talent für Informationsanalyse«, bemerkte sie. »Das habe ich schon auf Jackson's Whole bemerkt.«

»Ich?« Er blinzelte. »Bestimmt nicht!« Gewiß kein Talent, sonst hätte er ja bessere Ergebnisse erzielt. Doch trotz all seiner Frustrationen hatte er in seinem kleinen Raum beim Sicherheitsdienst diese verflossene Woche eine Art von Zufriedenheit empfunden. Die Heiterkeit einer Mönchszelle, verbunden mit der Herausforderung dieses Universums an Daten… auf seltsame Weise erinnerte es ihn an die friedlichen Zeiten mit den virtuellen Lernprogrammen, damals in seiner Kindheit im Klon-Internat. An jene Zeit, als niemand ihn verletzt hatte.

»Die Gräfin meint das auch. Sie möchte dich sprechen.«

»Was, jetzt?«

»Sie hat mich geschickt, dich zu holen. Aber zuerst mußte ich über meine Sache reden. Bevor es noch später wird und ich keine Chance mehr habe. Oder nicht mehr den Nerv dazu.«

»Okay. Dann werde ich mich mal zusammenreißen.« Er war sehr froh, daß am Abend kein Wein serviert worden war. Er zog sich in sein Bad zurück, wusch sich das Gesicht mit dem kältesten Wasser, schluckte ein paar Schmerztabletten und kämmte sich die Haare. Er zog eine Jacke im Hinterwäldlerstil über sein dunkles Hemd und folgte Bothari-Jesek auf den Korridor.

Sie brachte ihn zum Studierzimmer der Gräfin, einem ruhigen und schmucklosen Raum mit Ausblick auf den hinteren Garten, direkt neben ihrem Schlafzimmer. Ihrem und ihres Gatten Schlafzimmer. Mark warf einen Blick in das dunkle Innere, es ging eine Stufe hinab und durch einen Türbogen. Die Abwesenheit des Grafen erschien fast körperlich greifbar.

Die Gräfin saß an ihrer Komkonsole. Es handelte sich nicht um ein gesichertes Regierungsmodell, nur um eine sehr teure kommerzielle Variante in einem Rahmen aus schwarzem Holz, das mit Perlmutt-Intarsien von Blüten verziert war. Die Vid-Scheibe generierte das Bild eines geplagt wirkenden Mannes. Die Gräfin sagte scharf: »Nun, dann finden Sie die Arrangements heraus! Ja, heute abend, jetzt noch. Und dann melden Sie sich wieder bei mir. Danke.« Sie drückte die Aus-Taste und drehte sich zu Mark und Bothari-Jesek herum.

»Hast du nach einem Ticket nach Jackson's Whole gefragt?« fragte er zitternd und gegen alle Hoffnung.

»Nein.«

»Ach so.« Natürlich nicht. Wie konnte sie ihn gehen lassen? Er war ein Narr. Es war nutzlos, zu meinen …

»Ich habe nach einem Schiff für dich gefragt. Wenn du dorthin gehst, dann brauchst du viel mehr Ungebundenheit und Beweglichkeit, als die kommerzielle Beförderung nach Flugplan dir geben kann.«

»Ein Schiff *kaufen?*« fragte er verdutzt. Und er hatte gedacht, der Satz über die Uhrenfabrik sei ein *Scherz* gewesen. »Ist das nicht ziemlich teuer?«

»Ich möchte eines leasen, wenn ich kann. Kaufen, falls ich muß. Im Orbit von Barrayar oder Komarr scheint es drei oder vier Möglichkeiten zu geben.«

»Doch – wie?« Nicht einmal die Vorkosigans dürften genug Kleingeld in der Tasche haben, um sich ein Sprungschiff zu kaufen.

»Ich kann etwas beleihen«, sagte die Gräfin ziemlich vage und blickte sich um.

»Seit die Kunststoffe in Mode gekommen sind, kann man den Familienschmuck nicht mehr verpfänden.« Er folgte ihrem Blick. »Nicht doch Palais Vorkosigan!«

»Nein, es ist ein Erbgut. Das gleiche Problem gilt für die Distriktsresidenz in Hassadar. Allerdings kann ich Vorkosigan Surleau auf mein Wort hin als Sicherheit geben.«

Das Herz des Reiches, o Mist …

»All diese Häuser und ihre Geschichte sind recht schön«, beklagte sie sich und hob die Augenbrauen, als sie seinen entsetzten Gesichtsausdruck sah, »aber ein verdammtes Museum stellt keinen sehr liquiden Vermögenswert dar. Auf jeden Fall sind die Finanzen mein Problem. Du wirst deine eigenen Sorgen haben.«

»Eine Crew?« war der erste Gedanke, der ihm in den Sinn und über die Lippen kam.

»Ein Sprungpilot und ein Ingenieur werden als Minimum mit dem Schiff zusammen kommen. Als Frachtaufseher gibt es ja diese ganzen untätigen Dendarii, die im Orbit von Komarr hängen. Ich stelle mir vor, du könntest unter ihnen ein oder zwei Freiwillige finden. Es ist klar, daß sie sich mit der *Ariel* nicht wieder in den Lokalraum von Jackson's Whole wagen können.«

»Quinnie hat vom Kratzen an der Tür schon blutige Finger«, sagte Bothari-Jesek. »Selbst Illyan wird sie nicht viel länger hinhalten können, wenn dem Sicherheitsdienst nicht bald ein Durchbruch gelingt.«

»Wird Illyan versuchen, mich zurückzuhalten?« fragte Mark besorgt.

»Wenn es nicht um Aral ginge, dann würde ich mich selbst auf den Weg machen«, sagte die Gräfin. »Und ich würde mich ganz gewiß nicht von Illyan aufhalten lassen. Du bist mein Bevollmächtigter. Mit dem Sicherheitsdienst werde ich verhandeln.«

Dessen war Mark sich sicher. »Die Dendarii, an die ich denke, sind sehr motiviert, aber – ich sehe da Probleme auf mich zukommen, wenn es darum geht, daß sie meinen Befehlen gehorchen. Wer wird diesen kleinen privaten Ausflug befehligen?«

»Es gibt eine goldene Regel, mein Junge. Wer zahlt, schafft an. Das Schiff wird dir gehören. Die Auswahl der Begleiter wird bei dir liegen. Wenn sie mitkommen wollen, dann müssen sie zusammenarbeiten.«

»Das würde nur bis nach dem ersten Wurmlochsprung halten. Dann würde Quinn mich in einen Wandschrank sperren.«

Die Gräfin mußte unwillkürlich lachen. »Hm. Da ist was dran.« Sie lehnte sich auf ihrem Stuhl zurück und legte die Fingerspitzen aneinander. Ein paar Minuten lang schloß sie ihre Augen, dann öffnete sie sie wieder. »Elena«, sagte sie. »Bist du bereit, Lord Vorkosigan den Eid zu schwören?«

»Ich habe schon Lord Vorkosigan den Eid geleistet«, sagte Elena spröde. Damit meinte sie Miles.

Die grauen Augen wurden hart wie Feuerstein. »Der Tod löst alle Schwüre.« Und dann glitzerten sie. »Das

Vor-System war noch nie sehr gut darin, die Bälle aufzufangen, die die galaktischen Techniken ihm zuwerfen. Weißt du, ich glaube, es gibt noch keine gerichtliche Entscheidung über den Status eines mündlichen Eids, wenn eine der beiden Parteien sich in Kryostase befindet. Dein Wort kann nicht dein Odem sein, wenn du letztlich keinen Odem hast. Wir werden einfach unseren eigenen Präzedenzfall schaffen müssen.«

Elena ging zum Fenster und starrte in die Leere hinaus. Die Lichter des Raums, die sich in den Scheiben spiegelten, verhinderten einen Blick auf die nächtliche Szene draußen. Schließlich drehte sie sich entschlossen auf dem Absatz herum, fiel vor Mark auf beide Knie und hob die gefalteten Hände. Automatisch umschloß Mark ihre Hände mit den seinen.

»Mylord«, sagte sie, »ich gelobe dir den Gehorsam einer Lehensfrau.«

»Hm ...«, sagte Mark, »hm ... ich glaube, ich brauche vielleicht mehr als das. Versuch es einmal so: ›Ich, Elena Bothari-Jesek, bestätige, daß ich eine freie Bürgerin des Distrikts Vorkosigan bin. Ich trete hiermit in den Dienst von Lord Mark Pierre Vorkosigan, als einfacher Gefolgsmann – einfache Gefolgsfrau? – und nehme ihn als meinen Lehnsherrn, bis mein Tod oder er mich davon löst.‹«

Schockiert blickte Bothari-Jesek zu ihm hoch. Nicht sehr weit hoch, um die Wahrheit zu sagen. »Das kannst du nicht machen! Oder?«

»Nun«, sagte die Gräfin, die dieses Spielchen mit leuchtenden Augen beobachtete, »es gibt tatsächlich kein Gesetz, das sagt, daß der Erbe eines Grafen keine weiblichen Gefolgsleute nehmen kann. Man hat es bisher nur noch nicht getan. Du weißt schon – *Tradition.*«

Elena und die Gräfin tauschten einen langen Blick miteinander aus. Zögernd, als wäre sie halb hypnotisiert, wiederholte Bothari-Jesek den Eid.

Mark sagte: »Ich, Lord Mark Pierre Vorkosigan, Vasall Secundus des Kaisers Gregor Vorbarra, nehme deinen Eid an und gelobe dir den Schutz eines Lehnsherrn, bei meinem Wort als Vorkosigan.« Er zögerte. »Tatsächlich«, sagte er zur Gräfin gewandt, »habe ich auch noch nicht Gregor meinen Eid geleistet. Wird das hier dadurch ungültig?«

»Das sind Details«, sagte die Gräfin und winkte mit den Fingern. »Die Details kannst du später noch klären.«

Bothari-Jesek stand wieder auf. Sie schaute ihn an wie eine Frau, die mit einem Kater im Bett aufwacht, neben sich einen fremden Partner, an den sie sich nicht erinnern kann, ihn am Abend zuvor getroffen zu haben. Sie rieb sich die Handrücken, wo seine Haut die ihre berührt hatte.

Macht. Nun, wieviel Vor-Macht gab ihm diese kleine Scharade? Genau soviel, wie Bothari-Jesek zuließ, sagte sich Mark, und musterte ihren athletischen Körper und ihr intelligentes Gesicht. Es bestand keine Gefahr, daß sie ihm erlauben würde, seine Stellung zu mißbrauchen. Die Unsicherheit in ihrem Gesicht wich einem unterschwelligen Vergnügen, das seinem Auge gefiel. *Ja, das war der richtige Schritt.* Keine Frage, daß er der Gräfin Vergnügen bereitet hatte. Sie grinste ihren subversiven Sohn offen an.

»Nun«, sagte die Gräfin, »wie schnell können wir das durchziehen? Wie schnell könnt ihr zur Abreise bereit sein?«

»Auf der Stelle«, sagte Bothari-Jesek.

»Zu Ihrem Befehl, Madame«, sagte Mark. »Ich habe so ein Gefühl … – das ist nichts Parapsychisches, weißt du. Es ist nicht einmal, daß ich grundsätzlich darauf brenne, es zu tun. Es ist nur die Logik. Doch ich glaube, uns läuft vielleicht die Zeit davon.«

»Wie das?« fragte Bothari-Jesek. »Es gibt nichts Statischeres als die Kryostase. Die Ungewißheit macht uns alle verrückt, ja, aber das ist unser Problem. Miles hat vielleicht mehr Zeit als wir.«

Mark schüttelte den Kopf. »Wenn Miles in gefrorenem Zustand in freundliche oder auch neutrale Hände gefallen wäre, dann hätte man eigentlich inzwischen auf die Gerüchte bezüglich Belohnung reagieren sollen. Aber wenn ... jemand ... ihn wiederbeleben will, dann muß man zuerst die Vorbereitungen absolvieren. Wir sind uns gerade jetzt alle dessen sehr bewußt, wie lange es dauert, Organe für eine Transplantation zu züchten.«

Die Gräfin nickte bedrückt.

»Wenn man sich dort, wo auch immer Miles jetzt ist, kurz nach seiner Ankunft für dieses Projekt entschieden hat, dann könnte man inzwischen fast nahe daran sein, die Wiederbelebung zu versuchen.«

»Man könnte es verpfuschen«, sagte die Gräfin. »Man ist vielleicht nicht vorsichtig genug.« Ihre Finger trommelten auf der hübschen Perlmuttintarsie.

»Ich glaube das nicht«, widersprach Bothari-Jesek. »Warum sollte ein Feind sich die Mühe machen, ihn wiederzubeleben? Welches Schicksal könnte schlimmer sein als der Tod?«

»Ich weiß es nicht«, seufzte Mark. *Aber wenn es eines gibt, dann schwöre ich darauf, daß die Jacksonier es in die Wege leiten können.*

KAPITEL 19

Mit dem Atem kam der Schmerz. Er war in einem Krankenhausbett. Das wußte er schon, bevor er die Augen öffnete, und zwar aufgrund der Unbequemlichkeit, der Kälte und des Geruchs. Das schien zu stimmen. Vage – wenn auch unangenehm – vertraut. Er blinzelte und stellte fest, daß seine Augen mit etwas Klebrigem zugekleistert waren. Ein duftender, durchscheinender medizinischer Kleister. Es war, als versuchte er durch eine Scheibe zu blicken, die mit Fett verschmiert war. Er blinzelte noch ein bißchen und erreichte einen begrenzten Fokus. Dann mußte er aufhören und nach der Anstrengung den Atem anhalten.

Mit seiner Atmung war etwas auf schreckliche Weise nicht in Ordnung. Er brachte nur ein mühsames Keuchen zustande, das überhaupt nicht genügend Luft brachte. Und dieses Pfeifen! Das Pfeifen kam von einem Plastikschlauch in seiner Kehle, erkannte er, als er zu schlucken versuchte. Seine Lippen waren trocken und aufgesprungen; der Schlauch, der seinen Mund blockierte, hinderte ihn daran, die Lippen zu befeuchten. Er versuchte sich zu bewegen. Sein Körper antwortete mit stechenden Schmerzen, die durch jeden Knochen brannten. Es gingen Schläuche in seine Arme. Und seine Ohren. Und seine Nase.

Es waren, verdammt noch mal, zu viele Schläuche. Das war schlecht, erkannte er trübe, doch er hätte nicht sagen können, woher er das wußte. Mit einer heroischen Anstrengung versuchte er den Kopf zu heben und an seinem Leib hinunterzuschauen. Der Schlauch in seiner Kehle verschob sich schmerzhaft.

Die Hügelketten der Rippen. Der Bauch mager und eingesunken. Rote Striemen zogen sich über seine Brust hin, wie eine langbeinige Spinne, die direkt unter seiner Haut kauerte, wobei ihr Körper sich über seinem Brustbein befand. Chirurgischer Klebstoff hielt gezackte Schnitte zusammen, zahlreiche scharlachrote Narben wirkten wie die Landkarte eines größeren Flußdeltas. Er war besetzt mit zahlreichen Sensoren für Monitore. Weitere Schläuche kamen aus Körperstellen, wo es eigentlich keine Körperöffnungen geben sollte. Er erhaschte einen Blick auf sein Glied, ein schlaffes farbloses Klümpchen; auch dort kam ein Schlauch heraus. Ein Schmerz an dieser Stelle hätte auf eine subtile Weise beruhigend gewirkt, aber da spürte er überhaupt nichts. Er spürte auch seine Beine und Füße nicht, obwohl er sie sehen konnte. Sein ganzer Körper war dick mit dem duftenden Kleister bedeckt. Seine Haut schälte sich in häßlichen großen bleichen Flocken ab, die an dem klebrigen Zeug hängenblieben. Sein Kopf fiel auf ein Polster zurück, schwarze Wolken quollen vor seinen Augen auf. *Zu viele verdammte Schläuche. Schlecht …*

Er befand sich in einem benommenen, halbwachen Zustand und schwebte zwischen verwirrenden Traumfragmenten und Schmerz, als die Frau kam.

Sie beugte sich in sein verschwommenes Blickfeld. »Wir nehmen jetzt den Schrittmacher heraus.« Ihre Stimme war deutlich und leise. Aus seinen Ohren waren die Schläuche verschwunden. Oder hatte er sie vielleicht nur geträumt? »Ihr neues Herz wird schlagen, und Ihre Lungen werden von selbst arbeiten.«

Sie beugte sich über seine schmerzende Brust. Eine hübsche Frau vom elegant-intellektuellen Typ. Er bedauerte, daß er vor ihr nur in Kleister gekleidet war, doch es schien ihm, daß er einmal mit noch weniger Kleidung ausgekommen war. Wo und wie, daran konnte er sich nicht erinnern. Sie machte etwas an dem Klumpen, der wie der Spinnenkörper aussah; er sah, wie seine Haut sich in einem dünnen roten Schlitz teilte und dann wieder geschlossen wurde. Die Frau schien sein Herz herauszuschneiden, wie eine Priesterin aus alter Zeit, die ein Opfer bereitete, doch das konnte nicht sein, denn sein mühsames Atmen ging weiter. Sie hatte auf jeden Fall etwas herausgenommen, denn sie legte es auf ein Tablett, das ihr Assistent hielt.

»Da.« Sie betrachtete ihn eingehend.

Er betrachtete sie seinerseits. Mit einem Blinzeln befreite er seine Augen von der Salbe, die die Sicht verzerrte. Sie hatte glattes, seidiges schwarzes Haar, das auf ihrem Hinterkopf zu einem Knoten gebunden war. Ein paar feine Strähnen umschwebten ihr Gesicht. Goldene Haut, braune Augen mit der Andeutung einer epikanthischen Falte, stoppelige, eigensinnige Wimpern. Der Rücken ihrer Nase war elegant gebogen. Ein angenehmes, ursprüngliches Gesicht, das nicht chirurgisch in eine mathematisch perfekte Schönheit verwandelt worden war, sondern von einer wachen Spannung belebt wurde. Kein leeres Gesicht. Das Gesicht eines interessanten Menschen. Doch leider war dieser Mensch ihm nicht vertraut.

Sie war groß und schlank und trug über anderen Kleidern einen blaßgrünen Laborkittel. »Frau Doktor«, versuchte er sie anzusprechen, aber wegen des Plastikschlauchs in seinem Mund kam nur ein undeutliches Gurgeln heraus.

»Ich werde jetzt diesen Schlauch herausnehmen«, sagte sie zu ihm. Sie zog etwas Klebriges von seinen Lippen und Wangen ab – Klebeband? Noch mehr abgestorbene Haut ging damit ab. Sanft zog sie den Schlauch aus der Kehle. Er würgte. Es war, als erbräche er eine Schlange. Die Erleichterung, das Ding los zu sein, ließ ihn fast wieder ohnmächtig werden. Da war immer noch eine Art Schlauch – für Sauerstoff? –, der seine Nasenlöcher blockierte.

Er bewegte seinen Unterkiefer und schluckte zum erstenmal seit … seit … Auf jeden Fall fühlte sich seine Zunge dick und geschwollen an. Seine Brust schmerzte schrecklich. Aber Speichel floß; sein trockener Mund wurde wieder feucht. Man wußte Speichel nicht wirklich zu schätzen, solange man nicht gezwungen war, ohne ihn auszukommen. Sein Herz schlug schnell und leicht, wie flatternde Vogelschwingen. Es fühlte sich nicht ganz richtig an, aber zumindest fühlte er etwas.

»Wie heißen Sie?« fragte sie ihn.

Der unterbewußte Schrecken, den er eifrig ignoriert hatte, gähnte schwarz unter ihm. Sein Atem beschleunigte sich in seiner Panik. Trotz des Sauerstoffschlauchs bekam er nicht genügend Luft. Und er konnte ihre Frage nicht beantworten. »Ah«, flüsterte er, »ag …« Er wußte nicht, wer er war oder wie er zu dieser riesigen Last Schmerz gekommen war. Das Nichtwissen erschreckte ihn viel mehr als der Schmerz.

Der junge Mann in der blaßblauen Medizinerjacke schnaubte. »Ich glaube, ich werde meine Wette gewinnen. Der ist hinter den Augäpfeln koaguliert.« Er tippte sich an die Stirn. »Nichts als Kurzschluß dahinter.«

Die Frau runzelte verärgert die Stirn. »Patienten kommen nicht mit einem Plop aus der Kryostase heraus wie eine Mahlzeit aus der Mikrowelle. Die Heilung dauert genausolang, wie wenn die ursprüngliche Verletzung sie nicht getötet hätte, und sogar noch länger. Es wird ein paar Tage dauern, bis ich überhaupt beginnen kann, seine höheren neuralen Funktionen einzuschätzen.«

Doch sie zog etwas Scharfes und Glänzendes aus dem Revers ihrer Jacke und bewegte es über ihn hin, berührte ihn damit und beobachtete eine Monitoranzeige an der Wand über seinem Kopf. Als seine rechte Hand auf einen Pikser hin zurückzuckte, lächelte sie. *Ja, und wenn mein Pimmel sich unter deiner Hand aufrichtet, dann werde ich lächeln,* dachte er benommen.

Er wollte sprechen. Er wollte diesem blauen Kerl sagen, er solle sich mit einem Wurmlochsprung zur Hölle scheren und seine Wette gleich mitnehmen. Doch aus seinem Mund kam nur ein sinnloses Zischen. Er zitterte vor Frustration. Er mußte funktionieren oder sterben. Dessen war er sich todsicher. Sei der Beste, oder du gehst unter.

Er wußte nicht, woher diese Gewißheit kam. Wer würde ihn töten? Er wußte es nicht. Leute, irgendwelche gesichtslosen Leute. Keine Zeit zum Ausruhen. Marschieren oder sterben.

Das Medizinerduo verließ ihn. Von der unklaren Angst angetrieben, versuchte er es mit isometrischen Übungen in seinem Bett. Lediglich seinen rechten Arm konnte er bewegten. Seine heftigen Bewegungen wurden von den Sensoren auf die Monitore übertragen und riefen den jungen Mediziner herbei. Er gab ihm ein Beruhigungsmittel. Als die Dunkelheit ihn wieder umfing, hätte er am liebsten gebrüllt. Danach hatte er sehr schlechte Träume. Jeglicher Inhalt wäre seinem verwirrten Gehirn willkommen gewesen, aber als er erwachte, konnte er sich nur noch daran erinneren, daß er schlecht geträumt hatte.

Nach einer unbestimmten Zeit kam die Ärztin wieder, um ihn zu füttern.

Sie drückte auf einen Knopf, damit sich der Kopfteil seines Bettes hob, und sagte im Plauderton: »Jetzt probieren wir Ihren neuen Magen aus, mein Freund.«

Freund? War er das? Er brauchte einen Freund, keine Frage.

»Sechzig Milliliter Glukoselösung – Zuckerwasser.

Die erste Mahlzeit Ihres Lebens, sozusagen. Ich überlege gerade, ob Sie über genügend grundlegende Muskelbeherrschung verfügen, um schon an einem Strohhalm saugen zu können?«

Er saugte, sobald sie ein paar Tropfen der Flüssigkeit auf seine Lippen träufelte, um ihn anzuregen. Saugen und schlucken, noch reduzierter konnte man gar nicht werden. Nur konnte er nicht alles trinken.

»Ist schon in Ordnung«, plätscherte sie weiter. »Ihr Magen ist noch nicht ganz ausgewachsen, wissen Sie. Alle Ihre Ersatzorgane sind ein bißchen zu klein für Ihren Körper, was bedeutet, daß sie sehr hart arbeiten werden und nicht so schnell wachsen werden wie im Brutkasten. Sie werden noch eine ganze Weile kurzatmig sein. Doch so war es insgesamt leichter, sie zu implantieren. So hatte ich mehr Bewegungsfreiheit, und das habe ich zu schätzen gewußt.«

Er war sich nicht ganz sicher, ob sie zu ihm sprach oder einfach zu sich selbst, so wie vielleicht ein einsamer Mensch mit einem Schoßtier redet. Sie nahm die Tasse weg und kam mit einem Waschbecken, Schwämmen und Handtüchern wieder und begann ihn zu waschen, einen Körperbereich nach dem anderen. Warum machte eine Chirurgin die Arbeit einer Krankenschwester? DR. R. DURONA lautete der Name auf der Brusttasche ihres grünen Kittels. Aber sie schien gleichzeitig eine neurophysiologische Untersuchung durchzuführen. Überprüfte sie ihre Arbeit?

»Sie waren für mich ein geheimnisvoller Fall, wissen Sie. Ich bekam Sie in einer Kiste geliefert. Raven sagte, Sie seien zu klein, um ein Soldat zu sein, aber ich habe genügend Tarnuniformstoff und Nervendisruptor-Abschirmnetz aus ihnen herausgeklaubt, dazu noch die sechsundvierzig Granatsplitter, um ganz sicher zu sein, daß Sie nicht bloß ein unbeteiligter Zuschauer waren. Wer immer Sie waren, diese Nadelgranate trug Ihren Namen. Unglücklicherweise nicht in Buchstaben.« Sie seufzte, halb für sich selbst. »Wer *sind* Sie?«

Sie wartete nicht auf eine Antwort, was ihm auch recht war. Die Anstrengung, das Zuckerwasser zu schlucken, hatte ihn wieder erschöpft. Eine ebenso wesentliche Frage war, *wo* war er, und er war eingeschnappt, weil sie, die es sicher wissen mußte, nicht daran dachte, es ihm zu sagen. Das Zimmer war ein fensterloser, anonymer Raum in einer hochtechnisierten medizinischen Einrichtung. Auf einem Planeten, nicht auf einem Schiff.

Woher weiß ich das? Das verschwommene Bild eines Schiffes in seinem Kopf schien auf eine Berührung hin in tausend Splitter zu zerfallen. *Welches Schiff?* Und in diesem Zusammenhang: Auf welchem Planeten?

Es müßte eigentlich ein Fenster geben. Ein großes Fenster, das die hohe dunstige Silhouette einer Stadt einrahmte, durch die ein schneller Fluß strömte. Und es müßten Leute dasein. Es fehlten Leute, die von Rechts wegen dasein müßten, wenn er sie sich auch nicht vorstellen konnte. Bei der Mischung aus allgemeiner medizinischer Vertrautheit und besonderer Fremdheit krampften sich seine Eingeweide zusammen.

Die Reinigungstücher waren eisig und kratzten, aber er war froh, von dem Kleister befreit zu werden, ganz zu schweigen von all dem widerlichen Dreck, der daran klebte. Er kam sich wie eine Eidechse vor, die sich häutete. Als die Ärztin fertig war, waren all die toten weißen Flocken verschwunden. Die neue Haut sah sehr roh aus.

Sie rieb ihm Enthaarungscreme ins Gesicht, was überflüssig erschien und höllisch stach. Er kam zu dem Schluß, daß ihm das Stechen gefiel. Er begann sich zu entspannen und ihre Zuwendung zu genießen, auch wenn sie peinlich intim waren. Sie gab ihm wenigstens die Würde eines sauberen Menschen zurück, und sie kam ihm nicht wie ein Feind vor. Eher wie eine Art Verbündete, wenigstens auf der körperlichen Ebene. Sie reinigte sein Gesicht von der Creme, den Barthaaren und einer ziemlichen Menge Haut. Dann kämmte sie sein Haar, das allerdings leider, wie seine Haut, in beunruhigenden Büscheln auszufallen schien.

»Das wär's«, sagte sie. Es klang befriedigt. Sie hielt einen großen Handspiegel vor sein Gesicht. »Sehen Sie jemanden, der Ihnen bekannt vorkommt?« Sie beobachtete ihn aufmerksam, wie er erkannte, und bemerkte, wie seine Augen sich fokussierten und auf das Spiegelbild einstellten.

Das bin ich? Nun … ich nehme an, ich kann mich daran gewöhnen. Rote Haut dehnte sich über die Schädelknochen. Eine vorspringende Nase, ein spitzes Kinn … die grauen Augen sahen auf bizarre Weise aus, als hätte er einen Kater, die Augäpfel waren scharlachrot. In seinen dunklen Haaren waren schüttere Stellen, wie bei einem schlimmen Fall von Räude. Er hatte wirklich gehofft, er würde viel besser aussehen.

Er versuchte zu sprechen, zu fragen. Sein Mund bewegte sich, aber – wie seine Gedanken – zu zusammenhanglos. Er prustete Luft und Speichel hervor. Er konnte nicht einmal fluchen, was in ihm den Wunsch nach einem Fluch noch verstärkte, und daraus wurde ein gurgelndes Knurren. Sie nahm schnell den Spiegel weg und schaute ihn besorgt an.

Halt! Wenn er weiter herumzappelte, dann würden sie ihm wahrscheinlich eine weitere Dosis des Beruhigungsmittels verpassen, und das wollte er keineswegs. Er legte sich zurück und keuchte hilflos. Sie senkte das Bett wieder, dämpfte das Licht und schickte sich an hinauszugehen. Ihm gelang ein Stöhnen. Es funktionierte: sie kam zurück.

»Lilly hat Ihre Kryokammer Pandoras Büchse genannt«, murmelte sie nachdenklich. »Aber ich habe sie für den Kristallsarg eines verzauberten Ritters gehalten. Ich wünschte mir, es wäre so leicht gewesen, daß man Sie einfach mit einem Kuß hätte wecken können.«

Sie beugte sich über ihn. Ihre Augenlider waren halb geschlossen und zitterten, und sie berührte seine Lippen mit den ihren. Er lag sehr still, halb erfreut, halb erschrocken. Sie richtete sich auf, beobachtete ihn noch einen Augenblick und seufzte. »Ich hab nicht gedacht, daß es funktioniert. Vielleicht bin ich einfach nicht die richtige Prinzessin.«

Sie haben einen sehr seltsamen Geschmack, was Männer angeht, Mylady, dachte er benommen. *Wie erfreulich für mich…*

Zum erstenmal, seit er das Bewußtsein wiedererlangt hatte, empfand er eine Hoffnung für seine Zukunft. Er blieb ruhig liegen und ließ sie gehen. Sicher würde sie zurückkommen. Zuvor war er in Ohnmacht gefallen oder bewußtlos gemacht worden; diesmal kam natürlicher Schlaf. Er mochte ihn eigentlich nicht – *was ist, wenn ich sterben sollte, bevor ich aufwache* –, aber der Schlaf diente dem Verlangen seines Körpers und löschte den Schmerz.

Langsam gewann er die Herrschaft über seinen linken Arm. Dann ließ er sein rechtes Bein zucken. Seine schöne Dame kam zurück und fütterte ihn mit noch mehr Zuckerwasser, aber ohne weitere süße Küsse zum Nachtisch. Als er soweit war, daß er sein linkes Bein zwingen konnte zu zucken, kam sie wieder, doch diesmal war etwas schrecklich falsch.

Dr. Durona sah zehn Jahre älter aus und war kühl geworden. Kalt. Ihr Haar war in der Mitte geteilt und hing in zwei glatten Schwingen herab; in Kinnhöhe war es abgeschnitten, silberne Fäden schimmerten im Ebenholzschwarz. Ihre Hände, die ihm halfen sich aufzusetzen, waren auf seinem Leib trockener, kälter, strenger. Nicht liebkosend.

Ich bin in eine Zeitschleife geraten. Nein. Ich bin wieder eingefroren gewesen. Nein. Ich brauche zu lange, um mich zu erholen, und sie ist sauer auf mich, daß ich sie warten lasse. Nein … Verwirrung schnürte ihm die Kehle zusammen. Er hatte gerade den einzigen Freund verloren, den er hatte, und er wußte nicht, warum. *Ich habe unsere Freude zerstört …*

Sie massierte seine Beine, sehr professionell, stattete ihn mit einem weiten Krankenhemd aus und ließ ihn aufstehen. Er wurde fast ohnmächtig. Sie legte ihn ins Bett zurück und ging hinaus.

Als sie das nächstemal zurückkam, hatte sie ihre Frisur schon wieder geändert. Diesmal war das Haar lang; von einem silbernen Ring auf ihrem Hinterkopf fest zusammengebunden floß es in einem Pferdeschwanz herab und war durchzogen mit breiten silbernen Strähnen. Er hätte schwören können, daß sie weitere zehn Jahre gealtert war. *Was passiert denn dann mit mir?* Ihr Verhalten war etwas sanfter, aber keineswegs so glücklich wie beim erstenmal. Sie ließ ihn durch das Zimmer und zurück gehen, was ihn völlig erschöpfte. Danach schlief er wieder.

Er war zutiefst beunruhigt, als sie erneut in ihrer kalten, kurzhaarigen Inkarnation zurückkehrte. Er mußte zugeben, sie war sehr effizient darin, ihn zum Aufstehen und Herumgehen zu bringen. Sie bellte ihn an wie ein Sergeant auf dem Exerzierplatz, aber er ging, und dann ging er ohne ihre Hilfe. Sie dirigierte ihn zum erstenmal aus seinem Zimmer hinaus, in einen kurzen Korridor, der an einer Schiebetür endete, und dann wieder zurück.

Sie hatten gerade kehrtgemacht, um einen neuen Rundgang zu beginnen, als die Tür am Ende des Korridors sich zischend öffnete, und Dr. Durona kam herein, diesmal in ihrer Variante mit Pferdeschwanz. Er starrte die Dr. Durona mit der Schwingenfrisur an und brach fast in Tränen aus. *Das ist nicht fair. Sie bringen mich durcheinander.* Dr. Durona trat zu Dr. Durona. Mit einem Blinzeln hielt er das Wasser in seinen Augen zurück und blickte auf ihre Namensschilder. Schwingenhaar hieß Dr. C. Durona. Pferdeschwanz war Dr. P. Durona. *Aber wo ist meine Dr. Durona? Ich möchte Dr. R. hier haben.*

»Hallo, Chrys, wie geht es ihm?« fragte Dr. P.

»Nicht schlecht«, antwortete Dr. C. »Ich habe ihn allerdings in dieser Therapiestunde fast erschöpft.«

»Das würde ich auch sagen...« Dr. P. kam herbei und half ihn aufzufangen, als er zusammensackte. Er konnte seinen Mund nicht dazu bringen, Wörter zu bilden; es kamen nur erstickte Schluchzer heraus. »Überbeansprucht, würde ich sagen.«

»Ganz und gar nicht«, sagte Dr. C. und stützte ihn an der Seite. Zusammen brachten sie ihn zum Bett zurück. »Aber es sieht so aus, als würde bei dem hier die mentale Erholung erst nach der körperlichen Erholung kommen. Und das ist nicht gut. Es gibt Druck. Lilly wird allmählich ungeduldig. Er muß bald Beziehungen herstellen, sonst ist er für uns ohne Nutzen.«

»Lilly ist nie ungeduldig«, tadelte Dr. P.

»Diesmal schon«, sagte Dr. C. grimmig.

»Wird die mentale Erholung wirklich folgen?« Sie half ihm, sich hinzulegen, ohne daß er fiel.

»Das meinen alle. Rowan hat uns die körperliche Erholung garantiert. Das war eine enorme Arbeit. In seinem Gehirn gibt es eine Menge elektrischer Aktivität. Irgend etwas muß da heilen.«

»Ja, aber nicht auf der Stelle«, meldete sich eine warme, heitere Stimme vom Korridor. »Was stellt ihr beide mit meinem armen Patienten an?«

Es war Dr. Durona. Wieder. Sie hatte ihr langes feines Haar zu einem wirren Büschel auf ihrem Hinterkopf zusammengebunden; es war von reiner Ebenholzschwärze. Er spähte besorgt nach ihrem Namensschild, als sie sich lächelnd näherte. *Dr. R. Durona. – Seine* Dr. Durona. Er wimmerte erleichtert. Er wußte nicht, ob er noch mehr Verwirrung ertragen konnte; sie schmerzte stärker als die körperliche Pein. Seine Nerven schienen stärker zerrüttet zu sein als sein Körper. Es war, als befände er sich in einem seiner schlimmen Träume, nur daß seine Träume viel häßlicher waren mit all dem Blut und der Metzelei. In ihnen ging es nicht nur um eine Frau in einem grünen Kittel, die zu dritt in einem Zimmer herumstand und mit sich selber diskutierte.

»Krankengymnastik ist nun mal eine Art Folter«, witzelte Dr. C.

Das erklärte alles …

»Komm später wieder und foltere ihn dann«, schlug Dr. R. vor. »Aber – sanft.«

»Wie hart darf ich rangehen?« Jetzt war sie aufmerksam und ernst, hatte den Kopf gehoben und machte sich Notizen auf einem Reportpanel. »Von oben kommen dringende Anfragen, weißt du.«

»Ich weiß. Krankengymnastik nicht häufiger als alle vier Stunden, bis ich dir grünes Licht gebe. Und laß seine Herzfrequenz nicht über einsvierzig ansteigen.«

»So hoch?«

»Das ist eine unvermeidbare Folge davon, daß es noch nicht groß genug ist.«

»Du sagst es, meine Liebe.« Dr. C. klappte ihr Reportpanel zusammen und warf es Dr. R. zu, dann ging sie hinaus. Dr. P. folgte ihr.

Seine Dr. Durona, Dr. R., kam an seine Seite, lächelte und strich ihm das Haar aus den Augen. »Sie werden bald einen Haarschnitt brauchen. Und an den kahlen Stellen beginnt neues Wachstum. Das ist ein sehr gutes Zeichen. Mit all dem, was an der Außenseite Ihres Kopfes geschieht, glaube ich, daß da drinnen auch was geschehen muß, na?«

Nur, wenn man Anfälle von Hysterie als Aktivität zählte … Als er nervös blinzelte, rollte eine Träne aus seinem Auge. Sie war von seinem vorherigen Ausbruch an Angst noch übriggeblieben. Dr. R. berührte die feuchte Spur auf seiner Wange. »Oh«, murmelte sie in mitfühlender Besorgnis, die er plötzlich als peinlich empfand. *Ich bin kein … ich bin kein … ich bin kein Mutant.* Was?

Sie beugte sich näher heran. »Wie heißen Sie?«

Er versuchte. »Wwss … S …« Seine Zunge gehorchte ihm nicht. Er kannte die Wörter, doch er brachte sie einfach nicht heraus. »Ww … ssen Sie?«

»Wiederholen Sie mich?« Ihr Gesicht erhellte sich. »Das ist ein Anfang …«

»Nn! Ww … ssen Sie?« Er berührte ihre Jackentasche und hoffte dabei, daß sie nicht denken würde, er versuche sie zu betatschen.

»Was …?« Sie blickte auf ihn hinab. »Fragen Sie mich nach *meinem* Namen?«

»Jj! Jj!«

»Ich heiße Dr. Durona.«

Er stöhnte und rollte mit den Augen.

»… Ich heiße Rowan.«

Er sank wieder auf sein Kopfpolster und seufzte erleichtert. *Rowan.* Ein hübscher Name. Er wollte ihr sagen, daß es ein hübscher Name sei. Aber was war, wenn sie alle Rowan hießen – nein, die sergeantenmäßig Auftretende hatten sie Chrys genannt. Es war schon in Ordnung. Er konnte seine Dr. Durona von den übrigen unterscheiden, wenn nötig. Sie war einzigartig. Seine zitternde Hand berührte ihre Lippen und dann seine eigenen, doch sie verstand den Hinweis nicht und küßte ihn nicht noch einmal.

Widerstrebend und nur deshalb, weil er nicht die Kraft hatte, sie festzuhalten, ließ er zu, daß sie ihre Hand aus der seinen zog. Vielleicht hatte er diesen Kuß geträumt. Vielleicht träumte er alles, was hier geschah.

Nachdem sie weggegangen war, verging eine lange Zeit der Ungewißheit, doch zur Abwechslung schlief er nicht ein. Er lag wach, überflutet von beunruhigenden, zusammenhanglosen Gedanken. Der Gedankenstrom trug seltsame Stücke von Treibgut mit sich, hier ein Bild, dort etwas, das eine Erinnerung sein könnte, doch sobald seine Aufmerksamkeit sich nach innen wandte, um diese Dinge zu untersuchen, erstarrte der Fluß der Gedanken, und die Flut der Panik stieg wieder an. Nun denn, dann würde er sich eben anderweitig beschäftigen und seine Gedanken nur indirekt aus einem Winkel beobachten, er würde sich selbst beobachten in der Spiegelung dessen, was er wußte, und seiner eigenen Identität gegenüber den Detektiv spielen. *Wenn du nicht tun kannst, was du willst, dann tu, was du kannst.* Und wenn er die Frage, wer er war, nicht beantworten konnte, dann könnte er es wenigstens einmal damit versuchen, *wo* er war. Seine Monitorsensoren waren verschwunden, er wurde nicht mehr funküberwacht.

Es war sehr still. Er glitt aus dem Bett und steuerte auf die Tür zu. Sie öffnete sich automatisch vor dem kurzen Korridor, den Nachtlichter in Bodenhöhe trüb beleuchteten.

Sein eigenes eingeschlossen, gab es hier nur vier Zimmer. Keines hatte Fenster. Keines enthielt Patienten. Ein winziges Büro oder eine Monitorstation war leer – nein. Ein Becher mit einem dampfenden Getränk stand auf der Theke neben einer eingeschalteten Konsole, deren Programm auf *Unterbrechung* stand. Jemand würde bald wieder zurück sein. Er sauste daran vorbei und versuchte es mit der einzigen Tür nach draußen, am Ende des Korridors; sie öffnete sich automatisch.

Ein weiterer kurzer Korridor. Ihn säumten zwei gut eingerichtete Operationssäle. In beiden waren alle Geräte abgeschaltet, alles war sauber und nachtstill. Und fensterlos. Ein paar Lagerräume, der eine abgeschlossen, der andere nicht. Zwei Labors, deren Türen mit Handflächenschlössern abgesperrt waren. Durch die Glastüren konnte er in einem verschwommen eine Reihe von Kleintierkäfigen sehen. Das Labor war mit medizinischen und biochemischen Geräten vollgestopft; hier stand viel mehr davon, als in einer bloß behandelnden Klinik notwendig wäre. Das Ganze roch ziemlich nach Forschung.

Wie komme ich darauf – nein. Nicht fragen. Einfach weitergehen. Am Ende des Korridors lud ein Liftrohr ein. Sein Körper schmerzte, das Atmen tat weh, aber er mußte seine Chance ergreifen. *Geh weiter, geh weiter, geh!*

Wo immer er sich befand, er war ganz unten. Der Boden des Rohrs befand sich zu seinen Füßen. Es stieg in die Dunkelheit auf. Leuchtschilder verkündeten: S-3, S-2, S-1. Das Rohr war abgeschaltet, die Sicherheitsklappe schloß die Öffnung ab. Er schob sie manuell zur Seite und erwog seine Möglichkeiten. Er konnte das Rohr einschalten und damit riskieren, daß irgendwo ein Sicherheitsmonitor aufleuchtete (warum konnte er sich ein solches Gerät vorstellen?), oder er konnte das Rohr ausgeschaltet lassen und heimlich die Sicherheitsleiter hochklettern. Er versuchte eine Sproße der Leiter. Ihm wurde schwarz vor den Augen. Vorsichtig ging er wieder hinunter und schaltete das Rohr ein.

Er stieg sanft bis zur Ebene S-1 empor und schwang sich hinaus. Ein winziger Vorraum mit nur einer Tür, massiv und ohne Aufschrift. Sie öffnete sich vor ihm und schloß sich wieder hinter ihm. Er schaute sich in einem Raum um, der offensichtlich als Rumpelkammer diente, und machte wieder kehrt. Seine Tür war in einer glatten Wand verschwunden.

Es brauchte eine ganze Minute angsterfüllter Versuche, bis er sich davon überzeugt hatte, daß ihm nicht sein stotterndes Gehirn einen Streich spielte. Die Tür war als Wand getarnt. Und er hatte sich gerade selbst ausgesperrt. Wie verrückt klopfte er überall auf die Tür, aber sie ließ ihn nicht wieder hindurch. Seine nackten Füße froren auf dem polierten Betonboden, ihm war schwindlig, und er war schrecklich müde. Er wollte wieder ins Bett. Enttäuschung und Angst waren fast überwältigend, nicht weil sie so groß waren, sondern weil er so schwach war.

Du möchtest es bloß, weil du es nicht haben kannst. Pervers. Mach weiter, sagte er sich streng. Er suchte sich seinen Weg von Säule zu Säule zur äußeren Tür des Lagerraums. Auch sie war von außen abgesperrt, fand er mühsam heraus, als sie sich hinter ihm schloß. *Weiter!*

Jetzt befand er sich auf einem weiteren kurzen Korridor, der zu einem gewöhnlichen Liftrohr-Vorraum führte. Auf dieser Ebene, B-2, war angeblich das Ende des Rohrs; Öffnungen mit den Aufschriften B-1, E, 1, 2 usw. reihten sich übereinander bis außer Sichtweite. Er wählte den Nullpunkt, E. Bedeutete E Erdgeschoß? Ja. Er trat in einen abgedunkelten Raum hinaus.

Es handelte sich um eine hübsche kleine Lobby, die elegant möbliert war, doch eher im Stil eines Geschäftsraums als einer Wohnung, mit Topfpflanzen und einer Rezeption. Niemand war da. Nichts rührte sich. Aber hier gab es endlich Fenster und durchsichtige Türen. In ihnen spiegelte sich dunkel der Innenraum; draußen war es Nacht. Er stützte sich auf das Pult der Komkonsole. Haupttreffer! Hier gab es nicht nur einen Ort, wo er sich hinsetzen konnte, sondern auch Daten im Überfluß... verdammt. Die Konsole hatte ein Handflächenschloß und würde sich für ihn nicht einmal einschalten lassen. Es gab Methoden, um ein Handflächenschloß zu überlisten – wie wußte er...? –, die fragmentarischen Bilder explodierten vor seinem inneren Auge wie Schwärme von Elritzen, und es gelang ihm nicht, ihrer habhaft zu werden. Er mußte fast weinen über die Nutzlosigkeit der Konsole und saß auf dem Stuhl, den allzu schweren Kopf auf die

Arme gelegt, vor der leeren Vid-Scheibe, die nichts hergab.

Er zitterte. *Mein Gott, ich hasse Kälte.* Er schwankte zur Glastür hinüber. Draußen schneite es. Winzige funkelnde Pünktchen wurden schräg durch den weißen Bogen eines Flutlichts gepeitscht. Auf nackter Haut würden sie hart sein und zischen und stechen. Eine seltsame Vision von einem Dutzend nackter Männer, die zitternd in einem mitternächtlichen Schneesturm standen, huschte vor seinem inneren Auge vorbei, doch er konnte mit der Szene keine Namen verbinden, nur das Gefühl eines schrecklichen Unheils. War er so gestorben, in Wind und Schnee erfroren? Kürzlich, irgendwo in der Nähe?

Ich bin tot gewesen. Diese Erkenntnis kam ihm zum erstenmal, ein Schock, der in seinem Bauch explodierte und von dort nach draußen strahlte. Durch den dünnen Stoff seines Hemdes hindurch verfolgte er die schmerzenden Narben auf seinem Rumpf. Und jetzt fühle ich mich auch nicht sonderlich gut. Er kicherte. Ein Geräusch, das so fehl am Platz war, daß es sogar in seinen eigenen Ohren störend klang. Er hielt sich die Faust vor den Mund. Bisher hatte er anscheinend noch keine Zeit gehabt, Angst zu haben, denn die nachwirkende Welle des Schreckens warf ihn auf die Knie. Dann auf die Hände und Knie. Seine Hände zitterten vor Kälte. Er begann zu kriechen.

Er mußte irgendeinen Sensor ausgelöst haben, denn die durchsichtige Tür öffnete sich zischend. O nein, diesen Fehler würde er nicht noch einmal begehen und sich in die Dunkelheit draußen aussperren zu lassen. Er begann zurückzukriechen. Seine Sicht wurde verschwommen, und irgendwie drehte es sich herum. Eisiger Beton anstatt glatter Fliesen unter den Händen warnte ihn vor seinem Fehler. Etwas schien mit einem häßlichen summenden Geräusch seinen Kopf zu packen, halb Anprall, halb Schlag. Er wurde heftig zurückgestoßen und roch versengtes Haar. Fluoreszierende Muster drehten sich vor seinen Augen. Er versuchte zurückzuweichen, brach aber über der Türrille in einer Pfütze aus Eiswasser und einem schleimigen orangefarbenen Brei zusammen. *Nein, verdammt noch mal, nein, ich möchte nicht wieder erfrieren …!* Voll verzweifelter Abscheu rollte er sich zusammen.

Stimmen ertönten, Alarmrufe, Schritte, Geplapper. Warme, herrlich warme Hände zogen ihn von dem tödlichen Portal zurück. Ein paar Frauenstimmen und die eines Mannes: »Wie ist er hier hochgekommen?« – »… hätte nicht rauskommen dürfen.« – »Ruf Rowan. Weck sie auf …« – »Er sieht schrecklich aus.« – »Nein«, eine Hand drehte sein Gesicht an den Haaren ins Licht, »so sieht er immer aus. Du weißt es ja nicht.«

Das Gesicht, das zu dieser Hand gehörte, schwebte über dem seinen, streng und besorgt. Es handelte sich um Rowans Assistenten, den jungen Mann, der ihm das Beruhigungsmittel verpaßt hatte. Er war ein schlanker Kerl mit eurasischen Zügen und einem markanten Nasenrücken. Verrückterweise stand auf seiner blauen Jacke *R. Durona*. Aber nicht *Dr.* R. *Also nennen wir ihn … Bruder Durona.* Der junge Mann sagte gerade: »… gefährlich. Es ist unglaublich, daß er in diesem Zustand durch unsere Sicherheitssperren gekommen ist.«

»Kein' Sich'eit.« Wörter! Sein Mund brachte Wörter hervor! »Feue'schutz.« Und nachdenklich fügte er hinzu: »Dummko'f.«

Das Gesicht des jungen Mannes zuckte verdutzt und beleidigt zurück. »Redest du mit mir, Kurzschluß?«

»Er redet!« Jetzt erschien das Gesicht *seiner* Dr. Durona über ihm; ihre Stimme erregte ihn. Er hatte sie erkannt, obwohl ihr schönes schwarzes Haar offen in einer dunklen Wolke um ihr Gesicht herabfiel. *Rowan, mein Schatz!* »Raven, was hat er gesagt?«

Der junge Mann hob die dunklen Augenbrauen. »Ich

könnte schwören, er sagte gerade ›Feuerschutz‹. Dummes Zeug, vermutlich.«

Rowan lächelte wild. »Raven, alle gesicherten Türen gehen nach draußen ohne Code-Schlösser auf. Zur Flucht im Falle eines Feuers oder eines chemischen Unfalls oder – kapierst du, welchen Grad von Verständnis das offenbart?«

»Nein«, sagte Raven kühl.

Dieses *Dummkopf* mußte den Jungen getroffen haben, wenn man bedachte, von wem es kam … er grinste dunkel zu den Gesichtern über ihm und der über ihnen zitternden Decke der Lobby empor.

Eine ältere Altstimme meldete sich von links, stellte die Ordnung wieder her und entließ die Menge. »Wenn ihr hier nichts zu tun habt, dann geht wieder ins Bett.« Eine Dr. Durona, deren kurzgeschnittenes Haar fast völlig weiß war, die Besitzerin der Altstimme, schlurfte in sein Blickfeld und schaute nachdenklich auf ihn herunter. »Liebling, Rowan, er ist fast entkommen, obwohl er so behindert ist!«

»Kaum ein Entkommen«, sagte Bruder Raven. »Selbst wenn er irgendwie durch den Energieschirm gekommen wäre, so wäre er heute nacht dort draußen in zwanzig Minuten erfroren, so wie er gekleidet ist.«

»Wie ist er hinausgekommen?«

»Er muß an der Monitorstation vorbeigekommen sein, als ich auf der Toilette war«, gestand eine aufgeregte Dr. Durona. »Es tut mir leid!«

»Angenommen, er wäre bei Tag so weit gekommen«, spekulierte die Altstimme. »Angenommen, man hätte ihn gesehen? Das hätte eine Katastrophe werden können.«

»Nach diesem Vorfall werde ich die Tür zum Privatflügel per Handflächenschloß absperren«, versprach die aufgeregte Dr. Durona.

»Ich bin mir nicht sicher, ob das ausreichen wird, wenn ich diese bemerkenswerte Leistung betrachte.

Gestern konnte er noch nicht einmal gehen. Doch weckt es bei mir ebensoviel Hoffnung wie Besorgnis. Ich glaube, wir haben hier etwas Besonderes. Wir sollten lieber besser aufpassen.«

»Wer ist frei?« fragte Rowan.

Einige Dr. Duronas in verschiedenen Morgenmänteln und Nachthemden blickten auf den jungen Mann.

»O nein«, protestierte Raven.

»Rowan kann ihn bei Tag bewachen und ihre Arbeit fortsetzen. Du übernimmst die Nachtschicht«, instruierte ihn die weißhaarige Frau mit Nachdruck.

»Jawohl, Madame«, seufzte der junge Mann.

Die Weißhaarige machte eine gebieterische Geste. »Bring ihn jetzt wieder in sein Zimmer. – Rowan, du solltest ihn lieber nach Verletzungen untersuchen.«

»Ich hole eine Schwebepalette«, sagte Rowan.

»Für den brauchst du doch keine Schwebepalette«, spottete Raven. Er kniete nieder, nahm ihn auf die Arme und erhob sich mit einem Grunzen. Wollte er mit seiner Stärke angeben? Nun ... nein. »Er wiegt etwa soviel wie ein nasser Mantel. Komm, Kurzschluß, wieder ins Bett mir dir.«

Ungehalten, doch benommen, duldete er es, daß er fortgetragen wurde. Rowan blieb besorgt an seiner Seite, durch die Lobby hindurch, das Liftrohr hinab, durch den Lagerraum und wieder in das eigenartige Gebäude-unter-dem-Gebäude. Als Reaktion auf sein anhaltendes Zittern schaltete sie diesmal die Hitzeblasenzone seines Bettes auf eine höhere Temperatur.

Rowan untersuchte ihn und widmete seinen schmerzenden Narben besondere Aufmerksamkeit. »Innerlich ist nichts gerissen. Aber er ist anscheinend physiologisch aus dem Gleichgewicht. Das kann von den Schmerzen kommen.«

»Soll ich ihm noch mal zwei Milliliter von dem Sedativ geben?« fragte Raven.

»Nein. Du mußt bloß das Zimmer dunkel und still

lassen. Er ist erschöpft. Sobald es ihm warm ist, wird er von selbst schlafen, glaube ich.« Sie berührte zärtlich seine Wange, dann seine Lippen. »Das war heute das zweitemal, daß er gesprochen hat, weißt du?«

Sie wollte, daß er zu ihr sprach. Aber er war jetzt zu müde. Und zu durcheinander. Unter all den Leuten, unter all den Dr. Duronas, hatte heute nacht eine Spannung geherrscht, bei der es um mehr ging als um die Angst von Ärzten um die Sicherheit eines Patienten. Sie waren wegen irgend etwas sehr beunruhigt. Etwas, das mit ihm zu tun hatte? Er mochte für sich selber ein unbeschriebenes Blatt sein, aber sie wußten mehr und sagten es ihm nicht.

Schließlich zog Rowan ihren Morgenmantel enger um sich und ging hinaus. Raven schob zwei Stühle herbei, einen zum Sitzen, einen für seine Füße, und begann mit einem Handprojektor zu lesen. Offenbar lernte er fürs Studium, denn von Zeit zu Zeit rief er wieder ein zurückliegendes Schirmbild auf oder machte Notizen. Raven wollte Doktor werden, ohne Zweifel.

Der Patient legte sich völlig erschöpft zurück. Sein Ausflug hatte ihn fast umgebracht. Und was hatte er bei all seinen Schmerzen erfahren? Nicht viel, nur dies: *Ich bin an einem sehr seltsamen Ort gelandet.*

Und ich bin hier ein Gefangener.

KAPITEL 20

Am Tag vor der geplanten Abreise waren Mark, Bothari-Jesek und die Gräfin in der Bibliothek von Palais Vorkosigan damit beschäftigt, die Spezifikationen des Schiffs durchzugehen.

»Glaubst du, ich hätte Zeit, auf Komarr haltzumachen und meine Klons zu besuchen?« fragte Mark die Gräfin ein wenig sehnsüchtig. »Würde Illyan das zulassen?«

Der Sicherheitsdienst hatte sich nach Beratungen mit der Gräfin, die ihrerseits Mark informiert hatte, für ein privates Internat auf Komarr als ersten Verwahrungsort der Klons entschieden. Dem Sicherheitsdienst gefiel dieses Arrangement, weil man so nur eine Örtlichkeit zu überwachen hatte. Den Klons gefiel es, weil sie mit ihren Freunden zusammenblieben, was das einzig Vertraute an ihrer neuen Situation war. Den Lehrern gefiel es, da die Klons alle zusammen als eine einzige Förderklasse behandelt und zusammen an das Tempo des höheren Unterrichts gewöhnt werden konnten. Gleichzeitig hatten die jungen Flüchtlinge die Chance, sich mit Jugendlichen aus normalen Familien (wenn auch meistens solchen der Oberschicht) zu treffen und ihre Sozialisation in den Griff zu bekommen. Später, wenn es sicherer sein würde, wollte die Gräfin auf Unterbringung in Pflegefamilien drängen, trotz des heiklen Alters und der Größe der Klons. *Wie sollen sie lernen, später selbst Familien zu bilden, wenn sie keine Vorbilder haben?* hatte sie Illyan gegenüber argumentiert. Mark hatte diesem Gespräch mit der stärksten vorstellbaren Faszination gelauscht und kein Sterbenswörtlein dazu gesagt.

»Sicher, wenn du es willst«, sagte die Gräfin zu Mark. »Illyan wird sich mit Händen und Füßen dagegen wehren, aber das ist eine bloße Reflexhandlung. Außer... Ich kann mir eine passende Beschwerde vorstellen, die er vorbringen kann, wenn man dein Ziel bedenkt. Falls du wieder Leuten des Hauses Bharaputra begegnest, dann wäre es vielleicht besser, wenn du nicht alles über die Arrangements des Sicherheitsdienstes weißt. Es wäre vielleicht klüger, erst auf dem Rückweg haltzumachen.« Die Gräfin schaute drein, als wäre es ihr egal, wie ihre Worte ankämen, aber nach so vielen Jahren eines Lebens mit Sicherheitsbedenken stellte sie automatisch solche Überlegungen an.

Falls ich Vasa Luigi je wieder begegne, werden die Klons meine geringste Sorge sein, dachte Mark sarkastisch. Was erwartete er sich überhaupt von einem persönlichen Besuch? Wollte er sich immer noch als Held ausgeben? Ein Held sollte mehr Selbstherrschung an den Tag legen und asketischer sein. Nicht so verzweifelt auf Anerkennung aus, daß er seine... Opfer... verfolgte und um Lob bettelte. Sicher hatte er schon zur Genüge den Narren gespielt. »Nein«, sagte er schließlich mit einem Seufzen, »wenn einer von ihnen je mit mir reden will, dann kann er mich vermutlich finden.« Es würde ihn sowieso keine Heldin küssen.

Die Gräfin hob die Augenbrauen bei diesem Ton, doch mit einem Achselzucken bedeutete sie, daß sie einverstanden war.

Unter Anleitung von Bothari-Jesek wandten sie sich praktischeren Dingen zu, wie den Treibstoffkosten und den Reparaturen am Life-Support-System. Bothari-Jesek und die Gräfin – die, wie Mark in Erinnerung gerufen wurde, selbst einmal Schiffsführerin gewesen war – hatten sich in eine erstaunlich technische Diskussion über Korrekturen von Necklin-Stäben vertieft, als das Display der Komkonsole sich spaltete und Simon Illyans Gesicht erschien.

»Hallo, Elena.« Er nickte ihr zu, da sie auf dem zur Komkonsole gehörigen Stuhl saß. »Ich möchte mit Cordelia sprechen, bitte.«

Bothari-Jesek lächelte, nickte, schaltete den Audio-Sendekanal ab und glitt zur Seite. Sie winkte der Gräfin und flüsterte: »Haben wir Schwierigkeiten?«

»Er wird uns blockieren«, warf Mark besorgt ein, als die Gräfin sich vor der Konsole niederließ. »Er wird mich an den Boden nageln, das weiß ich bestimmt.«

»Pst«, tadelte ihn die Gräfin und lächelte leicht. »Ihr beiden bleibt dort drüben sitzen und widersteht der Versuchung zu reden. Überlaßt Simon mir.« Sie aktivierte den Audio-Kanal wieder. »Ja, Simon, was kann ich für Sie tun?«

»Mylady«, sagte Illyan mit einem knappen Nicken, »mit einem Wort, Sie können davon ablassen. Der Plan, den Sie vorantreiben, ist nicht akzeptabel.«

»Für wen, Simon? Für mich nicht. Wer hat sonst noch etwas dabei zu sagen?«

»Die Sicherheit«, knurrte Illyan.

»Die Sicherheit sind Sie. Ich danke Ihnen dafür, daß Sie die Verantwortung für Ihre eigenen emotionalen Reaktionen übernehmen und nicht versuchen, sie auf eine unbestimmte Abstraktion schieben. Oder gehen Sie aus der Leitung und lassen Sie mich mit Oberst Sicherheit reden.«

»Schon gut. Der Plan ist nicht akzeptabel für mich.«

»Mit einem Wort – er ist unangenehm.«

»Ich *ersuche* Sie, davon abzulassen.«

»Ich weigere mich. Wenn Sie mich aufhalten wollen, dann müssen Sie sich in letzter Konsequenz um einen Haftbefehl für mich und Mark bemühen.«

»Ich werde mit dem Grafen sprechen«, sagte Illyan steif, mit der Haltung eines Mannes, der zum letzten Mittel greifen muß.

»Er ist viel zu krank. Und außerdem habe ich schon mit ihm gesprochen.«

Illyan schluckte seinen Bluff hinunter, ohne viel daran zu würgen. »Ich weiß nicht, was Sie sich von diesem nicht autorisierten Abenteuer erwarten, außer daß es die Wasser trübt, vielleicht Leben riskiert und Sie ein kleines Vermögen kostet.«

»Nun, das ist gerade der springende Punkt, Simon. Ich weiß *nicht*, was Mark wird tun können. Und Sie wissen es auch nicht. Das Problem mit dem Sicherheitsdienst ist, daß Sie in letzter Zeit keine Konkurrenz hatten. Sie halten Ihr Monopol für selbstverständlich. Ein bißchen Wirbel wird Ihnen guttun.«

Illyan saß einige Zeit mit zusammengebissenen Zähnen da. »Sie setzen das Haus Vorkosigan damit einem dreifachen Risiko aus«, sagte er schließlich. »Sie gefährden den letzten möglichen Stammhalter.«

»Dessen bin ich mir bewußt. Und ich wähle das Risiko.«

»Haben Sie das Recht dazu?«

»Ich habe mehr Recht als Sie.«

»Hinter verschlossenen Türen befindet sich die Regierung im größten Aufruhr, den ich seit Jahren erlebt habe«, sagte Illyan. »Die Zentristische Koalition bemüht sich verzweifelt, einen Mann zu finden, der Aral ersetzen kann. Und das gleiche tun drei andere Parteien.«

»Ausgezeichnet. Ich hoffe, daß eine von ihnen Erfolg hat, bevor Aral wieder auf die Beine kommt, sonst bringe ich ihn nie dazu, zurückzutreten.«

»Sehen Sie so die Lage?« wollte Illyan wissen. »Als Chance, die Karriere Ihres Mannes zu beenden? Ist das *loyal*, Mylady?«

»Ich sehe darin eine Chance, ihn lebendig aus Vorbarr Sultana herauszubringen«, sagte sie eisig, »ein Ziel, an dem ich im Laufe der Jahre oft verzweifelt bin. Sie wählen Ihre Loyalitäten, ich wähle die meinen.«

»Wer ist fähig, ihm nachzufolgen?« fragte Illyan vorwurfsvoll.

»Eine Reihe von Männern. Racozy, Vorhalas oder Sendorf, um nur drei zu nennen. Wenn nicht, dann hat an Arals Führerschaft auf schreckliche Weise etwas nicht gestimmt. Ein Zeichen, an dem man einen großen Mann erkennen kann, ist das Vermächtnis an Männern, die er zurückläßt und denen er seine Fähigkeiten weitergegeben hat. Wenn Sie Aral für so klein halten, daß er alle möglichen anderen Kandidaten neben sich erstickt und die Kleinheit wie eine Seuche ausgebreitet hat, dann kommt Barrayar vielleicht ohne ihn besser aus.«

»Sie wissen, daß ich nicht so denke.«

»Gut. Dann hebt sich Ihr Argument selbst auf.«

»Sie machen mich ganz konfus.« Illyan rieb sich den Nacken. »Mylady«, sagte er schließlich, »mir wäre lieber, ich müßte das folgende nicht sagen. Aber haben Sie einmal überlegt, welche möglichen *Gefahren* darin bestehen, daß Sie Lord Mark vor allen anderen auf Lord Miles stoßen lassen?«

Sie lehnte sich zurück, lächelte und trommelte leicht mit den Fingern. »Nein, Simon. An welche Gefahren denken Sie denn?«

»An die Versuchung, sich selber in einen höheren Rang zu befördern«, stieß Illyan hervor.

»Soll heißen: Miles zu ermorden. Sagen Sie doch, was Sie, verdammt noch mal, meinen.« Ihre Augen funkelten gefährlich. »Dann müssen Sie doch nur sicherstellen, daß Ihre Leute als erste auf Miles stoßen, nicht wahr? Ich habe nichts dagegen.«

»Verdammt, Cordelia«, rief er gequält, »Sie wissen doch, wenn sie in Schwierigkeiten geraten, dann ist das Erste, was sie tun werden, den Sicherheitsdienst zu Hilfe zu rufen!«

Die Gräfin grinste. »Sie leben, um zu dienen, sagen Sie doch in Ihrem Eid. Oder etwa nicht?«

»Wir werden sehen«, versetzte Illyan und schaltete ab.

»Was wird er tun?« fragte Mark besorgt.

»Ich vermute, er wird mich übergehen. Da ich ihn bei Aral schon ausgestochen habe, bleibt nur noch eine Möglichkeit übrig. Ich glaube, ich werde mir nicht die Mühe machen aufzustehen. Ich erwarte jeden Augenblick hier einen weiteren Anruf.«

Zerstreut versuchten Mark und Bothari-Jesek mit den Schiffsspezifikationen weiterzumachen. Mark schrak hoch, als der Kommunikator erneut summte.

Ein unbekannter junger Mann erschien, nickte der Gräfin zu und bemerkte: »Lady Vorkosigan. Kaiser Gregor«, und verschwand wieder. Statt seiner erschien Gregors nachdenkliches Gesicht.

»Guten Tag, Lady Cordelia. Sie sollten wirklich den armen Simon nicht so aufregen, wissen Sie.«

»Er hat es verdient«, sagte sie gleichmütig. »Ich gebe zu, ihn beschäftigt im Augenblick viel zuviel. Unterdrückte Panik macht ihn jedesmal ganz widerborstig, das ist so seine Art, anstatt im Kreis zu laufen und zu brüllen. Vermutlich seine Methode der Problembewältigung.«

»Während andere unter uns die Dinge bewältigen, indem sie überanalytisch werden«, murmelte Gregor. Die Lippen der Gräfin zuckten, und Mark glaubte plötzlich zu wissen, wer wohl den Barbier rasieren könnte.

»Seine Sicherheitsbedenken sind legitim«, fuhr Gregor fort. »Ist dieses Jackson's-Whole-Unternehmen klug?«

»Eine Frage, die nur durch den empirischen Versuch beantwortet werden kann. Sozusagen. Ich räume ein, daß Simon ehrlich argumentiert. Aber – was ist Ihre Meinung, Majestät, wie *Barrayars* Interessen am besten gedient wird? Das ist die Frage, die Sie beantworten müssen.«

»Da bin ich gespalten.«

»Sind Sie in Ihrem Herzen gespalten?« Ihre Frage war eine Herausforderung. Sie öffnete die Hände, halb besänftigend, halb bittend. »Auf die eine oder andere Weise werden Sie sich für lange Zeit mit Lord Mark Vorkosigan beschäftigen müssen. Wenn diese Exkursion nichts anderes bringt, so wird sie doch die Gültigkeit aller Zweifel prüfen. Wenn sie nicht geprüft werden, werden sie euch immer bleiben, ein wunder Punkt, der nicht beantwortet wird. Und das ist Mark gegenüber nicht fair.«

»Wie außerordentlich wissenschaftlich«, flüsterte Gregor. Sie schauten einander gleich nüchtern an.

»Ich dachte, das würde vielleicht bei Ihnen Anklang finden.«

»Ist Lord Mark bei Ihnen?«

»Ja«, sagte die Gräfin mit einer Geste zur Seite.

Mark bewegte sich in den Aufnahmebereich der Vid-Kamera. »Majestät.«

»Also, Lord Mark.« Gregor musterte ihn ernst. »Es scheint, deine Mutter will, daß ich dir genug Handlungsfreiheit gebe, damit du dich ins Unglück stürzen kannst.«

Mark schluckte. »Ja, Majestät.«

»Oder dich selbst retten...« Gregor nickte. »So sei's denn. Viel Glück und gute Jagd.«

»Danke, Majestät.«

Gregor lächelte und schaltete ab.

Illyan meldete sich nicht mehr bei ihnen.

Am Nachmittag nahm die Gräfin Mark mit sich zu ihrem täglichen Besuch ins Kaiserliche Militärkrankenhaus. Seit dem Kollaps des Grafen hatte Mark diesen Gang schon zweimal zuvor in ihrer Gesellschaft unternommen. Er drängte sich nicht sonderlich danach. Zum einen roch der Ort viel zu sehr wie die Kliniken, die aus seiner Jugend auf Jackson's Whole eine Tortur gemacht hatten; er entdeckte, daß er sich an Details früher Operationen und Behandlungen erinnerte, von denen er gemeint hatte, er habe sie schon längst vergessen. Zum anderen erschreckte der Graf Mark immer noch. Selbst im Bett liegend war seine Persönlichkeit so machtvoll, wie sein Leben bedroht war, und Mark war sich nicht sicher, welcher der beiden Aspekte ihm mehr Schrecken einjagte.

Im Krankenhauskorridor vor dem bewachten Zimmer des Premierministers verlangsamte sich sein Schritt. Unentschlossen und elend stand er da. Die Gräfin blickte zu ihm zurück und blieb stehen. »Ja?«

»Ich ... will wirklich nicht hineingehen.«

Sie runzelte nachdenklich die Stirn. »Ich werde dich nicht zwingen. Aber ich werde dir etwas vorhersagen.«

»Sprich weiter, o Seherin.«

»Du wirst es nie bereuen, wenn du hineingehst. Aber vielleicht wirst du es tief bereuen, wenn du nicht hineingehst.«

Mark verdaute die Vorhersage. »In Ordnung«, sagte er schwach und folgte ihr.

Auf Zehenspitzen gingen sie ruhig über die dicken Teppiche hinein. Die Vorhänge waren offen und boten ein weites Panorama von Vorbarr Sultana, bis hinunter zu den alten Gebäuden und dem Fluß, der das Herz der Hauptstadt in zwei Teile schnitt. Es war ein wolkenverhangener, kühler, regnerischer Nachmittag; graue und weiße Nebelfetzen wirbelten um die Spitzen der höchsten modernen Türme. Das Gesicht des Grafen war dem silbernen Licht zugewandt. Er sah zerstreut, gelangweilt und krank aus, sein Gesicht war aufgedunsen und grünlich, und diese Farbe war nur teilweise eine Reflektion des Lichtes und des grünen Uniformpyjamas, der alle eindringlich an seinen Patientenstatus erinnerte. Er war von oben bis unten mit Überwachungssensoren gespickt und hatte an den Nasenlöchern einen Sauerstoffschlauch.

»Ah.« Er wandte ihnen den Kopf zu, als sie eintraten, und lächelte. Dann schaltete er eine Lampe neben dem Bett ein, die einen warmen Lichtkegel warf, der jedoch seine Gesichtsfarbe nicht verbesserte. »Lieber Captain. Mark.« Die Gräfin beugte sich zum Bett hinab und sie tauschten einen Kuß aus, der länger dauerte als ein bloßer Gruß. Die Gräfin setzte sich am Fußende auf das Bett, schlug ein Bein übers andere und strich ihren langen Rock gerade. Beiläufig begann sie seine bloßen Füße zu massieren, und der Graf seufzte zufrieden.

Mark trat bis auf einen Abstand von etwa einem Meter an das Bett heran. »Guten Tag, Sir. Wie fühlen Sie sich?«

»Miserabel, wenn man seine eigene Frau nicht küssen kann, ohne daß einem die Luft wegbleibt«, beschwerte er sich. Er legte sich zurück und keuchte heftig.

»Man hat mich ins Labor gelassen und mir dein neues Herz gezeigt«, bemerkte die Gräfin. »Es ist schon so groß wie ein Hühnerherz und schlägt fröhlich in seinem kleinen Brutkasten.«

Der Graf lachte schwach. »Wie grotesk!«

»*Mir* kam es niedlich vor.«

»Ja, *dir*.«

»Wenn du dir wirklich etwas Groteskes vorstellen möchtest, dann überleg mal, was du mit dem alten anfangen willst, danach«, schlug die Gräfin mit einem schelmischen Grinsen vor. »Die Möglichkeiten für geschmacklose Witze sind fast unwiderstehlich.«

»Mir dreht sich der Kopf«, murmelte der Graf. Immer noch lächelnd blickte er Mark an.

Mark holte Luft. »Lady Cordelia hat Ihnen erklärt, was ich vorhabe, nicht wahr, Sir?«

»Mm.« Das Lächeln des Grafen erlosch. »Ja. Paß auf dich auf. Ein gefährlicher Ort, dieses Jackson's Whole.«

»Ja. Ich … weiß.«

»Natürlich.« Der Graf drehte den Kopf zur Seite und schaute durch das graue Fenster nach draußen. »Ich wünschte, ich könnte Bothari mit dir mitschicken.«

Die Gräfin blickte überrascht drein. Mark konnte ihr ihren Gedanken vom Gesicht ablesen. *Hat er vergessen, daß Bothari tot ist?* Aber sie fürchtete sich zu fragen. Statt dessen zwang sie ein fröhlicheres Lächeln auf ihre Lippen.

»Ich nehme Bothari-Jesek mit, Sir.«

»Die Geschichte wiederholt sich.« Er setzte sich mühsam hoch, auf einen Ellbogen gestützt, und fügte streng hinzu: »Sie sollte sich lieber nicht wiederholen, mein Junge, hörst du?« Er entspannte sich wieder und ließ sich in seine Kissen zurücksinken, bevor die Gräfin reagieren und ihn wieder zurücklegen konnte. Die Spannung wich aus ihrem Gesicht. Er war offensichtlich ein bißchen durcheinander, aber er war nicht so verwirrt, daß er den gewaltsamen Tod seines Gefolgsmanns vergessen hatte. »Elena ist klüger als ihr Vater war, das gebe ich zu«, seufzte er. Die Gräfin hörte auf, seine Füße zu massieren.

Der Graf legte sich zurück und zog die Augenbrauen herab. Anscheinend bemühte er sich, einen nützlicheren Rat zu finden. »Ich habe einmal gedacht – ich habe es erst herausgefunden, als ich alt wurde, weißt du –, daß es kein schlimmeres Schicksal gibt, als ein Mentor zu werden. Sagen zu können, wie es geht, aber es nicht selbst tun zu können. Seinen Protegé hinausschicken, hell und strahlend, damit er sich im Feuer behauptet... Ich glaube, ich habe ein schlimmeres Schicksal gefunden. Seinen Studenten hinausschicken und verdammt gut wissen, daß man nicht die Chance hatte, ihm *genügend* beizubringen... Sei schlau, Junge. Duck dich schnell. Verkauf dich nicht dem Feind im voraus, in deinen Gedanken. Nur *hier* kannst du besiegt werden.« Er tippte mit den Händen an die Schläfen.

»Ich weiß noch nicht einmal, wo der Feind ist«, sagte Mark trübselig.

»Der wird dich schon finden, nehme ich mal an«,

seufzte der Graf. »Die Leute offenbaren sich dir schon, in ihrem Reden und auf andere Art, wenn du ruhig und geduldig bist und sie läßt, und nicht in einem verdammten Anfall, dich *ihnen* zu offenbaren, blind und taub wie eine Fledermaus losgehst. Oder?«

»Ich glaube schon, Sir«, sagte Mark verwirrt.

»Uff.« Der Graf war ganz außer Atem. »Du wirst es sehen«, schnaufte er. Die Gräfin musterte ihn prüfend, schwang sich vom Bett und richtete sich auf.

»Ja«, sagte Mark und nickte kurz. »Adieu.« Sein Wort hing in der Luft. Es war ungenügend. *Herzprobleme sind nicht ansteckend, verdammt noch mal. Wovor hast du Angst?* Er schluckte und trat vorsichtig näher an den Grafen heran. Er hatte diesen Mann nie angerührt, außer bei dem einen Mal, als er versucht hatte zu helfen, ihn auf das Schwebe-Bike zu laden. Ängstlich und doch ermutigt streckte er die Hand aus.

Der Graf faßte sie mit einem kurzen, starken Griff. Seine Hand war groß und kräftig und grobfingrig, eine Hand, die geeignet war für Schaufeln und Spitzhacken, für Schwerter und Kanonen. Im Vergleich dazu erschien Marks eigene Hand klein und kindlich, dick und bleich. Sie hatten nichts gemeinsam als den Griff.

»Verwirrung dem Feind, mein Junge«, flüsterte der Graf.

»Eine Kehrtwendung ist Fair play, Sir.«

Sein Vater lachte schnaubend.

An diesem Abend, vor seiner letzten Nacht auf Barrayar, machte Mark einen letzten Vid-Anruf. Er schlich sich davon, um die Konsole in Miles' Zimmer zu benutzen, nicht eigentlich geheim, sondern privat. Zehn Minuten starrte er auf den stummen Apparat, bevor er krampfhaft den Code eintippte, den er bekommen hatte.

Als das Summen aufhörte, erschien über der Vid-Scheibe das Bild einer blonden Frau mittleren Alters. Das Nachglühen einer eindrucksvollen Schönheit machte ihr Gesicht stark und selbstbewußt. Ihre Augen waren blau und blitzten humorvoll. »Hier bei Kommodore Koudelka«, sagte sie formell.

Das ist ihre Mutter. Mark würgte seine Panik hinunter und sagte mit zittriger Stimme: »Dürfte ich bitte mit Kareen Koudelka sprechen – Madame?«

Eine der blonden Augenbrauen zuckte. »Ich glaube, ich weiß, wer Sie sind, aber – wen darf ich melden?«

»Lord Mark Vorkosigan«, brachte er hervor.

»Einen Augenblick bitte, Mylord.« Sie verließ die Reichweite der Vid-Kamera. Er konnte ihre Stimme aus der Ferne hören, wie sie rief: »Kareen!«

Im Hintergrund gab es ein gedämpftes Gepolter, ein Stimmengewirr, einen Aufschrei, und dann rief Kareen mit einem Lachen: »Nein, Delia, das ist für mich! Mutter, schick sie weg! Für mich, nur für mich! Hinaus!« Dann hörte man, wie eine Tür zuschlug und dabei vermutlich jemanden traf, dieser Jemand schrie, und dann wurde die Tür noch einmal zugeknallt, fester und endgültiger.

Keuchend und zerzaust erschien Kareen Koudelka im Bereich der Vid-Kamera und schaute ihm mit leuchtenden Augen entgegen. »Hallo!«

Es war nicht ganz der Blick, den Lady Cassia Ivan zugeworfen hatte, sondern sozusagen ein robuster und blauer naher Verwandter. Mark kam es vor, als würde er ohnmächtig. »Hallo«, sagte er atemlos. »Ich rufe an, um adieu zu sagen.« Nein, verdammt, das war viel zu kurz …

»Was?«

»Hm, entschuldigen Sie, so habe ich es nicht gemeint. Aber ich werde bald den Planeten verlassen, und ich wollte nicht abreisen, ohne noch einmal mit Ihnen zu sprechen.«

»Oh.« Ihr Lächeln wurde matt. »Wann kommen Sie zurück?«

»Ich bin mir nicht sicher. Aber wenn ich zurückkomme, würde ich Sie gerne wiedersehen.«

»Nun … sicher.«

Sicher, sagte sie. Wie viele freudige Vermutungen dieses *sicher* erlaubte.

Ihre Augen verengten sich. »Stimmt etwas nicht, Lord Mark?«

»Nein«, sagte er hastig. »Hm … war das Ihre Schwester, die da gerade im Hintergrund zu hören war?«

»Ja. Ich mußte sie aussperren, sonst würde sie hier stehen, außerhalb des Kamerabereichs, und mir Gesichter schneiden, während wir uns unterhalten.« Ihre ernste Pose der potentiell Belästigten wurde sofort zur Posse, als sie hinzufügte: »Das mache ich nämlich mit ihr, wenn ihre Kerle anrufen.«

Er war also ein *Kerl*. Wie … wie *normal*. Er führte sie weiter mit einer Frage nach der anderen, so daß sie redete: über ihre Schwestern, ihre Eltern und ihr Leben. Privatschulen und zärtlich geliebte Kinder … Die Familie des Kommodore war wohlhabend, aber von einer Art Arbeitsethik à la Barrayar geprägt, mit einer Leidenschaft für Bildung und Leistung und mit einem Ideal des Dienens, das wie eine Unterströmung bei allem mitlief und sie alle in ihre Zukunft mitzog. Er ließ sich von ihren Worten überfluten und stellte sich träumerisch alles vor, wovon sie erzählte. Sie war so friedfertig und wirklich. Kein Schatten von Folter, nichts Verdorbenes oder Deformiertes. Es kam ihm vor, als äße er – nicht für seinen Bauch, sondern für den Kopf. Sein Gehirn erschien ihm warm und ausgedehnt und glücklich, eine Empfindung, die fast erotisch war, jedoch weniger bedrohlich. Leider wurde ihr nach einer Weile das Mißverhältnis in dem Gespräch bewußt.

»Du lieber Himmel, ich plappere ja ein Zeug. Tut mir leid.«

»Nein! Ich höre Ihnen gerne zu.«

»Das sagt man mir zum erstenmal. In meiner Familie habe ich schon Glück, wenn ich überhaupt einmal zu Wort komme. Ich habe erst mit drei Jahren zu sprechen begonnen. Man hatte mich testen lassen, und es stellte sich heraus, daß es daran lag, daß meine Schwestern immer für mich antworteten!«

Mark lachte.

»Jetzt sagen sie, ich möchte die verlorene Zeit aufholen.«

»Ich kenne mich aus mit verlorener Zeit«, sagte Mark wehmütig.

»Ja, ich habe ... ein bißchen was darüber gehört. Vermutlich war Ihr Leben ein ziemliches Abenteuer.«

»Kein Abenteuer«, korrigierte er. »Eher eine Katastrophe.« Er überlegte, wie sein Leben in ihren Augen aussehen mochte ... »Vielleicht kann ich Ihnen ein bißchen davon erzählen, wenn ich zurückkomme.« Falls er zurückkäme. Falls er es schaffte.

Ich bin kein netter Mensch. Das sollten Sie schon im voraus erfahren. Vor was? Je ausgedehnter ihre Bekanntschaft wurde, desto schwerer würde es für ihn sein, ihr seine abscheulichen Geheimnisse mitzuteilen.

»Sehen Sie, ich ... Sie müssen verstehen.« Gott, er klang genau wie Bothari-Jesek, als sie sich zu ihrem Bekenntnis durchgerungen hatte. »Ich bin irgendwie gräßlich, und dabei meine ich nicht bloß meine Außenseite.« Teufel, Teufel, und was hatte diese hübsche Jungfrau mit den verborgenen Tücken psychoprogrammierender Foltern und ihren erratischen Ergebnissen zu tun? Welches Recht hatte er, ihr Schrecken in den Kopf zu setzen? »Ich weiß nicht einmal, was ich Ihnen sagen soll.«

Jetzt war es zu früh, das fühlte er deutlich. Aber *später* mochte es zu spät sein, und sie würde sich hintergangen und betrogen vorkommen. Und wenn er dieses Gespräch noch eine einzige Minute weiterführte, dann würde er in diese Stimmung geraten, wo er niedergeschlagen irgendwelches Zeug redete und das einzige helle, unvergiftete Wesen, das er gefunden hatte, verlieren würde.

Kareen neigte verdutzt den Kopf zur Seite. »Vielleicht sollten Sie die Gräfin fragen?«

»Kennen Sie sie gut? Von Gesprächen?«

»O ja. Sie und meine Mutter sind sehr gute Freundinnen. Meine Mutter war einmal ihre persönliche Leibwächterin, bevor sie den Dienst quittierte, um uns zu bekommen.«

Mark spürte wieder die schattenhafte Liga der Großmütter. Mächtige alte Frauen mit genetischen Vorhaben... Er fühlte undeutlich, daß es einige Dinge gab, die ein Mann für sich selbst tun sollte. Aber auf Barrayar benutzte man Vermittler. Er hatte in seinem Lager eine außerordentliche Botschafterin für das gesamte weibliche Geschlecht. Die Gräfin würde zu seinem Besten handeln. Ja, wie eine Frau, die ein schreiendes Kind hielt, damit es eine schmerzhafte Impfung bekam, die es vor einer tödlichen Krankheit retten würde.

Wie sehr vertraute er der Gräfin? Traute er sich, ihr auch in dieser Sache zu vertrauen?

»Kareen... bevor ich zurückkomme, tun Sie mir bitte einen Gefallen. Wenn Sie eine Chance bekommen, mit der Gräfin unter vier Augen zu sprechen, dann fragen Sie sie, was Sie ihrer Meinung nach über mich wissen sollten, bevor wir uns besser kennenlernen. Sagen Sie ihr, ich hätte sie darum gebeten.«

»In Ordnung. Ich spreche gern mit Lady Cordelia. Sie ist quasi meine Mentorin gewesen. Sie gibt mir immer wieder das Gefühl, daß ich alles kann.« Kareen zögerte. »Wenn Sie bis zum Winterfest zurück sind, werden Sie dann wieder mit mir beim Ball in der Kaiserlichen Residenz tanzen? Und sich dann nicht wieder in der Ecke verstecken«, fügte sie streng hinzu.

»Wenn ich bis zum Winterfest zurück bin, werde ich mich nicht in der Ecke verstecken müssen. Ja.«

»Gut. Ich werde Sie an Ihr Versprechen erinnern.«

»Bei meinem Wort als Vorkosigan«, sagte er leichthin.

Ihre blauen Augen weiteten sich. »Du meine Güte!« Ihre weichen Lippen öffneten sich zu einem blendenden Lächeln.

Er kam sich vor wie ein Mann, der gerade ausspucken wollte und dem statt dessen zufällig ein Diamant aus den Lippen sprang. Und den er nicht zurückrufen und wieder verschlucken konnte. Das Mädchen mußte einen Anflug von Vor haben, daß sie das Wort eines Mannes so ernst nahm.

»Ich muß jetzt gehen«, sagte er.

»In Ordnung. Lord Mark – seien Sie vorsichtig!«

»Ich ... warum sagen Sie das?« Er hatte bestimmt kein Wort darüber gesagt, wohin er reisen würde oder warum.

»Mein Vater ist Soldat. Sie haben den gleichen Blick in Ihren Augen, den er hat, wenn er das Blaue vom Himmel herunterlügt über irgendeine Schwierigkeit, auf die er zusteuert. Er kann aber auch nie meine Mutter zum Narren halten.«

Kein Mädchen hatte je zu ihm gesagt, er solle *vorsichtig* sein, so wie sie es meinte. Er war über die Maßen gerührt. »Danke, Kareen.« Widerstrebend schaltete er den Kommunikator aus, mit einer Geste, die fast einer Liebkosung gleichkam.

KAPITEL 21

Mark und Bothari-Jesek flogen von Barrayar zurück nach Komarr auf einem Kurierschiff des Sicherheitsdienstes mit, das dem sehr ähnlich war, mit dem sie zuvor geflogen waren. Mark schwor sich, daß dies der letzte Gefallen war, um den er Simon Illyan je bitten würde. Dieser Vorsatz hielt, bis sie im Orbit von Komarr eintrafen, wo Mark entdeckte, daß die Dendarii ihm sein Geschenk zum Winterfest schon sehr früh gemacht hatten. Die gesamten persönlichen Habseligkeiten von Sanitäter Norwood waren endlich angekommen, abgeschickt von der Stammflotte der Dendarii.

Wie es nun mal Art des Sicherheitsdienstes war, hatten dessen Schnüffler die Sendung als erste geöffnet. Um so besser, denn sie hätten wohl kaum Mark daran gelassen, wenn sie nicht zu der Überzeugung gelangt wären, daß sie schon alle Geheimnisse gelüftet hatten. Mit Bothari-Jeseks Unterstützung erbettelte, erbluffte, erpiesackte und erwinselte Mark sich seinen Zugang zu Norwoods Sachen. Mit offenkundigem Widerstreben erlaubte der Sicherheitsdienst Mark, unter Aufsicht einen verschlossenen Raum im Sicherheitshauptquartier im Orbit zu betreten. Aber immerhin ließen sie ihn hinein.

Mark schickte Bothari-Jesek los, die Vorbereitungen auf dem Schiff zu beaufsichtigen, das der Agent der Gräfin ausfindig gemacht hatte. Als Schiffsführerin der Dendarii war Bothari-Jesek nicht nur die logischste Person für diese logistischen Aufgaben, sie war wahrscheinlich sogar zu gut dafür geeignet. Ohne große Gewissensbisse entließ Mark sie aus seinen Gedanken und widmete sich voll und ganz der Untersuchung seiner neuen Schatzkiste. Allein in einem leeren Zimmer. Himmlisch!

Nach der ersten aufgeregten Durchsicht des Materials – das alte Kleider, eine Diskettenbibliothek, Briefe und Souvenirkram aus Norwoods vier Dienstjahren bei den Dendarii umfaßte – war Mark deprimiert geneigt zuzugeben, daß der Sicherheitsdienst recht hatte. Hier war nichts Brauchbares dabei. In keinem der Ärmel steckte etwas – der Sicherheitsdienst hatte das schon überprüft. Mark legte Kleider, Stiefel, Andenken und alle körperliche Habe beiseite. Es weckte bei ihm ein komisches Gefühl, als er an den alten Kleidern herumfingerte, die ein Körper abgetragen hatte, der für immer verschwunden war. Das war alles von zuviel Sterblichkeit umgeben. Statt dessen wandte er seine Aufmerksamkeit dem mehr intellektuellen Geröll aus dem Leben und der Karriere des Sanitäters zu: seine Bibliothek und seine fachlichen Notizen. Der Sicherheitsdienst hatte sich vor ihm schon auf dieselben Dinge konzentriert, stellte er niedergeschlagen fest.

Er seufzte und ließ sich wieder auf seinem Stuhl nieder. Weiter mit der Schinderei! Er hatte den verzweifelten Wunsch, Norwood möge ihm den entscheidenden Hinweis geben, damit ein Mann, den er, Mark, unabsichtlich in den Tod geführt hatte, nicht so ganz vergeblich gestorben war. *Ich möchte nie mehr Kampfkommandeur sein. Nie mehr!*

Er hatte nicht erwartet, daß es augenfällig wäre. Aber als er schließlich Stunden später auf seinen Hinweis stieß, war er so unterschwellig, wie solche Dinge nun einmal sind. Es war eine flüchtige Handnotiz auf einer Plastikfolie, die in einem Stapel ähnlicher Notizen steckte, die sich in einem Trainingshandbuch für Kryo-Vorbereitung für Notfall-Medtechs befand. Sie lautete nur: *Um 9:00 Uhr zu Dr. Durona wegen Labormaterial.*

Doch nicht *die* Durona ...?

Mark machte sich noch einmal über Norwoods Zeugnisse und Abschriften, Teile der im Computer erfaßten Personalakte des Sanitäters, die er schon in den Dateien des Sicherheitsdienstes auf Barrayar gesehen hatte, her. Norwood hatte seine Kryonik-Ausbildung für die Dendarii in einem gewissen Beauchene Life Center durchlaufen, einer geachteten kommerziellen Kryo-Wiederbelebungsklinik auf Escobar. Der Name ›Dr. Durona‹ tauchte nirgendwo unter seinen unmittelbaren Instruktoren auf. Er erschien nicht in einer Liste des Personals des Life Centers. Er schien tatsächlich nirgendwo. Mark überprüfte noch einmal alles, um sicherzugehen.

Es gibt wahrscheinlich eine Menge Leute namens Durona auf Escobar. Kein so seltener Name. Er behielt die Folie trotzdem in der Hand. Sie juckte ihn in den Fingern.

Er rief Quinn an, an Bord der *Ariel*, die in der Nähe angedockt lag.

»Aha«, sagte sie und beäugte ihn ohne Wohlwollen im Vid. »Du bist wieder zurück. Elena hat es mir schon gesagt. Was treibst du da eigentlich?«

»Darüber zerbrich dir nicht den Kopf. Hör mal, gibt es jemanden bei den Dendarii, Sanitäter oder Medtech, der im Beauchene Life Center ausgebildet wurde? Vorzugsweise zur gleichen Zeit wie Norwood? Oder ungefähr zu seiner Zeit?«

Sie seufzte. »Es gab drei in seiner Gruppe. Den Sanitäter des Kommandos Rot, Norwood und den Sanitäter des Kommandos Orange. Der Sicherheitsdienst hat uns auch schon danach gefragt.«

»Wo sind die beiden jetzt?«

»Der Sanitäter des Roten Kommandos wurde vor einigen Monaten bei einem Shuttleabsturz getötet ...«

»Ach!« Mark fuhr sich mit den Händen durchs Haar.

»Der Mann vom Kommando Orange ist hier auf der *Ariel.*«

»Prima!« krähte Mark glücklich. »Ich muß mit ihm sprechen.« Er sagte fast: *Hol ihn her,* dann fiel ihm ein, daß er den privaten Kanal des Sicherheitsdienstes benutzte, der sicher abgehört wurde. »Schick mir ein Mini-Shuttle. Es soll mich abholen.«

»Erstens hat der Sicherheitsdienst ihn schon sehr ausführlich vernommen, und zweitens, wer, zum Teufel, bist du, daß du hier Befehle gibst?«

»Ich sehe, daß Elena dir noch nicht viel erzählt hat.« Seltsam. Wog Bothari-Jeseks zweifelhafter Eid als Gefolgsfrau dann mehr als ihre Loyalität gegenüber den Dendarii? Oder war sie nur zu beschäftigt, um zu plaudern? Wie lange war er hier gewesen – er blickte auf sein Chrono. *Ach, du lieber Himmel!* »Ich bin zur Zeit unterwegs nach Jackson's Whole. Sehr bald. Und wenn du *sehr* nett zu mir bist, dann bitte ich *vielleicht* den Sicherheitsdienst, daß man dich mir überstellt und ich lasse dich als meinen Gast mitfliegen. Vielleicht.« Er grinste sie atemlos an.

Der vernichtende Blick, mit dem sie ihn anschaute, sagte mehr als die ordinärste Salve von Flüchen, die er je gehört hatte. Sie bewegte die Lippen – zählte sie bis zehn? –, doch es kam kein Laut aus ihrem Mund. Als sie endlich sprach, sagte sie undeutlich: »In elf Minuten ist dein Shuttle am Lukenring der Station.«

»Danke.«

Der Sanitäter war mürrisch.

»Hören Sie, ich hab das schon mitgemacht. Stundenlang. Wir sind *fertig.*«

»Ich verspreche Ihnen, daß ich mich kurzfasse«, versicherte ihm Mark. »Nur eine Frage.«

Der Sanitäter beäugte Mark feindselig. Vielleicht identifizierte er ihn zutreffend als den Grund dafür, daß er hier seit zwölf Wochen an Bord des Schiffes im Orbit von Komarr festhing.

»Als Sie und Norwood die Kryonik-Ausbildung im Beauchene Life Center mitmachten, haben Sie da einmal jemanden namens Dr. Durona getroffen? Der vielleicht Labormaterial ausgab?«

»Dort hat es von Doktoren nur so gewimmelt. Nein. Kann ich jetzt gehen?« Der Sanitäter schickte sich an aufzustehen.

»Warten Sie!«

»Das war Ihre eine Frage. Und die Leute vom Sicherheitsdienst haben sie schon vor Ihnen gefragt.«

»Und ihnen haben Sie auch diese Antwort gegeben? Warten Sie. Lassen Sie mich nachdenken.« Mark biß sich nervös auf die Lippe. Der Name allein war nicht genug als Assoziation, nicht einmal für ihn. Es mußte mehr sein. »Erinnern Sie sich … daß Norwood je Kontakt hatte mit einer großen, auffallenden Frau mit eurasischen Gesichtszügen, glattem schwarzem Haar, braunen Augen … äußerst elegant.« Er wagte nicht, ein Alter zu erwähnen. Es konnte irgendwo zwischen zwanzig und sechzig sein.

Der Sanitäter starrte ihn überrascht an. »Ja! Wie haben Sie das gewußt?«

»Was war sie? Was war ihre Beziehung zu Norwood?«

»Sie war auch eine Studentin, glaube ich. Er war eine Weile hinter ihr her und gab mächtig mit seinem militärischen Glanz an, aber ich glaube nicht, daß er sie bekommen hat.«

»Erinnern Sie sich an ihren Namen?«

»Roberta, oder so was. Rowanna? Ich weiß es nicht mehr.«

»War sie von Jackson's Whole?«

»Eine Escobaranerin, dachte ich.« Der Sanitäter zuckte die Achseln. »In der Klinik gab es promovierte Praktikanten aus allen Gegenden des Planeten, die ihre

Assistenzzeit in Kryo-Wiederbelebung absolvierten. Ich habe nie mit ihr gesprochen. Ich habe sie ein paarmal mit Norwood gesehen. Er hat sich vielleicht vorgestellt, daß wir sie ihm ausspannen wollten.«

»Die Klinik ist also eine erste Adresse. Mit einem weithin bekannten Ruf.«

»Dieser Meinung waren wir.«

»Warten Sie hier.« Mark ließ den Sanitäter im kleinen Besprechungsraum der *Ariel* sitzen und stürmte hinaus, um Quinn zu suchen. Er mußte nicht weit stürmen. Sie wartete auf dem Korridor und klopfte mit dem Stiefel an die Wand.

»Quinn, schnell! Ich brauche eine Videoaufnahme von der Landeoperation aus Sergeantin Tauras Helmrecorder. Nur ein Standbild.«

»Der Sicherheitsdienst hat die Originale konfisziert.«

»Du hast gewiß Kopien aufgehoben.«

Sie lächelte säuerlich. »Vielleicht.«

»*Bitte*, Quinn!«

»Warte hier.« Sie kam kurz darauf zurück und reichte ihm eine Datendiskette. Diesmal folgte sie ihm in den Besprechungsraum. Da die gesicherte Konsole seinen Handflächenabdruck nicht mehr akzeptieren würde, egal, wie er die Hand auch krümmte, ließ Mark notgedrungen Quinn die Konsole aktivieren. Er ließ Tauras Videoaufzeichnungen schnell vorwärts laufen, bis zu dem Bild, das er haben wollte. Eine Nahaufnahme eines großen, dunkelhaarigen Mädchens, das mit weit aufgerissenen Augen den Kopf drehte. Mark ließ den Hintergrund des Klon-Internats in der Projektion verschwimmen.

Erst dann winkte er dem Sanitäter, er solle es sich anschauen.

»Heh!«

»Ist sie das?«

»Es ist …«, der Sanitäter guckte. »Sie ist jünger. Aber sie ist es. Woher haben Sie das bekommen?«

»Machen Sie sich keine Gedanken. Danke. Ich stehle Ihnen nichts mehr von Ihrer Zeit. Sie waren eine große Hilfe.«

Der Sanitäter ging so widerstrebend hinaus, wie er hereingekommen war, und schaute über die Schulter zurück.

»Was hat das alles zu bedeuten, Mark?« wollte Quinn wissen.

»Wenn wir auf meinem Schiff und unterwegs sind, werde ich es dir sagen. Nicht eher.« Er hatte einen Vorsprung gegenüber dem Sicherheitsdienst, und den wollte er nicht herschenken. Wenn Illyans Leute nicht ganz verzweifelt waren, würden sie ihn nie gehen lassen, Gräfin hin oder her. Es war ganz fair. Er hatte – potentiell – keine Information, die der Sicherheitsdienst nicht auch hatte. Er hatte sie nur ein bißchen anders zusammengesetzt.

»Wo, zum Teufel, bekommst du ein Schiff her?«

»Meine Mutter hat es mir geschenkt.« Er bemühte sich, nicht zu grinsen.

»Die Gräfin? Mensch, die läßt dich frei?«

»Mißgönne mir nicht mein kleines Schiff, Quinn. Schließlich haben meine Eltern meinem großen Bruder eine ganze *Flotte* von Schiffen geschenkt.« Seine Augen leuchteten. »Ich sehe dich dann an Bord, sobald Kapitänin Bothari-Jesek es startbereit meldet.«

Sein Schiff. Nicht gestohlen, nichts vorgetäuscht oder gefälscht. Es gehörte ihm aufgrund einer rechtmäßigen Schenkung. Er, der nie ein Geburtstagsgeschenk bekommen hatte, hatte jetzt eins. Es war zweiundzwanzig Jahre wert.

Die kleine Jacht war ein Menschenalter alt. Früher hatte sie einem komarranischen Oligarchen gehört, in jenen glorreichen Tagen vor der barrayaranischen Eroberung. Sie war einmal ziemlich luxuriös gewesen, aber in den vergangenen zehn Jahren oder so war sie vernachlässigt worden. Das bedeutete nicht, daß die Zeiten für den komarranischen Clan hart waren. Mark hatte erfahren, daß die Komarraner dabei waren, die Jacht durch eine andere zu ersetzen, daher der Verkauf. Die Komarraner verstanden etwas vom Geschäft, und die Vor verstanden etwas von der Beziehung zwischen Geschäft und Steuern. Unter dem neuen Regime hatte die Wirtschaft sich zu alter Blüte erholt.

Mark hatte den Salon der Jacht zum Besprechungsraum erklärt. Er blickte sich schnell im Kreis seiner Eingeladenen um, die sich da auf unterschiedliche Weise auf den Möbeln niedergelassen hatten, die auf dem Teppichboden befestigt waren, vor der Imitation eines offenen Kamins mit einem Vid-Programm atavistisch tanzender Flammen und einem Infrarotstrahler.

Quinn war natürlich zugegen, noch in ihrer Dendarii-Uniform. Sie hatte ihre Fingernägel völlig abgebissen und war statt dessen dazu übergegangen, von innen in ihre Wangen zu beißen. Bel Thorne saß still und reserviert da. Eine dauernde Trostlosigkeit betonte die feinen Falten um seine Augen. Sergeantin Taura ragte neben Thorne auf, groß und verwundert und wachsam.

Das war kein Angriffsteam. Mark fragte sich, ob er mehr Muskel ... nein. Wenn ihn seine erste Mission etwas gelehrt hatte, dann dies: Wenn man nicht genügend Gewalt hatte, um zu gewinnen, dann war es besser, überhaupt keine Gewalt anzuwenden. Was er getan hatte, war, die maximale Sachkenntnis bezüglich Jackson's Whole abzuschöpfen, die die Dendarii aufbieten konnten.

Kapitänin Bothari-Jesek trat ein und nickte ihm zu. »Wir sind unterwegs. Wir haben den Orbit verlassen, und dein Pilot hat die Steuerung. Zwanzig Stunden bis zum ersten Sprungpunkt.«

»Danke, Kapitänin.«

Quinn machte einen Platz neben sich für Bothari-

Jesek frei. Mark saß auf der Kaminsohle aus imitierten Rohsteinen, den Rücken den knisternden Flammen zugekehrt, die Hände locker zwischen den Knien gefaltet. Er holte tief Luft. »Willkommen an Bord, und Dank an euch alle, daß ihr mitgekommen seid. Ihre alle wißt, dieses Unternehmen ist keine offizielle Dendarii-Expedition, und es ist auch vom Sicherheitsdienst weder autorisiert noch finanziert. Unsere Auslagen werden von Gräfin Vorkosigan privat bezahlt. Ihr alle seid als auf einem unbezahlten privaten Urlaub befindlich gemeldet. Abgesehen von einer Ausnahme habe ich formell keine Befehlsgewalt über euch. Und auch ihr nicht über mich. Wir haben ein dringendes gemeinsames Interesse, das verlangt, daß wir unsere Fähigkeiten und Informationen bündeln. Die erste Information betrifft die wahre Identität von Admiral Naismith. Du hast Kapitän Thorne und Sergeantin Taura darüber unterrichtet, nicht wahr, Quinn?«

Bel Thorne nickte. »Der alte Tung und ich hatten es schon vor langer Zeit herausgebracht. Miles' geheime Identität ist nicht so geheim, wie er gehofft hatte, fürchte ich.«

»Für mich war das neu«, brummte Sergeantin Taura. »Es hat allerdings eine Menge Fragen beantwortet, die ich mir schon gestellt hatte.«

»Auf jeden Fall willkommen im Inneren Kreis«, sagte Quinn. »Offiziell.« Sie wandte sich Mark zu. »In Ordnung, was hast du zu bieten? Endlich einen Hinweis?«

»Ach, Quinn, ich stecke bis zum Hals in Hinweisen. Jetzt fehlt mir das Motiv.«

»Du bist also dem Sicherheitsdienst voraus.«

»Vielleicht nicht mehr lang. Man hat einen Agenten nach Escobar geschickt, der mehr Informationen über das Beauchene Life Center beschaffen soll – man wird sicher auf die gleiche Verbindung stoßen wie ich. Am Ende. Aber ich habe diese Expedition mit einer anfänglichen Liste von zwölf Einrichtungen auf Jackson's Whole geplant, die noch einmal eingehend überprüft werden müßten. Aufgrund eines Hinweises, den ich in Norwoods persönlichen Habseligkeiten fand, habe ich die Reihenfolge der Liste geändert. Falls Miles wiederbelebt wird – was Teil meiner Hypothese ist –, wie lang würde es eurer Meinung nach dauern, bis er etwas tut, um Aufmerksamkeit auf sich zu lenken?«

»Nicht lang«, sagte Bothari-Jesek zögernd.

Quinn nickte gequält. »Allerdings könnte er durchaus nach dem Erwachen für einige Zeit eine Amnesie haben.« *Oder für immer,* fügte sie nicht laut hinzu, doch Mark konnte die Angst in ihrem Gesicht lesen. »Das ist bei Kryo-Wiederbelebungen eher normal.«

»Das Problem ist – der Sicherheitsdienst und wir sind nicht die einzigen, die nach ihm suchen. Ich gerate in Zeitnot. Wessen Aufmerksamkeit würde er zuerst auf sich ziehen?«

»Hm«, sagte Quinn niedergeschlagen. Thorne und Taura wechselten besorgte Blicke.

»In Ordnung.« Mark fuhr sich mit den Händen durchs Haar. Er stand nicht auf und ging nicht im Raum hin und her, wie es Miles Gewohnheit war. Denn Quinns mißbilligende Blicke gaben ihm ein Gefühl, als würde er anfangen zu watscheln. »Jetzt erzähle ich euch, was ich herausgefunden habe und was ich denke. Als Norwood zu seiner Ausbildung in Kryo-Vorbereitung auf Escobar war, traf er eine gewisse Dr. Roberta oder Rowanna Durona von Jackson's Whole, die dort war, um eine Assistenzzeit in Kryo-Wiederbelebung zu absolvieren. Sie hatten eine positive Beziehung miteinander, genug jedenfalls, daß sich Norwood an sie erinnerte, als er bei Bharaputra in der Klemme saß. Und er vertraute ihr genug, um die Kryokammer an sie zu schicken. Erinnert euch, daß Norwood zu diesem Zeitpunkt der Meinung war, Haus

Fell sei unser Verbündeter. Denn die Durona-Gruppe arbeitet für Haus Fell.«

»Einen Augenblick mal!« warf Quinn sofort ein. »Haus Fell behauptet, die Kryokammer nicht zu haben.«

Mark hob die Hand. »Darf ich euch ein bißchen von der Geschichte von Jackson's Whole erzählen, soweit ich sie kenne. Vor ungefähr neunzig oder hundert Jahren ...«

»Du lieber Himmel, Lord Mark, wie lang soll diese Geschichte dauern?« fragte Bothari-Jesek. Auf den Gebrauch des barrayaranischen Titels hin warf Quinn ihr einen scharfen Blick zu.

»Habt Geduld. Ihr müßt verstehen, wer die Durona-Gruppe ist. Vor ungefähr neunzig Jahren begründete der Vater des gegenwärtigen Barons Ryoval seinen geheimen kleinen genetischen Sklavenhandel, die Herstellung von Menschen auf Bestellung. Irgendwann kam ihm der Gedanke: Warum auswärtige Begabungen anwerben? War es nicht besser, seine eigenen zu züchten? Geistige Eigenschaften sind am schwierigsten genetisch zu erschaffen, aber der alte Ryoval war selbst ein Genie. Er begann ein Projekt, das in der Schaffung einer Frau kulminierte, die er Lilly Durona nannte. Sie sollte seine Muse für medizinische Forschung sein, seine Sklaven-Ärztin. In beiderlei Sinn des Wortes.

Sie wuchs heran, wurde ausgebildet und in die Arbeit eingeführt. Und sie war brillant. Etwa um diese Zeit starb der alte Baron Ryoval, nicht sehr mysteriös, während eines frühen Versuchs einer Gehirntransplantation.

Ich sagte ›nicht sehr mysteriös‹, denn sofort offenbarte sich der Charakter seines Sohnes und Nachfolgers, des derzeitigen Barons Ryoval. Sein erstes Projekt bestand darin, sich all seiner potentiellen Rivalen unter seinen Geschwistern zu entledigen. Der alte Ryoval hatte eine Menge Kinder gezeugt. Die frühe Karriere des derzeitigen Ryoval ist eine Art jacksonischer Saga. Die ältesten und gefährlichsten Brüder ließ er einfach ermorden. Die Schwestern und einige der jüngeren Brüder schickte er in seine Labors für Körpermodifikation und dann in seine sehr privaten Bordelle, um den Kunden in diesem Bereich des Geschäfts zu Diensten zu sein. Ich nehme an, sie sind inzwischen alle tot. Wenn sie Glück hatten.

Ryoval verwendete diese Methode direkten Managements anscheinend auch auf das Personal, das er geerbt hatte. Sein Vater hatte Lilly Durona als einen kostbaren Schatz behandelt, doch der neue Baron Ryoval drohte, sie hinter seinen Schwestern herzuschicken, um die biologischen Phantasien seiner Kunden direkt zu befriedigen, falls sie nicht kooperieren wollte. Sie begann ihre Flucht zu planen, zusammen mit einem verachteten jungen Halbbruder von Ryoval namens Georish Stauber.«

»Aha! Baron Fell!« sagte Thorne. Ihm schien ein Licht aufgegangen zu sein. Taura blickte fasziniert drein, Quinn und Bothari-Jesek jedoch entsetzt.

»Genau der, aber noch nicht. Lilly und der junge Georish flohen in den Schutz des Hauses Fell. Tatsächlich war, so weit ich weiß, Lilly bei dieser Flucht Georishs Ticket. Sie traten beide in den Dienst ihrer neuen Herren und erhandelten sich einen beträchtlichen Grad an Autonomie, zumindest in Lillys Fall. Das war der Handel. Ein Handel ist nahezu sakrosankt auf Jackson's Whole.

Georish begann seinen Aufstieg in der Hierarchie von Haus Fell. Und Lilly gründete die Durona-Forschungsgruppe, indem sie sich selbst klonte. Immer wieder und wieder. Die Durona-Gruppe, die jetzt aus etwa dreißig oder vierzig geklonten Schwestern besteht, dient dem Haus Fell auf verschiedene Arten. Sie ist eine Art Hausarzt für die Topmanager von Fell, die ihre Gesundheit keinen fremden Häusern wie Bharaputra anvertrauen wollen. Und da Haus Fell mit Waffen handelt, haben sie Forschung und Entwicklung auf dem Gebiet der B- und C-Waffen betrieben. Und dem Gebiet der Gegenmittel. Die Durona-Gruppe hat mit Peritaint dem Haus Fell ein kleines Vermögen verschafft, und ein paar Jahre später ein großes Vermögen mit dem Gegengift für Peritaint. Die Durona-Gruppe ist sozusagen auf stille Weise berühmt, wenn man diese Branche beobachtet. Was der Kaiserliche Sicherheitsdienst ja tut. Über sie gab es eine Menge Material in den Dateien, die ich einsehen durfte. Das meiste davon ist allerdings auf Jackson's Whole allgemein bekannt.

Georish stieg vor wenigen Jahren zur Spitze empor, als er Lord Fell wurde, und das verdankte er zu einem guten Teil dem Coup, den er für Haus Fell mit der Person von Lilly gelandet hatte. Jetzt erscheinen die Dendarii-Söldner auf der Szene. Und jetzt müßt ihr *mir* sagen, was geschehen ist.« Mark nickte Bel Thorne zu. »Ich habe darüber nur Bruchstücke aufgeschnappt.«

Bel pfiff. »Ich weiß einiges von dem, was du erzählt hast, aber ich hatte noch nie die ganze Geschichte gehört. Kein Wunder, daß Fell und Ryoval einander hassen.« Er warf Quinn einen Blick zu: sie nickte und erlaubte ihm damit, weiter zu erzählen. »Nun, vor ungefähr vier Jahren brachte Miles den Dendarii einen kleinen Kontrakt. Es sollte jemand abgeholt werden. Unser Auftraggeber – entschuldigt, Barrayar, ich habe jetzt so lange ›unser Auftraggeber‹ gesagt, daß es schon ein Reflex ist.«

»Behalte diesen Reflex bei«, riet ihm Mark.

Bel nickte. »Das Kaiserreich wollte einen galaktischen Genetiker importieren. Ich weiß nicht genau, weshalb«, er blickte wieder zu Quinn.

»Brauchst du auch nicht zu wissen«, sagte sie.

»Aber ein gewisser Dr. Canaba, der damals einer der Spitzengenetiker des Hauses Bharaputra war, wollte sich absetzen. Das Haus Bharaputra urteilt tödlich pessimistisch über Angestellte, die mit einem Kopf voller Firmengeheimnisse abhauen. Also brauchte Canaba Hilfe. Er schloß einen Handel mit dem Kaiserreich von Barrayar ab, ihn aufzunehmen.«

»Da komme ich her«, warf Taura ein.

»Ja«, sagte Thorne. »Taura war eines seiner Lieblingsprojekte. Er bestand darauf, sie mitzunehmen. Leider war das Projekt Supersoldat kurz zuvor abgebrochen worden, und Taura wurde an Baron Ryoval verkauft, der, entschuldige, Sergeantin, genetische Kuriositäten sammelt. Also mußten wir zusätzlich zu Canaba sie noch aus dem Haus Ryoval herausholen. Hm, Taura, was dann geschah, solltest lieber du erzählen.«

»Der Admiral kam und befreite mich aus dem biologischen Hauptlabor von Ryoval«, brummte die große Frau. Sie stieß einen langen Seufzer aus, als hinge sie einer süßen Erinnerung nach. »Bei der Flucht zerstörten wir die zentrale Genbank des Hauses Ryoval. Eine hundert Jahre alte Gewebesammlung ging in Rauch auf. Buchstäblich.« Sie lächelte und fletschte ihre Fangzähne.

»In jener Nacht verlor das Haus Ryoval nach Schätzung von Baron Fell etwa fünfzig Prozent seiner Aktiva«, fügte Thorne hinzu. »Mindestens.«

Mark zischte höhnisch, dann wurde er wieder nüchtern. »*Das* erklärt, warum ihr alle glaubt, daß Baron Ryovals Leute Admiral Naismith jagen.«

»Mark«, sagte Thorne voller Verzweiflung, »falls Ryoval Miles zuerst findet, dann wird er ihn nur wiederbeleben lassen, damit er ihn wieder töten kann. Und immer wieder und wieder. Deshalb haben wir so sehr darauf bestanden, daß du Miles spielst, als wir uns von Jackson's Whole zurückzogen. Ryoval hat kein Motiv, sich am Klon zu rächen, nur am Admiral.«

»Ich verstehe. Danke! Was ist eigentlich aus Dr. Canaba geworden? Wenn ich fragen darf.«

»Er wurde wohlbehalten abgeliefert«, sagte Quinn. »Er hat einen neuen Namen, ein neues Gesicht, ein neues Labor und ein Gehalt, das ihn zufriedenstellen dürfte. Ein loyaler neuer Untertan des Kaisers.«

»Hm. Nun, das bringt mich zu der anderen Querverbindung. Sie ist weder neu noch geheim, doch ich weiß noch nicht, was ich daraus machen soll. Und der Sicherheitsdienst weiß es übrigens auch nicht. Allerdings haben sie deshalb zweimal Agenten geschickt, um die Durona-Gruppe zu überprüfen. Baronin Lotus Bharaputra, die Frau des Barons, ist ein Durona-Klon.«

Taura führte die Hand mit den Klauen an die Lippen. »Dieses Mädchen!«

»Ja, *dieses* Mädchen. Ich habe mich fragt, warum es mir kalt den Rücken hinunterlief, als ich sie sah. Ich hatte sie schon einmal gesehen, in einer anderen Inkarnation. Den Klon eines Klons.

Die Baronin ist die älteste von Lilly Duronas Klontöchtern oder -schwestern oder wie immer man diese Sippe nennen mag. Oder diesen Bienenstock. Sie hat sich nicht billig verkauft. Für eine der größten Bestechungen in der Geschichte von Jackson's Whole wurde Lotus zur Renegatin – Mitherrscherin oder so ähnlich über das Haus Bharaputra. Sie ist seit zwanzig Jahren Baron Bharaputras Gefährtin. Und jetzt sieht es so aus, als bekäme sie noch etwas anderes. Die Durona-Gruppe verfügt insgesamt über einen erstaunlichen Umfang an biologischer Fachkenntnis, aber sie weigert sich, Gehirntransplantationen an Klons durchzuführen. Das wurde schon in Lilly Duronas Gründungsabmachung mit dem Haus Fell festgelegt. Aber Baronin Bharaputra, die jetzt schon mehr als sechzig Standardjahre alt sein muß, hat offensichtlich vor, in Kürze ihre zweite Jugend anzutreten. Wenn man nach dem geht, was wir beobachtet haben.«

»Scheiße«, murmelte Quinn.

»Das ist eine andere Querverbindung«, sagte Mark. »In Wirklichkeit ist es ein ganzes Geflecht von Querverbindungen, sobald man mal den richtigen Faden zu greifen bekommt. Aber es erklärt nicht, zumindest mir nicht, warum die Durona-Gruppe Miles *vor ihren eigenen Bossen im Haus Fell* verstecken sollte. Doch die Duronas müssen es gemacht haben.«

»Falls sie ihn haben«, sagte Quinn und nagte an ihrer Wange.

»Falls«, pflichtete Mark bei. »Allerdings«, sein Gesicht hellte sich etwas auf, »würde es erklären, warum diese belastende Kryo-Kammer in der Hegen-Nabe landete. Die Durona-Gruppe versuchte nicht, sie vor dem Sicherheitsdienst von Barrayar zu verstecken. Sie versteckten sie vor anderen Jacksoniern.«

»Es paßt fast alles zusammen«, sagte Thorne.

Mark öffnete die Hände und hielt sie Handfläche gegen Handfläche auseinander, als liefen unsichtbare Fäden zwischen ihnen hin und her. »Ja. Fast.« Er legte die Hände zusammen. »Und hier sind wir. Und wir sind unterwegs. Unser erster Trick wird sein, an Fells Sprungpunktstation vorbei wieder in den Lokalraum von Jackson's Whole hineinzukommen. Kapitänin Quinn hat ein beachtliches Instrumentarium mitgebracht, um unsere Identitäten zu frisieren. Koordiniert eure diesbezüglichen Vorstellungen mit ihr. Wir haben zehn Tage Zeit, um damit zu spielen.«

Die Gruppe löste sich auf. Jeder sollte die neuen Probleme auf seine Weise studieren. Bothari-Jesek und Quinn blieben noch da, als Mark aufstand und seinen schmerzenden Rücken streckte. Und sein schmerzendes Gehirn.

»Das war ein hübsches Stück Analyse, Mark«, sagte Quinn widerwillig. »Wenn nicht alles bloß heiße Luft ist.«

Sie hätte es eigentlich wissen müssen. »Danke, Quinn«, sagte er aufrichtig. Auch er wünschte sich inständig, daß sich nicht alles als Halluzination herausstellen würde, als wohldurchdachter Fehler.

»Ja ... er hat sich ein bißchen geändert, glaube ich«, bemerkte Bothari-Jesek. »Er ist gewachsen.«

»So?« Quinns Blick musterte ihn von oben bis unten. »Stimmt ...«

Mark wurde ganz warm ums Herz, als er hungrig einen Krümel Zustimmung erwartete.

»... er ist dicker geworden.«

»Gehen wir an die Arbeit«, knurrte Mark.

KAPITEL 22

Er erinnerte sich daran, daß er einmal Zungenbrecher geübt hatte. Er konnte sich sogar eine ganze Bildschirmliste davon vorstellen, schwarze Worte auf blassem Blau. War das für eine Art Rhetorikkurs gewesen? Leider konnte er sich jedoch den Schirm nicht vorstellen, er erinnerte sich nur an eine der tatsächlichen Zeilen. Er rappelte sich im Bett hoch, setzte sich aufrecht hin und versuchte sie. »Blautkleid ... blbr ... Blautkleid ... *Mist!*« Er holte Luft und begann erneut. Wieder. Wieder. Seine Zunge schien so dick wie ein alter Socken zu sein. Es erschien ihm ungeheuer wichtig, daß er wieder die Herrschaft über seine Sprache gewann. Solange er wie ein Idiot redete, würde man ihn auch wie einen Idioten behandeln.

Es könnte schlimmer sein. Er bekam jetzt echtes Essen, kein Zuckerwasser und keinen weichen Matsch. Er hatte sich jetzt schon zwei ganze Tage alleine geduscht und angezogen. Keine Patientenkleider mehr. Man hatte ihm statt dessen ein Hemd und Hosen gegeben. *Wie Schiffskleidung.* Ihre graue Farbe gefiel ihm zuerst, dann beunruhigte sie ihn, weil er nicht wußte, warum sie ihm gefiel. »Braut-kleid – bleibt – Braut-kleid – und – Blau-kraut – bleibt – Blau-kraut. Hurra!« Er legte sich zurück und schnaufte triumphierend. Als er aufblickte, lehnte Dr. Rowan am Türrahmen und beobachtete ihn mit einem leichten Lächeln.

Immer noch den Atem anhaltend, winkte er ihr grüßend mit den Fingern. Sie stieß sich ab und kam herbei, um sich neben ihm auf sein Bett zu setzen. Sie trug ihren üblichen grünen Kittel und hatte einen Sack dabei.

»Raven sagte, Sie hätten die halbe Nacht gebrabbelt«, bemerkte sie, »aber das haben Sie nicht, oder? Sie haben.«

»Ja«, er nickte. »Muß reden. B'fehl ...«, er berührte seine Lippen und winkte vage in den Raum, »folgen.«

»Das meinen Sie, ja?« Sie runzelte amüsiert die Stirn, doch ihre Augen betrachteten ihn eindringlich. Sie rutschte zur Seite und schwenkte die Tischplatte seines Bettisches zwischen sie beide. »Setzen Sie sich auf, mein autoritärer kleiner Freund. Ich habe Ihnen einige Spielsachen mitgebracht.«

»Sweit' Kin'heit«, murmelte er niedergeschlagen und schob sich wieder hoch. Nur seine Brust tat noch weh. Wenigstens schien er die mehr abstoßenden Aspekte seiner zweiten Kindheit hinter sich zu haben. Sollte da noch eine zweite Jugend kommen? Gott bewahre! Vielleicht konnte er diesen Teil überspringen. *Warum fürchte ich mich vor einer Jugend, an die ich mich nicht erinnern kann?*

Er lachte kurz, als sie den Sack umstülpte und etwa zwei Dutzend Teile einiger zerlegter Waffen über den Tisch zerstreute. »Test, ja?« Er hob sie auf und steckte sie zusammen. Betäuber, Nervendisruptor, Plasmabogen und ein Projektilgewehr ... schieben, drehen, klicken, einrasten ... eins, zwei, drei, vier, er legte sie nebeneinander hin. »Ene'giesell'n fehl'n. Mich nich' bewaff'n, was? Das da – su viel.« Er schob ein halbes Dutzend Ersatzteile oder nicht passender Teile an der Seite zu einem Haufen zusammen. »Ha. Trick.« Er grinste sie selbstgefällig an.

»Sie haben sie nicht auf mich oder sich gerichtet, während Sie an ihnen herumgemacht haben«, bemerkte sie neugierig.

»Hm? Hab'ch nich' bemer't.« Sie hatte recht, erkannte er und fingerte unsicher an dem Plasmabogen herum.

»Ist Ihnen irgend etwas eingefallen, während Sie das gemacht haben?« fragte sie.

Er schüttelte den Kopf in erneuter Frustration, dann hellte sich sein Gesicht auf. »Heut' mor'n ha'mich an was erinne't. Inna Dusch'.« Wenn er schnell sprach, dann wurden seine Wort zu einem undeutlichen Nuscheln, als wären seine Lippen blockiert wie Baumstämme in einem Fluß.

»In der Dusche«, übersetzte sie aufmunternd. »Erzählen Sie es mir. Sprechen Sie so langsam wie nötig.«

»Langsamkeit – ist – Tod«, brachte er deutlich hervor.

Sie blinzelte. »Erzählen Sie es mir trotzdem.«

»Na gut. Glaub', ich wa'n Junge. Reite auf'n Ferd. 'n alter Mann auf'n annern Ferd. 'n Hüg'l hoch. 's is' kalt. Ferde ... keuch'n wie'ch.« Seine tiefen Atemzüge waren nicht tief genug. »Bäume. Berg, swei, drei Berge, bedeckt mit Bäum', alle susamm'gebun' mit neuen 'lastikschläuch'n. Laufen runter zu 'ner Hütte unten. Opa is' *glücklich,* denn die Schläuch' sin' *effi-zi-ient.*« Er hatte versucht, das letzte Wort korrekt herauszubringen, und es war ihm auch gelungen. »Männer sind auch glücklich.«

»Was tun sie in dieser Szene?« fragte sie. Es klang verblüfft. »Diese Männer.«

Er sah es wieder in seinem Kopf, die Erinnerung einer Erinnerung. »Verbrennen Holz. Machen Zucker.«

»Das ergibt keinen Sinn. Zucker kommt aus biologischen Produktionskesseln, nicht von brennenden Bäumen«, sagte Rowan.

»Bäume«, beharrte er. »Braune Zuckerbäume.« Eine weitere Erinnerung schwebte herauf: der alte Mann brach ein Stück von etwas ab, das aussah wie gelbbrauner Sandstein, und ließ es ihn kosten, indem er es ihm in den Mund steckte. Er erinnerte sich daran, wie kühl sich die knorrigen gefleckten alten Finger an seiner Wange anfühlten. Eine Süßigkeit mit einem Beigeschmack von Leder und Pferden. Bei dieser überwältigenden sensorischen Erinnerung erzitterte er. *Das war wirklich.* Doch er konnte sich immer noch an keine Namen erinnern. *Opa.*

»Berge gehören mir«, fügte er hinzu. Der Gedanke machte ihn traurig, und er wußte nicht, warum.

»Was?«

»Mein Eigentum.« Er runzelte niedergeschlagen die Stirn.

»Sonst noch etwas?«

»Nein. 's war alles.« Er ballte die Fäuste. Dann streckte er die Hände aus und spreizte die Finger vorsichtig auf der Tischplatte.

»Sind Sie sicher, daß das kein Traum von letzter Nacht war?«

»*Nein*. Inna *Dusch'*«, beharrte er.

»Das ist sehr seltsam. Das hier habe ich erwartet«, sie deutete mit einem Nicken auf die zusammengesetzten Waffen und begann sie wieder in den Sack zu legen. »*Das da*«, ein Ruck ihres Kopfes wies auf seine kleine Geschichte hin, »paßt nicht. Bäume aus Zucker – das klingt für mich ziemlich nach einem Traum.«

Paßt nicht wozu? Eine verzweifelte Erregung wallte in ihm auf. Er packte sie um die schlanke Taille und griff nach ihrer Hand, die noch einen Betäuber hielt. »Paß' nich' wosu? *Was wiss'n Sie?*«

»Nichts!«

»Nix gib's nich'!«

»Das tut weh«, sagte sie gelassen.

Er ließ sie auf der Stelle los. »Nix gib's nich'«, sagte er hartnäckig. »Etwas. *Was?*«

Sie seufzte, packte die Waffen ein, lehnte sich zurück und musterte ihn. »Es stimmt, daß wir nicht wußten, wer Sie sind. Jetzt stimmt es noch mehr, daß wir nicht wissen, welcher Sie sind.«

»Ich hab'ne Wahl? Ersähl'n Sie!«

»Sie sind in einer... heiklen Phase Ihrer Genesung. Patienten mit einer Amnesie nach Kryo-Wiederbelebung gewinnen selten alle ihre Erinnerungen auf einmal zurück. Sie kommen in kleinen Kaskaden. Eine typische Glockenkurve. Zuerst ein wenig, dann eine wachsende Masse, dann läßt es nach. Ein paar letzte Löcher können für Jahre bleiben. Da Sie keine anderen schlimmen Schädelverletzungen hatten, ist meine Prognose, daß Sie schließlich Ihre ganze Persönlichkeit zurückgewinnen werden. Aber.«

Ein höchst unheilvolles *Aber*. Er starrte sie mit flehendem Blick an.

»In dieser Phase, am Beginn der Kaskaden, kann ein Kryo-Amnestiker so hungrig nach einer Identität sein, daß er sich eine irrtümliche zulegt und anfängt, Beweise zu ihrer Unterstützung zusammenzufügen. Es kann Wochen oder Monate dauern, um wieder alles richtigzustellen. In Ihrem Fall glaube ich, daß aus besonderen Gründen dies nicht nur mehr als gewöhnlich möglich ist, es könnte auch schwieriger als gewöhnlich sein, es wieder zu entwirren. Ich muß sehr, sehr vorsichtig sein, daß ich Ihnen nicht etwas suggeriere, dessen ich mir nicht absolut sicher bin. Und es ist schwer, denn ich stelle in meinem Kopf wahrscheinlich ebenso hartnäckig Theorien auf wie Sie. Ich muß sicher sein, daß alles, was Sie mir geben, wirklich von Ihnen kommt und nicht eine Reflektion einer Suggestion meinerseits ist.«

»Oh.« Er sackte im Bett zusammen, schrecklich enttäuscht. »Es gibt eine mögliche Abkürzung«, fügte sie hinzu.

Er richtete sich wieder auf. »Wie? Ge'm'se sie mir!«

»Es gibt eine Droge namens Schnell-Penta. Eines ihrer Derivate ist ein psychiatrisches Sedativ, aber es wird gewöhnlich als Wahrheitsdroge bei Verhören verwendet. Eigentlich ist der Name Wahrheitsdroge falsch, aber die Laien beharren darauf, sie so zu nennen.«

»Ich … kenne S'nell-Penta.« Er zog die Augenbrauen herab. Er wußte etwas Wichtiges über Schnell-Penta. Was war es nur?

»Es hat extrem entspannende Effekte, und manchmal, bei Patienten mit Kryo-Wiederbelebung, kann es Erinnerungskaskaden auslösen.«

»Ah!«

»Es kann allerdings auch peinlich sein. Unter seinem Einfluß erzählen Menschen fröhlich, was ihnen in den Sinn kommt, selbst ihre intimsten und privatesten Gedanken. Die medizinische Ethik verlangt von mir, daß ich Sie davor warne. Auch sind manche Leute gegen die Droge allergisch.«

»Wo … haben Sie … medisinische Ethik gele'nt?« fragte er neugierig.

Seltsamerweise zuckte sie zusammen. »Auf Escobar«, sagte sie und musterte ihn.

»Wo sin' wir *jest?*«

»Ich möchte es Ihnen lieber noch nicht sagen.«

»Wie könnte das mei'm Gedäch'nis schaden?« fragte er ungehalten.

»Ich kann es Ihnen bald sagen, denke ich«, besänftigte sie ihn. »Bald.«

»Mm«, knurrte er.

Sie holte ein kleines weißes Päckchen aus ihrer Manteltasche, öffnete es und nahm ein kleines rundes Pflaster mit Plastikrücken heraus. »Strecken Sie den Arm aus!« Er gehorchte, und sie drückte das Pflaster gegen die Innenseite seines Unterarms. »Ein Epikutantest«, erklärte sie. »Denn nach meiner Theorie über Ihre Art von Arbeit glaube ich, daß Sie eine höhere Anfälligkeit für Allergien haben als normal. Für künstlich induzierte Allergien.«

Sie schälte das Pflaster wieder ab – es kitzelte – und untersuchte eingehend seinen Arm. Ein rosafarbener

Fleck erschien. Sie schaute ihn mit gerunzelter Stirn an. »Juckt das?« fragte sie argwöhnisch.

»Nein«, log er und ballte die rechte Hand zur Faust, damit er nicht an dem Fleck herumkratzte. Eine Droge, die ihm seinen Geist zurückgab – die mußte er haben. *Werde wieder weiß, verdammt noch mal,* sagte er in Gedanken zu dem rosa Fleck.

»Sie scheinen ein bißchen empfindlich zu sein«, sagte sie nachdenklich. »Geringfügig.«

»Bittte …«

Sie verzog zweifelnd die Lippen. »Nun … was haben wir zu verlieren? Ich bin gleich zurück.«

Sie ging hinaus und kam kurz darauf mit zwei Hyposprays wieder, die sie auf die Tischplatte legte. »Das ist das Schnell-Penta«, erklärte sie, »und das ist der Schnell-Penta-Antagonist. Lassen Sie es mich sofort wissen, wenn Sie anfangen, sich seltsam zu fühlen, wenn es juckt oder kribbelt, wenn Sie Schwierigkeiten beim Atmen oder Schlucken bekommen oder wenn Ihre Zunge sich dick anfühlt.«

»Fühlt sich jest dick an«, protestierte er, als sie an seinen beiden dünnen weißen Armen die Ärmel hochschob und das erste Hypospray an die Innenseite seines Ellbogens preßte. »Wie kann ich unnerseiden?«

»Sie werden es sagen können. Jetzt legen Sie sich zurück und entspannen Sie sich. Sobald Sie von zehn an rückwärts gezählt haben, sollten Sie sich träumerisch fühlen, als wenn Sie schweben würden. Versuchen Sie es mal.«

»Sehn. Neun. Ach'. Sieben. Sess. Fünf. Vier. Dreiswei-eins.« Er fühlte sich nicht träumerisch. Er fühlte sich angespannt und nervös und elend. »Sin' Sie sicher, dasses 's Richti'e war?« Er begann mit den Fingern auf der Tischplatte zu trommeln. Das Geräusch klang in seinen Ohren unnatürlich laut. Die Gegenstände im Raum nahmen harte, helle Umrisse mit farbigen Rändern an. Rowans Gesicht schien plötzlich aller Persönlichkeit bar zu sein, eine Maske aus Elfenbein.

Die Maske schaute ihn drohend an. »Wie heißen Sie?«

»Ich … ich … heihei …« Stottersalven blockierten seinen Mund. Er war das unsichtbare Auge, namenlos …

»Seltsam«, murmelte die Maske. »Ihr Blutdruck sollte sinken, nicht steigen.«

Plötzlich erinnerte er sich daran, was an Schnell-Penta so wichtig war. »S'nell-Penta – mach' mich hiper.« Sie schüttelte verständnislos den Kopf. »Hiper«, wiederholte er mit einem Mund, der sich in Krämpfen festzufressen schien. Er wollte reden. Tausend Worte stürmten ihm auf die Zunge, auf seinen Nervenbahnen gab es eine Massenkarambolage. »A – a – a.«

»Das ist ungewöhnlich.« Sie blickte mit gerunzelter Stirn auf das Hypospray, das sie noch in Händen hielt.

»Ungelog'n.« Seine Arme und Beine schnellten hoch wie gespannte Sprungfedern. Rowans Gesicht wurde reizend wie das einer Puppe. Sein Herz raste. Der Raum schwankte, als würde er unter Wasser schwimmen. Mühsam streckte er sich wieder gerade. Er mußte sich entspannen. Er mußte sich *auf der Stelle* entspannen.

»Erinnern Sie sich an etwas?« fragte sie. Ihre dunklen Augen waren wie Teiche, flüssig und schön. Er wollte in diesen Augen schwimmen, in ihnen glänzen. Er wollte ihr gefallen. Er wollte sie aus dieser grünen Stoffrüstung herausschmeicheln, damit sie mit ihm nackt im Sternenlicht tanzte, damit … Sein diesbezügliches Gemurmel fand plötzlich Ausdruck in einer Art Poesie. Tatsächlich handelte es sich um einen sehr schmutzigen Limerick, der mit einem offensichtlichen Symbolismus spielte, in dem es um Wurmlöcher und Sprungschiffe ging. Glücklicherweise kam alles sehr wirr heraus.

Zu seiner Erleichterung lächelte sie. Aber da gab es eine unkomische Assoziation … »Lessesmal, als ich das auf'sag' hab', hat mich einer slimm verprü'elt. Da war ich auch unner S'nell-Penta.«

Ihr schöner langer Leib wurde hellwach. »Man hat Ihnen schon einmal Schnell-Penta gegeben? Was wissen Sie sonst noch davon?«

»Sein Name war Galen. Hatte eine Wut auf mich. Weiß nich', warum.« Er erinnerte sich an ein gerötetes Gesicht, das über ihm schwebte und einen unversöhnlichen, mörderischen Haß ausstrahlte. Schläge, die auf ihn herabregneten. Er suchte in sich nach einer Furcht, an die er sich erinnerte, und fand sie seltsamerweise mit Mitleid gemischt. »Ich versteh' nich'.«

»Worüber hat er Sie noch befragt?«

»Weiß nich'. Hab' ihm 'n anneres Gedich' auf'sa't.«

»Sie haben ihm bei einem Verhör unter Schnell-Penta Gedichte aufgesagt?«

»Stunnenlang. Hat ihn fu'steufelswild gemach'.«

Sie hob die Augenbrauen und legte einen Finger an die weichen Lippen, die sich vergnügt öffneten. »Sie haben ein Verhör unter Schnell-Penta ausgetrickst? Bemerkenswert! Dann reden wir besser nicht über Gedichte. Aber Sie erinnern sich an Ser Galen. Uff!«

»Galen hat gepaßt?« Er reckte gespannt den Kopf. *Ser* Galen, ja! Der Name war wichtig; sie erkannte ihn. *»Ersählen Sie mir.«*

»Ich bin mir … nicht sicher. Jedesmal, wenn ich glaube, ich mache einen Schritt vorwärts mit Ihnen, scheinen wir zwei Schritte zur Seite und einen zurück zu machen.«

»Würde gern S'ritte mit *Ihnen* machen«, gestand er und hörte sich entsetzt zu, wie er kurz und plump schilderte, was er sonst noch gerne mit ihr machen würde. »Ah, ah. Tut mir leid, Madame.« Er stopfte die Finger in den Mund und biß darauf.

»Ist schon gut«, besänftigte sie ihn. »Das ist das Schnell-Penta.«

»Nein – das isse Tes'os'eron.«

Sie lachte herzlich. Das war sehr ermutigend, aber seine momentane gehobene Stimmung versank wieder in einer Woge der Spannung. Seine Hände zupften und drehten an seiner Kleidung, seine Füße zuckten.

Sie blickte mit gerunzelter Stirn auf einen medizinischen Monitor an der Wand. »Ihr Blutdruck steigt immer noch. So charmant Sie auch unter Schnell-Penta sind, das ist keine normale Reaktion.« Sie nahm das zweite Hypospray in die Hand. »Ich glaube, wir sollten hier besser aufhören.«

»Ich bin kein normaler Mann«, sagte er traurig. »Ein Mutant.« Eine Woge der Angst schwappte über ihn hinweg. »Nehmen Sie mir mein Hirn raus?« fragte er mit einem plötzlichen Verdacht und beäugte das Hypospray. Und dann kam blitzartig die Erkenntnis: »*Heh!* Ich weiß, wo ich bin! Ich bin auf *Jackson's Whole!*« Er starrte sie erschrocken an, sprang auf die Beine und stürzte auf die Tür zu. Sie machte einen Satz auf ihn zu, aber er wich aus.

»Nein, warten Sie, warten Sie!« rief sie und rannte hinter ihm her, das glitzernde Hypospray noch in der Hand. »Sie haben eine Drogenreaktion, halt! Lassen Sie mich Ihnen das Gegenmittel geben! Poppy, pack ihn!«

Er wich der pferdeschwänzigen Dr. Durona im Laborkorridor aus, warf sich in das Liftrohr und schob sich mit solchen Rucken auf der Sicherheitsleiter nach oben, daß Blitze sengenden Schmerzes durch seine erst halb geheilten Brustmuskeln zuckten. Ein wirbelndes Chaos von Korridoren und Stockwerken, Rufen und Laufgeräuschen endete schließlich in der Lobby, die er schon zuvor gefunden hatte.

Er schoß an einigen Arbeitern vorbei, die eine mit Kästen beladene Schwebepalette durch die durchsichtigen Türen bugsierten. Diesmal schockte ihn kein

Energieschirm. Ein Wächter in einem grünen Parka drehte sich in einer Zeitlupenbewegung um und zog einen Betäuber, und aus seinem Mund kam ein Ruf so dickflüssig wie kaltes Öl.

Er blinzelte im blendenden grauen Tageslicht auf eine Rampe, einen Parkplatz für Fahrzeuge und schmutzigen Schnee. Eis und Schotter bissen in seine bloßen Füße, während er keuchend über den Parkplatz lief. Eine Mauer umschloß das Grundstück. In der Mauer gab es ein offenes Tor und noch mehr Wachen in grünen Parkas. »Betäubt ihn nicht!« schrie hinter ihm eine Frau.

Er rannte auf die schmutzige Straße und wich gerade noch einem Bodenwagen aus. Das stechende Grauweiß wechselte mit Explosionen von Farbe in seinen Augen ab. Ein weiter offener Raum auf der anderen Seite der Straße war gesäumt von kahlen schwarzen Bäumen, deren Zweige wie gierige Klauen nach dem Himmel griffen. Er sah andere Gebäude hinter Mauern weiter unten an der Straße, die fremdartig aufragten. In dieser Landschaft war ihm nichts vertraut. Er lief auf den offenen Raum und die Bäume zu. Ihm wurde schwindlig, vor seinen Augen wirbelten schwarze und magentarote Wolken. Die kalte Luft brannte in seinen Lungen. Er stolperte und fiel, rollte auf den Rücken und konnte nicht mehr atmen.

Ein halbes Dutzend Dr. Duronas stürzten sich auf ihn wie Wölfinnen auf ihre Beute. Sie nahmen ihn an den Armen und Beinen und zogen ihn aus dem Schnee hoch. Rowan kam angerannt; ihr Gesicht war angespannt. Ein Hypospray zischte. Sie verfrachteten ihn zurück über die Fahrbahn wie ein Schaf, das zur Schur geschleift wurde, und beförderten ihn eilig zurück in das große weiße Gebäude. Sein Kopf wurde allmählich klar, aber seine Brust schmerzte, als würde sie von einer riesigen Schraubzwinge zerquetscht. Als sie ihn wieder in sein Bett in der unterirdischen Klinik legten, war die von der Droge induzierte künstliche Paranoia aus seinem System ausgeschieden. Um von einer echten Paranoia ersetzt zu werden…

»Glaubst du, es hat ihn jemand gesehen?« fragte besorgt eine Altstimme.

»Die Torwachen«, stieß eine andere Stimme hervor. »Das Lieferteam.«

»Sonst jemand?«

»Ich weiß es nicht«, keuchte Rowan. Ihr Haar war zerzaust und feucht von geschmolzenen Schneeflokken. »Ein halbes Dutzend Bodenwagen sind vorübergefahren, während wir ihn gejagt haben. Im Park habe ich niemanden gesehen.«

»Ich habe ein paar Leute vorübergehen sehen«, meldete sich eine andere Dr. Durona. »In einiger Entfernung, auf der anderen Seite vom Teich. Sie haben zu uns herübergeschaut, aber ich glaube nicht, daß sie viel gesehen haben.«

»Wir haben einige Minuten lang ein ganz schönes Spektakel abgegeben.«

»Was ist diesmal passiert, Rowan?« fragte die weißhaarige Dr. Durona mit der Altstimme müde. Sie schlurfte näher heran und schaute ihn an, auf einen geschnitzten Gehstock gestützt. Für sie schien der Stock keine Marotte zu sein, sondern wirklich eine Stütze. Alle behandelten sie sehr ehrerbietig. War sie die geheimnisvolle Lilly?

»Ich habe ihm eine Dosis Schnell-Penta gegeben«, berichtete Rowan verbissen, »um sein Gedächtnis zu aktivieren. Manchmal funktioniert das bei Kryo-Wiederbelebungen. Doch er hatte eine Reaktion. Sein Blutdruck schoß hoch, er wurde paranoid und sauste davon wie ein Rennhund. Wir haben ihn erst eingeholt, als er im Park kollabiert ist.« Als sein Schmerz nachzulassen begann, sah er, daß sie immer noch den Atem anhielt.

Die alte Dr. Durona schniefte. »Hat es funktioniert?«

Rowan zögerte. »Einige seltsame Dinge sind hochgekommen. Ich muß mit Lilly sprechen.«

»Auf der Stelle«, sagte die alte Dr. Durona, die also offensichtlich nicht Lilly war. »Ich...«, begann sie, wurde jedoch unterbrochen, als sein zitternder, stotternder Versuch zu reden in eine Konvulsion überging.

Für einen Augenblick verwandelte sich die ganze Welt in Konfetti. Als er wieder zu sich kam, hielten zwei der Frauen ihn auf dem Bett nieder. Rowan beugte sich über ihn und blaffte Befehle, und der Rest der Duronas stob auseinander. »Ich komme hoch, sobald ich kann«, sagte Rowan über die Schulter. »Ich kann ihn jetzt nicht allein lassen.«

Die alte Dr. Durona nickte verständnisvoll und zog sich zurück. Rowan winkte ab, als jemand ihr ein Hypospray mit einem Antikonvulsivum hinhielt. »Ich gebe hiermit eine Daueranweisung. Dieser Mann bekommt nichts, ohne daß zuerst seine Reaktion getestet wird.« Sie schickte die meisten ihre Helfer davon und sorgte dafür, daß das Zimmer wieder dämmrig und ruhig und warm war. Langsam fand er seinen Atemrhythmus wieder. Im seinem Magen war ihm jedoch immer noch sehr flau.

»Es tut mir leid«, sagte sie zu ihm. »Ich wußte nicht, daß Schnell-Penta bei Ihnen so wirken würde.«

Er versuchte zu sagen, *Das ist nicht Ihr Fehler*, doch seine Sprechfähigkeit schien wieder reduziert zu sein. »W-w-war d-d-das s'lecht?«

Sie brauchte viel zu lange, um zu antworten. »Vielleicht ist es in Ordnung.«

Zwei Stunden später kam man mit einer Schwebepalette und verlegte ihn in ein anderes Zimmer.

»Wir bekommen einige andere Patienten«, sagte ihm Dr. Chrys mit dem Schwingenhaar höflich. »Wir brauchen Ihr Zimmer.« Lügen? Halbwahrheiten?

Wohin sie ihn verlegten, verwunderte ihn am meisten. Er hatte Visionen von einer geschlossenen Zelle, doch statt dessen brachten sie ihn in einem Lastenliftrohr nach oben und legten ihn auf einem Feldbett ab, das in Rowans privater Suite aufgestellt worden war. Es war einer aus einer Reihe ähnlicher Räume, vermutlich auf der Wohnetage der Duronas. Ihre Suite bestand aus einem Wohn- und Studierzimmer, einem Schlafzimmer und einem privaten Bad und war ziemlich geräumig, allerdings auch vollgestopft. Er kam sich weniger wie ein Gefangener vor, eher wie ein Haustier, das gegen die Regeln in ein Frauenwohnheim eingeschmuggelt worden war. Allerdings hatte er außer Raven noch einen weiteren männlich aussehenden Dr. Durona gesehen, einen Mann von etwa dreißig Jahren, den Dr. Chrys mit ›Hawk‹ angeredet hatte. Vögel und Blumen – alle waren sie Vögel und Blumen in diesem Betonkäfig.

Noch später brachte eine junge Durona auf einem Tablett das Abendessen, und er aß zusammen mit Rowan an einem kleinen Tisch in ihrem Wohnzimmer, während draußen der graue Tag in die Dämmerung überging. Vermutlich gab es keinen echten Wechsel in seinem Status als Gefangener/Patient, aber es war ein gutes Gefühl, aus dem krankenhausmäßigen Zimmer draußen zu sein, frei von Monitoren und anderen bedrohlichen medizinischen Geräten. Und etwas so Prosaisches zu tun, wie mit einem Freund zu Abend zu essen.

Nachdem sie gegessen hatten, ging er im Wohnzimmer umher. »Macht's Ihnen was aus, wenn ich mich umschaue?«

»Nur zu! Lassen Sie mich wissen, wenn Ihnen etwas hochkommt.«

Sie würde ihm immer noch nicht etwas direkt über ihn sagen, aber sie schien jetzt wenigstens bereit, über sich selbst zu reden. Sein inneres Bild der Welt *verschob* sich, während sie sprach. *Warum habe ich Wurmlochkar-*

ten im Kopf? Vielleicht mußte er sich auf die harte Methode wiedergewinnen. Alles lernen, was im Universum existiert, und das, was übrigblieb, dieses Loch in Zwergenform im Zentrum, das würde nach dem Prozeß der Eliminierung er sein. Eine beängstigende Aufgabe.

Er starrte durch das polarisierte Fenster hinaus auf den schwachen Flitter, der in der Luft hing, als fiele überall Feenstaub. Jetzt erkannte er den Energieschirm als das, was er war, eine Verbesserung seiner Wahrnehmung gegenüber der ersten stürmischen Begegnung damit. Der Schild war militärischer Natur, das erkannte er jetzt, undurchdringlich bis hinab zu Viren und Gasmolekülen und hinauf bis zu... was? Projektilen und Plasma sicherlich. Irgendwo mußte hier ein mächtiger Generator sein. Der Schutz war eine nachträgliche Ergänzung der Architektur des Gebäudes und war im ursprünglichen Entwurf nicht vorgesehen gewesen. Hier war einiges an Geschichte enthalten... »Wir sind auf Jackson's Whole, nicht wahr?« fragte er.

»Ja. Was bedeutet das für Sie?«

»Gefahr. S'limme Dinge passieren hier. Wo befinden wir uns hier?« Er wies auf den Raum.

»In der Durona-Klinik.«

»Aha. Was machen Sie? Warum bin ich hier?«

»Wir sind die Privatklinik des Hauses Fell. Wir erfüllen alle Arten medizinischer Aufgaben für dieses Haus, ganz nach Bedarf.«

»Haus Fell. Waffen«, die Assoziationen kamen ganz automatisch. »Biologische Waffen.« Er schaute sie anklagend an.

»Manchmal«, gab sie zu. »Und auch biologische Verteidigung.«

War er ein Kämpfer des Hauses Fell? Ein gefangener feindlicher Soldat? Zum Teufel, welche Armee würde einen halb verkrüppelten Zwerg als Kämpfer engagieren? »Hat Haus Fell mich Ihnen sur Behannlung übergeben?«

»Nein.«

»Nein? Ja, warum bin ich dann hier?«

»Das ist auch für uns ein großes Rätsel. Sie kamen eingefroren in einer Kryokammer an, und alles deutete darauf hin, daß Sie in großer Eile vorbereitet worden waren. Ein gewöhnlicher Spediteur lieferte Sie in einer Kiste, die an mich adressiert war und keine Absenderadresse aufwies. Wir hofften, Sie würden es uns sagen können, sobald wir Sie einmal aufgetaut hätten.«

»Da steck' noch mehr dahinner.«

»Ja«, sagte sie offen.

»Aber Sie wollen's mir nich' sagen.«

»Noch nicht.«

»Was passier', wenn ich hier abhau'?«

Sie schaute ihn erschrocken an. »Bitte nicht. Da könnten Sie getötet werden.«

»Erneut.«

»Erneut«, sie nickte.

»Von wem?«

»Das ... hängt davon ab, wer Sie sind.«

Er verließ dieses Thema und kam dann noch dreimal im Gespräch darauf zurück, aber er konnte sie nicht einlullen oder austricksen, daß sie ihm mehr über ihn erzählte. Erschöpft gab er es für diesen Abend auf, aber dann lag er auf seinem Feldbett und stocherte in dem Problem herum wie ein Aasfresser in einem Kadaver. Aber die ganze Knochennagerei bewirkte nichts Gutes, sondern ließ nur seinen Geist vor Frustration erstarren. *Schlaf darüber,* sagte er sich. Der morgige Tag mußte ihm etwas Neues bringen. Wie diese Situation auch sonst sein mochte, sie war nicht stabil. Das spürte er – er spürte es, als wenn er auf einer Messerschneide balancieren würde. Unter ihm lag Dunkelheit, die Federn oder spitze Pfähle oder vielleicht überhaupt nichts verbarg, nur einen endlosen Fall.

Er war sich nicht ganz sicher, welches Prinzip sich hinter dem heißen Bad und der therapeutischen Massage verbarg. Körperliche Bewegung, ja, das konnte er verstehen. Dr. Chrys hatte einen Hometrainer angeschleppt und in Rowans Studierzimmer aufgestellt und ließ ihn schwitzen, bis er fast ohnmächtig wurde. Etwas, das so weh tat, mußte gut für ihn sein. Allerdings noch keine Liegestütze. Er hatte einen versucht und war mit weit aufgerissenen Augen und einem gedämpften Schrei der Qual zusammengebrochen, und dann hatte ihn eine zornige Dr. Chrys sehr resolut angebrüllt, weil er nicht autorisierte Körperbewegungen versucht hatte.

Dr. Chrys hatte sich Notizen gemacht und war wieder gegangen und hatte ihn Rowans zarteren Händen überlassen. Nun lag er sanft dampfend in Rowans Bett, nur mit einem Handtuch bekleidet, während sie seinen Rücken hinauf und hinunter die Skelettmuskelstruktur untersuchte. Wenn Dr. Chrys ihn massierte, dann waren ihre Finger wie Sonden. Rowans Hände liebkosten. Da er von seiner Anatomie her nicht zum Schnurren fähig war, gab er dann und wann ein kurzes dankbares und ermunterndes Stöhnen von sich. Sie arbeitete sich bis zu seinen Füßen und Zehen hinab und begann ihn dann wieder aufwärts zu massieren.

Mit dem Gesicht nach unten, bequem in ihre Kissen gedrückt, wurde er sich allmählich bewußt, daß sich ein sehr wichtiges Körpersystem zum Dienst meldete, und zwar zum erstenmal seit seiner Wiederbelebung. In der Tat eine Auf-erstehung. Sein Gesicht rötete sich in einer Mischung von Verlegenheit und Entzücken, und er legte wie beiläufig einen Arm hoch, um seinen Gesichtsausdruck zu verbergen. *Sie ist deine Ärztin. Sie wird es wissen wollen.* Es war ja nicht so, als wäre sie nicht schon intim mit jedem Teil seines Körpers vertraut, innen wie außen. Sie war ja buchstäblich bis zu ihren blutigen Ellbogen in ihm gewesen. Er blieb auf jeden Fall in seiner Armhöhle versteckt.

»Drehen Sie sich um«, sagte Rowan, »und ich werde Ihre andere Seite behandeln.«

»Äh … lieber nicht«, murmelte er in das Kissen.

»Warum nicht?«

»Hm … erinnern Sie sich, wie Sie mich gefra't ham, ob mir etwas hochkommt?«

»Ja …«

»Nun … etwas is' hochgekomm'.«

Es folgte ein kurzes Schweigen, dann sagte sie: »Oh! In diesem Fall drehen Sie sich unbedingt um. Ich muß Sie untersuchen.«

Er holte Luft. »Was tun wir nich' alles für die Wissenschaft.«

Er drehte sich um, und sie nahm das Handtuch weg. »Ist das schon früher einmal vorgekommen?« forschte sie.

»Nein. Ers'esmal in meinem Leben. In diesem Leben.«

Ihre langen kühlen Finger untersuchten schnell und medizinisch. »Das sieht gut aus«, sagte sie begeistert.

»Danke«, flötete er fröhlich.

Sie lachte. Er brauchte kein Gedächtnis, um zu wissen, daß es ein sehr gutes Zeichen war, wenn eine Frau an diesem Punkt über seine Scherze lachte. Versuchsweise zog er sie sanft herunter, damit sie ihm ins Gesicht schaute. *Ein Hurra für die Wissenschaft. Schauen wir mal, was geschieht.* Er küßte sie. Sie erwiderte seinen Kuß. Er schmolz dahin.

Sprache und Wissenschaft wurden danach für einige Zeit beiseitegelegt. Ganz zu schweigen von dem grünen Kittel und all den Schichten darunter. Ihr Körper war so schön, wie er ihn sich vorgestellt hatte, pure Ästhetik aus Linien und Kurven, Weichheit und blumige verborgene Stellen. Sein eigener Leib bildete einen lebhaften Kontrast: ein kleines Knochengestell mit erschreckend roten Narben.

Sein kürzlicher Tod wurde ihm plötzlich eindringlich bewußt, und er ertappte sich dabei, wie er sie heftig und leidenschaftlich küßte, als wäre sie das Leben selbst und als könnte er sie so verzehren und besitzen. Er wußte nicht, ob sie Feind oder Freund war, ob dies richtig oder falsch war. Aber es war warm und fließend und voller Bewegung, nicht eisig und reglos, sicher der größtmögliche Gegensatz zur Kryostase, den man sich vorstellen konnte. *Nutze die Gelegenheit.* Denn die Nacht wartete, kalt und unversöhnlich. Diese Lektion brannte in ihm, von seiner Leibesmitte nach außen. Sie schwang sich auf ihn und ließ ihn langsam in sich hineingleiten. Ihre Augen weiteten sich, als er gleich heftig zu stoßen begann. Nur seine Kurzatmigkeit zwang ihn, ein langsameres, schicklicheres, vernünftigeres Tempo einzuschlagen.

Seine Häßlichkeit hätte ihn beunruhigen sollen, tat es jedoch nicht, und er fragte sich, warum. *Wir vögeln mit geschlossenen Augen.* Wer hatte das zu ihm gesagt? Dieselbe Frau, die zu ihm gesagt hatte: *Es ist nicht das Fleisch, es ist die Bewegung?* Rowans Körper zu öffnen war wie der Umgang mit dem Haufen auseinandergenommener Waffen. Er wußte, was zu tun war, welche Teile zählten und welche nur zur Tarnung dienten, aber er konnte sich nicht daran erinnern, wie er das alles gelernt hatte. Das Training war vorhanden, aber der Trainer war gelöscht. Hier verband sich das Vertraute mit dem Fremden noch beunruhigender als in allem, was er bisher hier erlebt hatte.

Sie zitterte, seufzte und entspannte sich, und er küßte sich wieder ihren Leib entlang nach oben und murmelte ihr ins Ohr: »Hm … glaubs' 'u nich', daß ich schon Liegestütze machen kann?«

Sie bewegte sich auf und nieder, und versehentlich verloren sie den Kontakt.

»Oh.« Sie öffnete die verschleierten Augen und fixierte ihn. »Du lieber Himmel. Ja.« Nach einigen Augenblicken des Versuchs fand er eine medizinisch gebilligte Stellung, flach auf dem Rücken, sehr bequem, ohne Druck oder Belastung auf seiner Brust, den Armen oder dem Unterleib, und dann war er wieder in ihr. Das fühlte sich richtig an, Ladies first, und dann würden keine Kissen auf ihn geworfen, weil er sofort danach einschliefe. Ein schrecklich vertrautes Muster, bei dem alle Details falsch waren. Rowan hatte das auch schon einmal getan, meinte er, wenn auch vielleicht nicht oft. Aber auf ihrer Seite war kaum eine große Erfahrung erforderlich. Sein Körper funktionierte einfach gut ...

»Dr. D.«, seufzte er zu ihr empor, »du bis' ein Genie. Äs ... Äsk ... Äsku ... dieser griechische Kerl könn'e in Sachen Aufers'ehung was von dir lernen.«

Sie lachte und legte sich neben ihn, Körper an Körper. *Meine Größe spielt keine Rolle, wenn wir nebeneinander liegen.* Auch das hatte er gewußt. Sie tauschten weniger eilige, forschende Küsse aus, die sie langsam genossen wie einen Likör nach dem Abendessen.

»Du bist *sehr* gut«, murmelte sie schnaufend und knabberte an seinem Ohr.

»Ja ...« Sein Grinsen erlosch, und er starrte zur Decke empor. In einer Mischung aus sanfter, postkoitaler Melancholie und erneuerter – wenn auch rein mentaler – Frustration zog er die Augenbrauen herab. »Ich frage mich, ob ich verheiratet war.« Sie zog den Kopf zurück, und als er ihren verzweifelten Blick sah, hätte er sich in die Zunge beißen mögen. »Glaub' nich'«, fügte er schnell hinzu.

»Nein ... nein«, sie kuschelte sich wieder an ihn, »du bist nicht verheiratet.«

»Egal, welcher von beiden ich bin?«

»Ganz recht.«

»Uff.« Er zögerte, drehte ihre langen Haare in seinen Fingern und breitete sie lässig in Fächerform über den roten Striemen auf seinem Rumpf aus. »Was meins' du, mit wem du gerade eben gefick' has'?«

Sie berührte ihn mit einem langen Zeigefinger sanft an der Stirn. »Mit dir. Einfach mit dir.«

Das war äußerst erfreulich, aber... »War das Liebe oder Therapie?«

Sie lächelte rätselhaft und fuhr mit dem Finger sein Gesicht entlang. »Ein bißchen von beidem, glaube ich. Und Neugier. Und die Gelegenheit. Ich war die letzten drei Monate ganz schön in dich vertieft.«

Es hörte sich wie eine ehrliche Antwort an. »Mir scheint, du has' die Gelegenheit geschaffen.«

Ein kleines Grinsen stahl sich auf ihre Lippen. »Nun... vielleicht.«

Drei Monate. Interessant. Also war er etwas mehr als zwei Monate tot gewesen. In dieser Zeit mußte er eine Menge der Ressourcen der Durona-Gruppe in Anspruch genommen haben. Schon einmal die drei Monate im Labor dieser Frau waren nicht billig.

»Warum machs' du das?« fragte er und blickte mit gerunzelter Stirn zu Decke, während sie sich vorsichtig an ihn kuschelte. »Ich meine die ganse Geschich'e. Was erwartes' 'u von mir?« Halb verkrüppelt, mit ungelenker Zunge, erinnerungslos und dumm, und auf seinen nicht-existierenden Namen gab es keinen Dollar. »Ihr häng' euch alle an meine Genesung, als wäre ich für euch die Hoffnung auf'n Himmel.« Selbst bei der brutal effizienten Physiotherpeutin Dr. Chrys war er zu dem Schluß gekommen, daß sie ihn zu seinem eigenen Guten antrieb. Er mochte sie fast am liebsten, wegen ihres gnadenlosen Elans. Das war seine Wellenlänge. »Wer sons' möch'e mich haben, daß ihr mich versteck'? Feinde?« *Oder Freunde?*

»Mit Sicherheit Feinde«, seufzte Rowan.

»Mm.« Er legte sich matt zurück. Sie döste, er nicht. Er berührte ihr Haargewirr und überlegte. Was sah sie in ihm? *Ich hatte es mir als den Kristallsarg des verwun-*

schenen Ritters vorgestellt ... Ich habe genügend Granatsplitter herausgepult, um sicher zu sein, daß du kein Zuschauer warst ...

Es gab also etwas zu tun. Und die Durona-Gruppe wollte keinen gewöhnlichen Söldner haben. Wenn sie sich hier auf Jackson's Whole befanden, dann konnten sie gewöhnliche Schläger waggonweise anheuern.

Aber schließlich hatte er nie gedacht, daß er ein gewöhnlicher Mann war. Nicht einmal eine Minute lang.

Oh, Mylady. Als wen brauchen Sie mich?

KAPITEL 23

Die Wiederentdeckung des Sex immobilisierte ihn ziemlich für die nächsten drei Tage, doch sein Instinkt für Flucht meldete sich an einem Nachmittag, als Rowan ihn als schlafend zurückließ, er aber nicht schlief. Er öffnete die Augen, verfolgte das Muster der Narben auf seiner Brust und dachte darüber nach. *Hinaus* war offensichtlich die falsche Richtung. *Hinein* hatte er noch nicht ausprobiert. Alle schienen hier mit ihren Problemen zu Lilly zu gehen. Sehr gut. Dann würde auch er zu Lilly gehen.

Hinauf oder hinunter? Als jacksonische Führerin sollte sie traditionell entweder in einem Penthouse oder in einem Bunker residieren. Baron Ryoval lebte in einem Bunker oder zumindest gab es da eine undeutliche Vorstellung in seinem Kopf, die mit diesem Namen verknüpft war und die schattenhafte Untergeschosse enthielt. Baron Fell hatte das Penthouse im Apogäum bezogen und schaute auf alles von seiner Station im Orbit herab. Er schien eine Menge Bilder von Jackson's Whole im Kopf zu haben. War das seine Heimat? Dieser Gedanke verwirrte ihn. Hinauf! Hinauf und hinein!

Er zog seine grauen Stricksachen an, borgte sich ein Paar von Rowans Socken und schlüpfte auf den Korridor. Er fand ein Liftrohr und begab sich in ihm zum obersten Stockwerk, eine Etage über Rowans Suite. Wieder eine Etage mit Wohnsuiten. In der Mitte fand er ein weiteres Liftrohr, mit einem Handflächenschloß. Jede(r) Durona konnte es benutzen. Eine Wendeltreppe lief ringsherum. Er stieg die Treppe sehr langsam empor und wartete, fast oben, bis er wieder ganz bei Atem war. Er klopfte an die Tür.

Sie glitt zur Seite, ein schlanker eurasischer Junge von etwa zehn Jahren betrachtete ihn ernst. »Was wollen Sie?« fragte er mit gerunzelter Stirn.

»Ich möchte deine … Großmutter sprechen.«

»Laß ihn herein, Robin«, rief eine leise Stimme.

Der Junge zog den Kopf ein und winkte ihn herein. Seine Füße in den Socken schritten lautlos über einen dicken Teppich. Die Fenster waren gegen den dunkelgrauen Nachmittag polarisiert, Quellen wärmeren, gelberen Lampenlichts kämpften gegen die Düsterkeit. Draußen vor dem Fenster zeigte sich der Energieschirm mit winzigen Funken, wenn Wassertropfen oder Materiepartikelchen erfaßt und abgewiesen oder vernichtet wurden.

Eine hagere Frau mit einem Gesicht von der Farbe alten Elfenbeins saß in einem breiten Sessel und beobachtete aus dunklen Augen, wie er herankam. Sie trug eine schwarze Seidenjacke mit hohem Kragen und weite Hosen. Ihr Haar war völlig weiß und sehr lang. Ein schlankes Mädchen, ganz buchstäblich ein Zwilling des Jungen, bürstete es über der Rückenlehne des Sessels mit langen, langsamen Strichen. Das Zimmer war sehr warm. Als sie ihn anschaute, wie er sie anschaute, fragte er sich, wie er gedacht haben konnte, jene besorgte alte Frau mit dem Gehstock sei vielleicht Lilly. Hundertjährige Augen schauten einen anders an.

»Madame«, sagte er. Sein Mund war plötzlich ausgetrocknet.

»Setzen Sie sich«, sie deutete mit einem Nicken auf ein kurzes Sofa an der Ecke des niedrigen Tisches, der vor ihr stand. »Violet, meine Liebe«, eine dünne Hand, die ganz aus weißen Runzeln und blauen sehnigen Adern zu bestehen schien, berührte die Hand des Mädchens, die schützend auf der schwarzen Seiden-

schulter innegehalten hatte. »Bring jetzt den Tee. Drei Tassen. Robin, geh bitte hinunter und hol Rowan.«

Das Mädchen arrangierte das Haar in einem fallenden Fächer um den aufrechten Oberkörper der Frau, und beide Kinder verschwanden mit einem unkindlichen Schweigen. Offensichtlich beschäftigte die Durona-Gruppe keine Außenseiter. Keine Chance, daß je ein Maulwurf in diese Organisation eindrang. Mit gleichem Gehorsam sank er auf den Sitz, den sie ihm gezeigt hatte.

Ihre Vokale hatten das Vibrato des Alters, aber ihre Sprache war vollkommen. »Sind Sie zu sich gekommen, Sir?« wollte sie wissen.

»Nein, Madame«, sagte er traurig. »Nur zu Ihnen.« Er überlegte vorsichtig, wie er seine Frage formulieren sollte. Lilly würde nicht weniger medizinisch vorsichtig als Rowan sein, wenn es darum ging, ihm Hinweise zu geben. »Warum können Sie mich nicht identifizieren?«

Sie hob die weißen Augenbrauen. »Gut gesagt. Sie sind bereit für eine Antwort, glaube ich. Ach ja.«

Das Liftrohr summte und Rowans erschrecktes Gesicht erschien. Sie eilte herbei. »Lilly, es tut mir leid. Ich dachte, er schliefe ...«

»Alles in Ordnung, mein Kind. Setz dich. Gieß den Tee ein«, denn Violet erschien wieder um die Ecke und brachte ein großes Tablett. Lilly flüsterte hinter einer leicht zitternden Hand dem Mädchen etwas zu. Violet nickte und machte sich davon. Rowan kniete in einem anscheinend präzisen alten Ritual nieder – hatte sie einmal Violets Platz innegehabt? Ihm kam es so vor – und goß grünen Tee in dünne weiße Tassen, die sie austeilte. Sie setzte sich zu Lillys Knien nieder und erhaschte sich eine kurze, beruhigende Berührung der weißen Haare, die dort zusammengerollt lagen.

Der Tee war sehr heiß. Da er seit kurzem eine tiefe Abneigung gegen Kälte entwickelt hatte, gefiel ihm dies, und er nippte behutsam. »Antworten, Madame?« erinnerte er sie vorsichtig.

Rowans Lippen öffneten sich erschrocken und hauchten verneinend. Lilly hob einen Finger und brachte sie zum Schweigen.

»Der Hintergrund«, sagte die alte Frau. »Ich glaube, die Zeit ist gekommen, Ihnen eine Geschichte zu erzählen.«

Er nickte und lehnte sich mit seiner Teetasse zurück.

»Es waren einmal« – sie lächelte kurz – »drei Brüder. Ein richtiges Märchen, was? Der älteste und ursprüngliche und zwei junge Klons. Der älteste war – wie es in diesen Geschichten geschieht – in ein prächtiges Erbe geboren. Titel – Reichtum – ein sorgenfreies Leben. Sein Vater war nicht ganz ein König, aber er gebot über mehr Macht als jeder König in der Zeit vor den Wurmlochsprüngen. Und so wurde er das Ziel vieler Feinde. Da man wußte, daß er seinen Sohn liebte, kam mehr als einem seiner Feinde der Gedanke, zu versuchen, ihn durch den Tod seines einzigen Kindes zu treffen. Daher diese eigenartige Vervielfältigung.« Sie nickte ihm zu. Sein Unterleib zitterte. Er nippte noch mehr Tee, um seine Verwirrung zu verbergen.

Sie hielt inne. »Können Sie schon einen Namen nennen?«

»Nein, Madame.«

»Hm.« Sie verließ das Märchen. Ihre Stimme wurde schneidiger. »Lord Miles Vorkosigan von Barrayar war das Original. Er ist jetzt etwa achtundzwanzig Standardjahre alt. Sein erster Klon wurde direkt hier auf Jackson's Whole gemacht, vor zweiundzwanzig Jahren, bestellt von einer komarranischen Widerstandsgruppe vom Haus Bharaputra. Wir wissen nicht, wie dieser Klon sich selber nennt, aber das komplizierte Austauschkomplott der Komarraner vor etwa zwei Jahren ging schief, und der Klon entkam.«

»Galen«, flüsterte er.

Sie schaute ihn scharf an. »Er war der Anführer dieser Komarraner, ja. Der zweite Klon... ist ein Rätsel. Die naheliegendste Vermutung besagt, daß er von den Cetagandanern hergestellt wurde, aber niemand weiß es. Er ist zum erstenmal vor zehn Jahren erschienen, als voll entwickelter und außerordentlich brillanter Söldnerkommandant, der für sich den völlig legalen betanischen Namen Miles Naismith in Anspruch nimmt, nach seiner mütterlichen Linie. Er hat sich als Feind der Cetagandaner erwiesen, so daß die Theorie, er sei ein abtrünniger Cetagandaner eine gewisse zwingende Logik für sich hat. Niemand kennt sein Alter, doch offensichtlich kann er nicht älter als achtundzwanzig sein.« Sie nahm einen Schluck Tee. »Wir glauben, daß Sie einer dieser beiden Klons sind.«

»Ihnen geschickt wie eine Kiste Gefrierfleisch? Die Brust herausgesprengt?«

»Ja.«

»Na und? Klons – selbst eingefrorene – können hier nichts Neues sein.« Er blickte auf Rowan.

»Lassen Sie mich fortfahren. Vor etwa drei Monaten kehrte der von Bharaputra gemachte Klon zurück – mit einer Mannschaft von Söldnersoldaten im Rücken, die er anscheinend von der Dendarii-Flotte gestohlen hatte, mit dem einfachen Trick, daß er vorgab, sein Klonzwilling zu sein, Admiral Naismith. Er griff Bharaputras Klonkrippe an, in einem Versuch, eine Gruppe von Klons entweder zu stehlen oder vielleicht zu befreien, die als Körper für Gehirntransplantationen vorgesehen waren, ein Gewerbe, das ich persönlich verabscheue.«

Er berührte seine Brust. »Hat er... Mißerfolg gehabt?«

»Nein. Aber Admiral Naismith folgte ihm in wilder Jagd, um sein gestohlenes Schiff und seine Truppe zurückzubekommen. In dem Durcheinander, das dann hier auf Jackson's Whole folgte, in den zentralen chirurgischen Einrichtungen des Hauses Bharaputra, wurde einer von beiden getötet. Der andere entkam, zusammen mit den Söldnern und den meisten von Bharaputras sehr wertvollen Klons. Sie machten einen Narren aus Vasa Luigi – ich habe mich krankgelacht, als ich davon hörte.« Sie nippte ernst an ihrem Tee.

Er konnte es sich fast vorstellen, wie sie lachte.

»Bevor sie durch das Wurmloch sprangen, boten die Dendarii-Söldner eine Belohnung an für die Rückgabe einer Kryokammer, die die sterblichen Überreste eines Mannes enthielt, von dem sie behaupteten, er sei der von den Bharaputras gezüchtete Klon gewesen.«

Seine Augen weiteten sich. »Ich?«

Sie hob die Hand. »Vasa Luigi, Baron Bharaputra, ist absolut überzeugt, daß sie logen und daß der Mann in der Box in Wirklichkeit ihr Admiral Naismith war.«

»Ich?« sagte er weniger sicher.

»Georish Stauber, Baron Fell, lehnt es ab, eine Vermutung anzustellen. Und Baron Ryoval würde eine ganze Stadt niederreißen, wenn er auch nur eine fünfzigprozentige Chance hätte, Admiral Naismith in die Hände zu bekommen, der ihn vor vier Jahren verletzt hat, wie keiner in einem ganzen Jahrhundert.« Ihre Lippen verzogen sich zu einem skalpell-scharfen Lächeln.

Es machte alles Sinn, was überhaupt keinen Sinn machte. Es war wie eine Geschichte, die er vor langer Zeit gehört hatte, in der Kindheit, und auf die er jetzt wieder stieß. *In einem anderen Leben.* Vertrautheit wie unter Glas. Er berührte seinen Kopf, der schmerzte. Rowan beobachtete die Geste mit Besorgnis.

»Haben Sie keine medizinischen Unterlagen? Irgend etwas?«

»Mit einem gewissen Risiko haben wir die Entwicklungsunterlagen von Bharaputras Klon bekommen. Leider gehen sie nur bis zum Alter von vierzehn Jahren. Wir haben nichts über Admiral Naismith. Leider kann man eine Triangulation nicht mit einem einzigen Datenpunkt machen.«

Er wandte sich Rowan zu. »Du kennst mich von innen und außen. Weißt du es nicht?«

»Du bist *seltsam.*« Rowan schüttelte den Kopf. »Deine Knochen sind zur Hälfte Ersatzteile aus Plastik, weißt du das? Die echten, die noch übrig sind, zeigen alte Brüche, alte Traumata ... Ich würde vermuten, du bist nicht älter als Bharaputras Klon sein sollte, und ich würde vermuten, du bist älter als der ursprüngliche Lord Vorkosigan – und das macht keinen Sinn. Wenn wir nur einen einzigen soliden, sicheren Hinweis bekommen könnten. Die Erinnerungen, die du bisher berichtet hast, sind schrecklich mehrdeutig. Du kennst Waffen, wie der Admiral sie kennen dürfte – aber Bharaputras Klon war als Attentäter trainiert worden. Du erinnerst dich an Ser Galen, und das sollte nur Bharaputras Klon tun. Ich habe etwas über diese Zuckerbäume herausgefunden. Sie werden Ahornbäume genannt und stammen von der Erde – wohin Bharaputras Klon zum Training gebracht wurde. Und so weiter.« Sie warf frustriert die Hände hoch.

»Wenn du nicht die richtigen Antworten bekommst«, sagte er langsam, »stellst du vielleicht nicht die richtige Frage.«

»Was ist dann die richtige Frage?«

Er schüttelte stumm den Kopf. »Warum ...« Er breitete die Hände aus. »Warum übergebt ihr nicht meinen eingefrorenen Körper den Dendarii und nehmt euch die Belohnung? Warum verkauft ihr mich nicht an Baron Ryoval, wenn der mich so dringend haben möchte? Warum habt ihr mich wiederbelebt?«

»Ich würde Baron Ryoval nicht einmal eine Laborratte verkaufen«, stellte Lilly kategorisch fest. Ein kurzes Lächeln zuckte über ihre Lippen. »Das ist eine alte Geschichte zwischen uns.«

Wie alt? Älter als er, wer immer er sein mochte.

»Was die Dendarii angeht – mit denen können wir immer noch einen Handel abschließen. Das hängt davon ab, wer du bist.«

Sie näherten sich dem Kern der Sache; das spürte er. »Ja?«

»Vor vier Jahren besuchte Admiral Naismith Jackson's Whole, und abgesehen davon, daß er einen höchst spektakulären Coup bei Ry Ryoval gelandet hat, verschwand er mit einem gewissen Dr. Hugh Canaba, einem von Bharaputras Topgenetikern. Nun, ich habe Canaba gekannt. Und noch wichtiger, ich weiß, was Vasa Luigi und Lotus gezahlt haben, um ihn nach Jackson's Whole zu bringen, und in wie viele Geheimnisse des Hauses Bharaputra er eingeweiht war. Sie hätten ihn nie lebend davonkommen lassen. Doch er ist weg, und niemand auf Jackson's Whole hat ihn je aufspüren können.«

Sie beugte sich gespannt vor. »Nehmen wir mal an, Canaba wurde nicht bloß zu einer Luftschleuse hinausgestoßen – Admiral Naismith hat schon bewiesen, daß er Leute wegbringen kann. Tatsächlich ist das eine Spezialität, für die er berühmt ist. *Darin* wurzelt unser Interesse an ihm.«

»Ihr wollt von diesem Planeten weg?« Er blickte sich in Lilly Duronas bequemem, unabhängigem kleinem Reich um. »Weshalb?«

»Ich habe einen Handel mit Georish Stauber – Baron Fell. Es ist ein sehr alter Handel, da wir sehr alte Händler sind. Meine Zeit läuft sicherlich aus, und Georish wird allmählich«, sie zog eine Grimasse, »unzuverlässig. Falls ich sterbe oder falls er stirbt – oder falls es ihm gelingt, sein Gehirn in einen jüngeren Körper transplantieren zu lassen, wie er es wenigstens einmal einzurichten versucht hat –, dann wird unsere alte Abmachung gebrochen sein. Der Durona-Gruppe werden vielleicht weniger bewundernswerte Abmachungen angeboten werden als die, die wir solange mit Haus

Fell gehabt haben. Die Gruppe wird vielleicht zerbrochen – verkauft – geschwächt und beschwört damit möglicherweise einen Angriff von alten Feinden wie Ry herauf, der eine Beleidigung oder eine Verletzung *nie* vergißt. Sie wird vielleicht gezwungen, Arbeit zu tun, die sie nicht mag. Seit den letzten paar Jahren suche ich einen Weg nach draußen. Admiral Naismith kennt einen.«

Sie wollte, daß er Admiral Naismith war, der offensichtlich den wertvolleren der beiden Klons darstellte. »Was ist, wenn ich der andere bin?« Er starrte auf seine Hände. Sie waren einfach seine Hände. Es gab an ihnen keine Hinweise.

»Du könntest freigekauft werden.«

Durch wen? War er der Retter oder eine Ware? Was für eine Wahl! Rowan blickte unbehaglich drein.

»Was bin ich für euch, wenn ich mich nicht erinnern kann, wer ich bin?«

»Überhaupt niemand, kleiner Mann.« Lillys dunkle Augen glitzerten einen Moment lang wie Obsidiansplitter.

Diese Frau hatte fast ein Jahrhundert auf Jackson's Whole überlebt. Es wäre nicht richtig, ihre Skrupellosigkeit zu unterschätzen, nur weil sie ein schrulliges Vorurteil über Gehirntransplantationen geäußert hatte.

Sie tranken den Tee aus und zogen sich in Rowans Zimmer zurück.

»Was an alldem kam dir bekannt vor?« fragte Rowan nervös, als sie auf ihrem kleinen Sofa allein waren.

»Alles«, sagte er in tiefer Verwirrung. »Und doch – Lilly scheint zu meinen, ich könnte euch alle wie eine Art Zauberer verschwinden lassen. Aber selbst wenn ich Admiral Naismith bin, so kann ich mich nicht daran erinnern, wie ich es getan habe!«

»Pst«, versuchte sie ihn zu beruhigen. »Du bist reif für eine Erinnerungskaskade, ganz bestimmt. Ich kann fast sehen, wie es anfängt. Deine Sprache hat sich in den letzten paar Tagen beträchtlich verbessert.«

»Nach all den therapeutischen Küssen«, sagte er mit einem Lächeln, ein suggestives Kompliment, das ihm, wie er es erhofft hatte, noch mehr von dieser Therapie ergatterte. Aber als er wieder Luft holte, sagte er: »Ich werde mich nicht daran erinnern, wenn ich der andere bin. Ich erinnere mich an Galen. An die Erde. An ein Haus in London … wie war der Name des Klons?«

»Das wissen wir nicht«, sagte sie, und als er wütend ihre Hand packte, fügte sie hinzu: »Nein, wir wissen es *wirklich* nicht.«

»Admiral Naismith … sollte nicht Miles Naismith sein. Er sollte Mark Pierre Vorkosigan sein.« Wie, zum Teufel, wußte er das? Mark Pierre. *Piotr Pierre.* Peter, Peter, Kürbisfreeter, seine Alte konnt' er nicht halte' – ein Spottvers aus einer Menge, der einen alten Mann in eine schreckliche mörderische Wut versetzt hatte; er mußte zurückgehalten werden von … – das Bild entglitt ihm. *Großvater?* »Wenn der von Bharaputra gezüchtete Klon der dritte Sohn ist, dann konnte er einen beliebigen Namen haben.« Irgend etwas stimmte nicht.

Er versuchte sich Admiral Naismiths Kindheit als geheimes Projekt der Cetagandaner für eine verdeckte Operation vorzustellen. Seine Kindheit? Sie mußte außerordentlich gewesen sein, wenn er nicht nur im Alter von achtzehn oder weniger entkommen, sondern auch dem Geheimdienst der Cetagandaner entgangen war und binnen eines Jahres sein Glück gemacht hatte. Aber von einer solchen Jugend fiel ihm nichts ein. Völlige Leere,

»Was tut ihr mit mir, wenn ich nicht Naismith bin? Behaltet ihr mich dann als Haustier? Für wie lange?«

Rowan schürzte besorgt die Lippen. »Wenn du der von Bharaputra gezüchtete Klon bist – dann mußt du selbst von Jackson's Whole abhauen. Der Überfall der Dendarii hat aus Vasa Luigis Hauptquartier ein gräßliches Durcheinander gemacht. Er hat Blut zu rächen und Besitz. Und Stolz. Falls das der Fall ist – dann werde ich versuchen, dich rauszubringen.«

»Du? Oder ihr alle?«

»Ich habe nie gegen die Gruppe gehandelt.« Sie erhob sich und ging in ihrem Wohnzimmer hin und her. »Doch ich habe ein Jahr auf Escobar gelebt, allein, als ich meine Ausbildung in Kryo-Wiederbelebung machte. Ich habe mich oft gefragt… wie es wäre, die Hälfte eines Paares zu sein. Anstelle ein Vierzigstel einer Gruppe. Würde ich mir größer vorkommen?«

»Warst du größer, als du ganz allein auf Escobar warst?«

»Ich weiß es nicht. Es ist alles dumme Einbildung. Doch – ich muß an Lotus denken.«

»Lotus. Baronin Bharaputra? Die, die eure Gruppe verlassen hat?«

»Ja. Lillys älteste Tochter nach Rose. Lilly sagt… wenn wir nicht zusammenhängen, dann werden wir alle einzeln hängen. Das ist eine Anspielung auf eine uralte Methode der Hinrichtung, die…«

»Ich weiß, was Hängen ist«, sagte er hastig, bevor sie zu den medizinischen Details kommen konnte.

Rowan starrte zum Fenster hinaus. »Jackson's Whole ist kein Ort zum Alleinsein. Man kann niemandem trauen.«

»Ein interessantes Paradoxon. Das bedeutet ja ein ganz schönes Dilemma.«

Sie suchte in seinem Gesicht nach Ironie, fand sie und runzelte die Stirn. »Das ist kein Witz.«

In der Tat. Nicht einmal Lilly Duronas selbstbezügliche mütterliche Strategie hatte das Problem ganz gelöst, wie Lotus bewiesen hatte.

Er musterte sie. »Hatte man dir befohlen, mit mir zu schlafen?« fragte er plötzlich.

Sie zuckte zusammen. »Nein.« Sie ging wieder hin und her. »Aber ich habe um Erlaubnis gefragt. Lilly sagte, ich sollte es ruhig tun, es würde vielleicht helfen, dich für unsere Interessen zu gewinnen.« Sie hielt inne. »Klingt das für dich schrecklich kühl?«

»Auf Jackson's Whole – lediglich klug.« Und eine Bindung lief ja sicher immer in zwei Richtungen. Jackson's Whole war kein Ort, um allein zu sein. *Aber man kann niemandem trauen.*

Wenn hier jemand geistig gesund war, dann sicher nur durch Zufall, ganz bestimmt.

Das Lesen, eine Übung, die ihm zuerst ein stechendes Gefühl in den Augen und sofort unerträgliches Kopfweh verursacht hatte, wurde allmählich leichter. Inzwischen konnte er bis zu zehn Minuten auf einmal lesen, bevor es für die Augen zu schlimm wurde. Zurückgezogen in Rowans Studierzimmer, schob er sich bis an die Grenze des Schmerzes vor, nahm einen Bissen Information auf, ruhte sich ein paar Minuten lang aus und versuchte es dann aufs neue. Er begann von der Mitte nach außen, las zuerst über Jackson's Whole, seine einzigartige Geschichte und regierungslose Struktur, über die hundertundsechzehn Großen Häuser und die zahllosen Kleinen Häuser, mit ihren ineinander verflochtenen Allianzen und Vendettas, ihrem Hin und Her von Abmachungen und Verrat. Er kam zu dem Schluß, die Durona-Gruppe sei drauf und dran, ein Kleines Haus aus eigenem Recht zu werden; sie war ein Knospe am Haus Fell wie bei einer Hydra. Und wie dieser Süßwasserpolyp vermehrte sie sich asexuell. Die Namen der Häuser Bharaputra, Hargraves, Dyne, Ryoval und Fell lösten Bilder in seinem Kopf aus, die nicht vom Vid-Display kamen. Einige davon begann sich zu verknüpfen. Noch zu wenige. Er überlegte, ob es bedeutsam war, daß die Häuser, die ihm am bekanntesten vorkamen, auch die waren, die am berühmtesten für Handel mit illegalen Dingen außerhalb des Planeten waren.

Wer immer ich bin, ich kenne diesen Ort. Und doch … seine Bilder kamen ihm klein vor, zu seicht, um für einen prägenden Lebensabschnitt zu stehen. Vielleicht war er ein kleiner Kerl gewesen. Doch es war immer noch mehr als das, was er aus seinem Unterbewußtsein über die Jugend des mutmaßlichen Admiral Naismith herausholen konnte, über den von den Cetagandanern gezüchteten Klon.

Großvater. Das waren Erinnerungen mit Macht gewesen, mit einer fast betäubenden sensorischen Wucht. Wer war Großvater? Ein jacksonischer Pflegevater? Ein komarranischer Mentor? Ein cetagandanischer Trainer? Jemand, der riesengroß war und faszinierend, geheimnisvoll und alt und gefährlich. Großvater hatte keinen Ursprung, er schien mit dem Universum zusammen zu kommen.

Ursprünge. Vielleicht würde ein Studium seines Originals etwas ergeben, des verkrüppelten kleinen Lords Vorkosigan von Barrayar. Er war schließlich nach Vorkosigans Vorbild geschaffen worden, was schon eine schlimme Sache war, wenn man das einem armen Trottel antat. Er ließ sich an Rowans Komkonsole eine Liste von Verweisen auf Barrayar auflisten. Es gab einige Hunderte von Sachbüchern, Vids, Dokumenten und Tatsachenberichten. Um dem Ganzen einen Rahmen zu geben, begann er mit der allgemeinen Geschichte, die er schnell durchblätterte. Die fünfzigtausend Erstankömmlinge. Der Kollaps des Wurmlochs. Das Zeitalter der Isolation. Die Blutigen Jahrhunderte … Die Wiederentdeckung … die Worte verschwammen. Sein Kopf kam ihm zum Bersten voll vor. Vertraut, so schmerzlich vertraut … er mußte aufhören.

Keuchend verdunkelte er das Zimmer und legte sich auf das kleine Sofa, bis seine Augen aufhörten zu pulsieren. Aber schließlich sollte ihm ja alles vertraut vorkommen, wenn er je dazu trainiert worden war, Vorkosigan zu ersetzen. Er würde Barrayar vorwärts und rückwärts studiert haben müssen. *Ich habe es studiert.* Er wollte Rowan bitten, ihn an die Wand zu fesseln und ihm eine weitere Dosis Schnell-Penta zu verpassen, egal, was mit seinem Blutdruck wurde. Das Zeug hatte fast funktioniert. Vielleicht sollte man es noch einmal versuchen...

Die Tür zischte. »Hallo?« Die Lichter gingen an. Rowan stand im Eingang. »Geht es dir gut?«

»Kopfweh. Vom Lesen.«

»Du solltest nicht versuchen, so...«

Schnell voranzukommen, ergänzte er stumm. Das war in den letzten paar Tagen Rowans ständiger Kehrreim, seit seinem Gespräch mit Lilly. Aber diesmal biß sie sich auf die Zunge. Er richtete sich auf, sie kam und setzte sich neben ihn. »Lilly möchte, daß ich dich nach oben bringe.«

»In Ordnung...« Er schickte sich an aufzustehen, aber sie hielt ihn zurück.

Sie küßte ihn. Es war ein langer, langer Kuß, der ihn zuerst erfreute und dann beunruhigte. Er wich zurück und fragte: »Rowan, was ist los?«

»... ich glaube, ich liebe dich.«

»Oh. Ist das ein Problem?«

»Nur für mich.« Sie zwang sich zu einem kurzen, unglücklichen Lächeln. »Ich werde schon damit fertig.«

Er nahm ihre Hände und fuhr die Sehnen und Adern entlang. Sie hatte brillante Hände. Er wußte nicht, was er sagen sollte.

Sie zog ihn auf die Füße. »Komm!« Bis zum Eingang des Liftrohrs zum Penthouse hielten sie sich an den Händen. Nachdem sie ihre Hand gelöst hatte, um das Handflächenschloß zu drücken, nahm sie seine Hand nicht mehr. Zusammen fuhren sie nach oben und gingen am verchromten Geländer vorbei in Lillys Wohnzimmer.

Lilly saß aufrecht und formell in ihrem breiten, gepolsterten Sessel. Ihr weißes Haar war heute zu einem einzigen dicken Seil geflochten, das sich über ihre Schulter in ihren Schoß hinabschlängelte. Sie wurde von Hawk begleitet, der schweigend rechts hinter ihr stand. *Kein Diener. Ein Wächter.* Drei Fremde in grauen quasimilitärischen Uniformen mit weißer Paspelierung waren vor ihr aufgereiht. Zwei Frauen saßen, ein Mann stand. Eine der Frauen hatte schwarze Locken und braune Augen, die sich ihm mit einem sengenden Blick zuwandten. Die andere, ältere Frau hatte kurzes hellbraunes Haar mit wenigen grauen Fäden. Aber ihn fesselte der Anblick des Mannes.

Mein Gott. Das ist das andere Ich.

Oder ... Nicht-Ich. Sie standen sich Auge in Auge gegenüber. Dieser Kerl war fast schmerzlich ordentlich, die Stiefel sauber, die Uniform gebügelt und formell. Seine bloße Erscheinung war ein Salut für Lilly. Abzeichen glitzerten an seinem Kragen. *Admiral ... Naismith? NAISMITH* lautete der Name, der über der linken Brusttasche seiner Offiziersjacke aufgenäht war. Ein heftiger Atemzug, ein elektrisches Klicken der Augen und ein halb unterdrücktes Lächeln ließen das Gesicht des kleinen Mannes wunderbar lebendig erscheinen. Doch wenn er selbst nur ein knochiger Schatten seiner selbst war, so war dieser Mann doppelt so umfangreich. Untersetzt, rechteckig, kräftig und konzentriert, mit schweren Kinnbacken und einem beträchtlichen Bauch. Er sah aus wie ein höherer Offizier; die Körpermasse ausbalanciert, auf kräftigen Beinen, die in einer aggressiven Stellung gespreizt waren, wie bei einer übergewichtigen Bulldogge. Das war also Naismith, der berühmte Retter, den sich Lilly so wünschte. Es erschien ihm glaubhaft.

In seine höchste Faszination über seinen Klonzwilling drang eine wachsende schreckliche Erkenntnis. *Ich bin der Falsche.* Lilly hatte ein Vermögen dafür ausgegeben, den falschen Klon wiederzubeleben. Wie ärgerlich würde sie werden? Einer jacksonischen Führerin mußte ein solcher schlimmer Fehler vorkommen, als hätte sie einen Coup gegen *sich selbst* gelandet. In der Tat, Lillys Gesicht war starr und streng, während sie Rowan anschaute.

»Er ist es, ganz richtig«, hauchte die Frau mit den brennenden Augen. Sie hielt ihre Hände im Schoß zu Fäusten geballt.

»Kenne ich… Sie, Madame?« sagte er höflich und vorsichtig. Ihre fackelgleiche Hitze beunruhigte ihn. Halbbewußt rückte er näher an Rowan heran.

Ihr Gesicht war wie aus Marmor. Nur eine leichte Weitung ihrer Augen, wie bei einer Frau, der man mit einem Laserstrahl sauber den Solarplexus durchbohrte, verriet eine Tiefe von… welchem Gefühl? Liebe, Haß? Spannung… Seine Kopfschmerzen wurden schlimmer.

»Wie Sie sehen«, sagte Lilly. »Lebendig und wohlbehalten. Kehren wir zur Diskussion des Preises zurück.« Der runde Tisch war voller Tassen und Kuchenkrümel – wie lang hatte diese Konferenz schon gedauert?

»Was immer Sie wollen«, sagte Admiral Naismith schweratmig. »Wir zahlen und verschwinden.«

»Jeden vernünftigen Preis.« Die braunhaarige ältere Frau warf ihrem Kommandeur einen seltsam einhaltgebietenden Blick zu. »Wir sind gekommen, einen Mann abzuholen, nicht einen belebten Körper. Eine verpfuschte Wiederbelebung läßt meiner Meinung nach an einen Rabatt für beschädigte Waren denken.« Diese Stimme, diese ironische Altstimme… *Ich kenne dich.*

»Seine Wiederbelebung ist nicht verpfuscht«, sagte Rowan scharf. »Falls es ein Problem gegeben hat, dann bei der Vorbereitung…«

Die heiße Frau machte einen Ruck und runzelte heftig die Stirn.

»… aber tatsächlich erholt er sich gut. Meßbare Fortschritte jeden Tag. Es ist einfach zu früh. Sie drängen zu sehr.« Einen Blick auf Lilly? »Der Stress und der Druck verlangsamen genau die Ergebnisse, die sie beschleunigen wollen. Er *selbst* drängt zu sehr, er verwickelt sich so sehr in Knoten ...«

Lilly hob besänftigend die Hand. »So redet meine Spezialistin für Kryo-Wiederbelebung«, sagte sie zum Admiral. »Ihr Klonbruder ist in einem Zustand der Genesung, und man kann erwarten, daß es noch besser wird. Falls es das ist, was Sie tatsächlich wünschen.«

Rowan biß sich auf die Lippe. Die heiße Frau kaute an einer Fingerspitze.

»Jetzt kommen wir zu dem, was *ich* wünsche«, fuhr Lilly fort. »Und vielleicht hören Sie es gern, daß es nicht um Geld geht. Sprechen wir ein wenig über die jüngste Geschichte. Jüngst natürlich aus meiner Sicht.«

Admiral Naismith blickte durch die großen, quadratischen Fenster nach draußen. Sie rahmten einen weiteren dunklen jacksonischen Winternachmittag ein, mit tief dahinziehenden Wolken, aus denen Schnee zu fallen begann. Der Energieschirm funkelte und fraß stumm die Eisnadeln auf. »Von jüngster Geschichte geht mir viel durch den Kopf, Madame«, sagte er zu Lilly. »Falls Sie sie kennen, wissen Sie, warum ich mich hier nicht aufhalten möchte. Kommen Sie zur Sache.«

Das war nicht indirekt genug für jacksonische Geschäftsetikette, aber Lilly nickte. »Wie geht es Dr. Canaba zur Zeit, Admiral?«

»Was?«

Lilly beschrieb erneut ihr Interesse am Schicksal des flüchtigen Genetikers, und zwar für eine Jacksonierin ziemlich knapp. »Ihre Organisation hat Hugh Canaba komplett verschwinden lassen. Ihre Organisation hat zehntausend marilacanische Kriegsgefangene unter der Nase ihrer cetagandanischen Aufseher von Dagoola Vier fortgeholt, wobei ich allerdings zugebe, daß sie auf spektakuläre Weise nicht verschwunden sind.

Irgendwo zwischen diesen beiden erwiesenen Extremen liegt das Schicksal meiner kleinen Familie. Sie werden mir den kleinen Scherz verzeihen, wenn ich sage, Sie erscheinen mir gerade das zu sein, was der Doktor verordnet hat.«

Naismiths Augen weiteten sich. Er rieb sich das Gesicht, saugte zwischen den Zähnen Luft ein und brachte ein angespannt wirkendes Grinsen zustande. »Ich verstehe, Madame. Nun ja. In der Tat kann man ein solches Projekt, wie Sie es vorschlagen, durchaus diskutieren, besonders, wenn Sie meinen, Sie würden sich gern Dr. Canaba anschließen. Ich bin aber nicht darauf vorbereitet, es an diesem Nachmittag aus meiner Tasche zu ziehen, wie Sie vielleicht verstehen werden …«

Lilly nickte.

»Doch sobald ich Kontakte mit meiner Verstärkung aufgenommen habe, kann etwas arrangiert werden, glaube ich.«

»Dann kommen Sie wieder zu uns zurück, Admiral, sobald Sie Kontakt mit Ihrer Verstärkung aufgenommen haben, und Ihr Klonzwilling wird Ihnen ausgehändigt.«

»Nein …!« begann die heiße Frau und erhob sich halb. Ihre Kameradin faßte sie am Arm und schüttelte den Kopf, und sie sank wieder auf ihren Sitz zurück. »Ganz recht, Bel«, murmelte sie.

»Wir hatten gehofft, ihn heute mitzunehmen«, sagte der Söldner und schaute ihn an. Ihre Blicke trafen sich kurz. Der Admiral schaute weg, als müßte er sich gegen einen zu intensiven Reiz schützen.

»Aber wie Sie verstehen können, würde mir das meinen hauptsächlichen Trumpf bei diesen Verhandlungen nehmen«, murmelte Lilly. »Und das übliche Arrangement, eine Hälfte im voraus und die andere bei Lieferung ist offensichtlich nicht realisierbar. Vielleicht würde ein bescheidener finanzieller Vorschuß Sie beruhigen.«

»Man scheint sich bis jetzt gut um ihn gekümmert zu haben«, sagte die braunhaarige Offizierin unsicher.

»Aber das würde Ihnen auch die Möglichkeit geben«, der Admiral runzelte die Stirn, »ihn an andere interessierte Parteien zu versteigern. Ich möchte Sie davor warnen, in dieser Angelegenheit einen Wettstreit der Gebote zu beginnen, Madame. Es könnte sich zu einem echten Kampf ausweiten.«

»Ihre Interessen werden von Ihrer Einzigartigkeit geschützt, Admiral. Niemand sonst auf Jackson's Whole hat, was ich haben will, Sie jedoch schon. Und ich glaube, das gilt auch umgekehrt. Wir sind sehr gut für diesen Handel geeignet.«

Für eine Jacksonierin bedeutete dies ein großes Entgegenkommen, den anderen zu ermuntern. *Nehmt an, schließt den Handel ab!* dachte er, dann überlegte er, weshalb. Wofür wollten diese Leute ihn haben? Draußen peitschte ein Windstoß den Schneefall zu einem blendenden, wirbelnden Vorhang zusammen. Er knisterte an die Fenster.

Er knisterte an die Fenster...

Lilly merkte es als nächste. Ihre dunklen Augen weiteten sich. Niemand sonst hatte bisher das Aufhören dieses schweigenden Glitzerns bemerkt. Ihr bestürzter Blick traf den seinen, als er den Kopf von dem ersten Blick nach draußen abwandte, und ihre Lippen setzten an zu sprechen.

Das Fenster barst nach innen.

Es war Sicherheitsglas. Anstatt von Scherben wurden sie alle von einem Hagel heißer Kügelchen bombardiert. Die beiden Söldnerfrauen sprangen auf, Lilly schrie auf und Hawk sprang vor sie. In seiner Hand erschien ein Betäuber. Eine Art großer Luftwagen schwebte vor dem Fenster. Ein, zwei... drei, vier riesige Kämpfer sprangen herein. Eine durchsichtige Biotainer-Ausrüstung bedeckte die Nervendisruptor-Abschirmanzüge; ihre Gesichter wurden von Kapuzen und Schutzbrillen verdeckt. Hawks wiederholtes Betäuberfeuer knisterte harmlos über sie hinweg.

Sie kämen weiter, wenn Sie den verdammten Betäuber auf sie werfen würden! Er blickte wild um sich nach einem Wurfgeschoß, einem Messer, Stuhl, Tischbein, nach irgend etwas, mit dem man angreifen konnte. Über einen der Taschenkommunikatoren der Söldnerinnen rief eine blecherne Stimme: »Quinn, hier Elena. Etwas hat gerade den Energieschirm des Gebäudes fallen lassen. Ich stelle Energieentladungen fest – was, zum Teufel, ist da drin los? Braucht ihr Verstärkung?«

»Ja!« schrie die heiße Frau und wich, indem sie zur Seite rollte, einem Betäuberstrahl aus, der ihr knisternd über den Teppich folgte. *Jemand spielt Katz-und-Maus mit einem Betäuber.* Mit dem Angriff sollte jemand geschnappt werden, es handelte sich also um keinen Mordanschlag. Hawk hatte schließlich Verstand genug, den runden Tisch aufzuheben und zu schwingen. Er traf einen der Kämpfer, wurde jedoch von einem anderen mit dem Betäuber gefällt. Lilly stand völlig reglos da und beobachtete alles grimmig. Ein kalter Windstoß ließ ihre seidenen Hosenbeine flattern. Niemand zielte auf sie.

»Wer ist Naismith?« dröhnte die lautsprecherverstärkte Stimme eines der Kämpfer im Biotainer. Die Dendarii hatten offensichtlich für die Verhandlung ihre Waffen abgelegt. Die braunhaarige Söldnerin ging im Nahkampf auf einen der Eindringlinge los. Diese Möglichkeit hatte er nicht. Er packte Rowans Hand und wich hinter einen Sessel aus. Er versuchte freie Bahn zu dem Liftrohr zu bekommen.

»Nehmt beide«, rief der Anführer über das Getöse hinweg. Ein Kämpfer sprang auf das Liftrohr zu, um ihnen den Weg abzuschneiden; die rechteckige Facette des Entladepunkts an seinem Betäuber blinkte im Licht, als er sein Ziel gefunden hatte.

»Auf keinen Fall!« brüllte der Admiral und prallte

gegen den Kämpfer. Der stolperte und traf daneben. Das letzte, was er sah, als er und Rowan auf das Liftrohr zustürzten, war ein Betäuberstrahl des Anführers, der Naismith in den Kopf traf. Die beiden anderen Dendarii lagen am Boden.

Quälend langsam ging es hinab. Wenn er und Rowan zum Energieschildgenerator gelangen konnten, konnten sie ihn dann wieder einschalten und die Angreifer im Gebäude einschließen? Betäuberfeuer sirrte hinter ihnen her, unzählige winzige Sternchen barsten an den Wänden. Sie drehten sich in der Luft, landeten irgendwie auf den Füßen und stolperten zurück in den Korridor. Keine Zeit für Erklärungen – er packte Rowans Hand, klatschte sie flach auf das auf die Duronas eingestellte Schloßkontrollpad und drückte den Strom-aus-Schalter mit dem Ellbogen. Der Kämpfer, der sie verfolgte, schrie auf und stürzte drei Meter tief, mit dem Kopf voraus.

Er zuckte bei dem Geräusch des Aufpralls zusammen und zog Rowan hinter sich her den Korridor hinab. »Wo sind die Generatoren?« schrie er ihr über die Schulter zu. Weitere Duronas erschienen alarmiert aus allen Richtungen. Zwei Wachen des Hauses Fell in grüner Uniform stürzten am anderen Ende in den Korridor und liefen auf das Liftrohr zum Penthouse. Doch auf welcher Seite waren sie? Er zog Rowan in den nächsten offenen Eingang.

»Schließ zu!« keuchte er. Sie drückte auf den Knopf zum Schließen der Tür. Sie befanden sich in der Wohnsuite eines Mitglieds der Duronas. Eine Sackgasse gab ein schlechtes Schlupfloch ab, aber Hilfe schien unterwegs zu sein. Er war sich nur nicht sicher, für wen. *Etwas hat gerade den Energieschirm des Gebäudes fallen lassen…* Von innen. Er konnte nur von innen abgeschaltet worden sein. Er bückte sich halb und riß den Mund weit auf, um Luft zu holen. Seine Lungen brannten, das Herz raste, und die Brust schmerzte.

Eine verschwommene Dunkelheit umwölkte seinen Blick. Er stolperte trotzdem auf das gefährliche Fenster zu und versuchte, die taktische Situation in den Griff zu bekommen. Vom Korridor drangen gedämpft Rufe und das Geräusch von Schlägen herein.

»Wie, zum Teufel, haben diese Mistkerle euren Energieschirm ausgeschaltet?« schnaufte er Rowan an und umklammerte die Fensterbank. »Hab keine Explosion gehört – ein Verräter?«

»Ich weiß es nicht«, erwiderte Rowan nervös. »Das berührte die äußere Sicherheit. Dafür sollen eigentlich Fells Leute zuständig sein.«

Er schaute hinaus auf den eisbedeckten Parkplatz. Einige weitere grüngekleidete Männer überquerten ihn im Laufschritt, schrien, zeigten nach oben, nahmen Deckung hinter einem geparkten Fahrzeug und bemühten sich, mit einer Projektil-Waffe zu zielen. Ein anderer Wächter gestikulierte ihnen eindringlich ablehnend zu; ein Fehlschuß konnte das Penthouse und alle, die sich darin befanden, vernichten. Sie nickten und warteten.

Er reckte den Hals, Gesicht ans Glas gedrückt, und versuchte nach oben zu schauen. Der gepanzerte Luftwagen schwebte noch immer vor dem Penthouse-Fenster.

Die Angreifer zogen sich schon zurück. Verdammt! Keine Chance mit dem Energieschirm. *Ich bin zu langsam.* Der Luftwagen schwankte, während die Kämpfer eilig wieder an Bord gingen. Hände griffen zu, und eine kräftige kleine graugekleidete Gestalt wurde über die Lücke geschleift, sechs Stockwerke über dem Betonboden. Ein schlaffer Kämpfer wurde auch hinübergezogen. Sie ließen keinen Verwundeten zurück, der hätte ausgefragt werden können. Rowan zog ihn mit zusammengebissenen Zähnen zurück. »Geh aus der Schußlinie!«

Er widersetzte sich ihr. »Sie hauen ab!« protestierte

er. »Wir sollten sie *jetzt* bekämpfen, auf unserem eigenen Terrain...«

Ein weiterer Luftwagen stieg von der Straße aus hoch, von der anderen Seite der alten und unbrauchbaren Mauer um das Anwesen. Ein kleines Zivilmodell, unbewaffnet und ungepanzert. Es bemühte sich, Höhe zu gewinnen. Durch das Verdeck konnte er verschwommen eine graugekleidete Gestalt an der Steuerung sehen. Der gepanzerte Luftwagen der Angreifer gierte vom Fenster weg. Der Dendarii-Luftwagen versuchte ihn zu rammen, ihn herabzuzwingen. Funken sprühten, Plastik knackte, Metall kreischte, aber der gepanzerte Luftwagen schüttelte den anderen ab; der drehte sich um die eigene Achse, rotierte auf die Straße zu und landete mit einem gräßlichen Knirschen.

»Bestimmt gemietet«, stöhnte er und schaute zu. »Da wird was dafür zu zahlen sein! Ein guter Versuch, es hat fast funktioniert – Rowan! Gehören von diesen Luftwagen da unten welche euch?«

»Du meinst, der Gruppe? Ja, aber...«

»Komm! Wir müssen dort hinunter.« Aber jetzt wimmelte es in dem Gebäude von Sicherheitsleuten. Sie würden jeden an die Wand nageln, bis er identifiziert und für unbedenklich erklärt war. Er konnte nicht gut zum Fenster hinausspringen und die fünf Stockwerke hinabfliegen, obwohl er es wünschte. Ach, wenn er doch eine Tarnkappe hätte!

Oh. Ja!

»Trag mich! Kannst du mich tragen?«

»Wahrscheinlich, aber...«

Er rannte zur Tür und fiel rückwärts in ihre Arme, als die Tür wieder aufging.

»Warum?« fragte sie.

»Tu's, tu's, tu's!« zischte er mit zusammengebissenen Zähnen. Sie schleifte ihn wieder in den Korridor hinaus. Mit zusammengekniffenen Augen studierte er das Chaos und keuchte realistisch. Allerhand aufgeregte Duronas drängten sich hinter einem Kordon von Fellschen Sicherheitsleuten, die jetzt den Eingang zum Penthouse blockierten. »Sag Dr. Chrys, sie soll meine Füße nehmen«, murmelte er aus dem Mundwinkel.

Da Rowan im Augenblick zu überwältigt war, um zu streiten, rief sie: »Chrys, hilf mir! Wir müssen ihn nach unten bringen.«

»Oh …« Unter dem Eindruck, daß es sich um einen medizinischen Notfall handelte, stellte Dr. Chrys keine Fragen. Sie packte seine Fußknöchel und binnen Sekunden bahnten sie sich ihren Weg durch die Menge. Zwei Dr. Duronas, die einen Kerl mit weißem Gesicht, der verletzt aussah, im Dauerlauf davontrugen – grüngekleidete bewaffnete Männer traten hastig zur Seite und winkten sie weiter.

Als sie das Erdgeschoß erreicht hatten, wollte Chrys in Richtung auf den Klinikbereich weitergaloppieren. Einen Moment lang wurde er in zwei verschiedene Richtungen gerissen, dann befreite er seine Füße aus dem Griff der verdutzten Dr. Chrys und machte sich von Rowan los. Sie folgte ihm und so erreichten sie zusammen die Tür nach draußen.

Die Aufmerksamkeit der Wachen war auf die Bemühungen der beiden Männer mit dem Raketenwerfer gerichtet; seine Augen folgten der schattenhaften Form ihres Ziels, das sich auf dem Rückzug befand und von den Schneewolken verschluckt wurde. *Nein, nein, nicht schießen …!* Der Raketenwerfer rülpste, die leuchtende Explosion ließ den Luftwagen schwanken, jedoch nicht abstürzen.

»Bring mich zu dem größten, schnellsten Ding, das du in Gang setzen kannst«, keuchte er Rowan zu. »Wir können sie nicht davonkommen lassen.« *Wir können auch nicht zulassen, daß Fells Leute sie in die Luft sprengen.* »Beeil dich!«

»*Warum?*«

»Diese Kerle haben gerade meinen, meinen … Bruder entführt«, keuchte er. »Wir müssen folgen. Müssen sie runterbringen, wenn wir können, verfolgen, wenn wir nicht können. Die Dendarii müssen irgendwelche Verstärkungen haben, wenn wir sie nicht verlieren. Oder Fell. Lilly ist seine, seine Vasallin, nicht wahr? Er muß reagieren. Oder *irgend jemand* reagiert.« Er zitterte heftig. »Wenn wir sie verlieren, bekommen wir sie nie zurück. Damit rechnen sie.«

»Was, zum Teufel, sollen wir tun, wenn wir sie einholen?« widersprach Rowan. »Sie haben gerade versucht, dich zu entführen, und du möchtest hinter ihnen her? Das ist eine Aufgabe für die Sicherheit!«

»Ich bin … ich bin …« *Was? Was bin ich?* Sein frustriertes Gestotter ging in ein Konfettigewirr von Wahrnehmung über. *Nein, nicht schon wieder …*

Sein Blick wurde wieder deutlich, als ein Hypospray zischte und kalt in seinen Arm biß. Dr. Chrys stützte ihn, Rowan hatte einen Daumen gegen sein Augenlid gedrückt, während sie ihm ins Auge schaute und mit der anderen Hand das Hypospray wieder in ihre Tasche gleiten ließ. Eine Art glasiger Verwirrung überkam ihn, als wäre er in Zellophan eingewickelt. »Das sollte helfen«, sagte Rowan.

»Nein, es hilft nicht«, beschwerte er sich, oder versuchte es wenigstens. Aus seinen Worten wurde ein Gemurmel.

Sie hatten ihn aus der Lobby weggeschleift, aus der Sichtweite der anderen in die Nähe eines der Liftrohre zum unterirdischen Teil der Klinik. Er hatte also nur wenige Augenblicke an die Konvulsion verloren. Es gab immer noch eine Chance – er zappelte in Chrys' Griff, doch der wurde fester.

Das Geräusch von weiblichen Schritten, nicht den Stiefeln von Wachen, kam um die Ecke. Lilly erschien, mit unbewegtem Gesicht und bebenden Nasenflügeln, flankiert von Dr. Poppy.

»Rowan. Schaff ihn hier fort«, sagte Lilly mit einer Stimme, die trotz ihrer Atemlosigkeit völlig gelassen klang. »Georish selbst wird zum Planeten herunterkommen, um diese Sache zu untersuchen. *Er* darf nie hier gewesen sein. Unsere Angreifer scheinen Feinde von Naismith gewesen zu sein. Die Geschichte wird so lauten, daß die Dendarii auf der Suche nach Naismiths Klon hierherkamen, ihn aber nicht fanden. Chrys, beseitige die Indizien in Rowans Zimmer und versteck die entsprechenden Dateien. Los!«

Chrys nickte und rannte los. Rowan übernahm es, ihn auf den Beinen zu halten. Er hatte eine seltsame Neigung zusammenzusinken, als würde er schmelzen. Er blinzelte gegen die Droge an. *Nein, wir müssen hinterher …*

Lilly warf Rowan eine Kreditkarte zu, und Dr. Poppy überreichte ihr ein paar Mäntel und eine Arzttasche. »Nimm ihn zur Hintertür hinaus und verschwinde. Benutze die Evakuierungscodes. Such dir einen beliebigen Ort aus und tauche unter, und zwar *nicht* auf einem unserer Anwesen. Melde dich über eine gesicherte Leitung von einem anderen Ort aus. Da dürfte ich inzwischen wissen, was ich aus diesem Durcheinander retten kann.« Ihre runzeligen Lippen entblößten ihre zornig zusammengebissenen Elfenbeinzähne. »Setz dich in Bewegung, Mädchen?«

Rowan nickte gehorsam und widersprach überhaupt nicht, wie er ungehalten bemerkte. Sie hielt ihn fest am Arm und führte ihn über ein Lastenliftrohr hinab, durch ein Untergeschoß hindurch und in die unterirdische Klinik hinein. Auf deren zweiter Ebene führte eine verborgene Tür in einen schmalen Tunnel. Er kam sich vor wie eine Ratte in einem Labyrinth. Rowan hielt dreimal an, um an einer Sicherheitsvorrichtung etwas einzutippen.

Sie kamen in der unterirdischen Ebene eines anderen Gebäudes heraus, und die Tür verschwand hinter ihnen, ununterscheidbar von der Wand. Sie gingen weiter, durch gewöhnliche Versorgungstunnel hindurch. »Benützt du diese Route oft?« keuchte er.

»Nein. Aber dann und wann wollen wir etwas herein- oder hinausschaffen, ohne daß es unsere Torwachen registrieren, denn die sind Baron Fells Leute.«

Sie kamen schließlich in einer kleinen unterirdischen Garage heraus. Sie führte ihn zu einem kleinen blauen Leichtflieger, der schon etwas älter und unauffällig war, und verfrachtete ihn auf den Passagiersitz. »Das is' nich' richtig«, beschwerte er sich mit belegter Zunge. »Admiral Naismith – jemand sollte hinter Admiral Naismith her sein.«

»Naismith hat eine ganze Söldnerflotte.« Rowan gurtete sich auf dem Pilotensitz fest. »Sollen sie sich mit seinen Feinden einlassen. Versuche dich zu beruhigen und halt den Atem an. Ich möchte dir nicht noch eine Dosis verpassen müssen.«

Der Flieger stieg durch den wirbelnden Schnee hinauf und schwankte unsicher bei den Windstößen. Als Rowan beschleunigte, verschwand die Stadt, die sich unter ihnen ausdehnte, schnell in der Dunkelheit. Sie schaute auf sein erregtes Gesicht. »Lilly wird etwas unternehmen«, versicherte sie ihm. »Sie möchte auch Naismith haben.«

»Es ist falsch«, murmelte er. »Es ist alles falsch.« Er kuschelte sich in die Jacke, die Rowan ihm umgelegt hatte. Sie stellte die Heizung höher.

Ich bin der Falsche. Es schien, als besäße er keinen Wert an sich, außer seiner mysteriösen Macht über Admiral Naismith. Und wenn Admiral Naismith aus dem Handel verschwand, dann bliebe als einziger Interessent für ihn noch Vasa Luigi übrig, der Rache üben wollte für Verbrechen, die er sich nicht einmal erinnern konnte, begangen zu haben. Wertlos, unerwünscht, einsam und mit Narben übersät... Sein Magen krampfte sich schmerzhaft zusammen, und in seinem

Kopf hämmerte es schmerzhaft. Seine Muskeln taten weh, sie waren gespannt wie Drähte.

Rowan war alles, was er hatte. Und anscheinend der Admiral, der gekommen war, um ihn zu suchen. Der möglicherweise sein Leben riskiert hatte, um ihn zu holen. Warum? *Ich muß … etwas unternehmen.*

»Die Dendarii-Söldner. Sind die alle hier? Hat der Admiral Schiffe im Orbit oder was? Wieviel Verstärkung hat er? Er hat gesagt, es würde dauern, bis er seine Verstärkung kontaktiert. Wie lange? Wie sind die Dendarii hereingekommen, über einen kommerziellen Shuttlehafen? Können sie Luftunterstützung herbeirufen? Wie viele – wieviel – wo …« Sein Gehirn versuchte verzweifelt, nicht vorhandene Daten zu einem Angriffsmuster zusammenzusetzen.

»Entspanne dich!« bat ihn Rowan. »Wir können nichts tun. Wir sind nur kleine Leute. Und du bist nicht in der entsprechenden Verfassung. Du treibst dich noch in eine weitere Konvulsion, wenn du so weitermachst.«

»Scheiß auf meine Verfassung! Ich muß … ich muß …«

Rowan hob die Augenbrauen. Er legte sich mit einem enttäuschten Seufzer erschöpft zurück. *Ich hätte das machen können … etwas machen können …* Er lauschte auf nichts, vom Geräusch seines eigenen flachen Atems halb hypnotisiert. Besiegt. Erneut. Das gefiel ihm nicht. Er blickte brütend auf sein bleiches, verzerrtes Spiegelbild auf der Innenseite des Verdecks. Die Zeit schien zähflüssig geworden zu sein.

Die Lichter am Bedienungsfeld erloschen. Plötzlich waren sie schwerelos. Die Sitzgurte schnitten sich ein. Um sie herum begann schneller und schneller Nebel heraufzuströmen.

Rowan schrie, fingerte an der Steuerung herum und klopfte aufs Bedienungsfeld. Die Lichter flackerten, und für einen Moment hatten sie wieder Schub. Dann verloren sie ihn wieder. Stotternd verloren sie an Höhe. »Was ist denn los, verdammt!« schrie Rowan.

Er blickte nach oben. Nichts als eisiger Nebel – sie sanken unter die Wolkenschicht herab. Dann schob sich eine Silhouette über sie. Ein großer Liftvan, ein schwerer Luftransporter ...

»Das ist kein Systemversagen. Unser Feld wird intermittierend aufgehoben«, sagte er. »Man zwingt uns zum Landen.«

Rowan schluckte und konzentrierte sich auf die Versuche, in den kurzen Phasen, da sie die Herrschaft über den Leichtflieger innehatte, dieselbe Höhe beizubehalten. »Mein Gott, sind die das schon wieder?«

»Nein. Ich weiß nicht ... vielleicht hatten sie Verstärkung.« Mit Adrenalin und Entschlossenheit zwang er seinen Verstand trotz des Sedativs zu funktionieren. »Mach ein Geräusch!« sagte er. »Mach einen Platscher!«

»Was?«

Sie verstand nicht. Sie kapierte es nicht. Sie hätte – jemand hätte sollen ... »Mach einen Absturz mit dieser Kiste!« Sie *gehorchte* nicht.

»Bist du verrückt?« Sie landeten taumelnd, mit der rechten Seite nach oben und intakt, in einem öden Tal. Alles war voller Schnee und knackender Büsche.

»Jemand möchte einen Fang machen. Wir müssen ein Zeichen zurücklassen, oder wir verschwinden spurlos von der Landkarte. Kein Kommunikator«, er nickte in Richtung auf das erloschene Bedienungsfeld. »Wir müssen Fußspuren hinterlassen, etwas anzünden, irgendwas!« Er kämpfte mit den Sitzgurten.

Zu spät. Vier oder fünf große Männer umringten sie in der Dämmerung, die Betäuber gezogen. Einer reichte hoch, öffnete seine Tür und zog ihn heraus. »Vorsichtig, verletzen Sie ihn nicht!« schrie Rowan ängstlich und krabbelte hinterher. »Er ist mein Patient.«

»Wir tun ihm nichts, Madame«, einer der großen, in Parkas gekleideten Männer nickte ihr höflich zu, »aber Sie dürfen sich nicht wehren.« Rowan blieb regungslos stehen.

Er blickte wild um sich. Wenn er auf ihren Transporter zusprintete, konnte er dann ...? Seine paar Schritte vorwärts wurden unterbrochen, als einer der Kerle ihn an seinem Hemd packte und einfach in die Luft hob. Schmerz zuckte durch seinen narbenübersäten Rumpf, als der Mann seine Arme auf den Rücken drehte. Etwas kalt Metallisches klickte um seine Handgelenke. Das waren nicht die gleichen Männer, die in die Durona-Klinik eingedrungen waren. Sie ähnelten ihnen weder nach dem Aussehen noch nach den Uniformen und der Ausrüstung.

Ein anderer großer Mann kam mit knirschenden Schritten durch den Schnee. Er schob seine Kapuze zurück und leuchtete mit einem Handlicht auf die Gefangenen. Er schien etwa vierzig Standardjahre alt zu sein und hatte ein zerfurchtes Gesicht, olivbraune Haut und dunkles Haar, das in einem einfachen Knoten zurückgebunden war. Seine Augen glänzten und waren sehr wachsam. Seine schwarzen Augenbrauen hoben sich verwundert, als er auf seine Beute starrte.

»Öffne sein Hemd«, befahl er einem der Männer.

Der tat, wie ihm geheißen, und der Mann mit dem zerfurchten Gesicht leuchtete mit dem Handlicht auf das Geäst der Narben. Er verzog seine Lippen zu einem weißen Grinsen. Plötzlich warf er den Kopf zurück und lachte laut. Die Echos seiner Stimme verloren sich im leeren winterlichen Zwielicht. »Ry, du Narr! Ich möchte wissen, wie lang du brauchst, bis du dahinterkommst!«

»Baron Bharaputra«, sagte Rowan mit dünner Stimme. Sie hob trotzig das Kinn.

»Dr. Durona«, sagte Vasa Luigi seinerseits, höflich und amüsiert. »Ihr Patient, was? Dann werden Sie meine Einladung nicht abweisen und sich uns anschließen. Bitte, seien Sie unser Gast. Sie machen aus dem Ganzen ein kleines Familientreffen.«

»Was wollen Sie von ihm? Er hat sein Gedächtnis verloren.«

»Die Frage ist nicht, was ich von ihm will. Die Frage ist … was jemand anderer vielleicht von ihm will. Und was ich von diesem anderen will. Ha! Noch besser!« Er winkte seinen Männern und wandte sich ab. Sie drängten ihre Gefangenen in den geschlossenen Lufttransporter.

Einer der Männer ging zu dem blauen Leichtflieger. »Wo soll ich den zurücklassen, Sir?«

»Flieg ihn zurück in die Stadt und park ihn in einer Seitenstraße. Irgendwo. Ich seh dich dann zu Hause.«

»Jawohl, Sir.«

Die Türen des Transporters schlossen sich. Der Liftvan hob ab.

KAPITEL 24

Mark stöhnte. Lebhaft prickelnder Schmerz schoß durch ein dunkles Ekelgefühl.

»Du gibst ihm eine Dosis Synergin?« sagte eine Stimme überrascht. »Ich hatte es nicht so verstanden, daß der Baron diesen Kerl hier sanft angefaßt haben möchte.«

»Möchtest du den Flieger saubermachen, wenn er sein Frühstück rauskotzt?« brummte eine andere Stimme.

»Ach so.«

»Der Baron wird ihn schon richtig behandeln. Er hat nur gesagt, daß er ihn lebend haben möchte. Und das ist er ja noch.«

Ein Hypospray zischte.

»Der arme Trottel«, sagte die erste Stimme nachdenklich.

Dank dem Synergin begann sich Mark von dem Betäubertreffer zu erholen. Er wußte nicht, wieviel Raum und Zeit zwischen ihm und der Durona-Klinik lagen. Seit er das Bewußtsein wiedererlangt hatte, hatte man mindestens dreimal die Fahrzeuge gewechselt, und einmal war es etwas Größeres und Schnelleres als ein Luftwagen gewesen. Sie hielten irgendwo an, und er und die Kämpfer gingen alle durch einen Dekontaminationsraum. Die unauffällig gekleideten Kämpfer gingen ihres Weges, und er wurde zwei Wachen übergeben, großen flachgesichtigen Männern in schwarzen Hosen und roten Jacken.

Die Farben des Hauses Ryoval. *O je!*

Sie legten ihn, an Händen und Füßen gefesselt, im rückwärtigen Teil eines Leichtfliegers mit dem Gesicht zum Boden. Die grauen Wolken, die abendlich dunkelten, gaben keinen Hinweis auf die Richtung, in der sie flogen.

Miles lebt. Die Erleichterung, die ihm diese Tatsache bereitete, war so groß, daß er froh lächelte, obwohl sein Gesicht auf den klebrigen Plastiksitz gedrückt wurde. Was für ein erfreulicher Anblick der magere kleine Trottel gewesen war! Aufrecht stehend und atmend. Mark hätte fast geweint. Was er angerichtet hatte, war rückgängig gemacht worden. Jetzt konnte er wirklich Lord Mark sein. *All meine Sünden sind von mir genommen.*

Fast. Er betete darum, daß die Durona-Ärztin die Wahrheit gesagt hatte, als sie behauptete, daß Miles sich noch erhole. Miles' Augen waren erschreckend verwirrt gewesen. Und er hatte Quinn nicht erkannt, was sie fast umgebracht haben mußte. *Du wirst dich erholen. Wir werden dich nach Hause bringen, und du wirst dich erholen.* Er würde Miles heimholen, und alles würde wieder in Ordnung sein. Besser als in Ordnung. Es würde wunderbar sein.

Sobald man diesem Idioten Ryoval seinen Irrtum klargemacht hatte. Mark war bereit, dem Kerl den Bauch dafür aufzuschlitzen, daß er das Familientreffen verpfuscht hatte. *Der Kaiserliche Sicherheitsdienst wird sich mit ihm befassen.*

Sie fuhren in eine unterirdische Garage hinein, ohne daß er einen Blick auf die Außenseite ihres Ziels werfen konnte. Die beiden Wachen zogen ihn grob auf die Beine und banden seine Füße los. Es juckte und kribbelte. Sie gingen durch einen elektronischen Sicherheitsraum, danach wurde ihm die Kleidung abgenommen. Sie eskortierten ihn durch die Anlage. Es war kein Gefängnis. Es war keines der berühmten Bordelle des Hauses Ryoval. In der Luft hing ein schwacher, beunruhigend medizinischer Geruch. Das Gebäude war viel zu zweckmäßig eingerichtet, als daß es sich um eine Klinik handeln konnte, wo Schönheitsoperationen an Kunden durchgeführt wurden. Es war zu geheim und zu gesichert, als daß es ein Ort hätte sein können, wo nach Bestellung Sklaven erzeugt oder wo Menschen zu Wesen gemacht wurden, die menschlich nicht möglich waren. Es war nicht sehr groß. Es gab keine Fenster. Unterirdisch? *Wo, zum Teufel, bin ich?*

Er würde nicht in Panik geraten. Er erfreute sich an einer kurzen Vision dessen, was Ryoval seinen eigenen Leuten antun mochte, wenn er entdecken würde, daß sie den falschen Zwilling geschnappt hatten. Falls Ryoval den Fehler nicht auf den ersten Blick erkannte, dann – so spielte er mit dem Gedanken – würde er seine Identität eine Weile verheimlichen. Miles und die Dendarii sollten einen größeren Vorsprung bekommen. Sie waren nicht gefangen worden. Sie waren frei. *Ich habe ihn gefunden!* Sie müßten kommen, ihn zu holen. Und wenn nicht sie, dann der Kaiserliche Sicherheitsdienst. Der Sicherheitsdienst konnte nicht mehr als eine Woche hinter ihm her sein und mußte schnell aufholen. *Ich habe gewonnen, verdammt noch mal, ich habe gewonnen!*

In seinem Kopf drehte sich immer noch eine bizarre Mischung aus Heiterkeit und Schrecken, als die Wachen ihn bei Ryoval ablieferten. Er fand sich in einem luxuriösen Büro oder Studierzimmer wieder. Der Baron hatte hier offensichtlich Privaträume, denn hinter einem Türbogen sah er ein Wohnzimmer. Mark hatte keine Probleme, Ryoval zu erkennen. Er hatte ihn in den Vid-Aufzeichnungen von der ersten Mission der *Ariel* auf Jackson's Whole gesehen. Das Gespräch, in dem Ryoval angedroht hatte, er würde Admiral Naismiths abgetrennten Kopf in Plastik hüllen lassen und an der Wand aufhängen. Bei einem anderen Mann hätte man das als Übertreibung abtun können, doch Mark überkam das unbehagliche Gefühl, daß Ryoval es wörtlich gemeint hatte. Ryoval lehnte halb sitzend an seinem Komkonsolenpult. Er hatte glänzendes dunkles Haar, eine Nase mit hohem Rücken und glatte Haut. Für einen Hundertjährigen wirkte er stark und jugendlich.

Er trägt einen Klon. Marks Lächeln wurde wölfisch. Er hoffte, Ryoval würde sein Zittern, eine Nachwirkung der Betäubung, nicht für Angst halten.

Die Wachen setzten Mark auf einen Stuhl und befestigten ihn daran mit Metallbändern um seine Handgelenke. »Wartet draußen«, wies der Baron sie an. »Es dauert nicht lange.« Sie gingen hinaus.

Ryovals Hände zitterten leicht. Die Haut seines bronzefarbenen Gesichts war etwas feucht. Als er aufblickte und Marks Lächeln erwiderte, schienen seine Augen von innen her zu glühen. Er hatte den Blick eines Mannes, der so von den Visionen in seinem Kopf erfüllt ist, daß er kaum die gegenwärtige Wirklichkeit sieht. Mark war fast zu wütend, um sich darum zu kümmern. *Klonverbraucher!*

»Admiral«, hauchte Ryoval glücklich. »Ich habe Ihnen versprochen, wir würden uns wieder begegnen. So unausweichlich wie das Schicksal.« Er schaute Mark von oben bis unten an, dann hob er die dunklen Augenbrauen. »Sie haben in den letzten vier Jahren Gewicht zugelegt.«

»Das gute Leben«, knurrte Mark, der sich unbehaglicherweise daran erinnerte, daß er nackt war. Wie sehr er auch die Dendarii-Uniform verabscheut hatte, sie hatte ihn wirklich gut aussehen lassen. Quinn hatte sie persönlich für diese Maskerade zurechtgeschneidert, und er wünschte sie sich zurück. Wahrscheinlich war es jedoch diese Uniform gewesen, die Ryovals Kämpfer in dem Augenblick zeitweiliger heroischer Verrücktheit getäuscht hatte.

»Ich bin so froh, daß Sie am Leben sind. Zuerst hatte ich gehofft, Sie würden auf unangenehme Weise bei einem Ihrer kleinen Scharmützel umkommen, aber nach etwas Nachdenken begann ich tatsächlich für Ihr Überleben zu beten. Ich hatte vier Jahre Zeit, dieses Treffen zu planen. Es zu verbessern und zu verfeinern. Mir hätte es nicht gefallen, wenn Sie Ihre Verabredung verpaßt hätten.«

Ryoval erkannte nicht, daß er nicht Naismith vor sich hatte. Ryoval sah ihn kaum. Er schien durch ihn hindurchzuschauen. Der Baron begann vor ihm auf und ab zu gehen und breitete alle seine Pläne aus, wie ein nervöser Liebhaber, ausgeklügelte Pläne der Rache, die vom Obszönen über das Wahnsinnige zum Unmöglichen reichten.

Es hätte schlimmer sein können. Ryoval hätte in diesem Augenblick diese Drohungen vor diesem kleinen, verwirrt dreinblickenden Kryoamnestiker machen können, der nicht einmal wissen würde, wer er war, ganz zu schweigen, warum diese Dinge ihm passieren sollten. Dieser Gedanke erzeugte Übelkeit bei Mark. *Ja. Jetzt besser ich als er. Ganz recht.*

Er will dich erschrecken. Das sind bloß Worte. Was hatte der Graf gesagt? *Verkauf dich nicht deinem Feind schon im voraus, in deinem Geist …*

Verdammt, Ryoval war nicht einmal *sein* Feind. Alle diese grellen Szenarien waren für Miles entworfen worden. Nein, nicht einmal für Miles. Für Admiral Naismith, einen Mann, der nicht existierte. Ryoval jagte ein Gespenst, eine Schimäre.

Ryoval blieb neben ihm stehen und unterbrach seine geflüsterte Tirade. Neugierig fuhr er mit einer feuchten Hand an Marks Körper hinab und folgte dabei mit den Fingern genau der anatomischen Struktur der Muskeln, die unter der Fettschicht verborgen waren. »Wissen Sie«, hauchte er, »ich hatte geplant, Sie verhungern zu lassen. Aber ich habe es mir anders überlegt. Ich

danke nein. Vielleicht würde das Ryoval überzeugen, daß er nicht Naismith war. Das war verrückt. Doch die Wachen brachen keine Knochen und beendeten die Übung mechanisch. Sie sperrten ihn nackt in einen sehr kalten, winzigen Raum, ein Gelaß ohne Fenster. Das Luftloch maß vielleicht fünf Zentimeter im Durchmesser. Er kam mit seiner Faust nicht hindurch, geschweige denn mit seinem Körper.

Er versuchte sich vorzubereiten, sich zu stählen. Sich Hoffnung zu geben. Die Zeit war auf seiner Seite. Ryoval war ein äußerst geübter Sadist, doch er hatte einen Hang zur Psychologie. Ryoval würde ihn am Leben erhalten und auch relativ unbeschädigt lassen, zumindest zuerst. Schließlich mußten Nerven intakt bleiben, um Schmerzen zu melden. Ein Geist mußte relativ klar sein, um all die Nuancen der Qual zu erleben. Ausgeklügelte Demütigungen mußten als erstes auf dem Plan stehen, und man würde ihn nicht auf der Stelle zu Tode prügeln. Alles, was er zu tun hatte, war: zu überleben. Später ... – es würde kein Später geben. Die Gräfin hatte gesagt, Marks Aufbruch nach Jackson's Whole würde Illyan zwingen, mehr Agenten nach hier zu schicken, ob er wollte oder nicht, und schon das wäre ein sicherer Nutzen aus Marks Reise, selbst wenn er persönlich überhaupt nichts erreichte.

Und was bedeuteten ihm schließlich noch ein paar Demütigungen mehr? Miles' ungeheurer Stolz konnte erschüttert werden. Aber er hatte keinen. Folter war für ihn eine alte Geschichte. *O Ryoval, da haben Sie wirklich den falschen Mann erwischt.*

Nun, wenn Ryoval auch nur zur Hälfte der Psychologe wäre, für den er sich offensichtlich hielt, dann hätte er ein paar von Miles' Freunden geschnappt und vor ihm gefoltert. Das hätte prächtig funktioniert, bei Miles. Aber natürlich nicht bei ihm. Er hatte keine Freunde. *Verdammt, Ryoval. Ich kann mir schlimmere Dinge ausdenken als Sie.*

Das spielte keine Rolle. Seine Freunde würden ihn retten. Jederzeit. Bald.

Jetzt.

Er hielt den Trotz in seinen Gedanken durch, bis die Techniker ihn holen kamen.

Danach brachten sie ihn in seine kleine Zelle zurück, vermutlich um ihm etwas Alleinsein zu gönnen, damit er darüber nachdenken konnte. Eine ganze Weile dachte er gar nicht. Er lag auf der Seite und atmete keuchend in flachen Zügen, nur halb bei Bewußtsein. Seine Arme und Beine bewegten sich langsam im Rhythmus der inneren Schmerzen, die nicht aufhörten.

Schließlich lichteten sich die Wolken vor seinen Augen ein bißchen, der Schmerz ließ teilweise nach, an seine Stelle trat eine schwarze, abgrundschwarze Wut. Die Techniker hatten ihn festgebunden, ein Rohr in seinen Rachen geschoben und ihn mit einem widerlichen, kalorienreichen Brei vollgepumpt. In dem Zeug war auch ein Schuß Antiemetikum, so sagte man ihm, damit er nicht später wieder alles von sich gab, dazu ein Cocktail von Stoffwechselstimulantia, um Verdauung und Ablagerung zu beschleunigen. Das Ganze war viel zu subtil und komplex, als daß es spontan erdacht worden sein konnte. Es mußte sich um etwas handeln, was das Haus Ryoval auf Lager hielt. Und er hatte sich vorgestellt, dies sei eine einzigartige, für ihn persönlich ausgedachte Perversion. Er dachte, er hätte sich selbst schon früher Schaden zugefügt, doch Ryovals Leute überschritten weit die Grenzen eines bloßen Spiels mit dem Schmerz, unter den Augen ihres Herrn, der gekommen war, um zuzuschauen. Und ihn mit einem zunehmenden Lächeln zu studieren. Ryoval *wußte* es. Das hatte er in den schlauen, vergnügten Augen des Mannes gesehen.

Ryoval hatte Marks Rebellion all ihrer geheimen Lust entkleidet. Die eine somatische Kraft, die Marks

Signal gewesen war, seine Möglichkeit zur Kontrolle, war von ihm genommen. Ryoval hatte ihn am Haken, war ihm unter die Haut gekrochen. Weit unter die Haut.

Sie konnten einem etwas antun, und man konnte einfach nicht-da-sein, aber das war nichts im Vergleich dazu, wenn sie einen dazu brachten, daß man sich selbst etwas antat. Der Unterschied zwischen bloßer Folter und wahrer Erniedrigung lag in der Teilnahme des Opfers. Galen, dessen Foltern physisch viel milder waren als alles, was Ryoval erwog, hatte dies gewußt. Galen hatte Mark immer es sich selbst antun lassen, oder zumindest denken lassen, er hätte es getan.

Daß Ryoval dies auch wußte, demonstrierte er später, als er Mark ein starkes Aphrodisiakum verpaßte, bevor er ihn seinen Wachen übergab. (Waren sie wirklich Wachen? Oder Angestellte, die aus einem seiner Bordelle ausgeliehen waren?) So daß Mark ein glasig blickender Teilnehmer seiner eigenen Erniedrigung wurde. Zweifellos wurde es zu einer großen Show für die Holovids, die das Ganze von allen Seiten aufnahmen.

Sie brachten ihn in seine kleine Zelle zurück, damit er seine neue Erfahrung verdaute, so wie sie ihn zurückgebracht hatten, damit er seine erste Zwangsernährung verdaute. Es dauerte lange, bis der Schock und der Drogennebel sich verflüchtigten. Er pendelte langsam zwischen einer erschöpften Mattigkeit und Schrecken hin und her. Seltsam. Die Droge hatte seine Schockstab-Konditionierung kurzgeschlossen und sie zu etwas wie einen Fall von Schluckauf reduziert, sonst wäre die Show viel langweiliger und kürzer gewesen. Ryoval hatte zugeschaut.

Nein. Ryoval hatte *studiert*.

Sein Bewußtsein für die Augen des Mannes war zu einer Obsession geworden. Ryovals Interesse war nicht erotisch gewesen. Mark spürte, der Baron mußte schon vor Jahrzehnten Langeweile ob der stereotypen Banalität jedes möglichen körperlichen Aktes empfunden haben. Ryoval hatte ihn beobachtet wegen der… Reflexe? Kleine Anzeichen von Interesse, Angst, Verzweiflung. Die Übung war nicht um der Schmerzen willen arrangiert worden. Es hatte eine Menge Schmerzen gegeben, aber die waren nebensächlich gewesen. Meistens Qualen von der Zwangsernährung oder weil die Neurotransmitter sich erschöpften.

Das war noch nicht die Folter, erkannte Mark. *Das war nur der Vortest. Meine Folter wird erst noch entworfen.*

Plötzlich erkannte er, was kommen würde, alles in allem. Zuerst würde Ryoval ihn davon abhängig, durch wiederholte Dosen süchtig machen. Erst dann würde er Schmerzen hinzutun und ihn, zwischen Schmerz und Lust vibrierend, aufspießen, ihn dazu bringen, daß er sich selbst folterte, damit er zur dunklen Belohnung gelangte. Und dann würde er die Droge absetzen und Mark, der inzwischen für die Szenarios konditioniert war, weitermachen lassen. Und Mark würde weitermachen. Und dann würde Ryoval ihm die Freiheit anbieten. Und er würde weinen und betteln, bleiben zu dürfen, und darum flehen, ein Sklave bleiben zu dürfen. Vernichtung durch Verführung. Endspiel. Rache komplett.

Sie durchschauen mich, Ryoval, aber ich durchschaue Sie. Ich durchschaue Sie.

Es stellte sich heraus, daß die Zwangsernährung alle drei Stunden stattfand. Das war die einzige Uhr, die er hatte, sonst hätte er denken müssen, die Zeit sei stehengeblieben. Er war gewiß in die Ewigkeit eingetreten.

Er hatte immer gedacht, bei lebendigem Leibe gehäutet zu werden sei etwas, das mit scharfen Messern gemacht würde. Oder mit stumpfen. Ryovals Techniker machten es chemisch, indem sie sorgfältig ausgewählte Bereiche seines Körpers mit Aerosol besprühten. Sie trugen Handschuhe, Masken, Schutzkleidung. Er versuchte vergeblich, eine Maske herunterzureißen und einen der Männer miterleben zu lassen, was sie ihm verpaßten. Er verfluchte seine geringe Körpergröße und schrie und beobachtete, wie seine Haut Blasen bildete und sich auflöste. Die Chemikalie war kein Kaustikum, sondern eher ein seltsames Enzym; seine Nerven blieben schrecklich intakt und bloßgelegt. Danach war es eine Qual, etwas zu berühren oder berührt zu werden, besonders der Druck beim Sitzen oder Liegen war peinigend. Er stand in der winzigen Zelle und trat von einem Fuß auf den anderen und berührte stundenlang nichts, bis schließlich seine zitternden Beine nachgaben.

Es geschah alles so schnell. Wo, zum Teufel, waren alle? Wie lang war er schon hier? Einen Tag?

Also, ich habe einen Tag überlebt. Deshalb kann ich noch einen weiteren Tag überleben. Es konnte nicht schlimmer sein. Es konnte nur mehr sein.

Er saß und schwankte hin und her; vor Schmerz hatte er halb den Verstand verloren. Und vor Wut. Besonders vor Wut. Vom Augenblick der ersten Zwangsernährung war es nicht mehr Naismiths Krieg gewesen. Das war jetzt persönlich, zwischen Ryoval und ihm. Aber nicht persönlich genug. Er war nie mit Ryoval allein gewesen. Er war immer zahlenmäßig und was das Gewicht betraf unterlegen gewesen, von einer Fesselung in die andere gereicht. Admiral Naismith wurde als ein ziemlich gefährliches kleines Arschloch behandelt, selbst jetzt noch. Das würde nicht funktionieren.

Er hätte ihnen alles erzählt, alles über Lord Mark und Miles und den Grafen und die Gräfin und über

Barrayar. Und über Kareen. Aber die Zwangsernährung hatte ihm den Mund gestopft, und die Droge hatte ihm die Sprache genommen, und die anderen Dinge hatte ihn ständig zum Schreien gebracht. Es war alles Ryovals Schuld. Der Mann beobachtete. Aber er *hörte* nicht zu.

Ich wollte Lord Mark sein. Ich wollte einfach Lord Mark sein. War das so schlimm? Er wollte immer noch Lord Mark sein. Er hatte es fast erreicht gehabt, hatte es mit seinem Griff gestreift. Jetzt war es ihm entrissen. Er weinte darum: heiße Tränen, die wie geschmolzenes Blei auf seine Nichthaut fielen. Er spürte, wie Lord Mark von ihm glitt, auseinandergerissen, lebendig begraben. Im Begriff der Auflösung. *Ich wollte nur ein Mensch sein. Habe es wieder vermasselt.*

KAPITEL 25

Zum hundertsten Mal ging er in dem Raum im Kreis und klopfte dabei die Wände ab. »Wenn wir herausbringen könnten, welche Wand die Außenwand ist«, sagte er zu Rowan, »könnten wir sie vielleicht irgendwie durchbrechen.«

»Womit? Mit unseren Fingernägeln? Was ist, wenn wir uns drei Stockwerke hoch befinden? Bitte, *setz dich hin*«, sagte Rowan mit Zähneknirschen. »Du treibst mich zum Wahnsinn!«

»Wir müssen hinaus.«

»Wir müssen warten. Lilly wird uns vermissen. Und dann wird etwas unternommen.«

»Von wem? Und wie?« Er blickte sich wütend in ihrem kleinen Schlafzimmer um. Es war nicht als Gefängniszelle entworfen worden. Es handelte sich nur um ein Gästezimmer mit eigenem Bad. Keine Fenster, was den Schluß nahelegte, daß es sich unter der Erde oder in einem inneren Bereich des Hauses befand. Falls es unter der Erde war, dann nützte ein Durchbruch durch eine Wand nicht viel, doch wenn sie sich in ein anderes Zimmer durchbohren konnten, dann gab es allerhand Möglichkeiten. Es gab eine Tür, und davor standen zwei Wachen, die mit Betäubern bewaffnet waren. Letzte Nacht hatten sie versucht, die Wachen zu bewegen, die Tür zu öffnen, einmal mit einer vorgetäuschten Krankheit, und einmal mit einem echten Problem, als seine verzweifelte Erregung in eine weitere Konvulsion übergegangen war. Die Wachen hatten Rowans Arzttasche hereingereicht, was keine große Hilfe war, denn die erschöpfte Frau hatte dann nur gedroht, ihn zu sedieren.

»Überleben, Flucht, Sabotage«, rezitierte er. Es war zu einer Litanei geworden, die in einer Endlosschleife durch seinen Kopf lief. »Das ist die Pflicht eines Soldaten.«

»Ich bin kein Soldat«, sagte Rowan und rieb sich die von dunklen Ringen umgebenen Augen. »Und Vasa Luigi wird mich nicht umbringen, und wenn er dich umbringen wollte, dann hätte er es schon gestern abend getan. Er spielt nicht mit seiner Beute wie Ryoval.« Sie biß sich auf die Lippe; vielleicht bedauerte sie diesen letzten Satz. »Oder vielleicht wird er uns zusammen hier drinnen lassen, bis *ich* dich umbringe.« Sie rollte im Bett auf die andere Seite und zog sich das Kissen über den Kopf.

»Du hättest den Leichtflieger zum Absturz bringen sollen.«

Der Laut, der unter dem Kissen hervorkam, hätte ein Stöhnen oder ein Fluch sein können. Wahrscheinlich hatte er ein bißchen zu oft erwähnt, wie sehr er dies bedauerte.

Als die Tür klickte, wirbelte er herum wie von der Tarantel gestochen.

Einer der Wächter salutierte andeutungsweise und sagte höflich: »Baron Bharaputra läßt Sie grüßen, Madame, Sir. Würden Sie sich bitte fertigmachen, um ihm und der Baronin bei Dinner Gesellschaft zu leisten. Wir werden sie nach oben eskortieren, sobald sie fertig sind.«

Das Speisezimmer der Bharaputras hatte große Glastüren, die einen Blick auf einen umfriedeten, winterlich frostigen Garten freigaben, dazu einen großen Wächter an jedem Ausgang. Der Garten schimmerte in der zunehmenden Dunkelheit. Sie waren also schon einen ganzen jacksonischen Tag hier, sechsundzwanzig

Stunden und ein paar Minuten. Vasa Luigi erhob sich, als sie den Raum betraten, und auf seinen Wink hin zogen sich die Wachen wieder auf ihre Posten vor den Türen zurück, was eine Illusion von Privatsphäre vermittelte.

Das Speisezimmer war stilvoll eingerichtet. Einzelne Couches und kleine Tische standen in einem Halbkreis um den Ausblick auf den Garten. Auf einer der Couches saß eine sehr vertraut wirkende Frau.

Ihr weißes Haar, in das sich schwarze Strähnen mischten, war in kunstvollen Zöpfen um ihren Kopf gelegt. Dunkle Augen, eine dünne, elfenbeinfarbene Haut, die von winzigen Runzeln durchzogen war, eine Nase mit hohem Rücken – Dr. Durona. Wieder einmal. Sie trug ein schönes, fließendes Seidenhemd in einem blassen Grün, das vielleicht zufällig an die Farbe der Laborkittel der Duronas erinnerte, und weiche cremefarbene Hosen. Dr. Lotus Durona, Baronin Bharaputra, hatte einen eleganten Geschmack. Und auch die Mittel, ihm zu huldigen.

»Rowan, meine Liebe«, sagte sie mit einem Nicken und hielt Rowan die Hand hin, als erwartete sie einen höfischen Handkuß.

»Lotus«, sagte Rowan einfach und preßte die Lippen zusammen. Lotus lächelte, drehte die Hand um und verwandelte die Geste in eine Einladung, sich zu setzen, was sie dann alle taten.

Lotus berührte eine Signaltaste an ihrem Platz, und ein Mädchen in einem Seidengewand im Braun Rosa des Hauses Bharaputra kam herein und servierte Drinks, dem Baron zuerst. Vor ihm machte sie mit gesenkten Augen einen Knicks. Ein sehr vertraut wirkendes Mädchen, groß und gertenschlank, mit einer Nase mit hohem Rücken, und mit schönem glattem schwarzem Haar, das in ihrem Nacken zusammengebunden war und in einem Pferdeschwanz ihren Rücken hinabfloß... Als sie die Baronin bediente, schlug sie die

Augen auf; sie öffneten sich wie Blüten vor der Sonne, strahlend vor Freude. Als sie sich vor Rowan verneigte, wurde ihr aufwärts gewandter Blick bestürzt, und sie senkte verwirrt die dunklen Augenbrauen. Rowan schaute ebenso bestürzt, ein Blick, in dem Schrecken aufdämmerte, als das Mädchen sich abwandte.

Als sie sich vor ihm verbeugte, runzelte sie die Stirn. »Sie ...!« flüsterte sie, als wäre sie überrascht.

»Geh weiter, Lilly, meine Liebe, gaff nicht rum«, sagte die Baronin freundlich.

Als sie das Zimmer in ihrem schwingenden Gang verließ, blickte sie verstohlen über die Schulter auf sie zurück.

»Lilly?« würgte Rowan hervor. »Du hast sie Lilly genannt?«

»Eine kleine Rache.«

Rowan ballte tief beleidigt die Fäuste. »Wie konntest du? Wo du weißt, was du bist? Wo du weißt, was wir sind?«

»Wie kannst du den Tod dem Leben vorziehen?« Die Baronin zuckte die Achseln. »Oder schlimmer – Lilly für dich wählen lassen? Deine Zeit der Versuchung ist noch nicht gekommen, Rowan, liebste Schwester. Stell dir die Frage erneut in zwanzig oder dreißig Jahren, wenn du spürst, wie dein Körper um dich herum verrottet, und dann sieh, ob dir deine Antwort dann noch so leicht von den Lippen kommt.«

»Lilly hat dich wie eine Tochter geliebt.«

»Lilly hat mich als ihre Dienstbotin benutzt. Liebe?« Die Baronin gluckste. »Es ist doch nicht die Liebe, was die Durona-Herde zusammenhält. Es ist die Bedrohung durch die Raubtiere. Wenn alle äußeren und ökonomischen Gefahren beseitigt würden, dann wären die fernsten Ecken des Wurmlochnexus für uns nicht weit genug weg, um von unseren lieben Geschwistern fortzukommen. Tatsächlich läuft es in den meisten Familien so.«

Rowan schluckte das Argument. Sie blickte unglücklich drein, widersprach aber nicht.

Vasa Luigi räusperte sich. »Tatsächlich müßten Sie gar nicht in die Fernen der Galaxis reisen, Dr. Durona, um einen eigenen Platz zu bekommen. Das Haus Bharaputra könnte Verwendung für Ihre Talente und Ihre Ausbildung finden. Und vielleicht ein bißchen Autonomie. Abteilungsleiterin, zum Beispiel. Und später – wer weiß? – vielleicht sogar einen Unternehmensbereich.«

»Nein, danke«, stieß Rowan hervor.

Der Baron zuckte die Achseln. Sah die Baronin etwas erleichtert drein?

»Baron«, mischte er sich ungeduldig ein, »war es wirklich Ryovals Kommando, das Admiral Naismith entführte? Wissen Sie, wohin?«

»Nun, das ist eine interessante Frage«, murmelte Vasa Luigi. »Ich habe den ganzen Tag versucht, Ry zu kontaktieren, ohne Erfolg. Ich vermute, dort, wo sich Ry aufhält, ist auch Ihr Klonzwilling – Admiral.«

Er holte tief Luft. »Warum denken Sie, ich sei der Admiral, Sir?«

»Weil ich dem anderen begegnet bin. Unter vielsagenden Umständen. Ich glaube nicht, der echte Admiral Naismith würde seiner Leibwächterin erlauben, ihm Befehle zu geben – tun Sie das?«

Sein Kopf schmerzte. »Was macht Ryoval mit ihm?«

»Also wirklich, Vasa, das ist kein Thema für ein Tischgespräch«, tadelte die Baronin. Sie blickte ihn neugierig an. »Außerdem – was kümmert das Sie?«

»›Miles, was hast du mit deinem kleinen Bruder gemacht?‹« Dieses Zitat kam von nirgendwo, fiel ihm aus dem Mund. Er berührte unsicher die Lippen. Rowan starrte ihn an. Und Lotus ebenfalls.

»Was Ihre Frage angeht, Admiral«, sagte Vasa Luigi, »es kommt darauf an, ob Ry zu den gleichen Schlüssen gekommen ist wie ich. Wenn ja – dann wird er wahrscheinlich nicht viel tun. Wenn nein, dann werden seine Methoden von Ihrem Klonzwilling abhängen.«

»Ich ... verstehe nicht.«

»Ryoval wird ihn studieren. Mit ihm experimentieren. Die Auswahl der Aktionen wird sich nach seiner Analyse der Persönlichkeit seines Objekts richten.«

Das klang nicht so schlimm. Er stellte sich Multiple-choice-Tests vor. Verwirrt runzelte er die Stirn.

»Auf seine Art ist Ry ein Künstler«, fuhr der Baron fort. »Er kann die außerordentlichsten psychologischen Effekte schaffen. Ich habe gesehen, wie er einen Feind in einen Sklaven verwandelte, der völlig seiner Person ergeben ist und jedem Befehl gehorchen würde. Der letzte Mann, der versucht hatte, ihn zu ermorden, und dabei das Pech hatte zu überleben, serviert jetzt Drinks bei Ryovals privaten Parties und bettelt darum, jedem Gast nach Wunsch jede Art von Befriedigung bieten zu dürfen.«

»Was hast du dir gewünscht?« fragte die Baronin trocken.

»Weißwein. Das war vor deiner Zeit, Schatz. Doch ich habe es beobachtet. Der Mann hatte schrecklich gehetzte Augen.«

»Erwägen Sie, mich an Ryoval zu verkaufen?« fragte er.

»Falls er am meisten bietet, Admiral. Der Überfall, den Sie und Ihr Klonzwilling auf mein Anwesen ausgeführt haben – und ich bin mir immer noch nicht sicher, ob Sie ihn nicht von Anfang bis Ende zusammen geplant hatten –, kam mein Haus sehr teuer. Und«, seine Augen funkelten, »hat mich persönlich verärgert. Ich will mich nicht damit abgeben, an einem Kryoamnestiker Rache zu üben, aber ich möchte meine Verluste ausgleichen. Wenn ich Sie an Ry verkaufe, dann werden Sie besser bestraft, als selbst ich es mir ausdenken könnte. Ry würde sich freuen, ein so schön zusammenpassendes Paar zu besitzen.« Vasa Luigi seufzte.

»Das Haus Ryoval wird immer ein Kleines Haus bleiben, fürchte ich, solange Ry es zuläßt, daß seine persönliche Befriedigung die Profite seines Hauses überwiegt. Es ist eine Schande. Mit seinen Ressourcen könnte ich viel mehr anstellen.«

Das Mädchen kehrte zurück und servierte kleine Teller mit Horsd'œuvres, goß ihre Drinks nach – ein Gemisch aus Wein und Fruchtsaft – und schwebte wieder hinaus. Langsam. Vasa Luigis Augen folgten ihr. Die Augen der Baronin verengten sich, als sie den Blick ihres Gatten bemerkte. Als er den Kopf wieder ihr zudrehte, senkte sie den Blick und richtete ihn auf ihren Drink.

»Was wäre… wenn die Dendarii-Söldner mitbieten?« *Ja!* Laß nur Bharaputra dieses Angebot machen, und die Dendarii würden kommen und an seine Tür klopfen. Mit einer Plasma-Kanone. In der Tat ein hohes Gebot. Dieses Spiel mußte kurz bleiben. Bharaputra konnte ihn nicht zur Auktion feilbieten, ohne zu enthüllen, daß er ihn hatte, und dann, und dann… – *was?* »Wenn schon nichts anderes dabei herauskommt, dann könnten Sie das Mitbieten der Dendarii doch ausnutzen, um Ryovals Gebot nach oben zu treiben«, fügte er gerissen hinzu.

»Die Mittel der Dendarii sind zu begrenzt, fürchte ich. Und sie sind nicht hier.«

»Wir haben sie gesehen. Gestern.«

»Nur ein Team für verdeckte Operationen. Keine Schiffe. Keine Verstärkung. Soweit ich weiß, haben sie ihre Identität nur enthüllt, um Lilly zu bewegen, mit ihnen zu reden. Aber… ich habe Grund zu der Annahme, daß da noch ein weiterer Spieler in diesem Spiel ist. Meine Instinkte zucken, wenn ich Sie anschaue. Ich habe den seltsamen Drang, eine bescheidene Vermittlungsprovision zu nehmen und die negativen Bieter zum Haus Ryoval zu schicken.« Der Baron lachte in sich hinein. *Negative Bieter?* Ach so, Leute mit

Plasma-Kanonen. Er versuchte, keine Reaktion zu zeigen.

»Das bringt uns zur ursprünglichen Frage zurück«, fuhr Vasa Luigi fort, »was für ein Interesse hat Lilly an all dem? Warum hat Lilly Sie beauftragt, diesen Mann wiederzubeleben, Rowan? Und übrigens, wie hat Lilly ihn bekommen, als einigen hundert anderen ernsthaften Suchern dies nicht gelang?«

»Sie hat es nicht gesagt«, sagte Rowan kühl. »Aber ich war froh, eine Chance bekommen zu haben, um meine Fähigkeiten zu üben. Dank des präzisen Treffers deiner Sicherheitswache stellte er eine exzellente medizinische Herausforderung dar.«

Das Gespräch wurde medizinisch fachspezifisch, zwischen Lotus und Rowan, und dann etwas oberflächlicher, als das Klonmädchen ihnen ein erstklassiges Mal servierte. Rowan wich den Fragen des Barons ebenso glatt aus, wie er sie stellte, und niemand erwartete, daß Miles etwas wußte. Doch Baron Bharaputra schien es nicht eilig zu haben. Offensichtlich hatte er vor, eine Art Wartespiel zu spielen. Danach eskortierten die Wachen sie wieder zu ihrem Zimmer. Endlich erkannte er, daß es an einem Korridor gleichartiger Zimmer lag, die wahrscheinlich dafür bestimmt waren, die Diener wichtiger Besucher aufzunehmen.

»Wo sind wir?« zischte er Rowan zu, sobald die Tür hinter ihnen geschlossen war. »Konntest du es erkennen? Ist das das Hauptquartier der Bharaputras?«

»Nein«, sagte Rowan. »Seine Hauptresidenz wird noch renoviert. Da war etwas mit einem Kommandoüberfall, bei dem einige Zimmer in die Luft gejagt wurden«, fügte sie schnippisch hinzu.

Er ging langsam in ihrer Kammer umher, aber zu Rowans offensichtlicher Erleichterung begann er nicht wieder gegen die Wände zu klopfen. »Mir kommt der Gedanke, daß es noch einen anderen Weg zur Flucht geben könnte, als nur von innen auszubrechen. Nämlich, wenn man jemanden dazu kriegt, daß er von außen einbricht. Sag mal – wo wäre es schwieriger, einzubrechen und jemanden rauszuholen, der von den Häusern Bharaputra, Fell oder Ryoval gefangengehalten wird?«

»Nun – bei Fell wäre es am schwersten, nehme ich an. Er hat mehr Truppen und schwere Waffen. Bei Ryoval wäre es am leichtesten. Ryoval ist in Wirklichkeit ein Kleines Haus, außer, daß er so alt ist, daß ihm gewohnheitsmäßig die Ehren eines Großen Hauses erwiesen werden.«

»Also… wenn man jemanden haben wollte, der größer und böser ist als Bharaputra, dann sollte man zu Fell gehen.«

»Ja, sollte man.«

»Und – wenn man wüßte, daß Hilfe unterwegs ist, dann wäre es vielleicht taktisch klüger, besagten Gefangenen bei Ryoval zu lassen, anstatt ihn an einen strenger gesicherten Ort zu bringen.«

»Vielleicht«, räumte sie ein.

»Wir müssen zu Fell gehen.«

»Wie? Wir können nicht einmal dieses Zimmer verlassen!«

»Das Zimmer verlassen, ja, wir müssen das Zimmer verlassen. Aber wir müssen vielleicht nicht das Haus verlassen. Wenn einer von uns beiden bloß für ein paar ungestörte Minuten an eine Komkonsole ran könnte. Um Fell anzurufen, um *irgend jemanden* anzurufen, um die Welt wissen zu lassen, daß Vasa Luigi uns hat. *Das* würde die Dinge in Bewegung bringen.«

»Ruf Lilly an«, sagte Rowan hartnäckig, »nicht Fell.«

Ich brauche Fell. Lilly kann nicht bei Ryoval einbrechen. Er erwog die unbehagliche Möglichkeit, daß er und die Durona-Gruppe vielleicht entgegengesetzte Absichten haben könnten. Er wollte, daß Fell ihm einen Gefallen tat, und Lilly wollte Fell entkommen. Jedoch – man würde nicht viel anbieten müssen, um Fell für einen

Überfall auf Ryoval zu interessieren. Ersatz der Auslagen für Material, und den Profit in altem Haß. Ja.

Er ging ins Bad und starrte sein Spiegelbild an. *Wer bin ich?* Ein magerer, hagerer, bleicher, seltsam aussehender kleiner Mann mit verzweifelten Augen und einer Neigung zu quasi-epileptischen Anfällen. Wenn er wenigstens entscheiden könnte, welcher von beiden sein Klonzwilling war, den er gestern so schmerzlich erblickt hatte, dann könnte er sich nach dem Verfahren der Elimination den anderen nennen. Für ihn hatte der Bursche wie Naismith ausgesehen. Aber Vasa Luigi war kein Narr, und Vasa Luigi war vom Gegenteil überzeugt. Er mußte der eine oder der andere sein. Warum konnte er es nicht entscheiden? *Falls ich Naismith bin, warum hat dann mein Bruder meinen Platz beansprucht?*

In diesem Augenblick entdeckte er, warum man es eine *Kaskade* nannte.

Die Empfindung war, als befände man sich unter einem Wasserfall, unter einem Fluß, der einen ganzen Kontinent ausleerte, Tonnen von Wasser peitschten ihn auf die Knie. Er stieß ein leises Wimmern aus, kauerte sich nieder und schlang die Arme um den Kopf. Stechende Schmerzen meldeten sich hinter seinen Augen, Schrecken schnürte ihm die Kehle zu. Er preßte die Lippen zusammen, um zu verhindern, daß ihm irgendein anderer Laut entschlüpfte und Rowan mit all ihren Sorgen aufmerksam machte. Dafür mußte er allein sein, o ja.

Kein Wunder, daß ich nicht darauf kommen konnte. Ich hatte versucht, zwischen zwei falschen Antworten zu wählen. O Mutter. O Papa. O Sergeant Bothari. Euer Junge hat das hier schlimm vermasselt. Echt schlimm. Leutnant Lord Miles Naismith Vorkosigan kroch auf den gefliesten Boden und schrie schweigend, nur ein schwaches Zischen entwich ihm. *Nein, nein, nein, o Scheiße…*

Elli…

Bel, Elena, Taura …

Mark … Mark? Dieser korpulente, finster blickende, beherrschte, entschlossene Kerl war Mark gewesen?

Er konnte sich an nichts erinnern, das mit seinem Tod zusammenhing. Er berührte ängstlich seine Brust und fuhr die Spuren nach, die … welches Ereignis dort hinterlassen hatte? Er kniff die Augen zu und versuchte sich an das zu erinnern, was sich zum Schluß ereignet hatte. Der Überfall auf Bharaputras chirurgische Einrichtung auf dem Planeten, ja. Mark hatte eine Katastrophe herbeigeführt, Mark und Bel zusammen, und er war hinuntergeflogen und hatte versucht, all ihre Kastanien aus dem Feuer zu holen. Ein größenwahnsinniger Einfall, Mark übertreffen zu wollen, ihm zeigen zu wollen, wie es die Experten machten, diese Klonkinder von Vasa Luigi zu befreien, der ihn beleidigt hatte … sie heim zu Mutter zu nehmen. *Verdammt, was weiß meine Mutter inzwischen über die ganze Geschichte?* Nichts, so hoffte er inständig. Sie waren alle noch hier auf Jackson's Whole, irgendwie. *Wie* lang war er tot gewesen …?

Wo, zum Teufel, ist der Kaiserliche Sicherheitsdienst?

Abgesehen natürlich von dem Mitglied, das hier im Bad auf dem Boden herumrollt.

Au, au, au …

Und Elli. *Kennen wir uns, Madame?* hatte er gefragt. Er hätte sich die Zunge abbeißen sollen.

Rowan … Elli. Es ergab einen Sinn, auf eine seltsame Weise. Seine Geliebte war eine große, braunäugige, dunkelhaarige, realistisch denkende, intelligente Frau. Das erste, was sich seinen verwirrten erwachenden Sinnen präsentiert hatte, war eine große, braunäugige, dunkelhaarige, realistisch denkende, intelligente Frau gewesen. Es handelte sich also um ein sehr natürliches Versehen.

Er fragte sich, ob Elli ihm diese Erklärung abnehmen würde. Seine Vorliebe für schwer bewaffnete Freundinnen hatte mögliche Nachteile. Er setzte zu einem stummen, hoffnungslosen Gelächter an.

Es blieb ihm in der Kehle stecken. *War Taura auch hier?*

Wußte Ryoval davon? Wußte er, welchen Anteil sie vor vier Jahren mit ihrer schönen großkralligen Hand an der Zerstörung seiner Genbanken gehabt hatte, oder machte er dafür nur ›Admiral Naismith‹ verantwortlich? Zugegeben, alle von Ryovals Kopfjägern, denen er später begegnet war, schienen wie besessen ausschließlich auf ihn konzentriert gewesen zu sein. Doch Ryovals Kämpfer hatten Mark irrtümlich für den Admiral gehalten. Ryoval auch? Gewiß würde Mark ihm sagen, daß er der Klon war. *Verdammt, ich würde ihm das Gleiche sagen, wenn ich dort wäre, schon auf die Möglichkeit hin, Verwirrung zu stiften.* Was geschah mit Mark? Warum hatte Mark sich als Miles'… Lösegeld angeboten? Mark war doch wohl nicht selber ein Kryoamnestiker, oder? Nein – Lilly hatte gesagt, die Dendarii und die Klone und ›Admiral Naismith‹ seien alle entkommen. Warum also sind sie *zurück*gekommen?

Sie kamen auf der Suche nach dir, Admiral Blödmann.

Und sind Hals über Kopf Ryoval in die Hände gefallen, der nach derselben Beute suchte. Er war ein verdammter Treffpunkt.

Was für ein *gnädiger* Zustand die Kryoamnesie doch war! Er wünschte sie zurück.

»Alles in Ordnung?« rief Rowan mißtrauisch. Sie kam ins Bad und sah ihn auf dem Boden. »O nein! Wieder ein Anfall?« Sie fiel neben ihm auf die Knie, ihre langen Finger untersuchten ihn nach Verletzungen. »Hast du dich an etwas angeschlagen?«

»Ah… ah…« *Ich will mich nicht damit abgeben, an einem Kryoamnestiker Rache zu üben,* hatte Vasa Luigi gesagt. Dann sollte er lieber einstweilen noch ein Kryoamnestiker bleiben, bis er die Dinge besser in Griff hatte. Und sich selber auch. »Ich glaube, mir geht es schon wieder besser.«

Er ließ sich von ihr ins Bett bringen. Sie streichelte sein Haar. Mit halb geschlossenen Augen, um vorzugeben, nach einem Anfall schläfrig zu sein, starrte er sie bestürzt an. *Was habe ich getan?*

Was werde ich tun?

KAPITEL 26

Er hatte vergessen, warum er hier war. Seine Haut begann wieder zu wachsen.

Er fragte sich, wohin Mark gegangen war.

Leute kamen und folterten ein namenloses Ding ohne jede Hemmung und gingen wieder fort. Er begegnete ihnen auf verschiedene Weise. Seine Aspekte, die zum Vorschein kamen, wurden zu Personen, und schließlich benannte er sie, so gut er sie identifizieren konnte. Da gab es Schling und Grunz und Jaul, und noch einen anderen, einen Ruhigen, der am Rande lauerte und wartete.

Er überließ es Schling, sich mit der Zwangsernährung zu befassen, denn Schling war der einzige, dem sie tatsächlich gefiel. Schließlich wäre Schling nie erlaubt worden, all das zu tun, was Ryovals Techniker taten. Grunz schickte er vor, wenn Ryoval wieder mit dem Hypospray des Aphrodisiakums kam. Grunz war auch für den Angriff auf Maree verantwortlich gewesen, auf das Klonmädchen mit dem besonders gestalteten Körper, vermutete er, obwohl Grunz, wenn er nicht sehr erregt war, sehr scheu und verschämt war und nicht viel redete.

Jaul erledigte den Rest. Allmählich kam ihm der Verdacht, daß Jaul auf undurchsichtige Weise dafür verantwortlich gewesen war, daß sie alle überhaupt an Ryoval ausgeliefert worden waren. Schließlich war er an einem Ort angekommen, wo er *genügend* bestraft werden konnte. *Man sollte nie einem Masochisten eine Aversionstherapie verpassen. Die Resultate sind nicht vor-*

hersagbar. Also bekam Jaul das, was Jaul verdiente. Der schwer faßbare Vierte wartete einfach und sagte, eines Tages würden sie alle ihn am meisten lieben.

Sie hielten sich nicht immer an ihre Rollen. Jaul hatte eine Neigung, heimlich bei Schlings Sitzungen zu lauschen, die regelmäßig stattfanden, im Gegensatz zu denen Jauls, und mehr als einmal kam Schling mit Grunz und begleitete ihn auf seinen Abenteuern, die dann ausnehmend eigenartig wurden. Niemand schloß sich freiwillig Jaul an.

Als er sie alle benannt hatte, fand er schließlich Mark nach dem Verfahren der Eliminierung. Schling und Grunz und Jaul und der Andere hatten Lord Mark tief nach innen geschickt, damit er durch alles hindurch schliefe. Der arme, verletzliche Lord Mark war kaum zwölf Wochen alt.

Ryoval konnte Lord Mark dort unten innen drin nicht einmal sehen. Konnte ihn nicht erreichen. Konnte ihn nicht berühren. Schling und Grunz und Jaul und der Andere waren alle sehr vorsichtig, das Baby nicht zu wecken. Zärtlich und fürsorglich verteidigten sie es. Dafür waren sie *ausgerüstet*. Ein häßlicher, mieser, abgebrühter Haufen, diese seine psychischen Söldner. Unschön. Aber sie erledigten ihre Aufgabe.

Er begann ihnen von Zeit zu Zeit kleine Marschmelodien vorzusummen.

KAPITEL 27

Trennung frischt die Liebe auf. Und umgekehrt, fürchtete Miles. Rowan hatte wieder ihr Kissen über den Kopf gezogen. Er ging weiterhin auf und ab. Und redete weiterhin. Anscheinend konnte er nicht aufhören. In der Zeit, die seit seiner verborgenen Erinnerungskaskade vergangen war, hatte er eine Vielzahl von Plänen für ihre Flucht entwickelt, und alle hatten fatale Fehler. Da er keinen der Pläne in die Tat umsetzen konnte, hatte er sie neu geordnet und verbessert, und das alles laut. Immer wieder und wieder. Rowan hatte aufgehört, seine Pläne ihrer Kritik zu unterziehen… war das gestern gewesen? Tatsächlich hatte sie aufgehört, überhaupt mit ihm zu reden. Sie hatte den Versuch aufgegeben, ihn zu hätscheln und zu entspannen; statt dessen tendierte sie jetzt dazu, sich auf der anderen Seite des Zimmers aufzuhalten oder lange Zeit ins Bad einzusperren. Er konnte es ihr nicht übelnehmen. Seine wiederkehrende nervöse Energie schien sich zu etwas wie einer Manie aufzuschaukeln.

Diese erzwungene Beengung strapazierte ihre Neigung für ihn bis ans Äußerste. Und, so mußte er zugeben, er hatte seine neue leichte Zurückhaltung ihr gegenüber nicht verbergen können. Eine Kühle in seiner Berührung, ein erhöhter Widerstand gegen ihre medizinische Autorität. Er liebte und bewunderte sie, keine Frage, und hätte sich gefreut, wenn sie die Leiterin einer Krankenstation gewesen wäre, die ihm gehörte. Unter seinem Kommando. Aber Schuldgefühle und die Empfindung fehlender Privatsphäre hatten zusammen sein Interesse an Intimitäten beeinträchtigt. Im

Augenblick hatte er andere Leidenschaften. Und die verzehrten ihn.

Bald sollte es Abendessen geben. Wenn man drei Mahlzeiten pro langem jacksonischen Tag annahm, dann waren sie jetzt schon vier Tage hier. Der Baron hatte nicht noch einmal mit ihnen gesprochen. Was für Pläne heckte Vasa Luigi dort draußen aus? War Miles schon versteigert worden? Was wäre, wenn die nächste Person, die durch die Tür kam, sein Käufer war? Was, wenn überhaupt niemand für ihn bot? Was, wenn sie für immer hier drinnen gelassen würden?

Die Mahlzeiten wurden gewöhnlich von einem Diener auf einem Tablett gebracht, unter den wachsamen Augen zweier mit Betäubern bewaffneter Wachen. Er hatte in den kurzen Fetzen von Wortwechseln, die er mit ihnen führte, alles versucht, was er sich ausdenken konnte, um sie zu bestechen, ohne gerade noch seine Tarnung aufzugeben. Sie hatten ihn nur angelächelt. Er bezweifelte seine Fähigkeit, einem Betäuberstrahl davonrennen zu können, aber bei der nächsten Gelegenheit nahm er sich vor, es zu versuchen. Er hatte keine Chance gehabt, etwas Cleveres zu versuchen. Jetzt war er bereit, etwas Dummes zu versuchen. Manchmal funktionierte der Überraschungseffekt …

Das Schloß klickte. Er wirbelte herum und stellte sich auf, um lossausen zu können. »Rowan, steh auf!« zischte er. »Ich werde es jetzt versuchen.«

»Ach, verdammt«, stöhnte sie und kam unter dem Kissen hervor. Ohne daran zu glauben, aber von ihm gepiesackt, stand sie auf, schlurfte um das Bett herum und stellte sich neben ihn. »Betäubung tut weh, weißt du. Und dann muß man sich erbrechen. *Du* wirst wahrscheinlich wieder Anfälle bekommen.«

»Ja, das weiß ich.«

»Aber wenigstens wirst du dann eine Weile die Klappe halten«, murmelte sie leise.

Er richtete sich auf den Fußballen auf. Dann ließ er

sich wieder hinab, als der Diener hereinkam. *Du lieber Himmel, was soll denn das?* Da gab es plötzlich einen neuen Spieler im Spiel, und sein Denken schaltete in den Leerlauf. Rowan, die auf seinen angekündigten Sprint wartete, blickte ebenfalls auf, und ihre Augen weiteten sich.

Es war das Klonmädchen Lilly – Lilly die Jüngere mußte er sie wohl nennen – in ihrer braun-rosa Seidenuniform eines Hausdieners, einem langen Wickelrock und einer mit Flitter besetzten Jacke. Aufrecht trug sie ihr Essenstablett und setzte es auf dem Tisch auf der anderen Seite des Zimmers ab. Unverständlicherweise nickte der Wächter ihr zu und zog sich zurück, wobei er die Tür hinter sich schloß.

Sie begann ihnen nach Art der Diener die Speisen vorzulegen. Rowan trat mit offenem Mund an sie heran.

Er sah auf der Stelle ein Dutzend Möglichkeiten – auch, daß diese Chance vielleicht nie wiederkommen würde. In seinem geschwächten Zustand war nicht daran zu denken, daß er selbst das Mädchen überwältigen könnte. Was war mit dem Sedativ, mit dem Rowan ihm gedroht hatte? War Rowan ihr vielleicht überlegen? Rowan war nicht gut darin, versteckte Hinweise zu kapieren, und sie war fürchterlich, wenn es darum ging, rätselhafte Befehle zu befolgen. Sie würde Erklärungen fordern. Sie würde *diskutieren* wollen. Er konnte es nur versuchen.

»*Du lieber Himmel,* seht ihr euch aber ähnlich«, zwitscherte er fröhlich und funkelte Rowan zu. Sie blickte ihn mit wütender Verwirrung an, ging jedoch zu einem Lächeln über, als das Mädchen sich ihnen zuwandte. »Wie kommen wir zu der Ehre einer so hochwohlgeborenen Dienerin, Mylady?«

Lilly legte die Hand auf die Brust. »*Ich* bin nicht Mylady«, sagte sie in einem Ton, der durchblicken ließ, daß er ein Narr sein mußte. Nicht ohne Grund. »Aber

Sie…« Sie blickte Rowan forschend an. »Ich verstehe Sie nicht.«

»Hat die Baronin Sie geschickt?« fragte Miles.

»Nein. Aber ich habe den Wachen gesagt, Ihren Speisen seien Drogen beigemischt und die Baronin habe mich geschickt, zu bleiben und zu beobachten, wie Sie sie essen«, fügte sie ein bißchen aus dem Stegreif hinzu.

»Ist das wahr… hm… das mit den Drogen?« fragte er.

»Nein.« Sie warf den Kopf mit dem langen Haar zurück und lenkte ihre Aufmerksamkeit von ihm auf Rowan. »Wer sind Sie?«

»Sie ist die Schwester der Baronin«, sagte er sofort. »Tochter der Mutter Ihrer Herrin. Wußten Sie, daß Sie nach Ihrer Großmutter benannt wurden?«

»… Großmutter?«

»Erzähl ihr von der Durona-Gruppe, Rowan«, drängte er.

»Dann gib mir eine Gelegenheit zu sprechen«, sagte Rowan mit zusammengebissenen Zähnen, aber lächelnd.

»Weiß sie, was sie ist? Frag sie, ob sie weiß, was sie ist«, verlangte er, dann steckte er sich den Fingerknöchel in den Mund und biß darauf. Das Mädchen war nicht wegen ihm gekommen, sondern wegen Rowan. Er mußte diese Situation Rowan überlassen.

»Nun«, Rowan blickte zur geschlossenen Tür und dann wieder auf das Mädchen. »Die Duronas sind eine Gruppe von sechsunddreißig geklonten Geschwistern. Wir leben unter dem Schutz des Hauses Fell. Unsere Mutter – die erste Durona – heißt auch Lilly. Sie war sehr traurig, als Lotus – die Baronin – uns verließ. Lotus war meine… ältere Schwester, wissen Sie. Dann müssen auch Sie meine Schwester sein. Hat Lotus Ihnen erzählt, warum sie Sie bekommen hat? Sollen Sie ihre Tochter sein? Ihre Erbin?«

»Ich soll mit meiner Herrin vereint werden«, sagte

das Mädchen mit einem Unterton von Trotz, doch es war offensichtlich, daß sie von Rowan fasziniert war. »Ich habe mich gefragt ... ob Sie meinen Platz einnehmen sollten.« Eifersucht? – *Wahnsinn!*

Rowans Augen verdunkelten sich in stummem Entsetzen. »Verstehen Sie, was das bedeutet? Was eine Gehirntransplantation auf einen Klon ist? Sie wird dir deinen Körper nehmen, Lilly, und dich wird es nicht mehr geben.«

»Ja, ich weiß. Das ist mein Schicksal.« Sie warf wieder den Kopf zurück und strich sich das Haar aus dem Gesicht. Ihr Ton klang überzeugt. Aber ihre Augen ... war da nicht eine leise Frage in ihren Augen?

»So ähnlich, ihr beiden«, murmelte er und umkreiste sie mit unterdrückter Sorge. Und lächelte dabei. »Ich würde wetten, ihr könntet eure Kleider tauschen, und niemand würde den Unterschied erkennen.« Rowans schneller Seitenblick sagte ihm, daß sie kapiert hatte, aber daß sie auch dachte, er dränge zu sehr. »Nö«, fuhr er fort, schürzte die Lippen und legte den Kopf schief, »ich glaube doch nicht. Das Mädchen ist zu dick. Glaubst du nicht, daß sie zu dick ist, Rowan?«

»Ich bin nicht dick!« sagte Lilly die Jüngere ungehalten.

»Rowans Kleider würden Ihnen nie passen.«

»Du hast unrecht«, sagte Rowan, gab auf und ließ sich zum Angriff drängen. »Er ist ein Idiot. Zeigen wir's ihm, Lilly.« Sie begann ihre Jacke, Bluse und Hose abzulegen.

Langsam, sehr neugierig legte das Mädchen seine Jacke und den Rock ab und zog Rowans Kleider an. Rowan berührte Lillys Seidenkleider noch nicht, die ordentlich nebeneinander auf dem Bett lagen.

»Oh, das sieht aber hübsch aus«, sagte Rowan. Sie deutete mit einem Nicken in Richtung Bad. »Sie sollten sich einmal im Spiegel anschauen.«

»Ich hatte unrecht«, gab Miles zu und dirigierte das

Mädchen ins Bad. Keine Zeit zu planen, keine Möglichkeit, Befehle zu geben. Er mußte sich völlig auf Rowans ... Initiative verlassen. »Tatsächlich, Rowans Kleider stehen Ihnen sehr gut. Stellen Sie sich als eine Durona-Ärztin vor. Dort sind alle Doktoren, wußten Sie das? Auch Sie könnten Ärztin werden ...« Aus den Augenwinkeln sah er, wie Rowan die Bänder aus dem Haar nahm, es ausschüttelte und nach den Seidengewändern griff. Er ließ die Tür zum Bad hinter sich und Lilly ins Schloß fallen und führte sie zum Spiegel. Er drehte das Wasser an, damit es übertönte, wie Rowan an der Außentür klopfte, wie die Wache öffnete und wie sie sich dann, Haare vor dem Gesicht, zurückzog ...

Lilly schaute in den großen Spiegel. Sie blickte auf Miles, der im Spiegel neben ihr stand und mit den Händen winkte, als mache er sie mit ihr selbst bekannt. Sein Scheitel reichte gerade bis zu ihrer Schulter. Er nahm einen Becher und trank einen Schluck Wasser, um seine Kehle für die folgenden Aktionen zu befeuchten. Wie lange konnte er das Mädchen hier drinnen ablenken? Er glaubte nicht, daß er ihr erfolgreich eins auf den Schädel geben konnte, und er war sich nicht ganz sicher, welcher der Gegenstände in Rowans Arzttasche das angedrohte Sedativ war.

Zu seiner Überraschung redete sie zuerst. »Sie sind der, der mich holen kam, nicht wahr? Uns Klons alle.«

»Ach ...« Der katastrophale Dendarii-Überfall auf Bharaputra? War sie eine der Geretteten gewesen? Warum war sie dann wieder hier? »Entschuldigen Sie mich. Ich bin kürzlich tot gewesen, und mein Gehirn arbeitet noch nicht sehr gut. Kryoamnesie. Ich kann es gewesen sein, aber vielleicht sind Sie meinem Klonzwilling begegnet.«

»Sie haben auch Klongeschwister?«

»Zumindest einen. Meinen ... Bruder.«

»Sie waren wirklich tot?« Es klang etwas ungläubig.

Er zog sein graues Strickhemd hoch und zeigte seine Narben.

»Oh«, sagte sie beeindruckt. »Vermutlich waren Sie tot.«

»Rowan hat mich wieder zusammengeflickt. Sie ist sehr gut.« Nein, lenk ihre Aufmerksamkeit nicht auf Rowan! »Sie könnten genausogut sein, jede Wette, wenn Sie es versuchten. Falls Sie ausgebildet wären.«

»Wie war das? Als Sie toten waren?« Ihre Augen waren plötzlich eindringlich auf sein Gesicht gerichtet.

Er zog das Hemd wieder gerade. »Öde. Echt langweilig. Völlige Leere. Ich erinnere mich an nichts. Ich erinnere mich nicht daran, wie ich gestorben bin ...« Er hielt den Atem an ... *Die Mündung der Projektilwaffe, leuchtende Flammen ... sein Brustkorb barst, schreckliche Schmerzen ...* Er atmete ein und lehnte sich gegen die Wand. Seine Knie waren plötzlich weich. »Einsam. Es würde Ihnen nicht gefallen. Das garantiere ich Ihnen.« Er nahm ihre warme Hand. »Am Leben zu sein ist viel besser. Am Leben zu sein ist ... ist ...« Er brauchte etwas, um darauf zu stehen. Statt dessen kletterte er auf die Ablage und kauerte sich dort hin, endlich Auge in Auge mit ihr. Er flocht ihre Haare in seine Hand, legte den Kopf schräg und küßte sie. Es war nur ein kurzes Zusammenpressen der Lippen. »Du merkst, daß du lebst, wenn jemand deine Berührung erwidert.«

Sie wich zurück, schockiert und interessiert zugleich. »Du küßt anders als der Baron.«

Sein Gehirn schien Schluckauf zu bekommen. »Der Baron hat dich geküßt?«

»Ja ...«

Probierte er schon früh den neuen Körper seiner Gattin aus? Wie bald sollte diese Transplantation stattfinden? »Hast du immer mit deiner Herrin zusammengelebt?«

»Nein. Ich wurde hierhergebracht, nachdem das

Klon-Internat zerstört war. Die Reparaturen sind fast fertig. Ich werde bald wieder umziehen.«

»Aber ... nicht für lange.«

»Nein.«

Die Versuchung für den Baron mußte ... interessant sein. Schließlich würde ihr Hirn bald zerstört werden und dann nicht mehr in der Lage sein, ihn zu beschuldigen. Vasa Luigi konnte mit ihr alles tun, außer ihre Jungfräulichkeit zu verletzen. Wie wirkte das auf ihre offensichtliche mentale Konditionierung, auf ihre Ergebenheit gegenüber ihrem Schicksal? Etwas, offensichtlich, sonst wäre sie nicht hier.

Sie blickte auf die geschlossene Tür und schöpfte plötzlich Verdacht. Sie riß ihre Hand aus seinem Griff und eilte zurück in das leere Schlafzimmer. »O nein!«

»Pst! Pst!« Er rannte hinter ihr her, packte wieder ihre Hand und sprang auf das Bett, damit sie ihr Gesicht dem seinen zukehrte und er wieder Augenkontakt gewann. »Schrei nicht!« zischte er. »Wenn du hinausrennst und es den Wachen sagst, dann bekommst du schreckliche Schwierigkeiten, aber wenn du einfach wartest, bis sie zurückkommt, dann wird niemand etwas erfahren.« Er kam sich recht schofel vor, daß er so mit ihrer offensichtlichen Panik spielte, aber es mußte sein. »Sei ruhig, und niemand wird je etwas erfahren.« Er hatte keine Ahnung, ob Rowan überhaupt vorhatte zurückzukommen. Vielleicht hatte sie jetzt nur *ihm* entkommen wollen. Keiner seiner Pläne hatte einen solchen glücklichen Zufall vorgesehen.

Lilly die Jüngere konnte ihn leicht körperlich überwinden, doch er war sich nicht sicher, ob sie es erkannte. Ein Schlag auf seine Brust würde ihn zu Boden werfen. Sie brauchte gar nicht einmal sehr hart zuzuschlagen.

»Setz dich«, sagte er. »Hier, neben mich. Fürchte dich nicht. Tatsächlich kann ich mir gar nicht vorstellen, wovor du Angst haben solltest, wenn dein Schicksal dich ruhig läßt. Du mußt ein mutiges Mädchen sein. Eine mutige Frau. Setz dich…«, er zog sie zu sich herab, sie schaute sehr unsicher von ihm zur Tür, doch schließlich willigte sie ein, sich niederzulassen, einstweilen. Ihre Muskeln waren straff gespannt. »Erzähl mir von dir. Erzähl mir von deinem Leben. Du bist eine sehr interessante Person, weißt du.«

»Ich?«

»Ich kann mich im Augenblick an nicht viel aus meinem Leben erinnern, deshalb frage ich. Für mich ist ein Horror, daß ich mich nicht erinnern kann. Das bringt mich noch um. Was ist deine früheste Erinnerung?«

»Du lieber Himmel… vermutlich… der Ort, an dem ich gelebt hatte, bevor ich ins Internat kam. Da war eine Frau, die sich um mich gekümmert hat. Ich habe… – das ist töricht – aber ich erinnere mich, sie hatte einige purpurrote Blumen, die waren so groß wie ich und wuchsen in einem kleinen viereckigen Garten, kaum einen Meter im Quadrat, und sie rochen wie Weintrauben.«

»So? Erzähl mir mehr über diese Blumen…«

Das würde kein langes Gespräch werden, fürchtete Miles. Und was dann? Daß Rowan noch nicht zurück*gebracht* worden war, war ein gutes Zeichen. Daß sie vielleicht nicht zurück*kommen* würde, bedeutete ein beunruhigendes Dilemma für Lilly die Jüngere. *Doch was konnten der Baron und die Baronin ihr schon antun?* spotteten seine Gedanken. *Sie umbringen?*

Sie sprachen über ihr Leben im Klon-Internat. Er entlockte ihr einen Bericht über den Dendarii-Überfall, von ihrem Standpunkt aus gesehen. Wie es ihr gelungen war, sich wieder dem Baron anzuschließen. Schlaues, schlaues Kind. Was für ein Durcheinander für Mark. Die Pausen wurden länger. Bald würde er selber reden müssen, einfach um die Dinge in Gang zu halten, und das war unglaublich gefährlich. Sie hatte allmählich keinen Gesprächsstoff mehr, und ihre Augen wandten sich immer öfter zur Tür.

»Rowan kommt nicht zurück«, sagte Lilly die Jüngere schließlich. »Oder?«

»Ich glaube nicht«, sagte er offen. »Ich glaube, sie ist glatt abgehauen«

»Wie kannst du das wissen?«

»Wenn man sie geschnappt hätte, dann wäre man gekommen, dich zu holen, auch wenn man sie nicht hierher zurückbringen würde. Vom Standpunkt der Bharaputras aus gesehen ist Rowan noch hier drin. Doch du fehlst.«

»Du glaubst doch nicht, daß man sie irrtümlich für mich halten könnte, oder?« keuchte sie erschrocken. »Und dann nehmen, damit sie mit meiner Herrin vereint wird?«

Er war nicht sicher, ob sie Angst um Rowan hatte, oder Angst, daß Rowan ihren Platz stehlen würde. Was für eine gräßliche, abscheuliche neue Paranoia. »Wie bald solltest du …? – Nein«, beruhigte er sie. Und sich. »Nein. Wenn man euch im Korridor sieht, dann seht ihr sicher einander sehr ähnlich, aber dafür müßte jemand sie genauer anschauen. Sie ist Jahre älter als du. Es ist einfach nicht möglich.«

»Was soll ich tun?« Sie versuchte, auf die Beine zu kommen; er hielt sie am Arm und zog sie wieder neben sich aufs Bett.

»Nichts«, riet er. »Es ist alles in Ordnung. Sag ihnen – sag ihnen, ich habe dich gezwungen, hier drin zu bleiben.«

Sie schaute von der Seite auf seine kleine Gestalt herab. »Wie?«

»Tricks. Drohungen. Psychologischer Zwang«, sagte er wahrheitsgemäß. »Du kannst mir die Schuld geben.«

Sie schaute sehr unsicher drein.

Wie alt war sie? Er hatte die letzten zwei Stunden

damit zugebracht, ihr ihre ganze Lebensgeschichte zu entlocken, und da schien es nicht sehr viel zu erzählen zu geben. Ihr Gerede bot eine seltsame Mischung aus Schlauheit und Naivität. Das größte Abenteuer ihres Lebens war ihre kurze Entführung durch die Dendarii-Söldner gewesen.

Rowan. *Sie hat es nach draußen geschafft. Was dann?* Würde sie zurückkommen, ihn zu holen? Wie? Sie befanden sich hier auf Jackson's Whole. Hier konnte man niemandem trauen. Menschen waren hier Fleisch. Wie dieses Mädchen da vor ihm. Er hatte plötzlich ein alptraumhaftes Bild von ihr, mit leerem Schädel und ausdruckslosen Augen.

»Tut mir leid«, flüsterte er. »Du bist so schön … *innen.* Du verdienst es, zu leben. Nicht von dieser alten Frau aufgefressen zu werden.«

»Meine Herrin ist eine große Frau«, sagte sie hartnäckig. »Sie verdient es, länger zu leben.«

Welche Art verdrehter Ethik trieb Lotus Durona dazu, dieses Mädchen zu einem zur Nachahmung bereiten Opfer zu machen? Wen glaubte Lotus zu narren? Nur sich selbst, offensichtlich.

»Außerdem«, sagte Lilly die Jüngere, »dachte ich, du mochtest diese dicke Blondine. Du hast auf ihr herumgezappelt.«

»Wer?«

»Oh, schon gut. Das muß dein Klonzwilling gewesen sein.«

»Mein Bruder«, korrigierte er automatisch. Was war mit dieser Geschichte, Mark?

Sie entspannte sich allmählich und fand sich mit ihrer seltsamen Gefangenschaft ab. Und sie langweilte sich. Sie schaute ihn abwägend an. »Würdest du mich noch einmal küssen?« fragte sie.

Es war seine Größe. Die weckte das Tier in den Frauen. Sich unbedroht fühlend, wurden sie kühn. Normalerweise betrachtete er dies als einen sehr erfreulichen Effekt, aber dieses Mädchen beunruhigte ihn. Sie war nicht seines ... gleichen. Aber er mußte die Zeit totschlagen, sie hier drinnen halten, sie so lang wie möglich unterhalten. »O ja ... mit Vergnügung.«

Nach etwa zwanzig Minuten zahmen und schicklichen Schmusens, wich sie zurück und bemerkte: »Das ist nicht so, wie der Baron es macht.«

»Was machst du für Vasa Luigi?«

Sie kniete nieder, öffnete seine Hose, holte sein halb erigiertes Glied heraus und führte es ihm vor. Nach etwa einer Minute würgte er hervor: »Halt!«

»Gefällt es dir nicht? Dem Baron gefällt es.«

»Da bin ich mir sicher.« Schrecklich erregt stopfte er sein Glied in die Hose zurück, floh auf den Stuhl neben dem kleinen Eßtisch und kauerte sich darauf zusammen. »Das ist sehr schön, Lilly, aber zu ernst für dich und mich.«

»Ich verstehe nicht.«

»Ganz genau deshalb.« Sie war ein ahnungsloses *Kind*, trotz ihres erwachsenen Körpers, dessen war er sich zunehmend sicher. »Wenn du älter sein wirst ... wirst du deine eigenen Grenzen finden. Und du kannst dann Leute einladen, sie zu überschreiten, wie es dir gefällt. Im Augenblick weißt du kaum, wo du aufhörst und wo die Welt beginnt. Verlangen sollte von innen kommen, und nicht von außen aufgezwungen sein.« Er versuchte sein eigenes Verlangen mit schierer Willenskraft zu unterdrücken – mit nur halbem Erfolg. *Vasa Luigi, du elender Dreckcack!*

Sie runzelte nachdenklich die Stirn. »Ich werde nicht älter sein.«

Er schlang die Arme um die hochgezogenen Knie und schauderte. *Verdammt!*

Plötzlich erinnerte er sich daran, wie er Sergeantin Taura zum erstenmal begegnet war. Wie sie Liebende geworden waren, in jener Stunde der Verzweiflung. Ach, wieder war er in den Hinterhalt der Fallgruben seines Gedächtnisses geraten. Es gab gewisse offensichtliche Parallelen zu seiner derzeitigen Situation; das mußte der Grund sein, weshalb sein Unterbewußtsein versuchte, die alte, erfolgreiche Lösung anzuwenden. Aber Taura war eine biotechnische erzeugte Mutation mit kurzer Lebensdauer. Die Dendarii-Mediziner hatten ihr mit Anpassungen ihres Metabolismus ein wenig mehr Zeit verschafft, aber nicht viel. Jeder Tag war für sie ein Geschenk, jedes Jahr ein Wunder. Sie lebte ihr ganzes Leben nach der Devise *Sehen und zupacken* – und er war von Herzen damit einverstanden. Lilly die Jüngere könnte hundert Jahre alt werden, wenn sie nicht … ausgeschlachtet würde. Sie mußte zum Leben verführt werden, nicht zum Sex.

Wie Rechtschaffenheit, so war Liebe zum Leben nicht ein Gegenstand von Untersuchungen, sondern eine Ansteckung, die man abbekommen mußte. Und man mußte sie von jemandem abbekommen, der schon damit angesteckt war. »Möchtest du nicht leben?« fragte er sie.

»Ich … weiß es nicht.«

»Ich schon. Ich möchte leben. Und glaub mir, ich habe die Alternative *gründlich* erwogen.«

»Du bist ein … komischer, kleiner, häßlicher Mann. Was kannst du schon vom Leben bekommen?«

»*Alles.* Und ich bin entschlossen, noch mehr zu bekommen.« *Ich möchte … ich möchte* Reichtum, Macht, Liebe. Siege, glänzende, brillante Siege, deren Glanz sich in den Augen seiner Kameraden spiegelte. Eines Tages auch eine Ehefrau und Kinder. Eine Horde Kinder, groß und gesund, um denjenigen, die immer *Mutant!* geflüstert hatten, das Maul zu stopfen, bis ihnen die Augen aus dem Kopf traten. *Und ich bin entschlossen, einen Bruder zu haben.*

Mark. Jawohl. Der mürrische kleine Kerl, den möglicherweise gerade jetzt Baron Ryoval Faser um Faser auseinandernahm. An Miles' Stelle. Seine Nerven waren so angespannt, daß er hätte schreien können, und es gab keine Erlösung. *Ich muß Zeit schinden.*

Schließlich überredete er Lilly die Jüngere, sich schlafen zu legen, eingewickelt in die Decken auf Rowans Seite des Bettes. Ritterlich nahm er den Stuhl. Nach ein paar Nachtstunden litt er Qualen. Er versuchte es mit dem Boden. Der war kalt. Seine Brust schmerzte. Er fürchtete sich davor, mit einem Husten zu erwachen. Schließlich kroch er ins Bett, legte sich auf die Decken und rollte sich zusammen, das Gesicht von ihr abgewandt. Er war sich ihres Körpers intensiv bewußt. Das Umgekehrte galt offensichtlich nicht. Seine Sorgen waren um so größer, weil er so formlos war. Er hatte *gar nichts* unter Kontrolle. Gegen Morgen erwärmte er sich endlich genügend, um einzudösen.

»Rowan, meine Liebe«, murmelte er benommen, schmiegte sich in ihr duftendes Haar und wickelte sich um ihren warmen, langen Leib. »Meine Lady.« Ein barrayaranischer Ausdruck – jetzt wußte er endlich, woher dieses ›Mylady‹ kam. Sie zuckte zusammen; er schreckte zurück. Sein Bewußtsein kehrte zurück. »Ach! Entschuldigung.«

Lilly die Jüngere setzte sich auf und schüttelte die Umarmung des häßlichen kleinen Mannes ab. Sein Gefummel. »Ich bin nicht Mylady!«

»Entschuldigung, ich habe mich getäuscht. Ich denke in meinem Kopf von Rowan als Mylady. Sie ist meine Lady, und ich bin ihr …« – *Hofnarr* – »Ritter. Ich bin wirklich ein Soldat, weißt du. Obwohl ich so klein bin.«

Beim zweiten Klopfen an der Tür erkannte er, was ihn geweckt hatte. »Das Frühstück. Schnell! Ins Bad. Klapper da drin herum. Ich bin sicher, wir können das noch eine Runde lang durchhalten.«

Diesmal versuchte er nicht, die Wachen in Gespräche zu verwickeln, die zu Bestechung führen sollten. Lilly die Jüngere kam wieder heraus, als sich die Tür wieder hinter dem Diener geschlossen hatte. Sie aß langsam und unschlüssig, als bezweifelte sie ihr Recht auf Nahrung. Er beobachtete sie, zunehmend fasziniert. »Hier, nimm noch dieses Brötchen. Du kannst Zucker daraufstreuen, weißt du.«

»Ich darf keinen Zucker essen.«

»Du solltest Zucker nehmen.« Er machte eine Pause. »Du solltest alles haben. Du solltest Freunde haben. Du solltest … Schwestern haben. Du solltest eine Erziehung bekommen, die deine Geisteskräfte bis an ihre Grenzen fordert, und eine Arbeit, die deinen Geist herausfordert. Arbeit macht dich größer. Wirklicher. Du nimmst sie in dich auf und wächst. Du solltest Liebe haben. Deinen eigenen Ritter. Einen viel größeren als mich. Du solltest … Eiskrem bekommen.«

»Ich darf nicht dick werden. Meine Herrin ist mein Schicksal.«

»Schicksal! Was weißt du über Schicksal?« Er stand auf und begann im Zickzack zwischen Bett und Tisch herumzugehen. »Ich bin ein ausgesprochener *Experte* für Schicksal. Deine Herrin ist ein falsches Schicksal, und weißt du, wie ich das weiß? Sie nimmt alles, aber sie gibt nichts zurück.

Ein *wahres* Schicksal nimmt alles – den letzten Blutstropfen aus deinen Adern – und gibt es doppelt zurück. Vierfach. Tausendfach! Aber du kannst nichts Halbes geben. Du mußt alles geben. Ich *weiß* es. Das *schwöre* ich. Ich bin von den Toten zurückgekommen, um dir die Wahrheit zu sagen. Das wahre Schicksal gibt dir einen *Berg* an Leben und stellt dich auf den Gipfel.«

Seine Überzeugung kam ihm völlig größenwahnsinnig vor. Er liebte Augenblicke wie diesen.

»Du bist verrückt«, sagte sie und starrte ihn mißtrauisch an.

»Wie kannst du das wissen? Du bist in deinem

ganzen Leben noch nie einem geistig gesunden Menschen begegnet. *Oder?* Denk mal drüber nach.«

Ihr zuvor erwachtes Interesse nahm wieder ab. »Es hat keinen Zweck. Ich bin sowieso eine Gefangene. Wohin sollte ich gehen?«

»Lilly Durona würde dich aufnehmen«, sagte er prompt. »Die Durona-Gruppe steht unter dem Schutz des Hauses Fell, weißt du. Wenn du zu deiner Großmutter kämst, dann wärest du in Sicherheit.«

Sie senkte die Augenbrauen, genau wie Rowan es getan hatte, als sie seine Fluchtpläne durchlöcherte.

»Man kann uns nicht für immer hier drin lassen. Angenommen ...«, er trat hinter sie, hob ihr Haar hoch und hielt es in einem wirren Büschel auf ihrem Hinterkopf. »Ich hatte nicht den Eindruck, daß Vasa Luigi vorhatte, Rowan länger bei sich zu behalten, als wegen der Geheimhaltung nötig. Wenn ich gehe, dann sollte sie auch gehen. Wenn sie denken, du seist Rowan, dann kannst du bestimmt einfach davongehen.«

»Was ... sollte ich sagen?«

»So wenig wie möglich. Wenn es heißt: ›Hallo, Dr. Durona, Ihr Fahrzeug ist da‹, dann nimm einfach deine Sachen und geh.«

»Das könnte ich nicht.«

»Du könntest es versuchen. Wenn du es nicht schaffst, dann verlierst du nichts. Wenn du es schaffst, dann gewinnst du *alles*. Und wenn du weggekommen bist, könntest du den Leuten sagen, wo ich hin bin. Wer mich mitgenommen hat und wann. Es sind nur ein paar Minuten starke Nerven nötig, und die gibt es umsonst. Wir schaffen sie selbst, aus uns selbst. Nerven können dir nicht genommen werden wie eine Geldbörse oder so was. Verdammt, warum erzähle ich dir das? Du bist allein durch Nervenstärke und Intelligenz den Dendarii-Söldnern entkommen.«

Sie war völlig fassungslos. »Ich habe es für meine

Herrin getan. Ich habe noch nie etwas für ... für *mich* getan.«

Ihm war, als müßte er schreien. Er war so angespannt, daß er kurz vor einem puren Nervenzusammenbruch stand. Diese Art von total begeisterter Eloquenz setzte er normalerweise ein, wenn er Leute überredete, ihr Leben zu *riskieren*, nicht zu retten. Er beugte sich vor und flüsterte ihr dämonisch ins Ohr: »Tu es für dich selbst. Das Universum wird später kommen und seinen Anteil fordern.«

Nach dem Frühstück half er ihr bei dem Versuch, ihr Haar nach Rowans Art zu frisieren. Das Endergebnis war recht überzeugend, stellte er sich vor. Sie überstanden die Lieferung des Mittagessens.

Als man hereinkam, ohne anzuklopfen, wußte er, daß es nicht das Abendessen war.

Es waren drei Wachen und ein Mann in der Livree des Hauses Bharaputra. Zwei der Wachen nahmen ihn wortlos und fesselten ihm die Hände vor der Brust. Für diesen kleinen Gefallen war er dankbar. Hinter dem Rücken gefesselt zu sein, war nach der ersten halben Stunde unerträglich. Sie schoben ihn in die Halle. Kein Zeichen von Vasa und Lotus. Er hoffte, sie waren unterwegs, auf der Suche nach ihrem verschwundenen Klon. Er warf einen Blick zurück über die Schulter.

»Dr. Durona«, der Mann in Livree nickte Lilly der Jüngeren zu. »Ich bin Ihr Fahrer. Wohin darf ich Sie bringen?«

Sie strich sich eine Haarsträhne aus den Augen, nahm Rowans Tasche, trat vor und sagte: »Nach Hause.«

»Rowan«, sagte Miles. Sie drehte sich um.

»Nimm alles, denn es wird alles zu seiner Zeit wieder genommen. Das ist eine wichtige Wahrheit.« Er befeuchtete seine trockenen Lippen. »Gibst du mir einen Abschiedskuß?«

Sie neigte den Kopf und beugte sich vor. Drückte

kurz ihre Lippen auf die seinen. Dann folgte sie dem Fahrer.

Nun, es reichte, um die Wachen zu beeindrucken. »Wie haben Sie denn das verdient?« fragte der eine freundlich amüsiert, als Miles in die entgegengesetzte Richtung fortgeführt wurde.

»Man hat Geschmack an mir gefunden«, informierte er sie selbstgefällig.

»Schluß mit dem Gequatsche«, seufzte der Ranghöhere.

Er unternahm zwei Versuche, ihnen auf dem Weg zum Bodenwagen zu entkommen. Nach dem zweiten hängte der größte der Wächter ihn einfach über die Schulter, mit dem Kopf nach unten, und drohte ihm, ihn fallen zu lassen, wenn er zappelte. Beim zweitenmal hatten sie genügend Gewalt eingesetzt, um mit ihm fertigzuwerden, so daß Miles wußte, daß dies kein Scherz war. Sie verfrachteten ihn auf den Rücksitz des Fahrzeugs, zwischen zwei von ihnen.

»Wohin bringen Sie mich?«

»Zu einem Übergabepunkt«, sagte einer.

»Zu was für einem Übergabepunkt?«

»Mehr brauchen Sie nicht zu wissen.«

Er gab einen ständigen Strom von Kommentaren, Bestechungsangeboten, Drohungen, Beleidigungen und schließlich Schmähungen von sich, aber sie nahmen den Köder nicht mehr an. Er überlegte, ob einer von ihnen vielleicht der Mann war, der ihn getötet hatte. Nein. Keiner, der in das Durcheinander in der chirurgischen Einrichtung verwickelt gewesen war, würde nach alldem so ruhig sein. Damals waren diese Kerle weit weg gewesen. Seine Kehle wurde heiser. Es war eine lange Fahrt. Bodenwagen wurden kaum außerhalb der Städte verwendet, die Straßen waren so schlecht. Und sie befanden sich jetzt weit außerhalb jeder Stadt. Die Abenddämmerung war schon vorüber, als sie an einer einsamen Kreuzung anhielten.

Sie übergaben ihn zwei humorlosen, flachgesichtigen Männern in rot-schwarzer Livree, die geduldig wie Ochsen auf sie gewartet hatten. In der Livree des Hauses Ryoval! Diese Männer fesselten seine Hände hinter dem Rücken und auch seine Fußgelenke, bevor sie ihn in den hinteren Teil eines Leichtfliegers schoben. Der Flieger stieg lautlos in die Dunkelheit auf.

Sieht aus, als hätte Vasa Luigi seinen Preis bekommen.

Falls Rowan es geschafft hatte, mußte sie jemanden schicken, der bei Bharaputra nach ihm suchte. Wo Miles jedoch nicht sein würde. Vielleicht würde Vasa Luigi die Sucher einfach fröhlich zu Ryoval weiterschicken.

Doch wenn Ryovals Aufenthaltsort leicht zu finden war, dann würden sie ihn inzwischen gefunden haben.

Bei Gott. Ich könnte der erste Agent des Kaiserlichen Sicherheitsdienstes an Ort und Stelle sein. Er würde sich dessen versichern und dann in seinem Bericht an Illyan betonen müssen. Er fragte sich, ob er dafür lang genug überleben würde.

KAPITEL 28

Es ist mir unangenehm, daß ich es bin, der es Ihnen sagen muß, Baron«, sagte der Techniker, »aber Ihr Folteropfer scheint sich prächtig zu amüsieren.«

Schling grinste um den Schlauch herum, der ihm den Mund offenhielt, während Baron Ryoval um ihn herumging und ihn anschaute. Vielleicht bewunderte er seinen erstaunlichen Magen.

»In diesen Situationen gibt es eine Anzahl möglicher psychologischer Verteidigungsmethoden«, sagte Ryoval. »Gespaltene Persönlichkeiten und Identifikation mit dem Folterer eingeschlossen. Ich hatte erwartet, daß Naismith sich am Ende durch alle hindurcharbeitet, aber – so bald?«

»Ich habe es auch nicht geglaubt, Sir, deshalb habe ich eine Serie von Gehirn-Scans gemacht. Die Ergebnisse waren ungewöhnlich.«

»Falls seine Persönlichkeit sich tatsächlich aufspaltet, müßte das im Scan zu sehen sein.«

»Im Scan zeigt sich *etwas*. Er scheint Teile seines Geistes gegen unsere Stimuli abzuschirmen, und seine Oberflächenreaktionen lassen sicher an eine Spaltung denken, aber … das Muster ist auf abnorme Weise abnorm, falls das einen Sinn ergibt, Sir.«

»Nicht wirklich.« Ryoval schürzte interessiert die Lippen. »Ich werde es mir anschauen.«

»Was immer da vor sich geht, er simuliert es nicht. Dessen bin ich sicher.«

»So unmöglich schnell …«, murmelte Ryoval. »Wann,

glauben Sie, ist er ausgerastet? Wie habe ich es versäumen können?«

»Ich bin mir nicht sicher. Sehr bald. Am ersten Tag – vielleicht in der ersten Stunde. Aber wenn er es durchhält, dann wird er sehr schwer faßbar sein und großen Druck aushalten. Er kann sozusagen … Schichtwechsel machen.«

»Das kann ich auch«, bemerkte Ryoval kalt.

Der Druck in seinem Magen wuchs sich zu Schmerz aus. Jaul stieß ihn ängstlich an, aber Schling machte nicht Platz. Er war noch an der Reihe. Der Andere hörte aufmerksam zu. Der Vierte hörte immer zu, wenn Baron Ryoval zugegen war. Er schlief selten und sprach fast nie.

»Ich hatte erwartet, daß er dieses Stadium der Desintegration erst nach Monaten erreicht. Das wirf meinen Zeitplan um«, beschwerte sich der Baron.

Ja, Baron. Sind wir nicht faszinierend? Machen wir Sie nicht neugierig?

»Ich muß überlegen, wie wir ihn am besten wieder fokussieren«, sagte Ryoval nachdenklich. »Bringt ihn später in meine Räume. Ich werde mal sehen, was ein kleines, ruhiges Gespräch und ein paar Experimente bewirken, auf dem üblichen Weg über neue Befehle.«

Hinter seiner gleichmütigen Attitüde zitterte der Andere erwartungsvoll.

Zwei Wachen brachten ihn/sie in Baron Ryovals angenehmes Wohnzimmer. Dort gab es keine Fenster, allerdings nahm ein großes Holovid-Display den größten Teil einer Wand ein und zeigte momentan die Szenerie eines tropischen Strandes. Doch Ryovals Räume lagen sicher unterirdisch. Niemand würde hier durch Fenster einbrechen.

Seine Haut war immer noch fleckig. Die Techniker hatten die geschundenen Stellen mit einer Art Schutzschicht übersprüht, um zu verhindern, daß etwas auf

Ryovals schöne Möbel triefte; die anderen Wunden hatten sie mit Plastikverbänden versehen, damit sie nicht aufbrachen und bluteten und Flecken machten.

»Glaubst du, daß das was nützt?« hatte der Techniker mit dem Sprayer gefragt.

»Wahrscheinlich nicht«, hatte sein Kamerad geseufzt. »Wahrscheinlich sollte ich lieber schon mal ein Reinigungsteam in Bereitschaft rufen. Ich wünschte mir, er würde eine Plane oder so was unterlegen.«

Die Wachen setzten ihn auf einen niedrigen, breiten Stuhl. Es war einfach ein Stuhl, ohne Stacheln, ohne Klingen, ohne einen Pfählspieß. Seine Händen wurden hinter dem Rücken gefesselt, was bedeutete, daß er sich nicht zurücklehnen konnte. Er spreizte die Knie und saß unbequem aufrecht und keuchte.

Der ranghöhere Wächter fragte Ryoval: »Wünschen Sie, daß wir ihn festbinden?«

Ryoval hob eine Augenbraue. »Kann er ohne Hilfe aufstehen?«

»Aus dieser Stellung nicht ohne weiteres.«

Ryoval verzog amüsiert-verächtlich den Mund, als er auf seinen Gefangenen hinabblickte. »Ah, wir kommen schon hin. Langsam. Laßt uns allein. Ich rufe euch wieder. Unterbrecht uns nicht. Es kann laut werden.«

»Ihre Schallisolierung ist sehr wirkungsvoll, Sir.« Die flachgesichtigen Wachen salutierten und zogen sich zurück. Irgend etwas stimmte nicht mit diesen Wachen. Wenn sie nicht Befehle ausführten, saßen oder standen sie einfach da, stumm und ausdruckslos. Ohne Zweifel waren sie so konditioniert.

Schling und Grunz und Jaul und der Andere schauten interessiert um sich und überlegten, wer wohl als nächster an der Reihe war.

Du bist gerade drangewesen, sagte Jaul zu Schling. *Jetzt bin ich an der Reihe.*

Verlaß dich nicht darauf, sagte Grunz. *Es könnte auch ich sein.*

Wenn es nicht um Schling ginge, sagte der Andere grimmig, *dann würde ich mich melden. Jetzt muß ich warten.*

Du hast dich noch nie gemeldet, sagte Schling neugierig. Aber der Andere schwieg schon wieder.

»Schauen wir uns mal eine Show an«, sagte Ryoval und betätigte eine Fernsteuerung. Das Display der tropischen Landschaft wich einer lebensgroßen Vid-Aufzeichnung einer von Grunzens Sitzungen mit den... Geschöpfen aus dem Bordell. Grunz beobachtete sich mit großem Interesse und Vergnügen aus all diesen neuen Blickwinkeln. Schlings Arbeit drohte allmählich viele interessante Ereignisse unterhalb seines Äquators der Sicht zu entziehen.

»Ich erwäge, eine Kopie davon der Dendarii-Söldnerflotte zu schicken«, murmelte Ryoval und beobachtete ihn. »Stellen Sie sich alle Ihre höheren Stabsoffiziere vor, wenn sie das sehen. Ich glaube, ein paar würden dann zu mir überlaufen, was?«

Nein. Ryoval log. Seine Anwesenheit hier war noch geheim, sonst würde er nicht hier sein. Und Ryoval konnte es nicht eilig haben, dieses Geheimnis zu lüften. Der Andere murmelte trocken: *Schicken Sie eine Kopie an Simon Illyan, und dann sehen wir mal, was Ihnen das einbringt.* Aber Illyan gehörte zu Lord Mark, und Lord Mark war nicht hier, und im übrigen redete der Andere nie, nie laut.

»Stellen Sie sich einmal vor, wenn Ihre hübsche Leibwächterin hierbei mitmachen würde...« Ryoval redete weiter und nannte Details. Grunz war völlig bereit, sich einige Teile davon vorzustellen, obwohl andere Passagen sogar für ihn anstößig waren. *Jaul?*

Ich nicht! sagte Jaul. *Das ist nicht mein Job.*

Wir werden einfach einen neuen Zuwachs machen müssen, sagten sie alle. Wenn nötig, konnte er Tausende von ihnen hervorbringen. Er war eine Armee, die dahinfloß wie Wasser und sich vor Hindernissen teilte;

es war unmöglich, sie mit einem Streich zu vernichten.

Das Vid-Display ging zu einer anderen Szenerie über, zu einem von Jauls schönsten Augenblicken: dem, der ihm seinen Namen gegeben hatte. Kurz nachdem er chemisch gehäutet worden war, hatten die Techniker ihn mit einem klebrigen Zeug eingeschmiert, das unerträglich juckte, daß er sich kratzte. Die Techniker hatten ihn gar nicht anzufassen brauchen. Er hatte sich fast umgebracht durch sein Kratzen. Danach hatten sie ihm eine Transfusion gegeben, um das Blut zu ersetzen, das er mit den Kratzwunden verloren hatte.

Er starrte ungerührt auf die von Krämpfen geschüttelte Kreatur in dem Vid. Die Show, die Ryoval sehen wollte, war er selbst. Sich jetzt zu sehen, mußte die ganze Dramatik und Erregung der Betrachtung eines Testbildes haben. Langweilig. Ryoval blickte drein, als wollte er mit der Fernsteuerung auf ihn zielen und das Programm wechseln.

Der Andere wartete mit zunehmender Ungeduld. Er kam allmählich wieder zu Atem, aber da war immer noch der verdammt niedrige Stuhl, mit dem er zu kämpfen hatte. Es mußte heute abend sein. Bei der nächsten Gelegenheit, falls sie je kam, würde Schling vielleicht sie alle unbeweglich gemacht haben. Ja. Er wartete.

Ryoval blies enttäuscht die Backen auf und betrachtete sein heiteres Profil. Er schaltete das Vid aus, stand auf und ging um den Stuhl herum, wobei er ihn mit zusammengekniffenen Augen studierte. »Sie sind nicht quitt mit mir, oder? Sie sind irgendwohin weggetreten. Ich muß mir etwas ausdenken, was Sie zu mir zurückbringt. Oder sollte ich sagen: euch alle?«

Ryoval war viel zu scharfsichtig.

Ich traue dir nicht, sagte Schling unsicher zu dem Anderen. *Was wird danach mit mir geschehen?*

Und mit mir? fügte Grunz hinzu. Nur Jaul sagte nichts. Jaul war sehr müde.

Ich verspreche dir, Mark wird dich weiterhin ernähren, Schling, flüsterte der Andere von tief drinnen. *Zumindest dann und wann. Und Grunz. Mark könnte euch nach Kolonie Beta bringen. Dort gibt es Leute, die euch helfen könnten, euch genügend zu reinigen, daß ihr bei Tageslicht herauskommen könntet, glaube ich. Ihr würdet nicht Ryovals Hypospray nötig haben. Der arme Jaul ist sowieso völlig erschöpft. Er hat am härtesten gearbeitet und euch übrigen Deckung gegeben. Und im übrigen, Grunz, was ist, wenn sich Ryoval als nächstes für eine Kastration entscheidet? Vielleicht könntet ihr, du und Jaul, euch zusammentun, und Mark kann euch eine Truppe schöner Frauen mit Peitschen und Ketten mieten – wären Frauen nicht einmal eine schöne Abwechslung? Hier sind wir auf Jackson's Whole; bestimmt könntet ihr in dem Vid-Verzeichnis welche finden. Ihr braucht Ryoval nicht. Wir retten Mark, und er rettet uns. Das verspreche ich euch.*

Wer bist du, daß du in Marks Namen etwas versprechen kannst? fragte Schling mürrisch.

Ich bin ihm an nächsten.

Du hast dich sicher am besten versteckt, sagte Jaul mit einer Andeutung von Ressentiment.

Das war notwendig. Aber wir werden alle umkommen, einer nach dem anderen, wenn Ryoval uns zur Strecke bringt. Er ist schrecklich raffiniert. Wir sind die Originale. Wenn wir noch Zuwachs bekämen, so wären das sowieso nur verzerrte Schatten von uns.

Alle sahen ein, daß dies stimmte.

»Ich bringe Ihnen einen Freund, mit dem Sie spielen können«, bemerkte Ryoval und ging um ihn herum. Wenn Ryoval hinter ihm war, so hatte das einige seltsame Auswirkungen auf seine innere Topographie. Schling verflachte, Jaul kam hervor und sank dann wieder hin, wenn Ryoval erneut in Sicht kam. Grunz achtete wachsam auf seine Stichwörter und schwankte nur leicht. »Ihr Klonzwilling. Den mein dummes Kommando verfehlt hat.«

Tief unten drinnen wurde Lord Mark hellwach und schrie auf. Der Andere hielt ihm den Mund zu. *Er lügt. Er lügt.*

»Ihre Pfuscherei hat sich als teurer Fehler erwiesen, für den sie zahlen müssen. Ihr Doppelgänger war verschwunden, dann tauchte er irgendwie bei Vasa Luigi auf. Eine typisch glatte Taschenspielerei auf seiten Vasas. Ich bin immer noch nicht überzeugt, daß die liebe Lotus nicht irgendeinen privaten Draht zur Durona-Gruppe hat.«

Ryoval umkreiste ihn erneut. Es war sehr verwirrend. »Vasa ist völlig überzeugt, sein Zwilling sei der Admiral und Sie seien der Klon. Er hat mich mit seinen Zweifeln angesteckt, doch wenn der Mann tatsächlich ein Kryoamnestiker ist, wie er behauptet, dann könnte sich das als sehr enttäuschend erweisen, selbst wenn er der Richtige ist. Aber das spielt jetzt keine Rolle. Ich habe euch beide. Genau, wie ich es vorhergesagt habe. Können Sie sich vorstellen, was ich als erstes euch einander antun lasse?«

Grunz konnte. Haargenau, doch nicht mit den Raffinessen, die Ryoval flüsternd anfügte.

Lord Mark wütete, weinte vor Schrecken und Entsetzen. Kein Zittern bewegte Grunzens Oberfläche mit dem losen Mundwerk oder beeinträchtigte das stumpfe Glitzern seiner Augen mit irgendeinem inneren Vorsatz. *Wartet,* bettelte der Andere.

Der Baron ging zu einer Theke oder Bar aus gestreiftem, polierten Holz und wickelte eine Reihe glitzernder Instrumente aus, die keiner richtig sehen konnte, obwohl Jaul den Hals reckte. Nachdenklich überprüfte Ryoval seine Geräte.

Ihr müßt mir aus dem Weg bleiben. Und dürft mich nicht sabotieren, sagte der Andere. *Ich weiß, Ryoval gibt euch, wonach ihr hungert – aber das ist ein Trick.*

Ryoval ernährt dich nicht, sagte Schling.

Ryoval ist meine Nahrung, flüsterte der Andere.

Du wirst nur eine Chance haben, sagte Jaul nervös. *Und dann werden sie hinter mir her sein.*

Ich brauche nur eine Chance.

Ryoval drehte sich wieder um. In seiner Hand schimmerte ein chirurgischer Handtraktor. Erschrokken wich Grunz vor dem Anderen zur Seite.

»Ich glaube«, sagte Ryoval, »als nächstes werde ich Ihnen eines Ihrer Augen herausnehmen. Nur eins. Das dürfte einige interessante psychologische Fokussierungseffekte mit sich bringen, wenn ich das verbleibende bedrohe.«

Geschmeidig wich Jaul zur Seite. Als letzter wich widerstrebend Schling zurück, als Ryoval auf sie zukam.

Killers erster Versuch sich hochzurappeln schlug fehl, und er sank wieder auf den Stuhl. *Zum Teufel mit dir, Schling.* Er versuchte es wieder, verlagerte sein Gewicht nach vorn, stemmte sich hoch und machte einen Schritt, schwankend ohne den Gebrauch seiner Arme. Ryoval beobachtete es höchst amüsiert. Das watschelnde kleine Monster, von dem er zweifellos dachte, er hätte es geschaffen, jagte ihm keinen Schrecken ein.

Sich um Schlings neuen Bauch herumzuarbeiten war ungefähr so, als wäre man der Blinde Zen-Bogenschütze. Aber seine Ausrichtung war absolut.

Sein erster Tritt traf Ryoval in die Eier und legte ihn glatt auf den Rücken. Damit war sein Oberkörper praktisch erreichbar. Der Killer ging fließend zum zweiten Tritt über, mit dem er Ryoval voll in die Kehle traf. Er spürte, wie bis hinter zu Ryovals Rückgrat Knorpel und Gewebe knirschten. Da er diesmal keine Stiefel mit Stahlkappen trug, brach es ihm auch einige Zehen, doch er empfand keinen Schmerz. Das war Jauls Sache.

Er fiel hin. Aufstehen war nicht leicht, denn die Hände waren noch hinter seinem Rücken gefesselt.

Während er sich auf dem Boden herumwälzte und versuchte, wieder auf die Beine zu kommen, sah er zu seiner Enttäuschung, daß Ryoval noch nicht tot war. Auf dem Teppich neben ihm zappelte und gurgelte der Mann und griff sich an die Kehle. Doch die Computersteuerung des Zimmers erkannte die gesprochenen Befehle des Barons nicht mehr. Noch hatten sie ein wenig Zeit.

Er rollte sich an Ryovals Ohr heran. »Auch ich bin ein Vorkosigan. Derjenige, der zum Maulwurf und Mörder ausgebildet wurde. Es kotzt mich wirklich an, wenn jemand mich unterschätzt, wissen Sie.«

Es gelang ihm, wieder auf die Beine zu kommen, und er studierte das Problem, das darin bestand, daß Ryoval noch am Leben war. Er seufzte, schluckte, trat vor und traktierte den Mann mit wiederholten Fußtritten, bis Ryoval kein Blut mehr erbrach und aufhörte, sich zu krümmen und zu atmen. Es war ein ekelhafter Vorgang, aber alles in allem war er sehr erleichtert, daß es keinen Teil in ihm zu geben schien, dem das wirklich gefiel. Selbst Killer mußte einen entschlossenen Professionalismus aufbieten, um es zu Ende zu bringen.

Er betrachtete den Anderen und erkannte ihn jetzt als Killer. *Galen hat dich zum größten Teil geschaffen, nicht wahr?*

Ja. Aber er hat mich nicht aus dem Nichts geschaffen.

Du hast es sehr gut gemacht. Dich zu verstecken. Zu pirschen. Ich hatte mich gefragt, ob einer von uns überhaupt ein Gefühl für Timing hätte. Ich bin froh, daß wenigstens einer es hatte.

Das hat der Graf, unser Vater, immer gesagt, gab Killer zu, erfreut und verlegen zugleich, daß er gelobt wurde. *Daß die Leute sich einem in die Hand geben würden, wenn man lange genug wartete und sich nicht voreilig ihnen in die Hände gab. Und das habe ich gemacht. Und Ryoval auch.* Schüchtern fügte er hinzu: *Der Graf ist auch ein Killer, weißt du. Wie ich.*

Hm.

Er riß mit den Handgelenken an den Fesseln und humpelte zu der Theke aus Zebraholz hinüber, um Ryovals Instrumente zu studieren. Die Auswahl umfaßte einen Laserbohrer sowie eine widerliche Sammlung von Messern, Skalpellen, Zangen und Sonden. Der Laserbohrer hatte einen kurzen Brennpunktabstand und diente chirurgisch zum Schneiden von Knochen. Als Waffe war er fragwürdig, aber als Werkzeug gut geeignet.

Er drehte sich schwankend um und versuchte, den Bohrer hinter dem Rücken aufzuheben. Ihm kamen fast die Tränen, als er ihn fallenließ. Er würde sich also wieder auf den Boden legen müssen. Schwerfällig tat er es und zappelte herum, bis es ihm gelang, den Bohrer in die Hand zu bekommen. Es folgte eine langwierige Fummelei, doch schließlich gelang es ihm, den Bohrer herumzudrehen und mit ihm so zu zielen, daß er seine Fesseln durchschnitt, ohne sich die Hand abzuschneiden oder sich ein Loch in den Hintern zu brennen. Als er sich befreit hatte, schlang er die Arme um seinen aufgeschwollenen Torso und wiegte sich wie jemand, der ein müdes Kind in den Schlaf wiegt. Sein Fuß begann pulsierend zu schmerzen. Die zusammenwirkenden Massenvektoren hatten anscheinend auch seinen Rücken verrenkt, als er Ryoval in die Kehle getreten hatte.

Er starrte seitwärts auf sein Opfer, seinen Folterer, seine Beute. *Klonverbraucher.* Es kam ihm vor, als müßte er sich bei dem Körper entschuldigen, den er mit Füßen getreten hatte. *Es war nicht deine Schuld. Du bist doch vor zehn Jahren oder so gestorben, nicht wahr?* Der im Oberstübchen, im Innern des Schädels, war sein Feind gewesen.

Ihn überkam eine unlogische Angst, daß Ryovals Wachen hereinstürmen und ihren Herrn noch im Tod retten würden. Er kroch hinüber, was jetzt mit freien

Händen viel leichter war, nahm den Laserbohrer und sorgte dafür, daß niemand jemals wieder dieses Gehirn transplantieren würde. Niemand. Auf keine Weise.

Er sank wieder auf den niedrigen Stuhl und saß völlig erschöpft da, wartend auf den Tod. Ryovals Männer hatten sicher den Befehl, ihren gefallenen Herrn zu rächen.

Niemand kam.

... Ja, richtig! Der Boss hatte sich ja in seinen Räumen mit einem Gefangenen und chirurgischen Instrumenten eingeschlossen und seinen Gorillas gesagt, sie sollten ihn nicht stören. Wie lang würde es dauern, bis einer den Mut aufbrächte, ihn bei seinem kleinen Hobby zu unterbrechen? Es könnte ... ganz schön lang dauern.

Das Gewicht der zurückkehrenden Hoffnung war eine fast unerträgliche Last, wie wenn man mit einem gebrochenem Bein ginge. *Ich möchte mich nicht bewegen.* Er war sehr wütend auf den Kaiserlichen Sicherheitsdienst, daß man ihn hier sich selbst überlassen hatte, aber er dachte, er würde ihnen vielleicht alles vergeben, wenn sie nur *jetzt* hier hereinstürmen und ihn ohne weitere Anstrengung oder Bemühung seinerseits forttragen würden. *Habe ich nicht eine Pause verdient?* Das Zimmer wurde sehr still.

Das war Overkill, dachte er, als er auf Ryovals Leiche schaute. *Ein bißchen aus dem Gleichgewicht geraten. Und du hast auf dem Teppich eine Sauerei angerichtet.*

Ich weiß nicht, was ich als nächstes tun soll.

Wer sprach da? Killer? Schling? Grunz? Jaul? Alle zusammen?

Du bist ein guter Kämpfer und loyal, aber nicht sonderlich intelligent.

Intelligenz ist nicht unser Job.

Es war Zeit für Lord Mark zu erwachen. Hatte er je wirklich geschlafen?

»In Ordnung, Bande«, murmelte er laut und umschlang sich selbst. »Alle Mann hoch!« Der niedrige Stuhl war an sich schon ein Folterinstrument. Ryovals letzter höhnischer Seitenhieb. Mit einem Stöhnen kam er wieder auf die Beine.

Es war undenkbar, daß ein alter Fuchs wie Ryoval nur einen einzigen Eingang zu seinem Bau hatte. Mark stöberte in der unterirdischen Suite herum. Büro, Wohnzimmer, eine kleine Küche, ein großes Schlafzimmer und ein ziemlich seltsam eingerichtetes Bad. Sehnsüchtig blickte er auf die Dusche. Seit man ihn in dieses Gebäude gebracht hatte, hatte er nicht mehr baden dürfen. Aber er befürchtete, er würde sich die Plastikhaut abwaschen. Er putzte sich die Zähne. Sein Gaumen blutete, war aber sonst in Ordnung. Er trank einige Schlucke kaltes Wasser. *Wenigstens bin ich nicht hungrig.* Er kicherte krächzend.

Endlich fand er im rückwärtigen Teil des Schlafzimmerschranks den Notausgang.

Wenn er nicht bewacht ist, erklärte Killer, *dann muß dort eine Sprengladung versteckt sein.*

Ryovals hauptsächliche Verteidigung wird wohl von außen nach innen funktionieren, sagte Lord Mark nachdenklich. *Von drinnen nach draußen wird sie so eingerichtet sein, daß sie eine schnelle Flucht erleichtert. Für Ryoval. Und nur für Ryoval.*

Der Ausgang hatte ein Handflächenschloß. Handflächensensoren nehmen Pulsschlag, Temperatur und elektrische Leitfähigkeit der Haut wahr, nicht nur die Windungen der Fingerabdrücke und die Rillen der Lebenslinien. Tote Hände konnten keine Handflächenschlösser öffnen.

Es gibt Wege, um Handflächenschlösser zu umgehen, murmelte Killer. Killer war in einer früheren Inkarnation einmal in solchen Dingen ausgebildet worden. Lord Mark ließ ihn gewähren und beobachtete ihn, während er über ihm schwebte.

Die chirurgischen Instrumente waren in Killers

Hand fast so brauchbar wie ein Satz elektronischer Werkzeuge, da sie reichlich Zeit hatten und das Handflächenschloß nie wieder würde funktionieren müssen. Lord Mark beobachtete träumerisch, wie Killer die Sensorfläche aus der Wand löste, hier berührte, dort abschnitt.

Schließlich leuchtete die Kontrollanzeige an der Wand auf. *Aha,* murmelte Killer stolz.

Oje, sagten die übrigen. Das Display projizierte ein kleines leuchtendes Quadrat.

Es verlangt einen Code-Schlüssel, sagte Killer verzweifelt. Seine Angst, in der Falle zu sitzen, beschleunigte ihren Herzschlag. Jauls schwache Zurückhaltung lokkerte sich; elektrische Stöße des Schmerzes durchzuckten sie.

Wartet, sagte Lord Mark. Falls sie einen Code-Schlüssel brauchten, dann Ryoval ebenfalls.

Baron Ryoval hat keinen Nachfolger. Ryoval hatte keinen Stellvertreter, keinen trainierten Ersatzmann. Er hielt all seine unterdrückten Untergebenen in getrennten Kommunikationskanälen. Das Haus Ryoval bestand aus Baron Ryoval und seinen Sklaven. Punktum. Deshalb wuchs das Haus Ryoval auch nicht. Ryoval delegierte keine Autorität, niemals.

Deshalb hatte Ryoval keinen Platz und keine getreuen Untergebenen, bei denen er seine privaten Code-Schlüssel hinterlassen konnte. Er mußte sie immer mit sich tragen. Die ganze Zeit.

Die Schwarze Bande der anderen wimmerte, als Lord Mark kehrtmachte und ins Wohnzimmer zurückkehrte. Mark ignorierte sie. *Das ist jetzt mein Job.*

Er drehte Ryovals Leiche auf den Rücken und durchsuchte sie methodisch von Kopf bis Fuß, bis auf die Haut und noch tiefer. Er ließ keine Möglichkeit aus, nicht einmal die Zähne. Er lehnte sich unbequem zurück, der ausladende Bauch schmerzte, der verstauchte Rücken brannte. Sein Schmerzpegel stieg an, während er sich reintegrierte, was den Vorgang sehr zögerlich machte. *Der Code-Schlüssel muß hier sein. Er muß hier irgendwo sein.*

Hau ab, hau ab, hau ab, schnatterte die Schwarze Bande bemerkenswert einstimmig.

Haltet die Klappe und laßt mich nachdenken! Er drehte Ryovals rechte Hand um. Ein Ring mit einem flachen schwarzen Stein schimmerte im Licht...

Er lachte laut auf.

Furchtsam schluckte er das Lachen wieder hinunter und blickte sich um. Anscheinend funktionierte die Schallisolierung des Barons. Der Ring wollte nicht abgehen. Steckte er fest? War er an den Knochen genietet? Mark schnitt mit dem Laserbohrer Ryovals rechte Hand ab. Der Laser kauterisierte das Handgelenk sofort, so daß kaum Blut austrat. Schön. Langsam hinkte er unter Schmerzen zurück zum Schlafzimmerschrank und starrte auf das kleine leuchtende Quadrat, das genau die Größe des Ringsteins hatte.

Wo ist oben? Würde eine falsche Drehung einen Alarm auslösen?

Lord Mark ahmte in einer Pantomime nach, wie Baron Ryoval wohl in Eile vorgegangen wäre. Auf das Handflächenschloß klatschen, die Hand umdrehen und den Ringstein in die Code- Matrix schieben... »So herum«, flüsterte er.

Die Tür glitt zur Seite und gab den Weg zu einem privaten Liftrohr frei. Es erstreckte sich etwa zwanzig Meter nach oben. Seine Antigrav-Steuersensoren leuchteten: grün für aufwärts, rot für abwärts. Lord Mark und Killer blickte sich um. Keine Verteidigungsvorrichtungen zu sehen, wie etwa ein Wirrfeld-Generator...

Ein schwacher Luftzug brachte von oben den Geruch frischer Luft mit sich. *Los!* schrien Schling und Grunz und Jaul.

Lord Mark stand mit gespreizten Beinen schwerfällig da, schaute und ließ sich nicht drängen. *Hier gibt es keine Sicherheitsleiter,* sagte er schließlich.

Was also?

Was – also?

Killer sank zurück, brachte die übrigen zum Schweigen und wartete respektvoll.

Ich möchte eine Sicherheitsleiter haben, murmelte Lord Mark verdrossen. Er machte kehrt und wanderte wieder durch Ryovals Räume. Dabei suchte er nach Kleidungsstücken. Es gab keine große Auswahl. Hier war offensichtlich nicht Ryovals Hauptwohnsitz. Nur eine Privatsuite. Die Kleider waren alle zu lang und nicht weit genug. Die Hosen waren unmöglich. Doch ein weiches Strickhemd dehnte sich über seine wunde Haut. Eine weite Jacke, die er offen ließ, bot noch etwas mehr Schutz. Um seine Lenden wickelte er einen Sarong im betanischen Stil, der hier als Badekleidung vorgesehen war. An die Füße ein Paar Hausschuhe – der am linken saß locker, der am angeschwollenen, gebrochenen rechten Fuß eng. Mark suchte nach Bargeld, Schlüsseln und anderen nützlichen Gegenständen. Aber es gab kein handliches Klettergerät.

Ich muß mir einfach meine eigene Sicherheitsleiter fabrizieren. An einer Leine, die er aus ein paar von Ryovals Gürteln gemacht hatte, hängte er sich den Laserbohrer um den Hals, trat auf den Boden des Liftrohrs und begann systematisch Löcher in die Plastikwand zu brennen.

Zu langsam! jammerte die Schwarze Bande. Jaul heulte innen drin, und selbst Killer schrie: *Hau ab, verdammt noch mal!*

Lord Mark ignorierte sie. Er schaltete das ›Aufwärts‹-Feld ein, ließ sich jedoch nicht von ihm aufnehmen. Indem er sich an seine heißen Hand- und Fußgriffe klammerte, kroch er wie eine Schnecke seinen Weg nach oben. Mit dem Auftrieb des fließenden

Grav-Feldes war das Klettern nicht schwierig, es war nur schwer, sich daran zu erinnern, die drei Kontaktpunkte beizubehalten. Sein rechter Fuß war nahezu nutzlos. Die Bande schnatterte furchtsam. Stur und methodisch stieg Mark aufwärts. Ein Loch schmelzen. Warten. Eine Hand bewegen, einen Fuß, eine Hand, einen Fuß. Ein weiteres Loch schmelzen. Warten …

Drei Meter von oben kam sein Kopf auf gleiche Höhe mit einem kleinen Mikrophon, das in die Wand eingelassen war, und einem abgeschirmten Bewegungssensor.

Ich stelle mir vor, es erwartet ein Codewort. In Ryovals Stimme, bemerkte Lord Mark kühl und betrachtete die Vorrichtung. *Damit kann ich nicht dienen.*

Es muß nicht das sein, was du vermutest, sagte Killer. *Es könnte alles mögliche sein. Plasmabögen. Giftgas.*

Nein. Ryoval hat mich verstanden, aber ich habe Ryoval auch verstanden. Es wird einfach sein. Und elegant. Und ihr werdet es für euch selber tun. Schaut zu!

Er packte seinen Halt und hob den Laserbohrer am Bewegungssensor vorbei zur nächsten Brennstelle hoch.

Das Grav-Feld des Liftrohrs schaltete sich ab.

Obwohl er das halb erwartet hatte, wurde er fast von seinem eigenen Gewicht aus seiner Stellung gerissen. Jaul konnte sich nicht mehr ganz zurückhalten. Mark schrie stumm, von Schmerz überflutet. Aber er blieb hängen und ließ sie nicht fallen.

Die letzten drei Meter des Aufstiegs hätte man einen Alptraum nennen können, aber er hatte jetzt neue Maßstäbe für Alpträume. Der Aufstieg war lediglich langwierig.

Am oberen Eingang gab es eine Wirrfeld-Falle, aber sie war nach draußen gerichtet. Der Laserbohrer entwaffnete ihre Steuerung. Schlurfend gelangte er im Krebsgang in eine unterirdische Privatgarage. Sie beherbergte den Leichtflieger des Barons. Auf eine

Berührung mit Ryovals Ring hin öffnete sich das Verdeck.

Mark glitt in den Leichtflieger, justierte, so gut er konnte, Sitz und Steuerung für seinen verrenkten und schmerzenden Körper, startete den Motor und rollte los. Dieser Knopf auf dem Bedienfeld – da? Die Garagentür glitt zur Seite. Sobald er durch war, schoß er hinauf und hinauf und hinauf in die Dunkelheit. Die Beschleunigung drückte ihn in den Sitz. Niemand feuerte auf ihn. Unten gab es keine Lichter. Nur eine felsige Winterödnis. Das ganze Gebäude mußte unterirdisch sein.

Er warf einen Blick auf das Landkartendisplay des Fliegers und wählte seine Richtung – *nach Osten*. Dem Licht entgegen. Das schien richtig zu sein.

Er beschleunigte weiter.

KAPITEL 29

Der Leichtflieger ging in eine Kurve. Miles reckte den Hals und erhaschte einen Blick auf das, was unter ihnen lag. Oder nicht unter ihnen lag. Die Morgendämmerung kam über eine winterliche Wüste gekrochen. Im Umkreis von Kilometern schien es nichts Interessantes zu geben.

»Komisch«, sagte der Wächter, der den Leichtflieger steuerte. »Die Tür ist offen.« Er berührte seinen Kommunikator und schickte eine Salve von Codes ab. Der andere rutschte voller Unbehagen hin und her und beobachtete seinen Kameraden. Miles drehte sich herum und versuchte, beide zu beobachten.

Der Flieger ging nieder. Um sie herum erhoben sich Felsen, dann näherten sie sich einem Betonschacht. Aha, ein verborgener Eingang. Sie kamen auf dem Boden auf und rollten in eine unterirdische Garage.

»Uff«, sagte der andere Wächter. »Wo sind denn die ganzen Fahrzeuge?«

Der Flieger kam zum Stehen. Der größere Wächter zog Miles vom Rücksitz herunter, entfesselte seine Fußgelenke und stellte ihn aufrecht hin. Er fiel fast wieder um. Die Narben auf seiner Brust schmerzten von der Spannung der auf den Rücken gebundenen Hände. Er kam auf die Beine und blickte sich genau wie die beiden Wächter um. Es handelte sich einfach um eine zweckmäßige Garage, die schlecht beleuchtet war. Und leer.

Die Wachen brachten ihn zu einem Eingang. Sie gaben einen Code ein, die Türen öffneten sich automatisch, und sie traten in eine elektronische Sicherheitskammer. Sie war eingeschaltet und summte vor sich hin. »Vaj?« rief einer der Männer. »Wir sind hier. Scan uns!«

Es kam keine Antwort. Einer der Wächter trat vor und schaute sich um. Dann tippte er an einer Tastatur in der Wand einen Code ein. »Nimm ihn trotzdem durch.«

Die Sicherheitskammer ließ ihn passieren. Er trug immer noch die graue Strickkleidung, die die Duronas ihm gegeben hatten; in den Stoff waren anscheinend keine interessanten Vorrichtungen gewoben. Schade.

Der ältere der beiden versuchte es mit einer Gegensprechanlage. Ein paarmal. »Niemand antwortet.«

»Was sollen wir tun?« fragte sein Kamerad.

Der ältere Mann runzelte die Stirn. »Ihn ausziehen und zum Boss bringen, nehm ich mal an. So lautete der Befehl.«

Sie zogen ihm seine Strickkleidung herunter. Er war ihnen viel zu sehr an Körpermasse unterlegen, als daß er hätte gegen sie kämpfen können, aber er bedauerte zutiefst, die Kleider zu verlieren. Es war verdammt kalt. Selbst die ochsengleichen Wächter starrten einen Moment auf seine zerkratzte, mit Narben übersäte Brust. Sie fesselten seine Hände wieder auf dem Rücken und führten ihn durch die Anlage. An jeder Kreuzung ließen sie mißtrauisch ihre Augen wandern.

Es war sehr ruhig. Lichter brannten, aber nirgendwo erschienen Menschen. Ein seltsames Gebäude, nicht sehr groß, kahl und – er schnüffelte – dem Geruch nach ausgesprochen medizinisch. Es diente der Forschung, war sein Schluß. Ryovals private biologische Forschungsanlage. Offensichtlich war Ryoval nach dem Überfall der Dendarii vor vier Jahren zu dem Schluß gekommen, daß seine Hauptanlage nicht sicher genug war. Miles konnte es hier sehen. Diese Räumlichkeiten hier hatten nicht die Geschäftsatmosphäre des anderen Gebäudes. Hier kam einem alles militärisch-paranoid vor. Die Art von Gebäude, wo man, wenn man hier arbeitete, erst nach Jahren wieder herauskam. Oder, wenn man Ryovals Methoden in Betracht zog, nie mehr. Im Vorübergehen warf er Blicke in ein paar laborartige Räume. Aber da waren keine Techniker. Die Wächter riefen ein paarmal nach ihren Kollegen. Doch niemand antwortete.

Sie kamen zu einer offenen Tür, hinter der eine Art Arbeitszimmer oder Büro lag. »Herr Baron, Sir?« meldete sich der ältere Wächter. »Wir bringen hier Ihren Gefangenen.«

Der andere Mann rieb sich den Nacken. »Wenn er nicht hier ist, sollten wir dann nicht anfangen und ihn wie den anderen bearbeiten?«

»Er hat noch nicht den Befehl gegeben. Besser warten wir.«

Ganz recht. Ryoval war nicht der Boss, der Initiative von seiten seiner Untergebenen belohnen würde, vermutete Miles.

Mit einem tiefen, nervösen Seufzer trat der ältere Mann über die Schwelle und schaute sich um. Der jüngere schob Miles hinterher. Der Raum war schön möbliert, mit einem Schreibtisch aus echtem Holz und einem seltsamen Stuhl davor, der für die Person, die darauf saß, Gelenkfesseln aus Metall bereithielt. Offensichtlich beendete niemand ein Gespräch mit Baron Ryoval, solange Baron Ryoval nicht bereit dazu war. Sie warteten.

»Was tun wir jetzt?«

»Ich weiß nicht. Bis hierher gingen meine Befehle.« Der ältere Wächter zögerte. »Es könnte ein Test sein…«

Sie warteten etwa weitere fünf Minuten.

»Wenn Sie sich nicht umschauen wollen«, sagte Miles heiter, »dann tu's ich.«

Sie schauten einander an. Der ältere runzelte die Stirn, zog einen Betäuber und schlich sich vorsichtig durch einen Türbogen in den nächsten Raum. Einen

Moment später war seine Stimme zu hören. »*Scheiße*«, und nach einem weiteren Moment ertönte ein seltsam wimmerndes Heulen, das abbrach und verschluckt wurde.

Das war selbst für den Dummkopf, der Miles hielt, zuviel. Die riesige Hand immer noch fest um Miles' Oberarm gekrallt, folgte der zweite Wächter dem ersten in einen großen Raum, der als Wohnzimmer eingerichtet war. Ein Holovid-Display, das fast eine ganze Wand einnahm, war leer und stumm. Eine Bar aus gestreiftem Holz teilte den Raum. Ein extrem niedriger Stuhl stand vor einem offenen Bereich. Baron Ryovals sehr toter Leichnam lag dort, nackt, mit dem Gesicht nach oben, und starrte trockenen Auges zur Decke hinauf. Der Schädel war mehrfach perforiert und lag in einer rötlich-grauen Pfütze. Das mußte einst das Gehirn des Barons gewesen sein.

Es gab keine offensichtlichen Anzeichen eines Kampfes – keine umgeworfenen Möbel, keine Brandstellen von Plasmabögen an den Wänden – abgesehen von der Leiche. An ihr waren die Zeichen von Gewalt aufs äußerste konzentriert: die Kehle war zermalmt, der Rumpf zerstampft, die Mundgegend mit trockenem Blut verschmiert. Eine doppelte Linie aus schwarzen Punkten von Fingerspitzengröße war sauber in die Stirn des Barons gestanzt. Sie sahen wie Verbrennungen aus. Seine rechte Hand fehlte, war abgeschnitten. Der Unterarm war ein kauterisierter Stumpf.

Die Wächter zuckten entsetzt zusammen und waren (leider nur vorübergehend) vor Überraschung wie gelähmt. »Was ist passiert?« flüsterte der jüngere.

In welche Richtung werden sie springen?

Wie beherrschte Ryoval überhaupt seine Angestellten/Sklaven? Die unteren natürlich mit Schrecken; das mittlere Managament und die Schicht der Techniker mit einer subtilen Kombination aus Furcht und Eigennutz. Aber die hier, seine persönlichen Leibwachen, mußten zum innersten Kreis gehören, zum obersten Instrument, mit dem der Wille ihres Herrn den anderen aufgezwungen wurde.

Sie konnten geistig nicht so verkümmert sein, wie ihre Stumpfheit glauben ließ, oder sie wären in einem Notfall nutzlos. Aber wenn ihre beschränkten Gehirne intakt waren, dann folgte daraus, daß sie durch ihre Emotionen gesteuert sein mußten. Männer, die Ryoval mit entsicherten Waffen hinter sich stehen ließ, mußten maximal programmiert sein, wahrscheinlich schon von Geburt an. Ryoval mußte für sie Vater, Mutter, Familie und alles sein. Ryoval mußte ihr Gott sein.

Aber nun war ihr Gott tot.

Was würden sie tun? War *Ich bin frei* für sie überhaupt eine verständliche Vorstellung? Wie schnell würde ihre Programmierung zusammenbrechen, wenn der Mittelpunkt, auf den sie konzentriert waren, nicht mehr da war? *Nicht schnell genug.* In ihren Augen flakkerte ein häßliches Leuchten auf, gespeist aus Wut und Angst.

»Ich habe es nicht getan«, stellte Miles schnell fest. »Ich war ja bei Ihnen.«

»Bleib hier«, knurrte der ältere Wächter. »Ich erkunde die Lage.« Er eilte durch das Appartement des Barons davon und kam ein paar Minuten später zurück, mit der lakonischen Bemerkung: »Sein Leichtflieger ist fort. Die Sicherungen im Liftrohr sind auch im Arsch.«

Sie zögerten. Ach ja, die Rückseite vollkommenen Gehorsams: die verkümmerte Initiative.

»Sollten Sie sich nicht lieber in der ganzen Anlage umschauen?« schlug Miles vor. »Es könnte Überlebende geben. Zeugen. Vielleicht ... vielleicht versteckt sich der Mörder noch hier irgendwo.« *Wo ist Mark?*

»Was machen wir mit *ihm?*« fragte der jüngere und zeigte mit einem Rucken seines Kopfes auf Miles.

Der ältere Mann blickte ihn finster und unentschlossen an. »Wir nehmen ihn mit. Oder sperren ihn ein. Oder bringen ihn um.«

»Sie wissen nicht, wofür mich der Baron haben wollte«, mischte sich Miles sofort ein. »Besser nehmen Sie mich mit, bis Sie es herausgefunden haben.«

»Er hat dich für den anderen haben wollen«, sagte der ältere Wächter und blickte gleichgültig auf ihn hinab. Klein, nackt, nur halb geheilt, die Hände hinter dem Rücken zusammengebunden, kam er den Wachen offensichtlich nicht als Bedrohung vor. *Nur allzu richtig. Verdammt.*

Nach einer kurzen gemurmelten Beratung schob der jüngere Mann ihn weiter, und sie begannen mit einem Rundgang durch die Anlage, der so schnell und methodisch war, wie ihn Miles auch selbst zu machen gewünscht hätte. Sie fanden zwei ihrer rot und schwarz uniformierten Kameraden tot. Eine geheimnisvolle Pfütze aus Blut schlängelte sich von Wand zu Wand über einen Korridor. In einer Dusche fanden sie eine weitere Leiche, der vollständigen Kleidung nach ein höherer Techniker. Sein Hinterkopf war mit einem stumpfen Gegenstand zertrümmert worden. Auf tiefergelegenen Ebenen fanden sie mehr Anzeichen von Kampf, Plünderung und keineswegs zufälliger Zerstörung: Komkonsolen und Geräte waren zertrümmert.

Hatte ein Sklavenaufstand stattgefunden? Ein Machtkampf zwischen verschiedenen Gruppen? Rache? Alle drei gleichzeitig? War Ryovals Ermordung die Ursache oder das Ziel gewesen? Hatte es eine Massenevakuierung gegeben oder einen Massenmord? An jeder Ecke machte sich Miles auf die Szenerie eines Blutbads gefaßt.

Auf der tiefsten Ebene befand sich ein Labor mit einem halben Dutzend Zellen mit Glaswänden, die die eine Seite säumten. Nach dem Geruch zu schließen, kochte ein Experiment schon viel zu lange. Er blickte in die Zellen und schluckte.

Diese Fleischklumpen, narbigen Gewebe und Gewächse waren einmal menschlich gewesen. Jetzt waren sie… irgendwelche Zuchtkulturen. Vier waren weiblich gewesen, zwei männlich. Vor dem Weggehen hatte ein Techniker wohl als Gnadenakt jedem von ihnen die Kehle durchgeschnitten. Er drückte sein Gesicht an das Glas und äugte verzweifelt nach ihnen. Sie waren gewiß alle zu groß, als daß Mark hätte dabeisein können. Sicher hätten solche Effekte nicht in bloßen fünf Tagen erreicht werden können. Sicher. Er wollte nicht die Zellen betreten und eingehender nachschauen.

Wenigstens erklärte es, warum nicht mehr von Ryovals Sklaven versucht hatten, Widerstand zu leisten. Das Ganze hatte eine schreckliche Atmosphäre von Wirtschaftlichkeit an sich. Gefällt dir die Arbeit im Bordell nicht, Mädel? Bist du der Langeweile und der Brutalität des Wachdienstes überdrüssig, Mann? Wie würde es dir gefallen, in die wissenschaftliche Forschung zu gehen? Die letzte Station für einen potentiellen Spartakus unter Ryovals menschlichen Besitztümern. *Bel hatte recht. Wir hätten hier alles in die Luft jagen sollen, als wir das letztemal da waren.*

Die Wachen warfen kurze Blicke in die Zellen und eilten weiter. Miles blieb zurück, und ihn überkam eine Inspiration. Es war einen Versuch wert…

»*Scheiße!*« zischte er und fuhr zusammen.

Die Wachen drehten sich um.

»Dieser… dieser Mann da drinnen. Der hat sich bewegt. Ich glaub', ich muß kotzen.«

»Kann nicht sein.« Der ältere Wächter schaute durch die durchsichtige Wand auf einen Körper, der mit dem Rücken zu ihnen dalag.

»Könnte der nicht von da drinnen aus etwas gesehen haben, oder?« fragte Miles. »Um Himmels willen, machen Sie bloß die Tür nicht auf.«

»Halt die Klappe!« Der ältere Wächter kaute auf der Lippe, starrte auf die Kontrollanzeige, tippte nach einem Augenblick der Unentschlossenheit den Code für das Öffnen der Tür ein und ging vorsichtig hinein.

»Gah!« sagte Miles.

»Was?« fragte der jüngere Wächter.

»Er hat sich schon wieder bewegt. Er… er hat sich irgendwie geschüttelt.«

Der jüngere Mann zog seinen Betäuber und folgte seinem Kameraden nach drinnen, um ihm Rückendeckung zu geben. Der ältere streckte die Hand aus, zögerte und zog nach neuerlichem Überlegen den Schockstab aus dem Gürtel und stieß damit vorsichtig nach dem Körper.

Miles neigte den Kopf und knallte mit der Stirn gegen die Türsteuerung. Die Glasscheibe schob sich gerade noch rechtzeitig zu. Die Wachen krachten gegen die Tür wie tollwütige Hunde. Mit aufgerissenen Mündern heulten sie Flüche und Drohungen, aber kein Laut drang hindurch. Die durchsichtigen Wände mußten aus weltraumerprobtem Material sein; es hielt auch Betäuberfeuer ab.

Der ältere Mann zog einen Plasmabogen, um das Glas durchzubrennen. Die Wand begann leicht zu glühen. Das war nicht gut. Miles studierte das Bedienfeld der Raumsteuerung… da! Er drückte mit der Zunge die Menüblöcke, bis *Sauerstoff* erschien, und schaltete auf so niedrig, wie es ging. Würden die Wachen umfallen, bevor die Wand vor dem Plasmabogen nachgab?

Ja. Ein gutes ökologisches System! Ryovals Wachhunde fielen gegen das Glas, ihre Klauen entspannten sich in der Bewußtlosigkeit. Schlaffe Finger ließen den Plasmabogen fallen, er schaltete sich aus.

Miles ließ sie im Grab ihres Opfers eingeschlossen zurück.

Er befand sich in einem Labor. Es mußte Schneidegeräte geben, dazu alle Arten von Werkzeug… richtig. Es brauchte einige Minuten voller Verrenkungen und

Arbeit hinter dem Rücken, wobei er fast ohnmächtig wurde, aber schließlich gaben seine Fesseln nach. Er wimmerte vor Erleichterung, als seine Hände endlich frei waren.

Waffen? Alle Waffen waren fort, offensichtlich von den fliehenden Bewohnern mitgenommen, und ohne einen Biotainer-Anzug hatte er keine Lust, die Glaszelle wieder zu öffnen und den Wachen ihre Ausrüstung zu nehmen. Aber er nahm aus dem Labor ein Laserskalpell und kam sich damit weniger verletzlich vor.

Er wollte seine Kleidung wieder haben. Zitternd vor Kälte trabte er durch die unheimlichen Korridore zurück zum Sicherheitseingang und zog sich seine Stricksachen wieder an. Dann ging er erneut in das Gebäude hinein und begann ernsthaft zu suchen. Er versuchte jede Komkonsole, an der er vorbeikam und die nicht zertrümmert war. Alle waren nur für Internverkehr, es gab keine Möglichkeit, einen äußeren Kanal anzuzapfen.

Wo ist Mark? Ihm kam plötzlich der Gedanke: Wenn es noch etwas Schlimmeres geben konnte, als hier in einer Zelle gefangen zu sein und darauf zu warten, daß die Folterer wiederkamen, so würde es sein, hier in einer Zelle eingesperrt auf Folterer zu warten, die *nie* wiederkamen. In der vielleicht hektischsten halben Stunde seines bisherigen Lebens öffnete oder brach er jede Tür auf in dem unterirdischen Gebäude. Hinter jeder erwartete er eine aufgedunsene kleine Leiche zu finden, mit barmherzig durchgeschnittener Kehle ... Er nieste und befürchtete eine neue Konvulsion, als er mit großer Erleichterung die Zelle in der Nähe von Ryovals Räumen fand. Leer. Dem Gestank nach war sie noch kürzlich besetzt gewesen. Und die Blutspuren und anderen Flecken an den Wänden und auf dem Boden drehten ihm den Magen um. Aber wo immer und in welchem Zustand auch immer Mark sich befand, er war nicht hier. Und Miles mußte auch schleunigst von hier wegkommen.

Er hielt die Luft an, fand einen Plastikkorb und machte in den Labors Shopping um nützliche elektronische Geräte. Schneidegeräte und Drähte, Schaltkreisdiagnose- und Lesegeräte, Relais – alles, was er finden konnte. Als er meinte, er habe genug, kehrte er in das Arbeitszimmer des Barons zurück und machte sich daran, die beschädigte Komkonsole zu zerlegen. Schließlich gelang es ihm, das Handflächenschloß zu überwinden, da wurde ein kleines helles Quadrat sichtbar, das ihn aufforderte: *Code-Schlüssel einschieben.* Er fluchte, streckte den schmerzenden Rücken und setzte sich wieder hin. Das dürfte langwierig werden.

Er mußte einen weiteren Suchgang nach Geräten durch das Gebäude tun, bis er die Code-Schlüssel-Blockade überbrücken konnte. Und die Komkonsole würde nie mehr dieselbe sein. Aber schließlich kam er zum planetarischen Kommunikationsnetz von Jackson's Whole durch. Es gab ein weiteres kurzes Problem, als er überlegte, wie er mit den Gebühren für den Anruf das Konto des Hauses Ryoval belasten konnte; hier auf Jackson's Whole wurden alle Gebühren im voraus erhoben.

Er hielt einen Augenblick inne und überlegte sich, wen er anrufen sollte. Barrayar unterhielt auf der Raumstation des Hargraves-Dyne-Konsortiums eine Station. Einige Leute des dortigen Personals waren tatsächlich im diplomatischen Dienst oder bei der Wirtschaftsabteilung, aber selbst sie arbeiteten auch als Analytiker des Sicherheitsdienstes. Die restlichen waren echte Agenten, die ein dünnes Netzwerk von Informanten leiteten, das über den Planeten und seine Satelliten und Stationen verteilt war. Admiral Naismith hatte dort einen Kontaktmann. Aber war der Sicherheitsdienst schon hier gewesen? War das ihre Arbeit gewesen, bei der Rettung von Mark? Nein, entschied er. Es war skrupellos gewesen, aber nicht annähernd methodisch genug. Tatsächlich hatte man hier ein völliges Chaos angerichtet.

Also, warum seid ihr nicht gekommen, um nach Mark zu suchen? Eine unangenehme Frage, für die er keine Antwort hatte. Er tippte den Code des Konsulats ein. *Lassen wir den Zirkus beginnen.*

Eine halbe Stunde später waren sie unten bei ihm, ein nervöser Leutnant des Sicherheitsdienstes namens Iverson mit einem gemieteten Kommando lokaler Gorillas aus dem Hause Dyne in paramilitärischen Uniformen und mit anständiger militärischer Ausrüstung. Sie waren in einem Shuttle direkt aus dem Orbit gekommen. Im wässrigen Morgenlicht stieg die Wärme zitternd von der Shuttlehülle auf. Miles saß auf einem Felsen außerhalb des Fußgängereingangs, oder besser gesagt: des Notausgangs, den er gefunden hatte, und beobachtete sarkastisch, wie sie alle aus dem Shuttle herausgaloppiert kamen, die Waffen schußbereit, und ausschwärmten, als müßten sie das Gebäude in einem Überfall einnehmen.

Der Offizier eilte zu ihm und salutierte. »Admiral Naismith?«

Er kannte Iverson nicht; ein Mann dieses Ranges mußte Miles für einen wertvollen, aber nicht-barrayaranischen Mietling des Sicherheitsdienstes halten. »Ja, der und kein anderer. Sie können Ihren Männern sagen, sie sollen sich entspannen. Die Einrichtung ist gesichert.«

»Sie haben sie selbst gesichert?« fragte Iverson leicht ungläubig.

»Mehr oder weniger.«

»Wir haben seit zwei Jahren nach diesem Ort gesucht!«

Miles unterdrückte eine zornige Bemerkung über Leute, die mit einer Landkarte und einem Handlicht selbst ihren eigenen Pimmel nicht finden könnten. »Wo ist ... äh ... Mark? Der andere Klon. Mein Doppelgänger.«

»Das wissen wir nicht, Sir. Als Sie anriefen, waren wir gerade im Begriff, auf den Tip eines Informanten hin einen Angriff auf eine Lokalität des Hauses Bharaputra zu starten, um Sie zu suchen.«

»Dort war ich letzte Nacht. Ihr Informant wußte nicht, daß ich weggebracht worden war.« Das mußte Rowan gewesen sein – sie ist rausgekommen, hurra! »Sie wären peinlich spät gekommen.«

Iverson preßte die Lippen aufeinander. »Das ist eine von Anfang bis Ende unglaublich verpatzte Operation gewesen. Die Befehle wurden andauernd geändert.«

»Sagen Sie mir«, Miles seufzte, »haben Sie irgend etwas von den Dendarii-Söldnern gehört?«

»Ein geheimes Operationsteam Ihrer Organisation soll unterwegs sein, Sir.« Iversons ›Sir‹ hatte einen Unterton von Unsicherheit, das zweifelhafte Gefühl eines barrayaranischen Regulären für einen Söldner, der sich selbst befördert hatte. »Ich ... wünsche für meine Person sicherzustellen, ob dieses Objekt völlig sicher ist, wenn Sie nichts dagegen haben.«

»Nur zu«, sagte Miles. »Sie können einen interessanten Rundgang machen. Falls Sie einen guten Magen haben.« Iverson führte seine Kämpfer hinein. Miles hätte gelacht, wenn er nicht in seinem Inneren geschrien hätte. Er seufzte, rutschte von seinem Sitz herab und folgte ihnen.

Miles' Leute kamen in einem kleinen Personenshuttle und fegten direkt in die verborgene Garage. Er beobachtete sie über den Monitor in Ryovals Arbeitszimmer und gab ihnen Anweisungen, wie sie ihn finden konnten. Quinn, Elena, Taura und Bel, alle in Halbrüstung. Sie kamen im Laufschritt klirrend in das Arbeitszimmer gestürmt, fast genauso eindrucksvoll nutzlos wie der Haufen vom Sicherheitsdienst.

»Warum die Partykleidung?« war seine erste müde Frage, als sie vor ihm auftauchten. Er hätte eigentlich stehen und sie salutieren lassen sollen und so weiter, aber Ryovals Sessel war unglaublich bequem und er war unglaublich müde.

»Miles!« rief Quinn leidenschaftlich.

Als er ihr besorgtes Gesicht sah, erkannte er, wie sehr verärgert er war und wie schuldig er sich dafür fühlte. Er war so wütend, weil er soviel Angst um sie alle gehabt hatte. *Wo ist Mark, verdammt noch mal?* »Kapitänin Quinn«, machte er sie aufmerksam, daß sie noch im Dienst waren, bevor sie sich ihm in die Arme werfen konnte. Sie kam halbwegs vor ihm zum Stehen und nahm Haltung an. Die anderen stellten sich hinter ihr auf.

»Wir waren gerade dabei, mit dem Sicherheitsdienst einen Überfall auf das Haus Bharaputra zu koordinieren«, sagte Quinn atemlos. »Du bist wieder du selbst! Du warst kryoamnestisch – hast du dich erholt? Diese Durona-Ärztin sagte, du würdest …«

»Etwa neunzig Prozent, glaube ich. Ich finde immer noch Löcher in meinem Gedächtnis. Quinn – was ist *geschehen?*«

Sie blickte ihn leicht überwältigt an. »Seit wann? Als du getötet wurdest …«

»Seit fünf Tagen. Als ihr zur Durona-Gruppe gekommen seid.«

»Wir kamen, um dich zu suchen. Und wir haben dich *gefunden*, verdammt, nach fast vier Monaten!«

»Ihr seid betäubt worden, Mark wurde mitgenommen, und Lilly Durona hat mich und meine Ärztin fortgeschickt, in Sicherheit, wie sie meinte«, gab Miles ihr das Stichwort für die Informationen, die er haben wollte.

»Oh, sie war deine *Ärztin*. Ich dachte – ach, spielt keine Rolle.« Quinn drängte ihre Emotionen zurück, nahm den Helm ab, schob ihre Kapuze zurück, fuhr sich mit den rotlackierten Fingernägeln durch die zerdrückten Locken und strukturierte ihre Informationen nach dem Wesentlichen, wie es im Kampf üblich war. »Wir haben am Anfang Stunden verloren. Als Elena und Taura endlich einen neuen Luftwagen bekommen hatten, waren die Entführer schon auf und davon. Elena und Taura suchten nach ihnen, hatten aber kein Glück. Als sie zur Durona-Gruppe zurückkamen, wachten Bel und ich gerade aus der Betäubung auf. Lilly Durona beharrte darauf, du seist in Sicherheit. Ich glaubte ihr nicht. Wir zogen ab, und ich nahm mit dem Kaiserlichen Sicherheitsdienst Kontakt auf. Sie fingen gerade an, ihre Leute hereinzuholen, die über den ganzen Planeten verstreut waren und nach Hinweisen auf deinen Aufenthaltsort suchten, und schickten sie aus, sie sollten sich auf Mark konzentrieren. Es gab noch mehr Verzögerungen, während sie ihre Lieblingstheorie erörterten, daß die Entführer cetagandanische Kopfjäger seien. Und Haus Ryoval verfügte über etwa fünfzig verschiedene Standorte und Anlagen, die überprüft werden mußten, dieses Gebäude hier nicht eingeschlossen, denn es war wirklich geheim.

Dann kam Lilly Durona zu dem Schluß, daß du doch verloren gegangen warst. Da es wichtiger zu sein schien, dich zu finden, richteten wir alle verfügbaren Kräfte auf dieses Ziel. Aber wir hatten nur wenige Hinweise. Den verlassenen Leichtflieger fanden wir erst nach zwei Tagen. Und er lieferte uns keine Anhaltspunkte.«

»Ganz recht. Aber ihr hattet den Verdacht, daß Ryoval Mark hatte.«

»Aber Ryoval wollte Admiral Naismith haben. Wir dachten, Ryoval würde herausfinden, daß er den falschen Mann hatte.«

Er fuhr sich mit der Hand übers Gesicht. Sein Kopf tat ihm weh. Und auch sein Bauch. »Habt ihr euch je vorgestellt, daß es Ryoval egal wäre? Ich möchte, daß ihr in ein paar Minuten den Korridor hinuntergeht und euch die Zelle anschaut, in der sie ihn festgehalten haben. Und daß ihr sie riecht. Ich möchte, daß ihr sie euch *genau* anschaut. Na, geht jetzt schon. Sergeantin Taura soll bleiben.«

Widerstrebend führte Quinn Elena und Bel hinaus. Miles neigte sich vor, Taura beugte sich zu ihm, um besser zu hören.

»Taura, was ist geschehen? Du bist eine Jacksonierin. Du weißt, was Haus Ryoval ist, was dieser Ort hier ist. Wie habt ihr alle das aus den Augen verlieren können?«

Sie schüttelte den großen Kopf. »Kapitänin Quinn dachte, Mark sei ein völliger Stümper. Nach deinem Tod war sie so wütend, daß sie ihm kaum die Uhrzeit gesagt hätte. Und zuerst war ich ihrer Meinung. Aber… ich weiß nicht. Er hat sich solche Mühe gegeben. Der Überfall auf das Klon-Internat ist nur um ein Haar schiefgegangen. Wenn wir schneller gewesen wären oder wenn die Shuttle-Außenverteidigung ihren Job getan hätte, dann hätten wir es geschafft, glaube ich.«

Er schnitt eine Grimasse der Zustimmung. »Für Timingfehler gibt es bei solchen Operationen ohne Spielraum keine Gnade. Befehlshaber können auch kein Erbarmen haben, sonst könnte man gleich im Orbit bleiben und die Truppen direkt in die Müllvernichter des Schiffs stecken und somit Schritte sparen.« Er machte eine Pause. »Quinn wird eines Tages eine gute Befehlshaberin sein.«

»Das glaube ich auch, Sir.« Taura nahm den Helm ab, schob ihre Kapuze zurück und schaute um sich. »Aber irgendwie habe ich angefangen, den kleinen Fiesling gernzuhaben. Er hat es *versucht*. Er hat es versucht und hat keinen Erfolg gehabt, aber sonst hat es überhaupt niemand versucht. Und er war so allein.«

»Allein. Ja. Hier. Fünf Tage lang.«

»Wir haben wirklich geglaubt, Ryoval würde herausfinden, daß er nicht du ist.«

»Vielleicht ... vielleicht war es so.« Ein Teil seines Verstandes klammerte sich selbst an diese Hoffnung. Vielleicht war es nicht so schlimm gewesen, wie es aussah, so schlimm, wie seine galoppierende Phantasie es ihm einredete.

Quinn und die anderen kamen zurück. Sie blickten alle grimmig drein.

»Also«, sagte er, »ihr habt mich gefunden. Vielleicht können wir uns jetzt alle auf Mark konzentrieren. Ich habe in den letzten Stunden hier alles abgesucht und keinen Hinweis gefunden. Haben Ryovals Leute ihn mitgenommen, als sie abgehauen sind? Ist er draußen und wandert frierend in der Wüste umher? Ich habe sechs von Iversons Leuten hinausgeschickt, damit sie mit Teleskopen nach ihm suchen, und ein anderer soll die Daten des Müllvernichters der Anlage überprüfen, ob da fünfzig Kilo Proteinklumpen aufgeführt sind. Hat noch jemand eine kluge Idee, Leute?«

Elena hatte einen Blick in den Nachbarraum geworfen. »Was meinst du, wer Ryoval erledigt hat?«

Miles öffnete die Hände. »Ich weiß es nicht. Bei seiner Karriere hatte er Hunderte von Todfeinden.«

»Er ist von einer unbewaffneten Person getötet worden. Einen Tritt in die Kehle, dann wurde er irgendwie zu Tode geprügelt, als er am Boden lag.«

»Das habe ich bemerkt.«

»Hast du auch die Instrumente bemerkt?«

»Ja.«

»Miles, das war Mark.«

»Wie wäre das möglich? Es muß irgendwann letzte Nacht gewesen sein. Nachdem er fünf Tage bearbeitet worden war – und Mark ist ein kleiner Kerl wie ich. Ich glaube nicht, daß es physisch möglich ist.«

»Mark ist ein kleiner Kerl, aber nicht wie du«, sagte

Elena. »Und er hat in Vorbarr Sultana fast einen Mann mit einem Tritt in die Kehle umgebracht.«

»*Was?*«

»Er ist dafür *ausgebildet*, Miles. Er ist als Assassine ausgebildet worden, deinen Vater zu töten, der noch größer ist als Ryoval und jahrelange Kampferfahrung hat.«

»Ja, aber ich habe nie geglaubt – *wann* war Mark in Vorbarr Sultana?« *Erstaunlich, wie man den Anschluß verliert, wenn man zwei oder drei Monate tot ist.* Zum erstenmal wurde sein Impuls gebremst, sich direkt wieder in den Status des Befehlshabers im aktiven Dienst zu werfen. *Ein Fanatiker mit nur drei Vierteln Gedächtnis und der Neigung, in Konvulsionen zu fallen, ist genau das, was wir an der Spitze brauchen, gewiß. Ganz zu schweigen von der Kurzatmigkeit.*

»Oh, und was deinen Vater angeht, da sollte ich erwähnen – nein, vielleicht sollte das lieber warten.« Elena musterte ihn besorgt.

»Was ist mit...« Der Kommunikator, den Iverson ihm freundlicherweise gegeben hatte, unterbrach ihn mit einem Summen. »Ja, Leutnant?«

»Admiral Naismith, Baron Fell ist hier am Eingang. Mit einem Doppelkommando. Er... äh... sagt, er sei hier, um als nächster Verwandter die Leiche seines verstorbenen Bruders zu holen.«

Miles pfiff lautlos und grinste. »Ist er jetzt da, ja? Nun gut. Ich sage Ihnen was. Lassen Sie ihn mit einem Leibwächter hereinkommen. Und wir werden miteinander reden. Er weiß vielleicht etwas. Lassen Sie jedoch noch nicht sein Kommando durch.«

»Glauben Sie, das ist klug?«

Wie, zum Teufel, soll ich das wissen? »Sicher.«

Wenige Minuten später kam Baron Fell selbst hereingeschnauft, eskortiert von einem von Iversons gemieteten Kämpfern und flankiert von einem großen, grüngekleideten Wächter. Baron Fells rundes Gesicht war von der Anstrengung noch etwas geröteter als gewöhnlich, ansonsten bot er die gleiche rundliche, großväterliche Gestalt wie immer und strahlte die übliche gefährlich täuschende gute Laune aus.

»Baron Fell«, Miles nickte. »Wie gut, Sie wiederzusehen.«

Fell nickte zurück. »Admiral. Ja, ich kann mir vorstellen, daß im Augenblick für Sie alles gut aussieht. Also waren es wirklich Sie, den der bharaputranische Heckenschütze erschoß. Ihr Klonzwilling hat danach eine exzellente Leistung hingelegt, indem er vorgab, Sie zu sein, das muß ich schon sagen, sehr zur Verwirrung einer schon sehr verwirrten Situation.«

Grrr! »Ja. Und … äh … was führt Sie hierher?«

»Geschäfte«, erklärte Fell, das jacksonische Kürzel für: Nach Ihnen.

Miles nickte. »Der verstorbene Baron Ryoval hat mich von zweien seiner seinerzeitigen Leibwächter in einem Leichtflieger hierher bringen lassen. Wir fanden die Dinge im großen und ganzen so vor, wie Sie sie sehen. Ich … hm … habe die beiden bei der ersten sich bietenden Gelegenheit neutralisiert. Wie es kam, daß ich in ihre Hände geriet, ist eine kompliziertere Geschichte.« Was bedeutete: *Das ist alles, was ich Ihnen erzähle, bis ich erst mal von Ihnen etwas höre.*

»Es beginnen einige außerordentliche Gerüchte über meinen lieben Verstorbenen umzugehen – er ist doch verstorben, hoffe ich?«

»O ja. Sie können ihn gleich sehen.«

»Danke. Gerüchte über den Tod meines lieben verstorbenen Halbbruders. Eines habe ich aus erster Hand gehört.«

Ein früherer Ryoval-Angestellter ist von hier direkt zu ihm geflohen und hat den Informanten gespielt. In Ordnung. »Ich hoffe doch, daß seine Tugend belohnt wurde.«

»Sie wird belohnt werden, sobald ich festgestellt habe, daß er die Wahrheit gesagt hat.«

»Nun ja. Warum kommen Sie nicht und schauen es sich an?« Miles mußte von dem Stuhl aufstehen. Er schaffte es mit gewissen Schwierigkeiten und führte den Baron in das Wohnzimmer. Der Fellsche Leibwächter und die Dendarii folgten.

Der große Leibwächter warf Sergeantin Taura, die ihn überragte, einen besorgten Blick zu. Sie lächelte ihn an, und ihre Fangzähne schimmerten. »Hallo. Sie sind ein hübscher Kerl, wissen Sie das?« sagte sie zu ihm. Er schreckte zurück und trat näher an seinen Herrn heran.

Fell eilte zu der Leiche, kniete auf deren rechter Seite nieder und hielt den Armstumpf hoch. Er zischte enttäuscht. »Wer hat das getan?«

»Wir wissen es noch nicht«, sagte Miles. »Wir haben ihn so gefunden.«

»Genau so?« Fell warf ihm einen scharfen Blick zu.

»Ja.«

Fell fuhr die schwarzen Löcher auf der Stirn der Leiche nach, dann sah er sich die halb geronnene Pfütze an. »Wer immer das getan hat, wußte, was er tat. Ich möchte den Mörder finden.«

»Um … den Tod Ihres Bruders zu rächen?« fragte Elena vorsichtig.

»Nein. Um ihm einen *Job* anzubieten!« Fell lachte, ein dröhnendes, fröhliches Lachen. »Ist Ihnen bewußt, wie viele Leute schon seit wie vielen Jahren versucht haben, das zu erreichen?«

»Ich kann es mir vorstellen«, sagte Miles. »Wenn Sie helfen können …«

Im Nachbarzimmer summte Ryovals halbzerstörte Komkonsole.

Fell schaute auf. Seine Augen blickten gespannt. »Niemand kann hier ohne den Code hereinrufen«, erklärte er und wuchtete sich hoch. Miles konnte ihm auf dem Rückweg in das Arbeitszimmer kaum folgen und glitt wieder auf den Stuhl vor der Komkonsole.

Er aktivierte die Vid-Scheibe. »Ja?« Und fiel fast wieder vom Stuhl.

Marks aufgedunsenes Gesicht erschien über der Vid-Scheibe. Er sah aus, als wäre er gerade aus der Dusche gekommen. Sein Gesicht war abgerieben, das Haar feucht und zurückgeklatscht. Er trug graue Stricksachen wie Miles. Blaue Flecken, die an den Rändern schon grün-gelb wurden, ließen seine Haut wie einen Fleckerlteppich erscheinen, doch beide Augen waren offen und glänzten lebhaft. Seine Ohren waren noch dran. »Ach«, sagte er fröhlich, »da bist du ja. Ich dachte mir's doch, daß du da bist. Hast du schon herausgebracht, wer du bist?«

»Mark!« Miles versuchte fast, in das Vid-Bild zu kriechen. »Geht es dir gut? *Wo bist du?*«

»Aha, ich sehe, du hast es herausgebracht. Gut. Ich bin bei Lilly Durona. Du lieber Himmel, Miles. Was für ein Ort. Was für eine Frau. Sie hat mich *baden* lassen. Sie hat mir meine *Haut* wiedergegeben. Sie hat meinen Fuß eingerenkt. Sie hat mir ein Hypospray mit einem Muskelrelaxans für meinen Rücken gegeben. Mit ihren eigenen Händen hat sie medizinische Dienste an mir geleistet, die zu intim und zu widerlich sind, um sie zu beschreiben, die aber sehr dringend notwendig waren, das kann ich dir versichern, und sie hat meinen Kopf gehalten, während ich geschrien habe. Habe ich das Bad erwähnt? Ich liebe sie, und ich möchte sie heiraten.«

All das wurde mit einer so trockenen Begeisterung vorgetragen, daß Miles nicht wußte, ob Mark einen Witz machte. »Was hast du denn genommen?« fragte er mißtrauisch.

»Schmerzstiller. Jede Menge Schmerzstiller. Oh, es ist wunderbar!« Er schenkte Miles ein seltsames breites Grinsen. »Aber mach dir keine Sorgen, mein Kopf ist völlig klar. Es ist einfach das Bad. Ich habe mich zusammengerissen, bis sie mir das Bad angerichtet hat. Das hat mich meiner Kraft beraubt. Weißt du, was für eine wunderbare Sache ein Bad ist, wenn man abwaschen kann, was ... ach, laß gut sein!«

»Wie bist du von hier weggekommen und zurück zur Durona-Klinik?« fragte Miles ungeduldig.

»Mit Ryovals Leichtflieger natürlich. Der Code-Schlüssel hat funktioniert.«

Hinter Miles holte Baron Fell Luft. »Mark«, er beugte sich mit einem Lächeln in die Reichweite der Vid-Kamera. »Würden Sie bitte Lilly einen Moment lang an den Apparat lassen, bitte?«

»Ah, Baron Fell!« sagte Mark. »Gut. Sie wollte ich als nächstes anrufen. Ich möchte Sie zum Tee einladen, hier bei Lilly. Wir haben eine Menge zu besprechen. Du sollst auch kommen, Miles. Und bring *alle* deine Freunde mit.« Mark blickte ihn sehr bedeutungsvoll an.

Ganz ruhig griff Miles nach unten und drückte den Alarmknopf an Iversons Kommunikator. »Warum, Mark?«

»Weil ich sie brauche. Meine eigenen Truppen sind viel zu müde, um heute noch mehr zu arbeiten.«

»Deine Truppen?«

»Bitte tu, was ich dir gesagt habe. Weil ich dich darum bitte. Weil du es mir *schuldest*«, fügte Mark hinzu, so leise, daß Miles sich anstrengen mußte, um es zu hören. Marks Augen funkelten.

»Er hat ihn gebraucht«, murmelte Fell. »Er muß es wissen, wie ...« Er beugte sich wieder hinein und sagte zu Mark: »Wissen Sie, was Sie in Händen haben, Mark?«

»O Baron. Ich weiß, was ich tue. Ich weiß nicht, warum so viele Leute so viele Schwierigkeiten haben, das zu glauben«, fügte Mark in einem Ton hinzu, der beleidigt klang. »Ich weiß *genau*, was ich tue.« Dann lachte er. Es war ein sehr beunruhigendes Lachen, nervös und zu laut.

»Lassen Sie mich mit Lilly sprechen«, sagte Fell.

»Nein. Kommen Sie her und sprechen Sie hier mit Lilly«, sagte Mark ungeduldig. »Sie wollen ja sowieso mit mir reden.« Er richtete den Blick direkt auf Fells Augen. »Ich verspreche Ihnen, Sie werden es profitabel finden.«

»Ich glaube schon, daß ich mal mit Ihnen reden will«, murmelte Fell. »Nun gut.«

»Miles. Du bist doch da in Ryoval Arbeitszimmer, wo ich auch war.« Mark suchte in Miles Gesicht nach etwas, das Miles nicht wußte, doch dann nickte er ruhig für sich, als wäre er befriedigt. »Ist Elena da?«

»Ja …«

Elena beugte sich auf Miles' anderer Seite vor. »Was brauchst du, Mark?«

»Ich möchte einen Moment mit dir sprechen. Gefolgsfrau. Privat. Würdest du mal bitte alle anderen hinausschicken? Alle.«

»Du kannst doch nicht …«, begann Miles. »Gefolgsfrau? Doch nicht – doch nicht mit Lehenseid? Das kannst du doch nicht sein.«

»Ich nehme an, sie ist es eigentlich nicht, wo du jetzt wieder am Leben bist«, sagte Mark. Er lächelte traurig. »Aber ich bitte um einen Dienst. Meine erste und letzte Bitte, Elena. *Unter vier Augen.*«

Elena blickte sich um. »Alle Mann hinaus. Bitte, Miles. Das geht nur Mark und mich etwas an.«

»Gefolgsfrau?« murmelte Miles und ließ zu, daß er wieder in den Korridor hinausgestoßen wurde. »Wie kann …« Elena schloß hinter ihnen allen die Tür. Miles rief Iverson an und arrangierte mit ihm den Rücktransport und andere Dinge. Es war immer noch ein höflicher Wettlauf mit Fell, aber ganz deutlich ein Wettlauf.

Nach ein paar Minuten kam Elena heraus. Ihr Gesicht war angespannt. »Ihr fliegt weiter zu den Duronas. Mark hat mich gebeten, hier etwas für ihn zu suchen. Ich komme dann nach.«

»Dann sammle auch alle Daten für den Sicherheitsdienst ein, während du suchst«, sagte Miles, den das Tempo der Ereignisse verwirrte. Irgendwie schien er hier nicht das Sagen zu haben. »Ich werde Iverson sagen, daß er dir freie Hand läßt. Aber – Gefolgsfrau? Bedeutet das, was ich meine? Wie kann …?«

»Jetzt bedeutet es nichts. Aber ich schulde Mark etwas. Wir alle schulden ihm etwas. Er hat Ryoval getötet, weißt du.«

»Mir ist es auch schon gedämmert, daß es so gewesen sein muß. Ich konnte nur nicht verstehen, wie.«

»Mit beiden Händen auf dem Rücken zusammengebunden, sagt er. Ich glaube ihm.« Sie wandte sich wieder Ryovals Suite zu.

»Das war Mark?« murmelte Miles und ging zögernd in die andere Richtung. Er konnte doch nicht noch einen weiteren Klonbruder bekommen haben, während er tot war, oder? »Es hat nicht nach Mark geklungen. Im übrigen hat es geklungen, als sei er froh, mich zu sehen. Das soll *Mark* sein?«

»O ja«, sagte Quinn. »Das war schon Mark.«

Er beschleunigte seinen Gang. Selbst Taura mußte größere Schritte machen, um mitzuhalten.

KAPITEL 30

Das kleine Personenshuttle der Dendarii hielt Schritt mit Baron Fells größerem Landeshuttle. Sie kamen fast gleichzeitig an der Klinik der Durona-Gruppe an. Ein Shuttle des Hauses Dyne wartete höflich auf der anderen Seite der Straße, gegenüber des Eingangs, neben dem kleinen Park Es wartete dort bloß.

Als sie im Kreisflug zur Landung ansetzten, fragte Miles Quinn, die am Steuer saß. »Elli – wenn wir zusammen in einem Leichtflieger oder einem Luftwagen oder so was fliegen würden und ich würde dir plötzlich befehlen, eine Sturzlandung zu machen, würdest du das tun?«

»Jetzt?« fragte Quinn überrascht. Das Shuttle machte einen Ruck.

»Nein! Nicht jetzt. Ich meine, theoretisch. Gehorchen, auf der Stelle, keine Fragen.«

»Nun, sicher, nehme ich an. Ich würde allerdings danach Fragen stellen. Wahrscheinlich mit meinen Händen um deinen Hals.«

»Das habe ich mir gedacht.« Miles lehnte sich befriedigt zurück.

Sie trafen sich mit Baron Fell am Vordereingang, wo die Torwachen sich anschickten, einen Code einzugeben, um in dem Energieschirm eine Pforte zu öffnen. Fell runzelte die Stirn, als er die drei Dendarii in ihrer Halbrüstung sah, Quinn, Bel und Taura, die hinter Miles hergingen, der seine grauen Stricksachen trug.

»Das ist mein Gebäude«, erklärte Fell. Seine zwei

grüngekleideten Männer musterten die Dendarii mißtrauisch.

»Das sind meine Leibwachen«, sagte Miles, »für die ich erwiesenermaßen Bedarf habe. Ihr Energieschirm scheint eine Fehlfunktion zu haben.«

»Um *den* haben wir uns schon gekümmert«, sagte Fell grimmig. »Das wird nicht noch einmal geschehen.«

»Trotzdem.« Um ein Zugeständnis zu machen, zeigte Miles mit dem Daumen auf das Shuttle am Park. »Meine anderen Freunde können draußen warten.«

Fell runzelte die Stirn und überlegte. »In Ordnung«, sagte er schließlich. Sie folgten ihm nach drinnen. Hawk nahm sie in Empfang, verneigte sich vor dem Baron und eskortierte sie formell hinauf durch die Reihe von Liftrohren zu Lilly Duronas Penthouse.

Das Wort für das Ganze, dachte Miles, als er an dem verchromten Geländer vorbeiging, war ›Tableau‹. Alles war so perfekt arrangiert wie ein Bühnenbild.

Mark war der Mittelpunkt. Er lehnte sich in Lilly Duronas Sessel zurück. Sein bandagierter rechter Fuß lag auf einem Seidenkissen auf dem niedrigen runden Teetisch. Und er war umgeben von Duronas. Lilly selbst, deren weißes Haar in Zöpfe geflochten wie eine Krone ihren Kopf bekränzte, stand auf Marks rechter Seite. Sie lehnte sich nachdenklich auf den gepolsterten Sesselrücken und lächelte wohlwollend auf seinen Scheitel hinab. Hawk stellte sich auf Marks linker Seite auf. Dr. Chrys, Dr. Poppy und Dr. Rose umgaben sie bewundernd. Dr. Chrys hatte neben ihren Knien einen großen Feuerlöscher. Rowan war nicht da. Das Fenster war repariert worden.

In der Mitte des Tisches stand eine durchsichtige Kältebox. Darin lag eine abgetrennte Hand, die einen großen Silberring mit einem quadratischen schwarzen Onyx trug.

Marks physische Erscheinung verwirrte Miles. Er

hatte sich darauf gefaßt gemacht, die Traumata namenloser Torturen zu erblicken, doch Mark war von Hals bis Fuß in verhüllende graue Stricksachen gekleidet wie er selbst. Nur die blauen Flecken in seinem Gesicht und der Verband an seinem Fuß wiesen auf die Aktivitäten der letzten fünf Tage hin. Doch Marks Gesicht und Körper waren seltsam und ungesund aufgeschwemmt, sein Bauch ganz schockierend, mehr als bei der kräftigen Gestalt in Dendarii-Uniform, die er vor nur wenigen Tagen hier gesehen hatte. Mark war weit entfernt von seinem Beinahe-Duplikat, das Miles vor vier Monaten aus dem Überfall auf das Klon-Internat zu retten versucht hatte. Bei einer anderen Person, Baron Fell zum Beispiel, hätte er der Fettleibigkeit keinen zweiten Blick gewidmet, aber Mark… konnte so Miles selbst aussehen, eines Tages, wenn er in einen ruhigeren Gang schaltete? Er hatte einen plötzlichen Impuls, allen Nachspeisen abzuschwören. Elli starrte Mark offen an, entsetzt und angewidert.

Mark lächelte. Eine kleine Steuerbox lag unter seiner rechten Hand. Sein Zeigefinger drückte ständig auf einen Knopf.

Baron Fell sah die Kältebox mit der Hand, schrie: »Ah!« und stürzte darauf zu.

»Halt!« sagte Mark.

Der Baron blieb stehen und reckte Mark den Kopf entgegen. »Ja?« sagte er mißtrauisch.

»Das Objekt, an dem Sie interessiert sind, sitzt in dieser verschlossenen Box auf einer kleinen Thermalgranate. Gesteuert«, er hob seine Hand mit der Fernsteuerung darin, »von diesem Totmannsschalter. Es gibt einen zweiten Schalter mit positiver Kontrolle in den Händen einer anderen Person außerhalb dieses Raums. Betäuben Sie mich oder gehen Sie auf mich los, und die Granate explodiert. Erschrecken Sie mich, und meine Hand rutscht vielleicht ab. Ermüden Sie mich, und mein Finger läßt vielleicht nach. Verärgern Sie mich ausreichend, und ich lasse vielleicht einfach aus Spaß los.«

»Die Tatsache, daß Sie ein solches Arrangement getroffen haben«, sagte Fell langsam, »sagt mir, daß Sie den Wert dessen, was Sie da haben, kennen. Sie würden das nicht tun. Sie bluffen nur.« Er durchbohrte Lilly mit seinen Blicken.

»Stellen Sie mich nicht auf die Probe«, sagte Mark immer noch lächelnd. »Nach den fünf Tagen der Gastfreundschaft bei Ihrem Halbbruder bin ich jetzt in einer echt feindseligen Stimmung. Was sich in dieser Box befindet, ist für Sie wertvoll. Nicht für mich. Jedoch«, er holte Luft, »Sie haben einige Dinge, die für mich wertvoll sind. Baron, machen wir einen Handel.«

Fell saugte an seiner Unterlippe und blickte Mark in die funkelnden Augen. »Ich höre«, sagte er schließlich.

Mark nickte. Zwei Duronas brachten eilends Stühle für Baron Fell und Miles. Die Leibwächter nahmen Stehplätze ein. Fells Leute sahen aus, als dächten sie angestrengt nach, während sie die Box und ihren Herrn beobachteten. Die Dendarii ihrerseits beobachteten die grüngekleideten Wächter. Fell ließ sich zu einer formellen Pose nieder, mit der Andeutung eines Lächelns und wachsamen Augen.

»Möchten Sie Tee?« fragte Lilly.

»Ja, gerne«, sagte der Baron. Lilly nickte, und die beiden Durona-Kinder eilten hinaus. Das Ritual hatte begonnen. Miles saß vorsichtig da und biß die Zähne fest aufeinander. Was immer hier vor sich ging, er war davon nicht unterrichtet. Es war offensichtlich Marks Show. Aber er war sich nicht ganz sicher, ob Mark in diesem Augenblick alle Tassen im Schrank hatte. Schlau war er, ja. Ganz bei Sinnen, nein. Baron Fell blickte drein, als käme er zum gleichen Schluß, als er über den Teetisch auf seinen selbsternannten Gastgeber starrte.

Die beiden Opponenten warteten schweigend auf

den Tee und musterten sich einstweilen gegenseitig. Der Junge brachte das Tablett herein und setzte es neben der grausigen Box ab. Das Mädchen goß nur zwei Tassen ein, Lillys feinsten importierten japanischen Grünen Tee, für Mark und den Baron, und bot dazu Teegebäck an.

»Nein«, sagte Mark zu dem Gebäck in einem Ton von Abscheu, »danke.« Der Baron nahm zwei und knabberte an einem. Mark begann seine Teetasse mit der linken Hand zu heben, doch die Hand zitterte zu sehr, und er setzte die Tasse hastig wieder auf die Untertasse auf der Armlehne von Lillys Sessel, bevor er etwas verschüttete und sich verbrühte. Das Mädchen glitt schweigend an seine Seite und hob ihm die Tasse an die Lippen. Er nippte und nickte dankbar, und sie ließ sich mit der Tasse neben seinem linken Knie nieder, um auf sein Wort hin ihn wieder zu bedienen. *Er ist, verdammt noch mal, viel schlimmer verletzt worden, als es ihm jetzt gelingt, okay auszusehen,* erkannte Miles, und es wurde ihm kalt in der Magengrube. Der Baron schaute auf Marks zitternde linke Hand und unsicher auf seine rechte und rutschte nervös hin und her.

»Baron Fell«, sagte Mark, »ich glaube, Sie werden mir zustimmen, daß Zeit das wesentliche Element ist. Darf ich anfangen.«

»Bitte sehr.«

»In dieser Kältebox«, Mark deutete mit einem Nicken auf die abgetrennte Hand, »liegt der Schlüssel zum Hause Ryoval. In Ryovals geheimem Decoder-Ring.« Mark kicherte laut, schluckte das Gelächter hinunter und gab mit einem Kopfnicken dem Mädchen das Signal für einen weiteren Schluck Tee. Er gewann wieder die Kontrolle über seine Stimme und fuhr fort: »In den Kristall des Rings sind alle persönlichen Code-Schlüssel des verstorbenen Barons Ryoval eingebettet. Nun hat das Haus Ryoval eine eigentümliche Verwaltungsstruktur. Zu sagen, Ry Ryoval sei ein paranoider

Kontrollfanatiker gewesen, wäre eine gewaltige Untertreibung. Aber Ryoval ist tot und hinterläßt seine zerstreuten Untergebenen in verstreuten Einrichtungen ohne ihre gewohnte Leitung. Wenn das Gerücht von seinem Tod sie erreicht, wer weiß, was sie dann tun? Sie haben ja ein Beispiel schon gesehen.

Und nach einem oder zwei weiteren Tagen werden von überallher die Geier geflogen kommen, um sich ihren Anteil aus dem Kadaver des Hauses Ryoval zu reißen. Besitz gilt in dieser Gegend mehr als das nicht existierende Recht. Das Haus Bharaputra allein hat schon offensichtlich entsprechende Interessen an den Waren des Hauses Ryoval. Ich bin sicher, daß Ihnen noch andere einfallen, Baron.«

Fell nickte.

»Aber ein Mann, der *heute* Ryovals eigene Code-Schlüssel in Händen hält, könnte einen beträchtlichen Vorteil haben«, fuhr Mark fort. »Besonders, wenn er genügend Personal zur Verfügung hat, um für erhebliche Verstärkung sorgen zu können. Ohne die langwierigen Verzögerungen, die es mit sich bringen würde, wenn man Ryovals Codes einen nach dem anderen knackt, könnte er sich in die Lage versetzen, sofort die Kontrolle über die meisten oder sogar alle Aktiva des Hauses Ryoval zu übernehmen, von oben nach unten anstatt Stück für Stück. Fügte man dem noch wohlbekannte Blutsbande hinzu, um den Ansprüchen Legitimität zu verleihen, dann würden, glaube ich, die meisten Mitbewerber sich zurückziehen, ohne daß die Notwendigkeit für eine teure Konfrontation entstünde.«

»Sie können nicht den Code-Schlüssel-Ring meines Halbbruders verhökern«, sagte Fell kühl.

»O doch, ich kann«, sagte Mark. »Ich habe ihn gewonnen. Ich verfüge über ihn. Ich kann ihn zerstören. Und«, er leckte die Lippen, und das Mädchen hob wieder die Teetasse, »ich habe dafür bezahlt. Ihnen würde dieses exklusive Angebot nicht zuteil werden – und es ist immer noch exklusiv –, wenn ich nicht wäre.«

Mit einem winzigen Kopfnicken zeigte der Baron, daß er dies zugestehen mußte. »Fahren Sie fort.«

»Wie würden Sie den Wert der Durona-Gruppe einschätzen, verglichen mit dem Wert der derzeitigen Aktiva des Hauses Ryoval? Proportional gesehen?«

Der Baron runzelte die Stirn. »Ein Zwanzigstel. Vielleicht ein Dreißigstel. Das Haus Ryoval verfügt über viel mehr Grundbesitz. Der Wert geistigen Eigentums ist schwieriger zu kalkulieren. Beide Institutionen spezialisieren sich auf ziemlich verschiedene biologische Aufgaben.«

»Wenn man einmal den Grundbesitz beiseite läßt, dann ist das Haus Ryoval offensichtlich bedeutend wertvoller. Einrichtungen, Techniker, Sklaven. Die Liste der Kunden. Die Chirurgen. Die Genetiker.«

»Dem würde ich zustimmen.«

»In Ordnung. Machen wir einen Tausch. Ich gebe Ihnen das Haus Ryoval im Austausch gegen die Durona-Gruppe, plus einer Summe, die zehn Prozent der Aktiva des Hauses Ryoval entspricht, und zwar in einer auf den Inhaber lautenden Kreditanweisung.«

»Zehn Prozent. Eine Maklergebühr«, sagte Fell und schaute Lilly an. Lilly lächelte und sagte nichts.

»Bloß eine Maklergebühr«, stimmte Mark zu. »Doppelt billig für diesen Preis, der nicht zufällig das beträgt, was Sie ohne die Vorteile von Ry Ryovals Code-Schlüssel mindestens verlieren würden.«

»Und was würden Sie mit all diesen Damen tun, wenn Sie sie hätten … äh … Mark?«

»Was ich wünsche.«

»Denken Sie daran, sich hier selber im Geschäft zu etablieren? Als Baron Mark?«

Miles erstarrte vor Schreck über diese neue Vision.

»Nein«, seufzte Mark. »Ich wünsche nach Hause zu

reisen, Baron. Das wünsche ich mir wirklich sehr. Ich werde die Durona-Gruppe den Duronas geben. Und Sie werden sie gehen lassen, frei und unbehelligt und ohne Verfolgung, wohin auch immer sie zu gehen wünscht. Es war doch Escobar, oder, Lilly?« Er blickte zu Lilly empor, die auf ihn hinunterschaute, lächelte und leicht nickte.

»Wie bizarr«, murmelte der Baron. »Ich glaube, Sie sind verrückt.«

»O Baron. Sie haben keine Ahnung.« Ein seltsames Kichern entfuhr Mark. Falls er schauspielerte, so war dies die beste Schauspielerei, die Miles je gesehen hatte, eingeschlossen seine eigenen wildesten Höhenflüge der Gaunerei.

Der Baron lehnte sich zurück und verschränkte die Arme. Sein Gesicht erstarrte, während er nachdachte. Würde er sich dafür entscheiden, über sie herzufallen? Verzweifelt versuchte Miles die militärischen Optionen eines plötzlichen Feuergefechts zu kalkulieren: die Dendarii auf ihrem Posten, der Kaiserliche Sicherheitsdienst im Orbit, er selbst und Mark in Gefahr, *das plötzliche helle Mündungsfeuer einer Projektilwaffe* – o Gott, was für ein Durcheinander …

»Zehn Prozent«, sagte schließlich der Baron, »*minus* den Wert der Durona-Gruppe.«

»Wer berechnet den Wert dieses geistigen Eigentums, Baron?«

»Ich. Und die Duronas räumen das Haus auf der Stelle. Alles Eigentum, alle Notizen, Unterlagen und in Gang befindlichen Experimente werden intakt zurückgelassen.«

Mark blickte zu Lilly empor: sie beugte sich herunter und flüsterte etwas in sein Ohr. »Die Durona-Gruppe soll das Recht haben, fachliche Dateien zu duplizieren. Und das Recht, persönliche Habseligkeiten wie Kleidung und Bücher mitzunehmen.«

Der Baron blickte nachdenklich zur Decke empor.

»Sie können mitnehmen, was jeder von ihnen tragen kann. Nicht mehr. Sie dürfen keine fachlichen Dateien duplizieren. Und ihr Kreditkonto bleibt mein, wie es immer gewesen ist.«

Lilly senkte die Augenbrauen und besprach sich erneut hinter vorgehaltener Hand flüsternd mit Mark. Mit einer Handbewegung tat er einen Widerspruch ab und zeigte hinauf zum Orbit. Schließlich nickte sie.

»Baron Fell«, Mark holte tief Luft, »abgemacht!«

»Abgemacht«, bestätigte Fell und beobachtete Mark mit einem leichten Lächeln.

»Meine Hand darauf!« intonierte Mark. Er kicherte, drehte seine Kontrollbox um und drehte an einem Knopf an der Unterseite. Dann setzte er sie wieder auf seiner Sessellehne ab und schüttelte die zitternden Finger aus.

Fell dehnte sich auf seinem Stuhl und schüttelte die Spannung ab. Die Leibwachen entspannten sich. Miles kannte sich fast nicht mehr aus. *Mensch, was haben wir denn da gemacht?* Auf Lillys Anweisung hin zerstreuten sich verschiedene Duronas in aller Eile.

»Es war sehr unterhaltsam, mit Ihnen Geschäfte zu machen, Mark.« Fell erhob sich. »Ich weiß nicht, wo Ihr Zuhause ist, aber falls Sie je zu dem Schluß kommen, daß Sie einen Job wollen, dann kommen Sie zu mir. In meinen galaktischen Angelegenheiten könnte ich einen Agenten wie Sie gebrauchen. Ihr Sinn für Timing ist ... tückisch elegant.«

»Danke, Baron.« Mark nickte. »Ich werde es mir merken, für den Fall, daß einige meiner anderen Optionen nicht klappen.«

»Das gilt auch für Ihren Bruder«, fügte Fell nachträglich hinzu. »Natürlich unter der Annahme, daß er sich völlig erholt. Meine Truppen könnten einen aktiveren Kampfkommandeur gebrauchen.«

Miles räusperte sich. »Die Bedürfnisse des Hauses Fell sind hauptsächlich defensiver Natur. Ich bevorzuge bei den Dendarii die Aufträge mit aggressiverem Charakter«, sagte er.

»Vielleicht gibt es in Zukunft mehr aggressive Arbeit«, sagte Fell. Seine Augen blickten in die Ferne.

»Denken Sie daran, die Welt zu erobern?« fragte Miles. *Das Imperium des Hauses Fell?*

»Der Erwerb des Hauses Ryoval wird das Haus Fell in eine interessant ungleichgewichtige Stellung bringen«, sagte Fell. »Es wäre nicht der Mühe wert, eine Politik der unbegrenzten Expansion zu verfolgen, wenn man nur noch bloße fünf oder sechs Jahre zu herrschen hat. Aber wenn man noch weitere fünfzig Jahre leben könnte, dann würde man schon allerhand Arbeit finden, die einen begabten Offizier ganz in Anspruch nehmen dürfte...« Fell schaute Miles an und hob fragend die Augenbrauen.

»Nein, danke.« *Und ich wünsche euch allen viel Freude miteinander.*

Mark warf Miles mit zusammengekniffenen Augen einen katzenhaft-amüsierten Blick zu.

Was für eine außerordentliche Lösung Mark zustandegebracht hat, dachte Miles. Was für ein Handel. Trotzte ein Jacksonier seiner Erziehung, indem er sich der Seite der Engel anschloß? Rebellierte er, indem er unkorrumpierbar wurde? So sah es aus. *Ich glaube, mein Bruder ist mehr Jacksonier, als ihm bewußt ist. Ein abtrünniger Jacksonier. Da wird einem ja schwindlig.*

Auf eine Geste von Fell hin nahm einer der Leibwächter vorsichtig die durchsichtige Box hoch. Fell wandte sich Lilly zu.

»Nun, alte Schwester. Du hast ein interessantes Leben gehabt.«

»Das habe ich immer noch«, sagte Lilly mit einem Lächeln.

»Eine Weile.«

»Lang genug für mich, du gieriger kleiner Junge. Das also ist das Ende des Weges. Das Ende unseres

Blutsbündnisses. Wer hätte das gedacht, als wir vor all diesen Jahren zusammen aus Ryovals Gosse herausstiegen?«

»Ich nicht«, sagte Fell. Sie umarmten einander. »Adieu, Lilly.«

»Adieu, Georie.«

Fell wandte sich Mark zu. »Der Handel ist geschlossen und gilt für mein Haus.« Er streckte eine kräftige Hand aus. »Darf ich Ihre Hand schütteln, Sir?«

Mark blickte verwirrt und mißtrauisch drein, aber Lilly nickte ihm zu. Er ließ es zu, daß Fells Hand die seine umschloß.

»Danke«, sagte Georish Stauber aufrichtig. Er gab seinen Leibwächtern mit dem Kinn ein Zeichen und verschwand in ihrer Begleitung im Liftrohr nach unten.

»Glaubst du, diese Abmachung wird halten?« fragte Mark Lilly mit dünner, sorgenvoller Stimme.

»Lange genug. Die nächsten paar Tage wird Georish viel zu beschäftigt sein, sich seine neue Erwerbung einzuverleiben. Das wird all seine Ressourcen in Anspruch nehmen. Und danach ist es zu spät. Bedauern wird er es später schon. Verfolgung und Rache üben – nein. Es reicht. Es ist alles, was wir brauchen.«

Sie strich ihm zärtlich übers Haar. »Ruh dich jetzt einfach aus. Trink noch etwas Tee. Wir werden eine ganze Weile sehr beschäftigt sein.« Sie wandte sich um und versammelte die jungen Duronas: »Robin! Violet! Kommt schnell mit…« Sie trieb sie in das Innere ihrer Gemächer.

Mark sank zusammen. Er sah sehr müde aus. Gedankenverloren machte er eine Grimasse und blickte auf die Teetasse, dann wechselte er sie in die rechte Hand und drehte sie nachdenklich, bevor er trank.

Elli berührte den Helm ihrer Halbrüstung, hörte zu und stieß plötzlich ein bitteres Lachen aus. »Der Kommandeur des Sicherheitsdienstes auf der Station Hargraves-Dyne ist dran. Er sagt, seine Verstärkungen sind eingetroffen und wohin er sie schicken soll.«

Miles und Mark schauten einander an. Miles wußte nicht, was Mark dachte, aber die meisten Antworten, die ihm in den Sinn kamen, waren heftig obszön.

»Nach Hause«, sagte Mark schließlich. »Und sie können uns mitfliegen lassen.«

»Ich muß zur Dendarii-Flotte zurück«, sagte Miles ungeduldig. »Ah… wo sind die Dendarii eigentlich, Elli?«

»Auf ihrem Weg von Illyrica zu einem Treffpunkt bei Escobar, aber du, Sir, kommst nicht zu ihnen, solange die Ärztliche Abteilung des Sicherheitsdienstes dich nicht für den aktiven Dienst einsatzfähig erklärt hat«, sagte sie nachdrücklich. »Der Flotte geht es gut. Dir nicht. Illyan würde mir die Ohren lang ziehen, falls ich dich jetzt irgendwo anders hinschicken würde als nach Hause. Außerdem ist da noch dein Vater.«

»Was ist mit meinem Vater?« fragte Miles. Eisiger Schrecken erfaßte seine Brust. Eine kaleidoskopische Vision von Mordanschlägen, tödlichen Krankheiten und politischen Komplotten drehte sich durcheinander in seinem Kopf. Ganz zu schweigen von Luftwagenunfällen.

»Er hatte einen schweren Herzinfarkt, während ich dort war«, sagte Mark. »Er war im Kaiserlichen Militärkrankenhaus und wartete auf eine Herztransplantation, als ich abreiste. Tatsächlich müßte etwa jetzt die Operation stattfinden.«

»Du warst dort?« *Was hast du ihm angetan?* Miles kam es vor, als hätten sich bei ihm gerade die Magnetpole umgekehrt. »Ich muß nach Hause!«

»Das habe ich ja gerade gesagt«, sagte Mark müde. »Warum, meinst du, haben wir den ganzen Weg hierher zurückgelegt, außer, um dich nach Hause zu schleifen? Es ging nicht um den freien Urlaub in Ry

Ryovals Fitness-Center, das kann ich dir sagen. Mutter meint, ich sei der nächste in der Erbfolge der Vorkosigans. Ich kann mit Barrayar umgehen, glaube ich, aber ich kann – verdammt noch mal – nicht *damit* umgehen.«

Es war alles zuviel, zu schnell. Miles setzte sich und versuchte sich wieder zu beruhigen, bevor er einen neuen Anfall bekam. Das war gerade die Art von kleiner körperlicher Schwäche, die einem eine sofortige Entlassung aus medizinischen Gründen aus dem Dienst des Kaisers einhandeln konnte, wenn man nicht achtgab, wer einen dabei beobachtete. Er hatte angenommen, die Konvulsionen seien eine vorübergehende Erscheinung während seiner Genesung. Was, wenn sie auf Dauer blieben? O Gott...

»Ich werde Lilly mein Schiff leihen«, sagte Mark, »da Baron Fell sie so wohlüberlegt der ausreichenden Mittel entledigt hat, um sechsunddreißig Passagen nach Escobar zu kaufen.«

»Welches Schiff?« fragte Miles. *Doch nicht etwa eines des meinen ...!*

»Das Mutter mir gegeben hat. Lilly sollte es im Orbit von Escobar mit ordentlichem Profit verkaufen können. Ich kann an Mutter zurückzahlen und Vorkosigan Surleau auslösen und werde immer noch eine hübsche Summe Taschengeld übrighaben. Ich würde gerne eines Tages meine eigene Jacht haben, aber ich könnte diese eine Weile wirklich nicht benutzen.«

Was? Was? Was?

»Ich habe nur nachgedacht«, fuhr Mark fort, »daß die Dendarii hier mit Lilly mitfliegen könnten. Das würde ihr etwas militärischen Schutz gewähren, im Austausch für einen kostenlosen und schnellen Flug zurück zur Flotte. Würde dem Sicherheitsdienst auch vier kommerzielle Passagen ersparen.«

Vier? Miles schaute auf Bel, der die ganze Zeit geschwiegen hatte und ihn jetzt düster anblickte.

»Und alle so schnell wie möglich von hier wegbringen«, fügte Mark hinzu. »Bevor irgend etwas schiefgeht.«

»Amen!« murmelte Quinn.

Rowan und Elli auf demselben Schiff? Ganz zu schweigen von Taura. Was, wenn sie alle sich zusammensetzten und Erfahrungen austauschten? Was, wenn sie sich in die Haare gerieten? Noch schlimmer: was, wenn sie ein Bündnis schlossen und ihn in einem heimlichen Vertrag aufteilten? Nord-Miles und Süd-Miles ... Es lag nicht daran, sagte er sich, daß er so viele Frauen aufgabelte. Im Vergleich zu Ivan war er praktisch zölibatär. Es lag einfach daran, daß er nie eine fallenließ. Über einen entsprechend langen Zeitraum hin konnte die Ansammlung ausgesprochen peinlich werden. Er brauchte ... eine Lady Vorkosigan, damit sie dem ganzen Unsinn ein Ende machte. Doch selbst Elli die Kühne weigerte sich, für diesen Dienst zur Verfügung zu stehen.

»Ja«, sagte Miles, »das funktioniert. Kapitänin Quinn, richte es ein, daß Mark und ich mit dem Sicherheitsdienst fliegen. Sergeantin Taura, würdest du dich bitte zu Lilly Duronas Verfügung halten? Je eher wir dieses Gebäude hier räumen, desto besser, da stimme ich zu. Und ... hm ... Bel – würdest du bitte bleiben? Wir müssen miteinander reden.«

Quinn und Taura verstanden den Wink und zogen sich zurück. Mark ... Mark war in die Sache verwickelt, entschied Miles. Und er hatte sowieso etwas Angst, Mark zu bitten, er solle aufstehen. Er hatte Angst, was dessen Bewegungen offenbaren würden. Diese flapsige Bemerkung über Ry Ryovals Fitness-Center war ein viel zu offensichtlicher Versuch – *was?* zu verbergen.

»Setz dich, Bel«, Miles zeigte mit einem Kopfnicken auf den Stuhl, den Baron Fell geräumt hatte. Damit bildeten sie ein gleichseitiges Dreieck, er und Mark und Bel. Bel nickte und ließ sich nieder, den Helm in seinem Schoß und die Kapuze zurückgestreift. Miles dachte daran, wie er vor fünf Tagen, vor seiner Erinnerungskaskade, Bel in diesem Raum aus irgendeinem Grund für eine Frau gehalten hatte. Seltsam. Es entstand ein kurzes, unbehagliches Schweigen.

Miles schluckte und begann zu sprechen: »Ich kann dich nicht wieder als Kommandeur auf die *Ariel* zurücklassen«, sagte er.

»Ich weiß«, sagte Bel.

»Es wäre schlecht für die Flottendisziplin.«

»Ich weiß«, sagte Bel.

»Es ist ... nicht gerecht. Wenn du unehrlich gewesen wärst und den Mund gehalten und vorgegeben hättest, du seist von Mark getäuscht worden, dann hätte es nie jemand erfahren.«

»Ich weiß«, sagte Bel. Kurz darauf fügte er hinzu: »Ich mußte im Notfall mein Kommando wiederbekommen. Ich glaubte, ich könnte Mark nicht weiter Befehle geben lassen. Es war zu gefährlich.«

»Für diejenigen, die dir folgten.«

»Ja. Und ... ich hätte es gewußt«, fügte Bel hinzu.

»Kapitän Thorne«, seufzte Admiral Naismith. »Ich muß dich um deinen Abschied bitten.«

»Ich reiche ihn hiermit ein, Sir.«

»Danke.« Und damit war es erledigt. So schnell. Miles dachte an die verstreuten Bilder zurück, die er von Marks Überfall im Kopf hatte. Es fehlten immer noch Stücke, dessen war er sich sicher. Aber es hatte Tote gegeben, zu viele Tote, und deshalb war es nicht wiedergutzumachen. »Weißt du ... was mit Phillipi passiert ist? Sie hätte eine Chance gehabt, dachte ich.«

Mark und Bel tauschten Blicke aus. Bel antwortete: »Sie hat es nicht geschafft.«

»Oh. Es tut mir leid, das zu hören.«

»Die Kryo-Wiederbelebung ist eine unsichere Sache«, seufzte Bel. »Wir alle nehmen diese Risiken auf uns, wenn wir uns verpflichten.«

Mark runzelte die Stirn. »Das erscheint mir nicht fair. Bel verliert seine Karriere, und ich komme frei davon.«

Bel starrte einen Augenblick lang auf Marks geprügelten, aufgedunsenen Körper, der in Lillys großem Sessel zusammengekauert hockte, und zog langsam die Augenbrauen hoch.

»Was für Pläne hast du, Bel?« fragte Miles vorsichtig. »Gehst du nach Hause in die Kolonie Beta? Du hast davon geredet.«

»Ich weiß es nicht«, sagte Bel. »Nicht, weil ich nicht darüber nachgedacht hätte. Seit Wochen denke ich darüber nach. Ich bin mir nicht sicher, ob ich daheim noch reinpassen würde.«

»Ich habe auch nachgedacht«, sagte Miles. »Ein kluger Gedanke. Mir kam in den Sinn, daß gewisse Leute meiner Seite auf die Vorstellung, daß du dich mit dem Kopf voller barrayaranischer Geheimnisse im Wurmlochnexus herumtreibst, weniger paranoid reagieren würden, wenn du noch auf Illyans Gehaltsliste stündest. Als Informant – vielleicht als Agent?«

»Ich habe nicht Elli Quinns Talente für Tricks«, sagte Bel. »Ich war Schiffsführer.«

»Schiffsführer kommen an interessante Orte. Sie sind in einer Position, wo sie alle Arten von Informationen aufsammeln können.«

Bel legte den Kopf schräg. »Ich werde … ernsthaft darüber nachdenken.«

»Ich nehme an, du möchtest nicht hier auf Jackson's Whole aussteigen.«

Bel lachte offen. »Auf keinen Fall.«

»Dann denk auf dem Weg nach Escobar darüber nach. Sprich mit Quinn. Entscheide dich, wenn du dort ankommst und laß sie es wissen.«

Bel nickte, erhob sich und schaute sich in Lilly Duronas ruhigem Wohnzimmer um. »Es tut mir nicht völlig leid, weißt du«, sagte der Hermaphrodit zu Mark. »So oder so haben wir fast neunzig Leute aus diesem stinkenden Schwerkraftloch herausgezogen. Einem sicheren Tod oder jacksonischer Sklaverei entrissen. Kein schlechtes Ergebnis für einen alternden Betaner. Du kannst dich darauf verlassen, daß ich an sie denken werde, wenn ich mich an diese Sache erinnere.«

»Danke«, flüsterte Mark.

Bel musterte Miles. »Erinnerst du dich daran, wie wir uns zum erstenmal gesehen haben?« fragte er.

»Ja. Ich habe dich betäubt.«

»Ganz genau.« Der Hermaphrodit ging zu Miles' Stuhl, beugte sich vor und nahm Miles' Kinn in die Hand. »Halt still! Seit Jahren habe ich das tun wollen.« Der Hermaphrodit küßte Miles, lang und ganz gründlich. Miles dachte über äußere Erscheinungen nach, dachte daran, wie vieldeutig sie waren, dachte an einen plötzlichen Tod, dachte: »Hol's doch der Teufel« und erwiderte Bels Kuß. Bel richtete sich auf und lächelte.

Aus dem Liftrohr drangen Stimmen, eine Durona wies den Weg: »Genau einen Stock höher, Madame.«

Elena Bothari-Jesek kam hinter dem verchromten Geländer hoch und ließ ihren Blick durch den Raum schweifen. »Hallo, Miles, ich muß mit Mark reden«, sagte sie in einem Atemzug. Ihre Augen blickten dunkel und besorgt. »Können wir irgendwohin gehen?« fragte sie Mark.

»Würd' lieber nicht aufstehen«, sagte Mark. Seine Stimme war vor Müdigkeit undeutlich.

»In Ordnung. Miles, Bel, bitte geht weg«, sagte sie unumwunden.

Verwirrt rappelte Miles sich hoch. Er blickte sie fragend an, ihr Blick antwortete stumm: *Nicht jetzt. Später.* Er zuckte die Achseln. »Komm, Bel. Schauen wir, ob wir jemandem zur Hand gehen können.« Er wollte Rowan finden. Er beobachtete die beiden, als er mit Bel in das Liftrohr stieg. Elena zog einen Stuhl heran und setzte sich umgekehrt darauf. Dann öffnete sie die Hände und machte ihm eindringlich Vorhaltungen. Mark blickte äußerst finster drein.

Miles übergab Bel an Dr. Poppy als Verbindungsoffizier und besuchte Rowan in ihrer Suite. Wie er gehofft hatte, war sie da und gerade beim Packen. Eine andere junge Durona saß da und schaute ihr zu; sie blickte etwas verwirrt drein. Miles erkannte sie auf der Stelle.

»Lilly die Jüngere! Du hast es also geschafft. Rowan!«

Rowans Gesicht erhellte sich freudig; sie eilte auf Miles zu und umarmte ihn. »Miles! Dein Name *ist* Miles Naismith. Das hatte ich mir schon gedacht! Du hast deine Kaskade gehabt. Wann denn?«

»Nun«, er räusperte sich, »tatsächlich schon bei Bharaputra.«

Ihr Lächeln ließ etwas nach. »Bevor ich gegangen bin. Und du hast mir nichts gesagt.«

»Aus Sicherheitsgründen«, sagte er vorsichtig.

»Du hast mir nicht vertraut.«

Wir sind hier auf Jackson's Whole. Das hast du selbst gesagt. »Mehr Sorgen habe ich mir wegen Vasa Luigi gemacht.«

»Das kann ich vermutlich verstehen«, seufzte Rowan. »Wann seid ihr beide hier angekommen?«

»Ich habe es gestern früh geschafft. Lilly kam gestern abend an. Ganz glatt! Ich hätte nie zu träumen gewagt, daß du sie auch rausbringen würdest!«

»Die eine Flucht hat die anderen ermöglicht. Du bist selbst entkommen, und das hat Lilly in die Lage versetzt, ihrerseits zu entkommen.« Er lächelte Lilly der Jüngeren zu, die sie neugierig beobachtete. »Ich habe nichts getan. Das scheint in letzter Zeit der Lauf meines Lebens zu sein. Aber ich glaube, ihr werdet alle den Planeten verlassen haben, bevor Vasa Luigi und Lotus dahinterkommen.«

»Noch vor Einbruch der Abenddämmerung werden wir alle fort sein. Hör mal!« Sie führte ihn zu ihrem Fenster. Das Personenshuttle der Dendarii, von Sergeantin Taura gesteuert und mit etwa acht Duronas an Bord, stieg vollbeladen aus dem Hof des umfriedeten Anwesens hoch. Ein Vorauskommando, das das Schiff für die anderen herrichten würde, die noch kommen sollten.

»Nach Escobar, Miles!« sagte Rowan begeistert. »Wir fliegen alle nach Escobar. O Lilly, dir wird es dort gefallen!«

»Werdet ihr dort als Gruppe zusammenbleiben?« fragte Miles.

»Zuerst schon, glaube ich. Bis die Fremdheit für die anderen nachläßt. Lilly wird uns bei ihrem Tod freigeben. Ich glaube, Baron Fell erwartet das. Weniger Konkurrenz für ihn, auf lange Sicht. Ich nehme an, daß er schon morgen früh die Spitzenleute vom Haus Ryoval abziehen und hier unterbringen wird.«

Miles ging in dem Zimmer umher und bemerkte eine ihm bekannt vorkommende kleine Fernsteuerbox auf der Armlehne des Sofas. »Ah! Du hattest die andere Steuerung für die thermische Granate! Ich hätte es wissen müssen. Also hattest du mitgehört. Ich war mir nicht sicher, ob Mark bluffte.«

»Mark hat in keiner Hinsicht geblufft«, erklärte sie überzeugt.

»Warst du hier, als er zurückkam?«

»Ja. Es war kurz vor Tagesanbruch heute morgen. Er stieg taumelnd aus einem Leichtflieger, trug äußerst *eigenartige* Kleidung und verlangte Lilly zu sprechen.«

Miles hob die Augenbrauen bei dieser Vorstellung. »Was haben die Torwachen gesagt?«

»Sie sagten: *Jawohl, Sir*. Er hatte eine Aura um sich ... Ich weiß nicht, wie ich es beschreiben soll. Außer ... ich konnte mir vorstellen, wie große Schläger in dunklen

Gassen abhauten, um ihm aus dem Weg zu sein. Dein Klonzwilling ist ein *beeindruckender* junger Mann.«

Miles blinzelte.

»Lilly und Chrys brachten ihn auf einer Schwebepalette in die Klinik, und danach habe ich ihn nicht mehr gesehen. Dann begannen die Befehle zu schwirren.« Sie hielt einen Moment inne. »Dann gehst du also wieder zu deinen Dendarii-Söldnern zurück?«

»Ja, nach einem kleinen Erholungserlaub, nehme ich an.«

»Du möchtest nicht … seßhaft werden. Nach dieser Begegnung mit dem Tod.«

»Ich gestehe, der Anblick von Projektilwaffen läßt mich unbehaglich zusammenzucken, aber – ich hoffe, daß ich noch lange nicht bei den Dendarii ausscheide. Hm … diese Anfälle, die ich hatte – vergehen die?«

»Eigentlich schon. Die Kryo-Wiederbelebung ist immer eine unsichere Sache. Also, du … kannst dir nicht vorstellen, in Ruhestand zu gehen? Sagen wir, nach Escobar?«

»Wir besuchen Escobar dann und wann, wenn es in der Flotte etwas zu reparieren gibt. Und wenn Personal behandelt werden muß. Escobar ist ja ein Kreuzungspunkt im Wurmlochnexus. Unsere Wege können sich wieder kreuzen.«

»Aber nicht auf die gleiche Weise wie bei unserer ersten Begegnung, hoffe ich«, sagte Rowan mit einem Lächeln.

»Ich sage dir: falls ich je wieder eine Kryo-Wiederbelebung brauche, dann hinterlasse ich einen Befehl, daß man sich mit dir in Verbindung setzt.« Er zögerte. *Ich brauche meine Lady Vorkosigan, um diesem Umherwandern ein Ende zu bereiten …* Könnte Rowan es sein? Die fünfunddreißig Schwägerinnen wären nur ein ferner Nachteil, weit weg auf Escobar. »Was würdest du von dem Planeten Barrayar halten, um dort zu leben und zu arbeiten?«

Sie rümpfte die Nase. »Auf dieser rückständigen Randwelt? Warum?«

»Ich ... habe dort einige Interessen. Eigentlich plane ich, mich dorthin zurückzuziehen. Es ist wirklich ein sehr schöner Ort. Und unterbevölkert. Sie ermuntern einen dort ... hm ... Kinder zu haben.« Er war gefährlich nahe daran, seine Tarnung aufzugeben, diese strapazierte Identität, zu deren Beibehaltung er in letzter Zeit soviel riskiert hatte. »Und dort wäre jede Menge Arbeit für eine galaktisch ausgebildete Ärztin.«

»Das kann ich mir vorstellen. Aber ich bin mein ganzes Leben lang Sklavin gewesen. Warum sollte ich mich dafür entscheiden, Untertanin zu sein, wenn es mir freisteht, *Bürgerin* zu werden?« Sie lächelte gequält, trat zu ihm und schlang ihre Arme um seine Schultern. »Diese fünf Tage, die wir bei Vasa Luigi zusammen eingesperrt waren – das war keine Wirkung der Gefangenschaft, nicht wahr? Das war die Art, wie du wirklich bist, wenn es dir gutgeht.«

»So ziemlich«, gab er zu.

»Ich habe mich immer gefragt, wie erwachsene Hyperaktive sich ihren Lebensunterhalt verdienen. Einige tausend Soldaten zu kommandieren würde gerade deine Energien absorbieren, nicht wahr?«

»Ja«, seufzte er.

»Ich denke, ich werde dich immer lieben, irgendwie. Aber mit dir immer zu leben, würde mich zum Wahnsinn treiben. Du bist die unglaublich dominierendste Person, der ich je begegnet bin.«

»Du solltest dich zur Wehr setzen«, erklärte er. »Ich verlasse mich darauf, daß ...« – er konnte nicht sagen *Elli* oder noch schlimmer *alle meine Frauen* – »meine Partner sich zur Wehr setzen. Sonst könnte ich mich nicht entspannen und ich selbst sein.«

Richtig. Zuviel Zusammensein *hatte* ihrer beider Liebe zerstört, oder zumindest Rowans Illusionen. Das barrayaranische System, zur Eheanbahnung Vermittler zu benutzen, begann immer besser auszusehen. Vielleicht wäre es am besten, zuerst sicher verheiratet zu werden und sich dann kennenzulernen. Zu dem Zeitpunkt, wo seine Braut endlich aus ihm schlau geworden wäre, wäre es für sie schon zu spät, einen Rückzieher zu machen. Er seufzte und lächelte und machte vor Rowan eine übertrieben höfische Verbeugung. »Es wird mir ein Vergnügen sein, Sie auf Escobar zu besuchen, Mylady.«

»Das wäre einfach vollkommen, Sir«, erwiderte sie mit todernstem Gesicht.

»Au!« Verdammt noch mal, sie könnte die Eine sein, sie unterschätzt sich selbst…

Lilly die Jüngere, die auf dem Sofa saß und all dies fasziniert beobachtet hatte, hustete. Miles schaute zu ihr hinüber und dachte an ihren Bericht über ihre Zeit mit den Dendarii.

»Weiß Mark, daß du hier bist, Lilly?« fragte er.

»Ich weiß es nicht. Ich war immerzu bei Rowan.«

»Das letztemal, als Mark dich sah, warst du dabei, mit Vasa Luigi zurückzugehen. Ich… glaube, er würde sich freuen zu erfahren, daß du deine Meinung geändert hast.«

»Er versuchte mich zu überreden, auf dem Schiff zu bleiben. Er hat nicht so gut geredet wie du«, gab sie zu.

»Er hat all diese Ereignisse ausgelöst. Er hat dir die Passage weg von Jackson's Whole verschafft.« Und Miles war sich nicht sicher, ob er an den Preis denken wollte. »Ich bin nur hinterhergezockelt. Komm, sag ihm wenigstens *hallo* und *adieu* und *danke*. Es kostet dich nichts, und ich nehme an, es würde ihm etwas bedeuten.«

Schweren Herzens erhob sie sich und erlaubte ihm, sie hinter sich herzuziehen. Rowan nickte ihnen zustimmend zu und kehrte zu ihrer hastigen Packerei zurück.

KAPITEL 31

Hast du sie gefunden?« fragte Lord Mark. »Ja«, sagte Bothari-Jesek knapp.

»Hast du sie zerstört?«

»Ja.«

Mark errötete und lehnte seinen Kopf an Lillys Sessel. Dabei spürte er den Zug der Schwerkraft. Er seufzte. »Du hast sie angeschaut. Ich hatte dir gesagt, du solltest es nicht tun.«

»Ich mußte sie anschauen, damit ich sicher war, daß ich die richtigen hatte.«

»Nein, mußtest du nicht. Du hättest sie einfach alle zerstören können.«

»Das habe ich am Ende auch getan. Ich fing damit an, sie anzuschauen. Dann schaltete ich den Ton aus. Dann schaltete ich sie auf Schnellvorlauf. Dann ging ich dazu über, nur Stichproben zu machen.«

»Ich wünschte, du hättest das nicht getan.«

»*Ich* wünschte, ich hätte es nicht getan. Mark, da gab es Hunderte von Stunden dieser Holovids. Ich konnte gar nicht glauben, daß es so viele waren.«

»Tatsächlich gab es nur etwa fünfzig Stunden. Oder vielleicht waren es fünfzig Jahre. Aber es gab mehrfache simultane Aufzeichnungen. Aus meinen Augenwinkeln konnte ich immer irgendwo eine Holovid-Kamera sehen, ganz gleich, was gerade geschah. Ich weiß nicht, ob Ryoval sie zum Zwecke des Studiums und der Analyse gemacht hat oder nur, um sie zu genießen. Ein bißchen von beidem, nehme ich an. Seine analytischen Fähigkeiten waren erschreckend.«

»Ich… habe einiges nicht verstanden, was ich da sah.«

»Möchtest du, daß ich es dir erkläre?«

»Nein.«

»Gut.«

»Ich kann verstehen, warum du wolltest, daß sie zerstört werden. Aus dem Zusammenhang gerissen… hätten sie ein schreckliches Druckmittel für Erpressungen dargestellt. Wenn du möchtest, daß ich Verschwiegenheit gelobe, dann werde ich dir alles schwören.«

»Das ist nicht der Grund. Ich habe nicht die Absicht, etwas davon geheimzuhalten. Niemand wird mich jemals wieder im Griff haben, je wieder an meinen geheimen Strippen ziehen. Im großen und ganzen kannst du es meinetwegen dem ganzen Wurmlochnexus erzählen. Aber – wenn Leute vom Sicherheitsdienst diese Holovid-Aufzeichnungen zu fassen bekommen hätten, dann würden sie in Illyans Händen landen. Und er könnte sie nicht dem Grafen oder auch der Gräfin vorenthalten, obwohl ich mir sicher bin, daß er es versuchen würde. Oder am Ende Miles. Kannst du dir vorstellen, wie sich der Graf oder die Gräfin oder Miles diese Scheiße anschauen?«

Sie pfiff leise. »Ich beginne zu verstehen.«

»Denk darüber nach. Ich habe es getan.«

»Leutnant Iverson war wütend, als er hereinkam und die geschmolzenen Kassetten sah. Er wird auf dem Dienstweg eine Beschwerde nach oben schikken.«

»Laß ihn nur. Falls der Sicherheitsdienst irgendwelche Beschwerden über mich oder die Meinigen zur Sprache bringen möchte, dann werde ich meine Beschwerden über den Sicherheitsdienst zur Sprache bringen. Wie etwa: wo, zum Teufel, haben sie sich in den letzten fünf Tagen herumgetrieben? Mich werden keine Bedenken und kein Mitleid hindern, diese

Schuld von allen, von Illyan angefangen, einzufordern. Wenn sie *mir* in die Quere kommen ...« Seine Worten gingen in ein feindseliges Gemurmel über.

Ihr Gesicht war grünlich-weiß. »Es tut mir ... so leid, Mark.« Zögernd berührte ihre Hand die seine.

Er packte ihr Handgelenk und hielt es fest. Ihre Nasenflügel bebten, aber sie zuckte nicht zurück. Er setzte sich hoch, oder versuchte es zumindest. »Wage bloß nicht, mich zu bemitleiden. Ich habe *gewonnen*. Spar dir dein Mitempfinden für Baron Ryoval, wenn nötig. Ich habe ihn ... hinweggerafft. Ausgemerzt. Ich habe ihn in seinem eigenen Spiel geschlagen, auf seinem eigenen Grund und Boden. Ich werde nicht zulassen, daß du wegen deiner verdammten ... Gefühle meinen Sieg in eine Niederlage verdrehst.« Er ließ ihr Handgelenk los. Sie rieb es und beobachtete ihn ruhig. »Das ist der springende Punkt. Ich kann Ryoval hinter mir lassen, wenn die Vorkosigans mich lassen. Aber wenn sie zuviel wüßten – falls sie diese verdammten Vids hätten –, würden sie die Sache nie auf sich beruhen lassen können. Ihr Schuldgefühl würde sie immer wieder darauf stoßen, und sie würden *mich* immer wieder darauf stoßen. Ich möchte nicht für den Rest meines Lebens in meinem Kopf oder in ihren Köpfen gegen Ry Ryoval kämpfen müssen. Er ist tot, ich bin's nicht, das reicht. Basta.«

Er hielt inne und schnaubte. »Und du mußt zugeben, es wäre besonders schlecht für Miles.«

»O ja«, hauchte Bothari-Jesek zustimmend.

Draußen startete, von Sergeantin Taura gesteuert, das Personenshuttle der Dendarii mit der ersten Ladung Duronas zu Marks Jacht im Orbit. Er schwieg und beobachtete, wie es aus seinem Blickfeld emporstieg. *Ja. Fliegt weg, fliegt weg. Verlaßt dieses Loch, ihr, ich, all unsere Klons. Für immer. Und werdet zu Menschen, wenn ihr könnt. Wenn ich kann.*

Bothari-Jesek schaute wieder zu ihm her und sagte:

»Man wird auf einer körperlichen Untersuchung bestehen, weißt du.«

»Ja, sie werden einiges sehen. Ich kann die Prügel nicht verheimlichen, und Gott weiß, ich kann die Zwangsernährung nicht verheimlichen – war sie nicht grotesk?«

Sie schluckte und nickte. »Ich dachte, du würdest – ach, laß nur.«

»Ganz recht. Ich hatte dir gesagt, du solltest sie nicht anschauen. Aber je länger ich die Untersuchung durch einen kompetenten Arzt des Sicherheitsdienstes vermeiden kann, um so vager kann ich mich über das übrige äußern.«

»Du mußt sicher behandelt werden.«

»Lilly Durona hat ausgezeichnete Arbeit geleistet. Und auf meinen Wunsch hin befinden sich die einzigen Aufzeichnungen in ihrem Kopf. Ich müßte eigentlich so durchschlüpfen können.«

»Versuche nicht, der Untersuchung insgesamt aus dem Weg zu gehen«, riet Bothari-Jesek. »Die Gräfin würde draufkommen, auch wenn sonst niemand etwas merkt. Und ich glaube, du brauchst… etwas mehr. Nicht nur körperlich.«

»O Elena. Wenn ich etwas in der vergangenen Woche gelernt habe, dann, wie schlecht verdrahtet ich wirklich bin, auf dem Grund meines Hirns. Das Schlimmste, dem ich in Ryovals Keller begegnet bin, war das Monstrum im Spiegel, in Ryovals psychischem Spiegel. Mein Lieblingsmonstrum, das vierköpfige. Nachweislich schlimmer als sogar Ryoval selbst. Stärker. Schneller. Schlauer.« Er biß sich auf die Zunge, da er sich bewußt wurde, daß er anfing, viel zuviel zu erzählen und daß seine Worte klangen, als würde er in den Wahnsinn abgleiten. Er glaubte nicht, daß er in den Wahnsinn abglitt. Er hatte den Verdacht, daß er sich – auf einem langen Umweg – geistiger Gesundheit näherte. Auf einem schweren Weg. »Ich weiß, was ich tue. Auf einer gewissen Ebene weiß ich genau, was ich tue.«

»In einigen der Vids – da sah es so aus, als würdest du Ryoval mit einer vorgespielten gespaltenen Persönlichkeit zum Narren halten. Als du mit dir selbst sprachst ...?«

»Ich hätte nie Ryoval mit irgend etwas Vorgespieltem zum Narren halten können. Er war seit Jahrzehnten in diesem Geschäft und hat auf dem Grund der Gehirne vieler Leute herumgepfuscht. Aber meine Persönlichkeit war eigentlich nicht gespalten. Eher ... umgedreht.« Nichts konnte man gespalten nennen, was sich so zutiefst ganz anfühlte. »Es war nicht etwas, bei dem ich beschloß, es zu tun. Es war einfach etwas, das ich *tat*.«

Sie schaute ihn mit äußerster Besorgnis an. Er mußte laut auflachen. Aber seine guten Laune wirkte auf sie nicht so beruhigend, wie er es sich vielleicht gewünscht hätte.

»Du mußt verstehen«, sagte er, »manchmal ist Verrücktheit keine Tragödie. Manchmal ist sie eine Strategie zum Überleben. Manchmal ... ist sie ein Triumph.« Er zögerte. »Weißt du, was eine Schwarze Bande ist?«

Sie schüttelte stumm den Kopf.

»Ich bin einmal in einem Museum in London darauf gestoßen. Damals, im 19. und 20. Jahrhundert hatte man auf der Erde Schiffe, die mit Dampfmaschinen angetrieben die Ozeane überquerten. Die Hitze für die Dampfmaschinen kam von großen Kohlefeuern im Bauch der Schiffe. Und man brauchte dort unten diese Trottel, die die Kohle in die Öfen schaufelten. Dort drunten im Dreck und der Hitze und dem Schweiß und dem Gestank. Von der Kohle wurden sie schwarz, deshalb nannte man sie die Schwarze Bande. Und die Offiziere und die schönen Damen oben an Deck wollten gesellschaftlich mit diesen armen, miserablen Burschen nichts zu tun haben. Aber ohne sie hätte sich nichts bewegt. Nichts hätte gebrannt, nichts hätte gelebt. Ohne sie hätte es keinen Dampf gegeben. Die Schwarze Bande. Unbesungene Helden. Häßliche Kerle aus der Unterschicht.«

Jetzt dachte sie, er wird bestimmt irr daherplappern. Das Loblied verbissener Loyalität gegenüber seiner Schwarzen Bande, das er ihr vorsingen wollte, war ... wahrscheinlich im Augenblick keine gute Idee. *Ja, und niemand liebt mich,* flüsterte Schling wehleidig. *Du solltest dich lieber daran gewöhnen.*

»Schon gut.« Er lächelte statt dessen. »Aber das sage ich dir, Galen sieht ... ziemlich klein aus, nach Ryoval. Und Ryoval habe ich *geschlagen.* In einem seltsamen Sinn fühle ich mich jetzt sehr frei. Und es ist meine Absicht, daß das so bleibt.«

»Auf mich wirkst du ... entschuldige ... im Augenblick ein bißchen manisch, Mark. Bei Miles wäre das normal. Nun ja, üblich. Aber schließlich erreicht er den Gipfel, und am Ende erreicht er den Tiefpunkt. Ich glaube, du mußt auf dieses Muster achtgeben, vielleicht hast du es mit ihm gemeinsam.«

»Willst du damit sagen, die Stimmung schaukelt wie an einem Bungee-Seil?«

Unwillkürlich mußte sie lachen. »Ja.«

»Ich werde mich vor dem Perigäum hüten.«

»Hm, ja. Allerdings ist's beim Apogäum, daß alle anderen die Köpfe einziehen und davonrennen müssen.«

»Im Augenblick habe ich auch, nun ja, einige Schmerzstiller und Aufputschmittel intus«, erwähnte er. »Sonst hätte ich die letzten paar Stunden nicht durchgehalten. Ich befürchte, daß die Wirkung von einigen allmählich nachläßt.« Gut. Das würde ihr vielleicht einen Teil seines Geplappers erklären und hatte den Vorteil, wahr zu sein.

»Soll ich Lilly Durona holen?«

»Nein. Ich möchte einfach nur hier sitzen. Und mich nicht bewegen.«

»Ich glaube, das ist vielleicht eine gute Idee.« Elena schwang sich von ihrem Stuhl und nahm ihren Helm.

»Ich weiß jetzt allerdings, was ich werden will, wenn ich erwachsen bin«, sagte er plötzlich. Sie blieb stehen und hob die Augenbrauen.

»Ich möchte ein Analytiker beim Sicherheitsdienst sein. Als Zivilangestellter. Einer, der seine Leute nicht an falsche Orte schickt, oder fünf Tage zu spät. Oder ungenügend vorbereitet. Ich möchte den ganzen Tag in einem Raum sitzen, umgeben von einer Festung, und es *richtig* machen.« Er wartete darauf, daß sie ihn auslachte.

Zu seiner Überraschung nickte sie statt dessen ernsthaft. »Als jemand, der sich draußen am spitzen Ende des Stocks des Sicherheitsdienstes befindet, sage ich, es würde mich freuen.«

Sie salutierte andeutungsweise und wandte sich ab. Er dachte über den Blick in ihren Augen nach, während sie im Liftrohr hinabfuhr. Es war nicht Liebe. Es war nicht Furcht.

Oh. So also sieht Respekt aus. Oh.

Ich könnte mich daran gewöhnen.

Wie Mark es Elena erklärt hatte, blieb er einfach eine Weile sitzen und schaute zum Fenster hinaus. Früher oder später würde er sich bewegen müssen. Vielleicht konnte er unter Hinweis auf seinen gebrochenen Fuß einen Schwebesessel anfordern.

Lilly hatte ihm versprochen, ihre Aufputschmittel würden ihm sechs Stunden der Klarheit verschaffen; danach würde die Rechnung des Stoffwechsels von massiven Bio-Schlägern mit stacheligen Knüppeln präsentiert werden, virtuellen Schuldeneintreibern für seine Neurotransmitterschuld. Er fragte sich, ob die absurde, traumhafte Vorstellung schon das erste Anzeichen des herannahenden biochemischen Zusammenbruchs war. Er wünschte sich inbrünstig, er würde wenigstens durchhalten, bis er sicher im Shuttle des Sicherheitsdienstes war. *O Bruder, bring mich nach Hause.*

Stimmen drangen aus dem Liftrohr. Miles erschien, eine Durona hinter ihm her. In seinem Durona-Anzug wirkte er skelettartig mager und geisterhaft bleich. Sie beide schienen in einer Wechselbeziehung hinsichtlich des Körperwachstums zu stehen. Wenn er all die Kilos, die Ryoval ihm während der vergangenen Woche aufgehalst hatte, auf magisch Weise direkt auf Miles übertragen könnte, dann würden sie beide viel besser aussehen, meinte Mark. Doch wenn er immer dicker würde, würde Miles dann noch dünner werden und schließlich gänzlich verschwinden? Eine beunruhigende Vision. *Es sind die Medikamente, Junge, es sind die Medikamente.*

»Oh, gut«, sagte Miles, »Elena sagte, daß du noch hier oben bist.« Mit der fröhlichen Miene eines Zauberers, der einen besonders guten Trick präsentierte, drängte er die junge Frau vorzutreten. »Erkennst du sie wieder?«

»Es ist eine Durona, Miles«, sagte Mark in einem sanften, müden Ton. »Ich werde allmählich von ihnen träumen.« Er hielt für einen Moment inne. »Ist diese Frage ein Trick?« Dann setzte er sich aufrecht hin. Er erkannte sie, und es war ein Schock. Man konnte also Klons auseinanderhalten – »Sie ist es!«

»Genau«, sagte Miles erfreut lächelnd. »Wir haben sie aus dem Haus Bharaputra herausgeschmuggelt, Rowan und ich. Sie wird mit ihren Schwestern nach Escobar reisen.«

»Ah!« Mark lehnte sich wieder zurück. »Aha. Oh. Gut.« Zögernd rieb er sich die Stirn. *Gib deinen Punkt zurück, Vasa Luigi!* »Ich wußte nicht, daß du daran interessiert wärst, Klons zu retten, Miles.«

Miles zuckte sichtlich zusammen. »Du hast mich dazu inspiriert.«

Hm. Er hatte das nicht als einen Hinweis auf Ryoval gemeint. Offensichtlich hatte Miles das widerstrebende Mädchen hier heraufgeschleift, damit Mark sich besser fühlte. Weniger offensichtlich für Miles, doch kristallklar für ihn selbst, war ein Element subtiler Rivalität. Zum erstenmal in seinem Leben spürte Miles den heißen Atem eines brüderlichen Wettstreits im Nacken. *Mache ich dich unsicher? Ha! Gewöhn dich daran, mein Junge. Ich lebe seit vierundzwanzig Jahren damit.* Miles hatte von Mark als ›mein Bruder‹ gesprochen, und das im selben Ton, den er für ›meine Stiefel‹ oder vielleicht ›mein Pferd‹ benutzen würde. Oder – jetzt könnte man es ihm zutrauen – ›mein Kind‹. Ein gewisser selbstgefälliger Paternalismus. Miles hatte nicht einen Gleichrangingen mit einer eigenen Agenda erwartet. Plötzlich erkannte Mark, daß er ein vergnügliches neues Hobby hatte, eines, das ihm die kommenden Jahre hindurch Unterhaltung verschaffen würde. *Du lieber Himmel, ich werde es genießen, dein Bruder zu sein.*

»Ja«, sagte Mark gutgelaunt, »du schaffst es auch. Ich hab's doch gewußt, daß du es könntest, wenn du es nur versuchen würdest.« Er lachte. Zu seinem Entsetzen wurde aus dem Gelächter in seiner Kehle ein Schluchzen. Er würgte beides hinunter. Im Augenblick wagte er nicht zu lachen oder eine andere Emotion auszudrücken. Seine Selbstbeherrschung war viel zu schwach. »Ich bin sehr froh«, erklärte er so neutral, wie er konnte.

Miles, dessen Auge das ganze Spiel nicht entgangen war, nickte. »Gut«, erklärte er gleichermaßen neutral.

Alles gut, Bruder. Miles verstand zumindest, wie es war, sich am Rande des Abgrunds zu bewegen.

Sie schauten beide auf das Durona-Mädchen. Lilly bewegte sich unsicher unter der Last dieser doppelten Erwartung. Sie warf ihr Haar zurück und suchte nach Worten. »Als ich dich zum erstenmal sah«, sagte sie zu Mark, »mochte ich dich nicht sonderlich.«

Als ich dich zum erstenmal sah, mochte auch ich mich nicht sonderlich. »Ja und?« ermunterte er sie.

»Ich meine immer noch, daß du komisch aussiehst. Sogar noch komischer als der andere«, sie nickte Miles zu, der höflich lächelte. »Aber … aber …« Ihr versagten die Worte. So vorsichtig und zögernd wie ein wilder Vogel an einem Futterhaus wagte sie sich näher an ihn heran, beugte sich vor und küßte ihn auf eine aufgedunsene Wange. Dann floh sie wie ein Vogel.

»Hm«, sagte Miles und beobachtete, wie sie das Liftrohr hinabsauste. »Ich hatte auf eine etwas enthusiastischere Demonstration von Dankbarkeit gehofft.«

»Du wirst es noch lernen«, sagte Mark gleichmütig. Er berührte seine Wange und lächelte.

»Wenn du meinst, das sei Undankbarkeit, dann warte erst mal auf den Sicherheitsdienst«, riet Miles deprimiert. »›Sie haben *wieviel* Gerät verloren?‹«

Mark zog eine Augenbraue hoch. »Ein Zitat von Illyan?«

»Ah, du bist ihm begegnet.«

»O ja.«

»Ich wünschte, ich hätte dabeisein können.«

»Auch ich wünschte, du hättest dabeisein können«, sagte Mark aufrichtig. »Er war … herb.«

»Das kann ich mir vorstellen. Er schafft es besser als alle anderen, die ich kenne, herb zu sein, meine Mutter ausgenommen, wenn sie schlechter Laune ist, was, Gott sei Dank, nicht sehr oft vorkommt.«

»Dann hättest du sehen sollen, wie sie ihn fertiggemacht hat«, sagte Mark. »Der Kampf der Titanen. Ich glaube, es hätte dir gefallen. Mir auf jeden Fall.«

»So? Es scheint, wir haben eine Menge, worüber wir reden müssen …«

Mark erkannte, daß sie das zum erstenmal hatten. Das Herz schlug ihm höher. Leider kam durch das Liftrohr eine weitere Unterbrechung. Ein Mann in der Livree des Hauses Fell schaute über das verchromte

Geländer, sah ihn und salutierte. »Ich habe eine Kurierlieferung an jemanden namens Mark«, sagte er.

»Ich bin Mark.«

Der Kurier trat zu ihm, fuhr ihm mit einem Bestätigungsscanner über das Gesicht, öffnete ein dünnes Etui, das mit einer Kette an seinem Armgelenk hing und reichte Mark eine Karte in einem unbeschriebenen Umschlag. »Beste Grüße von Baron Fell, Sir, und er hofft, daß dies Ihre Reise beschleunigen wird.«

Die Kreditkarte. Aha! Und dazu ein Wink mit einem sehr großen Zaunpfahl. »Meine besten Wünsche an Baron Fell und ... und ... was wollen wir noch Baron Fell sagen, Miles?«

»Ich würde es bei *Danke* belassen, glaube ich«, riet ihm Miles. »Wenigstens bis wir weit, weit weg sind.«

»Sagen Sie ihm meinen Dank«, sagte Mark dem Kurier, der nickte und wieder auf dem Weg verschwand, den er gekommen war.

Mark schielte nach Lillys Komkonsole in einer Ecke des Zimmers. Sie schien weit weg zu sein. Er zeigte auf sie. »Könntest du mir den Fernleser von dieser Komkonsole da bringen, Miles?«

»Sicher.« Miles nahm das Board und reichte es ihm.

»Ich sage voraus«, sagte Mark und wedelte mit der Karte herum, »daß ich ganz schön übers Ohr gehauen wurde, aber nicht so sehr, daß ich es riskieren würde, zu Fell zurückzugehen und mich mit ihm darüber zu streiten.« Er schob die Karte in den Leseschlitz und lächelte. »Haargenau.«

»Was hast du bekommen?« fragte Miles und reckte den Hals.

»Nun, das ist eine sehr persönliche Frage«, sagte Mark. Miles zog schuldbewußt den Hals ein. »Machen wir einen Handel. Hast du mit dieser Ärztin geschlafen?«

Miles biß sich auf die Lippe. Offensichtlich kämpfte in ihm die Neugier mit seiner Einstellung als Gentleman. Mark beobachtete ihn interessiert, um zu sehen, wie es ausgehen würde. Persönlich hätte er auf die Neugier gesetzt.

Miles holte ziemlich tief Luft. »Ja«, sagte er schließlich.

Hab ich mir's doch gedacht. Ihr Glück, so schloß Mark, war genau fifty-fifty aufgeteilt. Miles bekam das Glück und er den Rest. Aber nicht diesmal. »Zwei Millionen.«

Miles stieß einen Pfiff aus. »Zwei Millionen Kaiserliche Mark? Beeindruckend.«

»Nein, nein. Zwei Millionen betanische Dollar. Wahrscheinlich etwa acht Millionen Mark, nicht wahr? Oder eher zehn. Hängt vom aktuellen Kurs ab, nehme ich an. Es ist auf jeden Fall nicht annähernd zehn Prozent vom Wert des Hauses Ryoval. Eher so zwei Prozent«, rechnete Mark laut. Und hatte die seltene und reine Freude, Miles Vorkosigan sprachlos gemacht zu haben.

»Was wirst du damit anfangen?« flüsterte Miles nach etwa einer Minute.

»Investieren«, sagte Mark entschlossen. »Die Wirtschaft von Barrayar expandiert doch, nicht wahr?« Er machte eine Pause. »Allerdings werde ich zuerst eine Million an den Sicherheitsdienst zurückzahlen – für ihre Dienste in den letzten vier Monaten.«

»Niemand gibt dem Sicherheitsdienst Geld!«

»Warum nicht? Schau dir zum Beispiel eure Söldneroperationen an. Soll das Söldnergeschäft nicht einen Profit abwerfen? Die Dendarii-Flotte könnte ein wirklicher Goldesel für den Sicherheitsdienst sein, wenn sie richtig geleitet würde.«

»Man sieht den Profit in politischen Konsequenzen«, sagte Miles nachdrücklich. »Jedoch – falls du es wirklich tun willst, so möchte ich dabeisein. Ich möchte den Ausdruck auf Illyans Gesicht sehen.«

»Wenn du brav bist, lasse ich dich mitkommen. Oh,

ich werde es wirklich tun. Es gibt einige Schulden, die ich nie zurückzahlen kann«, er dachte an Phillipi und die anderen. »Aber ich habe die Absicht, die zurückzuzahlen, die ich kann – ihnen zur Ehre. Doch du kannst darauf wetten, daß ich den Rest behalte. Ich sollte ihn eigentlich in etwa sechs Jahren verdoppeln können und dann wieder dort sein, wo ich begonnen habe. Oder noch besser. Es ist viel leichter, zwei Millionen aus einer Million zu machen, als zwei aus eins, falls ich das Spiel richtig verstehe. Ich werd's lernen.«

Miles starrte ihn fasziniert an. »Das wirst du ganz gewiß.«

»Hast du eine Vorstellung, wie verzweifelt ich war, als ich mit diesem Überfall anfing? Wieviel Angst ich hatte? Ich möchte einen Wert haben, den keiner mehr ignorieren kann, selbst wenn er nur in Geld gemessen wird. Geld ist eine Art von Macht, die fast jeder haben kann. Man braucht dazu nicht einmal ein *Vor* am Anfang seines Namens.« Er lächelte matt. »Vielleicht bekomme ich nach einer Weile meinen eigenen Platz. Wie Ivan. Schließlich würde es komisch aussehen, wenn ich im Alter von, sagen wir, achtundzwanzig noch im Haus meiner Eltern lebte.«

Und das war wahrscheinlich genug Miles-Neckerei für einen Tag. Miles würde nachweislich sein Leben für seinen Bruder opfern, aber er hatte eine bemerkenswerte Tendenz, die Leute, die ihn umgaben, sich als Erweiterungen seiner eigenen Persönlichkeit unterzuordnen. *Ich bin nicht dein Anhängsel. Ich bin dein Bruder.* Ja. Mark stellte sich vor, sie beide würden das jetzt im Auge behalten. Er sank erschöpft, aber glücklich zusammen.

»Ich glaube«, sagte Miles, der immer noch hübsch betäubt aussah, »du bist seit fünf Generationen der erste Vorkosigan, der aus einem geschäftlichen Unternehmen Profit macht. Willkommen in der Familie.«

Mark nickte. Sie schwiegen beide eine Zeitlang.

»Das ist nicht die Antwort«, seufzte Mark schließlich. Er zeigte mit einem Kopfnicken auf die Klinik der Durona-Gruppe und implizierte das gesamte Jackson's Whole. »Diese stückweisen Klonrettungsversuche. Selbst wenn ich Vasa Luigi komplett in die Luft jagte, dann würde einfach jemand anderer weitermachen, wo das Haus Bharaputra aufgehört hätte.«

»Ja«, stimmte Miles zu. »Die wahre Antwort muß medizintechnisch sein. Es muß jemand ein besseres, sichereres Verfahren zur Lebensverlängerung finden. Und ich glaube, das wird auch kommen. Eine Menge Leute an einer Menge von Orten müssen daran arbeiten. Die Technik der Gehirntransplantation ist zu riskant, als daß man in ihr konkurrieren könnte. Sie muß eines Tages, vielleicht schon bald, zu Ende gehen.«

»Ich ... habe keinerlei Talent in der Richtung Medizintechnik«, sagte Mark. »In der Zwischenzeit geht die Schlächterei weiter. Irgendwann werde ich mich erneut mit dem Problem befassen müssen. Irgendwie.«

»Aber nicht heute«, sagte Miles mit Nachdruck.

»Nein.« Durch das Fenster sah er ein Personenshuttle auf dem Anwesen der Duronas niedergehen. Doch es war noch nicht das der Dendarii auf dem Rückflug. »Ist das zufällig unser Transport?«

»Ich glaube schon«, sagte Miles, ging zum Fenster und schaute hinab. »Ja.«

Und dann war keine Zeit mehr. Während Miles fort war, um nach dem Shuttle zu schauen und ihn nicht beobachten konnte, ließ Mark ein halbes Dutzend Duronas kommen, die ihm halfen, seinen steifen, gekrümmten und halbgelähmten Körper aus Lillys Sessel zu heben und auf eine Schwebepalette zu legen. Seine verkrümmten Hände zitterten unkontrolliert, bis Lilly die Lippen schürzte und ihm ein weiteres Hypospray von irgend etwas Wunderbarem verpaßte. Er war vollkommen zufrieden damit, waagrecht hinausgetragen zu werden. Sein gebrochener Fuß war ein gesellschaftlich akzeptabler Grund dafür, daß er nicht gehen konnte. Er sah hübsch invalidenhaft aus mit dem auffällig hochgestützten Fuß, und so würde er die Burschen vom Sicherheitsdienst leichter überreden können, ihn in seine Koje zu tragen, wenn sie oben im Orbit ankämen.

Zum erstenmal in seinem Leben machte er sich auf eine Heimreise.

KAPITEL 32

Miles betrachtete den alten Spiegel im Vorzimmer der Bibliothek des Palais Vorkosigan. Dieses Stück hatte die Mutter des Generals Graf Piotr als Teil ihrer Mitgift in die Familie gebracht; den Rahmen hatte ein Vasall der Familie Vorrutyer kunstvoll geschnitzt. Miles war allein in dem Raum. Niemand beobachtete ihn. Er schob sich bis an das Glas heran und starrte mit Unbehagen auf sein Spiegelbild.

Die scharlachrote Jacke der rot-blauen kaiserlichen Paradeuniform schmeichelte nicht einmal in den besten Zeiten seinem allzu bleichen Teint. Er bevorzugte die nüchterne Eleganz der grünen Ausgehuniform. Der hohe, mit Gold verzierte Kragen war leider nicht hoch genug, um die doppelten roten Narben auf beiden Seiten seines Halses zu verbergen. Die Schnitte würden eines Tages weiß werden und schließlich verschwinden, aber in der Zwischenzeit zogen sie die Blicke auf sich. Er überlegte, wie er sie erklären sollte. *Narben aus einem Duell. Ich habe verloren.* Oder vielleicht: *Liebesbisse*. Das kam der Sache näher. Er fuhr mit der Fingerspitze an den Narben entlang und drehte dabei den Kopf von der einen zur anderen Seite. Anders als bei der schrecklichen Erinnerung an die Nadelgranate erinnerte er sich nicht daran, wie er diese Wunden bekommen hatte. Das war viel beunruhigender als die Vision seines Todes: daß ihm solche wichtigen Dinge geschehen konnten und er sich nicht daran erinnerte, nicht daran erinnern konnte.

Nun, es war ja bekannt, daß er medizinische Probleme hatte, und die Narben waren fast sauber genug, daß sie medizinisch wirkten. Vielleicht würden die Leute sie kommentarlos akzeptieren. Er trat vom Spiegel zurück, um den Gesamteindruck aufzunehmen. Seine Uniform tendierte immer noch dazu, an ihm zu hängen, trotz der tapferen Versuche seiner Mutter während dieser letzten paar Wochen, seit sie zu Hause angekommen waren, ihn dazu zu bringen, daß er mehr aß. Sie hatte schließlich das Problem Mark übergeben, als beugte sie sich vor größerer Erfahrung. Mark hatte amüsiert gegrinst und war dann dazu übergegangen, Miles gnadenlos ständig zu belästigen. Tatsächlich wirkten die Aufmerksamkeiten. Miles fühlte sich besser. Stärker.

Der Ball zum Winterfest war hinlänglich gesellschaftlich, ohne formelle Regierungs- oder Militärverpflichtungen, so daß er den Satz Doppelschwerter zu Hause lassen konnte. Ivan würde sie tragen, aber Ivan hatte die richtige Größe, um sie gut zu tragen. Bei Miles' Größe wirkte das lange Schwert von den beiden verdammt närrisch, weil er es praktisch auf dem Boden schleifte, ganz zu schweigen von dem Problem, daß man über das Schwert stolperte oder daß er es seiner Tanzpartnerin gegen das Schienbein knallte.

Im Bogengang erklangen Schritte. Miles wandte sich schnell um, schwang einen der gestiefelten Füße hoch und stützte ihn gegen die Armlehne eines Stuhls und tat dabei so, als hätte er die narzißtische Anziehung seines Spiegelbildes ignoriert.

»Ah, da bist du ja.« Mark kam herein, um sich ihm anzuschließen. Er hielt inne und betrachtete sich kurz in dem Spiegel; dabei drehte er sich, um den Sitz seiner Kleidung zu überprüfen. Seine Kleidung saß tatsächlich sehr gut. Mark hatte den Namen von Gregors Schneider in Erfahrung gebracht, der ein streng bewachtes Geheimnis des Sicherheitsdienstes war; er hatte einfach Gregor angerufen und ihn gefragt. Der eckige weite Schnitt der Jacke und der Hose war aggressiv zivil, aber irgendwie sehr raffiniert. Die Farben waren eine Art Tribut an das Winterfest: ein Grün, das so dunkel war, daß es fast schwarz wirkte, war besetzt mit einem Rot, das so dunkel war, daß es ebenfalls fast schwarz wirkte. Der Effekt war irgendwo zwischen festlich und drohend, wie eine kleine, fröhliche Bombe.

Miles dachte an diesen sehr seltsamen Augenblick in Rowans Leichtflieger, als er zeitweilig überzeugt gewesen war, er sei Mark. Wie schrecklich war es gewesen, Mark zu sein, wie völlig isoliert. Die Erinnerung an diese Einsamkeit ließ ihn zittern. *Fühlt er sich so die ganze Zeit?*

Nun, nicht mehr. Nicht, wenn ich dabei etwas zu sagen habe.

»Sieht gut aus«, sagte Miles.

»Ja.« Mark grinste. »Du siehst auch nicht so übel aus. Nicht ganz so kadavermäßig.«

»Du wirst auch besser. Langsam.« Tatsächlich wurde Mark besser, dachte Miles. Die beunruhigendsten Verzerrungen durch die Schrecken, die Ryoval Mark zugefügt hatte und über die zu sprechen er resolut abgelehnt hatte, waren allmählich verschwunden. Doch es blieb noch eine solide Menge Fleisch auf den Knochen. »Für welches Gewicht wirst du dich am Ende entscheiden?« fragte Miles neugierig.

»Du siehst es vor deinen Augen. Sonst hätte ich nicht ein Vermögen in die Kleidung investiert.«

»Hm. Fühlst du dich wohl?« fragte Miles verlegen.

Marks Augen funkelten. »Ja, danke. Der Gedanke, daß ein einäugiger Heckenschütze bei Mitternacht in einem Gewitter aus einer Entfernung von zwei Kilometern mich kaum mit dir verwechseln könnte, ist wirklich sehr beruhigend.«

»O ja. Ganz recht. Da ist wohl was dran.«

»Bleib immer schön in Bewegung«, riet Mark ihm freundlich. »Das ist gut für dich.« Mark setzte sich und legte seine Füße hoch.

»Mark?« war die Stimme der Gräfin aus der Vorhalle zu hören. »Miles?«

»Wir sind hier«, sagte Miles.

»Ah«, sagte sie und rauschte ins Vorzimmer. »Da seid ihr beide ja.« Sie lächelte sie mit einer gierigen mütterlichen Freude an und sah höchst zufrieden aus. Miles überkam ein Gefühl der Wärme, als sei in seinem Innern ein letztes verbliebenes Eisstückchen von der Kryo-Einfrierung endlich aufgetaut und verdampfe sanft. Die Gräfin trug ein neues Kleid, das stärker verziert war als bei ihrem üblichen Stil, in Grün und Silber, mit Rüschen und Biesen und einer Schleppe, eine wahre Orgie an Stoff. Es machte sie jedoch nicht steif – das würde es nicht wagen. Die Gräfin wurde nie von ihrer Kleidung eingeschüchtert. Ganz im Gegenteil. Ihre Augen schimmerten lebhafter als die silberne Stickerei.

»Kommt Vater mit?« fragte Miles.

»Er kommt jeden Moment herunter. Ich bestehe darauf, daß wir beide pünktlich um Mitternacht gehen. Ihr zwei könnt natürlich länger bleiben, wenn ihr wollt. Er wird übertreiben, das weiß ich jetzt schon, weil er den Hyänen beweisen will, daß er zu zäh für sie ist, selbst wenn die Hyänen ihn nicht mehr umkreisen. Ein lebenslanger Reflex. Versuche seine Aufmerksamkeit auf den Bezirk zu konzentrieren, Miles. Es wird den armen Premierminister Racoczy zur Verzweiflung treiben, wenn er das Gefühl hat, daß Aral ihm über die Schulter schaut. Wir müssen nach dem Winterfest wirklich aus der Hauptstadt weg, hinunter nach Hassadar.«

Miles, der eine sehr klare Vorstellung davon hatte, wie lange es brauchte, um sich nach einer Brustoperation zu erholen, sagte: »Ich glaube, du kannst ihn schon überreden.«

»Sprich du auch mit ihm. Ich weiß, dich kann er nicht täuschen, und das weiß er auch. Ah – was kann ich denn heute abend erwarten, vom medizinischen Standpunkt gesehen?«

»Er wird zweimal tanzen, einmal, um zu zeigen, daß er es noch kann, und das zweitemal, um zu zeigen, daß das erstemal kein bloßer Zufall war. Danach wirst du überhaupt keine Schwierigkeiten haben, ihn zu überreden, daß er sich hinsetzt«, sagte Miles zuversichtlich voraus. »Nur zu, spiel die Glucke, und er kann so tun, als hörte er mit dem Tanzen auf, um dir eine Freude zu machen, und nicht, weil er gleich umfällt. Nach Hassadar zu gehen, scheint mir eine sehr gute Idee zu sein.«

»Ja. Barrayar weiß nicht so recht, was es mit starken Männern im *Ruhestand* anfangen soll. Üblicherweise sind sie immer schon anständig im Feld geblieben und hängen nicht herum und geben keine Kommentare über ihre Nachfolger von sich. Aral ist vielleicht da der erste seiner Art. Allerdings hatte Gregor eine äußerst schreckliche Idee.«

»So?«

»Er murmelt etwas vom Amt des Vizekönigs von Sergyar als einem Posten für Aral, wenn er ganz wiederhergestellt ist. Der derzeitige Vizekönig hat anscheinend gebettelt – ach was! gewinselt –, heimkommen zu dürfen. Eine undankbarere Aufgabe als die eines Kolonialgouverneurs kann ich mir gar nicht vorstellen. Ein ehrlicher Mann wird da zu Pulver zermahlen, wenn er versucht, das Bindeglied zwischen zwei Bündeln widerstreitender Bedürfnisse zu spielen, zwischen der Regierung zu Hause über ihm und den Kolonisten unter ihm. Ich würde alles sehr begrüßen, womit du Gregor von dieser Idee abbringen kannst.«

»Oh, ich weiß es nicht.« Miles hob nachdenklich die Augenbrauen. »Ich meine – was für ein Projekt für den Ruhestand! Ein ganzer Planet, mit dem man spielen kann. Sergyar. Hast du den nicht selbst entdeckt, damals, als du Captain beim Betanischen Astronomischen Erkundungsdienst warst?«

»Ja, wahrhaftig. Wenn uns nicht die barrayaranische Militärexpedition zuvorgekommen wäre, dann wäre Sergyar heute eine betanische Tochterkolonie. Und wäre viel besser bewirtschaftet, das kannst du mir glauben. Der Planet braucht wirklich jemanden, der seine Verwaltung in die Hand nimmt. Allein schon die ökologische Problematik schreit nach einer Injektion von Intelligenz – ich denke zum Beispiel an diese Würmerplage. Ein bißchen Klugheit nach der Art der Betaner hätte schon ... na schön. Vermutlich sind sie endlich dahintergekommen.«

Miles und Mark schauten einander an. Es war keine Telepathie. Aber der Gedanke, daß Aral Vorkosigan vielleicht nicht der einzige überenergische alternde Experte war, den Gregor gerne aus seiner Hauptstadt exportieren würde, kam in diesem Augenblick beiden gleichzeitig.

Mark senkte die Augenbrauen. »Wie bald könnte das sein, Madame?«

»Ach, frühestens in einem Jahr.«

»Aha.« Marks Gesicht hellte sich auf.

Gefolgsmann Pym steckte den Kopf durch den Eingang. »Bereit zur Abfahrt, Mylady«, meldete er.

Sie begaben sich alle in die schwarz-weiß geflieste Vorhalle, wo sie den Grafen am Fuß der geschwungenen Treppe stehend fanden. Er betrachtete sie erfreut, als sie in sein Blickfeld traten. Der Graf hatte bei seiner medizinischen Feuerprobe auch Gewicht verloren, aber damit sah er in seiner rot-blauen Uniform nur noch besser aus. Er trug die Uniform und die Doppelschwerter mit natürlicher Eleganz. In drei Stunden würde er die Schultern hängen lassen, schätzte Miles, aber dann würde er bei diesem ersten formellen Auftritt mit dem neuen Herzen auf seine vielen Beobachter schon einen bleibenden ersten Eindruck gemacht haben. Seine Gesichtsfarbe war ausgezeichnet, sein Blick so messerscharf wie immer. Aber sein Haar war jetzt ganz weiß. Abgesehen davon mochte man wirklich meinen, er könne ewig leben.

Nur glaubte Miles das jetzt nicht mehr. Im nachhinein hatte ihm diese ganze Episode mit dem Herzanfall einen Mordsschrecken eingejagt. Nicht, daß sein Vater eines Tages sterben mußte, vielleicht vor ihm – das war die normale Ordnung der Dinge, und Miles konnte dem Grafen nicht wünschen, daß es andersherum wäre –, sondern daß Miles vielleicht nicht zugegen war, wenn es geschah. Wenn er gebraucht würde. Vielleicht wäre er dann weg und vergnügte sich mit den Dendarii-Söldnern und erfuhr wochenlang nichts. Zu spät.

Da sie beide in Uniform waren, salutierte der Leutnant vor seinem Vater, dem Admiral, jetzt mit dem üblichen Unterton von Ironie, mit dem sie gewöhnlich solche militärischen Höflichkeiten austauschten. Miles hätte ihn lieber umarmt, aber das hätte seltsam ausgesehen.

Zum Teufel mit dem Aussehen! Er ging zu seinem Vater und umarmte ihn.

»He, mein Junge, he«, sagte der Graf überrascht und erfreut. »So schlimm ist es wirklich nicht.« Er erwiderte die Umarmung und trat dann zurück und betrachtete sie alle: seine elegante Frau, seine – jetzt zwei – Söhne. Er lächelte so selbstzufrieden, wie es jeder reiche Mann könnte, und öffnete die Arme, als wollte er sie alle umarmen, kurz und fast schüchtern. »Sind die Vorkosigans dann bereit, den Winterfest-Ball zu stürmen? Lieber Captain, ich prophezeie, sie werden sich dir in Scharen ergeben. Wie geht es deinem Fuß, Mark?«

Mark streckte den rechten Fuß vor und zappelte mit den Zehen im Schuh. »Fit, daß eine Vor-Dame von maximal hundert Kilo darauf treten kann, Sir. Darunter sind Schuhkappen aus Stahl«, fügte er für Miles beiseite gesprochen hinzu. »Ich gehe kein Risiko ein.«

Die Gräfin hängte sich am Arm ihres Gatten ein. »Führe uns, Schatz, Vorkosigans zum Sieg!«

Vorkosigans zur Genesung! wäre der passendere Schlachtruf gewesen, überlegte Miles, während er ihnen folgte. *Aber du solltest mal sehen, wie die anderen Burschen aussehen.*

Für Miles war es keine Überraschung, daß praktisch der erste, dem die Vorkosigans bei der Ankunft in der Kaiserlichen Residenz begegneten, Simon Illyan war. Illyan war gekleidet, wie es bei diesen Anlässen üblich war: in eine rot-blaue Paradeuniform, die eine Vielzahl von Kommunikatoren verbarg.

»Aha, heute abend ist er höchstpersönlich hier«, murmelte der Graf, als er seinen alten Sicherheitschef auf der anderen Seite des Vestibüls entdeckte. »Dann dürften wohl anderswo keine größeren Schlamassel im Gange sein. Gut.«

Sie übergaben ihre schneefeuchten Umhänge an Angestellte des Kaiserlichen Haushalts. Miles zitterte. Er kam zu dem Schluß, daß durch dieses letzte Abenteuer sein Timing durcheinandergekommen war. Gewöhnlich gelang es ihm, einen Auftrag fern des Planeten zu bekommen, wenn in der Hauptstadt Winter herrschte. Illyan nickte und kam zu ihnen herüber.

»Guten Abend, Simon«, sagte der Graf.

»Guten Abend, Sir. Alles ruhig und still soweit heute abend.«

»Das ist schön.« Der Graf zog eine Augenbraue hoch und blickte ihn mit trockenem Amüsement an. »Ich bin sicher, Premierminister Racoczy wird sich freuen, das zu hören.«

Illyan machte den Mund auf und klappte ihn wieder zu. »Äh, das ist die Gewohnheit«, sagte er verlegen. Er schaute Graf Vorkosigan mit einem fast frustrierten Gesichtsausdruck an. Als wäre die einzige Art, wie er sich gegenüber seinem jahrzehntelangen Befehlshaber verhalten könnte, Berichte zu erstatten; doch Admiral Graf Vorkosigan nahm sie nicht mehr entgegen. »Das ist ein sehr seltsames Gefühl«, gab Illyan zu.

»Sie werden sich daran gewöhnen, Simon«, versicherte ihm Gräfin Vorkosigan. Und zog ihren Gatten entschlossen aus Illyans Dunstkreis. Der Graf salutierte andeutungsweise und pflichtete damit den Worten der Gräfin bei.

Illyans Blick fiel statt dessen auf Miles und Mark. »Hm«, sagte er im Ton eines Mannes, der gerade bei einem Pferdehandel als zweitbester davongekommen war.

Miles straffte sich. Die Ärzte des Sicherheitsdienstes hatten erklärt, daß er in zwei Monaten in den Dienst zurückkehren konnte, falls eine abschließende körperliche Untersuchung nichts Gegenteiliges ergab. Er hatte sich nicht die Mühe gemacht, das kleine Problem mit den Anfällen ihnen gegenüber zu erwähnen. Vielleicht war die erste nur ein idiosynkratischer Effekt des Schnell-Penta gewesen. Bestimmt, und die zweite und dritte waren Nachwirkungen der Medikamente gewesen. Aber danach hatte er keine mehr gehabt. Miles lächelte schüchtern und versuchte, sehr gesund auszusehen. Illyan schüttelte nur den Kopf und schaute ihn an.

»Guten Abend, Sir«, sagte Mark seinerseits zu Illyan. »Hat der Sicherheitsdienst meinen Klons mein Winterfest-Geschenk korrekt überreichen können?«

Illyan nickte. »Hundert Mark für jeden, einzeln adressiert und rechtzeitig, ja, Mylord.«

»Gut.« Mark schenkte ihm ein nervöses Lächeln von der Art, daß man unwillkürlich überlegte, was er wohl dachte. Die Klons waren der Vorwand gewesen, den Mark Illyan dafür genannt hatte, daß er dem Sicherheitsdienst die Million betanischer Dollar überreichte, wie er es sich vorgenommen hatte; die Mittel wurden nun treuhänderisch für ihre Bedürfnisse verwaltet, unter anderem für die Bezahlung ihrer Plätze in dieser exklusiven Schule. Illyan war so fassungslos gewesen, daß er sich wie ein Roboter verhalten hatte, eine Wirkung, die Miles mit großer Faszination beobachtete. Um die Zeit, wo die Klons fertig und selbständig sein würden, wäre die Million in etwa aufgebraucht, so hatte Mark es sich ausgerechnet. Aber die Geschenke zum Winterfest waren persönlich und extra gewesen.

Mark fragte nicht, wie sein Geschenk aufgenommen worden war, obwohl Miles es unbedingt wissen wollte, statt dessen ging er mit einem höflichen Kopfnicken weiter, als wäre Illyan ein Angestellter, mit dem er gerade eine kleinere Angelegenheit geklärt hatte. Miles salutierte und holte seinen Bruder ein. Mark unterdrückte ein Grinsen, wodurch sein Gesicht einen blöde lächelnden Ausdruck annahm.

»Die ganze Zeit«, gestand Mark Miles leise, »hatte ich mir Gedanken gemacht, weil ich nie ein Geschenk bekommen habe. Aber nie war mir eingefallen, mir darüber Gedanken zu machen, daß ich nie eines *gegeben* hatte. Das Winterfest ist ein entzückendes Fest, weißt du?« Er seufzte. »Ich wünschte, ich würde diese Klonkinder gut genug kennen, um für jeden etwas Richtiges auszusuchen. Aber auf diese Weise haben sie wenigstens das Geschenk der Wahl. Das ist, als würde man ihnen zwei Geschenke gleichzeitig geben. Wie, zum Teufel, schenkt ihr eigentlich Gregor etwas?«

»Da greifen wir zur Tradition. Zweihundert Liter Ahornsirup aus den Dendarii-Bergen, die jährlich an seinen Haushalt geliefert werden. Damit ist es erledigt. Wenn du meinst, mit Gregor sei es schwierig, dann denk an unseren Vater. Bei ihm ist es, als versuchte man Väterchen Frost persönlich zum Winterfest ein Geschenk zu machen.«

»Ja, darüber habe ich schon nachgedacht.«

»Manchmal kann man ein Geschenk nicht erwidern. Man muß einfach weiter schenken. Hast du ... äh ...

diese Geldüberweisungen an die Klons unterschrieben?«

»Gewissermaßen. Tatsächlich habe ich sie unterschrieben mit ›Väterchen Frost‹.« Mark räusperte sich. »Das ist der Zweck des Winterfestes, meine ich. Daß es einen lehrt, wie man … weiter schenkt. Väterchen Frost zu sein ist dann das Ziel des Spiels?«

»Ich glaube schon.«

»Allmählich komme ich dahinter«, sagte Mark mit einem entschlossenen Nicken.

Sie gingen zusammen in die Empfangshalle im ersten Stock und schnappten sich Drinks. Sie zogen eine Menge Aufmerksamkeit auf sich, wie Miles amüsiert bemerkte, verstohlene Blicke der dort versammelten Vor-Blüten. *O Barrayar. Wir haben eine Überraschung für dich.*

Er hat auf jeden Fall mich überrascht.

Es würde riesig Spaß machen, Mark als Bruder zu haben. *Endlich einen Verbündeten! Ich glaube …* Miles überlegte, ob er je Mark dazu bringen konnte, Barrayar so zu lieben, wie er selbst es tat. Der Gedanke machte ihn auf seltsame Weise nervös. Am besten war es, nicht zu viel zu lieben. Barrayar konnte tödlich sein, wenn man es zur Geliebten nahm. Doch … es war eine Herausforderung. Hier gab es genügend Herausforderungen, es herrschte kein künstlicher Mangel daran.

Miles würde jedoch bei allem vorsichtig sein müssen, was Mark als einen Versuch, ihn zu dominieren, interpretieren würde. Marks heftige Allergie gegen das kleinste Anzeichen von Kontrolle war völlig verständlich, dachte Miles, aber das machte seine Mentoraufgabe zu einer heiklen Sache.

Mach es besser nicht zu gut, großer Bruder. Du bist jetzt entbehrlich, weißt du. Er fuhr mit der Hand über das helle Uniformtuch seiner Jacke und war sich nüchtern bewußt, was *entbehrlich* im militärischen Sinne auch hieß: *dem Feind im Notfall zu opfern.* Doch von seinem Schüler geschlagen zu werden war der größte Sieg für einen Lehrer. *Ein interessantes Paradoxon. Ich kann nicht verlieren.*

Miles grinste. *Ja, Mark. Fang mich, wenn du kannst. Wenn du kannst.*

»Ah«, Mark zeigte mit einem Nicken auf einen Mann in der weinroten Uniform eines Vor-Hauses auf der anderen Seite des Raums. »Ist das nicht Lord Vorsmythe, der Industrielle?«

»Ja.«

»Ich hätte gerne mit ihm gesprochen. Kennst du ihn? Kannst du mich ihm vorstellen?«

»Sicher. Denkst du daran, mehr zu investieren?«

»Ja, ich habe mich entschlossen, zu diversifizieren. Zwei Drittel Investitionen auf Barrayar, ein Drittel in der Galaxis.«

»In der Galaxis?«

»Ich investiere etwas in escobaranische Medizintechnik, falls du es wissen willst.«

»Lilly?«

»Genau. Sie braucht Startkapital. Ich werde stiller Teilhaber bei ihr.« Mark zögerte. »Die Lösung muß medizinisch sein, weißt du. Und ... möchtest du darauf wetten, daß sie keinen Profit macht?«

»Nö. Tatsächlich würde ich mich sehr hüten, gegen dich zu wetten.«

Mark zeigte sein schärfstes Lächeln. »Gut. Auch du lernst dazu.«

Miles führte Mark zu Lord Vorsmythe hinüber und stellte ihn vor, wie gewünscht. Vorsmythe war erfreut, daß er *hier* jemanden gefunden hatte, der wirklich mit ihm über seine Arbeit reden wollte. Der gelangweilte Ausdruck auf seinem Gesicht verflüchtigte sich bei Marks erster sondierender Frage. Mit einer Handbewegung gab Miles Mark frei. Vorsmythe gestikulierte mitteilsam. Mark lauschte ihm, als drehte sich in seinem

Kopf ein Recorder. Miles überließ die beiden ihrem Gespräch.

Er entdeckte am anderen Ende des Raums Delia Koudelka und steuerte auf sie zu, um sich für später einen Tanz auszubitten und vielleicht Ivan auszustechen. Wenn er Glück hatte, dann würde sie ihm eine Chance geben, diesen Satz über die Duellnarben anzubringen.

KAPITEL 33

Nach einer äußerst faszinierenden Plauderei über die Wachstumssektoren der barrayaranischen Wirtschaft wurde Vorsmythe wieder von seiner Frau in Anspruch genommen und aus der Fensternische weggeholt, die er und Mark besetzt hatten. Er trennte sich nur widerstrebend von Mark und versprach, ihm einige Prospekte zu schicken. Mark sah sich wieder nach Miles um. Der Graf war nicht der einzige Vorkosigan, der sich an diesem Abend in der Gefahr befand, bei dem Versuch, diversen Beobachtern seine Gesundheit zu beweisen, des Guten zuviel zu tun.

Mark war Miles' Mitwisser bei den Selbsttests geworden, von denen Miles seinen Vorgesetzten beim Kaiserlichen Sicherheitsdienst nichts mitteilen wollte und bei denen er alte Wissensgrundlagen überprüfte und alte Dinge durchging, von den Militärvorschriften bis zu fünfdimensionaler Mathematik. Mark hatte genau einmal darüber gewitzelt, bevor er erkannt hatte, wie tief der Schrecken war, der Miles zu diesem besessenen Sondieren trieb. Besonders, wenn sie tatsächlich das eine oder andere Loch in Miles' Gedächtnis fanden. Dieses neue Zögern, dieser verzweifelte Unterschied beunruhigten Mark an seinem großen Bruder zutiefst. Er hoffte, daß Miles' verhaßtes Selbstbewußtsein bald wiederkehren würde. Es war eine andere seltsame Wechselseitigkeit, daß Miles Dinge hatte, an die er sich erinnern wollte und nicht konnte, während Mark sich an Dinge erinnerte, die er vergessen wollte. Und nicht konnte.

Er würde Miles ermuntern müssen, ihn noch mehr herumzuführen. Miles genoß es, den Experten zu spielen; es versetzte ihn automatisch in die Situation, dem anderen eine Nasenlänge voraus zu sein, und nach der war er süchtig. Ja, er würde Miles sein übersteigertes Selbstbewußtsein ein bißchen ausdehnen lassen. Jetzt konnte Mark es sich leisten. Er würde Miles ein andermal herausfordern, wenn Miles wieder in Fahrt war. Wenn es fairer war.

Schließlich hüpfte Mark auf einen Stuhl und reckte den Hals nach seinem Bruder. Er entdeckte ihn, wie er gerade in Gesellschaft einer blonden Frau in einem blauen Samtkleid die Empfangshalle verließ – Delia Koudelka, Kareens größte Schwester. *Sie sind hier. Du lieber Himmel.* Er ließ den Stuhl stehen und begab sich auf eine schnelle Suche nach der Gräfin. Er spürte sie schließlich in einem Salon im zweiten Stock auf, wo sie mit einigen älteren Frauen plauderte, offensichtlich Freundinnen von ihr. Sie sah sein besorgtes Lächeln, entschuldigte sich bei ihren Gefährtinnen und traf sich mit ihm in einem Winkel des mit Teppichen ausgelegten Korridors.

»Bist du auf ein Problem gestoßen, Mark?« fragte sie und arrangierte ihre Röcke auf dem kleinen Sofa. Er hockte vorsichtig auf dem anderen Ende des Möbels.

»Ich weiß es nicht. Die Koudelkas sind hier. Damals an Kaisers Geburtstag hatte ich Kareen einen Tanz versprochen, wenn ich rechtzeitig heimkäme. Und … ich hatte sie gebeten, mit dir zu sprechen. Über mich. Hat sie es getan?«

»Ja.«

»Was hast du ihr gesagt?«

»Nun, es war ein langes Gespräch …«

Ach du Scheiße.

»Aber die Quintessenz davon war, daß ich dich für einen intelligenten jungen Mann halte, der einige sehr unangenehme Dinge erlebt hat, doch wenn man dich überreden könnte, diese Intelligenz dafür einzusetzen, deine Probleme zu lösen, dann könnte ich dein Werben unterstützen.«

»Eine betanische Therapie?«

»So etwas ähnliches.«

»Ich habe über eine betanische Therapie nachgedacht. Eine Menge. Aber fürchte den Gedanken, daß alle Aufzeichnungen meines Therapeuten im Bericht eines Analytikers des Sicherheitsdienstes enden. Ich möchte, verdammt noch mal, keine Show bieten.« *Schon wieder.*

»Ich glaube, ich könnte in dieser Richtung etwas tun.«

»Wirklich?« Von Hoffnung gepackt schaute er sie an. »Auch wenn du dann selbst die Berichte nicht sehen würdest?«

»Ja.«

»Dafür wäre ich … dankbar, Madame.«

»Betrachte es als ein Versprechen. Mein Wort als eine Vorkosigan.«

»Ich würde lieber …«

»Mein Wort als deine Mutter.«

»Ich weiß nicht, welche Einzelheiten du Kareen erzählt hast …«

»Sehr wenige. Sie ist schließlich erst achtzehn. Sie hat genug mit ihrem eigenen Erwachsenwerden zu tun. Fortgeschrittenere Dinge könnten warten, meinte ich. Sie muß zuerst die Schule durchlaufen, bevor sie eine langfristige Bindung eingehen kann«, fügte sie pointiert hinzu.

»So. Hm.« Er war sich nicht sicher, ob er erleichtert war oder nicht. »Es ist sowieso alles veraltet. Ich habe seither … eine ganz neue Sammlung von Problemen abbekommen. Viel schlimmere.«

»Das fühle ich nicht so, Mark. Mir kommst du viel zentrierter und entspannter vor, seit ihr, du und Miles, von Jackson's Whole zurückgekommen seid. Auch wenn du nicht darüber reden möchtest.«

»Ich bereue es nicht, mich selbst zu kennen, Madame. Ich bereue nicht einmal … ich selbst *zu sein.*« *Ich und die Schwarze Bande.* »Aber ich bereue … so weit von Kareen entfernt zu sein. Ich glaube, ich bin eine Art Monster. Und in dem Schauspiel heiratet Caliban Prosperos Tochter nicht. Tatsächlich wird er niedergetrampelt, weil er es versucht hat, wie ich mich erinnere.« Ja, wie könnte er denn Schling und Grunz und Jaul und Killer jemandem wie Kareen erklären, ohne sie zu erschrecken oder anzuwidern? Wie könnte er sie bitten, seine abnormen Gelüste zu nähren, selbst nur in einem Traum oder in einem Spiel der Phantasie? Es war hoffnungslos. Lieber sollte er es gar nicht versuchen.

Die Gräfin lächelte schmerzlich. »Mit deiner Analogie stimmt einiges nicht, Mark. Zunächst mal kann ich dir garantieren, daß du kein Untermensch bist, egal, wofür du dich hältst. Und Kareen ist auch kein Übermensch. Wenn du allerdings darauf beharrst, sie wie eine Prämie und nicht wie eine Person zu behandeln, dann kann ich dir auch garantieren, daß du dich in eine andere Art von Schwierigkeiten reinreitest.« Ihre hochgezogenen Augenbrauen unterstrichen den Punkt. »Als eine Bedingung für meinen Segen für dein Werben habe ich den Vorschlag angefügt, daß sie die Gelegenheit ihrer Schulbildung auf Kolonie Beta im nächsten Jahr für einen Extraunterricht ausnutzen soll. Ein wenig betanische Erziehung in gewissen persönlichen Dingen könnte, so meine ich, ihre Vorstellungen genug ausweiten, um Komplexitäten ohne Würgen gelten zu lassen. Eine gewisse Freizügigkeit der Auffassungen, die sich eine Achtzehnjährige auf Barrayar einfach nicht aneignen kann.«

»So?« Diese Idee war ihm noch nie gekommen, wenn er das Problem von Kareens Seite her anging. Sie war so … sinnvoll. »Ich hatte … selbst daran gedacht, nächstes Jahr auf Kolonie Beta eine Schule zu besuchen… Etwas galaktische Bildung würde sich gut machen, wenn ich mich hier für den Job bewerbe, an den ich denke. Ich möchte nicht alles dem bloßen Nepotismus überlassen.«

Die Gräfin legte nachdenklich den Kopf schräg. »Gut. Es scheint mir, du hast vernünftige langfristige Pläne, die aufeinander abgestimmt sind, um all deine Ziele zu verwirklichen. Du mußt sie nur in die Tat umsetzen. Ich bin völlig damit einverstanden.«

»Langfristig. Aber… heute abend, das ist hier und jetzt.«

»Und was hattest du für heute abend geplant, Mark?«

»Mit Kareen zu tanzen.«

»Das ist kein Problem. Du darfst tanzen. Was immer du bist. Das hier ist nicht das Schauspiel, Mark, und der alte Prospero hat viele Töchter. Eine von ihnen hat vielleicht sogar einen niedrigen Geschmack an zwielichtigen Kerlen.«

»Wie niedrig?«

»Oh…« Die Gräfin zeigte mit ihrer Hand eine Höhe, die ungefähr Marks Größe im Stehen entsprach. »Mindestens so niedrig. Geh und tanz mit dem Mädchen, Mark. Sie meint, du seist interessant. Mutter Natur gibt jungen Leuten einen Sinn für Romantik anstatt für Klugheit, um das Menschengeschlecht voranzubringen. Das ist ein Trick – der uns wachsen läßt.«

Durch den Ballsaal der Residenz zu gehen und Kareen Koudelka zu begrüßen, kam Mark als das Schrecklichste vor, was er je freiwillig getan hatte, nicht ausgenommen die erste Kampflandung mit den Dendarii auf Jackson's Whole. Da endete die Ähnlichkeit, denn danach wurden die Dinge besser.

»Lord Mark!« sagte sie glücklich. »Man hat mir gesagt, daß Sie hier sind.«

Sie haben gefragt? »Ich bin gekommen, um mein Wort

einzulösen und um den Tanz zu bitten, Mylady.« Er vollbrachte eine Verbeugung im Stil der Vor.

»Gut! Es ist an der Zeit. Ich habe alle Spiegeltänze und Reels aufgespart.«

All die einfachen Tänze, von denen man erwarten konnte, daß er sie beherrschte. »Ich habe mir letzte Woche von Miles die Schritte von Mazeppas Menuett beibringen lassen«, fügte er hoffnungsvoll hinzu.

»Perfekt. Oh, die Musik fängt an …« Sie zog ihn auf den Parkettboden.

Sie trug ein weites rotgesäumtes dunkelgrünes Kleid, das ihre aschblonden Locken hervorhob. In einer Art positiver Paranoia überlegte er, ob sie wohl die Farben ihrer Kleidung bewußt zu seiner eigenen passend ausgesucht hatte. Bestimmt war es ein Zufall. Wie …? *Von meinem Schneider zu meiner Mutter zu ihrer Mutter zu ihr. Verdammt, jeder Analytiker des Sicherheitsdienstes sollte diesen Datenfluß herausfinden können.*

Grunz hatte leider die beunruhigende und quälende Neigung, sie mental auszuziehen – und noch Schlimmeres zu tun. Aber Grunz würde heute abend keine Redeerlaubnis bekommen. *Das hier ist Lord Marks Job. Und diesmal wird er ihn nicht vermasseln.* Grunz durfte nur einfach auf der Lauer liegen und Dampf machen. Lord Mark würde schon Verwendung für die Energie finden. Zuerst dafür, im Takt zu bleiben. Es gab sogar einen Tanz – zufälligerweise Mazeppas Menuett –, bei dem sich die beiden Partner berührten und fast die ganze Figur hindurch an der Hand oder an der Taille hielten.

Aller wahre Reichtum ist biologisch, hatte der Graf gesagt. Endlich verstand Mark genau, was er damit meinte. Dieses Licht in Kareens Augen konnte man für die ganze Million betanischer Dollar nicht kaufen. Doch konnte es nicht weh tun … was war das für ein verdammter Vogel von der Erde, der großartige Nester baute, um eine Partnerin anzulocken?

Sie waren mittendrin in einem Spiegeltanz. »Also, Kareen – Sie sind ein Mädchen. Ich hatte einen Streit mit Ivan. Was, meinen Sie, ist das Attraktivste, was ein Kerl haben kann? Einen Leichtflieger, Reichtum ... Rang?« Er hoffte, sein Ton klinge so, als führte er eine Art wissenschaftlicher Umfrage durch. Nichts Persönliches, Madame.

Sie schürzte die Lippen. »Esprit«, sagte sie schließlich.

So so. Und in welchem Laden kaufst du den, mein Junge, mit all deinen betanischen Dollars?

»Spiegeltanz, ich bin dran«, sagte Kareen. »Was ist das Wichtigste, was eine Frau haben kann?«

»Zuversicht«, antwortete er, ohne nachzudenken, und dann dachte er darüber nach, bis er fast aus dem Schritt geriet. Er würde ein Gebirge an Zuversicht brauchen, ungelogen. *Also, dann fang heute abend an, es aufzubauen. Lord Mark, alter Junge. Schlepp einen Korbvoll nach dem anderen hoch, wenn du mußt.*

Danach gelang es ihm viermal, sie laut zum Lachen zu bringen. Er zählte mit.

Er aß zuviel (selbst Schling wurde heimlich gesättigt), trank zuviel, redete zuviel und tanzte *viel* zuviel und amüsierte sich im allgemeinen sehr. Das Tanzen war ein wenig unerwartet. Kareen lieh ihn widerstrebend an eine Reihe neugieriger Freundinnen aus. Er kam zu dem Schluß, daß er für sie nur als Neuigkeit interessant war, aber er neigte nicht dazu, wählerisch zu sein. Zwei Stunden nach Mitternacht war er so aufgedreht, daß er hätte losbrabbeln können, und er begann zu hinken. Es war besser, Schluß zu machen, bevor Jaul hervorkommen und sich um seine ausgebrannten Überreste kümmern mußte. Außerdem war Miles die letzte Stunde ruhig in einer Ecke gesessen. Er sah uncharakteristisch schlapp aus.

Auf eine Bitte hin brachte ein Diener des Kaiserlichen Haushalts den Bodenwagen des Grafen für sie zurück, gesteuert von dem allgegenwärtigen Pym, der den Grafen und die Gräfin schon vorher heimgebracht hatte. Miles und Mark setzten sich in den Fond und sackten beide auf ihre Sitze. Pym fuhr durch die bewachten Tore der Residenz hinaus in die winterlichen Straßen, die jetzt nächtlich still waren. Nur ein paar weitere Fahrzeuge schlichen vorüber. Miles schaltete die Heizung hoch und lehnte sich mit halbgeschlossenen Augen zurück.

Mark und sein Bruder waren allein im Fond. Mark zählte die Anwesenden. Eins, zwei. Drei, vier, fünf, sechs, sieben. Lord Miles Vorkosigan und Admiral Naismith. Lord Mark Vorkosigan und Schling, Grunz, Jaul und Killer.

Admiral Naismith ist eine Schöpfung mit *viel* mehr Klasse, dachte Mark mit einem stummen Seufzer des Neides. Miles konnte den Admiral zu Parties mitnehmen, ihn Frauen vorstellen, ihn fast überall in der Öffentlichkeit ausführen, außer auf Barrayar selbst. *Was meiner Schwarzen Bande an Savoir-faire fehlt, machen wir wahrscheinlich mit der Zahl wett …*

Aber auf der tiefsten Ebene, da liefen sie alle zusammen, er und die Schwarze Bande. Kein Teil konnte entfernt werden, ohne das Ganze zu zerfleischen. *Also werde ich einfach auf euch alle achthaben müssen. Irgendwie. Ihr lebt einfach dort drunten im Dunklen. Denn eines Tages, in einer Stunde der Verzweiflung, brauche ich euch vielleicht wieder. Ich habt euch um mich gekümmert. Ich werde mich um euch kümmern.*

Mark überlegte, worum sich Admiral Naismith für Miles kümmerte. *Um etwas Subtiles, aber Wichtiges – die Gräfin hat es sogar gesehen. Was hatte sie gesagt? Ich werde mir keine ernsten Sorgen um Miles' geistige Gesundheit machen, solange er nicht von dem kleinen Admiral abgeschnitten ist.* Daher die verzweifelte Gereiztheit in Miles' Bestreben, seine Gesundheit wieder anerkannt zu haben. Sein Posten beim Sicherheitsdienst war seine Rettungsleine zu Admiral Naismith.

Ich glaube, ich verstehe das. O ja.

»Habe ich mich je bei dir dafür entschuldigt, daß du wegen mir getötet wurdest?« fragte Mark laut.

»Nicht, daß ich mich erinnern kann... Es war gar nicht deine Schuld. Ich hatte kein Recht, diese Landemission zu starten. Ich hätte auf Vasa Luigis Lösegeldforderung eingehen sollen. Außer...«

»Außer was?«

»Er hätte dich nicht an mich verkauft. Ich habe den Verdacht, daß er schon damals plante, von Ryoval ein höheres Gebot zu bekommen.«

»Das hätte ich auch vermutet. Ach... danke.«

»Ich bin mir nicht sicher, ob es am Ende einen Unterschied gemacht hat«, sagte Miles entschuldigend. »Da Ryoval es ja einfach noch einmal versucht hat.«

»O ja, es hat am Ende einen großen Unterschied gemacht. Allen Unterschied der Welt.« Mark lächelte im Dunkeln leicht. Draußen flog Vorbarr Sultanas wild gemischte Architektur vorbei. Der Schnee gab ihr so etwas wie einen einheitlichen Charakter.

»Was machen wir morgen?« fragte Mark.

»Schlafen«, murmelte Miles und sank noch ein bißchen tiefer in seinen steifen Uniformkragen hinein, wie eine Paste, die in eine Tube zurückgesaugt wurde.

»Und danach?«

»In drei Tagen endet hier mit den Winterfestfeuern die Partysaison. Wenn meine – unsere Eltern wirklich in den Bezirk reisen, dann werde ich wahrscheinlich meine Zeit zwischen Hassadar und hier aufteilen, bis der Sicherheitsdienst mich zur Arbeit zurückkommen läßt. Hassadar ist in dieser Jahreszeit etwas wärmer als Vorbarr Sultana. Du bist eingeladen, mit mir mitzukommen, wenn du möchtest.«

»Danke. Angenommen.«

»Was hast du vor?«

»Wenn dein Erholungsurlaub um ist, werde ich mich wohl in einer eurer Schulen einschreiben.«

»In welcher?«

»Wenn der Graf und die Gräfin hauptsächlich in Hassadar wohnen werden, dann vielleicht in die dortige Distriktshochschule.«

»Hm. Ich sollte dich warnen. Du wirst dort auf etwas rustikalere Leute treffen als hier in Vorbarr Sultana. Du wirst auf mehr altmodisch-barrayaranisches Denken stoßen.«

»Gut. Das ist genau, was ich will. Ich muß lernen, wie ich mit diesen Streitereien umgehe, ohne daß ich aus Versehen Menschen töte.«

»Hm«, sagte Miles, »das stimmt. Was wirst du studieren?«

»Das spielt fast keine Rolle. Das Studium wird mir einen offiziellen Status geben – den des Studenten – und eine Gelegenheit, die *Menschen* zu studieren. Daten kann ich von einer Maschine bekommt. Aber ich bin schwach im Umgang mit Menschen. Da gibt es soviel zu lernen. Ich muß … alles wissen.«

Das war eine andere Art von Hunger, diese unersättliche Gier nach Wissen. Ein Analytiker des Sicherheitsdienstes mußte bestimmt die größtmögliche Datenbank besitzen. Die Burschen, denen er am Kaffeeautomaten im Hauptquartier des Sicherheitsdienstes begegnet war, hatten miteinander die brillantesten Gespräche über die erstaunlichsten Themen geführt. Er würde sich beeilen müssen, wenn er mit denen mithalten wollte. *Um zu gewinnen.*

Miles lachte.

»Was ist da so komisch?«

»Ich habe mich gerade gefragt, was Hassadar von *dir* lernen wird.«

Der Bodenwagen bog in die Tore von Palais Vorkosigan ein und wurde langsamer. »Vielleicht stehe ich früh auf«, sagte Mark. »Es gibt soviel zu tun.«

Miles grinste schläfrig, in seine Uniform gekuschelt. »Willkommen zum Beginn!«